非洲文学研究丛书 ｜ 朱振武 主编

国家出版基金项目
NATIONAL PUBLICATION FOUNDATION

非洲文学名家创作研究

A Study of Creative Works of Major African Writers

冯德河　蓝云春　汪琳　著

西南大学出版社

国家一级出版社 全国百佳图书出版单位

图书在版编目（CIP）数据

非洲文学名家创作研究 / 冯德河, 蓝云春, 汪琳著
. -- 重庆：西南大学出版社，2024.6
（非洲文学研究丛书 / 朱振武主编）
ISBN 978-7-5697-2136-2

Ⅰ.①非… Ⅱ.①冯… ②蓝… ③汪… Ⅲ.①文学创
作－研究－非洲 Ⅳ.①I400.6

中国国家版本馆CIP数据核字(2024)第001484号

非洲文学研究丛书　　朱振武　主编

非洲文学名家创作研究
FEIZHOU WENXUE MINGJIA CHUANGZUO YANJIU

冯德河 蓝云春 汪琳　著

出 品 人：张发钧
总 策 划：卢　旭　闫青华
执行策划：何雨婷
责任编辑：张昊越
责任校对：何雨婷
特约编辑：陆雪霞　汤佳钰
装帧设计：万墨轩图书｜吴天喆　彭佳欣　张瑷俪
出版发行：西南大学出版社
　　　　　重庆市北碚区天生路2号　　邮编：400715
　　　　　市场营销部电话：023-68868624
印　　刷：重庆升光电力印务有限公司
成品尺寸：170 mm×240 mm
印　　张：33
字　　数：580千字
版　　次：2024年6月　第1版
印　　次：2024年6月　第1次印刷
书　　号：ISBN 978-7-5697-2136-2

定　　价：98.00元

国家社会科学基金重大项目"非洲英语文学史"阶段成果

"非洲文学研究丛书"顾问委员会

（按音序排列）

"非洲文学研究丛书"专家委员会

（按音序排列）

蔡圣勤	中南财经政法大学
陈后亮	华中科技大学
陈 靓	复旦大学
陈月红	三峡大学
程 莹	北京大学
杜志卿	华侨大学
高文惠	德州学院
何 宁	南京大学
黄 晖	华中师范大学
黄 坚	长沙理工大学
姜智芹	山东师范大学
金 冰	对外经济贸易大学
李保杰	山东大学
李洪峰	北京外国语大学
林丰民	北京大学
卢国荣	内蒙古民族大学
卢 敏	上海师范大学
罗良功	华中师范大学
生安锋	清华大学
石平萍	国防科技大学
孙晓萌	北京外国语大学
谭惠娟	杭州电子科技大学
涂险峰	武汉大学
王 欣	上海外国语大学
王 欣	四川大学
王卓	山东师范大学
武成谊	上海师范大学
肖 彬	四川外国语大学
徐 彬	东北师范大学
杨中举	临沂大学
姚 峰	上海师范大学
曾艳钰	湖南师范大学
张 磊	中国政法大学
邹 涛	电子科技大学

　　朱振武，博士（后），中国资深翻译家，中国作家协会会员；上海市二级教授，外国文学文化与翻译博士生导师，博士后合作导师，上海师范大学外国文学研究中心主任，比较文学与世界文学国家重点学科带头人；上海市"世界文学多样性与文明互鉴"创新团队负责人。主持国家社科基金重大项目、重点项目十几项，项目成果获得国家出版基金资助。在《中国社会科学》《文学评论》《外国文学评论》《文史哲》《中国翻译》《人民日报》等重要报刊上发表文章 400 多篇，出版著作（含英文）和译著 50 多种。多次获得省部级奖项。

　　主要社会兼职有（中国）中外语言文化比较学会小说研究专业委员会会长和中非语言文化比较专业委员会副会长、中国外国文学学会副秘书长暨教学研究会副会长、上海国际文化学会副会长、上海市外国文学学会副会长兼翻译专业委员会主任等几十种。

本书主要作者简介

■ **冯德河**

山东青年政治学院外国语学院副教授、副院长，文学博士，毕业于上海师范大学国家重点学科比较文学与世界文学学科点，主要研究方向为尼日利亚及西部非洲英语文学，在《当代外国文学》《外语教学》《外国语文研究》等核心期刊上发表非洲文学相关学术论文多篇，是国家社科基金重大项目"非洲英语文学史"子项目"西部非洲英语文学史"骨干成员，参与省部级教改、科研项目多项。

■ **蓝云春**

杭州师范大学外国语学院副教授、区域与国别研究所副所长，文学博士，国家社科基金重大项目"非洲英语文学史"骨干成员，伦敦大学亚非学院和中央华盛顿大学访问学者，主要研究方向为非洲英语文学与文化，在《非洲研究》《当代外国文学》《英美文学研究论丛》《上海师范大学学报》《外语研究》《中国社会科学报》《社会科学报》等期刊和报纸上发表论文30余篇，编著作品5部，参编教材3部，主持或参与各级别课题20余项。

■ **汪 琳**

浙江师范大学副教授、法语系主任、非洲文学研究中心主任，文学博士，中法语言文化比较研究会理事、中国比较文学学会认知诗学分会理事、中国欧洲学会法国研究分会理事，塞内加尔达喀尔大学访问学者，主要从事非洲法语文学文化研究，参与国家社科基金重大项目2项，主持省部级项目2项，主编译丛2套，出版译著7部，在《外国文学研究》《外国文学动态研究》《非洲研究》等刊物上发表相关论文20余篇。

总序：揭示世界文学多样性　构建中国非洲文学学

2021 年的诺贝尔文学奖似乎又爆了一个冷门，坦桑尼亚裔作家阿卜杜勒拉扎克·古尔纳获此殊荣。授奖辞说，之所以授奖给他，是"鉴于他对殖民主义的影响，以及对文化与大陆之间的鸿沟中难民的命运的毫不妥协且富有同情心的洞察"[①]。古尔纳真的是冷门作家吗？还是我们对非洲文学的关注点抑或考察和接受方式出了问题？

一、形成独立的审美判断

英语文学在过去一个多世纪里始终势头强劲。从起初英国文学的"一枝独秀"，到美国文学崛起后的"花开两朵"，到澳大利亚、加拿大、爱尔兰、印度、南非、肯尼亚、尼日利亚、津巴布韦、索马里、坦桑尼亚和加勒比海地区等多个国家和地区英语文学遍地开花的"众声喧哗"，到沃莱·索因卡、纳丁·戈迪默、德里克·沃尔科特、维迪亚达·苏莱普拉萨德·奈保尔、J. M. 库切、爱丽丝·门罗，再到现在的阿卜杜勒拉扎克·古尔纳等"非主流"作家，特别是非洲作家相继获

[①] Swedish Academy, "Abdulrazak Gurnah—Facts", *The Nobel Prize*, October 7, 2021, https://www.nobelprize. org/prizes/literature/2021/gurnah/facts/.

得诺贝尔文学奖等国际重要奖项①，英语文学似乎出现了"喧宾夺主"的势头。事实上，"二战"以后，作为"非主流"文学重要组成部分的非洲文学逐渐呈现出蓬勃发展的态势，涌现出一大批优秀的作家作品，在世界文坛产生了广泛影响。但对此我们却很少关注，相关研究也很不足，其中一个重要原因就是我们较多跟随西方人的价值和审美判断，而具有自主意识的文学评判和审美洞见却相对较少，且对世界文学批评的自觉和自信也相对缺乏。

非洲文学，当然指的是非洲人创作的文学，但流散到其他国家和地区的第一代非洲人对非洲的书写也应该归入非洲文学。也就是说，一部作品是否是非洲文学，关键看其是否具有"非洲性"，也就是看其是否具有对非洲历史、文化和价值观的认同和对在非洲生活、工作等经历的深层眷恋。非洲文学因非洲各国独立之后民主政治建设中的诸多问题而发展出多种文学主题，而"非洲性"亦在去殖民的历史转向中，成为"非洲流散者"（African Diaspora）和"黑色大西洋"（Black Atlantic）等非洲领域或区域共同体的文化认同标识，并在当前的全球化语境中呈现出流散特质，即一种生成于西方文化与非洲文化之间的异质文化张力。

非洲文学的最大特征就在于其流散性表征，从一定意义上讲，整个非洲文学都是流散文学。②非洲文学实际上存在多种不同的定义和表达，例如非洲本土文学、西方建构的非洲文学及其他国家和地区所理解的非洲文学。中国的非洲文学也在"其他"范畴内，这是由一段时间内的失语现象造成的，也与学界对世界文学的理解有关。从严格意义上讲，当下学界认定的"世界文学"并不是真正的世界文学，因此也就缺少文学多样性。尽管世界文学本身是多样性的，但我们现在所了解的世界文学其实是缺少多样性的世界文学，因为真正的文学多样性被所谓的西方主

---

① 古尔纳之前 6 位获得诺贝尔文学奖的非洲作家依次是作家阿尔贝·加缪，尼日利亚作家沃莱·索因卡，埃及作家纳吉布·马哈福兹，南非作家纳丁·戈迪默、J. M. 库切和作家多丽丝·莱辛，分别于 1957 年、1986 年、1988 年、1991 年、2003 年和 2007 年获得诺贝尔文学奖。

② 详见朱振武、袁俊卿：《流散文学的时代表征及其世界意义——以非洲英语文学为例》《中国社会科学》，2019 年第 7 期。作者从流散视角对非洲文学从诗学层面进行了学理阐释，将非洲文学特别是非洲英语文学分为异邦流散、本土流散和殖民流散三大类型，并从文学的发生、发展、表征、影响和意义进行多维论述。

流文化或者说是强势文化压制和遮蔽了。因此，许多非西方文化无法进入世界各国和各地区的关注视野。

二、实现真正的文明互鉴

当下的世界文学不具备应有的多样性。从歌德提出所谓的世界文学，到如今西方人眼中的世界文学，甚至我们学界所接受和认知的世界文学，实际上都不是世界文学的全貌，不是世界文学的本来面目，而是西方人建构出来的以西方几个大国为主，兼顾其他国家和地区某个文学侧面和诺贝尔文学奖得主的所谓"世界文学"，因此也就不能实现真正意义上的文明互鉴。

文学是文化最重要的载体之一。文学是人学，它以"人"为中心。文学由人所创造，人又深受时代、地理、习俗等因素的影响，所以说，"文变染乎世情，兴废系乎时序"[①]。文学作品囊括了丰富多彩的政治、经济、文化、历史、地理、习俗和心理等多种元素，不同民族、不同国家、不同区域和不同时代的作家作品更是蔚为大观。但这种多样性并不能在当下的"世界文学"中得到完整呈现。因此，重建世界文学新秩序和新版图，充分体现世界文学多样性，是当务之急。

很长时间里，在我国和不少其他国家，世界文学的批评模式主体上还是根据西方人的思维方式和学理建构的，缺少自主意识。因此，我们必须立足中国文学文化立场，打破西方话语模式、批评窠臼和认识阈限，建构中国学者自己的文学观和文化观，绘制世界文化新版图，建立世界文学新体系，实现真正意义上的文明互鉴。与此同时，创造中国自己的批评话语和理论体系，为真正的世界文化多样性的实现和文学文化共同体的构建做出贡献。

在中国开展非洲文学研究具有英美文学研究无法取代的价值和意义，更有利于我们均衡吸纳国外优秀文化。非洲文学本就是世界文化的重要组成部分，现已

---

① 《文心雕龙》，王志彬译注，北京：中华书局，2012年，第511页。

引起各国文化界和文学界的广泛关注，我国也应尽快加强对非洲文学的研究。非洲文学虽深受英美文学影响，但在主题探究、行文风格、叙事方式和美学观念等方面却展示出鲜明的异质性和差异性，呈现出与英美文学交相辉映的景象，因此具有世界文学意义。非洲文学是透视非洲国家历史文化原貌和进程，反射其当下及未来的一面镜子，研究非洲文学对深入了解非洲国家的政治、历史和文化等具有深远意义。另外，站在中国学者的立场上，以中国学人的视角探讨非洲文学的肇始、发展、流变及谱系，探讨其总体文化表征与美学内涵，对反观我国当代文学文化和促进我国文学文化的发展繁荣具有特殊意义。

三、厘清三种文学关系

汲取其他国家和地区文学文化的养分，对繁荣我国文学文化，对"一带一路"倡议下人类命运共同体的建设也具有重要意义。我们进行非洲文学研究时，应厘清主流文学与非主流文学的关系、单一文学与多元文学的关系及第一世界文学与第三世界文学的关系。

第一，厘清主流文学与非主流文学的关系。近年来，我国的外国文学研究重心已经从以英美文学为主、德法日俄等国文学为辅的"主流"文学，在一定程度上转向了澳大利亚、加拿大、新西兰等国文学，特别是非洲文学等"非主流"文学。这种转向绝非偶然，而是历史的必然，是新时代大形势使然。它标志着非主流文学文化及其相关研究的崛起，预示着在不远的将来，"非主流"文学文化或将成为主流。非洲作家流派众多，作品丰富多彩，不能忽略这样大体量的文学存在，或只是聚焦西方人认可的少数几个作家。同中国文学一样，非洲文学在一段时间里也被看作"非主流"文学，这显然是受到了其他因素的左右。

第二，厘清单一文学与多元文学的关系。世界文学文化丰富多彩，但长期以来的欧洲中心和美国标准使我们的眼前呈现出单一的文学文化景象，使我们的研究重心、价值判断和研究方法都趋于单向和单一。我们受制于他者的眼光，成了传声筒，患上了失语症。我们有时有意或无意地忽略了文学存在的多元化和多样性这个事实。非洲文学研究同中国文学走向世界的意义一样，都是为了打破国际上单一和固化的刻板状态，重新绘制世界文学版图，呈现世界文学多元化和多样性的真实样貌。

对于非洲作家古尔纳获得诺贝尔文学奖，许多人认为这是英国移民文学的繁盛，认为古尔纳同约瑟夫·康拉德、维迪亚达·苏莱普拉萨德·奈保尔、萨尔曼·拉什迪以及石黑一雄这几位英国移民作家①一样，都"曾经生活在'帝国'的边缘，爱上英国文学并成为当代英语文学多样性的杰出代表"②，因而不能算是非洲作家。这话最多是部分正确。我们一定要看到，非洲现代文学的诞生与发展跟西方殖民历史密不可分，非洲文化也因殖民活动而散播世界各地。移民散居早已因奴隶贸易、留学报国和政治避难等历史因素成为非洲文学的重要题材。我们认为，评判是否为非洲文学的核心标准应该是其作品是否具有"非洲性"，是否具有对非洲人民的深沉热爱、对殖民问题的深刻揭示、对非洲文化的深刻认同、对非洲人民的深切同情以及对未来生活的美好憧憬。所以，古尔纳仍属于非洲作家。

的确，非洲文学较早进入西方学者视野，在英美等国家有着较为丰硕的研究成果。我国的非洲文学研究虽然起步较晚，然而势头比较强劲。有一个重要的问题应该引起重视，那就是我们的非洲文学研究不能像其他外国文学的研究，尤其是英美德法等所谓主流国家文学的研究一样，从文本选材到理论依据和研究方法，甚至到价值判断和审美情趣，都以西方学者为依据。这种做法严重缺少研究者的主体意识，因此无法在较高层面与国际学界对话，也就在很大程度上失去了外国文学研究的意义和作用。

第三，厘清第一世界文学与第三世界文学的关系。如果说英美文学是第一世界文学，欧洲其他国家的文学和亚洲的日本文学是第二世界文学的话，那么包括中国文学和非洲文学乃至其他地区文学在内的文学则可被视为第三世界文学。这一划

---

① 康拉德1857年出生于波兰，1886年加入英国国籍，20多岁才能流利地讲英语，而立之年后才开始用英语写作；奈保尔1932年出生于特立尼达和多巴哥的一个印度家庭，1955年定居英国并开始英语文学创作，2001年获诺贝尔文学奖；拉什迪1947年出生于印度孟买，14岁赴英国求学，后定居英国并开始英语文学创作，获1981年布克奖；石黑一雄1954年出生于日本，5岁时随父母移居英国，1982年取得英国国籍，获1989年布克奖和2017年诺贝尔文学奖。

② 陆建德：《殖民·难民·移民：关于古尔纳的关键词》，《中国社会科学报》，2021年11月11日，第6版。

分对我们正确认识文学现象、文学理论和文学思潮及其背后的深层思想文化因素，制定研究目标和相应研究策略，保持清醒判断和理性思考，都具有十分重要的意义。

第四，我们应该认清非洲文学研究的现状，认识到我们中国非洲文学研究者的使命。实际上，现在呈现给我们的非洲文学，首先是西方特别是英美世界眼中的非洲文学，其次是部分非洲学者和作家呈现的非洲文学。而中国学者所呈现出来的非洲文学，则是在接受和研究了西方学者和非洲学者成果之后建构出来的非洲文学，这与真正的非洲文学相去甚远，我们在对非洲文学的认知和认同上还存在很多问题。比如，我们的非洲文学研究不应是剑桥或牛津、哈佛或哥伦比亚等某个大学的相关研究的翻版，不应是转述殖民话语，不应是总结归纳西方现有成果，也不应致力于为西方学者的研究做注释、做注解。

我们认为，中国的非洲文学研究者应展开田野调查，爬梳一手资料，深入非洲本土，接触非洲本土学者和作家，深入非洲文化腠理，植根于非洲文学文本，从而重新确立研究目标和审美标准，建构非洲文学的坐标系，揭示其世界文学文化价值，进而体现中国学者独到的眼光和发现；我国的非洲文学研究应以中国文学文化为出发点，以世界文学文化为参照，进行跨文化、跨学科、跨空间和跨视阈的学理思考，积极开展国际学术对话和交流。世上的事物千差万别，这是客观情形，也是自然规律。世界文学也是如此。要维护世界文明多样性，要正确进行文明学习借鉴。故而，我们要以开放的精神、包容的心态、平视的眼光和命运共同体格局重新审视和观照非洲文学及其文化价值。而这些，正是我们所追求的目标，所奉行的研究策略。

四、尊重世界文学多样性

中国文学和世界上的"非主流"文学，特别是非洲文学一样，在相当长的时间里被非主流化，处在世界文学文化的边缘地带。中国长期以来是世界上人口最多的国家，没有中国文学的世界文学无论如何都不能算是真正的世界文学。中国文学文化走进并融入世界文学文化，将使世界文学成为名副其实的世界文学。非洲文学亦然。

中国文化自古推崇多元一体，主张尊重和接纳不同文明，并因其海纳百川而生生不息。"君子和而不同"①，"物之不齐，物之情也"②，"万物并育而不相害，道并行而不相悖"③。"和"是多样性的统一；"同"是同一、同质，是相同事物的叠加。和而不同，尊重不同文明的多样性，是中国文化一以贯之的传统。在新的国际形势下，我国提出以"和"的文化理念对待世界文明的四条基本原则，即维护世界文明多样性，尊重各国各民族文明，正确进行文明学习借鉴，科学对待传统文化。毕竟，"文明因交流而多彩，文明因互鉴而丰富"④。共栖共生，互相借鉴，共同发展，和而不同，相向而行，是现在世界文学文化发展的正确理念。2022 年 4 月 9 日，大会主场设在北京的首届中非文明对话大会以线上线下相结合的方式举行，共同探讨"文明交流互鉴推动构建新时代中非命运共同体"，体现了新的历史时期世界文明交流互鉴、和谐共生的迫切需求。

英语文学在很长一段时间里被窄化为英美文学，非洲基本被视为文学的"不毛之地"。这显然是一种严重的误解。非洲文学有其独特的文化意蕴和美学表征，具有重要的研究价值，对其他国家和地区的文学也具有重要借鉴意义。在非洲这块拥有 3000 多万平方公里、人口约 14 亿的土地上产生的文学作品无论如何都不应被忽视。坦桑尼亚作家阿卜杜勒拉扎克·古尔纳获得诺贝尔文学奖，绝不是说诺贝尔文学奖又一次爆冷，倒可以说是诺贝尔文学奖评委向世界文学的多样性又迈近了一步，向真正的文明互鉴又迈近了一大步。

五、"非洲文学研究丛书"简介

"非洲文学研究丛书"首先推出非洲文学研究著作十部。丛书以英语文学为主，兼顾法语、葡萄牙语和阿拉伯语等其他语种文学。基于地理的划分，并从被殖民历

---

① 《论语·大学·中庸》，陈晓芬、徐儒宗译注，北京：中华书局，2018 年，第 160 页。
② 《孟子》，方勇译注，北京：中华书局，2018 年，第 97 页。
③ 《论语·大学·中庸》，陈晓芬、徐儒宗译注，北京：中华书局，2018 年，第 352 页。
④ 习近平：《在联合国教科文组织总部的演讲》，《人民日报》，2014 年 3 月 28 日，第 3 版。

史、文化渊源、语言及文学发生发展的情况等方面综合考虑，我们将非洲文学划分为4个区域，即南部非洲文学、西部非洲文学、中部非洲文学及东部和北部非洲文学。"非洲文学研究丛书"包括《南部非洲精选文学作品研究》《南非经典文学作品研究》《西部非洲精选文学作品研究》《西部非洲经典文学作品研究》《东部和北部非洲精选文学作品研究》《东部非洲经典文学作品研究》《中部非洲精选文学作品研究》《博茨瓦纳英语文学进程研究》《古尔纳小说流散书写研究》和《非洲文学名家创作研究》共十部，总字数约380万字。

该套丛书由"经典"和"精选"两大板块组成。"非洲文学研究丛书"中所包含的作家作品，远远不止西方学者所认定的那些，其体量和质量其实远远超出了西方学界的固有判断。其中，"经典"文学板块，包含了学界已经认可的非洲文学作品（包括获得诺贝尔文学奖、布克奖、龚古尔奖等文学奖项的作品）。而"精选"文学板块，则是由我国首个非洲文学研究国家社科基金重大项目"非洲英语文学史"团队经过田野调查，翻译了大量文本，开展了系统的学术研究之后遴选出来的，体现出中国学者自己的判断和诠释。本丛书的"经典"与"精选"两大板块试图去恢复非洲文学的本来面目，体现出中西非洲文学研究者的研究成果，将有助于中国读者乃至世界读者更全面地了解进而研究非洲文学。

第一部是《南部非洲精选文学作品研究》。南部非洲文学是非洲文学中表现最为突出的区域文学，其中的南非文学历史悠久，体裁、题材最为多样，成就也最高，出现了纳丁·戈迪默、J. M. 库切、达蒙·加格特、安德烈·布林克、扎克斯·穆达和阿索尔·富加德等获诺贝尔文学奖、布克奖、英联邦作家奖等国际奖项的著名作家。本书力图展现南部非洲文学的多元化文学写作，涉及南非、莱索托和博茨瓦纳文学中的小说、诗歌、戏剧、文论和纪实文学等多种文学体裁。本书所介绍和研究的作家作品有"南非英语诗歌之父"托马斯·普林格尔的诗歌、南非戏剧大师阿索尔·富加德的戏剧、多栖作家扎克斯·穆达的戏剧和文论、马什·马蓬亚的戏剧、刘易斯·恩科西的文论、安缇耶·科洛戈的纪实文学和伊万·弗拉迪斯拉维克的后现代主义写作等。

第二部是《南非经典文学作品研究》，主要对12位南非经典小说家的作品进行介绍与研究，力图集中展示南非小说深厚的文学传统和丰富的艺术内涵。这

12 位小说家虽然所处社会背景不同、人生境遇各异，但都在对南非社会变革和种族主义问题的主题创作中促进了南非文学独特书写传统的形成和发展。南非小说较为突出的是因种族隔离制度所引发的种族叙事传统。艾斯基亚·姆赫雷雷的《八点晚餐》、安德烈·布林克的《瘟疫之墙》、纳丁·戈迪默的《新生》和达蒙·加格特的《冒名者》等都是此类种族叙事的典范。南非小说还有围绕南非土地归属问题的"农场小说"写作传统，主要体现在南非白人作家身上。奥利芙·施赖纳的《一个非洲农场的故事》和保琳·史密斯的《教区执事》正是这一写作传统支脉的源头，而纳丁·戈迪默、J. M. 库切和达蒙·加格特这 3 位布克奖得主的获奖小说也都承继了南非农场小说的创作传统，关注不同历史时期的南非土地问题。此外，南非小说还形成了革命文学传统。安德烈·布林克的《菲莉达》、彼得·亚伯拉罕的《献给乌多莫的花环》、阿兰·佩顿的《哭泣吧，亲爱的祖国》和所罗门·T.普拉杰的《姆胡迪》等都在描绘南非种族隔离制度的社会悲剧中表达了强烈的革命斗争意识。

　　第三部是《西部非洲精选文学作品研究》。西部非洲通常是指处于非洲大陆西部的国家和地区，涵盖大西洋以东、乍得湖以西、撒哈拉沙漠以南、几内亚湾以北非洲地区的 16 个国家和 1 个地区。这一区域大部分处于热带雨林地区，自然环境与气候条件十分相似。19 世纪中叶以降，欧洲殖民者开始渐次在西非建立殖民统治，西非也由此开启了现代化进程，现代意义上的非洲文学也随之萌生。迄今为止，这个地区已诞生了上百位知名作家。受西方殖民统治影响，西非国家的官方语言主要为英语、法语和葡萄牙语，因而受关注最多的文学作品多数以这三种语言写成。本书评介了西部非洲 20 世纪 70 年代至近年出版的重要作品，主要为尼日利亚的英语文学作品，兼及安哥拉的葡萄牙语作品，体裁主要是小说与戏剧。收录的作品包括尼日利亚女性作家的作品，如恩瓦帕的小说《艾弗茹》和《永不再来》，埃梅切塔的小说《在沟里》《新娘彩礼》和《为母之乐》，阿迪契的小说《紫木槿》《半轮黄日》《美国佬》和《绕颈之物》，阿德巴约的小说《留下》，奥耶耶美的小说《遗失翅膀的天使》；还包括非洲第二代优秀戏剧家奥索菲桑的《喧哗与歌声》和《从前有四个强盗》，布克奖得主本·奥克瑞的小说《饥饿的路》，奥比奥玛的小说《钓鱼的男孩》和《卑微者之歌》

以及安哥拉作家阿瓜卢萨的小说《贩卖过去的人》等。本书可为 20 世纪 70 年代后西非文学与西非女性文学研究提供借鉴。

第四部是《西部非洲经典文学作品研究》。本书主要收录 20 世纪初至 20 世纪 70 年代西非（加纳、尼日利亚）作家的经典作品（因作者创作的连续性，部分作品出版于 70 年代），语种主要为英语，体裁有小说、戏剧与散文等。主要包括加纳作家海福德的小说《解放了的埃塞俄比亚》，塞吉的戏剧《糊涂虫》，艾杜的戏剧《幽灵的困境》与阿尔马的小说《美好的尚未诞生》；尼日利亚作家图图奥拉的小说《棕榈酒酒徒》和《我在鬼林中的生活》，现代非洲文学之父阿契贝的小说《瓦解》《再也不得安宁》《神箭》《人民公仆》《荒原蚁丘》以及散文集《非洲的污名》、短篇小说集《战地姑娘》，诺贝尔文学奖获得者索因卡的戏剧《森林之舞》《路》《疯子与专家》《死亡与国王的侍从》以及长篇小说《诠释者》。

第五部是《东部和北部非洲精选文学作品研究》，主要对东部非洲的代表性文学作品进行介绍与研究，涉及梅佳·姆旺吉、伊冯·阿蒂安波·欧沃尔、弗朗西斯·戴维斯·伊姆布格等 16 位作家的 18 部作品。这些作品文体各异，其中有 10 部长篇小说，3 部短篇小说，2 部戏剧，1 部自传，1 部纪实文学，1 部回忆录。北部非洲的文学创作除了人们熟知的阿拉伯语文学外也有英语文学的创作，如苏丹的莱拉·阿布勒拉、贾迈勒·马哈古卜，埃及的艾赫达夫·苏维夫等，他们都用英语创作，而且出版了不少作品，获得过一些国际奖项，在评论界也有较好的口碑。东部非洲国家通常包括肯尼亚、坦桑尼亚、乌干达、卢旺达、南苏丹、索马里、埃塞俄比亚、厄立特里亚、吉布提、塞舌尔和布隆迪。总体来说，肯尼亚是英语文学大国；坦桑尼亚因古尔纳获得诺贝尔文学奖而异军突起；而乌干达、卢旺达、索马里、南苏丹因内战、种族屠杀等原因，出现很多相关主题的英语文学作品，引起国际社会的关注；乌干达、卢旺达、索马里、南苏丹这些国家的文学作品呈现出两大特点，即鲜明的创伤主题和回忆录式写作；而其他 5 个东部非洲国家英语文学作品则极少。

第六部是《东部非洲经典文学作品研究》。19 世纪，西方列强疯狂瓜分非洲，东非大部分沦为英、德、意、法等国的殖民地或保护地。第二次世界大战前，只有埃塞俄比亚一个独立国家；战后，其余国家相继独立。东部非洲有悠久的本土语言书写传统，有丰富优秀的阿拉伯语文学、斯瓦希里语文学、阿姆哈拉语文学和索马里语文学等，不过随着英语成为独立后多国的官方语言，以及基于英语成为世界通用语言这一事实，在文学创作方面，东部非洲的英语文学表现突出。东部非洲的英语作家和作品较多，在国际上认可度很高，产生了一批国际知名作家，比如恩古吉·瓦·提安哥、纽拉丁·法拉赫和 2021 年诺贝尔文学奖得主阿卜杜勒拉扎克·古尔纳等。此外，还有大批文学新秀在国际文坛崭露头角，获得凯恩非洲文学奖（Caine Prize for African Writing）等重要奖项。本书涉及的作家有：乔莫·肯雅塔、格雷斯·奥戈特、恩古吉·瓦·提安哥、查尔斯·曼谷亚、大卫·麦鲁、伊冯·阿蒂安波·欧沃尔、奥克特·普比泰克、摩西·伊塞加瓦、萨勒·塞拉西、奈加·梅兹莱基亚、马萨·蒙吉斯特、约翰·鲁辛比、斯科拉斯蒂克·姆卡松加、纽拉丁·法拉赫、宾亚凡加·瓦奈纳。这些作家创作的时间跨度从 20 世纪一直到 21 世纪，具有鲜明的历时性特征。本书所选的作品都是他们的代表性著作，能够反映出彼时彼地的时代风貌和时代心理。

第七部是《中部非洲精选文学作品研究》。中部非洲通常指殖民时期英属南部非洲殖民地的中部，包括津巴布韦、马拉维和赞比亚三个国家。这三个紧邻的国家不仅被殖民经历有诸多相似之处，而且地理环境也相似，自古以来各方面的交流也较为频繁，在文学题材、作品主题和创作手法等方面具有较大共性。本书对津巴布韦、马拉维和赞比亚的 15 部文学作品进行介绍和研究，既有像多丽丝·莱辛、齐齐·丹格仁布格、查尔斯·蒙戈希、萨缪尔·恩塔拉、莱格森·卡伊拉、斯蒂夫·奇蒙博等这样知名作家的经典作品，也有布莱昂尼·希姆、纳姆瓦利·瑟佩尔等新锐作家独具个性的作品，还有约翰·埃佩尔这样难以得到主流文化认可的白人作家的作品。从本书精选的作家作品及其研究中，可以概览中部非洲文学的整体成就、艺术水准、美学特征和伦理价值。

第八部是《博茨瓦纳英语文学进程研究》。本书主要聚焦 1885 年殖民统治后博茨瓦纳文学的发展演变，立足文学本位，展现其文学自身的特性。从中国学者的视角对文本加以批评诠释，考察了其文学史价值，在分析每一作家个体的同时又融入史学思维，聚合作家整体的文学实践与历史变动，按时间线索梳理博茨瓦纳文学史的内在发展脉络。本书以"现代化"作为博茨瓦纳文学发展的主线，根据现代化的不同程度，划分出博茨瓦纳英语文学发展的五个板块，即"殖民地文学的图景""本土文学的萌芽""文学现代性的发展""传统与现代的冲突"以及"大众文学与历史题材"，并考察各个板块被赋予的历史意义。同时，遴选了贝西·黑德、尤妮蒂·道、巴罗隆·塞卜尼、尼古拉斯·蒙萨拉特、贾旺娃·德玛、亚历山大·麦考尔·史密斯等十余位在博茨瓦纳英语文学史上产生重要影响的作家，将那些深刻反映了博茨瓦纳人的生存境况，对社会发展和人们的思想观念产生了深远影响的文学作品纳入其中，以点带面地梳理了博茨瓦纳文学的现代化进程，勾勒出了博茨瓦纳百年英语文学发展的大致轮廓，帮助读者拓展对博茨瓦纳英语文学及其国家整体概况的认知。博茨瓦纳在历史、文化及文学发展方面可以说是非洲各国的一个缩影，其在文学的现代化进程中表现得尤为突出。这是我们考虑为这个国家的文学单独"作传"的主要原因，也是我们为非洲文学"作史"的一次有益尝试。

第九部是《古尔纳小说流散书写研究》。2021 年，坦桑尼亚作家古尔纳获得诺贝尔文学奖，轰动一时，在全球迅速成为一个文化热点，与其他多位获得大奖的非洲作家一起，使 2021 年成为"非洲文学年"。古尔纳也立刻成为国内研究的焦点，并带动了国内的非洲文学研究。因此，对古尔纳的 10 部长篇小说进行细读细析和系统多维的学术研究就显得非常必要。本书主要聚焦古尔纳的流散作家身份，以"流散主题""流散叙事""流散愿景""流散共同体"4 个专题形式集中探讨了古尔纳的 10 部长篇小说，即《离别的记忆》《朝圣者之路》《多蒂》《天堂》《绝妙的静默》《海边》《遗弃》《最后的礼物》《砾石之心》和《今世来生》，提供了古尔纳作品解读研究的多重路径。本书从难民叙事到殖民书写，从艺术手法到主题思想，从题材来源到跨界影响，从比较视野到深层关怀再到世界文学新格局，对古尔纳的流散书写及其取得巨大成功的深层原因进行了细致揭示。

第十部是《非洲文学名家创作研究》。本书对 31 位非洲著名作家的生平、创作及影响进行追本溯源和考证述评，包含南部非洲、西部非洲、中部非洲、东部和北部非洲的作家及其以英语、法语、阿拉伯语和葡萄牙语等主要语种的文学创作。收入本书的作家包括 7 位获得诺贝尔文学奖的作家，也包括获得布克奖等其他世界著名文学奖项的作家，还包括我们研究后认定的历史上重要的非洲作家和当代的新锐作家。

这套"非洲文学研究丛书"的作者队伍由从事非洲文学研究多年的教授和年富力强的中青年学者组成，都是我国首个非洲文学研究国家社会科学基金重大项目"非洲英语文学史"（项目编号：19ZDA296）的骨干成员和重要成员。国内关于外国文学的研究类丛书不少，但基本上都是以欧洲文学特别是英美文学为主，亚洲文学中的日本文学和印度文学也还较多，其他都相对较少，而非洲文学得到译介和研究的则是少之又少。为了均衡吸纳国外文学文化的精华和精髓，弥补非洲文学译介和评论的严重不足，"非洲英语文学史"的项目组成员惭凫企鹤，不揣浅陋，群策群力，凝神聚力，字斟句酌，锱铢必较，宵衣旰食，孜孜矻矻，黾勉从事，不敢告劳，放弃了多少节假日以及其他休息时间，终于完成了这套"非洲文学研究丛书"。丛书涉及的作品在国内大多没有译本，书中所节选原著的中译文多出自文章作者之手，相关研究资料也都是一手，不少还是第一次挖掘。书稿虽然几经讨论，多次增删，反复勘正，仍恐鲁鱼帝虎，别风淮雨，舛误难免，贻笑方家。诚望各位前辈、各位专家、非洲文学的研究者以及广大读者朋友们，不吝指疵和教诲。

2024 年 2 月

于上海心远斋

序

在评传类文本中，司马迁的《史记》中的"世家"和"本纪"可能是我国最早的人物传记了，虽然主要是为帝王将相作传，但突破了先秦史传以事为中心的编年体形式，找到了一种新的表述方式，以成熟的传记文学开辟了我国史传文学的新纪元，为中国后世文学提供了一系列塑造典型人物形象的成功经验，其做法和写法也算是开创了传记的先河。后来的《汉书》《三国志》《旧唐书》《资治通鉴》以及各朝代史书大多沿用这种范式，鲜有突破。正史之外写人的，则极尽夸饰、粉饰或修饰之能事，褒贬随性，多不可信。

《史记》为杂史杂传提供了更为成熟的艺术手段，其后遂出现了《越绝书》《吴越春秋》《列女传》和《蜀王本纪》等很多文学色彩浓厚的杂传作品。到了唐代，古文运动的领袖韩愈的散传《圬者王承福传》《张中丞传后叙》《柳子厚墓志铭》等，凭借清新的文笔和鲜明的形象塑造，为传记注入了活力。韩愈的《张中丞传后叙》是表彰安史之乱期间睢阳守将张巡、许远的一篇名作，是在李翰所写的《张巡传》之后写的，所以题为"后叙"。韩愈对有关材料做了补充，并对人物进行了议论，激情澎湃，是非分明。读者一下子就看到了血肉丰满、神采飞扬、动人心魄的形象。可以说，这篇散文是我国传记文学的典范。韩愈名冠唐宋八大家之首，确非浪得虚名。宋代苏轼的《司马温公行状》、朱熹的《张魏公行状》等作为传记也可圈可点。明代出自袁宏道、宋濂等名家之手的市民传记细腻真切，贴近生活，尚可陈善。清以降，除戴名世、方苞等人的作品外，传记总体来说缺少亮色。传记文学的光大，其实相当晚近，在近现代中西方文化互鉴互融的背景下才得以完成。梁启超、胡适、郁达夫、郭沫若和沈从文等都偶有不俗表现，嗣后就逐渐蔚为壮观了。

　　"文变染乎世情，兴废系乎时序。"[①] 这是可以理解的。当前语境下，相较伟人领袖、政治家、军事家、科学家和时尚达人传记而言，文学名家的传记略嫌少了些。尽管如此，书市上，除了中国文学家的生平事迹，我们还是能够轻易看到外国文学家的评传，如莎士比亚、契诃夫、托尔斯泰、海明威、巴尔扎克、左拉、泰戈尔、大江健三郎等，随便还是能列出一个长长的清单的。这个清单中，我们能够看得出，首先是英美的居多，然后是欧洲其他国家或地区的，接着是印度的和日本的，最后偶见其他国家或地区的，而非洲作家基本上是名不见"经传"的。国内读者对非洲作家知之甚少，能说出非洲作家名字或作品的没有几个，外国文学界大多也只是熟悉一两个非洲作家，读过非洲文学作品的则更是少之又少。个中原因，西方主流文学和强势文化引领并控制着文学出版和阅读市场是其一，当然，第三世界国家的经济不发达也是一个重要因素。这就是我们研究非洲文学的出发点之一，也是我们撰写《非洲文学名家创作研究》的重要原因。试想，没有超过 14 亿人口的非洲的文学，世界文学还能算是真正意义上的世界文学吗？非洲文学同中国文学一样，都辉煌灿烂，成就非凡，都是世界文学的重要组成部分。世界文学的大家庭里不能少了这样重要的成员。

　　中国首个非洲文学研究国家社科基金重大项目团队经过努力，终于完成了这部涉及 31 位非洲重要作家的《非洲文学名家创作研究》。大家战严寒，斗酷暑，殚精竭虑，虽然面有倦色，但都收获满满，毕竟这是首部非洲文学名家创作研究，其意义和价值自是毋庸赘言。本书涉及英语、法语、阿拉伯语、葡萄牙语等非洲文学主要语种，涵盖南部非洲、西部非洲、中部非洲、东部非洲和北部非洲等非洲五大地区主要国家的主要作家。之所以称之为"名家"，是因为传主都是非洲文学界的代表人物，包括获得诺贝尔文学奖、布克奖、龚古尔奖等著名国际文学大奖的作家，也包括获得非洲区域文学奖的作家，还包括近些年崛起的新锐作家。我们对非洲文学的方方面面都给予密切关注和扎实调研。2021 年 10 月 7 日，坦桑尼亚作家阿卜杜勒拉扎克·古尔纳（Abdulrazak Gurnah，1948— ）获得诺贝尔文学奖，成为第七位获此殊荣的非洲作家。同年 10 月 20 日，诺贝尔文学奖公布不过两周，葡萄牙语文学最高奖项卡蒙斯奖宣布获奖者为莫桑比克作家保利娜·希

---

① 刘勰：《文心雕龙·时序》，黄叔琳注、纪昀评、李详补注、刘咸炘阐说、戚良德辑校，上海：上海古籍出版社，2015 年，第 253 页。

吉娅尼（Paulina Chiziane，1955— ）。10 月 26 日，美国的纽斯塔特国际文学奖颁发给了塞内加尔作家布巴卡尔·鲍里斯·迪奥普（Boubacar Boris Diop，1946— ）。11 月 3 日，英语文学最高奖项布克奖和法语文学最高奖项龚古尔奖同日揭晓，分别由南非作家达蒙·加格特（Damon Galgut，1963— ）和塞内加尔作家穆罕默德·姆布加尔·萨尔（Mohamed Mbougar Sarr，1990— ）摘得。此外，津巴布韦作家齐齐·丹格仁布格（Tsitsi Dangarembga，1959— ）、安哥拉作家若泽·爱德华多·阿瓜卢萨（José Eduardo Agualusa，1960— ）和尼日利亚作家奇玛曼达·恩戈兹·阿迪契（Chimamanda Ngozi Adichie，1977— ）等非洲作家也在 2021 年获各类文学奖项。我们对这些奖项密切关注，并且对这些获奖作家进行及时跟踪。但我们的关注点绝非仅限于此，而是进行田野调查，发掘一手资料，对非洲文学作家作品做出我们自己的研究，得出中国学者自己的学术判断。对于哪些作家属于非洲作家，我们也都有自己的判断标准。

非洲文学当然指的是非洲作家的文学创作，而之所以称之为"非洲文学"，还因为其突出的"非洲性"。"非洲性"，简单说来，是非洲本土作家和流散到其他国家或地区的第一代非洲作家对源自非洲大陆的历史文化的深层认同。非洲文学的"非洲性"正是基于这种文化共同体认同的书写表征。"非洲性"并非固有概念，而是"各种文化符号和历史经验的产物，且在不断变化中"[1]。古尔纳之前六位获得诺贝尔文学奖的非洲作家依次是阿尔及利亚作家阿尔贝·加缪，尼日利亚作家沃莱·索因卡，埃及作家纳吉布·马哈福兹，南非作家纳丁·戈迪默、J. M. 库切，以及津巴布韦作家多丽丝·莱辛，分别于 1957 年、1986 年、1988 年、1991 年、2003 年和 2007 年获得诺奖。加缪虽是法国籍，但其出生并成长于阿尔及利亚，其代表作《局外人》（L'Étranger，1942）和《鼠疫》（La Peste，1947）等多部重要作品都是以阿尔及利亚为背景的，其创作的主要灵感来源就是他的北非生活，因而从严格意义上来说他是非洲作家。莱辛 1925—1949 年一直在英属殖民地南罗得西亚也就是现在的津巴布韦生活，其影响力最大的作品《青草在歌唱》（The Grass Is Singing，1950）和《金色笔记》（The Golden Notebook，1962）等多部作品讲述的都是非洲故事，所以从严格意义

---

① T. D. Harper-Shipman, "Creolizing Development in Postcolonial Africa", *Philosophy and Global Affairs*, 2021, 1(2), p. 352.

来讲她也是非洲作家。此外，1985年诺贝尔文学奖得主法国作家克洛德·西蒙（Claude Simon，1913—2005）虽然出生于原法属殖民地马达加斯加岛，但不到一岁就随母亲返回法国，其作品与非洲的关联也很小，所以这里不把他归入非洲作家范畴。

一般来说，"'传记'以寻求历史事实的真实为特征，而'传记文学'则以情感的真实为特征"[①]。也就是说，前者追求历史真实，后者追求情感真实。这部《非洲文学名家创作研究》追求的则是历史和情感的双重真实。在写法上，本书又秉持中国传记传统，以人物为中心，对31位非洲著名作家的生平、创作、交际及影响等方面进行追踪回顾和考证述评，较多地关注与他们的文学创作密切相关的成长历程、生存困境、文化冲突、审美情趣、艺术特色、主题思想及文学影响等诸多方面，力求展现非洲作家乃至非洲文学的精神状态、整体面貌和风格特征。

本书按照非洲的南、西、中、东、北五个区域排序，每个区域内按照国名音序排序，同一国家的作家按照出生年份排序，力争体现区域的合理性、语种的多样性、所选作家的代表性、评传写作者的权威性和评判评论的相对客观性。

2024年2月

---

① 刘建军：《西方传记文学写作的逻辑起点与价值取向》，《现代传记研究》，2017年第1期，第70页。

目录｜CONTENTS

第一部分

南部非洲文学名家创作研究

南部非洲是一个多种族、多民族、多语言和多文化的地理区域，主要包括南非、纳米比亚、博茨瓦纳、莱索托、斯威士兰、莫桑比克六个国家。长期以来，南部非洲的本土文化与外来文化交织碰撞，逐渐形成了多元混杂的文化形态。南部非洲文学是非洲文学中表现最为突出的区域文学，其中以南非文学成就最高，历史最为悠久，题材、体裁也最为多样。20世纪上半叶的南非文学发展势头强劲，在黑人文学中出现了诗歌与戏剧两栖作家赫伯特·德罗莫，在白人文学中则以赫尔曼·查尔斯·博斯曼最为出众。种族隔离至后种族隔离时期，在纳丁·戈迪默、阿索尔·富加德、约翰·马克斯韦尔·库切和达蒙·加格特等先后获得诺贝尔文学奖、布克奖、英联邦作家奖等国际奖项的著名作家带领下，南非文学逐渐走向世界文坛的巅峰。除了南非，博茨瓦纳、莫桑比克也有不少出色的文学作品，出现了贝西·黑德和米亚·科托等名家。他们的作品或聚焦南部非洲的历史，还原被白人中心主义扭曲的黑人历史；或关注南部非洲的现实，揭露社会问题，指明社会发展的新方向。

本书第一部分收录了有关上述八位作家的研究文章，从纵向与横向两个角度，梳理了南部非洲自19世纪末20世纪初文学发轫以来的代表作家，展示了南部非洲多样性、混杂性的文学特色，从中可以一览南部非洲文学发展的样貌与形态。

贝西·黑德

Bessie Head, 1937—1986

代表作一：《雨云聚集之时》（*When Rain Clouds Gather*，1968）

代表作二：《权力问题》（*A Question of Power*，1973）

第一篇

建造通往星辰的阶梯

——博茨瓦纳作家贝西·黑德创作研究

引　言

贝西·黑德（Bessie Head，1937—1986）是非洲最著名的英语作家之一，也是一位跨越国界的作家。她生在南非，受殖民主义和种族主义压迫，最终流亡至博茨瓦纳，被公认为该国最有影响力的作家。她的作品既属于流散文学[①]，更属于"被压迫者的文学"[②]。之所以这样说，是因为贝西具有伟大作家的情怀，她关心的是人类整体，追求的是全人类平等、自由的理想世界。

一、"非法"的南非混血儿

贝西·黑德原名贝西·阿米莉亚·埃梅里（Bessie Amelia Emery），1937年7月6日出生在南非彼得马里茨堡的纳皮尔堡精神病院，父亲不详。母亲贝西·阿

[①] 朱振武、袁俊卿：《流散文学的时代表征及其世界意义——以非洲英语文学为例》，《中国社会科学》，2019年第7期，第135–158页。

[②] Joshua Agbo, *Bessie Head and the Trauma of Exile: Identity and Alienation in Southern African Fiction*, New York: Routledge, 2021, p. 3.

米莉亚·埃梅里（Bessie Amelia Emery），昵称为"托比"（Toby，下文以此称呼），是该院的一名病人。她坚持把自己的名字给了女儿，这是贝西与母亲的最后一丝联系。

托比原名贝西·阿米莉亚·伯奇（Bessie Amelia Birch），是伯奇家族的长女。该家族于 19 世纪末从英国来到南非，并在这里赚到了大笔财富。1915 年，托比嫁给了澳大利亚移民艾拉·埃梅里（Ira G. Emery）。1919 年，托比年幼的长子死于车祸，她目睹了这桩惨剧。还好母亲艾丽斯·伯奇（Alice Mary Birch）给了托比情感支撑。1929 年，托比与艾拉·埃梅里离婚后回到娘家居住，但她没有走出这段阴影。1931 年，她在丧子与失婚的双重打击下精神崩溃，被送进比勒陀利亚的一家精神病院。三年后托比出院，成为家人眼中需要照顾、监管的可怜人。1937 年，托比在德班的妹妹那里度假，却被发现已怀孕数月。艾丽斯·伯奇把托比送进了纳皮尔堡精神病院，后又为贝西寻找收养人。①

生育私生子本来就是一桩耻辱之事，托比的精神状态让她无法养育小贝西，伯奇家族决定甩掉这个包袱，将其送养。但这个婴儿很快被收养家庭退回，因为她竟然是个混血儿！早在 1927 年，南非政府颁布的《背德法》（Immorality Act）就规定白人与黑人发生关系违反法律，这意味着贝西的诞生是"非法"的，她从此被伯奇家族视为污点。随后，这个"有色"婴儿被交给彼得马里茨堡一个贫穷的、笃信天主教的有色人种家庭，由乔治·希思科特（George Heathcote）和内莉·希思科特（Nellie Heathcote）抚养。迫于托比对贝西的牵挂，爱女心切的艾丽斯·伯奇定期给希思科特夫妇汇去支票。但 1943 年托比在精神病院去世后，她就停止了与希思科特家的联系，彻底抛弃了这个外孙女。而贝西也始终把内莉当成亲生母亲，在彼得马里茨堡度过了正常的童年，并在那里完成了小学教育。

1948 年，主张"白人至上"的南非国民党（Nasionale Party）在大选中取得胜利，该党上台后开始在全国推行种族隔离制度（Apartheid）。次年，政府颁布《禁止跨族婚姻法》（Prohibition of Mixed Marriages Act），白人与非白人的婚姻

① Kenneth Stanley Birch, "The Birch Family: An Introduction to the White Antecedents of the Late Bessie Amelia Head", *English in Africa*, 1995, 22(1), pp. 1-18.

关系从此不被承认。1950年，政府颁布《人口登记法》（Population Registration Act），把南非人分为黑人、白人和有色人种三大类；同年颁布的第二版《背德法》扩大范围，视白人与黑人发生关系为违法，白人与其他有色人种的交往也被禁止。正是在1950年1月，贝西被政府工作人员从养母家里带走，送到了德班的圣莫尼卡之家，这是英国圣公会专为她这样的"有色女孩"开设的寄宿学校。起初贝西既不习惯校内严格的纪律，也不喜欢新宗教，但后来逐渐适应了新生活。

1951年12月，圣莫尼卡之家拒绝贝西探望内莉并过圣诞节的请求，甚至还把她带到了地方法院。贝西被告知自己的生母是一名白人，而内莉只是其养母。此事对这个14岁的女孩造成了巨大打击。多年后，她还能在作品中回忆起当时的震惊和痛苦：

> 伊丽莎白一到教会学校，校长就把她叫到一边，爆出最令人震惊的消息。校长说：
>
> "我们有关于你的完整记录，你必须提高警惕，你母亲是精神病患者。你如果不小心，就会和她一样疯掉。你母亲是个白人，由于她跟当地的一个黑人马夫有了孩子，所以他们不得不把她锁起来。"
>
> 伊丽莎白受到强烈打击，开始痛哭……她从情感上真正把自己当作养母的孩子，这个故事不过是强加到她的生活里的。①

1953年，贝西终于被允许探访希思科特家。回校后，她选择接受为期两年的教师培训。1956年1月，18岁的贝西终于离开了圣莫尼卡之家，到德班的克莱伍德有色人种学校当老师。但贝西并不喜欢教书，1958年6月，她辞去了教学工作，决定到开普敦当一名记者。当年8月，来到开普敦的贝西成为《金城邮报》（Golden City Post）唯一的女记者。这家面向黑人读者的报纸创办于1955年，是知名杂志《鼓》（Drum）的姊妹刊物。次年4月，贝西搬到约翰内斯堡，继续为《鼓》旗下的出版物撰稿。她在那里遇到了许多著名作家，并开始尝试写作。更重

---

① 贝西·黑德：《权力问题》，李艳译，杭州：浙江工商大学出版社，2019年，第7-8页。

要的是，贝西在那里接触到了黑人民族主义政治著作，其中泛非主义者乔治·帕德莫尔①的思想深深影响了她。

1960 年，贝西加入了阿扎尼亚泛非主义者大会②，并与其创始人罗伯特·索布奎③成为朋友。同年 3 月，在该组织举行的抗议活动中发生了沙佩维尔惨案（Sharpeville Massacre），警方用暴力镇压群众，伤亡者多达 249 人。惨案引发了国际舆论批判，国内的黑人群体开始举行游行、罢工以示威，贝西也参加了这类活动。但随即阿扎尼亚泛非主义者大会就被政府认定为非法组织，多名成员被捕，其中就包括贝西。虽然针对她的指控最终被驳回，但政治理想的破灭和组织成员的相互背叛让贝西陷入了抑郁状态，精神状态极不稳定。当年 4 月，她自杀未遂，被送入精神病院。出院后，贝西回到了开普敦为《金城邮报》写稿，后因情绪低落而辞职，社交活动也因此暂停。

1961 年，贝西重新出现在开普敦的知识分子圈里。她开始抽烟喝酒——这些坏习惯对她的身体造成了巨大伤害。同年 7 月，贝西遇到了哈罗德·黑德（Harold Head，1936— ）。哈罗德是一位来自比勒陀利亚的"有色"记者，也是南非自由党④成员，很多观念与贝西一致。在相识六周后，他们就结婚了，自此贝西·阿米莉亚·埃梅里成为贝西·阿米莉亚·埃梅里·黑德（Bessie Amelia Emery Head），简称贝西·黑德（Bessie Head）。

---

① 乔治·帕德莫尔（George Padmore，1903—1959），原名马尔科姆·伊万·麦雷迪斯·诺思（Malcolm Ivan Meredith Nurse），泛非主义倡导者、记者、作家，代表作有《英国如何统治非洲》（*How Britain Rules Africa*，1936）和《泛非主义或共产主义？非洲即将迎来的斗争》（*Pan-Africanism or Communism? The Coming Struggle for Africa*，1956）。

② 阿扎尼亚泛非主义者大会（Pan-Africanist Congress of Azania，PAC）：1959 年 4 月，由罗伯特·索布奎（Robert Sobukwe，1924—1978）创建，起先是非洲民族解放运动，后来成为一个政党。该组织最初的一批成员是从 1912 年成立的非洲人国民大会（African National Congress，ANC）中脱离出来的，因为他们反对 ANC 的"土地属于所有居住在其上的白人和黑人"，主张建设一个以非洲民族主义为基础的国家。1960 年被南非政府取缔后，阿扎尼亚泛非主义者大会成立武装组织，即阿扎尼亚人民解放军（Azanian People's Liberation Army）。

③ 罗伯特·索布奎（Robert Sobukwe，1924—1978）：南非黑人民族主义领袖，1959 年主持创建了阿扎尼亚泛非主义者大会并担任其领导人。他坚信南非的未来属于非洲民族主义，并将非洲人定义为"生活在非洲并效忠于非洲、服从非洲多数统治的人"。1960 年，索布奎因领导抗议活动被捕，1969 年才被释放，之后终生被软禁在国内。

④ 南非自由党（Liberal Party of South Africa）：南非政党，1953 年成立，1968 年解散。该党反对种族隔离，要求实现"一人一票"的选举，成员不仅有白人，也有黑人。

婚后，贝西和哈罗德继续从事记者、编辑等工作。1962 年 5 月 15 日，他们的独生子霍华德·雷克斯·黑德（Howard Rex Head，1962—2010）出生，这个孩子患有胎儿酒精综合症（当时这种病尚未被识别）。同年，贝西完成了《枢机》（*The Cardinal*，1962），这是其唯一一部以南非为背景的作品，在她去世多年后才出版。黑德夫妇的经济状况一直不佳，感情也逐渐破裂。1963 年底，贝西·黑德和儿子离开了哈罗德，从此夫妻双方一直分居。

起初，贝西·黑德在比勒陀利亚的婆婆家居住，但生活得并不愉快。1964 年初，她萌生了离开南非的想法。贝西申请到了邻国贝专纳（Bechuana）的一份教职。贝专纳是个即将独立的国家，英国政府在当年 6 月通过了在该国建立民主自治政府的提议。但由于此前参与过政治活动，贝西无法获得护照。在作家帕特里克·库里南（Patrick Roland Cullinan，1932—2011）的帮助下，贝西申请到了单程出境许可证。使用这一证件出国意味着她永不能回乡，但贝西并不介意。1964 年 3 月，贝西·黑德带着儿子霍华德前往贝专纳。[①]

1962 年，纳博科夫（Vladimir Nabokov，1899—1977）在接受英国广播公司采访时表示："我不会再回去了，理由很简单：我所需要的俄国的一切始终伴随着我：文学、语言，还有我自己在俄国度过的童年。我永不返乡。我永不投降。"[②]同样地，贝西·黑德也永远没有回乡，这不单单是因为感情的失败，更是因为南非种族隔离政策的强化。同一年，艾丽斯·伯奇去世，这位未曾谋面的外祖母把贝西的身世秘密带进了坟墓。这意味着贝西·黑德将在另一个国度迎来崭新的人生。不仅如此，她在文学上也将获得新生。

二、博茨瓦纳的流亡者

贝西·黑德抵达贝专纳后，居住在塞罗韦（Serowe）。这个城镇在 20 世纪初是茨瓦纳八大部落之一的恩瓦托（Ngwato）的首府，博茨瓦纳开国总统塞莱

---

① 参见 Bessie Head Home, http://www.thuto.org/bhead/html/biography/brief_biography.htm# childhood. [2021-11-12]

② 弗拉基米尔·纳博科夫：《独抒己见》，唐建清译，上海：上海译文出版社，2018 年，第 9—10 页。

茨·卡马（Seretse Khama，1921—1980）就出生在这里。塞罗韦后来逐渐成了难民的聚集地。1962 年，知名活动家、教育家帕特里克·范·伦斯堡（Patrick van Rensburg，1931—2017）从南非来到贝专纳，在这里建起了斯瓦宁山学校（Swaneng Hill School）。因为没有护照，贝西也被贝专纳政府定义为难民。

1964 年 4 月，贝西·黑德到切凯迪·卡马纪念小学（Tshekedi Memorial Primary School）工作，和儿子住在靠近塞罗韦区中心的一座圆茅屋（rondavel）里。但好景不长，她和校长发生冲突后愤而辞职。1965 年底，贝西开始认真写作。帕特里克·范·伦斯堡经常帮助她。次年 2 月，贝西·黑德前往帕拉佩（Palapye）南部的一个村庄，在恩瓦托发展协会名下的农场工作。贝西很喜欢这份工作，但五个月后，因住宿纠纷，她和儿子不得不离开农场。幸运的是，贝西在帕拉佩当地找到了一份打字员的工作，并收到了一个好消息：她的短篇小说《一个来自美国的女人》（"A Woman from America"）将被刊登在英国杂志《新政治家》（*New Statesman*）上，稿酬为 30 英镑。这是贝西·黑德职业生涯的转折点，它意味着用写作养活自己、成为一名真正的作家成为可能。但在当时，贝西仍然生活在困顿中。

再两个月后，贝西·黑德与老板发生纠纷，再次被解雇。面对失业和破产的巨大压力，她决定正式成为一名政治难民（political refugee）。贝西和霍华德乘坐火车北上，搬到了弗朗西斯敦（Francistown）的大型难民营，住在一间有闹鬼传闻的小木屋里。贝西开始向多个国家申请安置，但这一举动是徒劳的。她没有护照，也没有钱，生活陷入了绝境。然而，即便是在这样的情况下，贝西也从未放弃创作。她写了一篇文章《契布科啤酒与独立》（"Chibuko Beer and Independence"），以庆祝贝专纳于 1966 年 9 月 30 日正式独立。与此同时，她还有了一个长篇写作计划。

在半个地球外的纽约，知名出版公司西蒙与舒斯特接触到贝西·黑德的短篇小说《一个来自美国的女人》后对她产生了兴趣。1966 年末，这家出版社向贝西预定了一部长篇小说，还给了预付款以改善她的经济状况。贝西立刻买了台打字机，在不到一年的时间内便完成了小说初稿——《雨云聚集之时》（*When Rain Clouds Gather*，1968），讲述了南非流亡者在博茨瓦纳重获新生的故事。

　　小说的主人公马哈亚·马塞科（Makhaya Maseko）是一名黑人知识分子，他无法忍受南非的种族隔离制度，逃亡至博茨瓦纳，为来自英国的农业专家吉尔伯特工作，努力改变当地的传统耕作方式。由于贪婪酋长马腾赫（Matenge）的阴谋破坏，马哈亚和吉尔伯特的行动屡遭挫折。然而，博茨瓦纳突然遭遇旱灾，养牛业大受打击，村民们开始接受种植农业。马腾赫赶走两人的计划失败了，他担心饱受压迫的村民会报复自己，于是因恐惧而自杀。而马哈亚与一名博茨瓦纳女子喜结连理，收获了爱情和平静。

　　很明显，这本书的灵感来自贝西·黑德的切身经历。贫穷的乡村遭遇大旱是博茨瓦纳独立初期的真实历史。马哈亚夜间避开警察偷渡的情节则参考了她丈夫的经历，而马哈亚在田园中开始新事业的选择则取材于贝西本人，她在农场工作时就对农业产生了持久的兴趣。更重要的是，"雨云聚集"会带来幸福[①]，也意味着博茨瓦纳让这位作家找到了自己：

　　如果有人想回顾古代非洲，那么它的生活品质几乎被完整地保留在博茨瓦纳……这片土地上的人民从未直面白人统治的绝对恐怖，也从来没有被那种恐怖摧毁……正是在这个黑人……的和平世界，我开始慢慢有了自己的生活。就像我以一种简单而自然的方式发现了黑人的力量和个性一样。[②]

　　《雨云聚集之时》出版之后立刻取得了成功。但贝西·黑德的境遇并没有因此改善，霍华德因其"有色人种"的身份在弗朗西斯敦的学校里受到霸凌。于是，贝西于1969年1月带儿子返回塞罗韦，希望霍华德能在熟悉的环境中学习，但她在那里遭受了流言蜚语。当地人并不清楚贝西从难民补贴和联合国赠款中攒了些钱，便臆测有秘密情人为她提供资金，有时甚至公开羞辱她。歧视带来的痛苦导致贝西情绪崩溃，她再次被送进医院治疗。讽刺的是，这反而让邻居接纳了她，因为这证明贝西并不放荡，仅仅是个疯子罢了。[③]社区允许这对母子租住在一间小木屋里，正是在那里，贝西完成了第二部作品《玛汝》（*Maru*，1971）。

---

① 博茨瓦纳位于非洲内陆，境内有卡拉哈里沙漠，水资源在这里弥足珍贵。"雨云聚集"指雨季即将到来。

② Bessie Head, Craig MacKenzie eds., *Bessie Head: A Woman Alone, Autobiographical Writings*, Oxford, UK: Heinemann, 1990, pp. 69-72.

③ 参见South African History Online网站: https://www.sahistory.org.za/people/bessie-amelia- head. [2021-10-12]

歧视并不是白人的专利,《玛汝》讨论了博茨瓦纳内部存在的种族主义现象, 表现了"桑人"(San people)①受到的不公正待遇。故事主人公玛格丽特(Margaret)是由传教士抚养长大的"桑人"女孩, 她受过良好教育, 被派到一个博茨瓦纳村庄当小学老师。那是一个非常传统的村庄, 村民们依然把"桑人"当作奴隶。然而, 当地的未来酋长玛汝(Maru)爱上了这个女孩, 玛格丽特则要战胜村民的歧视, 同时又要在爱情中找到尊严。作家以"桑人"女孩玛格丽特的口吻控诉道:

在博茨瓦纳, 他们说: 斑马、狮子、水牛和布须曼人生活在卡拉哈里沙漠中。如果你能抓住斑马, 你可以走到它跟前, 用力掰开它的嘴, 检查它的牙。斑马不应该介意, 因为它是一种动物。科学家们对布须曼人也做了同样的事, 他们也不应该介意……在所有关于被压迫人民的事情中, 最恶劣的言论和行为发生在布须曼人身上……巴萨瓦相当于"黑鬼"(nigger), 这是个蔑视性词语, 间接指代一个低下、肮脏的民族。②

《玛汝》完成于1969年9月。这本书的创作既是因为贝西一家遭受的种族歧视, 也是出于作家对沉默的受压迫者的同情。"桑人"让她联想到了自己被排斥的经历:"所谓的混血儿, 真的深受非洲人憎恨……我不能改变自己……我看起来像个布须曼人, 在这里属于一个受鄙视的部落……"③但她还是振作精神, 继续认真生活。当年11月, 贝西用第一本书的版权费在塞罗韦修建了房子, 她给这座房子起名叫"雨云"。在这段时间里, 她还加入了帕特里克·范·伦斯堡的自助小组, 负责园艺项目。贝西工作得非常愉快, 还交到了朋友, 但九个月后, 她就因个人纠纷被迫退出了这个项目。

---

① "桑人"为布须曼人(Bushmen)的贬称, 分布在博茨瓦纳、纳米比亚、南非等国家, 其中博茨瓦纳人数最多。其文化属于狩猎采集文化, 游牧民族科伊科伊人(Khoekhoe)贬称他们为"桑人", 即"觅食者"之意。

② Bessie Head, *Maru*, London: Heinemann, 1995, pp. 11-12.

③ Arlene A. Elder, et al.,"Bessie Head: New Considerations, Continuing Questions", *Callaloo*, 1993, 16(1), p. 281.

各种痛苦相加，贝西·黑德的精神状况又开始恶化。1971年2月《玛汝》出版时，她已经濒临崩溃。后来她打了一个女人，给朋友写了一封歇斯底里的信。不仅如此，贝西还在村邮局的墙上张贴了一份文件，宣称总统塞莱茨·卡马与他的女儿乱伦，并且暗杀副总统。当然，这些都是她在神志不清时的臆想。博茨瓦纳当局对此态度温和，总统没有追究贝西的责任，法庭也没有判处她有罪。政府让贝西在医院接受了精神评估，之后把她送到了精神病院。贝西接受治疗后逐渐好转，6月底就恢复理智，回到了家。

康复后，贝西·黑德立刻开始写《权力问题》（*A Question of Power*，1973）。这本自传式的长篇小说融合了其早年经历和近期精神失常的噩梦，是她最成熟的作品。1972年4月底，这本书就完成了，虽然出版之路多有波折，但还是在次年10月成功发行。

《权力问题》讲述了一个混血女人伊丽莎白从南非流亡至博茨瓦纳，被塞洛（Sello）和丹（Dan）这两个幻觉中的非洲男子纠缠，最终找回自我、恢复清醒的故事。此书既是对作家个人疯狂体验的写照，也是对殖民主义、种族主义的控诉。

在自己的祖国，伊丽莎白饱受歧视：

在南非，她被严苛地划为有色人种。她无法逃脱，无法成为一个有人格的人，从中获得简单的快乐。任何在南非的人，都不可能就这样逃脱。他们是人种，不是人民。[1]

而在博茨瓦纳，伊丽莎白也受到排挤，幻觉中的恶灵这样对她说："你知道，非洲是一摊浑水。我是浑水中的游泳健将。而你，只会淹死在这儿。你跟人们没有联系，你不懂任何非洲语言。"[2]不仅如此，分属善恶两方势力的塞洛和丹以伊丽莎白的内心为战场，争夺权力，这让本就为社会问题所困扰的她痛苦不堪，不得不因精神崩溃两度入院治疗。经过抗争，伊丽莎白明白了，"爱是两个人彼此哺

---

[1] 贝西·黑德：《权力问题》，李艳译，杭州：浙江工商大学出版社，2019年，第44页。
[2] 同上。

育对方，而不是一个人如食尸鬼般寄居在另一个人的灵魂之上"①。在她看来，只有人们保持平常之心，友善相处，不再相互欺压，理想社会才能到来。因此，她把精力投入博茨瓦纳乡村的农业互助项目，真正寻回了家园的宁静：

> 非洲却正好相反。没有直截了当、矛头直指阶层和种姓的那些僵化、虚伪的社会体制。甫一开始，伊丽莎白就落入手足情谊的温暖怀抱，因为一个民族想要每个人都是普通人，这就是表达人与人相亲相爱的另一种方式。入睡前，她把一只手温柔地放在自己的土地上——一种归属姿势。②

早在 1965 年，贝西·黑德就在一篇名为《致"拿破仑·波拿巴"、詹妮和凯特》（"For 'Napoleon Bonaparte' Jenny and Kate", 1965）的文章里写下了这样的句子："非洲不需要我，但我需要非洲。"③非洲给了她灵感和力量，博茨瓦纳也让她真正成为一个作家，除了尘封多年的《枢机》外，她所有的作品都是以博茨瓦纳为背景的。

三、扬名国际的非洲作家

贝西·黑德的第三部小说《权力问题》面世较为艰难，也没有像前两本书一样立刻在销售方面取得成绩，但它为作家带来了更大的知名度。凭借此书给她带来的文学声誉，她成为能在国际文坛上发声的知名作家。

1976 年 4 月，贝西·黑德收到了来自博茨瓦纳最高学府博茨瓦纳和斯威士兰大学的会议邀请。该校在哈博罗内组织了博茨瓦纳第一届作家研讨会，她在这次会议上发表了自己的第一篇学术论文，这是贝西第一次公开演讲。之后，身为著名作家的贝西·黑德应邀参加了各种海外活动。1976 年 12 月，贝西首次接受海外

---

① 贝西·黑德：《权力问题》，李艳译，杭州：浙江工商大学出版社，2019 年，第 3 页。

② 同上，第 252 页。

③ M. J. Daymond, Dorothy Driver, Sheila Meintjes eds., *Women Writing Africa: The Southern Region*, New York: The Feminist Press at CUNY, 2003, p. 292.

媒体采访；1977 年 9 月至 12 月，她代表博茨瓦纳前往美国参加爱荷华大学的国际写作项目；1979 年，她成为柏林国际写作日嘉宾，且是非洲及加勒比地区 25 位代表作家中唯一的女性；1981 年，她参加了在荷兰阿姆斯特丹举行的文学庆典；1984 年，她在澳大利亚阿德莱德节作家周活动上公开演讲，受到热烈欢迎，展出的所有作品都被售出……

非洲也没有忽略这位作家。1982 年，贝西·黑德被尼日利亚高等学府卡拉巴尔大学邀请，成为"非洲文学与英语语言"（"African Literature and the English Language"）会议主讲人。在这里，她了解到自己的作品在非洲文学研究中占有重要地位。另外，在接连不断的国际活动中，贝西早已成为博茨瓦纳的非官方大使，这或许是她在 1979 年未经申请就取得该国国籍的原因（贝西在 1977 年 10 月申请过一次博茨瓦纳国籍，但没有成功）。

贝西·黑德的文学生命仍在继续。此前其作品主题就各不相同：《雨云聚集之时》关注博茨瓦纳的贫穷农民，《玛汝》批评非洲内部的种族主义，《权力问题》则是对作家本人灵魂的深入探索。而在这之后，她出版了更多主题各异的作品，其中包括短篇小说集《珍宝收藏者和其他博茨瓦纳乡村故事》（*The Collector of Treasures and Other Botswana Village Tales*，1977）、非虚构作品《塞罗韦：雨风之村》（*Serowe: Village of the Rain Wind*，1981）和长篇历史小说《着魔的十字路口：非洲传奇》（*A Bewitched Crossroad: An African Saga*，1984）。

《珍宝收藏者和其他博茨瓦纳乡村故事》取材于博茨瓦纳妇女的经历。如改编自博茨瓦纳中部巴塔劳特（Batalaote）部落历史的短篇小说《深河：古代部落迁徙的故事》（"The Deep River: A Story of Ancient Tribal Migration"）是一个爱情故事。即将继位的酋长与一位"不合适的"姑娘相爱，遭到了全部落的反对，人们表示"受女人影响的男人不是统治者。他就像一个听从孩子建议的人"[①]。姑娘的父亲也反对，要把她嫁给别人："女人永远不知道自己的心思，一旦这件事过去了，你有了很多孩子，你会想知道所有的大惊小怪是怎么回事。"[②] 然而，这

---

① Bessie Head, *The Collector of Treasures and Other Botswana Village Tales*, London: Heinemann Educational Books, 1977, p. 3.

② Ibid., p. 4.

对恋人没有屈服，他们主动离开，在其他地方另建了一个部落。《珍宝收藏者》（"The Collector of Treasures"）则是一个悲剧。博茨瓦纳妇女迪克莱迪·莫科皮（Dikeledi Mokopi）因谋杀丈夫被判终身监禁。但迪克莱迪也是受害者，她的不幸全是丈夫带来的。这个男人在外拈花惹草，不支付孩子的学费，还打算毁掉妻子的"珍宝"——她唯一的真挚友情。贝西在文中辛辣地讽刺道：

> 有一种男人制造了如此多的痛苦和混乱，以至于他可以被公众谴责为邪恶……那种人的生活接近动物水准，行为举止也相同。就像狗、公牛和驴一样，他也不对自己的孩子负任何责任；就像狗、公牛和驴一样，他也让女性堕胎……祖先们犯了许多错误，其中最令人痛苦的是，他们将部落中的优越地位归于男性，而女性先天被视为人类生命的低等形式。时至今日，妇女依然承受着降临在低等人身上的所有灾难。[①]

《塞罗韦：雨风之村》讲述了塞罗韦当地的历史，该书围绕三个人物展开。第一个是建立塞罗韦的恩瓦托酋长卡马三世（Khama III，1837—1923），他宣布基督教为国教，还通过游说阻止了贝专纳被他国吞并；第二个是摄政酋长切凯迪·卡马（Tshekedi Khama，1905—1959），他是塞莱茨·卡马的叔叔，曾反对过侄子的跨种族婚姻，最终双方和解；第三个是帕特里克·范·伦斯堡，这位来自南非的教育家在塞罗韦举办学校，为博茨瓦纳的教育事业做出了巨大贡献。题目中的"雨风"表示变革，也预示着进步。早在《权力问题》里，贝西就提到过"雨风村"的由来：

> 莫塔本村（即塞罗韦）下的是一种沙漠雨。雨落空中，细细长长连成一幕，可还没等落到地上，就已经干透。人们会把脸转向风吹来的方向，深深吸入雨的

---

① Bessie Head, *The Collector of Treasures and Other Botswana Village Tales*, London: Heinemann Educational Books, 1977, pp. 91-92.

气息，但是，莫塔本村不常下雨。伊丽莎白不知在哪里读了一首诗，就私自给村子另起了一个名字：雨风村。①

《着魔的十字路口：非洲传奇》则是一本历史小说，以19世纪的博茨瓦纳为背景，讲述了三位酋长拯救贝专纳的故事。19世纪90年代，英属开普殖民地总督塞西尔·罗兹（Cecil Rhodes，1853—1902）想把贝专纳领土并入南非，因此，卡马三世与奎纳（Kwena）酋长塞贝尔一世（Sebele I，1841—1911）、恩瓦克策（Ngwaketse）酋长巴瑟恩一世（Bathoen I，1845—1910）于1895年前往伦敦。他们在英国各地旅行，宣传自己的基督教信仰，成功获得了媒体的关注和公众的同情，使英国政府继续承认贝专纳为保护国，就这样保护了博茨瓦纳的领土。这三个部落后来和另外五个部落一起，成为茨瓦纳民族的主体。虽然《着魔的十字路口：非洲传奇》在贝西的作品中知名度最低，但这本书是她对非洲历史的反思和对传统的回顾，因此也具有重要意义。

《着魔的十字路口：非洲传奇》是贝西·黑德生前最后一部长篇，它在出版时遇冷，预示了作家后来的坏运气。1985年8月，她和丈夫哈罗德在分居22年后终于开始离婚诉讼；1986年2月，双方正式离婚。同年1月，贝西和儿子发生激烈冲突，霍华德就此搬出家门。3月，贝西因情绪低落开始大量饮酒。1986年4月17日，她因肝炎在塞罗韦去世，年仅49岁。

去世第二天，贝西·黑德生前的数千份文稿（包括信件、手稿等）就被转移到塞罗韦的卡马三世博物馆，这些资料经过仔细分类编目后供学者阅览。显然，为了纪念这位伟大的作家，世界已经准备好了。她生前遗留的文字被编辑出版，如《一个孤独的女人：自传书写》（*A Woman Alone: Autobiographical Writings*，1990）、《归属的姿态：贝西·黑德的信件，1965—1979》（*A Gesture of Belonging: Letters from Bessie Head, 1965-1979*，1990）和《枢机》。世界各地都在举办纪念活动：1987年，加拿大举行了一场以贝西·黑德和阿历克斯·拉·顾马（Alex La

---

① 贝西·黑德：《权力问题》，李艳译，杭州：浙江工商大学出版社，2019年，第12页。

Guma，1925—1985）为对象的国际研讨会，因为这两位南非流亡者去世时间相近；1994 年，现代语言学会在美国圣地亚哥举行了两次会议，专门讨论贝西的作品；1996 年，新加坡著名诗人唐爱文（Edwin Thumboo，1933— ）在该国组织了一场关于贝西的国际会议。就连伯奇家族也在 20 世纪 90 年代正式承认了她。

　　非洲对贝西·黑德的纪念力度更大，尤其是南非和博茨瓦纳。1998 年 6 月，博茨瓦纳大学英语系为贝西组织了一次会议；2003 年，为了表彰贝西·黑德对文学的杰出贡献及其为自由、和平而不懈斗争的精神，她被追授南非天堂鸟金勋章（Order of Ikhamanga）；2007 年，贝西的出生地彼得马里茨堡的姆桑杜齐市立图书馆（Msunduzi Municipal Library）将其主馆重新命名为贝西·黑德图书馆，以纪念她的文学成就。2007 年是贝西·黑德诞生 70 周年，博茨瓦纳成立了贝西·黑德遗产信托基金和贝西·黑德文学奖，旨在保护她留在该国的遗产，鼓励博茨瓦纳各种类型的文学创作。

结　　语

　　贝西不仅拥有很高的文学天赋和写作毅力，而且善于学习，她的阅读范围包括欧美作家和非洲作家的作品，如 T. S. 艾略特（Thomas Stearns Eliot，1888—1965）和钦努阿·阿契贝（Chinua Achebe，1930—2013）等。[1] 此外，贝西还了解印度文化，接触过佛教，在小说《权力问题》中提到过普列姆昌德（Premchand，1880—1936）的作品《戈丹》（Godaan，1936）。[2] 最关键的一点是，贝西从不向权威屈服，她同情弱小且关心全人类，拥有"为所有人创作"的意识，这使其成为真正伟大的作家。

　　贝西·黑德的自述文章《我为什么写作》（"Why Do I Write?"）就体现了她的这种精神。该文写于 1985 年 3 月，是她对世界的最后宣告：

---

[1]　Joshua Agbo, *Bessie Head and the Trauma of Exile: Identity and Alienation in Southern African Fiction*, New York: Routledge, 2021, p. 8.

[2]　贝西·黑德：《权力问题》，李艳译，杭州：浙江工商大学出版社，2019 年，第 252 页。原文中的书名是《奶牛的馈赠》（*The Gift of a Cow*）。

我承认，我的阅读背景和影响是国际性的……我只是有一扇敞开的门，以及让我的读者感到震惊和着迷的角色……（在书中）我和人民一起建立了扎根于非洲土壤的人民宗教。我的世界是反对政客的世界。他们为人民制订计划并发号施令。在我的世界里，人们为自己制订计划，并向我表达要求。这是一个充满爱、温柔、幸福和欢笑的世界。从中我培养了对人民的爱和敬畏之心……我正在建造一条通往星辰的阶梯。我有权把全人类都带到那里去。这就是我写作的原因。[①]

（文 / 天津外国语大学 张欢）

---

① Bessie Head, "Why Do I Write?" *English in Africa*, 2001, 28(1), pp. 57–59.

米亚·科托

Mia Couto，1955—

代表作一：《入夜的声音》（*Vozes Anoitecidas*，1987）
代表作二：《梦游之地》（*Terra Sonâmbula*，1992）
代表作三：《缅栀子树下的露台》（*A Varanda do Frangipani*，1996）
代表作四：《耶稣撒冷》（*Jesusalém*，2009）

第二篇

一位讲故事的非洲诗人

——莫桑比克作家米亚·科托创作研究

引　言

　　米亚·科托（Mia Couto，1955—）是莫桑比克文坛乃至整个非洲葡萄牙语文坛最著名的作家之一，是公认的最重要的莫桑比克文化标志，其作品已在世界范围内得到广泛译介。1983 年，科托凭借首部诗集《露水之根》（*Raiz de Orvalho*）步入文坛，此后连续出版两部短篇小说集《入夜的声音》（*Vozes Anoitecidas*，1987）[①]和《每个人都是一个种族》（*Cada Homem é uma Raça*，1990），在国内外确立了文学声誉。1992 年，科托的第一部长篇小说《梦游之地》（*Terra Sonâmbula*，1992）问世，该小说不仅在 2002 年的津巴布韦国际书展上入选"20 世纪最伟大的 12 部非洲小说"，还为科托斩获了 2014 年度纽斯塔特国际文学奖（the Neustadt International Prize for Literature）。对科托而言，讲故事已然成为他生命的一部分，他曾声称，"我活着就是为了梦想和讲故事"[②]。在 2013 年荣膺葡语

---

① 1986 年，《入夜的声音》通过莫桑比克作家协会出版，次年由葡萄牙卡米尼奥出版社（Editorial Caminho）再版。本文标识的作品出版年份均为通过葡萄牙出版社付梓的年份。

② Ricardo Ramos Conçalves, "Mia Couto: 'Vivo num lugar onde a ideia de fim de mundo já aconteceu muitas vezes'", November 25, 2021, in *Novo Semanário*, https://onovo.pt/noticias/mia-couto-vivo-num-lugar-onde-a-ideia-de-fim-de-mundo-ja-aconteceu-muitas-vezes/. [2024-10-22]

文坛最高奖项——卡蒙斯文学奖（Prémio Camões）后，科托曾表示，"与其为已经成为过去式的作品庆功，不如想想还有哪些部分有待完成"[①]。正是这种对自我、对周遭、对国家、对世界的恒常的观察与反思让科托笔耕不辍。他不断尝试跨越文学体裁的边界，跨越性别和语言的边界，用高度诗化的文字与生动的口语勾勒出莫桑比克文化多样性的地图。

一、一个白皮肤下的黑色灵魂

米亚·科托原名安东尼奥·埃米利奥·莱特·科托（António Emílio Leite Couto），米亚是他的笔名。在欧标葡萄牙语中，"mia"是动词"miar"的陈述式一般现在时第三人称单数形式，意为"发出喵喵的叫声"，这似乎在暗示科托同时作为生物学家和作家所拥有的那个有趣的灵魂。

科托出生在莫桑比克索法拉省（Sofala）首府贝拉（Beira）。他的父母都是葡萄牙人，于20世纪50年代定居莫桑比克。科托的父亲因反对萨拉查独裁政府被流放至莫桑比克[②]，起初在铁路部门工作，后来成为一名记者和诗人。他与其他因政治问题落难的同胞成立了类似文化活动中心的社团，便于交流和讨论。科托父亲的诗歌极少表露个人情绪。他专注于揭露莫桑比克根深蒂固的社会矛盾，关注当地社会现实，其政治观是反法西斯的，崇尚自由民主的，但未曾质疑过殖民主义带来的问题。[③]在这方面，与父亲及大多数葡萄牙后裔不同，科托是一位坚定的反殖民主义者。科托的母亲来自葡萄牙山后省（Trás-os-Montes）的小村庄，从小被神父收养，在教会长大。移居莫桑比克后，科托的父母从未以"殖民者"的身份

---

① Mia Couto partilha Prémio Camões com a gente anónima de Moçambique", June 10, 2013, in *RTP Notícias*, https://www.rtp.pt/noticias/cultura/mia-couto-partilha-premio-camoes-com-a-gente-anonima-de-mocambique_n658291. [2024-10-22]

② 安东尼奥·德·奥利维拉·萨拉查（António de Oliveira Salazar, 1889—1970），葡萄牙政治家、军事家，1932年至1968年担任葡萄牙总理，是一位保守的民族主义统治者和新国家政体（Estado Novo）的最高统治者。

③ Patrick Chabel, *Vozes Moçambicanas Literatura e Nacionalidade*, Lisboa: Vega, 1994, p. 274.

和姿态生活，反而在这片远离欧洲的土地上找到了心灵的港湾和梦想生活的起点。

科托兄弟三人的教育基本以家庭为中心。科托的父亲经常与孩子们分享工作中的社会见闻，母亲则为他们讲述家乡的故事。科托从小就在充满爱心和温暖的家庭环境中成长，从父母身上学到了不带任何种族偏见的仁爱与真诚，以及对书籍和文学的敬意与热爱。这种与大多数葡萄牙移民家庭截然不同的教育方式和家庭氛围潜移默化地影响着科托的创作心理。

不同于莫桑比克彼时的首都洛伦索·马克斯（Lourenço Marques）①，贝拉的社会文化环境保守且落后，但凡接受过人道主义教育的资产阶级白人青年都与社会整体环境格格不入。科托的父母作为进步人士，并不反对他在课余时间与黑人、黑白混血儿等不同种族、不同社会背景的人交往。科托曾在采访中回忆道："我的整个童年时光都在黑人的圈子里度过，我和他们一起玩耍……"②科托一家的生活踪迹遍布贝拉，正因如此，这个与众不同的白人孩子才能在最接近莫桑比克心跳的环境中成长起来，快速地将当地的语言和文化传统融入自己的血液中。科托坦言，自己一直以来都生活在两个世界，一个属于家庭层面，是与白人邻居、白人朋友交往的世界，但科托在这个世界中宁可自我放逐；而另一个是他向往的黑人世界，他更愿意与那些本就被社会放逐的边缘人士和底层人士为伍。③

1972年，科托离开家乡前往首都求学，就读于爱德华多·蒙德拉纳大学（Universidade de Eduardo Mondlane）医学院。在此之前，科托已经参加学生运动，开始研习菲德尔·卡斯特罗、切·格瓦拉等革命领袖的文论，收听莫桑比克解放阵线（Frente de Libertação de Moçambique, Frelimo，以下简称"莫解阵"）的电台广播。青少年时期的科托对莫桑比克的社会主义建设一直抱有乌托邦式的幻想，但后来的实践使他领悟到，盲目地建立共同体只会扼杀民族文化的独特性。莫桑比克独立战争开始后，科托正式成为莫解阵的一名斗士，于

---

① 1898年成为殖民地首府，1976年更名为马普托（Maputo）。

② Patrick Chabel, *Vozes Moçambicanas Literatura e Nacionalidade*, Lisboa: Vega, 1994, p. 275.

③ Ibid., p. 277.

1974 年中断学业，全身心地投入新闻工作中。他与作家鲁伊·诺波夫利（Rui Knopfli, 1932—1997）合作为《论坛报》（Tribuna）撰稿，协助莫解阵打下新闻业界的半壁江山。莫桑比克独立后，科托被委以重任，先后担任莫桑比克通讯社（Agência de Informação de Moçambique）社长，《时间》（Tempo）杂志和《消息报》（Notícias）主编。1985 年，科托决定结束长达十年的新闻从业生涯，回到充满活力的大学校园。那段时期，许多葡萄牙人及其后裔逃离莫桑比克，但科托坚定选择了莫桑比克国籍并留了下来，与本土同胞一起经历了血腥的内战（1977—1992 年），在饥饿、暴力和洪水中祈祷和平的早日到来。

科托成名后，他"矛盾"的身份一度引起人们的好奇和争论：

他是一位黑人空间里的白人作家。他所接受的文化遗产毫无疑问来自前殖民政权，而葡萄牙大文豪们的幽灵在他的文学教育中频繁出没。此外，他的潜在读者群，或者说他的目标受众，主要是非莫桑比克人。①

面对争议，科托坦言，这些所谓的"矛盾"其实都不是矛盾。皮肤的颜色也仅仅是颜色，并不足以作为身份认同的依据。他反对用二元对立的方式定义其身份，因为"混杂性"是不争的事实。任何一个身份都不应该从整体中被分割出来，它们彼此之间存在的共生关系造就了科托，也影响着他的创作方式。此外，针对外界热议的非洲作家身份问题，科托回应说，作家们是其所是。世界上有多少作家就有多少文学作品，他们不应该被贴上国籍或种族的标签。作家与作家之间的区别也仅仅是用不同的语言进行创作而已。②

科托参与莫桑比克文化多样性的方式是沉浸式的。儿童时期他便熟练掌握了塞纳语（Sena）和恩道语（Ndau），定居马普托后又学习了初级的特松加语

---

① Phillip Rothwell, *A Postmodern Nationalist: Truth, Orality, and Gender in the Work of Mia Couto*, Lewisburg: Bucknell University Press, 2004, p. 17.

② 参见 Ricardo Ramos Conçalves, "Mia Couto: 'Vivo num lugar onde a ideia de fim de mundo já aconteceu muitas vezes'", November 25, 2021, in *Novo Semanário*, https://onovo.pt/noticias/mia-couto-vivo-num-lugar-onde-a-ideia-de-fim-de-mundo-ja-aconteceu-muitas-vezes/. [2024-10-22]

（shiTsonga）。不论是作为新闻记者，还是作为生物学家，科托都需要走很多的路，去很多的地方，而这些游走四方的工作经历也为他的写作提供了源源不断的素材和灵感。对科托而言，一棵小小的树也有着超越植物学意义的灵性，它承载着这个国家的历史、宗教和文化，见证了古老文明的诞生、式微和满目疮痍的现代社会的变迁。他对莫桑比克人民强烈的认知共情是其主动选择的结果。

二、一位用"散文"讲故事的人

莫桑比克独立前，新闻和文学的关系非常密切。文学活动主要借助知识分子们创立的报刊进行，且以诗歌创作为主流。尤其是独立战争时期，文学刊物成为作家们阐述和传播反殖民主义思想最直接有效的工具。知识分子们创作了大量具有强烈政治性的战斗诗歌，但迫于殖民政府严格的审查制度，大多数诗歌文集都难以出版。1975 年，莫桑比克实现政治独立时，依然没能形成完整的"文学体系"，文学的政治功能远远大于审美教化功能。直到 1982 年莫桑比克作家协会（Associações dos Escritores Moçambicanos）成立后，文学艺术才得到振兴和普及，文学的内在潜力也在多方面得到激活。相对宽松的创作和出版环境带来了自由舒展的审美格局与灵活多样的主题选择，科托也正式开始他的文学创作生涯，于 1983 年出版首部诗集《露水之根》。其实早在 14 岁时，他就曾在《贝拉新闻报》（Notícias da Beira）上发表诗作。然而，科托并没有在诗歌上继续深耕，他凭借诗歌出道，却是依靠小说成名。此外，科托还出版了多部儿童文学作品和时评、杂文集，与里斯本南欧剧团（Teatro Meridional）、莫桑比克木通贝拉剧团（Mutumbela Gogo）也曾有过合作。尽管科托涉猎的文体如此广泛，但抒情的文风在所有作品中一脉相承。诗化的语言、精巧的"造词"（criação lexical）、起伏的韵律感生产出"科托式"小说语言的独特艺术美感与魅力。毫无疑问，科托是一位"讲故事"的语言大师，一位对"词语"有着极致追求的梦想者，一位试图从"被定义的一切"中逃逸的魔法师，一位在感性中兼具科学性与理性的观察者。

　　科托的创作从 20 世纪 80 年代初延续至今，大致可分为三个时期。在创作的发生期（1983—1990 年），科托主要致力于诗歌和短篇小说创作。《露水之根》成为一众战斗诗歌中的清流，引领莫桑比克诗歌由激进的政治诗向突出诗人主体性、倾诉内心情感的抒情诗发展。《入夜的声音》是科托小说创作的开端。这部短篇小说集不仅在葡萄牙获得好评，后续出版的英语和意大利语版本也让科托受到更为广泛的关注。《入夜的声音》由 12 篇小故事组成，这些逐渐被黑暗吞没的声音向读者讲述了一个罹患战争后遗症的民族的故事。独立后，国家依然面临严峻的政治局势和未知的将来。在那片土地上，人们因为对饥饿和雷区的恐惧而惶惶不得终日。有时，对传统本身的恐惧让整个民族陷入更深的困惑和迷茫。在建设新国家的探索中，残酷的事实和真相只是每一个乌托邦幻象的反面。这些故事的语言与诗歌极为相近，以至于读者常常会迷失在精巧的叙述中，不知自己身处虚幻还是现实。此后，科托接连出版了杂文集《漫笔评说》（Cronicando，1988）[1]和第二部短篇小说集《每个人都是一个种族》。在这两部作品中，"篇幅的节制""语言的僭越"与"文体的糅杂"依然是最大的亮点。科托短篇小说的叙事手法得到确立和巩固：

　　对科托而言，短篇小说的意旨不同于寓言故事，关键不在于破除智障、训示开导，而在于文本的象征意义。正因为如此，他的写作虽然受到当地口述文化的影响，却并没有成为非洲口述文学传统的衍生品，而后者总在说教。[2]

　　"我们不能背对着生活做文学。"[3]科托始终沿着自己"讲故事"的路线，选取他生活的土地上最普通的小人物和日常生活的场景，设置出其不意的情节和开放的结局，只需寥寥千字便可完成故事的构建。这种语义高度密集的表达方式，流动的碎片感，以及从未"恰当结束"的结局具有诗歌留白式的艺术张力，带给读者广阔的思考空间与细腻的审美体验。

---

① 1988 年在莫桑比克本土出版。

② Patrick Chabel, "Mia Couto or the Art of Storytelling", in Phillip Rothwell ed., *Reevaluating Mozambique*, Dartmouth, MA: Tagus Press, 2003, p. 111.

③ Patrick Chabel, *Vozes Moçambicanas Literatura e Nacionalidade*, Lisboa: Vega, 1994, p. 290.

科托作品的"文体杂糅"具体表现为三方面。一是用诗性语言进行小说写作；二是从词法、句法和语义层面赋予葡萄牙语以莫桑比克的文化烙印；三是时评和杂文作品体现出的"文体间性"（entregénero）[①]，这一术语可以与"非虚构写作"联系起来。比如《漫笔评说》的标题强调"评"，但在阅读其中的一些小文时，却仿佛置身在小说的故事情节中。科托运用文学的语言诉说着莫桑比克独立后、内战期间人们生活的真实场景。当天平由纪实性向文学性倾斜时，"文体间性"就展现出来：

在一些时评文章中，（本应限制这类文体的）条件被放宽了，这就产生了一种现实和虚构交织的叙述，而这样的叙述使文本的情节发展脱离了它位于经验时空中的参考系，导致我们必须将《漫笔评说》中的文本分为两种类型：我们可以称之为时评的文本和那些真正的故事。[②]

由此可见，科托的短篇小说和时评文本之间存在着极为脆弱的边界。作者本人也曾在采访中特意强调他写作时采用的混合文体："我在写浓缩的故事，在写短篇小说，但我仍然受到现实的约束，与所处的当下紧密联系。"[③]

1991年后，科托进入创作的上升期（1991—2000年）。短短10年见证了他3部中长篇小说与3部短篇小说集的付梓，其中就有科托的第一部长篇小说，也是最负盛名的代表作《梦游之地》。时至今日，这部小说仍然是非洲葡语文学中里程碑式的佳作。整部小说是基于莫桑比克南部人民的口述文化、宗教信仰和传统习俗写成的。这是一本悲伤之书，它以莫桑比克内战为历史背景，以极尽诗意的文字描写凋敝、荒诞的世界；这也是一本奇幻之书，那里有被战争杀死的道路，有会在人们睡梦中移动的土地，有生者与死者之间的对话。《梦游之地》包含两条同时推进的叙事线，一条发生在老人图阿伊（Tuahir）和男孩木丁贾

---

① 转引自 Lola Geraldes Xavier, "Crónicas de Mia Couto: o *entregénero*, Em torno do hibridismo genológico", *Forma Breve*, 2010, (8), p. 139.

② Fernanda Angius, Matteo Anguis, *Mia Cuto O Desanoitecer da Palavra*, Mindelo/Praia: Embaixada de Portugal/Centro Cultural Português, 1998, p. 28.

③ Michel Laban, *Moçambique – Encontro com Escritores* (Vol. III), Porto: Fundação Eng. António de Almeida, 1998, p. 1036.

（Muidinga）在逃难途中以废弃巴士为住所的现实空间；另一条则发生在他们在巴士附近发现的肯祖（Kindzu）日记中记载的过去的时空。肯祖日记书写的时空充满了神秘和魔幻元素，而图阿伊与木丁贾所在的时空则充满了现实的传统与现代性的冲突。两条叙事线交替出现，通过木丁贾的朗读进行对话，在故事的尽头合而为一。战争教会人们遗忘，只有"文学与诗歌前来拯救这场记忆的浩劫"[①]，这是科托撰写本书的原因。

在同一时期的另外两部长篇小说《缅栀子树下的露台》（*A Varanda do Frangipani*，1996）和《火烈鸟最后的飞翔》（*O Último Voo do Flamingo*，2000）中，科托延续了魔幻的叙事手法，对殖民主义、独立战争和内战以及特权阶级的腐败所带来的弊病和冲突展开批评，对复杂的文化、社会和权力关系展开分析。不论是殖民时期还是政治独立后，莫桑比克的历史文化传统和宗教信仰都在遭受西方现代性的歧视和暴力。20世纪90年代后，在全球化的影响下，莫桑比克被迫适应国际政治经济新秩序，逐渐遗忘古老的非洲传统。科托试图对传统的背离做出回应。他将非洲谚语作为"格言式的开场白"，放在小说每一章的开头，借此传递口述文化的表达方式与世界观。科托希望通过声音（口述传统）为字母和词语（书写）赋予语义，同时提醒读者锻炼解构真知的能力。他试图恢复一个依靠悠久的口述传统汲取养分的世界，一个充满异质文化和独特性的世界，一个尊重老人、敬畏自然的世界，一个同一事实可能存在多种真理的世界，一个摆脱西方标签和"社会集体想象物"（imaginário coletivo）的世界。

当我们将科托的长短篇小说做对比时可以发现，他的长篇小说往往由十个以上的小章节构成，每个章节都可作为一部独立的"短篇小说"。这些故事的开头在内容上具有承上启下的连续性，而结尾却总是余音绕梁，意犹未尽。莫桑比克内战是科托笔下许多故事发生的背景，但其长篇小说的历史感更显厚重，逻辑更为缜密，主题方面更直接地触及身份认同问题和内战对人们造成的心理创伤。小说的时间也并非不可逆的线性时间，而是一种诉说着多重现实的动态循环时间。而

[①] 米亚·科托：《梦游之地》，闵雪飞译，北京：中信出版社，2018年，第3页。

在短篇小说中，科托明显享有更多的自由，他无须"寻找"故事，因为故事会主动向他走来。他曾说："我的故事都来自与我一起生活的人们。许多故事都是在半路上即兴讲的，是他们为我提供了原材料，让我能够完成对艺术品的加工。"[1] 正是因为小说情节的素材来源于客观的现实，其中的现实和魔幻才能完全交融，丝毫不存在刻意堆叠和矫揉造作，就好像这一现实不过是偶然间成为真实和虚构的衍生物。而科托的目的就是让读者去真实感受而不是去试图理解这个国家曾经经历的与正在经历的历史。

千禧年后，科托的叙事技巧逐渐成熟，进入创作的升华期。他孜孜不倦地在诗歌、小说、儿童文学、时评、戏剧等文学领域进行新的探索，不再执着于对葡萄牙语的僭越和重塑。创作主题由对殖民主义和战争的控诉，对口述文化、传统信仰和伦理价值观的维护，转向对存在焦虑的书写，对女性生命力的发掘，以及对历史真相的反思。在这个过程中，科托对待传统文化的态度也发生了改变。尤其是触及女性话题时，他充分认识到传统文化中落后腐朽的部分，比如根深蒂固的父权机制、对女性的"去人化"（desumanização）现象等，认识到单纯依靠内部力量是难以撼动的。他因而不再否认西方文明等外部力量在化解这部分传统时所起的积极作用。在长篇小说《耶稣撒冷》（*Jesusalém*，2009）与《母狮的忏悔》（*A Confissão da Leoa*，2012）中，我们都能看到科托对妇女权益问题的思考。当有人质疑作为男性的科托如何能写好这一母题时，他表示自己拥有的女性视角来自母亲的影响，他在写作时把体内女性的部分激活了。"我是我写的每一个人"[2]，的确，不论是真实还是梦境，男性或是女性，不论何种语言、国籍、种族、部落、民族，对科托来说，一切未能被完全消除的界限都会受到科托的质疑。

---

[1] Patrick Chabel, *Vozes Moçambicanas Literatura e Nacionalidade*, Lisboa: Vega, 1994, p. 290.

[2] Ricardo Ramos Conçalves, "Mia Couto: 'Vivo num lugar onde a ideia de fim de mundo já aconteceu muitas vezes'", November 25, 2021, in *Novo Semanário*, https://onovo.pt/noticias/mia-couto-vivo-num-lugar-onde-a-ideia-de-fim-de-mundo-ja-aconteceu-muitas-vezes/. [2024-10-22]

在近作"帝国之沙"三部曲①（As areais do Imperador）中，科托回溯了葡萄牙在莫桑比克的殖民历史。这三部小说均以19世纪末期位于莫桑比克南部和津巴布韦东南部的加扎帝国（Império de Gaza）为背景。第一卷《灰烬的女人》是一部有关"边界"的作品，故事分为两条线索，分别在15岁的乔皮族（Chopi）少女伊曼尼（Imani）和葡萄牙军官热尔马诺（Germano）间展开。通过这部作品，作者呼吁人们跨越身体（性别）的边界、种族的边界、死亡的边界和遗忘的边界，在被战争、被武器摧毁的人类躯体的灰烬之上重塑世界。科托将其特有的诗意文风与宏大的历史书写相结合，带领读者身临其境地了解将葡萄牙和莫桑比克联系在一起的多元文化，各自文明中根深蒂固的信仰，以及那些试图用吞噬土地一样残忍的手段吞噬信仰的企图。第二卷《剑与矛》延续上个故事的情节，将真实的历史包裹在跨越时间和大陆的爱情故事中。除两位主人公的叙事线外，另外加入了中尉奥尔尼拉斯（Ornelas）的信件作为第三条线索。在这场成王败寇的对话中，读者与主人公一同踏上旅途，深入非洲文化丰富而深刻的内涵中，切身体会他们面对侵入者时的痛苦和恐惧，带着敬畏与迷惑感受非洲古老思维方式和原始信仰的玄妙。而《饮下地平线的人》作为三部曲的终卷，讲述了没落的加扎帝国的最后一任国王——刚古雅纳（Ngungunyane）被葡萄牙将军②俘虏后，流放至亚速尔群岛的故事。小说透过伊曼尼的视角对不同种族间的"冲突"与"融合"进行反思。科托试图警示当今世界的人们，以种族界定优劣的标准是虚假而肤浅的，解决问题的方式应当是尝试"对话"和"共情"。此外，小说还包含了科托对历史真实性的反思。历史或许并不像教科书中所写的那般非黑即白。人们应该有自己的判断能力，去思考历史何以成为谎言，而谎言又如何成为真相。

2021年，科托出版新作《隐形大象的狩猎者》（O Caçador de Elefantes Invisíveis），这是作家暌违多年再次出版的短篇小说集。其中包含的故事已经在过

---

① 包括《灰烬的女人》（Mulheres de Cinza，2015）、《剑与矛》（A Espada e a Azagaia，2016）和《饮下地平线的人》（O Bebedor de Horizontes，2017）三部作品。

② 若阿金·奥古斯托·莫西尼奥·德·阿尔伯克基（Joaquim Augusto Mouzinho de Albuquerque，1855—1902），1895年俘虏刚古雅纳，曾任莫桑比克总督。

去两年中陆续发表于《视野》(*Visão*)杂志，后经作者改写、汇编后出版。这些故事的主题是多元的，与全球新冠肺炎疫情有关，与莫桑比克北部的宗教叛乱有关，与莫桑比克妇女遭受的暴力有关，与战争创伤和渺小的梦想有关。科托将卫生局的医护人员描写成时刻保持安全距离、戴着面具、自带鞋套的"绅士小偷"。他们携带白色的发出绿光的"手枪"侵入家徒四壁的人家。讽刺的是，在本地人的词典中从来就没有"新型冠状病毒"，主人公只知道自己曾经差点儿死于"天花"，肺结核夺走了妻子的性命，而疟疾送走了他唯一的儿子。他说，错的不是人而是医院，因为医院养成了一种怪癖，总是修建在离穷人最远的地方。他还说："我太了解这种病了。它的名字叫冷漠。"①

在非洲，疾病、暴力、难民等重大社会问题就像"房间里的大象"，难以得到国际社会的关注，而本土居民也在抗争无效后选择遗忘。科托继续讲述着普通人的故事，通过书写给予他们一个名字和一束光亮，将他们的思维和生存方式带入人们的视野，将充满苦难的现实转化成战胜逆境的意志。

三、一场回归真实的语言"逃逸"

人们谈论起米亚·科托，总是会提及"魔幻现实主义"的叙事手法，以及他打破标准葡萄牙语的语法规则和创造新词语（criação lexical）的技巧。"如果要概括米亚·科托的语言表征，那'新词'（neologismo）无疑是最普遍使用的定义。"② 这种经过对语言"原型"的"重塑"和"再创造"所产生的词被归至"新词"（葡语：neologismo，英语：neologism），其实是对科托"语言僭越"的错误定位。我们首先来看"新词"（neologism）本身的语言学定义。新词指的是"新词语的使用，它可以派生自现有的词语，可以由现有的词语组成，也可以是

---

① Mia Couto, *O Caçador de Elefantes Invisíveis*, Lisboa: Editorial Caminho, 2021, p. 16.

② Elena Brugioni, "A Questão Linguística na Obra de Mia Couto", *Mia Couto: Representação, História(s) e Pós-colonialidade*, Vila Nova de Famalição: Edições Húmus, 2013, p. 24.

现有的词语被赋予新的含义"①。到目前为止，上述定义中提到的成词方式和旧词新义都与科托的"造词"相对应。然而，当我们进一步观察成为"新词"的必要条件时，就会发现其中有一条为，这些词语"必须被收录到字典中，同时为人们大量使用和传播"②。鉴于科托"再创造"的词语仅仅是作为作家个人的语言风格在特定的文学语境下使用，并没有在相关的社会环境中产生影响或广泛传播，将其称为"新词"恐失之偏颇。

那么，若想捕捉到科托在写作中与葡萄牙语之间产生的微妙关系，首先要做的就是理解葡萄牙语在莫桑比克的地位和作用，以及科托一直以来秉持的语言观。

1975 年莫桑比克独立后，建立民主共和国的执政党莫解阵意识到，本国不存在某种占据主导地位且可以作为通用语的地方性语言，因而决定在全境强制推行葡萄牙语。实际上，这一强制措施与当时的政治环境密切相关。内战时期的莫桑比克迫切需要建立一个唯一的共同体，而这意味着消除宗教、文化等方面的差异，意味着打碎农民与土地之间的关联，意味着消除莫桑比克语言的多样性。③另外，葡萄牙语在全境的普及和流通不仅促成了各民族的团结与融合，在独立后的前八年，甚至令莫桑比克的文盲率下降了 20 多个百分点。只是，这条意味着个体独特性毁灭和身份掠夺的漫漫长路才刚刚开始。④葡萄牙语是莫桑比克了解世界的窗口，也是巩固非洲葡语国家及巴西、东帝汶等地区历史亲缘关系的桥梁，但如若其他富有同等生命力的土著语言只能生活在它的阴影之下，那"他者"的语言就会彻底遮蔽"自我"。"因此我们的任务是创造，是寻求公正的平衡，让社会能够在真正的多语言环境中运转。"⑤基于此，科托在使用葡萄牙语写作的同时在策划着一场语言层面的"逃逸"。他认为语言可以从人类的"理性意

---

① 转引自 Elena Brugioni, *Mia Couto: Representação, História(s) e Pós-colonialidade*, Vila Nova de Famalição: Edições Húmus, 2013, p. 25.

② Elena Brugioni, "A Questão Linguística na Obra de Mia Couto", *Mia Couto: Representação, História(s) e Pós-colonialidade*, Vila Nova de Famalição: Edições Húmus, 2013, p. 24.

③ 莫桑比克有超过 25 种班图语。

④ Mia Couto, "A Herança e a Conquista", in *Todas as Palavras que Hão de Vir*, Imprensa Nacional e Camões e Instituto da Cooperação e da Língua, 2021, p. 29.

⑤ Ibid.

识"中逃脱，在主流标准和集体法则之外被塑造和支配，展现出强大的活力，并证明个体存在的独特性。对于非洲作家而言，或许每个人心中都有自己想要重新创立的非洲大陆，而科托的大陆就由他创造的新词语组成。他赋予词语诗意的维度，在莫桑比克的文化语境下实现了对葡萄牙语的"本土化"改造，因为"无法用英语写作的非洲作家（尤其是以葡语书写的作家）置身于边缘的边缘，在那里，词语唯有斗争，才不至于湮于沉默"①。

米亚·科托大多数的词语创新都是通过"词语的构成"（formação de palavras）实现的。②在对科托作品中出现的"词语创新"进行考察后，可以总结出四大"造词"方式，分别为"葡萄牙语化"（aportuguesamento）、"派生"（derivação）、"旧词黏合"（aglutinação）与"混合"（amálgama）。以长篇小说《耶稣撒冷》（Jesusalém）的题目为例，该词由名词"Jesus"（耶稣、上帝）和副词、名词"além"（在远处、远方）组合而成。或许不懂葡语的读者的第一反应是由语音的相似性联想到圣城耶路撒冷（Jelusalem）。当进一步阅读后，我们发现这个"耶稣撒冷"的确是一块"圣地"，它是叙事者小男孩姆万尼托（Mwanito）的父亲——西尔维斯特勒·维塔里希奥（Silvestre Vitalício）③——在荒野中自创的国度。父亲对上帝颇有怨言，他认为是上帝抛弃了他们，放弃了对他们的救赎。他宣布，除了生活在"耶稣撒冷"的居民，其他人都死了，包括上帝。奇怪的是，这个"国家"没有女人，唯一的雌性生物是一只带给父亲"性幻想"的母骡。因此，我们可以将"耶稣撒冷"理解为一个远离真实世界、远离上帝的"乌托邦"，是在父权制下臆想出的"理想国"，最终必然会因为与时间的对抗和外部因素的侵入分崩离析。就这样，科托利用词语的组合与谐音效果，赋予了"新词"多重语义和远远大于普通词语的信息密度。

科托在谈及他本人和同仁对葡萄牙语的"再创造"时表示，这类看似精心设计过的"新词语"其实是一种自然输出、随心而动的表达方式。在他看来，

---

① 米亚·科托：《梦游之地》，闵雪飞译，北京：中信出版社，2018 年，第 249 页。

② 参见 Miguel Real, "Uma Utopia Distópica", in Mia Couto, *Jesusalém*, Coleçaõ Essencial-Livros RTP, 2016, p. 9.

③ 真名为玛丢斯·文图拉（Matues Ventura）。故事中姆万尼托是唯一一个搬到"耶稣撒冷"后没有更名改姓的人。

我所写的是莫桑比克葡语，可以说是一种完全无意识的、不自觉的选择。我无须刻意而为之。除此之外，还有千百种方式。卡萨莫①选择了另一种语言风格，他不仅破坏了葡语的文法，还实现了葡萄牙语与松加语的结合。所以，有些表述是由本土语言中的词语、表达和术语构成的。这是另一种路径，另一种达成目的的方式。②

词汇创造和高度口语化的语言虽然仅仅是科托式话语创新的一部分，却是对殖民主义最为有效和直接的抵抗。土著语言和口述文化的诸多表现形式曾被葡萄牙殖民者描述为野蛮而低等的表达方式，而葡萄牙语及其书写传统则被认为是文明和先进的象征。殖民等级制度中，学会为殖民者工作和葡语的习得是从野蛮走向文明的第一步。而米亚·科托正在通过构建科托式的文学语言，开拓莫桑比克的本土文学版图。他从文字层面的叛逆开始，以书写对抗书写，宣示本土文学的主权。文学创作不仅成为科托抵抗殖民主义及其遗产的空间，也是他对一切专制主义和特权阶级的"诗意抵抗"，是对民族传统和记忆的"真实书写"与"文化救赎"。

结　　语

2021年诺贝尔文学奖结果公布后，有记者问及科托其内心是否对获得诺奖有所渴望时，他笑着回答说："我想啊，但我知道自己永远都不可能获奖……能拿奖当然是人生一大幸事，但如果没拿到，我也不会沮丧。我对这事儿看得比较开。"③正所谓"倘若登顶成憾，成败也当笑看"。从一位生物学家到一位举世瞩

① 苏莱曼·卡萨莫（Suleiman Cassamo, 1962—），莫桑比克作家、教师，莫桑比克作家协会成员，1997年至1999年担任该协会秘书长。

② Patrick Chabel, *Vozes Moçambicanas Literatura e Nacionalidade*, Lisboa: Vega, 1994, p. 290.

③ Ricardo Ramos Conçalves, "Mia Couto: 'Vivo num lugar onde a ideia de fim de mundo já aconteceu muitas vezes'", November 25, 2021, in *Novo Semanário*, https://onovo.pt/noticias/mia-couto-vivo-num-lugar-onde-a-ideia-de-fim-de-mundo-ja-aconteceu-muitas-vezes/. [2024-10-22]

目的作家，科托的初心从未改变。时至今日，他依然是那些远离"中心"、无法"发声"的人们通向外部世界的"移译者"，是促进莫桑比克内部各民族间交流的"摆渡人"。就让我们期待，科托以其诗意的叙事方式，清醒、克制而富有想象力的语言，不断更新世界读者的审美体验。或许由于语系间的巨大差异，我们无法获得与葡萄牙语母语读者完全一致的阅读感受，但相信人类情感的联通一定会跨越语言的边界，产生巨大的共振与和鸣。

（文 / 上海师范大学 褚一格）

赫伯特·德罗莫

H. I. E. Dhlomo，1903—1956

代表作一：《H. I. E. 德罗莫作品选》（*H. I. E. Dhlomo Collected Works*，1985）

代表作二：《千山之谷》（*Valley of a Thousand Hills*，1940）

第三篇

一生虽枯槁，但留身后名
——南非作家赫伯特·德罗莫创作研究

引　言

赫伯特·艾萨克·厄内斯特·德罗莫（Herbert Issac Ernest Dhlomo，1903—1956）在南非文学史上创造了许多个第一。他是南非第一位现代黑人剧作家，第一位打通英语诗歌与戏剧创作的黑人文学家，第一位专事戏剧批评且对非洲现代戏剧的理论发展起到重大作用的黑人批评家。同时，他也是一位散文家、新闻记者和短篇小说家。然而，就是这样一位文学先锋，却在生前遭到不少冷遇。20世纪上半叶，种族隔离的浪潮在南非愈演愈烈，像德罗莫这般的黑人民族知识分子势必会遭到白人主流意识形态以及隔离法案的限制。而且，那时南非的文学研究者多关注欧美文学，对本土文学的关注度较低，因此，德罗莫的成就并没有立刻引起南非作家、学者的关注，他的戏剧、诗歌、文学批评只是在黑人知识分子中流传。随着他的逝世，他的作品很快便销声匿迹。

20世纪70年代初，在盖·巴特勒（Guy Butler，1918—2001）与蒂姆·库岑斯（Tim Couzens，1944—2016）等本土学者的呼吁下，南非文学界开始关注南非本土的文学家，一时间掀起了重新发现本土文学的浪潮，人们这才开始重新审视德罗莫的文学地位。学者们在纳塔尔大学德班图书馆的食堂里发现了他的手稿，但直到1985年，这些手稿才结集出版，彼时德罗莫已去世近三十年。种族隔离制度给这位黑人文学先锋的成就蒙上了一层尘土。① 尽管如此，学者们依然发现了德罗莫的超前之处。他开创了南非现代戏剧的历史剧传统，将南非英语诗歌与本土诗歌相结合，建设性地为后人树立起了具有多元性、混杂性的文学创作范式。蒂姆·库岑斯认为，德罗莫是南非现代文学史上第一位黑人剧作家，他与同时代的黑人文学家所罗门·普拉杰（Solomon Plaatje，1876—1932）、托马斯·莫福洛（Thomas Mofolo，1876—1948）等人一道，成为 20 世纪上半叶南非现代转型时期黑人知识分子的代表。② 德罗莫立足黑人文化这一边缘视角，以戏剧的形式向白人的主流意识形态发起挑战，凭借他宏大的文学计划，在西方文化与南非本土文化之间找到平衡点，进而重构真实的黑人历史，确立黑人群体的主体性。

一、知识分子的成长之路——德罗莫的文学起点

1903 年，赫伯特·德罗莫生于纳塔尔省伊登达勒（Edendale）市斯亚姆（Siyamu）的一个祖鲁人家庭。德罗莫一家是当地最早接受基督教信仰的大家族。母亲萨丁妮亚·卡鲁扎（Sardinia Caluza）家族从 19 世纪 30 年代起，便在英国传教士詹姆斯·艾利逊（James Allison，1802—1875）神父那里皈依基督教，属于第一批接受西方思想的祖鲁人。父亲埃兹拉·德罗莫（Ezra Dhlomo）出身于祖鲁贵族，其祖先来自北科兰斯科普（Kranskop）的玛卡贝勒尼地区（Makabeleni）。埃兹拉从小在班巴塔（Bambatha）长大，后迁居伊登达勒并改宗基督教。③

自幼年起，德罗莫就经常听父母讲起祖鲁人的历史传说，时常接触祖鲁人的民间表演艺术，而基督教的家庭信仰使他更倾慕西方的文化，在无形中培养了他的精英意识与小资产阶级生活习惯。这种文化上的混杂状态在他的文学作品中有着很明显的印迹。从这样一个受多元文化浸染的家庭中走出了许多影响南非文学艺术发展的大家。德罗莫的兄长罗菲斯·罗伯特·瑞吉纳德·德罗莫

① Martin Orkin, *Drama and the South African State*, Manchester: Manchester University Press, 1991, p. 49.

② Bernth Lindfors, Reinhard Sander eds., *Twentieth Century Caribbean and Black African Writers, Third Series*, Detroit: Bruccoli Clark Layman Book, 1996, p. 79.

③ Neil Butcher, "Herbert Dhlomo in Perspective", *South African Theatre Journal*, 1992, 6(2), p. 49.

（Rolfes Robert Reginald Dhlomo，1901—1971）是著名作家、记者、新闻编辑，其作品《一部非洲悲剧》（*An African Tragedy*，1928）是南非第一部由祖鲁作家创作的英语小说；表兄鲁本·卡鲁扎（Reuben Caluza，1895—1969）是著名的音乐家，曾创作《土地法》（*iLand Act*，1913）等用南非本土语言演唱的合唱歌曲，积极声援黑人的反种族隔离运动。德罗莫兄弟在南非黑人文学艺术史上享有很高的声誉。

1910年南非自治领成立后，白人政府开始逐步对黑人施行种族隔离政策。即便德罗莫一家受过良好的教育，但先天的黑人身份也令他们"在自己的国土上被迫进入一种'流散'"①的困境。1912年，德罗莫全家搬至"黄金之城"——约翰内斯堡。一家人在纳塔尔时过得还算富足，但到了约翰内斯堡后陷入了生活困境。为了养家糊口，德罗莫的父亲先是在搬运公司工作，后在矿场的救护站工作；母亲在白人家里做洗衣工。一家人虽然过着艰难的生活，但是父母依然让子女接受了良好的教育。小德罗莫在道尔方丹区（Doorfontein）的美国教会学校（American Broad Missionary School）学习，接受了较为正统的英语教育。毕业后，他在纳塔尔的阿曼兹姆图提培训机构 [Amanzimtoti Training Institute，日后的亚当姆斯学院（Adams College）] 主修师范教育。在纳塔尔学习期间，德罗莫认识了日后成为非洲人国民大会（African National Congress，后文简称非国大）主席的阿尔伯特·鲁图利（Albert Lutuli，1898—1967）。两人年龄相差不大，都有着为黑人争取民主权利的愿望。德罗莫与他结下了很深的师生情谊，他们都为南非黑人的政治运动做出了巨大贡献。

年轻时的德罗莫是一位地道的文艺青年。他热爱文学、音乐、戏剧，在读书期间即展示出卓越的文学天赋和音乐才能。读书期间，他积极参加黑人艺术节与各类舞台表演活动，还担任歌手并录制了一些唱片。1924年，德罗莫完成学业后成为一名教师，在纳塔尔南部的乌姆祖姆贝（Umzumbe）工作。1929年，德罗莫重返约翰内斯堡，在道尔方丹教会的引荐下，担任教会学校的校长。1931年，德罗莫与他在亚当姆斯学院相识的同窗艾辛·库内内（Ethene Kunene）结婚。担任

---

① 朱振武、袁俊卿：《流散文学的时代表征及其世界意义——以非洲英语文学为例》，《中国社会科学》，2019年第7期，第144页。

校长之余，他受兄长罗菲斯·德罗莫的影响，开始接触新闻业。1935 年，德罗莫毅然放弃校长职务，成为《班图世界》（*Bantu World*）杂志的新闻记者，投身到文字工作与政治活动之中。

德罗莫从母亲那里遗传了音乐天赋，他的表兄也是一位音乐家。他谙熟音乐表演的功能与价值，教会学校的英语文学训练又铸就了他的文学素养，这两种才能自然而然地将德罗莫引向了戏剧创作领域。他经常出入索菲亚镇（Sophiatown）的班图人社交中心①，认识了许多志同道合的黑人知识分子与白人自由主义者（White Liberal）。1932 年 6 月，德罗莫与其他热爱戏剧艺术的仁人志士一道，在班图人社交中心创办了"班图话剧与歌剧协会"（Bantu Dramatic and Operatic Society），主要编排经典英语剧目及协会成员的原创戏剧。1933 年 4 月，协会上演了第一部作品——奥利弗·高尔斯密（Oliver Goldsmith，1730—1774）的《委曲求全》（又译《屈身求爱》，*She Stoops to Conquer*，1773），德罗莫在剧中饰演马洛（Marlow）。1935 年，他们上演了奥斯卡·王尔德（Oscar Wilde，1854—1900）的《温夫人的扇子》（*Lady Windermere's Fan*，1893）。从这一时期的作品来看，德罗莫及协会成员们仍处在学徒阶段，他们主要上演英国的经典戏剧，仍是"对英国文学亦步亦趋的模仿"②，还未能创作出真正意义上的南非黑人英语戏剧。然而，德罗莫等人翻排西方戏剧时的演出模式开创了南非黑人英语戏剧在表演形式上的先河。这种跨文化、多种族之间的合作演出，成为日后南非戏剧发展的一种主流现象。

二、以史为鉴的文学剧场——青年德罗莫的发轫之作

1933 年，在"班图话剧与歌剧协会"的开幕大戏上，一部名叫《农夸斯》（*U-Nongqause*，1933）的历史剧引起了德罗莫的注意。这部作品由白人剧作家玛

---

① 班图人社交中心（Bantu's Men Social Centre）成立于 1924 年，位于约翰内斯堡的索菲亚镇，是白人自由主义者与黑人知识分子、文学家、艺术家联合创办的文艺活动中心。许多中产阶级黑人在此举办文娱活动，包括一些黑人剧团、爵士乐队等文艺团体。这里后来成为政治活动的重要场所，包括非国大在内的黑人运动组织常在此举办会议。

② 朱振武：《非洲英语文学的源与流》，上海：学林出版社，2019 年，第 75 页。

丽·沃特斯（Mary Waters）创作，以 1857 年科萨人杀牛事件为背景，具有浓郁的基督教的救世思想与同化主义色彩。科萨人的先知乌姆赫拉卡扎（Umhlakaza）预言，只要族人杀掉牛群，毁掉庄稼，神灵就会降下风暴卷走白人，保全黑人的土地。科萨少女农夸斯（Nongquase，1841—1898）听信先知的预言，号召族人听从神的旨意。人们杀掉了 15000 多头牛，毁掉了几乎所有的口粮，但在先知预言的 2 月 27 日那天，什么事都没有发生。大规模的饥荒与战乱接踵而来，约 2 万人因这场宗教事件殒命。沃特斯的剧作以此为切入点，虚构了一位向黑人宣扬教义的神父，他试图拯救愚昧的科萨人。至于事件失败的原因，作品归结为"野蛮人的思想……反抗也被认为是种幼稚的未开化的行为"①。

德罗莫观看了《农夸斯》之后立即做出回应，创作出同样基于科萨杀牛事件的戏剧《为救人而杀人的姑娘》（*The Girl Who Killed to Save*，1935，下文简称《姑娘》），并于 1935 年在班图人社交中心上演，随后由洛夫代尔出版社（Lovedale Press）出版。这是德罗莫在世时出版的唯一一部英文剧本，也是南非戏剧史上第一部公开出版的黑人英语剧作。从此，南非的黑人戏剧迈出了本土化的第一步，不再只是对主流英语文学亦步亦趋的模仿与重复。与沃特斯的殖民主义话语不同，《姑娘》并不是从神父、总督这样的白人视角着手，而是聚焦到整个事件的核心人物少女农夸斯身上。他抓住了农夸斯的悲剧特征，重构了一位主观上毫无过错、客观上罪孽深重的人物形象。从人物形象塑造来看，《姑娘》是德罗莫对殖民话语的有力回击，但从思想主题来看，德罗莫并没有跳脱出西方话语的影响。民族知识分子的内聚力在他身上体现出了"主动的同化"②的矛盾性。他试图用科学、理性的启蒙姿态，呼吁非洲人摆脱"愚昧"。也正是因为这一迎合西方主流思想的主题，洛夫代尔出版社的白人编辑谢泼德（R. H. W. Shepherd，1888—1971）才欣然答应出版这部作品。《姑娘》虽然显示出德罗莫作为民族知识分子的矛盾性，但它仍是南非现代戏剧史上一部具有划时代意义的本土剧作。

---

① Martin Orkin, *Drama and the South African State*, Manchester: Manchester University Press, 1991, p. 30.
② 李安山：《非洲民族主义研究》，北京：中国国际广播出版社，2004 年，第 77–78 页。

20世纪30年代紧张的种族关系令德罗莫的创作变得激进。通过历史与现实的对照，德罗莫开辟出了一条"证词式戏剧"[①]（testimonial plays）的道路。30年代，南非总理赫尔佐格（James Hertzog，1866—1942）进一步推行种族隔离政策。这一时期，全体非洲人大会（All-African Convention）的领导人贾巴乌（D.D.T. Jabavu，1885—1959）号召黑人联合起来，反对白人政府对黑人土地的侵占以及对公民权的剥夺。德罗莫立刻用戏剧做回应，创作出历史剧《开芝瓦约》（Cetshwayo，1937，又译《塞奇瓦约》）。该剧以19世纪中叶英国驻纳塔尔殖民地的总督西奥菲勒斯·谢普斯通（Theophilus Shepstone，1817—1893）、祖鲁王国的末代国君开芝瓦约（Cetshwayo，1826—1884）为人物原型，揭示了种族隔离政策的源流，批判了白人政府对有色人种的种族歧视与压迫，展现出德罗莫宏大的历史观与世界观，以及极具浪漫主义色彩的戏剧手法。这部戏剧与德罗莫的《恰卡》（Chaka，已遗失）和《丁刚》（Digane，1954）共同构成"黑牛三部曲"（Black Bulls Trilogy）。三部作品中的三位君王代表了祖鲁王国由盛到衰的三段历史过程。作品着重将20世纪上半叶南非种族隔离的历史与19世纪祖鲁王国的历史进行对比，不仅改写了南非黑人群体长期以来被污名化的历史，而且也重新建构起黑人群体的主体性。

开芝瓦约反抗谢普斯通的隔离法案做法，与贾巴乌反抗《赫尔佐格法案》的做法如出一辙。古今之间形成对比，白人殖民者对有色人种的歧视与隔离也因之形成一条历史脉络。结尾处，德罗莫借开芝瓦约之口，呼唤黑人的主体意识："黑人啊！黑人啊！相信你自己。捍卫你自己。认识你自己……黑人，你是你自己的敌人！你是你自己的压迫者……我的人民！……起来斗争。我们的灵魂长存。"[②]开芝瓦约临终前的一段话，代表德罗莫说出了他的反殖民主义、反种族主义思想。这段话直到今天仍然有警醒作用："我们终将自由！每个种族都是这片土地的主人。非洲人的非洲亘古长存。"[③]由于作品中的反种族隔离思想在当时较为激进，曾经为德罗莫出版《姑娘》的洛夫代尔出版社拒绝出版该剧本。帝国中心的文化

[①] 参见 Loren Kruger, "Theatre: Regulation, Resistance and Recovery", in David Attwell, Derek Attridge (eds.), *The Cambridge History of South African Literature*, Cambridge: Cambridge University Press, 2012, p. 564.

[②] Nick Visser, Tim Couzens eds., *H. I. E. Dhlomo: Collected Works*, Johannesburg: Ravan Press, 1985, p. 174.

[③] Ibid., p. 176.

霸权将德罗莫超前的声音边缘化，而这也是许多种族隔离时期南非黑人作家的共同处境。

1937 年 2 月，德罗莫辞去《班图世界》的新闻记者一职，成为杰米斯顿（Germiston）卡耐基非欧洲人图书馆（Carnegie Non-European Library）的管理员，有了更多的机会去接触约翰内斯堡各个非欧洲人图书馆的图书资源。此外，他开始在《读者指南》（Reader's Companion）杂志上发表专栏文章。尽管德罗莫出版的剧本并未获得多少关注，但他仍未气馁。1937 年，他着手创作以莱索托人（Lesotho）君王莫舒舒（Moshoeshoe，1786—1870）的人生经历为背景的历史剧《莫舒舒》（Moshoeshoe，1937）。1939 年 3 月 2 日，《莫舒舒》在班图人社交中心上演。这是第一部由他本人导演的剧作。由于德罗莫的导演风格有些强硬，要求演员必须听从于他，再加上演员大多是非职业演员，所以《莫舒舒》没有达到德罗莫预期的效果。但是德罗莫的做法，即从编、导、演三方面全部融合南非本土文化特色的尝试，又在无意中开创了南非现代戏剧的先河。此后，阿索尔·富加德（Athol Fugard，1932—）、扎克斯·穆达（Zakes Mda，1948—）等编、导、演多栖的剧作家，大多都延续着德罗莫的这一戏剧创作形式。从书面文本到舞台表演，这一流程是西方戏剧的创作惯例，但德罗莫将这一西方戏剧产物本土化，以当地的非职业演员为班底，融合黑人本土文化元素，汇聚成南非人自己的戏剧形式。

三、内外挣扎的戏梦人生——德罗莫的人生转折与晚期创作

从 1940 年起，德罗莫经历了人生中的一系列变故，致使其作品的风格基调越来越悲愤、激烈。德罗莫在这一时期积极参与政治活动，试图为黑人知识分子争取公民权利。但他的工作效率每况愈下，和图书馆委员会争吵不休，许多白人自由主义者厌烦德罗莫争取黑人民主权利、复兴黑人文化的思想。为此，市政图书馆解雇了德罗莫。他日渐喜怒无常，本来过着清教徒一般的生活，如今却开始沉湎于酒精和烟草。他还常常对妻儿大动肝火，甚至怀疑妻子艾辛对己不忠。艾辛无法忍受德罗莫的猜忌，二人最终离婚。

失去了工作，抛弃了家庭，德罗莫决定前往德班寻找新的生活。在那里，他度过了人生中最艰难的时期。起初，他没有工作，没有住处，一度露宿街头。很快，德罗莫凭着自己的表演天分，在南非广播公司（South African Broadcasting Company）谋得一个广播员的职位，播报"二战"期间的战时新闻。然而，德罗莫并没有从之前经历的痛苦中摆脱出来。他愈加消沉，工作心不在焉，最后丢掉了广播员的工作。经济上的危机，现实与理想的碰撞，让德罗莫深有怀才不遇之感；婚姻的破碎更是让他深思人性问题。正所谓"赋到沧桑句便工"，这一逆境促成了德罗莫写作风格的转变。婚姻问题致使他写出了一部长达 278 页的戏剧《男人与女人》（*Men and Women*，1940）。作品并未完成，从残稿来看，有着英国伊丽莎白时代复仇悲剧的风格。德罗莫创作这一作品，一方面是发泄自己对时事变故的不满，抒发一腔孤愤；另一方面也是在思考诸如爱情、婚姻之类的两性问题。可惜这部戏剧仅留存残稿，不然它定会是一部极为特别的非洲戏剧。从《男人与女人》开始，德罗莫的创作风格明显发生转变。

痛苦激起了德罗莫文学作品中的批判性。他开始向资本家、白人特权阶级，甚至向同情黑人境遇的白人自由主义者发起挑战。1940 年 6 月，德罗莫创作了诗歌《论芒罗·里奇》（*On Munro Ridge*），批判了约翰内斯堡富人的虚伪。此后，他创作了自传体戏剧《专家》（*The Expert*，1940），批评了图书馆管理人员中的白人自由主义者，但作品并未完成。自传体诗歌《开除》（*Fired*，1941）则将批判的锋芒对准那些虚伪的白人。从此，德罗莫的文学风格从 30 年代狂飙突进式的浪漫主义转变为批判揭露式的现实主义。

德罗莫的政治表达不只是从文学作品中流露出来，他更是身体力行，直接参与到政治活动之中。1943 年，在兄长、《纳塔尔太阳报》（*Llanga Lase Natal*）主编罗菲斯·德罗莫的引荐下，德罗莫担任该报社的副编辑。他的兄长已经撰写了大量新闻报道，代表一代黑人知识分子，勇敢地为黑人民族发声。德罗莫也以笔为戈，撰文批评时政。1944 年，德罗莫等人着手创办非洲人国民大会青年联盟（African National Congress Youth League，后文简称"青年联盟"）。随后，他在德班的青年联盟委员会任职，一度担任纳塔尔省青年联盟的临时主席。

1941 年 10 月，德罗莫出版了他的第二本书——长诗《千山之谷》（*Valley of a Thousand Hills*，1941）。如同普拉杰的《姆迪》（*Mhudi*，1930）表现了非国大早年的政治理念和文化意蕴一样,《千山之谷》史诗性地表现了青年联盟的理想与信念。乔丹·恩古巴奈(Jordan Ngubane,1917—1985)认为这首诗表现了黑人"真正的民族精神"①。诗中,德罗莫以延展的诗行、铺陈的意象,呼唤神灵与英雄们归来,将古今熔为一炉,联结起祖鲁诗歌中的意象与西方浪漫派的诗体。这类古雅又不失自由的诗风,启迪了南非后来的许多黑人诗人。在种族隔离时期,像丹尼斯·布鲁图斯(Dennis Brutus,1924—2009)、奥斯瓦尔德·姆特夏里(M. Oswald Mtshali,1940—)等诗人,也将今昔融会贯通,打通黑人历史与当代政治语境的桥梁,以自由、灵活的诗风,延续着德罗莫的诗歌传统。

因其晚期戏剧作品遗失,我们只能从德罗莫的诗歌中窥探其风格转变。像《非洲之鼓》(*Drum of Africa*,1944)、《哈洛特》(*The Harlot*,1945)、《不为我》(*Not For Me*,1945)、《因为我是黑人》(*Because I'm Black*,1949)等都是富有激情、充斥着浪漫主义风格的诗作。不过,德罗莫晚期的诗歌作品既有着激进、愤懑的一面,又有着文字上的节制与控制,在诗歌的语言张力上取得了平衡。《甜蜜的杧果树》(*Sweet Mongo Tree*,1942)、《导火索(献给约翰·朗加利巴勒勒·杜布)》[*Fuze (For John Langalibalele Dube)*,1946]等多愁善感的诗作,则是以一种伤感、哀婉的笔调,书写了"破碎的伊甸园"(shattered Eden)这一意象。在此,德罗莫把伊甸园内化为自己理想中的乌托邦,而曾经的知识分子理想早已随着种族隔离的限制、自身性格的缺陷而烟消云散。

作为南非文学史上的关键人物,德罗莫的成就不仅体现在戏剧和诗歌上,还体现在他的文学批评上。德罗莫的文学批评"将文学文化上的兴趣同他的政治理念结合起来,使他成为最早的非洲文学理论家之一"②。在1936年至1946年这十年间,他写了大量关于戏剧与诗歌的批评文章。德罗莫研究者蒂姆·库岑斯认为,对于非洲文学来说,德罗莫的文学批评的重要性"好比约翰·德莱顿(John Dryden,1631—1700)的《论戏剧诗》(*Of Dramatick Poesie: An Essay*,1668)

---

① Bernth Lindfors, Reinhard Sander eds., *Twentieth Century Caribbean and Black African Writers, Third Series*, Detroit: Bruccoli Clark Layman Book, 1996, p. 82.

② Ibid.

之于英语文学的重要性"①。德罗莫在戏剧批评中指出，现代非洲剧作家需要习得一种"文学通灵术""回到起点，回到古代，回到先祖们的作品及其精神之中"②。不过在民族文学建构方面，德罗莫并不是激进的民族主义者，他并不盲从民族文化，不唯民族至上。他提倡非洲剧作家与诗人在从本民族的传统文化中寻根的同时，也应该学习西方的创作经验与理论。德罗莫的视野非常广阔，他不只是单纯地论述黑人的民族文化问题，还将文化艺术的比较视野放置到印度人、中国人、非裔美国人等受压迫民族的斗争史中，以此呼吁南非黑人重视自己的"心灵与灵魂"，重视文学艺术对人性的关怀与发掘。在他看来：

> 如果你想知道非裔美国人、中国人或者印度人（的心灵与灵魂），你会从他们本土的小说家、散文家、诗人、剧作家、画家、音乐家那里得到动人且真实的图景……印度人、中国人和非裔美国人已经回应了挑战。非洲人还要继续忽视心灵与灵魂这类关键问题吗？③

德罗莫的观点超出了那些具体的、意识形态化的政治口号，还文学艺术以人学的本质，让创作更具纯粹性。这一关于黑人的"心灵与灵魂"的创作理念，本应与艾梅·塞泽尔（Aime Cesaire，1913—2008）、列奥波尔德·桑戈尔（Leopold Senghor，1906—2001）的"黑人性"（negritude）遥相呼应，可惜，南非的种族政治封闭了德罗莫的发声机会，他因此多年被尘封在种族隔离的历史长河中。

1956年，赫伯特·德罗莫因心脏病逝世，年仅53岁。德罗莫一生共创作23部英语戏剧，1部祖鲁语戏剧，100余首英语诗歌，以及大量评论与批评文章。但很可惜，这些作品中有一大半均已遗失。就戏剧而言，仅有9部剧作保存完整，其余留存下来的剧作多为残稿。德罗莫逝世后，他的家人将作品手稿捐赠给纳塔尔大学的德班图书馆。他似乎不再被知识分子们提起。南非黑人文学一度陷入低迷，1960年的沙佩维尔惨案更是加剧了种族隔离的力度，致使黑人的出版物、舞台表演遭到当

---

① Bernth Lindfors, Reinhard Sander eds., *Twentieth Century Caribbean and Black African Writers, Third Series*, Detroit: Bruccoli Clark Layman Book, 1996, p. 82.

② Ibid.

③ H. I. E. Dhlomo, "Bantu Culture and Expression", *English in Africa*, 1977, 4(2), p. 68.

局明令禁止。从 60 年代至 70 年代，黑人文学进入了"沉默的十年"①，是南非黑人文学史上最为黑暗的时期。1973 年，蒂姆·库岑斯、尼克·维瑟尔（Nick Visser，1943—1998）在德班图书馆发现了德罗莫的手稿，这位默默无闻的开路先锋才得以再次为大众所知。

结　语

德罗莫能在身后被冠以"南非黑人戏剧之父""第一位南非现代黑人剧作家"等称号，自然是因为其在文学创作、文学批评方面独到的成就。他的历史剧创作真正地将英语戏剧这一舶来品本土化，使之成为讲述南非故事、溯源南非历史的戏剧。他的诗歌创作实践了华兹华斯等浪漫主义诗人所主张的"诗是强烈情感的自然流露"，并且重新回归祖鲁人诗歌的传统土壤中，没有落入以欧美为中心的窠臼。他的文学批评以一种引路人的姿态，向非洲剧作家、诗人们提供了宏观与微观、本土与外来的方法论，以其渊博的学识为南非本土的文学艺术正名，并将西方文化与本土文化融会贯通。但是，由于民族知识分子身份，他难免会被当时白人的主流意识形态所裹挟，用西方的启蒙理性思想分析南非的本土历史与文化传统。也难怪在抵抗戏剧（protest theatre）的剧作家们眼中，他过于软弱，缺乏反抗与革命精神，所以他的剧目如今很少有人排演。德罗莫的文学成就还需更多人去发现，去认知，尤其需要我们以一种相对客观、相对理性的视角去研究这位南非文学的先驱，进而以比较的视野、对话的姿态洞察南非英语戏剧的堂奥。

（文 / 上海师范大学 徐立勋）

---

① 李永彩：《南非文学史》，上海：上海外语教育出版社，2009 年，第 369 页。

赫尔曼·查尔斯·博斯曼

Herman Charles Bosman，1905—1951

代表作一：《马弗京之路》（*The Mafeking Road*，1947）

代表作二：《冷石罐》（*Cold Stone Jug*，1930）

第四篇

布尔民族历史记忆的回眸者

——南非作家赫尔曼·查尔斯·博斯曼创作研究

引　言

赫尔曼·查尔斯·博斯曼（Herman Charles Bosman，1905—1951）是南非公认的短篇小说大师，《马弗京之路》（*The Mafeking Road*，1947）更是将他置于不败之地。他一生笔耕不辍，著有短篇小说《夜幕下的蓝花楹》（*Jacaranda in the Night*，1947）、《归于尘土》（*Unto Dusk*，1963）和自传体小说《冷石罐》（*Cold Stone Jug*，1930）等。此外，他在散文与诗歌方面亦成就不凡，著有《一桶甜酒》（*A Cask of Jerepigo*，1957）及《世界在等待》（*The Earth Is Waiting*，1974）等散文与诗歌集。博斯曼的作品既以生花妙笔描绘了南非的自然风光和人文风情，又以讽刺幽默的笔触针砭时弊。博斯曼天赋有加，他的学生兼好友萨克斯（Bernard Sachs，1905—1985）曾将他比作神，认为正是他的过人天赋使其从生活、习俗和惯例中退出，用精神探索来丰富人类的存在。他喜怒无常，幽默风趣，善于从最细微的角度洞察生活并用文字传达出来。即使在世不到五十年，博斯曼仍旧留下了丰厚的精神遗产。可以说，南非农场小说在很大程度上就起源于他的丛林和草原叙事。然而，由于博斯曼的布尔人身份，不少评论家过多关注其作品的娱乐功能，忽视了其社会功能，导致他生前评价不高。

一、白云苍狗，初露锋芒

博斯曼于 1905 年 2 月 5 日出生在西开普敦（Cape Town）附近库伊尔斯河镇（Kuils River）的一个布尔人（Boer）家庭。他的父亲是雅各布斯·亚伯拉罕·博斯曼（Jacobus Abraham Bosman，1873—1923）；母亲是伊丽莎白·海伦娜·马兰（Elizabeth Helena Malan，1875—1942），来自当地望族马兰家族。母亲是一名教师，因此，博斯曼从小就学习英语和阿非利卡语，其文学启蒙也源于此。在生命的前十三年里，博斯曼经常随着父亲变换工作而在不同的城镇生活、学习。博斯曼曾短暂地在波切夫斯特鲁姆男子高中（Potchefstroom High School for Boys）学习。1918 年，博斯曼一家辗转来到约翰内斯堡的杰普斯敦（Jeppestown）。同年，博斯曼和弟弟皮埃尔（Pierre）进入杰普男子高中（Jeppe High School for Boys）读书。据皮埃尔说，博斯曼小时候就对文学充满热情，经常疯狂地广泛阅读。博斯曼患有口吃，只有在背诵喜欢的诗歌时才能得到缓解，他因而在文学，尤其是诗歌中，找到了极大慰藉。

波切夫斯特鲁姆男子高中和杰普男子高中深受英国教育传统影响。在这两所名校读书的岁月逐渐将博斯曼塑造为一名作家。他在学校图书馆广泛阅读欧·亨利、爱伦·坡和马克·吐温的作品，而《杰普高中杂志》（*Jeppe High School Magazine*）则成为他首次展示文学才华的舞台。16 岁时，博斯曼开始为南非的《周日时报》（*Sunday Times*）撰写短篇小说，开启了文学创作生涯。1923 年，博斯曼进入约翰内斯堡的金山大学（University of the Witwatersrand），其间向学生文学竞赛提交过各种作品。毕业后，博斯曼前往西德兰士瓦（Transvaal）格罗特—马里科地区（Groot Marico）的一所阿非利卡语学校任教。这里的自然风光和生活经历为他最著名的短篇小说"乌姆·沙克·洛伦斯系列"（"Oom Schalk Lourens"）和"会客厅系列"（"Voorkamer"）提供了背景。

博斯曼的人生充满了极大的不确定性。也许是艺术家的天赋作祟，博斯曼往往显得过于叛逆，这几乎成为他的第二天性。为了抗议杰普高中过于严厉的体罚，他曾经用小刀割喉、割腕。1926 年 6 月学校放假期间，博斯曼到约翰内斯堡探望家人，在一次争吵中开枪打死了他的继兄。博斯曼因此被判处死刑，但在服刑四年后被保释。正是在这四年的牢狱岁月和在马里科的短暂时光中，他获得了最大的写作灵感，不仅成就了基于马里科经历的短篇小说集《马弗京之路》，而且创作出了监狱生活纪实作品《冷石罐》。出狱后，博斯曼创办了自己的印刷公司，逐渐进入约翰内斯堡文学界，结识了埃吉迪乌斯·简·布利格诺特（Aegidius Jean Blignaut）、斯蒂芬·格雷（Stephen Gray）等文人。此后他在海外浪迹了九年，并在这一时期出版了《马弗京之路》。第二次世界大战开始时，他又回到南非彼特斯堡（Pietersburg）担任记者。

博斯曼一生中共娶过三位妻子，分别是薇拉·索耶（Vera Sawyer）、埃拉·曼森（Ella Manson）和海伦娜·施特格曼（Helena Stegmann）。他与第一位妻子登记结婚时使用了假名赫尔曼·马兰（Herman Malan），婚后两天便不告而别去往马里科地区。1951 年 10 月，博斯曼因突发心脏病被送往伊登维尔医院。出院后的几个小时博斯曼在家中再次晕厥，在送往医院的途中死亡。最终，他被埋葬在约翰内斯堡的一处公墓。第三任妻子施特格曼买下了博斯曼遗作的版权，并于 1960 年将一些文件和画作卖给了哈里·兰瑟姆中心（Harry Ransom Center）①，供学界研究。博斯曼的生命虽已结束，但他的文学作品和文学理想仍旧在南非文学史上熠熠生辉。

二、诡谲幽默，研精覃思

幽默叙事风格的使用是博斯曼作品的最大特色，这种文学品质在他整个创作过程中均有体现。作为布尔后裔，博斯曼通过塑造布尔人物，再现了 20 世纪上半

---

① 哈利·兰瑟姆中心（1983 年以前为人文研究中心）是得克萨斯大学奥斯汀分校的档案馆、图书馆和博物馆，专门收集美洲和欧洲的文学作品和文化艺术品以供研究。

叶南非社会的各种矛盾和多种族共存的真实情况。博斯曼把自己置身于一个独特的时空中，以一种冷静而又客观的态度来看待历史和世界。他将笔触深入到南非布尔民族社区，为人们描绘着一幅幅色彩斑斓的非洲画卷，深刻地剖析着生活中的种种矛盾和冲突。博斯曼挣脱了思维的缰绳，立足当下回顾布尔民族的历史，既充满激情也不失理；既充满智慧也不乏嘲讽；既有对传统文化的继承与批判，也有对种族主义的鞭挞与颠覆；既具有浓厚的现实主义气息，又不乏荒诞性。

博斯曼的幽默感和艺术天赋与他喜怒无常的性格密切相关。他将独特的情感体验融入文学作品，加之诗意的语言，让读者体会到一种前所未有的幽默、讽刺、荒诞和神秘。博斯曼的情感像一股旋风，敏感而不可预测，且行为不合常规。他曾自我评价与低等的类人猿有很多共同之处。《马弗京之路》的编辑阿黛尔·勒萨德（Adele Lezard）认为，博斯曼是无法被定义的，他不受陈规拘束，是一个极端的人，时而会因趣事开怀大笑，时而会因烦事怒目向人。

幽默在博斯曼身上内化于心，外化于行，致使他的作家身份不断变化。他在整个职业生涯中以各种笔名写作，早年笔名的选择即反映了他的古怪和幽默。在被监禁期间，由于罪犯的作品被禁止出版，他不得不使用假名创作。年轻时，他为校园杂志写过两篇文章，其中一篇以"本·伊思"（Ben Eath）为笔名发表，许多其他作品则以"本·埃弗利卡"（Ben Africa）和"本·欧尼尔"（Ben Onion）等笔名发表在约翰内斯堡的《周日时报》上。《博斯曼指南》（*A Bosman Companion*, 2011）中罗列了他使用过的几个有趣的假名："列宁·托尔斯泰"（阿非利卡语：Lenin Tolstoi）、"教育家"（阿非利卡语：Pedagogue）、"拉格朗太夫人——帝国妇女和平组织的领导人"（Dowager Lady Raglan, Leader of the Women of the Empire for Peace）[①]，这些名字无不反映出博斯曼的幽默感，同时又佐证了博斯曼的不确定性和复杂身份。

在博斯曼的笔下，幽默是内在的东西，改变它就如同要求他从脸上去除固有的微笑。幽默是他表达自身的载体，也是他表达自己最深层感受的主要方式。但是他明白，过度使用幽默会导致读者离开作品本身。博斯曼曾写过两篇关于幽默

---

① Stephanie Lilian Carlsson, *Herman Charles Bosman: The Biographer's Enigma*, Ph.D Diss., University of Pretoria, 2014, p. 16.

的文章，均收录于文集《我的生活和看法》(*My Life and Opinions*，2003) 中，一篇题为《幽默与风趣》("Humour and Wit")，另一篇题为《我的生活》("My Life")。在这两篇文章中，他给出了自己对幽默的非主流、非传统的定义。在《幽默与风趣》中，他把幽默描述为"一种不羁的、神秘的、被遗弃的东西，它永远是一个从现实的严酷法则中逃出来的支柱，但是构成所有真理的亲密部分，关于它有一个永恒的环"①。在《我的生活》中，他写道：

> 在我的作品中，应该有一条幽默的脉络贯穿其中。一个笑话最糟糕的地方是，它很容易平淡无奇。对我来说，让人们因为我真正认真的事情而笑得死去活来也不是什么新鲜事。所有这一切的结果是，我希望表达我的信念，与流行的观点相反，生活中最不可逾越的社会、经济和文化障碍就是一个人要有幽默感。②

博斯曼明白幽默只是写作中一个强有力的工具，但必须以恰当的方式使用，加上讽刺和挖苦，才能真正有效。读者对博斯曼的幽默有积极的反应，也有消极的反应，这佐证了他的观点，即幽默既能娱乐，也会引起读者某种程度的不适。博斯曼的幽默叙事是经过深思熟虑的。他不是以明显的、直白的方式使用幽默，而是以引导读者对所读内容进行深入思考的方式，将现实与思想熔于一炉。这也是博斯曼的短篇故事引人入胜的原因。读者不断地进入故事，质疑自己的信仰和对幽默的看法。《马弗京之路》正是对布尔人蝉不知雪、闭目塞听的精神状态的反思和讽刺。作品中幽默场景和对话俯拾皆是，引人捧腹，其中蕴含的思考颇具深意。

幽默的叙事风格在博斯曼的作品中最突出的体现是人物形象的塑造，其次是不确定叙事的运用。博斯曼的不确定叙事主要表现在两个方面。首先是故事本身。读者看完博斯曼文字后的第一直觉，往往是无法确定叙述者究竟是亲历者还是旁观者。文本证据也不足以让我们衡量《马弗京之路》中的罗伦斯大叔是否意识到他的叙述中的偏差和讽刺态度。其次是叙述者与读者、叙述者与小说人物的距离。

---

① Herman Charles Bosman, *My Life and Opinions*, Cape Town: Human & Rousseau, 2003, p. 160.
② Ibid., p. 31.

这种不确定使我们很难准确地将"乌姆·沙克·洛伦斯系列"作为一个整体来看待。此外，校长形象也作为不确定叙述者存在于博斯曼的作品中。在"乌姆·沙克·洛伦斯系列"和"会客厅系列"中，校长无一例外地被描绘成年轻、有点儿自视甚高、理想主义、不切实际地致力于教育马里科年轻人的人。此外，他还常常是一个局外人，在规范和价值观方面与马里科社区完全疏离。我们不能忽视这样一个事实，那就是年轻的博斯曼在马里科当过几个月教师，因此，故事中的校长形象似乎是作家对年轻时的自己的一种玩笑式的回忆。

博斯曼凭借对幽默的执着在文学创作中恣意徜徉。他通过塑造滑稽幽默的人物形象，生动还原英布战争时期南非农场的真实生活画面和各方社会问题，再通过不确定叙述，借叙述者之口发表评论，传递思想。幽默的风格和品格贯穿了博斯曼的一生，成为他最特殊的标签，也成就了这位南非文学大师。

三、铅华尽洗，珠玑不御

经历了牢狱之灾和战争之苦后，博斯曼最终以作家的身份立于世间。他生前便已成绩斐然，去世后声名更是愈发响亮。他在身后成名离不开斯蒂芬·格雷（Stephen Grey，1941—2020）的推介。曾与他有过交情的友人、编辑、学生纷纷写下回忆录和传记，以纪念这位怪异又自负的天才。布里格诺特形容博斯曼的作品像晚祷一样美妙，在文章背后他看到的是一个天才。博斯曼的学生亚伯拉罕（Lionel Abrahams）也在博斯曼身上看到了一些特别的气质，并希望将其传递给以后的作家。罗森伯格（Valerie Rosenberg）将博斯曼在文学上的成就归因为他的过人天赋。

博斯曼身上这种特别的气质源于他清晰的头脑。他擅长以嘲讽的口吻批判早期布尔民族狭隘的加尔文主义和联邦时期崛起的极端民族主义的相关弊病。博斯曼的创作以短篇小说为主，其次是散文和诗歌，还有少数长篇小说，其大多数作品触及了欧洲文化在非洲的异化问题。《马弗京之路》是一部对研究布尔民族记忆尤为重要的作品。布尔民族记忆是一个复杂而又庞大的话题，囊括了历史、语言、文化、宗教、社会习俗等诸多方面。该书涉猎范围广泛，除了对布尔人的传统习俗和文学艺术等方面做出较详细的介绍外，还对他们的政治生活、经济状况和宗教信仰做了较为系统的阐释和评论，在语言方面也较好地体现了布尔语言独有的特征，具有极高的文献价值和文学价值。

在博斯曼的短篇小说中，可以看到他对民族主义、白人至上主义的进一步偏离。博斯曼的故事有时是讽刺性的，有时则对黑人在南非战争期间的痛苦，以及他们在南非土地上的迁徙表现出最深切的同情。他以幽默和悲怆的方式展现了卡菲尔人①的生活，但同时对他们的一眼成见（例如，他们对天主教徒的偏见）和对黑人的残暴行为[包括《马卡潘洞穴》（Makapan's Caves）中描述的大屠杀]保持清醒的头脑。博斯曼的故事还充满浪漫主义与现实主义的矛盾。例如，在《草原少女》（Vale Maiden）中，博斯曼利用罗伦斯的朴实智慧，驳斥了一个城市艺术家的想法。艺术家无可救药地爱上了马里科的一位农妇，每日向马里科的居民吹嘘有一位叫维尔德的女神会每晚来到他的梦中。而事实却是这位农妇与这位艺术家出轨了。最终这位艺术家在留下一幅农妇的画作后匆匆离开了马里科。

博斯曼笔下关于南非德兰士瓦的故事揭示了19世纪末布尔人生活的真实世界。就像马克·吐温一样，博斯曼对自己祖先的愚蠢和偏见充满了嘲讽，对机智和清晰的判断力有着恰到好处的运用。他通过当地的牧民罗伦斯大叔讲述包括昏昏欲睡的牧民、雄心勃勃的手风琴演奏者、活灵活现的豹子和曼巴蛇，以及痴情的白日梦想家的故事并给予讽刺性回顾，在马里科地区最细微的动作和不加修饰的谈话中展现情感、矛盾和怪诞。博斯曼将非洲的口述传统带入他的创作，描绘了一个既清晰又有层次的世界。

《威尔姆斯多普》（Willemsdorp，1977）是博斯曼的最后一部小说，在他去世时还没有完成。故事发生在北德兰士瓦的一个小村庄，沉闷的氛围悬浮在村庄上空。时间是20世纪40年代末，执政党刚刚通过严厉的种族法。选举在即，在社会上占主导地位的布尔人和黑人之间的互动被准确地勾勒出来。卡菲尔人也像孩子一样，他们真实地存在着却不被任何人倾听。

---

① 卡菲尔人（Kaffer）在南非，卡菲尔人是南非的印度、巴基斯坦移民对当地班图族黑人的贬称。

非自然的意识形态束缚对心理的影响，是博斯曼探讨布尔民族记忆的主要角度。博斯曼将南非牧场、会客厅等场景置于一个特定的时间维度上，展示小镇生活的变迁过程，分析宗教、民族主义等社会意识形态的影响。他通过描述不同场景下的人物，揭露了在当时的政治、经济条件下，布尔人的自满和颓废状态，这些也是导致布尔人在英布战争中失败的重要原因。博斯曼笔下的南非小镇不仅反映出了当时的政治和社会状况，也折射出了那个时代的精神特征。

博斯曼被布尔社区中的暗流所吸引。对他来说，南非部族村庄的封闭状态是一个象征性背景，在其中可以揭开更广泛的社会画面和暗流涌动的社会现象。他借助独树一帜的南非幽默叙事风格，对黑暗的社会现实给予最深沉的鞭挞。这种南非幽默不同于英式幽默，也不同于黑色幽默，而是带有明显布尔民族特征的历史记忆书写。其中蕴含的是身为布尔后裔的博斯曼对其先辈曾经行差踏错的历史现实的清醒反思，在自嘲和讽喻背后，是博斯曼希望布尔民族发展壮大的美好心愿。

除了对布尔民族的深刻反思和殷切企盼外，博斯曼还对整个非洲的文学创作提出了独到见解，在一定程度上促进了南非文学的勃兴。博斯曼认为白人与黑人应该在平等的基础上对话，根据不同的社会和文化背景创作各具民族特色的作品。除此之外，博斯曼还强调写作必须是真实的，无论作家的文化背景如何，都必须忠实于内心的声音。博斯曼的创作理念和实践为南非文学注入了新鲜的活力，这虽然是一种进步，但受制于当时南非社会历史环境及文化传统。博斯曼摒弃种族主义和民主主义，将南非作为一个整体来观察，对南非的文化传统与历史变迁给予深刻剖析。博斯曼在作品中展现了他对非洲大陆及其文明的深切关注与热爱，他用生动诙谐的语言讲述了许多真实感人的故事，使读者获得丰富的想象空间。

结　　语

博斯曼曾将他的创作信条阐述如下，"我在非洲的土地上占有一席之地，我相信南非荷兰语具有伟大的使命，可以在宏伟的文学作品中描绘出非洲的浪漫灵感"①，寥寥数语，微言大义。时势造英雄，英布战争的背景和布尔后裔的身份使博斯曼拥有敏锐的洞察力，得以对祖辈的历史文化进行反思。博斯曼运用幽默风格进行创作，借虚拟人物表达情感和思想。在有的评论看来，

> 现代南非英语文学的开始可以通过以下四部书的出版得以体现：1948 年，艾伦·帕顿的《哭泣吧，心爱的国家》开创了南非白人英语写作的抗议传统；赫尔曼·查尔斯·博斯曼的《马弗京之路》采用了南非语故事的传统，具有尖锐的本土幽默感；纳丁·戈迪默的《面对面》标志着她终生关注白人意识的开始；以及，更早的是，文章《非洲人对欧洲人的态度》。②

可见博斯曼在南非文学史上所占分量之重。他运用讽刺、戏仿、反讽等技巧以及其他修辞和文体手段，对当代南非的不公现象进行了微妙的抗议，深化了南非文学的主题，批判了殖民背景下的种族主义及其对多元文化发展的阻碍。幽默而不失深刻，不显做作，不露痕迹，这正是他的独特之处。博斯曼深谙社会现实，以人物、场景和情节为引带出对社会现象鞭辟入里的分析。博斯曼对幽默的执着以及笑对世间百态的态度使他成为南非文学界的幽默大师，这也正是他的人格魅力和文学魅力所在。这种品格使其文字在南非文学史上留下了浓墨重彩的一笔。

（文 / 上海师范大学 黄铃雅）

---

① Salome Snyman, "Willemsdorp by Herman Charles Bosman: The Small-Town Locale as Fictional Vehicle for Commentary on Social and Moral Issues in the South African Historical Context", *Tydskrif Vir Letterkunde*, 2012, 49(2), p. 67.

② Dorothy Driver, "Modern South African Literature in English: A Reader's Guide to Some Recent Critical and Bibliographic Resources", *World Literature Today*, 1996, 70(1), p. 99.

纳丁·戈迪默
Nadine Gordimer, 1923—2014

代表作一：《自然资源保护者》（*The Conservationist*，1974）
代表作二：《七月的人民》（*July's People*，1981）

第五篇

非自然历史中的"自然资源保护者"
——南非小说家纳丁·戈迪默创作研究

引　言

被誉为"南非的良心"和"新南非之母"[1]的纳丁·戈迪默（Nadine Gordimer，1923—2014）是南非文学史上的一座丰碑，因"出色的史诗写作为人类带来巨大裨益"[2]而获得 1991 年诺贝尔文学奖。在非洲已有的 7 位诺贝尔文学奖获奖作家中[3]，戈迪默是极为特别的存在。她虽为欧洲移民后裔，却和索因卡、马哈福兹和古尔纳等非洲本土作家一样，是地道的非洲人，有着鲜明的非洲中心意识并因此深扎南非。她不似加缪和莱辛在非洲、欧洲旅居往来，也不似其同胞库切因不堪承受

---

① 松远：《戈迪默去世》，《世界文学》，2014 年第 5 期，第 316 页。

② Swedish Academy, "The Nobel Prize in Literature 1991", NobelPrize.org. June 10, 2020, https://www.nobelprize.org/prizes/literature/1991/summary/.

③ 七位获得诺贝尔文学奖的非洲作家依次是阿尔及利亚的阿尔贝·加缪，尼日利亚的沃莱·索因卡，埃及的纳吉布·马哈福兹，南非的纳丁·戈迪默、J. M. 库切，津巴布韦的多丽丝·莱辛和坦桑尼亚的阿卜杜勒拉扎克·古尔纳，分别于 1957 年、1986 年、1988 年、1991 年、2003 年、2007 年和 2021 年获得诺贝尔文学奖。有几位诺贝尔文学奖获奖作家在区域归属问题上存在一定争议，主要集中在加缪和莱辛的身份归属上。加缪虽是法国国籍，但出生并成长于阿尔及利亚，其代表作《局外人》（*L'Étranger*，1942）和《鼠疫》（*La Peste*，1947）等多部重要作品都是以阿尔及利亚为背景，其创作的主要灵感来源就是他的北非生活，因而严格意义上来说他是非洲作家；莱辛从 1925 年到 1949 年一直在英属殖民地南罗得西亚也就是现在的津巴布韦生活，其影响力最大的作品《青草在歌唱》（*The Grass Is Singing*，1950）和《金色笔记》（*The Golden Notebook*，1962）等讲述的都是非洲故事，所以严格意义上来讲她也是非洲作家。

南非白人的心灵困境而移居他国，而是坚定地将南非视为唯一家园，对这片曾因种族隔离制度而声名狼藉的土地怀有深切的家国情怀。

戈迪默一生的文学创作虽皆因南非"种族隔离制度的种种后果"①而起，却并未局限于此，而是从这种西方殖民历史造就的非自然的社会形态中，探析人性的幽微深奥和现当代人类社会的矛盾困境。在其70年的文学创作生涯中，不论是早期的民族意识觉醒书写，中期的激进主义革命写作，还是后期的新南非文学样式探索，都生动呈现了南非近百年来的社会万象和历史变迁，揭露了种族隔离制度有违人性和人类历史发展规律的非自然性，她也因此成为保存南非民族历史记忆、捍卫非洲文化传统、守护非洲人文主义价值观和忠实于自身艺术理念信仰的"自然资源保护者"。

一、"谎言岁月"的觉醒者

对于20世纪的南非作家而言，以律法谎言构筑的种族隔离制度是他们无法回避的重要主题，戈迪默亦是如此，她甚至常因参与南非解放运动而被视作为政治写作的作家。然而，事实并非如此。她的写作并非源于对种族隔离制度的政治认知，而是纯粹出于对未知生活的个体生命探求。在探知人生秩序和南非畸形社会的写作过程中，她逐步意识到种族隔离制度的非自然性，并产生了具有非洲主体性的民族意识觉醒。她曾写道：

我不写种族隔离制度，写的是那些碰巧生活在那种体制下的人。我不是宣传员，也不是记者。我是天生的作家。我的意思是我从小就开始写作，那时并不知道什么是种族隔离制度。不仅不知道，而且当时种族隔离制度还没有正式制定。很显

---

① 瑞典学院：《纳丁·戈迪默授奖词》，申慧辉译，载刘硕良主编：《诺贝尔文学奖授奖词和获奖演说（下）》，桂林：漓江出版社，2013年，第532页。

然，我是生活在一个种族偏见严重的社会中，但我不知道，只是认为这就是世界的规律。你看，我不是一个被处境造就的作家。有些作家之所以成为作家，是因为他们的愤怒激发了他们的创造力。我开始写作是出于对生活的惊奇感、神秘感和混乱感。对我而言，所有的艺术都是试图从混乱的生活中创造出一种私人秩序。①

戈迪默并非因政治而写作，而是因写作意识到政治。毕竟戈迪默和许多南非白人一样，出生并成长于一个白人天生就享有优渥待遇和特权的时代。对于大部分南非白人而言，"在某种程度上，种族隔离变得自然化，就好像当前的制度是自然进化的结果，而不是法律强加的政治意愿的结果"②。从孩提时就被扭曲了视野的戈迪默认为，"种族隔离制度首先是一种习惯"③，直到因艺术写作而磨砺出求真精神，她才逐渐意识到"生活的周围都是这种非自然的、压迫性的社会秩序"④。

这种以写作探知生活、因艺术涉足政治的人生历程在戈迪默的早期创作中体现得最为明显。她的首部长篇小说《谎言岁月》（*The Lying Days*，1953）"具有很强的自传体基础"⑤。小说标题"谎言岁月"源自扉页所引的叶芝的诗歌《随时光而来的智慧》（*The Coming of Wisdom with Time*）："在青春的谎言岁月里，/ 我于阳光中摇动着花与叶，/ 如今凋萎为真理。"⑥正如诗中所言，戈迪默在童年的家庭谎

① Nadine Gordimer, Robert Boyers, Clark Blaise, Terence Diggory and Jordan Elgrably, "A Conversation with Nadine Gordimer", in Nancy Topping Bazin and Marilyn Dallman Seymour eds., *Conversations with Nadine Gordimer*, Jackson: University Press of Mississippi, 1990, pp. 210-211.

② Denise Brahimi, *Nadine Gordimer: Weaving Together Fiction, Women and Politics,* Translated from the French by Vanessa Everson and Cara Shapiro, Claremont: UCT Press, 2012, p. 22.

③ Nadine Gordimer, "Living in the Interregnum", in Stephen Clingman ed., *The Essential Gesture: Writing, Politics and Places*, New York: Knopf, 1988, p. 266.

④ 纳丁·戈迪默、苏珊·桑塔格：《关于作家职责的对谈》，姚君伟译，《译林》，2006 年第 3 期，第 201 页。

⑤ Nadine Gordimer, Margaret Walters, "Writers in Conversation: Nadine Gordimer", in Nancy Topping Bazin and Marilyn Dallman Seymour eds., *Conversations with Nadine Gordimer*, Jackson: University Press of Mississippi, 1990, p. 287.

⑥ Nadine Gordimer, *The Lying Days*, New York: Simon and Schuster, 1953, Epigraph.

言、南非社会的文化谎言和自由主义的政治谎言中度过青春岁月，并在一次次经历谎言的过程中逐步觉醒成长。

1923 年 11 月 20 日，戈迪默出生在约翰内斯堡东部金矿小镇斯普林斯（Springs）的一个欧洲犹太移民家庭。其父伊西多尔·戈迪默（Isidore Gordimer，1887—1962）是一名犹太钟表匠和珠宝商，13 岁从拉脱维亚移民南非。其母南·迈尔斯·戈迪默（Nan Myers Gordimer，1897—1973）6 岁随父母从英格兰移居南非。戈迪默的父母是当时南非白人的典型代表，虽为人仁慈和善，但在种族主义和白人至上主义的社会氛围中，在享受种族隔离制度带给白人的特权中，在继续投票给阿非利卡人①执政党的选举过程中，亦成为种族主义的支持者。她的父亲虽曾在欧洲经历过反犹主义的迫害，并因此背井离乡来到南非，但仍成为坚定维护白人特权的顽固种族主义者。她的母亲对黑人的境遇颇为同情，是典型的自由主义者，曾在为黑人提供托儿所的社会团体工作，还与红十字会合作做过不少善事。她虽然认为状况会逐渐改变，却"永远不会想到答案是彻底的政治变革"②。

戈迪默曾以自己的父亲和母亲为原型创作过短篇小说。在短篇小说集《士兵的拥抱》（*A Soldier's Embrace*，1980）中，故事《白蚁窝》（"The Termitary"）讲述的正是戈迪默的童年家庭生活，描绘了她母亲对整个家庭的掌管及对丈夫不问家事的怨怼。在另一部短篇小说集《跳跃故事集》（*Jump and Other Stories*，1991）中，故事《父亲离家》（"My Father Leaves Home"）追忆并想象了父亲年少离家前往南非并在此生活直至离世的人生经历。

戈迪默的童年极不寻常，这也成为触发其文学创作的主要动因。她小时候并未受过长时间系统的正规教育，只是在小镇的"慈悲女修道院"（Convent of Our

---

① 南非最初是由荷兰殖民者统治，后在与德、法移民的融合过程中，逐渐形成南非特有的白人种族——布尔人（Boer），也称阿非利卡人（Afrikaners），他们是真正掌控南非政治和将种族隔离制度法制化的白人族群。

② Nadine Gordimer, Nesta Wyn Elli, "In Black and White", in Nancy Topping Bazin, Marilyn Dallman Seymour eds., *Conversations with Nadine Gordimer*, Jackson: University Press of Mississippi, 1990, p. 92.

Lady of Mercy）上过几年学。10 岁时，她突然晕倒，据诊断是因为心跳过速。她的母亲因此禁止她进行各种运动，包括她最为热爱的舞蹈。戈迪默也因此辍学，仅在家中接受私人辅导。从 11 岁到 16 岁，她没有机会与其他孩童接触，度过了人生中最为孤寂的一段时光。后来，她发现自己的"心脏问题"完全子虚乌有，是她婚姻不幸的母亲出于自身情感需求而捏造出来的，以便把她留在家中做伴。正是在这段孤寂的岁月中，她阅读了一切所能读到的书籍，并最终萌生了文学创作热情。在阅读中，她开始意识到，自己的日常生活和所读的书完全是两个平行世界，并进而思考：她所处的世界，究竟是一种自然的秩序，还是恰恰相反，是一种人为的不公正秩序？ ①

戈迪默很早便开启了文学创作生涯。13 岁时，她在约翰内斯堡《星期日快报》（Sunday Express）的儿童版面上发表了首篇短篇小说《寻找黄金》（"The Quest for Seen Gold"）。在创作了系列儿童短篇故事之后，15 岁的戈迪默在南非自由主义杂志《论坛》（The Forum）上发表了自己的首篇非儿童文学作品。此后，在阿非利卡语诗人尤伊斯·克里格（Uys Krige，1910—1987）的介绍下，《纽约客》（New Yorker）和《耶鲁评论》（Yale Review）等美国刊物开始陆续刊登她的作品。戈迪默以短篇小说家的身份在国际文学界初露头角。

创作的魅力使戈迪默对知识有了进一步的渴求。虽然私人教育让她无法达到大学入学要求，但她于 1945 年在金山大学（University of the Witwatersrand）学习了一年。在大学里，戈迪默第一次遇到和她有着同样兴趣、品味和同样教育水平的黑人。他们能书会画，善弹会唱。对艺术家来说，种族不是障碍。大学经历使戈迪默有机会平等地认识黑人，并在一种普遍的、包容的、非种族的日常交往和艺术交流中唤醒了政治意识。彼时的南非，尚未禁止共产党和各种左派活动，而人们也对左翼运动和黑人民族运动非常感兴趣，有各种各样的马克思主义讨论小组。这对戈迪默而言是一个全新的思想领域，而共产主义的不带种族偏见的包

---

① Nadine Gordimer, Claude Seruan-Schreiber, "Nadine Gordimer: A White African Against Apartheid", in Nancy Topping Bazin, Marilyn Dallman Seymour eds., *Conversations with Nadine Gordimer*, Jackson: University Press of Mississippi, 1990, p. 117.

容性，也使得戈迪默在参与这些讨论的学习过程中，对种族隔离制度有了更为深入的思考。

随着生活境遇的改变，戈迪默有了更为广阔的人际交往。1949年，戈迪默与杰拉尔德·加夫隆博士（Dr. Gerald Gavron）结婚，搬到约翰内斯堡居住，并通过朋友认识了不少来自因不同种族聚集而闻名的索菲亚镇的记者、作家、音乐家和艺术家。因自传体小说《沿着第二大街》（*Down Second Avenue*，1959）而享誉海内外的艾捷凯尔·穆赫雷雷（Es'kia Mphahlele，1919—2008）是戈迪默的第一个黑人朋友，也是黑人文学杂志《鼓》①的编辑和重要撰稿人。他们因写作而结下的深厚友谊使戈迪默彻底意识到肤色壁垒的无稽和种族隔离的荒谬。戈迪默由此加入多种族的作家艺术联盟中，并通过《鼓》结识了不少日后颇富名望的年轻黑人作家，如亨利·恩苏马洛（Henry Nxumalo，1917—1957）、布洛克·莫迪萨内（Bloke Modisane，1923—1986）、刘易斯·恩科西（Lewis Nkosi，1936—2010）、托德·马特西基扎（Todd Matshikiza，1921—1968）、坎恩·特姆巴（Can Themba，1924—1967）和纳特·纳卡萨（Nat Nakasa，1937—1965）等。

伴随着索菲亚镇多种族文学艺术生活和《鼓》作家群体的出现，形成了一股南非黑人文化复兴运动潮流，而当时宽松的社会氛围也让戈迪默意识到用自由主义来抗击种族主义在南非依然是可行的。然而，好景不长。1948年，在阿非利卡人国民党政府上台之后，种族隔离制度以法制化的形式被正式确立。1963年，《出版和娱乐法》（Publications and Entertainments Act）通过，南非确立文化审查制度，禁止黑人在南非写作，也禁止在南非出版和阅读黑人作家的作品。在戈迪默看来，文化审查制度无异于思想控制，是对人们自我思考能力的钳制：

没有审查制度，种族隔离制度就无法发挥作用。如果我们想摆脱审查制度，如果我们想了解我们社会的真相，答案就是摆脱种族隔离制度。政府对作家们所传达

---

① 《鼓》，原名《非洲鼓》（*African Drum*），创刊于1951年，是主要面向黑人读者的南非杂志。该杂志的全盛期为20世纪50年代，因描绘种族隔离制度下的黑人城镇生活而广为人知，为当时黑人文学创作提供平台，是南非文学文化发展的重要标志之一。

的真相视而不见，任命了一个审查委员会，以防止公众对艺术刺激的自我反省。[①]

由于种族隔离制度日益严苛，不少黑人等有色人种作家被迫自我流放，有的甚至遭遇死亡，戈迪默与黑人作家也逐渐失去联系。她愤懑于南非社会充满政治谎言的文化氛围，最初的自由主义理念也发生动摇。

南非生活的复杂性让戈迪默对人性和人类社会有了更为深刻的认知，并由此生发了长篇小说的创作诉求。1952 年，戈迪默离婚，两年后与艺术品商人莱因霍尔德·卡西尔（Reinhold Cassirer）结婚。离婚后，她以自己为原型出版了首部长篇小说《谎言岁月》。紧接着，她又汲取了在索菲亚镇的经历，创作了第二部长篇小说《陌生人的世界》（*A World of Strangers*，1958）。这部作品讲述了男主人公托比·胡德（Toby Hood）离开英国故土后在南非的探险式生活。他见证了以索菲亚镇为代表的黑人城镇文化的兴起，并由此爱上了南非这片热土。随后的两部小说，《恋爱时节》（*Occasion for Loving*，1963）和《晚期资产阶级世界》（*The Late Bourgeois World*，1966）都描绘了女主人公重新认识自我，并从南非白人资产阶级家庭的封闭观念中走出来的过程。这两部小说都展现了对自由主义信条的否定，也标志了戈迪默从自由主义谎言中的觉醒。

从家庭、社会和意识形态的谎言中觉醒的戈迪默，在文学的创作和交流过程中还意识到南非本质上是一种奇怪的人为环境组合，让人们不知为何跳过了非洲其他地区，而与欧洲建立了联系。20 世纪 50 年代，戈迪默对非洲文学几乎没有兴趣，她的文学趣味基本建立在欧洲文学传统的基础上。但是到了 60 年代中期，她对非洲小说和南非新诗产生兴趣，并在她的第一部批评专著《黑人阐释者》（*The Black Interpreters*，1973）中进行了深入探讨，提出了"非洲中心意识"（African-centered consciousness）。她指出，"非洲写作是非洲人自己以任何语言进行的写作，也是与非洲人有着共同非洲经验的其他人的写作，无论其肤色如何，

---

① Nadine Gordimer, Carol Dalglish, "The Writers Who Are Hardest Hit", in Nancy Topping Bazin, Marilyn Dallman Seymour eds., *Conversations with Nadine Gordimer*, Jackson: University Press of Mississippi, 1990, p. 85.

只要其心理与精神是由非洲而非世界别处塑造而成"①，就是非洲写作。这种"非洲中心意识"的实践从其第五部长篇小说《贵客》（*A Guest of Honour*，1970）的主题中开始得到体现，并一直贯穿她后来的文学创作生涯。

二、"自然变异"的激进主义者

戈迪默"非洲中心意识"的觉醒，使她重新审视自己过往的文学创作，开始探寻能准确传达南非经验的表达方式，并在主题内涵和叙事手法上，越来越倾向于采用一种在南非社会这种非自然政治历史环境中看似是激进主义的故事构建策略。从 20 世纪 70 年代中期起，戈迪默的文学创作进入成熟期，开始突破以往现实主义文风，向现代主义转型。从欧洲文学滋养中成长起来的戈迪默，最终在南非种族隔离制度的非自然历史生活中，创造出迥异于其文化母体的、经由"自然变异"而来的文学样式。

"自然变异"是遗传学术语，也是戈迪默第九部长篇小说《自然变异》（*A Sport of Nature*，1987）的标题。"自然变异"本意是指大自然在运动过程中产生的不同于母体的变体后代。戈迪默借此来隐喻小说女主角海丽拉（Hillela）的人生历程，因为她"不符合她的家庭背景和南非白人的类型，本能地拒绝了其白人背景所提供的各种解决方案……她有一种健康的本能，并用自己的方式解决问题，成功地与南非达成认同，成为真正的非洲白人"②。

戈迪默的文学创作和思想意识，也算得上是南非白人文化中的一种"自然变异"，而这场变异正是源于南非 20 世纪 60 年代之后的各种政治暴力事件和文化思潮，特别是 1960 年的沙佩维尔惨案（Sharpeville massacre）、1976 年的索韦托起义（The

① Nadine Gordimer, *The Black Interpreters—Notes on African Writing*, Johannesburg: Ravan Press Ltd., 1973, p. 5.

② Nadine Gordimer, Alex Tetteh-Lartey, "Arts and Africa: An Interview with Nadine Gordimer", in Nancy Topping Bazin, Marilyn Dallman Seymour eds., *Conversations with Nadine Gordimer*, Jackson: University Press of Mississippi, 1990, pp. 282-283.

Soweto Revolt)、1968 年兴起的"黑人意识运动"(Black Consciousness Movement)和与之呼应的"白人意识运动"(White Consciousness Movement),以及非国大和南非共产党(Communist Party of South Africa)在反种族主义过程中生成的具有南非特色的共产主义革命理念。

戈迪默"自然变异"的开端还需追溯到其第六部长篇小说《自然资源保护者》(*The Conservationist*,1974)的风格转型上。这部获得当年布克奖的意识流风格作品是她文学创作的转折点。在此之前,戈迪默常被视为现实主义作家,"和那些 19 世纪欧洲大陆的大师们很相似……戈迪默的技巧极不适合长篇小说形式……但这一结论被《自然资源保护者》给削弱了"[1]。这部小说讲述了往来于城乡的南非白人矿业资本家梅林(Mehring)无处为家的虚空状态。梅林买下城郊农场,以为拥有土地便能建立自己的家园,最终却发现他所拥有的只是一张土地买卖契约。他永远无法像其农场黑人雇工那样,视土地为理所当然的家园。这部极富诗意的作品的叙事主要由主人公梅林的意识流构成,呈现出南非白人对自身外来定居者文化无根性的溯源追问和对不定未来的莫名恐慌。

梅林对自我身份的溯源追问,实际上隐射了 20 世纪六七十年代戈迪默对自己文学创作根基的思考。因为她发现,之前她所认同的英国文学文化传统并不适用于南非的现实经验:

作为一个在南非长大的殖民地白人,我用英语说话、阅读和写作,因为那时我们是英联邦的一部分。自然而然,这些政治现实让我对英国文学文化产生认同,而不是美国或其他盎格鲁－撒克逊文化……所以我不得不承认,刚开始时,如果我可以宣称任何传统的话,那就是英国传统……后来我稍稍分析了自己的作品,其中的隐含态度,和有些不恰当的外来引入的态度……我不是那样的……我必须

---

[1] John Cooke, "Book Review: Nadine Gordimer by Robert F. Haugh", *Research in African Literatures*, 1977, Spring, 8(1), pp. 147-148.

得找到一种方法，来表达我要说的话，因为它来自我自身的生活和我所生活的社会。所以我不得不打破英国的自由主义传统，扩大范围。[①]

橘生淮南则为橘，生于淮北则为枳。戈迪默发现，自己早期对英国传统的直接挪用会导致文化上的水土不服，无法恰如其分地传达南非经验。要拓展与南非文化相匹配的文学创作，势必要到根植于南非土壤的历史和社会现实中去寻求。与此同时，"她还对自己创作的文学模式——欧洲现实主义的小说模式——提出了质疑，因为它是建立在欧洲的历史时间观念上的"[②]。她早期的作品大都是在欧洲文化传统和南非社会经历之间摇摆不定，叙述的故事发生在南非，但是人物的价值观念和行为准则却属于欧洲中心主义的文化体系。

戈迪默的创作观念发生变化主要是当时日益严苛的种族隔离制度所导致的。1966 年，南非政府根据《反共产主义法》（The Suppression of Communism Act）修正法案，公布了一份 46 位海外居住者的禁令名单，其中包括艾捷凯尔·穆赫雷雷、托德·马特西基扎、坎恩·特姆巴等多位与戈迪默密切往来的有色人作家。禁令名单上的作家的作品无法在南非出版和被阅读。至此，"黑人对南非正在酝酿中的文学萌动的贡献实际上已经完结了"[③]，南非黑人写作的文艺复兴成为昙花一现。与此同时，备受压迫的南非黑人的反抗情绪日益高涨，由此引发了"黑人意识运动"和武装革命斗争的高潮。1968 年，创立"南非学生组织"（South African Students Organization，SASO）的斯蒂夫·比科（Steve Biko，1946—1977）发起了"黑人意识运动"。他"号召黑人丢掉自卑感，以黑肤色为骄傲"，主张"非洲人、有色人和印度人在南非都属于'黑人'范畴，都是被压迫民族，均应团结一

① Nadine Gordimer, Robert Boyers, Clark Blaise, Terence Diggory and Jordan Elgrably, "A Conversation with Nadine Gordimer, 1982", in Nancy Topping Bazin, Marilyn Dallman Seymour eds., *Conversations with Nadine Gordimer*, Jackson: University Press of Mississippi, 1990, pp. 193-194.

② J. M. Coetzee, "Book Review: *Nadine Gordimer* by Michael Wade", *Research in African Literatures*, 1980, Summer, 11(2), p. 253.

③ N. W. Visser, "South Africa: The Renaissance That Failed", *The Journal of Commonwealth Literature*, 1976, 11(1), p. 55.

致反对白人统治，争取黑人解放"①。"黑人意识运动"鼓励黑人自己发声，自己掌握解放斗争运动的主导权，并拒绝与白人对话合作。在此影响下，之前活跃的多种族作家联盟解散，黑人作家成立了自己的文学组织。由于与黑人作家联系减少，白人作家处于一种文学真空的写作状态，戈迪默亦无法像最初那样通过白人和黑人文学的联合去思考民族文学。

正是这种文学真空的写作状态，开始促使戈迪默去思考新的文学创作形式，《自然资源保护者》正是她反思之后的实验性成果。小说的实验性不仅仅体现在叙事风格上的现代主义转向，同时还有主题寓意上的革命性倾向，主要表现为让原本隐匿于南非白人文学中的黑人群体走上历史前台，并借用祖鲁神话的十个片段让黑人文化从原本被言说的他者变成能自我言说的历史存在。"《自然资源保护者》实质上是两部作品，是祖鲁颂歌节选和欧洲风格叙事的相互对照。"② 不少批评家认为这部小说"标志着戈迪默从'自由主义'到'激进主义'阶段的转变"③。因为此后的戈迪默，恰恰与小说中的"自然资源保护者"梅林相反，她所要守护的不是以土地为代表的南非白人权益，而是不以肤色论优劣的本真人性、不以种族为区隔的人际关系和不因差异起冲突的人类理想社会。因而，戈迪默的"激进主义"转变实际上是以反种族主义的激进主义来修复极端种族主义之下的分离主义，并以此重构民族之间的交流与对话。

戈迪默的"激进主义"文学艺术体现在了她此后一系列的特殊化人物、异质化背景、疏离化视角和革命化主题中，特别是在其20世纪七八十年代所创作的几部长篇小说中，即《自然资源保护者》、《伯格的女儿》（*Burger's Daughter*，1979）、《七月的人民》（*July's People*，1981）、《自然变异》和《我儿子的故事》（*My Son's Story*，1990）。

---

① 郑家馨：《南非通史》，上海：上海社会科学院出版社，2018年，第336页。

② John Cooke, "African Landscapes: The World of Nadine Gordimer", *World Literature Today*, Autumn, 1978, 52(4), p. 537.

③ Gareth Cornwell, Dirk Klopper and Craig MacKenzie, *The Columbia Guide to South African Literature in English Since 1945*, New York: Columbia University Press, 2010, p. 97.

特殊化人物的塑造在《伯格的女儿》中最为显著。《伯格的女儿》的主人公罗莎·伯格（Rosa Burger）是与梅林截然相反的另一类南非白人。她虽为阿非利卡人，但也是南非共产党领袖的后人，因革命斗争而无法拥有正常的生活，只能期望以献身革命来缔造南非的未来家园。小说围绕罗莎父母和罗莎本人，讲述了南非两代革命者的故事。戈迪默是以她的好友、纳尔逊·曼德拉的辩护律师、南非著名共产党员布拉姆·费舍尔（Bram Fischer，1908—1975）一家为原型构思的这部小说。对伯格一家两代人英雄事迹的讲述，并不只是对南非白人共产党的赞颂，而是以此为切入点搭建南非历史中的多民族革命者群像。南非共产党和非国大关系密切，不少人都有双党籍，因而对伯格一家英雄事迹的直接描写亦是对非国大领导人的间接书写，由此勾勒出了南非黑人民族英雄的斗争史。

异质化背景的设定在《七月的人民》中最为突出。这部小说虚构了一个黑人暴力革命成功的未来时刻，描绘了失去白人城镇住宅的斯梅尔斯一家（the Smales）逃至仆人"七月"（July）的村庄的生活经历。小说将故事场景设定在"七月"的村庄，也就是南非政府为黑人族群所划分的保留地，即班图斯坦（Bantustan，又称黑人家园）①。《七月的人民》是一个异质化背景下的南非主仆故事。大部分南非的主仆故事讲述的是黑人如何在白人世界中苟且求生，而《七月的人民》恰好相反，描绘的是白人如何在黑人村落中挣扎生存。事实上，这部小说反映的正是 20 世纪 80 年代南非社会的"空位期"（interregnum），即小说《狱中笔记》（*Prison Notebooks*，1947）扉页引文所描绘的社会病态："旧的正在死亡，新的尚未诞生；在这个空位期，出现了各式各样的病态症状。"②小说也同时揭示了"一种同时期行进中的革命状态，一种自由主义白人必须寻找其未来之途的境况，不论这个未来有还是没有非洲白人的家园"③。

---

① "班图斯坦"是 20 世纪中期南非政府为了抢夺黑人原有的肥沃土地资源而提出的一项种族隔离措施，目的是实现黑人和白人地区的彻底隔离。南非黑人主要是班图族，班图斯坦意即"黑人家园"。

② Nadine Gordimer, *July's People*, New York: The Viking Press, 1981, Epigraph.

③ Rosemarie Bodenheimer, "The Interregnum of Ownership in *July's People* ", in Bruce King ed., *The Later Fiction of Nadine Gordimer*, London and Basingstoke: Macmillan, 1993, p.109.

疏离化视角的运用在《我儿子的故事》中达到了极致。小说讲述了南非有色人教师索尼（Sonny）投身于反种族隔离斗争事业之后的系列生活变化，以及其对妻子艾拉（Aila）、女儿贝比（Baby）和儿子威尔（Will）生活轨迹的影响。索尼一家的故事是通过儿子威尔讲述出来的，采用了双重叙事视角，即由身为儿子威尔的愤怒粗暴的内心独白和身为作家威尔的冷淡讽刺的第三人称叙事交错构成。从第一人称的近距离叙事到第三人称的远距离叙事，从儿子的旁观者视角到作家的想象性视角，索尼一家的故事时刻处于一种似近却远的疏离化状态中。这种因叙事者本身的故事内外关系而与聚焦人物产生叙事时空距离的"双重的叙述视角使人物描写丰富而多面化，其中最令人惊讶的成分就是妻子在最后所表现的英雄主义"①，使最初作为种族叙事主体的父亲故事转变为以母亲为主体的女权主义故事。

革命化主题几乎是戈迪默这一时期所有长篇小说的共同特征，其核心是对黑人意识、黑人文化和黑人主体性的呼唤。这些小说的主角虽大都并非黑人，但其叙事运动的最终指向都是南非黑人的革命精神：在《自然资源保护者》中，随意掩埋的黑人尸体重现农场并得以安葬，预示了黑人对土地的所有权和非洲黑人文化的复兴；在《伯格的女儿》中，罗莎起先拒绝后又承继父亲共产主义革命事业的复杂心路历程，体现了她对南非解放运动的重新认知和对黑人革命领导权的认同；在《七月的人民》中，整个故事背景就是对黑人革命胜利的前瞻性设想；在《自然变异》中，海丽拉与黑人革命者往来，成为某非洲国家领导人的妻子，并颇具预言性地见证了南非黑人上台执政；在《我儿子的故事》中，受索尼革命事业的影响，索尼一家最终都投入到南非解放运动的革命斗争中。

这一系列实验性和非现实性手法的运用，充分体现了南非"黑人意识运动"对戈迪默文学创作的深刻影响，也全面彰显了她"非洲中心主义"的创作理念，因为她认为"在黑人意识运动中反对自由主义政治时，不仅要采取激进的观点，还要

---

① 瑞典学院：《纳丁·戈迪默授奖词》，申慧辉译，载刘硕良主编：《诺贝尔文学奖授奖词和获奖演说（下）》，桂林：漓江出版社，2013年，第533页。

采取非洲的观点"①。正因如此，"她的作品成为南非白人和黑人作家之间、欧洲文学样式传承和非洲本土文化溯源之间的桥梁"②，开启了南非民族叙事的新风貌。

三、"新生"南非的文学之母

戈迪默富有革新性的预言式写作终于在 20 世纪 90 年代迎来了南非现实生活中的胜利之光。1990 年 2 月 11 日，南非政府宣布无条件释放纳尔逊·曼德拉，预示了南非黑人解放斗争运动的胜利。1991 年，种族隔离法全部废除，宣告了历时近半个世纪的种族隔离制度终于在这个多民族彩虹之国落下帷幕。同年，瑞典文学院授予戈迪默诺贝尔文学奖，以嘉奖她的文学作品提供了对南非种族隔离"这一历史进程的深刻洞察力，帮助了这一进程的发展"③。的确，戈迪默的文学作品不仅通过私人与公共领域之间的复杂交错关系生动呈现了南非种族政治对人们生活的巨大影响，同时还借助"激进主义"的文学艺术手法，力图唤醒被种族隔离制度异化的南非人民，从而展开心理革命，开启意识觉醒，进而转化为行动，投入社会实践，使曾被非自然历史压迫的人民成为历史的开拓者和缔造者。从这个意义上说，戈迪默确实可以称得上是"新生"南非的文学之母。

戈迪默的新南非文学之母的美誉，不仅表现在其文学作品对新南非成立的促进功用上，还体现在了对这一"新生"社会形态进行展现、反思和完善的多样化文学创作中。她的第十四部小说《新生》(*Get A Life*，2005) 可以说是其文学生涯后期的主题隐喻。小说讲述了生态学家保罗（Paul）的经历。他因甲状腺癌接受化疗而不得不独自在房间生活数星期，最后恢复健康，并与妻子生下了

---

① Susan M. Greenstein, "Miranda's Story: Nadine Gordimer and the Literature of Empire", *NOVEL: A Forum on Fiction*, 1985, Spring, 18 (3), p. 228.

② Dominic Head, *Nadine Gordimer*, Cambridge: Cambridge University Press, 1994, pp. 10-11.

③ 瑞典学院：《纳丁·戈迪默授奖词》，申慧辉译，载刘硕良主编：《诺贝尔文学奖授奖词和获奖演说（下）》，桂林：漓江出版社，2013 年，第 532 页。

儿子——一个"不畸变不残疾"[1]的生命。"通过宽恕、愧疚和责任从种族隔离的'疾病'中逐步恢复健康"[2]正是戈迪默后期小说的核心主题，而以新生命来预示美好未来则是这一时期文学创作的主要基调。

"新生"也意味着从旧秩序母体中出生时的阵痛和出生后种种始料未及的状况，而这也成为戈迪默后期探索新南非文学主题和样式的源泉。种族隔离制度废除后，不少南非作家都被质疑："一旦种族隔离制度被完全废除，你认为还有什么值得你写的吗？"[3]对此，戈迪默再一次强调，她写作是"出于对生命的神秘感，而不是因为政治……是为自己解决问题，理解生活"[4]。在她看来，新南非最重要的问题不是黑人和白人该如何相处，而是教育和住房等问题的积压[5]，因而，新南非带来的新问题反而丰富了她和其他南非作家的文学创作。

自1991年起，不论是小说、散文还是文论，戈迪默的文学创作无不包含着"新生"南非的阵痛和希望。这些作品不仅关注南非转型期间出现的诸多社会话题，还以极富文学想象力的故事构建，帮助南非人民转变认知模式，增强其民族意识和重塑家国的理念。

"新生"理念最早体现在了她的第十一部长篇小说《无人伴我》(*None to Accompany Me*，1994)中。这部小说以南非第一次非种族主义选举和多种族统治政府的成立为背景，描绘了经历过旧秩序的个人在新南非社会环境下被迫开辟新道路的人生历程。小说主要讲述了白人律师维拉·斯塔克(Vera Stark)在处理黑人土地和住房问题时所遭遇的种种困难，及其黑人流亡者朋友回归南非后的种种不适。小说标题暗示了这种为求"新生"的人生转型是一种孤独的、高度个人化的探索过程，无前人经验可借鉴，唯有自己摸索前行，更重要的是需要对转型后的"新生"满怀希望。小说扉页引用了普鲁斯特的诗句"我们绝不能害怕走得太

---

[1] Nadine Gordimer, *Get a Life*, New York: Farrar. Straus and Giroux, 2005, p. 186.

[2] Simon Gikandi ed., *Encyclopedia of African Literature*, London and New York: Routledge, 2005, p. 289.

[3] Nadine Gordimer, Stephen Clingman, "The Future Is Another Country: A Conversation with Nadine Gordimer and Stephen Clingman", *Transition*, 1992, (56), pp. 137-138.

[4] Ibid., p. 138.

[5] Ibid., p. 142.

远,/ 因为真理就在后面"①，强调要摆脱旧有的生活，就得用勇气和希望面对不确定的未来。

"新生"的阵痛最为显著地体现在了戈迪默的第十二部长篇小说《家枪》（*The House Gun*，1998）中。这部作品是戈迪默以后种族隔离时期（post-apartheid）新南非为背景的第一部小说，讲述了一桩与种族政治毫无关系的情杀案件及其庭审过程，在围绕南非律法问题进行情节构建的过程中，展示了枪支泛滥 "犹如家猫般"② 普遍的南非社会转型期的暴力问题。戈迪默在《家枪》中所探讨的问题远不止于故事表层中的枪支管制、废除死刑、同性恋权益和种族偏见等。她之所以选择一个情杀案件而非种族冲突暴力案件，是为了让人们意识到这种弥漫于南非社会 "空气中的暴力" 实际上是从种族隔离制度的旧政权历史中承继下来，而不是新南非政权带来的问题。小说结尾处，主人公从自己混血新生儿的诞生中领悟到，需要在新南非寻求一种 "将死亡和生命结合起来的方式"③ 来调和这个国家的过去与现在，而这部小说也因这种 "由死向生" 的哲学理念成为 "戈迪默长久以来最为乐观的小说"④。

戈迪默的第十三部长篇小说《偶遇者》（*The Pickup*，2001）是超越南非地理区隔、满怀 "新生" 希望的一部作品。故事以南非白人富家女孩朱莉（Julie）为主人公，讲述了她与来自北非的非法移民易卜拉欣（Ibrahim）相识相爱、共结连理的过程。小说主要涉及了南非的非法移民问题和仇外心理。当易卜拉欣因非法移民身份而不得不离开南非时，朱莉毅然决然地选择了与他共赴人生未知之途，并最终留在了易卜拉欣的家乡生活。在那里，她看见了 "稻田在沙漠中生长，在孕育生命，就像我们一样，有一种超越限度的存在"⑤。

---

① Nadine Gordimer, *None to Accompany Me*, New York: Farrar, Straus and Giroux, 1994, Epigraph.

② Nadine Gordimer, *The House Gun*, New York: Farrar, Straus and Giroux, 1998, p. 271.

③ Ibid., p. 294.

④ Stephen Clingman, "Surviving Murder: Oscillation and Triangulation in Nadine Gordimer's *The House Gun*", *Modern Fiction Studies*, 2000, 46 (1), p. 155.

⑤ Nadine Gordimer, *The Pickup*, New York: Farrar. Straus and Giroux, 2001, p. 214.

在同样满怀希望的第十四部小说《新生》之后，戈迪默创作出了颇具争议也是极度晦涩的最后一部长篇小说——《何时似今朝》（*No Time Like the Present*，2012）。这部小说围绕一个由白人丈夫、黑人妻子及其混血儿女组成的跨种族婚姻家庭展开，关注了南非转型初期二十年间的政治腐败、民主选举、教育缺陷、住房短缺、法律改革、贫困失业、游行罢工、暴动犯罪、校园欺凌、仇外心理、部落主义、非法移民、艾滋病和同性恋等诸多社会现象和问题。小说还富有预见性地呼应了 2021 年 7 月因南非前总统祖马政治腐败而引发的暴乱劫掠事件，似乎再次印证了 J. M. 库切赞誉戈迪默是"未来的访客"[①]的说法。小说主人公一家在南非社会种种乱象的包裹下决定移民澳大利亚，然而在与友人欢聚离别之际却突然表示"我不走"[②]，由此预示了新理念的萌芽。这部小说虽然充满了辛辣讽刺和愤懑不满的叙事话语，却因结尾处"我不走"这犹如一记惊雷的响亮宣言而成为颠覆旧有认知模式、重塑"新生"家国理念的哲思性艺术作品。

"走"与"不走"的移民抉择反映了一种常见于南非白人的局外人心理状态，也是戈迪默曾经亲历的心路历程。在种族隔离制度最为猖獗的 20 世纪 60 年代，戈迪默也曾萌发过移民念头。她之所以选择留下，是因为她认为"家"不一定是种族归属之处，而是一种能为周遭人物和社会境况奋斗不止、不懈努力的革命追求。正是这种具有革命斗争精神的新型家园意识，让戈迪默一生以南非为家，坚守非洲并为之奋斗。在她看来，种族隔离制度下的南非并非真正的家园，而作为殖民者后裔的她亦无法成为这样国家的公民。1994 年南非民主政府诞生之后，她才真正地拥有了"南非人"的新身份，并自豪地宣布"我的国家，是完整统一的世界。我不再是殖民者。我现在可以说出'我的人民'了"[③]。

---

① J. M. Coetzee, "Nadine Gordimer, *The Essential Gesture*", in David Attwell ed., *Doubling the Point: Essays and Interviews*, Cambridge: Harvard University Press, 1992, p. 387.

② Nadine Gordimer, *No Time Like the Present*, New York: Farrar, Straus and Giroux, 2012, p. 421.

③ Nadine Gordimer, "That Other World That Was the World", in Nadine Gordimer, *Writing and Being: The Charles Eliot Norton Lectures, 1994*, Cambridge: Harvard University Press, 1995, p. 134.

戈迪默的家园意识使她极为重视文学想象力对意识的形塑功用。她并不赞成服务于政治宣传的文学创作，但认为文学创作应当关注政治实践，并认为富有想象力的写作有益于推进政治改革。事实上，戈迪默一直都在致力于恢复被种族隔离制度麻痹的南非人民，特别是南非白人的想象力，并以文学创作来破除种族主义观念。这也是她一生所信奉的作家职责："生为'作家'，无论守旧与否，这一角色的背后不可避免地要对既定秩序担负起责任。"①可以说，戈迪默的每一部小说都是努力借助文学想象力，借助叙事风格和故事主题上的创新，来看清当前的社会秩序，以帮助南非人民特别是白人转变固有的认知模式，寻找到调和旧有意识和新型认知之间难以调和之处的方法。戈迪默以富有想象力的文学创作，不仅让自身在南非种族隔离制度的"谎言岁月"下觉醒成长，帮助南非人民在激进主义的革命中实践抗击非自然社会秩序的"自然变异"，更是以多样化的文学形式来重塑"新生"南非的家国理念，是真正守卫南非精神家园的"自然资源保护者"和南非新型民族文学之母。

结　　语

2014 年 7 月 13 日，戈迪默在约翰内斯堡的家中去世。她一生所创作的 15 部长篇小说、11 部短篇小说集、7 部文论集以及散落各处的访谈讲座等，共同折射了种族隔离时期和后种族隔离时期南非人民的生活样态和心灵困境，体现了殖民历史话语影响下非洲各国为民族独立、国家发展和社会进步所进行的抗争与努力。戈迪默是南非文学史上的一座丰碑，是解读南非文学文化的一把钥匙。她文学创作的丰富性、复杂性和多元性不仅是对南非社会万象的艺术性呈现，更是对南非历史节拍的生动回应，演绎了南非人民的百味人生和南非历史的百年变迁。她富有革命精神的文学创作，推动了南非种族隔离制度的废除，对南非后种族隔

---

① Nadine Gordimer, "Living in the Interregnum", in Stephen Clingman ed., *The Essential Gesture: Writing, Politics and Places*, New York: Knopf, 1988, p. 278.

离时期的社会改革具有重大启示意义，还以南非社会历史变革之下人性的诸多面貌探寻了人类自我认知的解放之途。正如非国大的戈迪默悼文所言："我们国家失去了一位无与伦比的文学巨人，她的毕生作品是我们的镜子，也是对人性的无尽探求。"①

（文 / 浙江工商大学 李丹）

① Zizi Kodwa, "ANC Statement on the passing of Nadine Gordimer", July 14, 2014, https://www. politicsweb. co.za/politics/nadine-gordimer-sas-lost-an-unmatched-literary-gia，最近访问时间 2020 年 6 月 10 日。

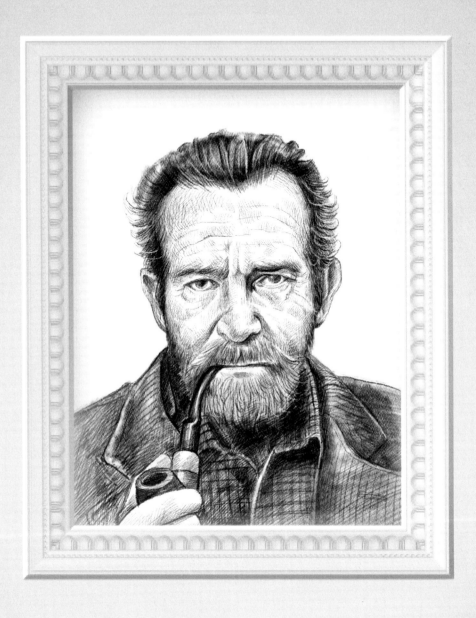

阿索尔·富加德

Athol Fugard，1932—

代表作一：《血结》（*Blood Knot*，1961）

代表作二：《火车司机》（*The Train Driver*，2010）

第六篇

种族隔离南非的戏剧证词
——南非剧作家阿索尔·富加德创作研究

引　言

阿索尔·富加德（Athol Fugard，全名哈罗德·阿索尔·拉尼甘·富加德，Harold Athol Lanigan Fugard，1932—）在南非戏剧史上的地位无可撼动。在克里斯托弗·海伍德（Christopher Heywood）的《南非文学史》（*A History of South African Literature*，2002）中，关于戏剧的两章标题都以富加德作为南非戏剧史的划分节点，即"富加德之前的戏剧"（Theatre Before Fugard）和"戏剧：从富加德到穆达"（Theatre: From Fugard to Mda），可见富加德在南非戏剧界的地位。南非英语戏剧能有今天的繁荣，很大程度上缘于这位有着多重文化视野的白人剧作家。他一反阿非利卡戏剧的浪漫情调，将南非传统戏剧与欧美现代戏剧相结合，融合不同种族间的文化元素，大胆注入富有活力的戏剧实验，使得南非英语戏剧如同法庭证词一般，见证着种族隔离时期南非的社会现实，进而深入发掘人类的普遍困境。对于富加德，我们不能简单地认为他是一个政治意义上的斗士。他的风格和气质，更是一个怀有人道主义精神的自由主义者。他用戏剧的形式，从残酷的现实和遥远的记忆中发现自由、希望、和解、至美。这些都是他倾尽一生所追求的主题。

一、少年老成，出道即为先锋

1932 年，阿索尔·富加德生于南非米德尔堡（Middelburg）的一个普通白人家庭。他在家中排行第二，有一个哥哥和一个妹妹。父亲大卫·富加德（David Fugard）是爱尔兰裔，腿部落有残疾，曾在当地的一家酒吧做爵士乐钢琴师；母亲伊丽莎白·玛格达莱娜·波特吉特（Elizabeth Magdalena Potgieter）是阿非利卡人。母亲虽为白人，却十分尊重其他种族，为小富加德树立了众生平等的观念。1935 年，富加德一家搬至伊丽莎白港，一家人全凭母亲经营的茶室为生。这一段贫寒的童年经历，后来成为作品《哈罗德少爷……与男仆们》（*Master Harold... and the Boys*，1982）的创作素材。

伊丽莎白港是东开普省（East Cape）的首府，也是纳尔逊·曼德拉的故乡。与约翰内斯堡、比勒陀利亚、开普敦等南非的大城市不同，当时的伊丽莎白港是南非中部沿海的一座普通城市，一个乡镇与城市间的缓冲地带。在市中心外生活的白人也没有多么富裕，他们大多经营农场、摩托车厂，或从事手工业工作。种族隔离制度致使此地的外围聚集着大量科萨人（Xhosa）、祖鲁人、印度人、华人混杂居住的镇区（township）。各个种族混居的环境自然影响到了富加德的成长，他在多语种、多文化的环境中生活，从小就见证了那些本不富裕的阿非利卡人和英国人的生活面貌，并且熟知其他种族的生活状态。在他的作品中也随处可见大量的科萨语、阿非利卡语或其他南非本土语言。

青少年时期的富加德经历丰富。1946 年，他在伊丽莎白港技术学院理事会助学金的帮扶下学习摩托车机械。课余时间，他开始接触戏剧表演。1950 年，富加德考入开普敦大学，主修社会人类学与哲学。在读期间，他阅读了加缪、萨特、布莱希特等人的作品，并尝试写小说与诗歌。萨特、加缪的存在主义思想一直影响着他的创作。大三那年他中途辍学，像 50 年代所有热爱自由的嬉皮士一样搭车旅行。他遍游非洲大陆，还在船上做过水手。这段经历成为《船长的老虎》（*The Captain's Tiger*，1999）一剧的主要素材。回国后，富加德在《晚报》（*Evening Post*）、南非广播公司（South African Broadcasting Corporation）做记者。1955 年，因工作原因他来到开普敦，认识了演员希拉·迈林（Sheila Meiring，1932— ），二人在次年 9 月结婚。在希拉的支持下，富加德转向戏剧创作，二人在开普敦创办"圆圈剧团"（The Circle Players），剧团的名字来自布莱希特的戏剧《高加索灰阑记》（*The Caucasian Chalk Circle*）。剧团成员多为当地的业余演员，曾上演过富加德的两部原创独幕剧《卡拉斯与魔鬼》（*Klaas and the Devil*，1957）与《监狱》（*The Cell*，1957），可惜两部作品的原稿均已遗失。

1958 年，富加德在约翰内斯堡的弗德斯堡地方专员法院（Fordsburg Native Commissioner's Court）担任职员，这一时期是他人生的转折点。此时，维沃尔德担任南非首相，《通行证法》《非道德法案》等一系列法令标志着种族隔离制度在南非正式确立。富加德亲眼见证了南非的种种社会问题，这些问题激起了他的关注与思考。他决定用戏剧来展现南非的社会现实。此时的富加德逐渐成长为一名坚守人道主义的自由主义者。他认为戏剧创作的首要核心是"见证"（bearing witness），通过记录南非的社会现实，展现普遍人性，唤醒人们的良知，表达南非人对自由的渴望。在此期间，他和妻子深入索菲亚镇，开始与不同种族、身份的非职业演员合作，成立了"非洲戏剧工作坊"（African Theatre Workshop），创作了《糟糕的星期五》（*No-good Friday*，1958）和《侬果果》（*Nongogo*，1959）两部剧作。这段时期的作品也被学者称为"索菲亚镇戏剧"（Sophiatown Plays）。

"索菲亚镇戏剧"使得富加德小有名气。比利时导演托恩·布鲁林（Tone Brulin，1926—2019）参与制作《侬果果》后，邀请富加德担任南非国家戏剧组织（National Theatre Organization）的舞台监督。富加德因此有了更多的学习机会，开始博览当时西方的现代戏剧。1960 年，富加德来到英国，加入了新非洲剧团（New African Group）。但由于沙佩维尔惨案，南非当局宣布戒严，限制了富加德的海外学习计划，他被迫返回南非。归国途中，富加德创作出了小说《黑帮暴徒》（*Tsotsi*，1960）与戏剧《血结》（*Blood Knot*，1961）。在《血结》中，富加德透过一对黑人兄弟的质疑与诘问，揭示了种族歧视观念与种族隔离制度对人性、亲情的扼杀。哥哥莫里斯（Moris）和弟弟扎赫（Zach）都有黑人血统，但莫里斯皮肤较白，经常冒充白人；扎赫皮肤较黑，因此得不到与兄长同等的待遇。二人因为报纸上的女性笔友发生矛盾，最后务实的扎赫发现，虽然二人都有着共同的"血结"，但因为肤色，他们永远无法获得同等的待遇。这部作品成为富加德早年创作中的经典之作。

早期的富加德深受阿非利卡语戏剧风格的影响。这是一种"带有浪漫色彩的现实主义戏剧"①，着重表现阿非利卡人的生活面貌，主要刻画农场中的农民与城市中贫穷的工人。富加德将阿非利卡语戏剧的一些结构、主题、对白的创作方法继承下来，但他没有集中表现阿非利卡人的生活，而是将关注点放到边缘群体生活的镇区中，着重展现黑人、有色人的生活状态和精神面貌。"富加德发展出了一套将行动与文本结合在一起的戏剧模式：我们不再从外部观察，而是参与到舞台的斗争之中。"②无论是《糟糕的星期五》还是《侬果果》，抑或是60年代的"家庭三部曲"，富加德在创作时总是将各个种族一视同仁。他用富有激情的对白、现实主义的风格、层层递进的矛盾冲突，去发掘那些小人物的真情实感，揭露种族隔离制度下南非人的生存困境和身份矛盾。

二、见证他者，践行实验戏剧

60年代正是镇区戏剧蓬勃发展的时期，受爱好戏剧的黑人邀请，富加德与妻子在伊丽莎白港和许多不同种族、不同身份的导演、演员、音乐家、作家合作，共同组建了"巨蛇剧团"（Serpent Players）。他们不仅将古希腊悲剧及莎士比亚、布莱希特、加缪等人的经典作品融入南非的社会语境中，使之南非化，而且还不断地推出新人新作，广泛吸收当时欧美剧坛的有益成分。与此同时，富加德开始接触波兰戏剧家格洛托夫斯基（Jerzy Grotowski，1933—1999）的"质朴戏剧"

---

① Christopher Heywood, *A History of South African Literature*, Cambridge: Cambridge University Press, 2004, p. 180.

② Ibid., p. 183.

（Poor Theatre），并与剧团成员一道进行即兴戏剧创作，创作出了《俄瑞斯忒斯》（*Orestes*，1965）和《外套》（*The Coat*，1966）等作品。在 60 年代末，富加德创作出了《你好，再见》（*Hello and Goodbye*，1965）、《博斯曼与莱娜》（*Boesman and Lena*，1969）、《人们生活在那里》（*People Are Living There*，1967）等现实题材剧作。前两部作品与《血结》一道，共同构成了富加德的"家庭三部曲"。它们都是以家庭关系为载体，或是兄弟，或是兄妹，或是夫妻，用以表现不同肤色、不同种族、不同身份的南非人面对各自生存困境时的特殊境遇。

在这些作品中，富加德的创作风格越来越明晰，他总结出了"纯粹戏剧实验"（pure theatre experiment）这一创作理念。这是他在归纳、实践了布莱希特的叙述性戏剧、加缪的存在主义戏剧、格洛托夫斯基的质朴戏剧之后得出的经验与理论，这一"实验"贯穿了他一生的戏剧创作。以往的戏剧更强调以文学文本为主体的剧作家的中心地位，但在富加德看来，创作文学文本的剧作家与戏剧中的导演、表演、舞美等元素处于平等地位，导演和演员们的集思广益乃至戏剧的整个编排过程才是重中之重。[①] 在此期间，他参与的大多数作品广泛融合了欧美的戏剧元素，将古今戏剧名篇杂糅进南非的社会情境与人物关系中，使之与古希腊戏剧、现代主义戏剧、荒诞派戏剧等经典戏剧的主题、情节互文，同时，他紧紧抓住南非的社会动态与时代脉搏，表现种族隔离制度下南非普通人的生活面貌，或隐或显地将批判的矛头指向种族隔离制度。

然而，南非政府有明文规定，禁止跨越种族的戏剧演出，并一再向那些带有反种族隔离倾向的剧团施压。南非当局一直都在严密监控富加德等人的创作动态。因为《血结》等作品，当局吊销了富加德的护照，限制他出行，禁止他的戏剧巡演。在西方艺术家与知识分子的联名抗议下，南非政府归还了他的护照，但依然监视着他的创作。在南非政府的管控与打压下，"巨蛇剧团"的许多演员、导演因政治问题入狱。迫于形势，"巨蛇剧团"在 1968 年宣告解散，富加德与众多艺术家转入地下创作。他们和南非的便衣警察、审查官们开始了游击战，在街道、车库、地下室秘密编排一部又一部见证真相与事实的剧作。

---

① 参见 Athol Fugard, "Introduction", Athol Fugard, John Kani and Winston Ntshona, *Statements*, New York: Theatre Communications Group, 1986, p. 1.

这些地下创作在 70 年代逐渐开花结果，富加德在这一时期的一系列剧作也使南非戏剧在世界剧坛广为人知。在此期间，富加德进一步推行他的即兴戏剧创作。他与两位之前在"巨蛇剧团"中一直合作的演员约翰·卡尼（John Kani，1943— ）与温斯顿·恩特肖纳（Winston Ntshona，1941—2018）在艰难的政治形势下共同创作出了《希兹威·班西死了》（Sizwe Bansi Is Dead，1972）和《孤岛》（The Island，1973）。这两部作品获得多个奖项并在英国皇家宫廷剧院（Royal Court Theatre）巡演。为此，皇家宫廷剧院特意推出了"南非戏剧季"（South African Theatre Season）。这为他们赢得了世界性的声誉。

《希兹威·班西死了》于 1972 年在开普敦首演，1975 年在美国百老汇戏剧节上荣获最佳剧本、最佳导演与最佳演员奖。透过黑人的群像式书写，剧作传递出被边缘化、被隔离群体的身份焦虑，他们渴望被主流认同以获取生存权利。同时，作品又将个体在戏剧情境中的道德困境纳入种族隔离背景之中，主人公一方面是在面对自己的生存权利，另一方面却要饱受良心和道德上的谴责，无法摆脱生存与道德间的悖论。《希兹威·班西死了》和《孤岛》，再加上富加德和演员伊芙尼·布伊斯兰（Yvonne Bryceland，1925—1992）合作的《背德法案下的拘留陈述》（Statements After an Arrest Under the Immorality Act，1972），共同构成了富加德在 70 年代闻名遐迩的"陈述三部曲"（Statements）。在"陈述三部曲"的序言中，富加德阐述了他在戏剧创作和排练过程中的原则与方法，将其作品中"见证"的特点贯穿始终。他不拘泥于固定的文学剧本，擅于从创作人员的记忆出发，并根据社会的问题和事件，结合创作者个体的经历进行创作。这也延续了他 60 年代在"巨蛇剧团"中的创作模式，但与 60 年代相比，他的创作形式更加质朴，揭露社会问题、展现社会现实的力度也更为激烈。

三、回归自我，迈向种族和解

在 70 年代末至 80 年代末这段时间里，富加德的创作依然坚守着质朴性、叙述性的风格，将南非重叙述性、音乐性的戏剧传统与"纯粹戏剧实验"相结合，但他这一时期的作品基本上都是个人创作，即兴的成分大大减弱，自传性、个人化的表达则日趋鲜明。

在题材方面，富加德的创作题材逐步多样化。首先，富加德继续将注意力放在社会现实中，创作出了《迪美托斯》（*Dimetos*，1975）、《芦荟的教训》（*A Lesson from Aloes*，1981）、《我的孩子们！我的非洲！》（*My Children! My Africa!* 1989）等这些贴近时代脉搏的现实题材戏剧。其次，富加德开始回到记忆深处，将地点聚焦到伊丽莎白港、卡鲁（Karoo）等地，从过往的回忆、身边的经历出发，发现打动人心的故事与题材。例如，戏剧《哈罗德少爷……与男仆们》以少年时期的富加德和黑人男仆间的悲情往事为中心，向观众倾诉了一段由种族隔离制度所导致的不堪回首的经历。戏剧《麦加之路》（*The Road to Mecca*，1984）源自他重回卡鲁时听到的一个故事：一位孤独的阿非利卡老妇人用废品建造了一片叹为观止的"圣地麦加"。他由此创作出了这部讨论自由与爱、艺术与美的独特戏剧。这部戏剧呈现出的气质和主题与他之前的作品不太相同。以戏剧的形式讨论艺术与审美判断等命题，这在富加德的戏剧序列中尚属首次。同时，这部作品也为他晚年戏剧中的那种梦幻、清丽、超脱的风格奠定了基础。再次，富加德开始从世界性的视角切入，发现极具戏剧张力的故事，并将其铺展开来。即使故事的发生地并不在他熟悉的南非，他也能用动人心魄的对白、追寻自由和希望的主题，揭示其中能够深刻展现普遍人性的地方。1988 年上演的戏剧《猪场》（*A Place with Pigs*，1988）即是一例。故事发生在"二战"后的苏联，士兵帕维尔（Pavel）为了逃避战争，在一个猪圈里躲藏了 41 年，只有妻子普拉斯科娅（Praskovya）独自照顾着他。这部存在主义式的戏剧虽然远离南非，但无论是对于自由、理想、希望的追求，还是处于监禁、隔离状态的个体，都和南非社会相呼应。最为重要的是，富加德并未把政治放在第一位，而是突显生存的可贵，彰显生之为人的尊严。他深刻地展现人性之复杂，关怀边缘人的处境，表现人类所面临的共同生存困境。

90年代的富加德没有像流行于镇区中的黑人抵抗戏剧（Protest Theatre）那样用直率暴露的批判视角鞭挞南非的白人政府。他更加坚信个人化的表达，站在和解的立场，书写他心目中自由、平等、解放的彩虹国。1994年，曼德拉当选南非总统，种族隔离制度一去不复返，但随之到来的却是清算与仇恨。种族隔离制度曾经给南非带来的创伤，加深了各个种族间的矛盾，冲突与流血依然发生。曼德拉掌权后，当局立刻成立"真相与和解委员会"（Truth and Reconciliation Commission），为众多在种族隔离时期深受迫害的南非人提供合法的沟通渠道，试图以和解的方式平衡南非动荡不安的复仇情绪。富加德这一时期的作品也受此影响，《我的一生》（My Life，1994）、《山谷之歌》（Valley Song，1995）、《游乐场》（Playland，1991）、《船长的老虎》等剧作都表达出了清晰的和解倾向。特别是从《山谷之歌》开始，富加德创造出一种祖孙二人抒发情感的创作模式，通常是一位饱经沧桑的老人，一般为阿非利卡人或有色人，与他的孙子或孙女展开对话。这是他在千禧年之后的作品，如《蜂鸟之影》（The Shadow of Hummingbird，2014）、《蜻蜓河畔彩绘石》（The Painted Rocks at Revolver Creek，2018）中经常采用的创作模式，以表现种族隔离前后巨大的社会差异，以及家庭间种种令人唏嘘的悲情。

在《山谷之歌》中，有色人巴克斯（Buks）世代生活在宗教气息浓重的卡鲁山谷中，过着寄人篱下、安土重迁的生活。白人剥夺了他的房产，他无处申冤，忍气吞声。外孙女维罗妮卡（Veronica）自幼失去父母，她的母亲因为向往大城市的生活，"不愿让自己的一生葬身在这座房子里"①而远走他乡，最终因意外客死他乡。如今维罗妮卡想去繁华的约翰内斯堡做一名歌手，但巴克斯始终因为女儿的遭遇而不愿让外孙女离去。在和作者（Author，在剧中与巴克斯是

---

① Athol Fugard, *Athol Fugard: Plays 1*, London: Faber & Faber, 1998, p. 334.

同一个演员）的沟通中，维罗妮卡找到了实现理想的希望。她向巴克斯说起了寄托着希望的南瓜种子，这在巴克斯眼中是"奇迹"的代名词，而"在这片土地上……有成百上千的奇迹"①。据此，富加德将祖孙之间的家庭纠葛化为南非在后种族隔离时代的历史象征，从中展现出和解、希望、自由等主题。

四、老当益壮，叱咤英语剧坛

2000 年，富加德一家搬至圣迭戈，之后一直在南非和美国间往返，直到 2012 年才回到故乡。2010 年，富加德剧院（Fugard Theatre）在开普敦成立，除了上演富加德本人的作品外，剧院也鼓励南非戏剧新人的创作。2011 年，富加德荣获托尼奖终身成就奖，确立了他在当今英语剧坛的地位，再一次向世界证明了南非英语戏剧的强势劲头。如今，他已是世界戏剧舞台的常青树，作品被英美各大戏剧学院、社团、剧团列为经典，常演不衰。荣誉加身的富加德并没有被利益蛊惑。他虽已入鲐背之年，却依然老当益壮，保持着强劲的创作力，接连创作出了《悲伤与欢乐》（*Sorrow and Rejoice*，2000）、《出与入》（*Exit and Entrance*，2002）、《回家》（*Coming Home*，2009）、《你看到我们了吗？》（*Have You Seen Us?*，2009）、《火车司机》（*The Train Driver*，2010）、《蜂鸟之影》和《蜿蜒河畔彩绘石》等一系列剧作。21 世纪的富加德戏剧，既有对过去南非历史问题的探讨，也有对当代南非社会问题的哲学思辨，既有在氛围上清丽俊秀、主题上富含深刻哲思的哲理剧，又有对于戏剧、美术等领域的艺术家形象的塑造与表现。

《悲伤与欢乐》是富加德唯一一部角色全部为女性的戏剧。这部戏剧通过三位不同身份的女性之间的矛盾与纠葛，追忆一位在 60 年代流散英国的自由主义者的一生，道出了她无尽的悔恨与乡愁。二幕剧《出与入》回溯了富加德与阿非利卡导演、演员安德烈·胡格奈特（Andre Huguenet，1903—1961）之间的友谊。

---

① Athol Fugard, *Athol Fugard: Plays 1*, London: Faber & Faber, 1998, p. 313.

富加德在剧中表现了他年轻时的剧场经历以及关于戏剧变革的思想。整部戏剧讨论了保守主义与自由主义观念在戏剧中的变革,从侧面展现出阿非利卡语戏剧对富加德早期戏剧观念的影响,在字里行间也传达出富加德对安德烈这位忘年交的追思。

富加德在 21 世纪最具影响力的剧作当属《火车司机》。它再一次展现了富加德戏剧对于生存的拷问,对于社会问题的关注,体现出浓重、阴暗的现实氛围。该剧源于新闻报道中的真实故事:2000 年 12 月 8 日星期五,黑人妇女普姆拉·洛瓦纳(Pumla Lolwana)和她的三个孩子在位于开普平原的菲利皮(Philippi)和恩延夏(Nyanga)之间的铁道上卧轨自杀。富加德从 2002 年就开始构思这部作品。他曾说:"从我第一次开始和报纸上的故事一起生活的时候,我就感觉到一种强烈的能量与兴奋感,因为我意识到我在自如地创作一个虚构的身份。"① 主人公鲁哀夫(Roelf)是一名阿非利卡火车司机。他在无意中撞死"红头巾"(red doek)妇女和她的三个孩子后,陷入了深深的挣扎和忏悔中,于是来到黑人的乱坟岗寻找"红头巾"。在与科萨族守墓人西蒙(Simon)的相处中,身为白人的鲁哀夫看到了黑人贫困、堕落、肮脏的生活环境。最终,鲁哀夫在自我救赎中认识到了希望的重要性,他决定在深夜里对着墓地,以科萨人"招魂"的方式同死者对话,结果被当地的黑帮杀害。剧中关于生存与身份的探讨,不禁令人想起富加德早年的《希兹威·班西死了》,即在艰难的环境中捍卫生之为人的权利,捍卫人的尊严。正如富加德所说:"明天应当值得我们生活,这是我一生中最根本的信念。"② 剧作的形式依然质朴,两位演员有着高强度的独白和对白,叙述性非常强烈。

---

① Athol Fugard, *Train Driver*, London: Faber & Faber, 2010, p. xxii.

② Ibid., p. xx.

结　语

富加德始终坚持自己的人道主义信念，坚守自由主义的精神，在艺术创作中不去迎合他人。"他在写作、导演、表演上的成就，在见证他人生活和富有潜力的形式上的成就，使富加德为他的国家，或者确凿无疑地说，也为其他国家的文化生活做出了独一无二的贡献。"① 富加德的作品不仅是在书写南非人在物质和精神上的困境，而且也在传达每一个现代人的精神困境。他用自由、希望、和解的姿态突破层层藩篱，在戏剧艺术中，创造一个至真至美的世界。

（文／上海师范大学 徐立勋）

---

① Athol Fugard, *Township Plays*, London: Oxford University Press, 2000, p. ix.

约翰·马克斯韦尔·库切

John Maxwell Coetzee，1940—

代表作一：《迈克尔·K 的生活和时代》（*Life & Times of Michael K*，1983）

代表作二：《耻》（*Disgrace*，1999）

第七篇

J. M. 库切的家园书写

——南非作家约翰·马克斯韦尔·库切创作研究

引　言

约翰·马克斯韦尔·库切（John Maxwell Coetzee，一般简写为 J. M. Coetzee）是蜚声世界的南非小说家、文学评论家和翻译家，先后两次获得布克奖，并获得诺贝尔文学奖等重要奖项。纵观库切从处女作《幽暗之地》（*Dusklands*，1974）到新近"耶稣三部曲"的收官之作《耶稣之死》（*The Death of Jesus*，2019），可以发现明显的家园主题。此处的"家园"不仅包括个体家庭，也包括作家对自己家族和自我族裔身份的追问，以及对祖国南非的感情和对精神家园的追寻。库切的创作以文学性、思辨性和哲理性为前提，不仅书写了个人情感，更多的是对南非历史和时局的反思，对人性的拷问，对西方理性主义的批判。库切一直在践行用人生写作的理念，正如他自己所言："所有的写作都是自传。"[①] 因此，几乎他的每部作品都是对家园多重含义的复合式书写，这种书写结合创新的叙事形式，反过来又提升了作品的审美旨趣和道德深度。

---

① J. M. Coetzee, David Attwell eds., *Doubling the Point: Essays and Interviews*, Cambridge, MA: Harvard University Press, 1992, p. 17.

一、个体家园的书写

1940 年 2 月 9 日，库切生于南非开普敦市。父亲萨卡里亚斯（Zacharias，简称杰克，Jack）是一名律师，阿非利卡人后裔；母亲维拉（Vera）是位教师，德国人和英国人后裔。因为杰克经营不善，其律师事务所不停地更换地点；他本人也因屡犯行规，先后两次被吊销律师资格。除此之外，杰克还做过会计，参加过"二战"并随队征战多国。他走马灯式的工作变换和"二战"时长期离家带来两个直接影响。首先是家庭内部关系的变化。小库切对母亲非常依恋，母子关系变得更加亲密，而父子关系变得比较微妙，小库切甚至有着强烈的俄狄浦斯情结。其次是家庭外部环境的动荡。杰克工作的不稳定使得他们不停地搬家，一家人过着"游牧式"的生活。①

库切的作品艺术地展现了这些影响。通过研究可以发现，迄今为止，库切没有一部作品中的家庭是完整的——要么是寡居的父亲或者母亲，要么是孤独的孩子，支离破碎的家庭是库切家园书写的一大特征。库切是艾略特非人格化（impersonality）理论的拥趸，他的生活自然不会白描式地出现在作品中。几乎所有库切的作品都是以其个人情感触动为出发点，经过审美处理后，悄无声息地再抹去个人色彩，进而使作品有更广泛的可读性和启发性。换句话讲，从文学创作角度而言，库切更看重的是作品的艺术性而不是情感性，否则，库切也无法取得如此辉煌的文学成就。

有了这样的认知前提，我们就可以更好地理解库切作品中个体家园的书写和他自身经历之间的关系。在自传体三部曲中，读者能清晰地读出小库切对母亲的

---

① J. C. Kannemeyer, *J. M. Coetzee: A Life in Writing*, Translated by Michiel Heyns, London: Scribe Publications, 2013, p. 34.

依恋和对父亲的憎恨：他声称自己是"她的儿子，不是他（杰克）的儿子"①。根据大卫·阿特维尔（David Attwell）的研究，维拉对库切作品影响深远但又非直截了当。这种影响主要体现在两个方面：语言能力的培养和小说人物性格的塑造。首先，维拉自己的家庭教育使她在小库切和英语语言之间起到了桥梁作用，这种重要性对一个并非成长在纯正盎格鲁−撒克逊家庭的人来说不言而喻。其次，维拉独立自强、敢于挑战固有传统的性格正是库切多部小说中女性角色的写照，《内陆深处》（*In the Heart of the Country*，1977）中的玛格达（Magda）、《福》（*Foe*，1986）里的苏珊·巴顿（Susan Barton）、《铁器时代》（*Age of Iron*，1990）中的卡伦夫人（Mrs. Curren）和在多部小说中出现的伊丽莎白·科斯特洛（Elizabeth Costello）等都有这样的性格。

用书信体写就的《铁器时代》是库切个人家园书写的一部特殊作品。库切1986年开始写这部小说，1989年完稿。在创作这部小说期间，库切承受着巨大的丧亲之痛。1985年3月6日，母亲维拉去世；1988年6月30日，父亲杰克辞世；1989年4月21日，儿子尼古拉斯暴毙。虽然库切把这部作品献给了父亲、母亲和儿子，使其成为少数几部有献词（dedication）的小说，但这部作品跟维拉的关系更紧密。小说讲述的是一位行将就木的母亲卡伦夫人给远在异国他乡的女儿写信，控诉自己经历的种族隔离所造成的乱象。除了小说中对亲子关系的多次描述蕴含着作者的情感之外，卡伦夫人所面临的道德困境同维拉有惊人的相似：对周围的黑人和蔼友善，却支持种族隔离政府。有学者坦言，库切的"道德困境和对母亲的强烈情感在他的作品中留下了微妙但清晰可见的痕迹"②。

对于父亲杰克，更多的审美再加工则出现在《夏日》（*Summertime*，2009）中。虽然小库切对父亲憎恨有加，但随着年龄增长，杰克生活的辛酸早已消解了库切早先不谙世事的愁怨，因此自传体小说《夏日》可以看作一次"父子关系修

---

① J. M. Coetzee, *Boyhood: Scenes from Provincial Life*, London: Secker & Warburg, 1997, p. 79.

② Sue Kossew, "J. M. Coetzee and the Parental Punctum", in Jennifer Rutherford, Anthony Uhlmann eds., *J. M. Coetzee's The Childhood of Jesus: The Ethics of Ideas and Things*, New York: Bloomsbury Academic, 2017, p. 154.

复行动"①。1989 年，尼古拉斯忽然从约翰内斯堡的公寓阳台上坠亡。1991 年，库切借用陀思妥耶夫斯基作品《群魔》中的部分情节，采用复调的形式书写陀氏调查继子死亡时在圣彼得堡的种种遭遇，这就是《彼得堡的大师》（The Master of Petersburg，1994）。用阿特维尔的话说，这部作品是"一份力图抹去个人痕迹的私人文件，但只取得了局部的成功"②。读者可以从错综复杂的文本互涉中感受到作家的丧子之痛。

二、族裔家园的书写

库切虽是阿非利卡人后裔，但他对这种身份的态度有些模棱两可。在《双重视角》（Doubling the Point，1992）中，他直言"没有阿非利卡人认为我是阿非利卡人"③，并列举了三个理由支持自己的观点。在作家获得诺贝尔奖的消息刚公布时，阿非利卡历史学家赫尔曼·吉勒密（Hermann Giliomee）想让库切明确对自我族裔身份问题的态度，以便能为自己的民族争得荣誉，而库切在信件往来中说自己是"可疑的（doubtful）阿非利卡人"。2012 年 7 月，库切在波兰出席一个毕业典礼时承认，从历史角度看，自己是一个阿非利卡人。

这些看似矛盾的说法展现了库切对阿非利卡人后裔身份的一种辩证态度。一方面，他对阿非利卡人在南非的殖民历史、因布尔战争引发的民族运动以及后来所推行的种族隔离政策时刻保持警醒，同时有着深刻的批判意识；另一方面，他又认同阿非利卡文化中的精华部分。从这个意义上说，《幽暗之地》的中篇"雅各·库切之讲述"（"The Narrative of Jacobus Coetzee"）这部描述阿非利卡殖民者 18 世纪中叶在南非腹地殖民探险的作品，是库切对自己祖先的一种背叛，是

---

① 大卫·阿特维尔：《用人生写作的 J. M. 库切：与时间面对面》，董亮译，哈尔滨：黑龙江教育出版社，2017 年，第 200 页。

② 大卫·阿特维尔：《用人生写作的 J. M. 库切：与时间面对面》，董亮译，哈尔滨：黑龙江教育出版社，2017 年，第 228 页。

③ J. M. Coetzee, David Attwell eds., *Doubling the Point: Essays and Interviews*, Cambridge, MA: Harvard University Press, 1992, p. 341.

"一部愤怒之作，血气方刚的作者愤怒于自己的出身，愤怒于他的出身赋予他的身份角色"[①]。

在愤怒的同时，库切又认同阿非利卡文化的精髓部分。他翻译出版了多部阿非利卡语和荷兰语的作品：1975年，翻译荷兰作家马塞卢斯·艾芒兹（Marcellus Emants，1948—1923）的小说《死后的忏悔》（*A Posthumous Confession*）；1983年，翻译并出版阿非利卡作家威尔玛·斯托肯斯特罗姆（Wilma Stockenström）的《去往猴面包树的旅程》（*The Expedition to the Baobab Tree*）；2004年，译著《划船人的风景：荷兰诗歌选集》（*Landscape with Rowers: Poetry from the Netherlands*）出版。虽然库切的作品多用英语写就，但展现的语言风格同阿非利卡语有很多相似之处。《内陆深处》不但有英语和阿非利卡语两个版本，而且库切在英语版本中多次使用阿非利卡语，旨在展现阿非利卡后裔玛格达的身份困境。很难想象，一个不认同该民族文化的人会频繁使用其语言。

另外，库切选择卡尼梅耶尔（J. C. Kannemeyer，1939—2011）作为自己的传记作者也别有深意。卡尼梅耶尔是斯泰伦博斯大学的阿非利卡语和荷兰语教授，谙熟阿非利卡文学史，以撰写阿非利卡作家传记闻名于学界。库切对待传记的态度相当谨慎，很少接受传统一对一的采访问答。从前期有限的几篇访谈可以看出，库切对很多涉及自己作品的问题都采取了迂回的态度或者干脆避而不答。库切跟大卫·阿特维尔合作编写《双重视角：论文及访谈》是个例外，这其中除了两人多年的师徒关系和朋友之情外，更多的是因为当年阿特维尔对库切的持续研究。因此，库切选择卡尼梅耶尔为自己写传记，从侧面反映了他对阿非利卡文化的认可。

[①] 大卫·阿特维尔：《用人生写作的 J. M. 库切：与时间面对面》，董亮译，哈尔滨：黑龙江教育出版社，2017年，第44—45页。

三、祖国家园的书写

成年后的库切就读于南非开普敦大学，1960 年被授予英语和数学的优等学士学位。在大学期间，库切参加了霍沃思（R. G. Howarth，1906—1974）组织的创意写作课，在开普敦大学的杂志上发表了多首诗歌。1961 年 12 月，怀揣着诗人梦想的库切离开开普敦，乘船前往英国的南安普敦，去他心中的文学圣地开始圆梦之旅。

虽然库切在 IBM 公司找了份程序员的工作，但他把业余时间都用在了图书馆里。大英博物馆的阅读室见证了库切对福特·马多克斯·福特（Ford Madox Ford，1873—1939）的研究。心血来潮的库切还一度想把工作和业余爱好相结合，曾经设计过诗歌写作的电脑程序，即先让计算机来生成诗歌（computer-generated poetry），然后他再校对修改。在这期间，因为大学成绩优异，库切拿到了奖学金，被开普敦大学录取为硕士研究生。1963 年，库切返回开普敦，和大学校友菲利帕·贾伯（Philippa Jubber）再续前缘并于 7 月喜结连理。他在开普敦写完了福特研究的论文，并以此作为硕士学位论文提交给了学校。同年，他开始申请去英格兰工作，先后得到了学校教师和计算机程序员的工作要约，同时他也咨询了在美国攻读博士的情况。

新婚燕尔的库切夫妇于次年年初乘船返回英格兰，库切就职于国际计算机和制表机公司（International Computers and Tabulators, Ltd）。1965 年，库切申请了开普敦大学和美国的博士项目，后来又拒绝了前者现代主义方向博士生的录取。在获得富布莱特奖学金后，库切选择去得克萨斯州大学奥斯汀分校攻读语言学和文学的博士学位。同年 8 月，夫妻二人从南安普顿乘船离开英国，奔赴纽约。1966 年 6 月 9 日，儿子尼古拉斯出生。1968 年至 1969 年，库切在奥斯汀完成研究塞缪尔·贝克特（Samuel Beckett，1906—1989）的博士学位论文的同时，成功获得了纽约州立大学布法罗分校客座助理教授的职位。由于签证限制合同期限，他在工作的同时又申请了加拿大和中国香港的教职，回绝了英属哥伦比亚大学的邀请。这期间他一直力争延长签证时效。1968 年 11 月 10 号，女儿吉塞拉出生。

1970 年 1 月 1 日是库切真正开始创作小说的起点。虽然他之前也有过写作经验，但是之所以把这一天当作写作的起点，"关键在于那是他真正有了危机意识，开始正视自我；也正是从那一天起，他才下定决心，专事小说写作"①。这一天，库切在新年许愿中说，如果每天写不到 1000 字，就把自己锁在房间里不出来。也是在那一年发生了"海耶斯礼堂"事件——库切和其他 44 名教职员工一起抗议越战时期校方的管理政策，反对警察进驻校园，因此被捕。对那些美国同事而言，这次被捕是一项反越战游行的荣誉；对库切而言，这却是一场灾难。他被判非法入侵和蔑视法庭罪，虽然获准上诉，但再续签证的希望已几近渺茫。这年年底，妻子菲利帕和孩子们先返回南非。1971 年，因签证无法延期，库切完成在布法罗分校春季学期的教学任务后，于 5 月返回南非与家人团聚，并在库切家族鸟儿喷泉农场附近的沼地山谷农场落脚。虽然在美国的上诉最终获胜，原罪名也被取消，但他已无法重获赴美签证。1972 年 1 月，库切在开普敦大学英语系获得教职。断断续续离开祖国十年的库切又开启了在南非四十年的工作和生活，直到 2002 年和伴侣多罗西·德赖弗（Dorothy Driver）移居澳大利亚，定居阿德莱德。

这四十年是库切创作的主要时期。国内外评论对库切作品的寓言性、世界性、哲理性和审美特征等都做了翔实的研究，汗牛充栋的文献足以涵盖库切小说研究的方方面面。其实，库切四十年的创作除了围绕他与个人家庭和族裔身份的张力之外，还涉及与故土南非的关系。换言之，他的作品多是几种张力的聚合体。

库切对南非地貌，尤其对卡鲁地区有着挚爱的感情②，但对南非的种族隔离体制深恶痛绝。他在耶路撒冷奖获奖词（Jerusalem Prize Acceptance Speech）中指责南非阿非利卡统治当局拒绝承认广大黑人的社会地位和合法权益，"却一直

---

① 大卫·阿特维尔：《用人生写作的 J. M. 库切：与时间面对面》，董亮译，哈尔滨：黑龙江教育出版社，2017 年，第 33 页。

② 董亮：《有"情"之士的无"情"之作：库切的卡鲁情怀与文学生产》，《英美文学研究论丛》，2020 年第 2 期，第 118—130 页。

把他们对南非的爱指向大地，指向最不可能回应他们的山川沙漠、花鸟兽禽"①。他正视种族隔离的前世今生，从不掩饰对这种政策的反对和厌恶，并在上述演讲中发出诘问："一个来自以无自由著称之国度的人，并且久居于此，如何能荣幸获得一个象征自由的奖项？"②

在叙事形式和写作手法上，深受欧洲经典作家作品滋养的库切同当时南非流行的现实主义大相径庭。库切的南非家园书写颇具实验性和现代性，早中期的《幽暗之地》《内陆深处》《等待野蛮人》（Waiting for the Barbarians，1980）和《迈克尔·K 的生活和时代》（Life & Times of Michael K，1983）等都是当时南非文坛的先锋之作。

《幽暗之地》将两个中篇《越南计划》（"The Vietnam Project"）和《雅各·库切之讲述》并列。两者讲述的故事背景虽然不同，但主人公却有着相似的心路历程：身为美国军事专家的尤金·唐恩（Eugene Dawn）在越战期间处心积虑地想要炮制一套对付敌人的心理战术，以狂轰滥炸别人的家园来换取自己的自由，最终却陷入了疯癫；生性残暴的雅各·库切（Jacobus Coetzee）对大纳马夸地区的远征其实是对布须曼人和霍屯督人家园的入侵，但雅各·库切视之为向落后地区传播文明的正义事业。二者赤裸裸的殖民行径显示了殖民者总是以破坏他者家园来为自我利益服务的白人至上心态。这部作品甫一问世，其所呈现的现代性就引起了南非学界的注意，有学者称"这属于第一批南非作家用英语写就并出版的现代小说"③。这种实验风格延续到了《内陆深处》。这部由266 节文本组成的叙事使库切摆脱了线性叙事，是其反写农场小说的开端。小说中的玛格达不再是传统阿非利卡家庭的乖乖女，而是变成挑战父权权威的传统秩序破坏者。

《等待野蛮人》的出版开始为库切赢得国际声誉。库切在这部小说中把现代性展现得淋漓尽致，模糊化的时空背景让第三帝国和老行政长官的故事更具

---

① J. M. Coetzee, David Attwell eds., *Doubling the Point: Essays and Interviews*, Cambridge, MA: Harvard University Press, 1992, p. 97.

② Ibid., p. 96.

③ U. A. Barnett, "Reviewon J. M. Coetzee's *Dusklands*", *Books Abroad*, 1976, 50(2), p. 459.

普遍的指涉意义。以乔尔上校为代表的第三帝国极尽暴力侵占他人家园之能事，在边境小镇上演着一幕幕颠覆现代文明价值观的闹剧。而老行政长官作为帝国的一分子同时又怀有对他者的同情，这样的道德两难同库切对南非的感情是何其相似！《迈克尔·K的生活和时代》中的主人公为了躲避开普敦的战乱，带着母亲去追寻记忆中的家园。随着母亲去世，K在集中营中几次被抓后又逃出，坚持做园艺的K以"只食自由面包"的精神对抗和消解一切权威。[①]立意深刻的主题和卓然独立的艺术特色使得这部小说出版当年就赢得了布克奖。《福》是库切对写作形式的又一次挑战：他改写了丹尼尔·笛福的《鲁滨逊漂流记》（*Robinson Crusoe*，1719）。苏珊·巴顿为了寻找被绑架的女儿，为了自己的家，只身从欧洲到巴西，返回途中遭遇海难，于是进到了鲁滨逊和星期五的"家"。最终获救回到英国后，苏珊找到作家福，希望把这次经历写成小说。不料，福对苏珊的故事进行了粗暴的改写。《耻》（*Disgrace*，1999）是库切创作的又一个高峰，帮助库切第二次拿到了布克奖。种族隔离制度废除后，南非黑人和白人如何和谐共处？南非人如何能不忘历史又直面现实共建"彩虹之国"的新家园？库切在小说中描述的是一种焦虑和不确定性，而读者能感受到作家力透纸背的忧患意识和深刻反思。

综上，虽然库切的作品思想基于欧美文学传统，但它们又属于一种地域文学。库切的家园书写在后殖民语境下表现出更多的主动性与自觉性，既跟南非语境紧密相连但又不局限于此。它们通过挑战话语权来参与身份的构建，使其主体拥有更宽阔和多元的视角，进而得以在文化的改造、颠覆与传承中表达自己，实现自我价值和自我"救赎"。除了围绕南非的家园书写，这一时期的库切还把对文学创作、动物保护以及非洲人文学科等问题的反思写进了《伊丽莎白·科斯特洛：八堂课》（*Elizabeth Costello: Eight Lessons*，2003）中，借助主人公科斯特洛（Costello）之口表达了对诸多社会问题的看法。

---

① J. M. Coetzee, *Life & Times of Michael K*, New York: The Viking Press, 1983, p. 146.

四、世界意义的家园

从 1991 年开始，库切和多罗西就在澳大利亚做长期的访学交流。1995 年 3 月，库切开始咨询有关移民澳大利亚的相关法律手续。2001 年，库切收到位于比勒陀利亚市澳大利亚大使馆签发的移民签证，同年 12 月从开普敦大学退休。2002 年，他移居澳大利亚，定居在阿德莱德。2006 年 3 月 6 日，库切归化为澳大利亚公民。

移民澳大利亚之后，库切作品中的人性拷问和对西方文明的批判逐渐淡化，取而代之的是对新国家的适应和对更具普遍意义问题的思考。这一时期的小说总体呈现三个特征：小说叙事地点的转变、超验转向和世界主义倾向。虽然《慢人》（*Slow Man*，2005）是库切第一部以澳大利亚为背景的小说，但这并不能说明作家对当地环境的认同。同之前的小说一样，地点背景只是一个文学手段，印证的是作家想要在异国文化中找到归属感但收获的是疏离的矛盾。无论是小说主人公保罗·雷蒙特（Paul Rayment）移民澳洲之后的无根性，还是他身体残缺后跟乔希奇一家（the Jokićs）的爱恨情仇，都说明澳大利亚并不是库切文学作品中的理想精神家园。《凶年纪事》（*Diary of a Bad Year*，2007）也是库切为数不多的以澳洲为背景的作品。作家在这部小说中采取了一页两栏或三栏的排版和叙事风格，将议论和叙事杂糅到一起，把文本的实验性推到了极致。居住在悉尼的 C 先生是位年迈的南非作家，小说讲的是他对时政的一些评论以及和打字员安娜的故事。在这一点上，我们似乎又看到了科斯特洛的影子。

随后创作的"耶稣三部曲"是库切探寻家园的又一次尝试。作者把故事背景放到了诺维拉（Novella），一个人人都要被抹去记忆、切断跟过去联系的地方。大卫（David）、西蒙（Simón）和伊内斯（Inés）组成的"偶合家庭"是跟现存体制和观念相抗衡的表现之一。《耶稣的童年》（*The Childhood of Jesus*，2013）的超验性不仅体现在诺维拉的奇特之处（不仅要忘却记忆，还要丢掉性欲），也体现在大卫的身世和仍为处女之身的伊内斯被认为是大卫母亲的叙事上。以上写作轨迹表明，库切已然放弃在现实世界寻找文学创作中所依赖的精神家园，反而转向无地点性的世界主义。这种新转向虽然使得库切的作品指涉意义更丰富，哲理性更强，但明显缺少了南非家园写作的张力。

结　语

库切不同维度的家园书写展现了一个作家立体丰富的精神世界。正是这种家园书写的地域性和世界性，才使得他的作品更具民族性和普遍性。库切就是这样一个生命不息、写作不止、创新不断的作家，80多岁高龄的库切还会给读者带来什么惊喜？我们拭目以待。

（文 / 兰州财经大学 董亮）

达蒙·加格特

Damon Galgut，1963—

代表作一：《承诺》（*The Promise*，2021）

代表作二：《在一个陌生的房间》（*In a Strange Room*，2010）

第八篇

南非转型的见证者
——南非作家达蒙·加格特创作研究

引　言

2021 年，南非作家达蒙·加格特（Damon Galgut，1963— ）荣获布克奖。至此，之前凭借《好医生》（*The Good Doctor*, 2003）和《在一个陌生的房间》（*In a Strange Room*，2010）两度入围却最终铩羽而归的加格特终于如愿以偿。同年，坦桑尼亚作家阿卜杜勒拉扎克·古尔纳荣获诺贝尔文学奖，塞内加尔作家穆罕默德·姆布加尔·萨尔的小说《男人们最秘密的记忆》（*La Plussecrètemémoiredes Hommes*）摘得龚古尔文学奖。这使得 2021 年成为当之无愧的 "非洲文学年"。在发表获奖感言时，加格特表达了喜悦之情："走到这个位置，真的花了很长的时间。" 紧接着，他便谈到了养育自己、给予自己无数创作灵感的那片非洲大陆，向全世界的读者分享着作为非洲作家的骄傲与自豪："好运降临到了我头上，我想说，今年对于非洲文学来说是极为重大的一年。我想代表我属于的那片大陆上所有被讲述和没被讲述的故事，所有有所耳闻和闻所未闻的作家同行来接受这个奖项。请继续倾听我们，还有很多故事即将诞生。"[①]

---

① "2021 布克奖得主达蒙·加格特 致非洲大陆上那些作家与故事"，2022 年 6 月 10 日，https://www.bilibili. com/video/BV1jU4y1M7PY?spm_id_from=333.337.search-card.all.click&vd_source=aec11031030e703e7ff 5b3d2fca4594c.

　　正如加格特所说，无数精彩的故事发生在这片大陆上等待被倾听，而他笔下的故事精彩纷呈。1963 年，达蒙·加格特生于南非首都比勒陀利亚①的一个犹太家庭。在他成长的年代，南非正处于种族隔离的阴霾之下。1948 年，代表阿非利卡人的南非国民党拉开了这场残酷历史的大幕。抗议、斗争、冲突、战争持续蔓延，在 80 年代达到高潮，而此时也是白人政府日渐式微，被迫启动和谈的时代。1991 年，一系列种族隔离政策与法令被废除。1993 年，非白人的南非人获得选举权。1994 年，南非迎来了历史上首位黑人总统——纳尔逊·曼德拉，而这也被视为南非种族隔离制度寿终正寝、社会迎来民主新纪元的开端。生长于这一时代大变局中的加格特，在作品中以扣人心弦的情节、深刻而具有南非社会典型性的故事，勾勒出南非跨越前后两个时代的沧桑变换，以及这些巨变对当代南非集体心理、社会结构的深远影响。他以出众的故事叙事斩获颇多奖项，这也使得他成为南非社会转型最为出色的见证者和记录者。加格特不但是一位出色的现实主义作家，他的创作更有着对深层次的人类问题的探讨。他对人际关系问题的着墨十分出彩。从他对一段段扣人心弦、跌宕起伏的自我与他者的故事的记录与描述中，不难看出这位气质忧郁的南非作家的见微知著与敏感锐利。至今，加格特已出版七部长篇小说，即《悦耳的猪叫声》（ The Beautiful Screaming of Pigs , 1992 ）、《采石场》（ The Quarry ， 1995 ）、《好医生》、《冒名者》（ The Imposter ， 2009 ）、《在一个陌生的房间》、《北极之夏》（ Arctic Summer ， 2014 ）、《承诺》（ The Promise ， 2021 ），以及短篇小说集《众生的小圈子》（ A Small Circle of Beings ， 1988 ）。

---

① 1855 年，比勒陀利亚在"移民先驱"领袖马蒂纳斯·比勒陀利乌斯带领下创立，并以其父安德列斯·比勒陀利乌斯的名字命名。他们是为了逃避英国辖制而跑到非洲的荷兰布尔人。1900 年该城被英国占领；从 1910 年起，这里成为白人种族主义者统治的南非联邦（ 1961 年改为南非共和国 ）的行政首都。

一、作为南非变革见证者的加格特

除了作家身份以外，加格特还有一个值得注意的身份——一位公开的同性恋者。从他的创作中不难看出这一身份带给他的影响。加格特作品中的男性主人公形象往往性情敏感，气质忧郁，但也不乏立体与多面。《悦耳的猪叫声》中的帕特里克（Patrick）、《在一个陌生的房间》中的达蒙（Damon）等，这些形象糅杂着加格特本人复杂的身份认知及其对自我所归属的群体与南非社会关系问题的思索。在谈到自己的身份时，加格特毫不避讳地说道："我自然而然地被男性之间的互动所吸引，而不是男人与女人。"①边缘化的身份不可避免地受到来自传统话语的排挤与打压，加格特曾用"令人窒息"来形容自己的家乡比勒陀利亚。在他孩童时代，那是一个十分保守的地方。如他作品中的人物一样，他也学会用伪装掩饰自己。值得注意的是，加格特以及他所归属的身份群体在南非种族隔离时代的政治语境中有着特殊含义。同性恋行为曾经被长期禁止，尤其是在军队当中。军方高层认为，这种取向与行为是对军纪的严重破坏，会大大降低军队的战斗力。加格特曾经在军队服役两年，他虽然从未公开谈论自己的军营生活，但他在作品中传达了一种微妙的情愫，使得读者自然而然地将他在书中所传达的生命体验，视为他对自我身份的认知，以及对包括种族隔离制度在内的一系列压抑边缘化群体的话语力量的反抗。

《悦耳的猪叫声》最能体现加格特的这一思想。故事背景设置在南非种族隔离制度即将瓦解的20世纪80年代末。在种族隔离时代，"同性恋恐惧症在南非根深蒂固，以至于几乎没有为同性恋反抗的声音。政治环境在20世纪90年代的巨大变革为这部分群体带来了充裕的发声空间，当同性恋写作映射出南非社会从种族隔离到后种族隔离时期所发生的转变时，人们才得以注意到这个边缘化的群

---

① Claire Allfree, "Damon Galgut's End of the Rainbow", June 18, 2008, in *metro.co.uk*, https://metro.co.uk/2008/06/18/damon-galguts-end-of-the-rainbow-199253/. [2024-10-22]

体"①。因此，同性恋个体解放的叙事存在一种隐形的反抗功能，在一定程度上，加格特的性别身份叙事具有社会转型的政治寓言功用。在种族隔离的高压时期，主人公帕特里克如所有的适龄白人男性一样应征入伍。此时的南非政权控制着邻国纳米比亚，而帕特里克作为这支不义之师的一员，参与了针对纳米比亚民族解放运动组织的战斗。加格特通过帕特里克的视角展示了社会、政治、文化对边缘化的身份群体的系统性打压与规训，以此传达出对种族隔离暴政的隐形反抗。朱迪斯·巴特利认为："身份是规范话语依靠其强制力重复作用于我们的身上而形成的，是规范话语在我们身体上不断书写和操演的结果。"②军队是种族隔离政府赖以维持统治的重要工具，直接展现当局的权力与意志。除了残酷的战争书写，加格特着重描写了军队盛行的阳刚之风，然而，这种对军队极为重要的风气，对于边缘化的性别群体而言，则是精神的地狱。在军旅中，橄榄球③被军队教官当作培养士兵男性气质、锻炼"嗜血"欲望的手段，而这些被锻造出来的战士最终都将被送上镇压纳米比亚的战场。羸弱的身体、萎靡的精神使得帕特里克成为军队中的异类，不得不承受来自四面八方的嘲笑与攻讦。加格特通过帕特里克展现了一个社会对于边缘化群体的系统性隔离，这种隔离不仅仅发生于族群与族群的边界，更发生于传统与"异类"的分野。与通过物理空间规训的方式进行强制隔离不同，性别身份的区隔作为整个系统性的隔离体系的一部分，是通过传统道德与伦理的话语来执行的。具有"男性气质"的群体通过对边缘化群体进行语言的攻讦与人际的排斥，以巩固自身的身份霸权，占据虚妄的道德制高点，获取充满偏见的尊严优势。这种性别身份剥削反映出了种族隔离的威权体系的运行逻辑，即优势群体对弱势群体的排斥与规训。优势群体建立一套自我"神化"的尊严体系，由此实现一种基于剥削的文化与政治统治。

---

① Paul Mason,"Masculinity Against the Grain in Galgut, Damon's *The Beautiful Screaming of Pigs*, André carl Van Merwe's *Moffie* and Koos Prinsloo's *Jonkmanskas*", *Scrutiny2*, 2016, 21(3), p. 75.

② 张永霞：《朱迪斯·巴特勒性别身份理论的话语研究》，《吉林省教育学院学报》，2020 年第 9 期，第 172 页。

③ 橄榄球对于南非而言具有特殊的象征意义。作为南非白人热衷的运动，它在种族隔离时期成为白人，尤其是阿非利卡男性气质、民族精神的象征，也因此遭到黑人的抵制。1995 年，在南非举办的第三届橄榄球世界杯上，新当选的总统曼德拉观看了以白人为主体的南非国家队的比赛。全体白人运动员演唱新南非国歌，最终夺得此次橄榄球世界杯的冠军，所有种族的人们普天同庆。橄榄球也由此从白人的文化图腾变成种族和解的精神象征。

随着种族隔离政权日薄西山，同性恋群体也迎来了身份解放。作为种族解放运动的绝对主力，非国大同样积极推动消除性别取向歧视的运动。"1990年，非国大妇女部门在赞比亚举行会议，正式通过了反对性取向歧视的政策，这一政策后来为非国大准备宪法草案者提供了直接参考依据。"[①] 1994年，白人政府的执政终结，南非成为世界上第一个将同性恋者的权利保护写入宪法的国家。对于南非来说，"南非的民主转型涉及到创造一种'彩虹'民族主义。这种民族主义不依附于单一民族身份，并且明确将同性恋群体纳入公民之列"[②]，"南非政治家甚至采用'出柜'这一隐喻，来谈论南非告别种族隔离制度"[③]。同性恋的身份解放叙事在一定程度上成为南非新生国家的民族寓言，是南非转型话语的一部分。加格特曾说，《悦耳的猪叫声》的创作便是出于自己的"道德使命感"。他表示，作为南非的作家，如果你有任何道德意识，就需要大声疾呼。他认为，他必须就这个国家的历史采取某种立场，没有比写作和表达经验更能反映道德。而将自己的生命体验作为创作素材，融入有关南非历史转型的见证与记录之中，体现了加格特作为南非知识分子的社会良心。在《悦耳的猪叫声》中，帕特里克最终对母亲的情人戈弗雷（Godfrey）产生了微妙的情感："我坐着看着他（戈弗雷）打了几个电话，感觉离这一切既近又很远。我想，那时我有点儿恋爱了。"[④] 这是帕特里克第一次以"爱"（love）来形容自己与同性的情感状态，是帕特里克打破身份禁锢的政治宣言。在军队的高压之下，他的爱意被扼杀在萌芽之中，而此时，种族隔离行将解体，帕特里克感受到了明确的同性之爱，也敢于言爱。在性别身份解放的背后是政治环境的转型与变革，这是加格特作为南非政治转型见证者所发出的感慨。

---

① 宁立标：《论南非对同性恋者权利的宪法保护》，《西亚非洲》，2009年第4期，第60页。

② 泰居莫拉·奥拉尼央、阿托·奎森主编：《非洲文学批评史稿》，姚峰、孙晓萌、汪琳等译，上海：华东师范大学出版社，2020年，第975页。

③ 同上。

④ Damon Galgut, *The Beautiful Screaming of Pigs*, London: Atlantic Books, 2015, p. 118.

二、作为当代南非道德观察者的加格特

在《悦耳的猪叫声》后，加格特的创作一波三折。1995 年，加格特出版了《采石场》。然而，这部作品未能引起广泛关注。1998 年，《采石场》被改编成电影并在美国上映，但最后以惨淡的票房收场。在此之后，加格特陷入长达数年的创作沉寂，几乎宣告了其职业生涯的终结。他本人不愿意再回大学教授戏剧课程，甚至萌生了去越南教英语的想法。幸运的是，2003 年，加格特出版了《好医生》。这部在旅行时居住的酒店内创作的作品改变了他的命运。《好医生》先后入围了布克奖、都柏林文学奖，并获得英联邦作家奖，加格特迎来了职业生涯的第二春。也正是从此时起，加格特逐渐走向了创作生涯的高峰。

南非已故作家安德烈·布林克（André Brink，1935—2015）在读完《好医生》后评价道："这部作品不失为有关南非社会转型，有关我们社会道德、哲学、精神思考的里程碑式的杰作。"[①] 布林克在评价中提到了南非社会的"社会道德"问题，而在加格特看来，相较于库切、戈迪默及布林克等南非作家，加格特的不同之处在于，他更加注重当代南非的道德困境。加格特对南非道德问题的探索主要表现为对"两种正义"的追问。首先是针对种族隔离制度的"历史的正义"追问。加格特时常有意展现当代南非社会中人物面对南非历史时的"政治不正确"，并将其上升到道德立场的高度，以凸显后种族隔离时代南非人在面对种族问题时矛盾且分裂的态度。其次就是当代南非社会的"发展的正义"，涉及新南非社会发展中面临的诸多严峻问题，如腐败、不公、社会服务瘫痪，以及资本的剥削与掠夺等。道德问题的涌现是南非社会在破除了二元对立的价值体系后，所有的思想与意识形态走向混杂并在一个绝称不上和谐的社会共同体中不断发酵的结果。加格特敏锐地捕捉到了这种既根植于历史又有着时代性的社会问题。自《悦耳的猪叫声》以来，加格特在《好医生》《冒名者》中都对这一问题进行了思考，其中最值得讨论的无疑是《好医生》。

---

① 引述自格罗夫出版社 2003 年出版的《好医生》的封底。

在《好医生》中，加格特塑造了两位医生形象：一位是从种族隔离时期的军队退伍的军医弗兰克（Frank）；一位是成长于后种族隔离时代，没有经历种族隔离的年轻医生劳伦斯（Laurence）。之所以二者身上会生发出有关社会道德的思考，是因为完全不同的成长环境决定了他们对待历史、对待当下迥然不同的态度。一方面，弗兰克以极为审慎的眼光阅读这个全新的南非社会。他知道，当下南非的社会问题有着深厚的历史根源。南非社会早已积重难返，如劳伦斯一般理想主义的幻想与冲动以及微不足道的行动，绝非根治社会积弊的良药。"你无法改变事物本来的样子"①成为他的人生格言。因此，他拒绝热情拥抱这个社会，将工作的小镇医院视作被遗弃的无望之地。既然如此，任何变革与创新都毫无意义，只需顺其自然即可。作为弗兰克的对照，劳伦斯的形象与之大相径庭。劳伦斯成长于后种族隔离时代，对残酷的社会历史体悟不深。对他来说，过去的都已过去。它们再也不重要了。例如，在得知弗兰克有过参军经历后，劳伦斯对这段并不光彩的过往表现出强烈的倾慕。他认为，参军是一次历练人生的机遇，他表示遗憾自己未曾参过军，感觉好像错过了一次能对成长产生影响的经历。劳伦斯与弗兰克最显著的差异体现在作为医者的责任意识与创新精神上，而这种差异即源于二者身上不同的南非时代因素。弗兰克将医院的困境视作种族隔离历史的延续，不可救药，亦无须救药；劳伦斯虽然承认医院是一个源自过去的失败产物，但他打算另辟蹊径地开设乡村诊所。弗兰克与劳伦斯各自的价值理念在开办乡村诊所问题上迎来了激烈冲突。弗兰克嘲讽劳伦斯的诊所计划无济于事，是毫无意义的"象征"。他明确知道当地穷苦百姓需要的是"药品与医治"，但在残酷的现实面前，这些都只是奢望。他否定劳伦斯的努力，而自己却也无所事事。劳伦斯对弗兰克的反驳与"判定"是整部作品的点睛之处："当你什么都不做时，你怎么指望能改变一切？""你看起来不像是这个新生国家的一部分。"②可见，弗兰克与劳伦斯观念与行动的冲撞和对立所产生的张力超越了"医生"表面的身份意涵，生发出加格特对后种族隔离时代的南非人该如何面对社会历史和自我历史的思考。

---

① Damon Galgut, *The Good Doctor*, New York: Grove Press, 2003, p. 169.

② Ibid.

《好医生》传达的道德观念并非传统意义上的美德与品质，而是更为深层次的进步主义与犬儒主义的对立问题，两种思想与社会的发展相伴相生。显然，加格特更认同劳伦斯的进步主义，因为它将带来社会的进步，与之相反的犬儒主义是对当代南非社会问题的妥协。但同时，以劳伦斯为代表的新一代南非人对历史问题的模糊也无不关乎一种历史的道德正义。让人感到绝望的是，两者在加格特的笔下似乎难以调和。

加格特在接受专访时曾表示，劳伦斯这一形象的创作灵感来源于其本人在戏剧学院授课时遇见的学生，劳伦斯对于军队美好的幻想更是直接取材于他与学生的对话。加格特首先便如弗兰克一样对他们的价值认同感到震惊与困顿，随之，加格特又言："这的确是一个代际的跨越，是彻底的个体存在方式的差异。"① 同时，加格特对看似完全有悖于历史道德的观念加以"暧昧的辩护"："这的确是一种看待世界的方式，另一种与众不同的看待世界的方式。"② 他甚至认为以弗兰克为代表的愤世嫉俗的南非人也有可能阻碍国家的进步："他是一个愤世嫉俗者，但是南非从不缺乏愤世嫉俗的土壤。他最大的罪过，便是什么都不做。但是正是因为这种庸碌无为，导致种族隔离继续遗存于世。"③ 这是加格特对于道德问题的更为深层次的思考。

三、作为人际关系剖析者的加格特

从《悦耳的猪叫声》到《好医生》，再到《冒名者》，加格特将目光转向处在历史变迁之中的南非社会，传达了鲜明的自我立场，使得自身跻身南非后转型文学代表性作家行列。但更不应被忽视的是，加格特作为文学创作者对"人"这一价值主体本位的关怀。"人与他者的关系"是加格特着重书写的另一主题。他认

① Andie Miller, "Ambiguous Territory: Damon Galgut Interviewed by Andie Miller", *The Journal of Commonwealth Literature*, 2006, 41(2), p. 143.

② Ibid.

③ Ginanne Brownell, "South Africa's Growing Pains", *Newsweek International*, 2003, 10, p. 1.

为，作为整体的人类是令人失望的，而人与人之间关系的运作则令人痴迷。加格特笔下的人际关系往往在经历短暂的融洽后，以身体和心灵的疏离为结局。加格特格外注重个体的生命体验，尤其关切个体在与他者互动交往的过程中所呈现的主体意识的游移，以及潜移默化之间所发生的身份变迁。

第一，加格特通过书写有人极力寻求与他人和谐、美好的关系而不得的故事，呈现现代社会中人孤独、焦虑的精神状态。《众生的小圈子》里，母亲对儿子大卫（David）、丈夫史蒂芬（Stephen）和新男友塞德里克（Cedric）都可谓掏心掏肺。她极力寻求与对方的和谐关系，却又在关系与关系的平衡中迷失自我。她为了丈夫精心着装；为了照顾染病的儿子任劳任怨，殚精竭虑。在儿子病情好转并与丈夫离婚后，她谋求在新男友塞德里克那里得到心灵的依托与生活的安定。不料塞德里克有着极端的控制欲，他要求大卫称自己为父亲，对大卫虚弱的身体状态十分鄙夷。他还要求女友对自己绝对臣服，并不断对二人使用暴力。大卫此时流露出对生父的怀念，母亲却一反常态地陷入歇斯底里，呵斥儿子的"背叛"。同时，渴望稳定新感情的她也配合塞德里克"驯化"儿子。最终，儿子与男友均离她而去，唯一陪伴她的是年迈的母亲。加格特着力展现母亲的内心世界。通过意识流等手法，细腻地呈现出她强烈渴望抓住亲情与爱情，又在历经精神与身体的折磨后无能为力的心理状态。通过这样一段纷繁复杂、支离破碎的家庭伦理关系，加格特展现了人与人关系的不确定性，以及由此引发的人类个体的精神孤独与焦虑，表达出对人类建立和谐关系的期待。

第二，当代社会中，人追求和谐关系的本质是在身份认同感的缺失下，通过不断与他者交往，建构自己的社会、文化和自我身份的过程。加格特对于身份问题的探讨是多方面的，其中不乏《悦耳的猪叫声》中具有明确现实指向的身份探讨，如文化掣肘下的性别身份困境、社会转型间的"新南非人"身份意识，同时亦有如《在一个陌生的房间》这样将身份指向人类的精神内核，对"我是谁"这一根本问题进行的追问。

《在一个陌生的房间》突出表现了主人公达蒙（Damon）的心灵孤寂，主要表现为他无法在孤独的世界里求得精神的富足：

当他的生活变成一系列琐碎危险的细节时，会令他感到自己与周围的一切脱节了，死亡的恐惧如影随形。所以当他身处某个地方时，几乎没有任何幸福感，他身体中的某些东西已经在催促他前往下一个地方，然而他从未向什么靠近，却总是在离开，离开。①

何为"琐碎危险的细节"，达蒙又缘何感到"恐惧如影随形"，均无从所知。他的每一次旅行都没有明确的目的，与每一位旅友的相遇也都是偶然。而"某些东西"为何物，又是如何"催促"他的则更无定论，其意涵正是现代社会中的人心灵"无根"状态的写照。而达蒙的旅行虽看似毫无目的，其实是这种"无根"境况下的使然。他在与三位旅友交往的过程中，不断尝试与对方建立和谐的关系，这也使得达蒙的自我身份不断改变。在支配欲强的莱纳（Reiner）身边，他是一个卑微的追随者；在两情相悦的杰罗姆（Jerome）身边，他是一个爱恋者；在有着自杀倾向的安娜（Anna）身边，他是一个保护者。然而，他始终在关系的主动与被动之间挣扎：与莱纳的关系因失衡而难以为继；与杰罗姆之间的微妙情感因世俗而无疾而终；为了保护安娜费尽心血，然而最终也没能挽回她的生命。故事的结局是开放式的："时间在慢慢流逝，他还得赶一趟汽车，还有一段旅程。该走了。"②他的下一段旅程将在哪里？将会遇到什么人？他的身份又将发生怎样的变换？加格特给读者留下了无限遐想的空间。达蒙在无止境的旅程中不断从他人身上寻求精神归属，不断变换着自我之于他者的抽象身份。通过达蒙的故事，加格特展现了现代社会中人对心灵归属的渴求，对自我身份的不断建构与调适。

---

① 达蒙·加尔格特：《在一个陌生的房间》，李安，译，北京：中信出版集团，2016 年，第 21 页。
② 达蒙·加尔格特：《在一个陌生的房间》，李安，译，北京：中信出版集团，2016 年，第 239 页。

结　语

加格特的创作意趣是广泛且多元的。短篇小说集《众生的小圈子》关注孩童在病态的家庭以及社会空间中的个体成长；《在一个陌生的房间》以精妙的后现代书写，通过三段人物关系探索了"自我与他者"这一形而上的命题，并在抽象的哲学冥思中巧妙地融入了对当代非洲的后殖民问题的思考；《北极之夏》则以历史小说的方式重现英国作家 E. M. 福斯特的印度之行，充满了奇崛瑰丽的异邦书写。可以说，加格特的多元关注与主题变奏在当代南非作家中一枝独秀。但他最值得关注的仍旧是那些深入南非历史与现实的作品。无论是曾经的《悦耳的猪叫声》《好医生》《冒名者》，还是如今的《承诺》，加格特始终关注从种族隔离时代到后种族隔离时代南非人在时代变化中的个体命运，并反过来从这种小写历史之中映射出波澜壮阔的南非时代变迁。

（文 / 复旦大学 郑梦怀）

第二部分

西部菲洲文学名家创作研究

西部非洲简称西非，涵盖大西洋以东、乍得湖以西、撒哈拉沙漠以南、几内亚湾以北非洲地区的 16 个国家和 1 个地区。19 世纪中叶以降，欧洲殖民者开始渐次在西非建立殖民统治，西非由此开启了现代化进程，现代意义上的非洲文学也随之萌生。迄今为止，这个地区已诞生了上百位知名作家。受西方殖民统治影响，西非国家的官方语言主要为英语、法语和葡萄牙语，因而受关注最多的文学作品多数以这些语言写成。

　　本书第二部分涵盖尼日利亚、加纳、喀麦隆、塞内加尔 4 个国家的知名作家。其中，加纳、尼日利亚尤以英语文学著称，多位作家获得布克奖、诺贝尔文学奖等国际知名文学奖项。加纳的代表作家阿依·奎·阿尔马、阿玛·阿塔·艾杜在本国的文学地位极高。阿尔马的小说通过现代主义手法展现了 20 世纪加纳社会的历史变迁，艾杜的戏剧在本土文化的滋养下融合了西方现代戏剧的新形式。尼日利亚的著名作家有钦努阿·阿契贝、沃莱·索因卡、本·奥克瑞、奇玛曼达·恩戈兹·阿迪契、海伦·奥耶耶美等老中青三代作家，基本代表了 20 世纪以降尼日利亚文学的主力军。法语国家喀麦隆、塞内加尔亦是名家辈出。喀麦隆作家蒙戈·贝蒂以斗士的姿态反抗强权，塞内加尔作家桑贝内·乌斯曼则在文学和电影两方面向世界传播非洲的声音。通过这一部分，读者可一览西非文学中多元文化交织的概貌。

阿依·奎·阿尔马

Ayi Kwei Armah, 1939—

代表作一：《美好的尚未诞生》（*The Beautyful Ones Are Not Yet Born*，1968）

代表作二：《两千季》（*Two Thousand Seasons*，1973）

第九篇

从自我囚笼到生命之屋

——加纳作家阿依·奎·阿尔马创作研究

引　言

　　阿依·奎·阿尔马（Ayi Kwei Armah[1]，1939—　）算得上加纳最具才华又最具争议性的作家。他阅历丰富，著作等身，20世纪70年代时就已经蜚声世界文坛，是一位不容忽视的非洲文学人物；他性格孤僻，深居简出，对外部世界冷眼旁观，作品满是否定、绝望、悲观和幻灭的语调，因而饱受学界批评与质疑。对阿尔马的溢美之辞暂不详述，先择两位非洲作家的批评之声以察端倪。加纳著名女作家阿玛·阿塔·艾杜（Ama Ata Aidoo，1942—2023）曾说："尽管我们完全同意他对腐败的揭露和批判，但是与此同时，我们也觉得他走得太远——在做手术的时候把病人杀了——以致令人愤怒。"[2]尼日利亚小说家钦努阿·阿契贝认为，"虽然阿尔马的语言和想象力均属上乘，但有浪费才能的危险，因为他用存在主义的方法，力求书写抽象的人的生存状况，从而把作品写成了令人恶心的

---

①　又译为阿依·克韦·阿尔马赫、艾伊·奎·阿尔马等。

②　Ama Ata Aidoo, "No Saviours", in *African Writers on African Writing*, London: Heinamann, 1973, p. 18. 转引自聂咏华：《艾伊·奎·阿尔马：书写非洲精神的后殖民文学代表作家》，载鲍秀文、汪琳主编：《20世纪非洲名家名著导论》，杭州：浙江人民出版社，2016年，第64页。

书"①。不难看出，这两位非洲重磅作家对阿尔马的想象力、表达力、批判力均持赞同态度，但对他激进的艺术手法也都颇有微词。那么，造成这种褒贬各半的原因究竟是什么？阿尔马又是如何走上这样的艺术之路的呢？

一、流散症候与非洲情结

阿尔马于1939年10月28日出生于加纳西部港口城市塞康第-塔科拉迪（Sekondi-Takoradi），父亲为加族（Ga）王室后裔，外祖母是芳蒂族（Fante）的一名酋长，父母均属加纳精英阶层。1953年至1958年，阿尔马在当地著名的中学威尔士亲王学院（Prince of Wales College，现在的阿奇莫塔学院，Achimota School）就读，展现出过人的才智和艺术天赋。5岁时父母离异，阿尔马跟随父亲一起生活；1947年，父亲不幸死于车祸，阿尔马交由母亲抚养成人。1965年，由于对加纳当局的腐败深感不满，阿尔马辞去电视台编剧一职，一心痴迷于武装与革命，母子之间爆发激烈矛盾。母亲将其强行绑至精神病医院进行治疗，导致阿尔马与家庭的关系愈发疏远。医院的医生爱惜其才华，将他交给加纳女作家阿玛·阿塔·艾杜照顾，才使其暂时度过危机。与家庭关系的疏离，加之健康状况不佳，多重因素叠加，使阿尔马养成了内向孤僻的性格。他不愿抛头露面，很少与外界打交道，也很少接受外界采访，人们只能通过阅读其作品来了解他的个性与品格。

不和谐的家庭环境与阿尔马的性格养成有着密切关系，但更重要的还是长期的异邦流散经历给他带来的影响。1959年，年仅20岁的阿尔马获得卡耐基基金会奖学金（Carnegie Corporation Scholarship）资助，到美国马萨诸塞州的格罗顿学校（Groton School）进行大学预科学习。1960年，他进入哈佛大学攻读文学，后转为社会学，1963年毕业并获得社会学学位。出于对非洲革命的热忱，阿

---

① Chinua Achebe, *Morning Yet on Creation Day*, New York: Anchor Press, 1975, pp. 25-27. 参见聂咏华：《艾伊·奎·阿尔马：书写非洲精神的后殖民文学代表作家》，载鲍秀文、汪琳主编：《20世纪非洲名家名著导论》，杭州：浙江人民出版社，2016年，第64页。

尔马来到阿尔及利亚，在《非洲革命》(*Révolution Africaine*) 杂志从事翻译工作。1964 年初，因患肝脏和神经疾病，不得不离开这一岗位。之后，阿尔马返回加纳，在电视台担任编剧并开始小说创作。1966 年，他在纳夫龙戈 (Navrongo) 学校教英语。不久，由于对国内政局深感失望，阿尔马开始国外旅居生活。1967 年，他前往巴黎，在《非洲青年》(*Jeune Afrique*) 杂志社担任编辑。1968 年至 1970 年，他到哥伦比亚大学深造并获得硕士学位。70 年代，他在坦桑尼亚、塞内加尔、莱索托等国任教。80 年代，他移居塞内加尔的达喀尔 (Dakar)，并在距此地不远的波庞吉纳 (Popenguine) 创立了生命之屋出版社 (Per Ankh[①]: The Africa Publication Collective)。这样复杂的流散经历使阿尔马"无论是在西方还是故土都是'他者'，心中的无奈和恐惧始终使他与故土若即若离"[②]。

"身份迷失、边缘化处境、家园找寻、种族歧视、性别压迫和文化归属等"[③]，这些现代意义上的流散症候几乎都可以从阿尔马本人及其作品中找到对应。阿尔马虽然出身贵族，家庭条件优渥，但他并不囿于阶层局限，笔触深入市井民间，作品关注独立后非洲"国家的政治腐败、政治压迫、种族歧视、身份文化危机等问题，具有重要的现实意义"[④]。阿尔马虽在欧洲、美国流散多年，却始终不忘非洲根脉，具有深切的非洲情结。这些几乎是非洲现代文学家共有的流散症候。

1957 年 3 月 6 日，加纳成为第一个从殖民地独立的非洲国家。1959 年至 1963 年阿尔马留美期间，加纳发生政变，军警推翻社会党政权，成立军政府，拉开了政治角逐和社会动荡的帷幕。[⑤]1963 年，阿尔马回到非洲，意欲投身革命却未能如愿。加纳第一共和国时期，官场腐败，道德堕落，行贿受贿几成社会常态；军警政变后，军政府政治独裁，对人民极尽压榨，政治风气更加恶劣。阿尔马对加纳的现状异常不满，他心系故土却报国无门，只得远走他乡，一直游历于加纳

---

① Per Ankh 意为"生命之屋"，在古代埃及神庙中均设有类似场所，兼具藏书与教学功能。

② 张毅：《阿尔马赫与他的人生三部曲》，《兰州教育学院学报》，2010 年第 6 期，第 23 页。

③ 朱振武、袁俊卿：《流散文学的时代表征及其世界意义——以非洲英语文学为例》，《中国社会科学》，2019 年第 7 期，第 151 页。

④ 钟明、孙妮：《国内外阿依·奎韦·阿尔马赫研究述评》，《重庆交通大学学报（社会科学版）》，2016 年第 2 期，第 96 页。

⑤ 聂咏华：《艾伊·奎·阿尔马：书写非洲精神的后殖民文学代表作家》，载鲍秀文、汪琳主编：《20 世纪非洲名家名著导论》，杭州：浙江人民出版社，2016 年，第 56 页。

周边国家。尽管如此，"他又对饱受苦难和满目疮痍的故国和非洲念念不忘"①。多年流散欧美的经历，无疑对阿尔马的创作思想和风格产生了巨大影响，但他的作品大多表现出浓厚的非洲意识（Africanness），几乎所有作品都表现出强烈的非洲情结，这一点常常被评论家所忽略。

德里克·怀特（Derek Wright）在其专著《阿依·克韦·阿尔马赫的非洲——他的小说的来源》（*Ayi Kwei Armah's Africa: The Source of His Fiction*，1989）中曾称，"与西方的讽喻技巧相比，阿尔马赫更多地吸收借鉴了非洲的口头传统和仪式象征"②。的确，具有非洲特色的仪式、神话、政治和文学等都构成了阿尔马创作的灵感源泉。他的作品"在语言、意象、结构、印刷方面都做了民族化的努力，如主要角色的名字大多有加纳或古埃及的寓意，有些书的章节以本民族或者埃及语言词为标题"③，有时还"在叙述中适当安排听众插话，让角色具有某种神性，或者将对立面加以喜剧性的丑化"④，这些都是典型的加纳口头文学的表征。这充分表明，尽管阿尔马长期浸淫于西方文化，但他的创作灵感和艺术手段多半还是来自非洲文化的。

阿尔马敏感的性格与针针见血的笔锋，对非洲精神家园的守护，对革命理想的坚持，以及他的自我放逐与杰出的创作天赋，共同造就了这位褒贬各半的"加纳文坛怪杰"⑤。阿尔马从20世纪60年代开始文学创作，1964年在《哈佛呼声》（*Harvard Advocate*）上发表首部短篇小说。之后，在《奥科耶美》（*Okyeame*）、《哈波斯杂志》（*Harper's Magazine*）、《大西洋月刊》（*The Atlantic Monthly*）和《新非洲人》（*New African*）等杂志上发表诗歌和短篇小说。迄今为止，阿尔马共出版了八部长篇小说、一部自传和一部散文集，分别是：长篇小说《美好的尚未诞生》（*The Beautyful Ones Are Not Yet Born*，1968）、《碎片》（*Fragments*，1970）、《我们

① 聂咏华：《艾伊·奎·阿尔马：书写非洲精神的后殖民文学代表作家》，载鲍秀文、汪琳主编：《20世纪非洲名家名著导论》，杭州：浙江人民出版社，2016年，第57页。

② Derek Wright, *Ayi Kwei Armah's Africa: The Source of His Fiction*, New York: Hans Zell Publishers, 1989. 转引自钟明、孙妮：《国内外阿依·克韦·阿尔马赫研究述评》，《重庆交通大学学报（社会科学版）》，2016年第2期，第93页。

③ 颜治强：《加纳文坛怪杰艾伊·奎·阿尔马：非洲精神的书写者》，《文艺报》，2011年12月12日，第005版，第2页。

④ 同上。

⑤ 同上。

为什么如此有福？》（*Why Are We So Blest?*，1972）、《两千季》（*Two Thousand Seasons*，1973）、《医者》（*The Healers*，1979）、《奥西里斯的复活》（*Osiris Rising*，1995）和《克米特：在生命之屋》（*KMT: In the House of Life*，2002）、《决断者》（*The Resolutionaries*，2013），自传《作家的雄辩》（*The Eloquence of the Scribes*，2006），以及散文集《牢记被肢解的大陆》（*Remembering the Dismembered Continent*，2010）。此外，他还出版过一部儿童读物《儿童的象形文字》（*Hieroglyphics for Babies*，2002）。八部长篇小说中的每一部都堪称非洲文学力作，难怪有人赞美他是"非洲文学第二次浪潮的顶峰"①。

二、自我囚禁与丑恶书写

伯恩斯·林德福斯（Bernth Lindfors）曾对阿尔马的人生经历与创作特征做过详细考察。林德福斯认为，阿尔马在早期作品中就表现出了过人的才智与创作天赋。从格罗顿读书时期开始，阿尔马的创作风格开始发生变化。到哈佛大学时期，其作品主要揭露政治的腐败和社会的阴暗面，透露着一种对社会的失望。"他认识到了非洲是一个病态的社会，于是决心献身于非洲的政治和道德重建。"②而在移居坦桑尼亚后，阿尔马则开始脱离绝望消极的情感表达，"从历史中寻求创作源泉和营养，传达积极和自信的情感态度"③。应该说，这一评价还是非常中肯的。据此，可以将阿尔马的长篇小说创作分为前后两个阶段："写个人的存在主义时期和写集体记忆的泛非主义时期"④。第一阶段包括《美好的尚未诞生》《碎片》《我们为什么如此有福？》三部作品。

---

① 任一鸣、瞿世镜：《英语后殖民文学研究》，上海：上海译文出版社，2003年，第8页。

② Bernth Lindfors, *Early West African Writers*, Asmara: African World Press, 2010. 转引自钟明、孙妮：《国内外阿侬·克韦·阿尔马赫研究述评》，《重庆交通大学学报（社会科学版）》，2016年第2期，第94页。

③ 钟明、孙妮：《国内外阿侬·克韦·阿尔马赫研究述评》，《重庆交通大学学报（社会科学版）》，2016年第2期，第94页。

④ 颜治强：《加纳文坛怪杰艾伊·奎·阿尔马：非洲精神的书写者》，《文艺报》，2011年12月12日，第005版，第1页。

这一阶段作品侧重书写肮脏的社会环境，以及人物面对这一环境时内心的苦闷与挣扎。《美好的尚未诞生》的主人公是一位无名无姓的铁路职员，通篇称为"那个人"（the man）。他只有中等文化，在铁路调度室上班，权力虽然不大，却经常成为他人行贿的对象。与周围利用职务便利中饱私囊的人相比，"那个人"无法与腐败成风的社会同流合污，夹在贫困生活和贪污腐败之间备受煎熬。然而，在当时的社会环境下，善良淳朴、品德高尚的他并未获得赞赏。相反，他的朋友库松（Koomson）却左右逢源，官运亨通，从码头工人一步步升任政府部长。后来，库松在军事政变中被罢免，在"那个人"的帮助下得以死里逃生。《碎片》的主人公巴科（Baako）是一位留美归国作家。刚回加纳时，他被当作英雄一般看待，亲友以为他要么能从美国带回轿车与美钞，要么能在回国后利用权力为他们谋取私利，可结果却令他们大失所望。巴科在人才亟缺的加纳找不到工作，不得不接受安排到电视台工作，而这里的环境也无法充分发挥他的才能。他喜欢独自安静地思考，不愿成为亲友们期盼的所谓领袖，最终在多重压力下精神崩溃，进入医院接受精神治疗。《我们为什么如此有福？》的主人公莫丁（Modin）、索娄（Solo）也是留学回非人员。按人们的观点，他们接受过西方现代文明洗礼，是有福之人。不过，他们在国外时饱受种族歧视之苦，满怀革命热情返回非洲后，又遭受所谓革命人士的敷衍塞责，始终不获重用，最后沦为极度痛苦之人。最终，莫丁及其白人女友艾梅（Aimee）在寻找游击队的途中被法国秘密武装组织（Organisation Armée Secrète）欺骗，莫丁被折磨致死，艾梅被残暴地轮奸。

阿尔马这一阶段的创作几乎完全陷入了以抒发自我情绪为中心的囚笼。三部作品均有很强的自传色彩，尤其是后两部表现得更为分明。《美好的尚未诞生》的发生地是加纳海滨城市塞康蒂－塔科拉迪，这里是阿尔马的故乡。《碎片》中巴科（Baako）在电视台的工作经历及其精神崩溃入院的情节与阿尔马的经历如出一辙。《我们为什么如此有福？》中的索娄和莫丁均是中断在欧美高校的学业回到北非参加革命的，也是阿尔马的亲身经历。巴科、索娄和莫丁的归国留学生身份，以及他们在加纳和阿尔及利亚的遭遇与阿尔马的身份与经历完全吻合。可以说，这几位人物身上都有阿尔马本人的影子，都寄寓着阿尔马的理想、希冀、痛苦和失落，这一点从人物的命名中也可以见得。除索娄和莫丁是实名外，巴科之名

"来自特维语，意即'一个人'、'独自'，或者'孤独'"①，这种命名方式与《美好的尚未诞生》中的主人公"那个人"一脉相承。好在阿尔马不断尝试将个人经验转移至不同角色身上，从而将个体经验转换为不特定个体的普遍经验，既深刻揭示了非洲社会的病态，也充分展示了他本人对现实的认知与态度。

这三部小说的故事背景都直指非洲。《美好的尚未诞生》的发生时间是从1965年的受难周至1966年2月25日，即加纳第一共和国总统恩克鲁玛被推翻的日子。《碎片》故事的发生地也是在独立后的加纳。《我们为什么如此有福？》则是以北非独立战争末期的拉克里城（Laccryville）为背景。三部作品的主题虽各不相同——"那个人"所"面临的是如何在污浊的世界上体面地生存，巴科面临的是如何在物欲横流的阿克拉保持精神的尊严"②，索娄、莫丁面对的则是在所谓革命者们的虚与委蛇面前如何坚守革命理想的问题，但它们所披露的都是非洲特有的后殖民环境以及这种环境给理想主义者带来的压迫与痛苦。

不难发现，阿尔马对非洲社会丑恶的揭露是毫无隐讳的。他熟练地运用存在主义手法，通过描述肮脏的环境折射出社会的肮脏。在《美好的尚未诞生》中，"那个人"看到街道上堆积如山的垃圾，恶臭伴着尿液的气味弥漫整个街道。办公大楼里，"人们由于生理需要匆忙扶着扶手去楼下上厕所，排泄完之后再扶着梯子回来，沾着尿液的右手，充满汗水的胯部，抠挖鼻子后留在扶梯上的鼻屎"③。上厕所时，人们需要小心翼翼地脱下裤子以免沾到屎盆里的污秽之物。厕所墙壁上沾满了尿液和粪便，新的覆盖旧的，层层相叠。住房周围的小路上"有许多淌着黑色液体的厕所洞和排水沟，即使在深夜，混杂尿液和粪便的难闻气味仍然很刺鼻"④。阿尔马将所有的爱都倾注给了故土，也将所有的恨都投向了加纳。残酷的现实与内心痛苦持续发酵，造就了阿尔马小说独特的美学风格。

---

① 颜治强：《加纳文坛怪杰艾伊·奎·阿尔马：非洲精神的书写者》，《文艺报》，2011年12月12日，第005版，第1页。

② 同上。

③ Ayi Kwei Armah, *The Beautyful Ones Are Not Yet Born*, London: Heinemann, 1968, p. 15. 转引自钟明、孙妮：《独立后的幻灭——二元对立视角下的〈美好的人尚未诞生〉》，《内蒙古农业大学学报（社会科学版）》，2016年第1期，第148页。

④ 同上。

阿尔马"对西方价值体系的全盘否定，对加纳社会现实的绝望，对人性弱点的深刻暴露，使他所描绘的非洲成为一片'荒原'，充满了强烈的幻灭色彩"①。他在作品流露出的强烈的悲观主义，使其在一片赞誉声中也受到激烈批评。"有人反感阿尔马冷眼旁观的态度，认为他只揭露腐败的现象，却并不热衷于寻找出路。"②尼日利亚的纳多泽·音娅玛（Nnadozie Inyama）就曾指出，他的前三部作品的主人公都属于自我放逐类型：身体虽然在加纳和非洲，但精神却游离其外。阿尔马创造了这些角色，也知道他们的局限性，却不能为其找到出路。③然而，这一批评似乎与事实稍有乖违，阿尔马并非没有"寻找出路"，而是找不到正确出路。他在《美好的尚未诞生》中，让良知未泯的"那个人"充当了解救库松的英雄；在《碎片》中塑造了两位理解、支持巴科的人物——祖母娜娜（Naana）和恋人胡安娜（Juana）；在《我们为什么如此有福？》中让莫丁与艾梅惨死在寻找游击队的路上，使他们的革命理想在死亡中变得崇高。这些都表明，深陷绝望、幻灭、孤独、痛苦、愤怒情绪囚笼的阿尔马，还是给自己留下了一丝希望之光，这也成为他日后走出自我、迈向宏大历史叙事的起点。正如1992年约翰·马克斯（John Marx）指出的那样，阿尔马"是一个关注未来的历史学家，他的作品是一个由消极转向积极的发展过程"④，"重拾非洲的传统，追寻非洲往日的荣耀成了阿尔马赫后期的创作重点"⑤。

---

① 张毅：《阿尔马赫与他的人生三部曲》，《兰州教育学院学报》，2010年第6期，第24页。

② 聂咏华：《艾伊·奎·阿尔马：书写非洲精神的后殖民文学代表作家》，载鲍秀文、汪琳主编：《20世纪非洲名家名著导论》，杭州：浙江人民出版社，2016年，第64页。

③ 转引自颜治强：《加纳文坛怪杰艾伊·奎·阿尔马：非洲精神的书写者》，《文艺报》，2011年12月12日，第005版，第2页。

④ 钟明、孙妮：《国内外阿依·克韦·阿尔马赫研究述评》，《重庆交通大学学报（社会科学版）》，2016年第2期，第94页。

⑤ 张毅：《阿尔马赫与他的人生三部曲》，《兰州教育学院学报》，2010年第6期，第24页。

三、宏大叙事与生命之屋

从《两千季》开始，阿尔马开始突破自我的囚笼，从抒发个人情绪进入到书写集体记忆的宏大历史叙事中，语调也开始从消极绝望变得积极乐观起来。这部小说从前一阶段的"自传和现实主义的细节描述转向了哲学思考"①，标志着阿尔马的思想观念发生重大转变。与大部分黑人作家的不同之处在于，阿尔马不是从黑人的历史与文化中寻找建构力量，而是把目光转向古代埃及文化，视角与观点在黑非洲作家中可谓特立独行。除《两千季》外，这一阶段的主要作品还包括《医者》《奥西里斯的复活》《克米特：在生命之屋》《决断者》等多部长篇小说。

阿尔马一改前期的消极情绪，表现出强烈的重建非洲信心、复兴新非洲的积极态度。他试图为非洲的未来找到一条可行的出路，这当然也是他对外界批评的回应。加纳一年分为旱雨两季，两千季即一千年。小说《两千季》共七章，讲述了加纳长达千年的被侵略史。前三章叙述了阿拉伯人的入侵以及加纳人的复仇与反抗，后四章则描述了自奴隶贸易以来欧洲人对加纳的入侵以及加纳人的抗争史。作者在描述加纳抵御外敌入侵的过程中，对内部矛盾的书写也不吝笔墨，全面反映了加纳在内外交困中被殖民者不断蚕食的过程。值得注意的是，小说虽基于加纳历史，却隐去加纳之名，在虚实结合中将黑非洲受殖民侵略的历史普遍化，将非洲人的抗争精神普遍化，既有力地回击了西方人污蔑非洲没有历史、没有文化的论调，又充分展示了非洲人民的勇气和智慧。

与《两千季》一样，《医者》也是一部历史小说，讲述了阿散蒂王国（Ashanti Empire）的衰落过程。孤儿德苏（Desu）遭人构陷被迫逃亡山林，拜达姆福（Damfo）为师学习医术。王国的统帅阿萨莫阿·恩克万塔（Asamoa Nkwanta）因宫廷内斗而心灰意冷。他无心打理政事，导致军心涣散。在德苏师

---

① 聂咏华：《艾伊·奎·阿尔马：书写非洲精神的后殖民文学代表作家》，载鲍秀文、汪琳主编：《20世纪非洲名家名著导论》，杭州：浙江人民出版社，2016年，第60页。

徒治疗下，恩克万塔重振精神，整肃军纪，抵御外敌入侵。受奸臣操控的阿散蒂王国倒向欧洲入侵者。德苏不畏强权，勇敢地揭露真相，在长老们主持下代替死去的王位继承人继承了王位。德苏身上的英雄气概有力地反击了加纳有些人在面对殖民入侵时的投降主义做派。这两部宏大的历史小说均试图通过重建被殖民主义歪曲的民族历史，"重拾本民族的高贵品质，提升民族自信心"①。

阿尔马一直在寻找能将非洲的过去、现在和未来连为一体的纽带。在创作《医者》后，阿尔马蛰伏了十六年，出版了另一部长篇小说《奥西里斯的复活》。奥西里斯（Osiris）是古埃及的冥神，是生育女神伊西斯（Isis）的兄长与丈夫。他的弟弟塞斯（Seth）因妒弑兄，将其肢解后投入尼罗河，后被伊西斯连缀而复活，奥西里斯因而成为"周而复始的生命的象征"②。奥西里斯的故事是非洲最古老的传说之一，阿尔马以此为参照创作了小说《奥西里斯的复活》。小说女主人公阿丝特（Ast）是一位非裔历史学家，她从美国回到非洲的目的是探寻安卡（Ankh）的起源。阿丝特与阿萨（Asar）志同道合，共同研究非洲历史，发起教育改革，将古埃及历史作为主要教学内容。这部小说中的人物与奥西里斯神话一一对应：阿丝特对应伊西斯，阿萨对应奥西里斯，国家安全局副局长则直接以塞斯（Seth）为名。他们的命运也几乎完全相同，阿萨被塞斯等人捏造罪名杀害，教育改革被迫终止。奥西里斯是埃及文明的奠基者，他的复活象征着非洲的重生。小说中阿萨之死虽表明非洲并未真正复活，但从这部小说开始，阿尔马转向埃及寻找非洲文明的源流，历史观发生了明显变化。

阿尔马在古埃及文化中的重大发现是"生命之屋"，并以此作为他创办的出版社的名字（Per Ankh），足见其对这一概念的重视。《奥西里斯的复活》中的阿丝特所寻找的安卡，在埃及文化中象征生命或永生，与"生命之屋"的概念有密切关系。在下一部小说《克米特：在生命之屋》中，阿尔马则直接以"生命之屋"作为小说的标题。克米特（KMT）是"古埃及的别名之一，意为生命之屋，

---

① 颜治强：《加纳文坛怪杰艾伊·奎·阿尔马：非洲精神的书写者》，《文艺报》，2011年12月12日，第005版，第2页。

② 参见颜治强：《加纳文坛怪杰艾伊·奎·阿尔马：非洲精神的书写者》，《文艺报》，2011年12月12日，第005版，第2页；聂咏华：《艾伊·奎·阿尔马：书写非洲精神的后殖民文学代表作家》，载鲍秀文、汪琳主编：《20世纪非洲名家名著导论》，杭州：浙江人民出版社，2016年，第61页。

指非洲精神的源泉"①。"生命之屋"是古埃及人设立的官方机构，兼具藏书与教育功能，对培养人才与知识传承有重要作用。②"从其词源来看，KM 指黑色，就古埃及象形文字的书写方式而言，根据其限定词的不同，可分别指黑人、黑人国度和黑人文学"③，也就是说，阿尔马试图证明撒哈拉以南非洲和埃及文明同宗同源，他想用这一文化符号串起整个非洲大陆的历史联系。这部小说共三部分，分别从学者、传统主义者及作者的视角回顾了非洲的悠久文明史。通过琳德拉·伊马纳（Lindela Imana）的叙述，阿尔马旨在"重建非洲的身份，推翻欧洲人所谓的非洲没有历史的言论"④。作者自称这部作品为"认知小说"（an epistemic novel），彰显了他试图突破形而下的现实批判和束缚自我的心理囚笼，从更宏大的历史叙事中发掘非洲文明脉络、找到非洲未来出路的努力。

2013 年，阿尔马出版第八部长篇小说《决断者》，对非洲人的领导力、决策力与执行力提出了质疑，表达了反对将非洲命运寄托于新旧殖民主义者身上、坚持实干兴邦、坚持非洲问题要靠非洲人解决的立场。小说主人公内弗特（Nefert）是一位口译员。她在非洲领导人会议上发现，这些人并没有真正为解决非洲问题寻找解决之道，而是从过去的和现在的殖民者身上寻求方案。然而，在当前的国际经济秩序下，非洲的资源被新旧殖民者掠夺，只能陷入更加贫困的境地。她后来加入一个致力于寻找非洲未来之路的研究小组，从古老的非洲文献中发现了一种获取知识与创造性的方法。值得注意的是，内弗特名字中的"Nefer"源于古埃及的象形文字，有"好""美好""完美"之意。⑤阿尔马明显是有意互文其第一部小说《美好的尚未诞生》，这似乎表明他认为已经为非洲找到了一条出路。而从"美好的尚未诞生"到"美好的已经诞生"，这一循环是否预示着《决断者》将是阿尔马的封笔之作呢？我们姑且待之。

---

① 颜治强：《加纳文坛怪杰艾伊·奎·阿尔马：非洲精神的书写者》，《文艺报》，2011 年 12 月 12 日，第 005 版，第 2 页。

② 参见陈恒、洪庆明主编：《穿越世界变局的历史研究》，上海：上海人民出版社，2017 年，第 128 页。

③ 聂咏华：《艾伊·奎·阿尔马：书写非洲精神的后殖民文学代表作家》，载鲍秀文、汪琳主编：《20 世纪非洲名家名著导论》，杭州：浙江人民出版社，2016 年，第 61 页。

④ 同上。

⑤ 威尔·杜兰：《东方的遗产》，北京：东方出版社，2003 年，第 67 页。

非洲大陆部族众多，发展水平不一，文化存在诸多差异，不同部族之间的矛盾令社会发展举步维艰，使现代非洲文学具有鲜明的多样性。同时，非洲又是深受殖民主义影响最深的大陆，其经济、政治、文化结构也存在着非常明显的同质性。20世纪30年代以后泛非主义的发展，本质是要求在非洲内部寻求一种同一性，从而形成一致团结对外的意识形态力量。西非法语区国家"黑人性"（negritude）文学的产生就是泛非洲主义在文学领域的具体表现。"阿尔马本身便是跨部族婚恋的结合，与生俱来的文化身份造就了阿尔马超越部族的思想意识"①。此外，他"接受了弗朗茨·法农（Frantz Fanon）的思想，希望通过武装斗争解放非洲大陆，认为非洲的问题要靠非洲人自己来解决"②，这让他的思想观点显得与其他泛非主义者有很大不同。阿尔马来到塞内加尔后，接受了该国埃及学者契克·安塔·迪奥普（Cheikh Anta Diop）的历史观："古埃及是一个黑人国度，其文明为撒哈拉以南非洲文明的源头。"③他甚至提出了"以历史联系为基础建立非洲合众国的设想"④。阿尔马以迪奥普的思想为基础，提出了自己的非洲文学史断代方法，将非洲文学分为克米特（古埃及）时期、大迁徙时期、封建时代的口头文学、现代非洲文学四个时期。⑤他的后期创作明显表现出了这种非洲历史观。

结　　语

回到引言中的两个问题上来。阿尔马是一位具有高度的社会责任感的作家，他以过人的才华创作了多部重磅作品，内容"涉及政治腐败、身份文化危机、

---

① 聂咏华：《艾伊·奎·阿尔马：书写非洲精神的后殖民文学代表作家》，载鲍秀文、汪琳主编：《20世纪非洲名家名著导论》，杭州：浙江人民出版社，2016年，第57页。

② 同上。

③ 参见颜治强：《加纳文坛怪杰艾伊·奎·阿尔马：非洲精神的书写者》，《文艺报》，2011年12月12日，第005版，第1页。

④ 同上。

⑤ 同上。

种族歧视、民族意识以及全球化背景下帝国主义霸权等当今世界关注的问题"①，因此获得评论界的高度赞扬，被称为继阿契贝之后"第二代非洲作家的代表"②。与此同时，他又因过于激进的观点、过于悲观消极的语调、过于"丑陋"的社会书写、过于"将历史主观化和神话化"③的手法而受到诸多批评。可以说，是才华与天赋、流散经历与学识涵养、对现实社会的观察与思考，成就了阿尔马辉煌的文学生涯。与此同时，生性敏感的阿尔马又不可能完全忽视外界的批评，他在不断的回应、思考与探索中将其文学创作推向新高度，走出了一条与众不同的艺术之路。纵观阿尔马的创作历程，如果说他的前半段作品是解构的、幻灭的、消极的，那么，他的后半段作品尽管仍有悲观主义的影子，但总体上是建构的、希望的、积极的。他的思想观点虽然只是一家之言，但对于非洲这片多灾多难、时至今日仍未超越殖民主义影响的大陆而言，他的探索与努力已经是特别难能可贵了。

（文／山东青年政治学院 冯德河）

---

① 钟明、孙妮：《国内外阿依·克韦·阿尔马赫研究述评》，《重庆交通大学学报（社会科学版）》2016 年第 2 期，第 93 页。

② 同上。

③ 颜治强：《加纳文坛怪杰艾伊·奎·阿尔马：非洲精神的书写者》，《文艺报》，2011 年 12 月 12 日，第 005 版，第 2 页。

阿玛·阿塔·艾杜

Ama Ata Aidoo，1942—2023

代表作一：《幽灵的困境》（*The Dilemma of A Ghost*，1965）

代表作二：《改变：一个爱情故事》（*Changes：A Love Story*，1991）

第十篇

"历久弥新"的非洲女权斗士
——加纳作家阿玛·阿塔·艾杜创作研究

引　言

　　加纳是非洲英语文学萌芽最早的国家之一，也是"西非地区仅次于尼日利亚的第二英语文学大国"①。在百余年的发展历程中，加纳文坛涌现了一大批具有国际影响力的作家，阿玛·阿塔·艾杜②（Ama Ata Aidoo，1942—2023）便是其中的佼佼者。艾杜在本土和西方文化的双重影响下成长和创作，身兼作家、学者、教育家、社会活动家等多重身份。她以文学介入现实，通过书写女性的生存境遇，揭示非洲大陆所遭受的殖民创伤，探寻黑人民族向前发展的道路。她关于非洲女权及口头文学的主张影响着她的创作视野，引发了评论者的广泛关注，在非洲乃至世界文学文化界获得了较高赞誉。非洲当代著名作家恩古吉·瓦·提安哥（Ngugi wa Thiong'O，1938—）曾对艾杜给予高度评价："无论是她的短篇小说、儿童文学、长篇小说还是戏剧，她都在回应我们这个时代最紧要的问题。她是一位历久弥新的作家。"③

---

① 朱振武、薛丹岩：《本土化的抗争与求索——加纳英语文学的缘起与流变》，《燕山大学学报（哲学社会科学版）》，2020 年第 3 期，第 62 页。

② 阿玛·阿塔·艾杜，国内又译为阿玛·阿塔·艾朵、阿马·阿塔·艾杜等。

③ Ngugi wa Thiong'o, "Ama Ata Aidoo: A Personal Celebration", *New African*, 2012, (516), p. 69.

一、非西合璧的知识精英

艾杜出生于加纳中部省（Central Region）一个名为阿比兹·基亚科（Abeadzi Kyiakor）的芳蒂族（Fante）乡村，她自豪地宣称自己来自"一个斗士家族"①。彼时的加纳仍是英国治下的殖民地，是被血与泪浸染的黄金海岸（Gold Coast）②。深明大义的祖父视死如归，投身到反殖民斗争中，最终在英国殖民者的囚禁和残害下英勇就义。父亲约·法玛③（Yaw Fama）是一位酋长，他不仅拥护恩克鲁玛④的政治主张，还秉持教育济世的理念，兴办了当地第一所学校。艾杜的母亲虽然只是一位普通女性，却对时局有着清醒的认知，不仅悉心养育子女，还大力支持丈夫的政治活动，是这个斗士家族的主心骨。尊贵的家族血统、古老的芳蒂文化和维护民族尊严的战斗精神共同构筑了艾杜的文化之根，也在很大程度上影响了艾杜的创作理念。

得益于优渥的家庭条件和父亲对教育的重视，艾杜从小便接受了优质的精英教育，年少时就显露出创作上的天赋。在海岸角（Cape Coast）的卫斯理女子高中（Wesley Girls High School）读书期间，她就经常在学校杂志上发表诗歌和短篇故事，并因此得到了英语老师芭芭拉·鲍曼的赏识。芭芭拉曾赠送艾杜一台打字机以支持她的创作理想，这使得年轻的艾杜深受鼓舞。

1958 年，艾杜正式亮相加纳文坛，在加纳第一大报纸《每日写真报》（*The Daily Graphic*）发表短篇故事《一个孩子为我们而生》（"To Us a Child Is Born"）。

---

① Adeola James ed., *In Their Own Voices: African Women Writers Talk*, London: James Currey & Portsmouth: Heinemann, 1990, p. 13.

② 加纳曾于 19 世纪沦为英国殖民地，因盛产黄金而被称为"黄金海岸"。

③ 约·法玛是一位酋长，因此又被尊称为"马努四世"（Manu Ⅳ）。

④ 克瓦米·恩克鲁玛（Kwame Nkrumah，1909—1972），加纳国父，非洲民族解放运动的先驱。

据艾杜回忆，这是一个带有浪漫色彩的故事。当时她和自己的表亲住在塔科拉迪市（Takoradi），偶然间在商店橱窗邂逅了一双粉红色皮鞋，于是下决心依靠自己的力量购买。适逢《每日写真报》有奖征集圣诞节故事，艾杜便创作这个作品寄给了报社。然而，寄出的作品如同石沉大海，全无消息。直到 12 月 24 日清晨，她翻开当天的《每日写真报》，发现作品已被刊登，自己的名字就这样赫然出现在这份重量级的报纸上。这对于年仅 16 岁的艾杜来说无疑是一个巨大的惊喜，而这种"被选中"的幸运始终伴随着年少成名的艾杜。

1961 年，艾杜进入加纳大学（University of Ghana）英文系攻读学士学位。次年，她凭借自己的短篇小说《这里没有甜蜜》（"No Sweetness Here"）受邀参加了在尼日利亚伊巴丹大学（University of Ibadan）举行的非洲作家研讨会（African Writers' Workshop）。在这里她遇到了兰斯顿·休斯（Langston Hughes，1902—1967）、艾捷凯尔·姆赫雷雷（Ezekiel Mphahlele，1919—2008）、钦努阿·阿契贝（Chinua Achebe，1930—2013）、沃莱·索因卡（Wole Soyinka，1934— ）等一众名作家，这次宝贵的经历更加坚定了她的创作理想。也是在那一年，艾杜在加纳重要的文学期刊《欧吉阿米》（Okyeame）上发表诗歌，并获得了加纳本土奖项——格里诗歌奖（Gurrey Prize for Poetry）。此时，艾杜的短篇小说和诗歌在国内已小有名气，但她的兴趣更多地集中在戏剧创作上。她加入加纳大学的戏剧工作室，开始构思自己的第一部戏剧作品。1964 年 3 月，就在本科毕业的前几个月，她的第一部戏剧《幽灵的困境》（The Dilemma of a Ghost）在学生剧院首演。这部戏剧获得了较大反响，也为艾杜赢得了更大的声誉。

毕业初期，艾杜在加纳大学戏剧研究所（Institute of African Studies）担任研究员，跟随加纳著名戏剧家爱芙瓦·萨瑟兰（Efua Sutherland，1924—1996）收集民间故事并进行戏剧创作，这使得她对加纳的口述文学的艺术魅力和独特价值有了更加全面的认识。从 1966 年起，艾杜获得奖学金，赴斯坦福大学修习创意写作，并参加了哈佛国际研讨会（Harvard International Seminar），在眼界不断扩大的同时也获得了更多的出版机会。1968 年艾杜来到东非，在坦桑尼亚的达累斯萨拉姆大学（University of Dar es Salaam）和肯尼亚的内罗毕大学学院（University of Nairobi）任教，与肯尼亚生物学家欧内斯特·帕萨利·利基马尼（Ernest Parsali Likimani）相爱并育有一女。采风、访学、任教，尤其是成为一名母亲，让艾杜对于人生有了更为丰富的体悟，也使得她的创作风格渐趋成熟。1970 年，艾杜的第二部戏剧《阿诺瓦》（Anowa）和第一部短篇小说集《这里没有甜蜜》（No Sweetness Here）正式出版，这也使得她在文坛进一步崭露头角。

艾杜于 70 年代初回到加纳。彼时的加纳政局动荡混乱，大批知识分子和学生遭到了监禁。艾杜在海岸角大学（University of Cape Coast）英文系潜心教书，担任加纳广播公司、艺术委员会等多个组织的管理职务，还要扮演好新手母亲的角色，而这一切都使艾杜分身乏术。直到受邀前往美国做学术顾问，艾杜才重新投入文学创作之中。1977 年，艾杜的首部长篇小说《我们的扫兴姐妹》（Our Sister Killjoy）问世。

1982 年，在加纳传奇领袖杰里·约翰·罗林斯（Jerry John Rawlings，1947—2020）执政期间，艾杜担任了加纳教育部部长一职。雄心勃勃的艾杜怀揣着教育本土化和普及化的宏伟理想："我们必须使教育内容民族化，这样至少可以反映我们的历史、我们的需求、我们的关注点。年轻一代必须准备好去处理我们环境中最为棘手的问题。"[1]艾杜认为，尽管创作也可以促进社会变革，但参政可以更直接地帮助国家发展："作为部长或者其他什么人，你可以直接接触国家权力，影响事物并立即指导它们。"[2]然而，她因触犯了当权派的利益而遭到了阻挠和反对，仅任职一年便移居至津巴布韦首都哈拉雷，开始了长达十多年的国外流散生活。

在津巴布韦期间，艾杜担任了津巴布韦女性作家协会主席、教育部研究专员等多个职务，并出版了自己的首部诗集《某时某人说》（Someone Talking to Sometime，1985）和《老鹰与小鸡及其他故事》（The Eagle and the Chickens

---

① Rosemary Marangoly George, Helen Scott, "A New Tail To Old Tale: An Interview with Ama Ata Aidoo", *Novel: A Forum on Fiction*, 1993, 26 (3), p. 306.

② Adeola James (ed.), *In Their Own Voices: African Women Writers Talk*, London: James Currey & Portsmouth: Heinemann, 1990, p. 11.

and Other Stories，1986）、《鸟及其他诗歌》（*Birds and Other Poems*，1987）两部儿童文学作品。与此同时，艾杜也活跃在国际文学文化界，不仅在欧柏林学院（Oberlin College）、里士满大学（University of Richmond）、汉密尔顿学院（Hamilton College）和布朗大学（Brown University）等高校任教，还频频出席各类国际性会议，公开阐述自己的文学主张。这使得她逐渐走向国际，成为一位在世界范围内颇具影响力的非洲女性作家。90 年代初，艾杜出版了自己的第二部长篇小说《改变：一个爱情故事》（*Changes: A Love Story*，1991）以及第二部诗集《一月里的愤怒信》（*An Angry Letter in January and Other Poems*，1992），获得了较多的关注和较高的评价。

2000 年前后，艾杜重新回到了自己的国家，并创立了姆巴森基金会（Mbaasem Foundation）。该基金会旨在"为女性创作、讲述和发表她们的故事创造有利环境"[①]。艾杜指出，女性作家长期处于被出版者、评论家、编辑、翻译人员刻意忽视的边缘化境地，"一旦面对非洲女性与写作这一概念，我们便心生忧伤，尽管其中还夹杂着一些更积极的情感，无事值得伤痛，也无事值得欢呼"[②]。艾杜认为，忽视女性的力量必然会造成非洲文学版图的缺失。她为女性作家群体呼吁："我们所写的作品应该被严肃对待、获得评判，就像我们男性同行的作品一样，因为创作活动让我们付出了过多的代价"[③]。在此期间，艾杜出版了《女孩儿能行》（*The Girl Who Can*，1997）和《外交重磅及其他故事》（*Diplomatic Pounds and Other Stories*，2012）两部短篇小说集。

---

① 姆巴森是阿肯族（Akan）本土语言，意为"女性的事务"。

② 阿玛·阿塔·艾朵：《成为一名非洲女性作家——概观与细节》，载泰居莫拉·奥拉尼央、阿托·奎森主编：《非洲文学批评史稿》，姚峰、孙晓萌、汪琳等译，上海：华东师范大学出版社，2020 年，第 663 页。

③ 同上，第 670 页。

二、经世致用的文坛女将

艾杜在双重文化的熏陶下形成了宽广的文化视野。她逐渐跳脱出了琐碎的私人领域，更偏重探讨意识形态的对立与异质文化的冲突。与此同时，艾杜还是一位极具社会责任感的作家。她认为作家有责任和义务指出他们的人民、他们的大陆正在面对什么样的问题和困境。[①] 她以文学介入现实，将种种思索和追寻融入戏剧、诗歌和小说的创作之中。

戏剧《幽灵的困境》是艾杜的重要代表作。在这部戏剧中，留美学生阿托·亚乌森（Ato Yawson）在毕业后携新婚妻子——非裔美国女孩尤拉莉·拉什（Eulalie Rush）——一同回到了加纳。阿托担心妻子不被家人接纳，因而选择了隐瞒已婚的事实。真相暴露后，亚乌森家族认为尤拉莉是"奴隶的后代"[②]，又因为语言隔阂和习俗差异对尤拉莉产生了种种误解。本该成为纽带的阿托，因不愿直面冲突而再一次选择了逃避和闪躲，致使双方的矛盾愈来愈深。戏剧的结尾则发人深省。阿托母亲出于同情而接纳了尤拉莉，但这使阿托陷入了更深的迷惘。《幽灵的困境》看似是一部简单的家庭伦理剧，实际上包含城乡、代际特别是非裔与非洲本土文化之间的冲突，再现了加纳独立初期的社会现实。艾杜似乎并不打算回答如何走出"困境"，而是将这种种问题抛给了观众，这也使得《幽灵的困境》带有了"社会问题剧"的色彩。这部戏剧于 1964 年首演并大获成功，如今仍在加纳、尼日利亚、美国以及世界其他地方不断演出。

---

① Anuradha Dingwaney Needham, Ama Ata Aidoo, "An Interview with Ama Ata Aidoo", *The Massachusetts Review*, 1995, 36 (1), p. 130.

② 阿马·阿塔·艾杜等：《幽灵的困境：非洲当代戏剧选》，宗玉、李佳颖、蔡燕译，上海：上海译文出版社，2017 年，第 29 页。

　　戏剧《阿诺瓦》改编自西非地区的民间故事，但在主题意蕴方面比口头传说更加深刻。故事发生在 19 世纪 70 年代的黄金海岸。女主人公阿诺瓦（Anowa）是一位充满梦想、独立自主的女性，她本是女祭司的最佳人选，却不顾族人的反对嫁给了一位当地男子科菲（Kofi），并与他私奔到沿海小城寻求新的生活。在共同奋斗的过程中，两人的分歧越来越大。科菲通过奴隶贸易实现了财富的迅速积累但逐渐迷失自我。阿诺瓦谴责丈夫把自己的同胞当成奴隶，劝说他通过自己的劳动创造价值和幸福。然而，科菲不仅不思悔改，反而愈发疯狂，他不仅限制阿诺瓦的自由，还粗暴干涉她的选择。阿诺瓦最终在痛苦之中自溺身亡，科菲也饮弹自尽。在这部戏剧中，依靠奴隶贸易攫取财富的科菲已经丢失了本心，他与殖民者合谋贩卖自己的同胞，并将自己的妻子逼上了绝路。本应成为家族女祭司的阿诺瓦沦为科菲的附庸，还成为结局悲惨的受害者。这部戏剧展现了奴隶制对于非洲的戕害，也表达了艾杜对殖民主义的控诉和直面创伤的勇气。《阿诺瓦》在正式上演之前就被朗文出版社出版，并入选了"非洲百佳图书"。

　　与《阿诺瓦》同年出版的还有小说集《这里没有甜蜜》。这部小说集收录了艾杜 8 年间的短篇小说，包括《这里没有甜蜜》、《来自南方的风》（"Certain Winds from the South"）、《晚熟的花蕾》（"The Late Bud"）等 11 个故事，全景式地展现了现代化语境下非洲人特别是非洲女性的生存困境，表现了政治腐败、人性异化、道德堕落、传统与现代的冲突、对女性的歧视与压迫等主题。艾杜充满同情地关注"'后殖民'语境下的文化问题。在殖民化的过程中失去了什么，在西化的过程中正在失去什么"①。尽管作品展现了诸多社会问题，但并不是全然绝望和悲观，而是表达了"即使甜蜜消失，这里也依然有希望与抗争"②。

　　在沉寂 7 年之后，艾杜的首部长篇小说《我们的扫兴姐妹》问世。这部融合了散文、诗歌和书信元素的实验性小说被认为是她"最雄心勃勃的作品"③。小说

---

① Rosemary Marangoly George, Helen Scott, "A New Tail to Old Tale: An Interview with Ama Ata Aidoo", *Novel: A Forum on Fiction*, 1993, 26(3), p. 302.

② Ketu H. Katrak, "Afterword", in Ama Ata Aidoo, *No Sweetness Here and Other Stories*, New York: The Feminist Press, p. 151.

③ Simon Gikandi ed., *Encyclopedia of African Literature*, London: Routledge, 2003, p. 21.

讲述了一位年轻的加纳女孩到欧洲游学的故事。女主人公茜茜（Sissie）在奖学金的资助下踏上了前往德国、英国的旅程，但在整个旅程中，她感受到的不是愉悦，而是黑暗、压抑和绝望。正如小说副标题"黑眼斜目而思"（"Reflections from Black-Eyed Squint"）所暗示的那样，这部小说通过一个非洲黑人女孩的眼光来观察和审视白人的世界，被认为是对约瑟夫·康拉德（Joseph Conrad，1857—1924）《黑暗的心》（*Heart of Darkness*，1899）的戏仿和逆写。它反映了两个大陆相互纠缠的历史，强烈控诉了殖民主义和种族歧视，但因其先锋性的文体、尖锐激烈的文化立场和对西方社会的批判而引起了广泛争议。

1983 年卸任教育部部长职务，艾杜移居到了津巴布韦首都哈拉雷，继续自己的教学和创作。两年后，艾杜的首部诗集《某时某人说》问世，其中收录了艾杜前 20 年创作生涯中的 44 首诗歌。除此之外，艾杜出于对教育和儿童成长的关注，应津巴布韦教育部之邀，创作了《老鹰与小鸡及其他故事》和《鸟及其他诗歌》两部儿童文学作品。这两部作品被制作成物美价廉的小册子投放市场，以便更多的孩子从中受益。

1991 年，第二部长篇小说《改变：一个爱情故事》问世，这是艾杜突破自我的作品，也表达了更为普遍的议题。艾杜在前言中提道："我曾在公开访谈中说，我大概永远不会写阿克拉的恋人们的故事，因为在我们所处的环境中，有太多更重要的话题要写了。但写作这个故事让我食言了。"[1] 这一方面是艾杜在艺术上的一种自我释放；另一方面也是因为她的创作观念发生了变化，她开始意识到"爱情和爱的功用也是一种政治"[2]。女主人公艾西（Esi）是一位接受过高等教育的职业精英，她在第一段婚姻中因遭遇了丈夫的婚内强暴而果断选择离婚。她又爱上了一个富有魅力的已婚男人，并因此接受了一夫多妻制的婚姻生活，但艾西没有从中找到真正的幸福。作品探讨了女性的事业与婚姻、爱情与自由等问题，艾杜认为，一个经济上相对独立的中产阶级女性，却仍然难逃成为男人猎物的命运，

---

[1] Ama Ata Aidoo, *Changes: A Love Story*, New York: The Feminist Press, 1993, Preface. 其中，阿克拉（Accra）是加纳首都。

[2] Adeola James ed., *In Their Own Voices: African Women Writers Talk*, Lodon: James Currey & Portsmouth: Heinemann, 1990, p. 14.

"就像我们所意识到的，这并不是大多数加纳或者非洲女性要面临的问题，却是当代女性所要面临的共同问题"①。这部小说得到了评论界的好评，并获得了英联邦作家奖（Commonwealth Writers Prize, Africa region）。

1992 年，艾杜出版了第二部诗集《一月里的愤怒信》。诗集的第一部分"世纪末的非洲图景"（"Images of Africa at Century's End"）包含 25 首诗歌，表达了非洲的过去与现在、自我与他者、家园与流散等主题。第二部分则包含"女性的集会及其他奇事"（"Women's Conferences and Other Wonders"）等 19 首诗歌，再一次集中展现了艾杜对于女性地位的关注与思考。

艾杜是一位具有历史视野和现实关怀的文坛女将。在她看来，非洲在过去500 年深受殖民主义的毒害，如今仍深陷新殖民主义的泥沼，持续遭受着污名化的不公平对待。"这也是为什么'后殖民'这个术语让我感到不安。后于什么？殖民还没有消失。"②她坚信文学是促进民族意识觉醒的重要手段，并通过创作呼吁非洲人与非洲流散者团结起来，共同争取非洲的地位和权益。

三、独树一帜的女权作家

艾杜是一位艺术个性鲜明的女作家，她关于女权主义和口述文学的独到认识，促成了其"超敏感"与"杂糅式"艺术风格的形成。"艾杜作为非洲一流作家的重要性是不言而喻的，这一点被不断增多的批评研究所证实。"③

许多评论者都对艾杜的非洲女权主义思想有着浓厚的兴趣。有研究者将艾杜的散文《身为女性》（*To Be a Woman*）誉为"非洲女权主义的宣言"④，且普遍认为

① Ama Ata Aidoo, Rosemary Marangoly George and Helen Scott, "A New Tail to Old Tale: An Interview with Ama Ata Aidoo", *Novel: A Forum on Fiction*, 1993, 26 (3), p. 302.

② Ama Ata Aidoo, Rosemary Marangoly George and Helen Scott, "A New Tail to Old Tale: An Interview with Ama Ata Aidoo", *Novel: A Forum on Fiction*, 1993, 26 (3), p. 308.

③ Simon Gikandi ed., *Encyclopedia of African Literature*, London: Routledge, 2003, p. 20.

④ Tuzyline Jita Allan, "Afterword", in Ama Ata Aidoo, *Changes: A Love Story*, New York: The Feminist Press, 1993, p. 171.

"艾杜的非洲妇女身份是支配其艺术视野的推动力"①。艾杜对这一评价表示赞同，但她反对将非洲女权主义简单化和西化的倾向，反对"一些评论者仅仅因为你是女性而故意伤害你"②。她强调仅仅书写女性并不能使一个人成为女权作家，真正的女权作家"需要关注并提供对性别、阶级和权力关系的非常清晰的认识"③。

艾杜的非洲女权观产生于本土文化。她认为，非洲许多地区都是天然的母系社会，那里的女性往往拥有受尊崇的地位和较高的话语权，譬如她所属的芳蒂族就是如此。然而，殖民主义破坏了非洲原有的政治、经济和社会结构，而它的衍生物——父权——将女性推向了边缘。从根源上说，殖民主义导致了非洲的式微，进而造成了非洲女性地位的衰落，因此，女性的权利与非洲的自由是一体两面、不可分割的。艾杜多次在访谈中表明"我认为女权主义者、非洲民族主义者和社会主义者之间没有严格的区别。我甚至不明白你怎么能声称自己是非洲民族主义者而不是女权主义者，无论你是男人还是女人"④。这样的非洲女权观在很大程度上影响着她的文学创作，使她对于种族歧视、阶级压迫和性别对立保持着"超敏感"的洞察力，并通过书写女性的心理和命运揭示殖民主义带给非洲的种种危害。例如，在《幽灵的困境》中，西式精英教育导致了男主人公阿托的犹疑、软弱和延宕，使得妻子和母亲互相误解，心生隔膜。在《阿诺瓦》中，科菲沉迷于贩卖黑奴所带来的巨大利益，不仅残忍地剥夺了女主人公劳动的权利，还限制她的人身自由，最终导致了两人双双自杀。造成悲剧的罪魁祸首是殖民主义和新殖民主义，而男性往往是傀儡或帮凶。

除此之外，艾杜还将口头文学化用在书面创作中，创造了一种具有非洲美学特色的英语文学形式。艾杜在访谈中说："我来自一个讲故事的民族，我在乡村长大，在那里我们拥有非常善于讲故事的人。同时，我的母亲也'说'故事或者唱

---

① Bernth Lindfors, Reinhard Sander (eds.), *Twentieth-Century Caribbean and Black African Writers First Series*, London: Gale Research Inc, 1992, p. 35.

② Sara Chetin, Ama Ata Aidoo, "Interview with Ama Ata Aidoo", *Wasafiri*, 1987, 3 (6/7), p. 27.

③ Anuradha Dingwaney Needham, Ama Ata Aidoo, "An Interview with Ama Ata Aidoo", *The Massachusetts Review*, 1995, 36 (1), p. 133 .

④ Adewale Maja-Pearce, Ama Ata Aidoo, "We Were Feminists in Africa First", *Index on Censorship*, 1990, 19 (9), p. 18.

歌。"① 她认为口头文学是一种重要的艺术模式，也是非洲可以贡献给世界的宝贵财富。因此，艾杜的一些文学作品直接取材于母亲所讲述的故事。《阿诺瓦》的原型便是西非民间传说，《幽灵的困境》中的童谣也直接来自芳蒂儿歌。

艾杜还提出了"写给读者听"的创作理念，认为"文学不是仅有书面这一种形式，我们不必如此轻视口头文学……我们不必写给读者，我们可以写给聆听者"②。她将口头表现形式融入书面文学，开辟了一种新的艺术模式。在《这里没有甜蜜》中，艾杜较少叙事而多用对话推动情节发展，以此来模仿口头表演的风格。除此之外，口述文学对于体裁没有严格的区分和界限，因此能实现叙述、独白、吟唱之间的流畅转换。为了还原这种动态的艺术，艾杜在《我们的扫兴姐妹》中进行了大胆的语言实验，将诗歌、散文融入叙事之中，以此还原讲故事的动态交流过程。许多评论家对这种杂糅式的美学风格表达了赞赏。有代表性评论认为"艾杜的戏剧和小说在对白、合唱、音乐和口述故事的运用上创新地融合了非洲和欧洲（尤其是布莱希特）的技巧"③；还有评论认为"通过创作读者参与式的、'会说话的故事'，她证实了大部分口头传统可以保持鲜活和有效"④。

除大量评论文章外，相关研究专著也层出不穷，其中最具代表性的有文森特·欧旦特（Vincent Odamtten）的著作《阿玛·阿塔·艾杜的艺术》（*The Art of Ama Ata Aidoo*，1994），艾达·阿左多（Ada Azodo）和盖伊·韦伦茨（Gay Wilentz）主编的《关于阿玛·阿塔·艾杜的新观点》（*Emerging Perspectives on Ama Ata Aidoo*，1999），以及文集《纪念阿玛·阿塔·艾杜七十岁文集：非洲文化研究读本》（*Essays in Honour of Ama Ata Aidoo at 70: A Reader in African Cultural Studies*，2012）。

---

① Adeola James ed., *In Their Own Voices: African Women Writers Talk*, London: James Currey & Portsmouth: Heinemann, 1990, p. 19.

② Dennis Duerden, Cosmo Pieterse, *African Writers Talking*, New York: Africana Publishing Corporation, 1972, pp. 23-24.

③ Lorna Sage ed., *The Cambridge Guide to Women's Writing in English*, New York: Cambridge University Press, 1999, p. 7.

④ Mildred A. Hill-Lubin, "The Storyteller and the Audience in the Works of Ama Ata Aidoo", *Neohelicon*, 1989, 16(2), p. 245.

艾杜鲜明的个性、坚毅的性格和具有批判性的思维也得到了作家同行的充分赞赏。恩古吉评价艾杜："在非洲的尊严和在世界上的地位问题上，她从不妥协。在生活和思想上，她是一位伟大的泛非主义者；她作为土地的女儿，拥抱了肯尼亚和津巴布韦，也被它们所拥抱。"[1]美国普利策文学奖获得者、非裔女作家艾丽斯·沃克（Alice Walker，1944— ）说"艾杜重新坚定了我对于文字力量的信念"[2]。加纳女作家阿玛·达尔科（Amma Darko，1956— ）则将艾杜尊为"文学上的母亲"[3]。尼日利亚新生代女作家奇玛曼达·恩戈兹·阿迪契（Chimamanda Ngozi Adichie，1977— ）也曾坦言"艾杜的故事滋养了我"[4]。

除此之外，艾杜在教育和文化界也产生了较大影响，逐渐成为一张文化"名牌"。非洲大学传播学院于 2017 年成立了"艾杜创意写作中心"（Aidoo Centre），非洲研究会女性小组（Women's Caucus of the African Studies Association）则以她的名字设立了"艾杜－斯奈德图书奖"（Aidoo-Snyder Book Prize）。著名电影制片人亚巴·巴多（Yaba Badoe）也为艾杜拍摄了专题纪录片《阿玛·阿塔·艾杜的艺术》（*The Art of Ama Ata Aidoo*，2014）。由此可见，艾杜的文学创作和文化影响力早已经走出加纳，走出非洲，走向了世界，在英语文学文化界都发挥着重要的作用。

结　　语

对于艾杜来说，写作是一种生活方式。她将自己的本土文化融入英语写作，通过书写非洲人尤其是非洲女性的故事来回溯历史，观照现实，揭示殖民主义

---

① Ngugi wa Thiong'o, "Ama Ata Aidoo: A Personal Celebration", *New African*, 2012, (516), p. 68.

② Tuzyline Jita Allan, "Afterword", in Ama Ata Aidoo, *Changes: A Love Story*, New York: The Feminist Press, 1993, Front cover.

③ María Frías, "An Interview with Ama Ata Aidoo: 'I Learnt My First Feminist Lessons in Africa'", *Revista Alicantina de Estudios Ingleses*, 2003, 16, p. 7.

④ Ama Ata Aidoo, *Diplomatic Pounds & Other Stories*, Banbury: Ayebia Clarke, 2012, back cover.

带给非洲的创伤。她被认为是和弗洛拉·恩瓦帕（Flora Nwapa，1931—1993）、贝西·黑德（Bessie Head，1937—1986）、布契·埃梅切塔（Buchi Emecheta，1944—2017）齐名的非洲女作家，在非洲乃至国际文学界有着举足轻重的地位。

（文 / 上海师范大学 薛丹岩）

蒙戈·贝蒂

Mongo Beti, 1932—2001

代表作一：使用旧笔名艾萨·博托（Eza Boto）出版的小说《残酷的城市》（*Ville Cruelle*，1954）

代表作二：《可怜的蓬巴基督》（*Le Pauvre Christ de Bomba*，1956）

第十一篇

反抗强权的不屈斗士
——喀麦隆作家蒙戈·贝蒂创作研究

引　言

　　蒙戈·贝蒂（Mongo Beti，1932—2001）原名亚历山大·比伊迪·阿瓦拉（Alexandre Biyidi Awala），是喀麦隆最具反叛精神的作家，也是非洲法语文学的代表性人物之一。贝蒂认为作家应该取材于非洲的社会现实，反对压迫非洲人民的强权。喀麦隆独立前，他描写殖民制度的罪恶，讽刺西方宗教的虚伪，号召人民反抗法国的殖民统治。独立后，他歌颂民族英雄的历史功绩，控诉政府排除异己的手段，讽刺后殖民时期统治阶级的无能与腐败。他的创作总是充满强烈的战斗意识，非常善于用辛辣刺骨的语言揭示问题，可谓时代的不屈斗士和文学的革命先锋。

一、三个阶段，十二部小说

　　1932年6月30日，蒙戈·贝蒂生于喀麦隆首都雅温德以南60公里的一个普通农民家庭，当时的喀麦隆尚未摆脱法国的殖民统治。他7岁时就失去了父亲，由母亲一手养大。尽管家庭条件并不富裕，但他的母亲仍想办法把他送去了天主教小学。贝蒂很早就表现出了反叛精神，常常在课堂上发表反对殖民主义的言论，最后被校方以不服从管教的名义开除。1945 年，贝蒂进入雅温德勒克莱尔中学学习。贝蒂 19 岁时通过了毕业会考，并赢得了奖学金，赴法国求学，先后在艾克斯普罗旺斯大学与巴黎索邦大学学习文学。

1953 年，贝蒂开始写作。他的处女作是短篇小说《无爱无恨》（*Sans Haine et Sans Amour*，1953），以笔名艾萨·博托（Eza Boto）发表于著名杂志《非洲存在》（*Présence Africaine*）上。《无爱无恨》的故事发生在肯尼亚，讲述了基库尤人在茅茅起义期间反抗英国殖民者的故事。

1954 年，贝蒂在《非洲存在》上发表了他的第一部小说《残酷的城市》（*Ville Cruelle*），这也是他的第一部引起世人关注的作品。小说的主人公是为了挣彩礼而去城里卖可可的邦达（Banda）。作者通过他的眼睛描绘了殖民地的一系列典型特征，如诱导农民只种植可可等单一作物的"商业化"陷阱，殖民地城市的两极分化，教会对当地行政系统的深刻影响，社会底层民众的生存境遇，等等。值得注意的是，《残酷的城市》是"西非法语文学史上第一部描写工人阶级反抗资产阶级的长篇小说，具有重要的里程碑意义"[①]。

1956 年，贝蒂的第二部长篇小说《可怜的蓬巴基督》（*Le Pauvre Christ de Bomba*）问世，被学界视为其代表作。从这部小说开始，作家将笔名由艾萨·博托改为了蒙戈·贝蒂。贝蒂以辛辣的笔触讲述了一个白人传教士在非洲传教，却遭到当地民众反对的故事。故事的叙述者德尼（Denis）陪伴德鲁蒙神父（Père Drumont）在塔拉区传教，他以日记形式记录了一路上的所见所闻。贝蒂借此揭露了传教士披着"文明人"与"拯救者"外衣的伪善，指责传教士滥用宗教权力，企图在精神上和身体上异化当地民众，对信徒的极端剥削与殖民统治并无二致。贝蒂这样描写在殖民统治、宗教势力、本地传统中彷徨不已的殖民地："唐加（这座城市）确实是非洲的孩子，刚一出生，它就发现自己没有同类，它极为快速地长大成型，它极为随意地延展扩张，就像在街上流浪的孩子，尽管感觉自己迷了路，也不会停下来问问自己。"[②] 小说引起了法国殖民当局与教会的强烈不满，被禁止公开发行。颇为有趣的一点的是，贝蒂与其好友费迪南·奥约诺

---

① 齐林东、Jean Gonondo：《蒙戈·贝蒂："小非洲"走出的大作家》，《世界文化》，2019 年第 2 期，第 18 页。

② Eza Boto, *Ville Cruelle*, Paris: Editions africaines, 1954, p. 24.

（Ferdinand Oyono，1929—2010）并列为喀麦隆文学双杰。《可怜的蓬巴基督》出版当年，奥约诺也出版了小说《童仆的一生》（*Une Vie de Boy*，1956）。两部小说在叙事视角和情节设置上都有不少相似之处，如都从黑人男孩的视角观察并揭露殖民者的伪善。

1957 年，贝蒂出版了他的第三部小说《任务完成》（*Mission Terminée*），获圣伯夫奖（Prix Sainte-Beuve）。故事的主人公让 - 玛丽·梅扎（Jean-Marie Medza）未能通过毕业会考，便回到家乡度假，准备第二次考试。在家乡，他被堂兄指派了一项任务，将一个不堪丈夫虐待而逃跑的妻子从一个叫卡拉的偏僻乡村接回来。在这个冒险故事中，梅扎发现自己高中生与城里人的双重身份已经使他无法融入卡拉的乡村生活，标志着传统文化在与现代文明的碰撞中变得支离破碎。面对殖民文化的入侵，《任务完成》中的乡村比《可怜的蓬巴基督》中的城市更加令人无所适从。小说写道：

……被殖民的非洲人，他们的命运多么可笑。我们的人民正在遭受痛苦，他一个人被放逐在不属于自己的世界，那是一个非他所造就的世界，一个他无法理解的世界。我们的人民正在经历悲剧，这是一个在理智上不知何去何从的人，一个在黑夜中蒙着眼走在某个充满敌意的纽约街头的人。谁能告诉他，要穿过第五大道，必须走在人行横道上？谁能告诉他，如何辨别"行人，请等待"的提示？谁能告诉他，如何看懂一张地铁路线图，学会换乘？①

贝蒂的第四部小说《圣迹治愈的国王》（*Le Roi Miraculé*）出版于 1958 年，讲述了部落首领艾松巴·蒙杜加（Essomba Mendouga）身患重病，在弥留之际受神父主持临终圣礼，奇迹般好转的故事。首领病愈后，在神父和姊姊的劝说下，决定遵循天主教教义，遣散自己的 23 个妻子，只留下最后娶的那个，实行一夫一妻制。但首领与每个妻子的结合实际上都是与不同部落的联姻，放弃这些妻子引起了其他部落的不满。战火一触即燃之际，首领决定回归一夫多妻的婚姻，以维持联盟内部的政治平衡。

1954 年到 1958 年出版的四部长篇小说《残酷的城市》《可怜的蓬巴基督》《任

---

① Mongo Beti, *Mission Terminée*, Paris: Robert Laffont, 1957, pp. 9-10.

务完成》《圣迹治愈的国王》，构成了贝蒂写作生涯的第一阶段。《残酷的城市》与《可怜的蓬巴基督》的故事背景均为20世纪30年代，揭露了殖民统治最残酷的景象。《任务完成》与《圣迹治愈的国王》的故事背景则为1946年之后，描写了第二次世界大战后，非洲的殖民统治摇摇欲坠的政治氛围，以及殖民地文化受西方价值观与宗教冲击后的自我挣扎。《残酷的城市》《可怜的蓬巴基督》《任务完成》都是带有浓厚自传色彩的作品。如《残酷的城市》中的主人公和作者一样幼年丧父，由母亲抚养长大。《可怜的蓬巴基督》中对殖民当局和西方宗教的辛辣讽刺，仿佛还原了幼年贝蒂在课堂上公开批评殖民主义的磅礴气势。《圣迹治愈的国王》中第一次出现了此前作品中的人物，为首领主持临终圣礼的勒关神父（Père Le Guen）是《可怜的蓬巴基督》中德鲁蒙神父的副本堂神父。和左拉的"卢贡 – 玛卡尔家族"系列小说一样，贝蒂会安排同一人物在不同作品中重复、交叉出场，这一特点在他后来的写作中表现得尤为明显。需要注意的是，虽然贝蒂在作品中藐视权威，剑指殖民统治，但在其创作生涯的第一阶段，他的创作语言为正统法语。他用词典雅考究，句法无可指摘。因为在他看来，所谓法语的"非洲化"，不过是一种异域风情式的附庸风雅。贝蒂在20世纪50年代发表出版的这些作品，一举奠定了他在非洲文坛的地位。

喀麦隆独立前夕，贝蒂与掌权政府政见不和，于1959年返回法国。他在取得古典文学的中等教师最高资格证书后，开始在鲁昂的高乃依中学任教，直到退休。整个60年代，贝蒂封笔停写，从事教职之余，潜心研究政治，观察并思考非洲国家独立后的现状和未来。

进入70年代，殖民主义与反殖民主义不再是社会矛盾关注的焦点。喀麦隆总统阿希乔（Haji Ahmadou Ahidjo, 1924—1989）手腕强硬，统一了四分五裂、内战不休的喀麦隆，使其实现了政治稳定、主权独立和经济繁荣。但与此同时，喀麦隆和其他获得独立的非洲国家一样，愕然地发现独立不是万灵药，并不能自动治愈一切政治、经济和文化疾病。人民在寻找自身文化身份的过程中产生的精神异化、复杂的意识形态斗争，都使在法国默默关注祖国发展的贝蒂萌生了重新开始写作的念头。

1972年6月，贝蒂言辞犀利的政论文集《控制喀麦隆：去殖民化剖析》（*Main Basse sur le Cameroun? Autopsie d'Une Décolonisation*, 1972）出版，仅仅几天后就遭法国内政部查禁。该书回顾了喀麦隆的殖民历史，以及民族英雄领导人民赢得独立的历史贡献，剖析了欧内斯特·乌安迪（Ernest Ouandié）审判背后的种种真相。1970 年 8 月，喀麦隆人民联盟（Union des populations du Cameroun, UPC）的革命委员会领导人乌安迪被捕，于 1971 年 1 月遭到残忍杀害，阿希乔总统借此真正实现了大权独揽。但乌安迪并不是喀麦隆历史上第一个被杀害的爱国武装领导人。1958 年 9 月，阿希乔自治政府宪兵队杀害了喀麦隆独立之父——人民联盟总书记鲁本·姆·尼奥贝（Ruben Um Nyobé）。1960 年，喀麦隆人民联盟主席菲利克斯·穆米埃（Félix Moumié）在日内瓦被法国间谍机构毒害。1966 年，人民联盟左派领导人奥山地·阿发纳（Osende Afana）在喀麦隆南部遇害。《控制喀麦隆：去殖民化剖析》一书在回顾乌安迪等民族英雄所做政治历史贡献的同时，揭露了阿希乔政府在法国势力的支持下，用残酷手段排除异己的罪恶行径。由于贝蒂辛辣直白地批判了法国的新殖民主义立场，他差点儿被当局以身份文件不全为由驱逐出法国。此后，他重新回归虚构写作。《控制喀麦隆：去殖民化剖析》也由此拉开了贝蒂写作生涯第二阶段的序幕。

此后，贝蒂创作了著名的"喀麦隆三部曲"，分别是 1974 年出版的《纪念鲁本》（*Remember Ruben*）和《佩尔佩图与不幸的习惯》（*Perpétue et l'Habitude du Malheur*），以及 1979 年出版的《一个小丑近乎可笑的倒台》（*La Ruine Presque Cocasse d'Un Polichinelle*）。贝蒂这样解释自己的创作意图：

> 我想要把《控制喀麦隆：去殖民化剖析》中一切以政论文章形式表达的思想放在小说的背景中。为什么？因为法国的传统是不会查禁任何小说，任何属于艺术的作品。因此，我找到了一个诀窍，就是把我在《控制喀麦隆：去殖民化剖析》中所表达的一切，以及在此书中无法表达的一切，都放在小说的背景中……我在书中揭示的喀麦隆和非洲去殖民化的真相，并非我们通常所说的那样。[①]

《纪念鲁本》是一部历史小说，以喀麦隆人民联盟成员的反殖民斗争为背景，讲述了鲁本·姆·尼奥贝以创建工会、组织罢工、领导游击战等方式反抗法国殖民统治，最后在独立前夕被敌人杀害的故事。小说意在通过讲述人民英雄鲁本的传奇故事，为处于迷茫中的喀麦隆青年提供一个可资借鉴的奋斗榜样。

---

① O. Biakolo, "Entretien avec Mongo Beti", *Peuples Noirs, Peuples Africains*, 1979, (10), p. 109.

《佩尔佩图与不幸的习惯》是贝蒂第一部围绕女性展开的小说。伊索拉（Essola）在调查佩尔佩图（Perpétue）死因的过程中，发现死者生前是个充满活力和希望的女孩。佩尔佩图被家族胁迫嫁人后，又被丈夫强迫卖淫，未满 20 岁便怀着身孕死亡。佩尔佩图这个名字意为"永恒"，作家借这个原本青春洋溢的女孩形象，影射后殖民情境中，尽管已获得独立，却仍不断受各方势力盘剥的非洲。《佩尔佩图与不幸的习惯》在某种意义上可以被视作《纪念鲁本》的续集。《纪念鲁本》的故事结束时，时间线停在独立前夕的 60 年代。《佩尔佩图》则从独立开篇，"在恩特梅棱，奥约洛之后的第一大城市，独立后成为副省会……"①，并继续将时间线推进到 70 年代末。但真正可以被视作《纪念鲁本》续集的，是 5 年后出版的《一个小丑近乎可笑的倒台》，小说的副标题就是"纪念鲁本Ⅱ"。魔术师乔（Jo Le Jongleur）、莫 – 赞巴（Mor-Zamba）和埃瓦里斯特（Evariste）三人受命来到艾昆顿（Ekoumdoum），在妇女和儿童的帮助下，战胜了当地的独裁者及其背后的两个传教士，解放了艾昆顿。《纪念鲁本》中不乏幽默的笔触在这部小说中变成了无情的讽刺，正如独立前夕人民对光明前景的无比憧憬，变成了独立后无休无止的梦魇。

1978 年，贝蒂与其法国白人妻子奥迪勒·托伯纳（Odile Tobner）一同创办了双月刊杂志《黑色人民，非洲人民》（*Peuples Noirs, Peuples Africains*），意在为非洲知识分子搭建一个自由言论的平台，记录非洲大陆真实的生活面貌，弘扬优秀的非洲传统文化，谴责实施独裁统治的非洲领导人及其背后的支持势力。贝蒂在该杂志上发表了一系列批评喀麦隆社会政治问题的文章，有的后来结集成册出版，如《纪尧姆·伊斯梅尔·泽瓦塔玛的两个母亲》（*Les Deux Mères de Guillaume Ismaël Dzewatama*，1983）、《纪尧姆·伊斯梅尔·泽瓦塔玛的复仇》（*La Revanche de Guillaume Ismaël Dzewatama*，1984）等。

90 年代，贝蒂进入了其写作生涯的第三阶段。1991 年，贝蒂在即将退休前夕拿到了两周的探亲签证，短暂访问了喀麦隆，并于 1994 年最终回国定居。一回国，贝蒂就在雅温德市中心开办了一家营业至今的"黑人书店"（Librairie des Peuples Noirs），这是喀麦隆独立后首都的第一家书店，很快也成为喀麦隆知识分子聚会的场所。在第三阶段，贝蒂先是出版了一部政论文集《法国反对非洲：

---

① Mongo Beti, *Perpétue et L'habitude du Malheur*, Paris: Buchet/Chastel, 1974, p. 9.

回到喀麦隆》(*La France Contre L'Afrique: Retour au Cameroun*，1993)，随后是三部小说，分别为《疯子的故事》(*L'Histoire du Fou*，1994)、《烈日灼爱》(*Trop de Soleil Tue L'amour*，1999)、《黑白准备》(*Branle-Bas en Noir et Blanc*，2000)。在《法国反对非洲：回到喀麦隆》中，贝蒂指责本地精英阶层忠实执行法国的非洲政策，非洲知识界只满足于控诉法国殖民统治对非洲人民造成的苦难，却没有形成自身思想的主动性。《疯子的故事》借一个虚构的非洲独裁统治政权，讽刺了现实中民族"精英"的贪婪、无能、不负责任。《烈日灼爱》与《黑白准备》以侦探小说的形式表达了作家对后殖民社会中公民道德缺失的担忧。贝蒂在作品中不无苦涩地承认，即便非洲国家已经独立了几十年，但它们似乎没有真正获得解放。塞内加尔著名作家布巴卡尔·鲍里斯·迪奥普（Boubacar Boris Diop）对此评价道：

除了奇怪的标题，《烈日灼爱》与《黑白准备》这样的小说还以异常欢欣的氛围震惊读者。在《圣迹治愈的国王》和《控制喀麦隆：去殖民化剖析》之间，他空白了十四年，也许他是想要强调文学本身。他最近的作品似乎形成了一个闭环，因为蒙戈·贝蒂仿佛找回了年轻时写作的快乐，同时融入了制造混乱的苦涩和愿望。[1]

与此前的虚构作品相比，贝蒂写作生涯第三阶段的小说创作发生了显著的变化。一方面，在语言上，作家开始与正统法语保持距离，寻找一种人民的语言，一种喀麦隆式的法语，以拉近自己与非洲本土读者的距离。另一方面，在叙事上，结构常常是非线性的、断裂的、甚至是混乱的，折射了独立后非洲国家的混乱无序与黑白颠倒。贝蒂意识到，纯文学作品或政论文集的主要读者是少数精英阶层，远远无法实现唤醒民众意识、传播作家思想的目标。于是，他写作生涯的最后两部作品《烈日灼爱》与《黑白准备》均采用了侦探小说的创作模式，力图使自己的作品不再曲高和寡，而是能够接触到真正的目标读者——普通民众。

2001年10月7日，贝蒂因肾衰竭病逝于喀麦隆的经济首都杜阿拉，享年69岁。

---

[1] Boubacar Boris Diop, "Mongo Beti et Nous", in Ambroise Kom ed., *Remember Mongo Beti*, Bayreuth: Bayreuth African Series 67, 2003, p. 89.

二、"玫瑰文学"？书写现实！

贝蒂是非洲文学中最具有批判现实主义精神的"介入型"作家（écrivain engagé）。萨特将知识分子视作痛苦意识的化身，他认为作家应该为了"今天"的多数人而写，即为民众写作，为当下的现实生活写作。①类似的观点也可以在"非洲现代文学之父"阿契贝身上找到。阿契贝认为非洲作家的天然使命就是教育民众，复兴传统，使读者明白非洲的过去虽不完美，但也绝非"处于野蛮状态的漫漫长夜"，不需要欧洲人自居为神，伸手"拯救"。写作被阿契贝定义为"有别于纯艺术的应用艺术"，因此，非洲艺术家区别于其欧洲同行的一大特征，便是他们更重视创作的社会和政治功用。②非洲文学在很大程度上具有一种为政治、为生活服务的功能，与反新旧殖民主义、反种族歧视、重塑文化身份等历史任务密切相关。

在喀麦隆没有实现民族独立之前，贝蒂主要集中火力批判殖民主义带给非洲人民的罪恶，号召民族解放斗争。贝蒂宣称，非洲作家的文学创作应该如实反映他们自身在殖民统治下的真实境遇，应该公开自身面对殖民主义的立场。1955年，他在《非洲存在》上发表这样的言论：

> 黑非洲的首要现实，我甚至可以说是其唯一深刻的现实，就是殖民主义，以及殖民主义之后的东西。殖民主义今天已经深入非洲的每一寸躯体，污染了其全部血液，掩盖了一切可能反对自己的力量。因此，写黑非洲，就必须明确自己的立场，赞成或反对殖民主义，这是一个无法回避的问题。③

---

① 萨特：《什么是文学？》，施康强译，载《萨特文集（第7卷）》，北京：人民文学出版社，2005年。

② 比尔·阿希克洛夫特、格瑞斯·格里菲斯、海伦·蒂芬：《逆写帝国：后殖民文学的理论与实践》，任一鸣译，北京：北京大学出版社，2014年，第120页。

③ Christiane Chaulet Achour, *Dictionnaire des Écrivains Francophones Classiques*, Paris: Honoré Champion, 2010, p. 320.

他强烈批判非洲大陆上一切田园主义或理想主义的描写，认为卡马拉·莱伊（Camara Laye）的《黑孩子》（*L'Enfant Noir*，1953）着力描绘童年时无忧无虑的生活，对殖民统治的罪恶视而不见，沦为了某种意义上的"玫瑰文学"（littérature rose），容易使读者形成有关非洲的刻板印象，即非洲的过去如田园诗般美好。对贝蒂而言，当作家身处重压之下，"为艺术而艺术"是不可能也是不应该的，写作的使命就是揭露社会现实。他在《黑色非洲，玫瑰文学》一文中坚定地宣称，如果非洲作家使用现实主义的笔调创作，那么他的作品有很大可能性会是杰作；否则，即便他的作品包含所有要素，也很可能缺乏深度和回应。在他看来，

时代对真正的非洲文学来说并不友好。要么非洲作家是现实主义者，倘若如此，他的作品不仅很难出版，而且即便出版了，也会遭到评论界的无视。要么非洲作家因循守旧，在这种情况下，他的作品可能会沦为免费的风景画，甚至沦为幻想故事，这样一来，作家会尽写些蠢话。①

喀麦隆独立以后，贝蒂失望地发现，非洲人自己治理的非洲并不像原本想象中那么美好。欧洲资本主义国家的陋习被承袭下来，贫富悬殊、政治腐败、金钱崇拜等问题仍旧存在，甚至变本加厉。于是他调转枪口，将火力对准后殖民时代的种种社会问题与压迫人的制度，甚至与喀麦隆当权政府宣战。在《烈日灼爱》中，他描写了无能政府统治下的艰难民生：

我们首都的人口不少于100万人，在这座城市的部分地区，公共照明白天亮着，晚上却熄灭了。上个月的停水又怎么说？全城停水：没有一滴珍贵的液体提供给医院里或其他地方的新生儿，更不用说私人住宅，资产阶级寓所里的人体排泄物越积越多，在卫生间里攒了三十天，污染了我们可怜的孩子们呼吸的空气，还有我们的父母。②

---

① Alexandre Biyidi, "Afrique Noire, Littérature Rose", *Présence Africaine*, 1955, 1-2（avril-juillet），pp. 133-145.

② Mongo Beti, *Trop de Soleil Tue L'amour*, Paris: Julliard, 1999, p. 11.

在《黑白准备》中，喀麦隆领导人不负责任的散漫态度使乔治（Georges）震惊不已，艾迪（Eddie）却习以为常：

您有什么好奇怪的？这个国家还有什么事能让您震惊？经济活动瘫痪了，这是总统的问题吗？今天，是这个总统；明天，是某个失败的香蕉共和国的国家元首，另一个搞笑的家伙，都一样。像傻瓜一样等很久，我们是真正的傻瓜。过了明天，就像他们说的那样，还会有第一夫人，再来一遍。[1]

贝蒂的文风不禁让人想起中国的鲁迅：同样是擅长用讽刺中带着幽默的语言艺术讽喻现实，总是运笔如刀，锋芒毕露。即便贝蒂过往的作品动辄被禁，即便在写作生涯的第三阶段作家已经返回喀麦隆，但他依然充满强烈的战斗意识，毫不畏惧，没有半点闪烁其词，讳莫如深。

三、流亡法国，心系喀麦隆

蒙戈·贝蒂出生于1932年，1951年离开喀麦隆去法国求学，只在1959年回过一次喀麦隆，此后再次回国要一直等到1991年。贝蒂在退休前拿到探亲签证，短暂地访问了喀麦隆，最后于1994年回国定居，并于2001年骤然去世。虽然贝蒂出生于喀麦隆，成长于喀麦隆，但自19岁离开祖国赴法求学并定居后，他便在法国度过了43年的青壮年岁月。正因如此，有学者批评贝蒂有关喀麦隆的写作更多是一种外围观察，然而事实果真如此吗？

尽管贝蒂在法国生活多年，但他写作的重心始终都是祖国喀麦隆。无论是其写作第一阶段对殖民统治的抨击，还是其写作第二、三阶段对后殖民时期的批判，当一些非洲知识分子——如加利克斯特·贝亚拉（Calixthe Beyala）、阿兰·马班库（Alain Mabanckou）、法图·迪奥姆（Fatou Diome）、丹尼尔·比亚乌拉（Daniel Biyaoula）等人——转而关注在欧洲的非洲移民时，贝蒂的目光却始终聚焦在祖国喀麦隆的土地上。除小说创作之外，他的批评文集《控制喀麦隆：

---

[1] Mongo Beti, *Branle-Bas en Noir et Blanc*, Paris: Julliard, 2000, pp. 12-13.

去殖民化剖析》、《致喀麦隆人的公开信，或鲁本的第二次死亡》（*Lettre Ouverte aux Camerounais, ou, La Deuxième Mort de Ruben Um Nyobé*，1986），与妻子合著的《黑人性词典》（*Dictionnaire de la Négritude*，1989），主编的杂志《黑色人民，非洲人民》等均关注非洲的发展，以非洲人为目标读者。《控制喀麦隆：去殖民化剖析》的笔触是如此生动，感情是如此真挚，仿佛作者从未离开喀麦隆，一直亲眼见证着祖国的社会政治形势变化。他使用一种纪录片似的写实主义风格，来揭露后殖民时期喀麦隆政府的官僚主义和腐败无能。如果说贝蒂在退休后，身体终于回到了祖国，那么应该说，他的精神始终没有离开过喀麦隆。

可当贝蒂真正返回曾经魂牵梦绕的喀麦隆之后，却发现自己深陷冰火两重天。一头是自己为祖国的社会文化发展添砖加瓦的热情，另一头是与大量同胞接触后产生的不信任感。回到喀麦隆之后，贝蒂首先在自己的家乡组织开展农业和畜牧业活动，尝试建立一种轮作式的社会经济模式，以促进当地发展。但贝蒂遭遇了双重阻力——一头来自村庄首领，另一头来自行政管理的守旧思想。

除此之外，贝蒂还在公共领域扮演了公开发言的知识分子角色。他以接受采访、发表文章、撰写公开信等多种形式积极介入喀麦隆知识界，内容涵盖政治、经济、体育、文化等各个领域。菲利普·比赛克（Philippe Bissek）收集了这一时期贝蒂发表在报纸上的文章，于2005年以《贝蒂在雅温得：1991—2001》（*Mongo Beti à Yaoundé*，1991—2001）为题出版。然而，贝蒂的这种介入颇为敏感。因为即便他写出了《残酷的城市》这种无情批判法国殖民统治的作品，但回喀麦隆定居时，他已经加入了法国国籍（贝蒂拥有喀麦隆和法国双重国籍）。非洲读者天然地不信任其外国人的身份，尤其是其作为前殖民宗主国公民的身份。为此，约瑟夫·欧瓦纳（Joseph Owana）毫不留情地将贝蒂喻为"信天翁"：

　　就像传说中的信天翁，比伊迪（贝蒂原名）现在已经上了年纪，笨拙、可笑、可怜。他能对我们说什么？几乎什么也说不了。就像他曾说过的，他和我们没有任何相同点……总之，这是一个移居国外的旅游者。三十二年来，他没有为我们做过什么。如今他回来了，成了一个篡夺者……①

---

① Philippe Bissek, *Mongo Beti à Yaoundé, 1991-2001*, Rouen: Editions des Peuples Noirs, 2005, p. 17.

1991 年，贝蒂曾短暂回国，受到了反政府知识分子的热情欢迎，却遭到政府媒体的冷遇，他甚至无法借到任何剧场，只能在露天场合或私密的小圈子里发表公开讲话。对此，贝蒂在《流亡后的流亡，流亡是一场梦》一文中坦诚：

> 我在法国生活得太久了。长久以来，我一直将我的祖国理想化。我必须返回喀麦隆，在那里生活，去发掘非洲的另一面。
>
> 是的，很长一段时间里，我都是一个反殖民主义斗士，一个黑人斗士，因为我们被南非黑人引领的战斗所鼓舞。这有点儿像《汤姆叔叔的小屋》，善良的黑人被邪恶的白人压迫，因为对我们来说，即便是后殖民时期的政府首脑，也是白人手中的木偶。因此殖民统治和奴隶制仍在继续，直到我回到非洲，我才意识到，我们的不幸有一半是自己的责任。[1]

因此，他写作生涯的第三阶段是以一个回归者的眼光聚焦 20 世纪末的非洲，尤其是祖国喀麦隆的社会变化。他的观察基于幻想破灭，基于审视过去，基于过往记忆中的"现实"和亲眼见证的现实之间无法忽视的落差。

在一篇采访中，昂波瓦斯·科姆（Ambroise Kom）这样总结贝蒂与祖国喀麦隆之间的关系：

> 在返回喀麦隆定居之前，蒙戈·贝蒂在国外生活了 40 多年。他总是力图与祖国保持紧密的联系，正如他的创作——不管是小说，还是不计其数的政论文章——所证实的那样。在想象的祖国或他人口中的祖国，以及真实生活的祖国之间，也许存在一种空白。而作家最近的作品……提供了一种特殊的观察视角。蒙戈·贝蒂重新学会认识他的同胞。他重新适应语言——他的母语以及法语的非洲变体，并将两者的表达方式互相移植，创造出一种新的写作语言。贝蒂真正重新征服了他的空间，重新感知了现代非洲的语法。[2]

---

[1] Mongo-Mboussa Boniface, *Désir d'Afrique: Essai*, Paris: Gallimard, 2001, p. 73.

[2] Ambroise Kom, *Mongo Beti Parle*, Bayreuth: Bayreuth African Studies 54, 2001, p. 18.

结　语

　　贝蒂使用一种现实主义，甚至可以说纪实主义的笔触，将文学创作当作战斗的武器，投入政治行动。他那黑色幽默、充满讽刺、肆无忌惮的创作风格，如一阵凉风，吹进昏昏欲睡的非洲文坛，令人耳目一新，精神抖擞，也影响了后来的许多作家。此处，我们不妨借用布巴卡尔·鲍里斯·迪奥普对贝蒂的评价："通过他的小说、杂文及表明立场的勇气，在我们眼中，蒙戈·贝蒂成了自由知识分子的象征，只相信自己的觉悟，时刻准备为自己的信仰献身。"[①]

（文 / 浙江师范大学 汪琳）

[①] Boubacar Boris Diop, "Mongo Beti et Nous", in Ambroise Kom ed., *Remember Mongo Beti*, Bayreuth: Bayreuth African Series 67, 2003, p. 89.

钦努阿·阿契贝

Chinua Achebe，1930—2013

代表作一：《瓦解》（*Things Fall Apart*，1958）

代表作二：《神箭》（*Arrow of God*，1964）

第十二篇

抵御流失的自我，缝合破损的国族

——尼日利亚作家钦努阿·阿契贝创作研究

引　言

随着坦桑尼亚作家阿卜杜勒拉扎克·古尔纳摘得 2021 年诺贝尔文学奖，非洲文学如今正受到越来越多的关注。非洲目前已有多位获得诺奖的作家，国内外的研究者们也往往受诺奖风向标影响而长久地将目光停留在这些获奖作家作品之上。但如若长此以往，我们便难以察观非洲文学文化内里，难以品鉴水面之下另外八分之七的丰饶。毕竟，被誉为"非洲现代文学之父"的尼日利亚作家钦努阿·阿契贝（Chinua Achebe，1930—2013）就不在诺奖作家之列。阿契贝虽未得到诺奖垂青，但他凭借开创性的非洲书写享誉国际文坛，其作品具有极高的思想价值和艺术水准。恰如尼日利亚媒体所宣称的那样，不是阿契贝需要诺贝尔奖，正相反，是诺贝尔奖需要阿契贝以证明自己。阿契贝不仅是小说家，还是诗人、评论家、公共知识分子，更难能可贵的是，在生前，阿契贝一直是非洲作家在国际社会中最重要的"发声者"①。

---

① 具体参见朱振武：《钦努阿·阿契贝：非洲的发声者》，《文艺报》，2018 年 8 月 8 日第 7 版。

一、文化十字路口的观察者

阿契贝于 1930 年出生在尼日利亚一个名为奥吉迪（Ogidi）的村子里。奥吉迪是一个传统的伊博族村落，在彼时正遭受着英国殖民文化的强烈冲击。村子里虽仍然保留着传统的仪式和庆典，但部分村民已经皈依了基督教。事实上，阿契贝就生活在一个基督教家庭。在阿契贝回忆父亲的文章《我和父亲》[1]（"My Dad and Me"）中，他就介绍了自己的父亲是如何成为一名福音传教士的。阿契贝的父亲以赛亚·阿契贝（Isaiah Achebe）自小父母双亡，由其舅舅抚养长大。他的舅舅乌多·奥斯尼（Udoh Osinyi）是当地一名部族领袖，拥有着奥祖（Ozo）头衔[2]，曾接待了第一批到达当地的传教士，以赛亚·阿契贝也就是从那时开始和这些传教士交往并听闻他们讲道。乌多作为一名部族领袖，虽恪守传统礼制，但也默许了外甥以赛亚成为传教士的选择。这种宽容精神也同样体现在阿契贝父亲身上。以赛亚虽是虔诚的基督徒，但他也默许儿子参加部族庆典，亲近部族文化生活。

两种文化看似对垒交锋得十分激烈，然而对于一个孩童来说，阿契贝却可以自如地穿梭在两种文化之间。儿时的阿契贝仿佛处于相交的两圆之间，好奇地打量着这两个不断重合、互噬的文化之圆。生活在异质文化之间的人会本能地与两种文化都保持一定的距离，并不自觉养成远远地观察的习惯。奈保尔《河湾》（*A Bend in the River*）中的主人公萨林姆（Salim）是这样的人，阿契贝同样也是这样的人。作为基督徒家庭的孩子，小阿契贝在村子里的庆典活动中是不受欢迎的，他只能站在一个恰当的距离外观看。然而，越是不受欢迎，他对此类神秘的仪式越是痴迷，越是向往。当然，作为小众去观察别人，也自然会被大众反围观，每当基督徒们过圣诞节、复活节时，其他村民们也会好奇地打量阿契贝及其

---

[1] 此文收录于同名散文集《受英国保护的孩童的求学记》（*The Education of a British-Protected Child*）中，目前国内已有中译本，中译本以文集中的另一篇文章作为书名，名为《非洲的污名》。

[2] 尼日利亚伊博族的最高社会等级头衔之一。

家人。生活在这种观察与被观察之间，阿契贝自小便可敏感而又跳脱地审视自己所处的两种异质文化。他虽栖居在这幅文化交错的图景之中，却又可常常置身其外，远远地观摩图画中的世俗风情。

在回忆性文章《受英国保护的孩童的求学记》中，阿契贝简要地回顾了自己的受教育经历。作为一名受英国保护的孩童，受到的自然是殖民教育。在小学阶段，授课教师虽然是本土老师，但授课内容则是宗主国式的。在升中学时，阿契贝被自己当老师的哥哥安排去了乌穆阿西亚（Umuahia）的政府学校。这所中学是尼日利亚英国殖民政府在一战后创建的两所著名寄宿制男校之一。学生们在这所学校阅读的都是英国男孩在英国也会读的书，如《金银岛》《大卫·科波菲尔》等。就是在这里，阿契贝正式接触并汲取了英国文学的养料。可以说，这所学校在尼日利亚现代文学的发展中有着重要作用，因为除了阿契贝外，另外一些知名作家，如克里斯托弗·奥基博（Christopher Okigbo，1932—1967）、加布里埃尔·奥卡拉（Gabriel Okara，1921—2019）、肯·萨罗－威瓦（Ken Saro-Wiwa，1941—1995）等都毕业于这所中学。在 1948 年，尼日利亚的第一所大学创立，即现在的伊巴丹大学，当时的这所大学是伦敦大学的一处海外分校。也正是在这一年，阿契贝中学毕业。他顺利地拿到了尼日利亚第一所大学的奖学金，只不过学的专业是医学。和鲁迅一样，阿契贝也有着弃医从文的选择，在大学读了一年后，他选择转专业到文学系，只不过这样，他就失去了自己的奖学金。幸运的是，阿契贝的选择得到了家人的理解，最终在其大哥的资助下完成了学业。阿契贝之所以选择转到文学专业，是因为他阅读到了约瑟夫·康拉德和乔伊斯·卡里等人描写非洲的作品。《黑暗的心》《约翰逊先生》等将非洲污名化的作品深深刺痛了阿契贝，他立志要写出真正能够表现非洲的文学作品，所以才做出这一选择。

一名土生土长的非洲人，接受的却是完全西式的殖民教育，这难免造成阿契贝文化身份上的困惑。在遭遇"他者"的过程中，为抵御自我的"流失"，最好的办法就是拾起"传统"的盔甲。阿契贝的第一部小说《瓦解》（Things Fall Apart，1958）讲述的就是传统部族的故事。他用自己的笔触展现了非洲社会真实的样貌，他也同样用自己的书写为其自身找回了文化上的归属。小说之名源自叶芝诗歌《基督重临》中的一句，小说也正如其名，表现的是传统伊博族社会在殖民文化冲击下分崩离析的历史。在小说中，阿契贝用大量的描写表现了伊博族社会的风土人情、礼乐制度。这些现实主义的描写有力回击了殖民者"非洲无历史"的论调。但阿契贝在作品中并未一味美化往昔的生活，他也如实展现了一些落后愚昧的部落风俗习惯。阿契贝一直是警醒的，他有意通过自己的写作来对抗殖民书写，同时也始终在审慎地凝视非洲本土的文化。

在文化归属上，阿契贝毫无疑问属于部族文化一方，但在文化立场上，他没有迎合两种文化中的任何一方。作为文化十字路口的观察者，他已逐渐习惯辩证地看待不同的文化，这种辩证既来源于舅公与父亲的遗传，又来源于殖民学校的浸染。传统文化虽令人回味神迷，却也有残忍冷酷的习俗；殖民教育虽为殖民统治服务，但学校里也有怀着人文主义精神的白人教师。辩证的文化态度促使阿契贝选择了一条中间道路。这条充满批判性的中间道路必然是不讨喜的，但他可以在这条道路上通过写作来不断完善自我的文化身份。

二、介入现实政治的批评家

在《处于跨国资本主义时代中的第三世界文学》一文中，詹明信提出了"民族寓言"的概念，即"关于个人命运的故事包含着第三世界的大众文化和社会受到冲击的寓言"[①]。詹明信以鲁迅的《狂人日记》为例来阐述这一说法，但其实在非洲，许多本土作家的早期作品也都具有民族寓言的特征，如阿契贝的《瓦解》、恩古吉的《大河两岸》等。事实上，阿契贝著名的"尼日利亚三部曲"都具有这一特征，只不过第一部和第三部更为明显。第三部长篇小说《神箭》（*Arrow of God*，1964）的背景时间与第一部《瓦解》相近，都属于"父辈们"的故事，主要讲的是一位部落大祭司以自我的献祭来抵抗殖民文化的事迹。但三部曲之中的第二部作品《再也不得安宁》（*No Longer at Ease*，1960）主要关注的是尼日利亚当下的问题。为何三部曲并未按照时间顺序书写？按照阿契贝的说法，他在完成第一部作品后觉得自己还不是十分熟悉父辈们的生活，于是转而开始关注尼日利亚

[①] 詹明信：《晚期资本主义的文化逻辑》，张旭东编，陈清桥等译，北京：生活·读书·新知三联书店，2013 年，第 429 页。

的现实问题。相较于第一部及第三部作品较为浓厚的民族寓言特质，第二部作品则更多地具有一种政治预言的色彩。

《再也不得安宁》出版的当年正值尼日利亚独立，但在这部作品中，阿契贝并未对国家独立表现出过多的喜悦，反而通过自己的小说表达了对国家前途的隐隐担忧。事实上，对于非洲民众来说，喜悦只是短暂的，之后他们很快就有了一种独立后的幻灭感。就像詹明信所言，独立其实是来自西方的一个"有毒的礼物"[①]。非洲许多国家的独立并不是通过武装斗争夺取来的，而是通过谈判妥协的结果：他们让渡了自己在经济上的控制权而换取了政治层面上的独立。殖民者虽然离开了，却留下了自己的买办代理来继续统治这个国家，普通民众的生存境况依旧没有得到改善。《再也不得安宁》中的主人公奥比（Obi），在小说中被设定为第一部小说主人公奥贡喀沃（Okonkwo）的孙子。他受到伊博族乡会的资助前往英国留学，留学归来后开始风光地在政府任职。奥比本来怀有改变尼日利亚政局的崇高理想，却在纸醉金迷的首都拉各斯深陷债务危机，最终因受贿而遭起诉。阿契贝在这部小说中着力批判了尼日利亚政府官员的受贿与腐败问题。受贿问题在当时的尼日利亚是十分普遍的，新组建的国家还未形成统一的有凝聚力的共同体，来自各个部族的政治精英摩拳擦掌地准备在这个新国家里分一杯羹。虽然这部小说还关注了一些诸如个人与集体的关系等问题，但其中所传达的政治腐败话题无疑是最受当时尼日利亚民众关注的。从此，阿契贝开始了他的批判现实主义书写。

相较于第二部作品初涉政治话题，阿契贝的第四部小说《人民公仆》（*A Man of the People*，1966）无疑更深层次地展现了尼日利亚的政治时局，也更进一步地显现出作家高超的政治讽喻能力。《人民公仆》通过刻画南迦（Nanga）这一形象，辛辣地讽刺了尼日利亚自称"人民公仆"的政府官员们的胡作非为、中饱私囊以及寡廉鲜耻。阿契贝在这部小说中集中火力批判了尼日利亚的选举活动，贿选、拉拢选票等种种劣迹也最终触发了小说最后的军事政变。阿契贝的一位朋友在看完书稿后，曾称赞阿契贝有预言的能力。他说除了政变以外，小说中的一切都在尼日利亚发生了。可就在这部小说出版后不久，尼日利亚首都就发生了军事

---

① 詹明信：《晚期资本主义的文化逻辑》，张旭东编，陈清桥等译，北京：生活·读书·新知三联书店，2013 年，第 442 页。

政变。这部小说的结尾也给阿契贝造成了麻烦，因为军方怀疑他提前知道军方的计划。就这样，小说成了现实，文学作品成了政治预言，阿契贝也因此不得不逃离拉各斯以躲避军方的追捕。

阿契贝的政治书写一直延续到第五部长篇小说《荒原蚁丘》(*Anthills of the Savannah*，1987)。这部小说被视为阿契贝的小说技艺最纯熟之作。但遗憾的是，这也是阿契贝的最后一部小说。缘何第四部和第五部长篇小说在时间上相距如此之久？这期间相差的二十余年阿契贝又在做什么呢？其实，阿契贝的长篇小说创作是被尼日利亚内战打断的。1967年，因为政治矛盾，阿契贝所属的伊博族宣布退出尼日利亚，自立为比亚法拉共和国，随后内战就全面爆发。在战争期间，阿契贝与比亚法拉政府高层保持着密切的关系，还曾作为外交使者奔走于欧美等地为比亚法拉争取援助。阿契贝从一个作家、知识分子转变为了一个政治活动家，一个捍卫自己部族的斗士。这场战争造成了巨大的伤亡，阿契贝的好友、尼日利亚著名诗人克里斯托弗·奥基博也在这场战争中牺牲了。这场战争最终以比亚法拉的失败而告终，战后的尼日利亚迅速恢复重建，所有人都有意"忽略"这场残酷的战争。但阿契贝始终无法忘怀这场战争，他生前的最后一部作品《曾有一个国家》(*There Was a Country*，2012)就是从他个人的视角重述这场战争的。

战后的阿契贝开始垂青更能直抒胸臆的短篇小说和诗歌。短篇小说《战争时期的姑娘》("Girls at War")是这一时期的代表作品。尽管阿契贝曾深爱着比亚法拉，并且也为之战斗过，但在这部作品中他还是毫不留情地揭露并批判了比亚法拉军方高层的腐化。除了创作外，阿契贝也从事着杂志编纂工作。此外，他还与英尼斯合编了一本《非洲短篇小说选集》(*African Short Stories*，1985)，悉心发掘非洲年轻一代的作家。

三、非洲文学文化的代言人

阿契贝反映现实政治问题的小说曾遭到批评家诟病，不仅阿契贝，许多的非洲小说家也都曾因小说中的政治书写而遭到西方学者批评。他们称非洲小说中的政治性内容就如同司汤达所讲的"音乐会上的枪声"，它不仅会损毁小说的其他内容，还会大大降低整部小说的艺术水准。但以阿契贝为代表的非洲作家们显然不认同这一说法。阿契贝曾多次公开发文回应来自西方同行的指责，并不认同西方"为艺术而艺术"之观点。在阿契贝看来，艺术应该是为人民服务的。在《非洲及其作家》（"African and Her Writer"）一文中，阿契贝这样反击道：

人类文明肇始以来，艺术便是实用的。即便文学中那些非现实、魔幻的特征也是着眼于人类的基本需求，服务于实际目的。原始人在岩石上描绘的动物正是他们希望捕获的猎物，艺术无法孤悬于人类实践之外。非洲的祖先创造出神话和传奇，为人们讲述故事；制作雕塑，服务于时代的需要；艺术家居住、流动和存在于社会中，为了社会的利益而创造作品。①

非洲文学学者姚峰在研究这一话题时曾指出："政治性议题在非洲文学批评中被问题化，这反映出了西方的一种知识特权，是西方批评家与非洲批评家之间在文学批评领域的思想交锋和话语博弈。"②诚然，西方批评家们在不了解非洲历史及现状的情况下以西方的文艺理论对非洲文学妄加批评显然是傲慢且无礼的。事实上，政治就是与非洲作家们息息相关的事情。生活在南非的戈迪默若不在小说中反映种族隔离制度，那么她的小说肯定是在有意回避当下现实。一旦对非洲最重要的社会政治问题视而不见，作家就将沦为非洲的"局外人"，即便这一作家的作品会受到西方追捧，但他终会被非洲民众抛弃。

---

① Chinua Achebe, *Morning Yet on Creation Day: Essays*, Garden City, N.Y.: Anchor Press, 1976, pp. 25-26.

② 姚峰、孙晓萌：《文学与政治之辨：非洲文学批评的转身》，《上海师范大学学报》，2019 年第 5 期，第 47 页。

非洲文学所遭遇的挑战不仅来自外部批评者，有时也来自内部的同行。非洲文学中的政治议题是阿契贝不得不回应的问题，同样，非洲文学的书写语言也是阿契贝不得不表态的话题，因为它直接关系到非洲英语文学的合法性地位。这一尖锐话题在马凯雷雷大学举办的"非洲英语作家大会"上被正式提出讨论，此时正值非洲国家独立时期，民族主义情绪空前高涨。在会上，阿契贝的尼日利亚同胞瓦里批评了非洲作家用英语创作的行为。他认为，"任何非洲文学都必须用非洲语言创作，否则就是在走向死胡同，走向索然无味、充满挫败感的贫瘠之地"①。非洲作家用殖民语言创作的文学能不能算作非洲文学？此种"非-欧文学"的合法性地位何在？这一问题成了摆在非洲英语作家面前的一个尴尬难题。虽然瓦里并未将矛头直指阿契贝，但作为当时最重要的非洲英语作家，阿契贝还是对此做出了回应。他在《变迁》杂志上发表了名为《英语与非洲作家》（"English and the African Writer"）的文章，从现实角度回应了瓦里的发难。在尼日利亚，英语已经成为处理日常事务的通用语言，阿契贝只能借助英语才能跨过两百多种语言的边界，与自己的同胞进行交流。可以说，阿契贝选择用英语写作其实是尊重现实的一种无奈之举。同时，他也主张对英语进行"改写与挪用"。他在文章中表示，"我认为英语能够承载我的非洲经验，但它必须要成为一种新的英语，虽仍与其祖先的家园紧密相连，但改写后的它可以适应新的非洲环境"②。即便后来一些激进的非洲作家，如恩古吉等，放弃了英语这门书写语言，但阿契贝始终在使用英语进行写作。因为他相信，虽然他的作品用英语写成，但其中的非洲特质丝毫不会减损。反而，借助英语这一书写语言，他还可以让更多的读者了解非洲，深入非洲。

无论是作为作家还是批评家，阿契贝都在努力去除加在非洲之上的污名化标签。不难看出，阿契贝早期的作品《瓦解》与《神箭》，其实就是对《黑暗的心》等抹黑非洲的西方作品的一种文学抵抗。除此之外，作为批评家的阿契贝还对康拉德进行了批判，他认为《黑暗的心》是一部种族主义的作品。阿契贝的这一批判遭到了西方批评家的猛烈反击，甚至有文章认为阿契贝做出这种论断只能证明他是一个蹩脚差劲的批评家。就《黑暗的心》本身而言，我们并不能将康拉德简

---

① Obiajunwa Wali, "The Dead End of African Literature?", *Transition*, 1963, (10) p. 14.

② Chinua Achebe, "English and the African Writer", *Transition*, 1965, (18), p. 30.

单算作一个种族主义者，他其实想通过这部小说来反思西方现代文明。但就其在小说中透露出的无意识的种族情绪来说，康拉德无疑在结果上造成了西方人对非洲的面具性认知。阿契贝之所以不遗余力地批判这部小说，无疑是将其作为一个靶子。改变非洲的污名化形象，去除非洲的脸谱化标签，是作为小说家和作为批评家的阿契贝的毕生追求。为实现这一目标的诸多努力，也恰是他被称为非洲发声者的真正原因。

结　语

欧洲的殖民入侵在很大程度上造成了非洲文化历史的断裂，独立后的非洲民众一时很难找到文化上的依托。纵观阿契贝几十年的创作，他其实一直在用自己的作品来缝合关系上的断裂，抵御身份上的流失。早期的部族故事是为了缝合历史与现实的断裂；之后的政治讽喻作品是为了缝合知识分子与民众的断裂。文化精英一旦脱离历史与大众，文化身份流失的他们势必将走上悲剧性的不归路。再进一步讲，阿契贝在文学批评、文学编纂方面的付出，其实也是为了缝合，缝合的是非洲与国际社会的关系。作为非洲"现代文学之父"，阿契贝开创了一个崭新的非洲书写传统，他与他的继承者们用文学作品重新向世界介绍了非洲。基于此，那个曾被殖民者污名化、符号化的非洲便有了新的面目。

（文 / 海南师范大学 陈平）

沃莱·索因卡
Wole Soyinka，1934—

代表作一：《森林之舞》（*A Dance of the Forests*，1960）
代表作二：《死亡与国王的侍从》（*Death and the King's Horseman*，1975）

第十三篇

流散的人生与归航的心灵

——尼日利亚作家沃莱·索因卡创作研究

引　言

　　1934 年，当沃莱·索因卡（Wole Soyinka，1934— ）在尼日利亚阿贝奥库塔（Abeokuta）附近农村伊杰布－伊萨拉（Ijebu Isara）呱呱坠地时，大概没有人想到他有朝一日会成为非洲现代文学的骄傲。1954 年，当索因卡获资助负笈英伦到利兹大学（University of Leeds）求学时，他可能预料不到有一天也会像偶像塞缪尔·贝克特（Samuel Beckett，1906—1989）那样成为诺贝尔文学奖得主。1964 年，当索因卡在柏林的一次会议上说出"一只老虎不会声称他的老虎性，他猛扑"①时，他很可能也想象不到自己将会成为尼日利亚政府之敌并流散半生。索因卡倾其一生于文学艺术，致力于戏剧、诗歌与小说创作，为非洲文学在国际上赢得一席之地做出了卓越贡献。1986 年，索因卡因其巨大的文学成就获得诺贝尔文学奖，成为第一位获此殊荣的非洲黑人作家。索因卡因戏剧成就突出而被誉为"非洲的莎士比亚"；与此同时，他也因敢于伸张正义而被尊崇为"非洲的良心"和"老虎索因卡"。索因卡一生疾恶如仇，三次入狱，多年坐牢，长期流亡，"老虎"绰号成为他的重要名片。他身上融合了当代非洲知识分子善于思考、勇于

---

① 英文：A tiger does not proclaim his tigritude; he pounces.

批判、忠于民族的责任意识与担当精神；他在流散中不忘初衷，在批判中思索文明利弊，在笔耕中成就辉煌人生。

一、负笈英伦，锻造文艺才华

索因卡一生有两段异邦流散经历，正是这两段经历奠定了他的艺术基调与人生格调。第一段流散经历起始于 1954 年。这一年，成绩优异的索因卡获得一笔奖学金，资助其赴英国的利兹大学学习。1957 年，他从利兹大学毕业并继续在此攻读硕士学位。同时，他因出色的戏剧才华得以进入伦敦皇家宫廷剧院（Royal Court Theatre）工作。[①] 这段学习与工作经历，不仅夯实了索因卡的艺术根基，也确立了他的文艺报国志向。

利兹大学的戏剧活动非常丰富，学生有自己的业余剧团，经常上演欧洲古典名剧或现代主义剧目，有时也自编自演一些练习作品。这种浓厚的氛围进一步激发了索因卡早年产生的戏剧兴趣，使其在初涉文学领域时最先进入的是戏剧殿堂。皇家宫廷剧院是 20 世纪五六十年代英国乃至欧洲戏剧活动的中心，许多享誉世界的剧坛泰斗，如约翰·奥斯本（John Osborne，1929—1994）、阿诺德·威斯克（Arnold Wesker，1932—2016）、塞缪尔·贝克特等人都是从这里起步。[②] 索因卡在此可以留心观摩名剧的编导过程和舞台设计，也有机会直接参演或编导一些作品。这一经历让索因卡广泛接触到英美及欧洲的现代派戏剧，提高了他的戏剧修养，拓宽了他的艺术视野，锻炼了他的创作才能。

索因卡在英读书时即在戏剧创作方面崭露头角。1957 年，他的第一部戏剧《新发明》（The Invention）在皇家宫廷剧院上演。本剧的剧情大致如下：南非意外遭遇美国导弹误袭。这次袭击导致南非的所有黑人全都变成了白人。陷入恐慌的白人当局命令科学家火速研究出鉴别种族身份的办法，以便再次将黑人与白人隔离开来。这出独幕剧的情节荒诞不稽，内容庄谐各半，令观众啼笑皆非，对南非的种族隔离

---

① 索因卡在此先后担任过剧本校对、剧本编审、编剧等职务。

② 郁龙余、孟昭毅主编：《东方文学史（第二版）》，北京：北京大学出版社，2015 年，第 608 页。

政策极尽讽刺。① 如果说本剧是索因卡有感于南非的种族隔离制度而创作，那么他将很快把目光转向自己的祖国尼日利亚。

20世纪50年代末，索因卡创作了《沼泽地居民》（*The Swamp Dwellers*，1958）、《狮子与宝石》（*The Lion and the Jewel*，1959）等戏剧。《沼泽地居民》描写了独立之前尼日利亚沿海沼泽地带的农村生活。殖民统治与城市畸形发展导致当地农业受到严重冲击。在殖民统治下，农民不但要遭受多重盘剥，还要与自然灾害进行无望搏斗。青年农民面对天灾人祸无计可施，只好离开农村去往城市谋生。一批批青年逃离故土，农村经济更加凋敝。② 《狮子与宝石》是一部讽刺喜剧。女主人公希迪（Sidi）是村里最漂亮的姑娘，获得许多男人的青睐与追求。然而，她宁愿嫁给精于世故的老村长，也不愿选择满嘴时髦词的青年教师。在本剧中，索因卡娴熟地运用讽刺手法，生动刻画了一位在殖民教育下成长起来的奴颜婢膝、崇洋媚外的非洲知识分子形象。③ 这两部戏剧的发生背景都转向了尼日利亚，作品内容一方面表明索因卡对祖国的关心，另一方面也展示了他对国家未来的悲观和忧虑。

1960年尼日利亚获得独立，满怀热情的索因卡返回阔别许久的祖国。回国后的他先后在伊巴丹大学学院、伊费（Ife）的伊费大学④（University of Ife）任教。与此同时，他深入尼日利亚各地采风，广泛汲取约鲁巴民间故事、传说、神话、仪礼中的传统文化元素，把在英国学到的西方戏剧艺术同民族音乐、舞蹈、戏剧等结合在一起，力图创造出一种既有时代精神又不失乡土气息和民族风格的戏剧。他的代表作《森林之舞》（*A Dance of the Forests*，1960）就是这一探索的有益尝试。本剧中以民族团聚宴会隐喻尼日利亚民族独立大会。人们请求森林之王允许逝去的祖先作为民族杰出代表出席大会，但是最终来参加大会的却都是些不受欢迎之人。⑤ 索因卡通过本剧回击了"黑人性"文学对非洲历史与传统的过度赞美。

---

① 郁龙余、孟昭毅主编：《东方文学史（第二版）》，北京：北京大学出版社，2015年，第608页。

② 参见沃莱·索因卡：《狮子与宝石》，邵殿生等译，北京：北京燕山出版社，2015年，第1–36页。

③ 同上，第37–108页。

④ 1987年更名为奥巴费米·阿沃洛沃大学。

⑤ 参见沃莱·索因卡：《狮子与宝石》，邵殿生等译，北京：北京燕山出版社，2015年，第143–224页。

他想告诉人们，非洲的历史并不伟大，也不存在什么所谓的黄金时代，只有正视现实才能找到真正的出路。① 这部戏剧不仅再次展现了索因卡纯熟的讽刺艺术，展现了他对民族未来的担心忧虑，也表明他已经开始为非洲戏剧寻找新的表达方式，为民族未来探索新的发展道路。《森林之舞》原本是为庆祝 1960 年 10 月 1 日尼日利亚民族独立日而作，遗憾的是由于种种原因未获官方认可，而只能由索因卡创办的大学剧团出演。

20 世纪 60 年代，索因卡的创作步入成熟期与高产期。他继续将讽刺与隐喻相结合，艺术手法渐趋隐晦。1960 年创作的讽刺喜剧《裘罗教士的考验》（*The Trials of Brother Jero*，1960）讲述了一位江湖骗子利用不同心理诱人上当的故事。② 同年，尼日利亚第一部全本电视剧《父亲的负担》（*My Father's Burden*）在西尼日利亚电视台（Western Nigeria Television）播出。1963 年的《强种》（*The Strong Breed*，1963）对非洲社会的蛮风陋习进行了讽刺与批判。③1965 年的《孔其的收获》（*Kongi's Harvest*，1965）则对国家独立后的寡头政治进行了猛烈抨击。他的另一部代表作《路》（*The Road*，1965）以极其诡秘的方式探讨了尼日利亚社会的乱象，具有极强的讽寓性。④ 这一时期的戏剧作品偏重表现索因卡对当下社会现状的不满和对国家未来的忧虑，以及由此产生的孤独感与失落感。

索因卡不仅在戏剧方面硕果累累，在诗歌、小说方面做得也同样出色。早在 20 世纪 50 年代初读大学时，他就开始在杂志上发表诗歌，如《移民》（"The Immigrant"）和《我的邻居》（"My Next Door Neighbour"）等。1963 年，他创作的诗歌《电话交谈》（"Telephone Conversation"）被《非洲现代诗歌》（*Modern Poetry in Africa*）收录。1967 年，受奥贡（Ogun）圣地之行启发，他创作了诗集《伊旦莱及其他诗歌》（*Idanre and Other Poems*，1969），这部诗集表达了作者受现实冲击而产生的复杂情感与抒情式的反思。⑤《诠释者》（*The Interpreters*，1965，又译为《痴心与浊水》）是索因卡的第一部长篇小说。小说通过教师、律

① 郁龙余、孟昭毅主编：《东方文学史（第二版）》，北京：北京大学出版社，2015 年，第 609 页。
② 参见沃莱·索因卡：《狮子与宝石》，邵殿生等译，北京：北京燕山出版社，2015 年，第 109–142 页。
③ 同上，第 225–261 页。
④ 同上，第 262–349 页。
⑤ 参见 Wole Soyinka, *Idanre and Other Poems*, London: Methuen, 1967.

师、工程师、艺术家、新闻记者和知识分子等对社会现实的不同解读，既折射出他们在历史传统与现代文化挤压下的生存困惑，又揭露了现实世界的非理性现象。[①] 与其戏剧一样，索因卡的诗歌与小说也多采用象征、寓言的艺术手法，反映了现实世界和作家理想之间的矛盾。应该说，尼日利亚独立后的境况与人们的美好预期相去甚远，这对索因卡的作品主题与艺术手段产生深远影响。

索因卡除在文学创作中揭露、批判、思考、探索世界外，还积极参与现实的政治生活。他公开谴责政府的审查制度，批判独裁统治下的个人崇拜和政府腐败。正是由于这种对政府的激烈批判，迫使索因卡再次踏上流散之旅。

二、流散异邦，磨砺爱国热忱

索因卡的第二段流散经历起始于 1964 年。这一年，索因卡以辞去大学教职为代价，公开反对强行推动民众支持政府的行动。1965 年，索因卡被指控播放篡改的西尼日利亚总理演讲录音被逮捕。被囚几个月后，在全球作家的抗议声中索因卡被释放。此时，尼日利亚内部矛盾愈发激烈，内战已成燃眉之势。1966 年 1 月，尼日利亚爆发军事政变，并最终演变成为一场长达三年之久的内战。为阻止内战悲剧发生，1967 年，索因卡与伊博族军事首领奥朱古（Chukwuemeka Odumegwu Ojukwu）秘密会晤，这一行为导致他被尼日利亚政府再次逮捕，并被关押长达 22 个月之久。随后，尼日利亚内战终于爆发。索因卡身陷囹圄，尽管被禁止使用书籍、笔墨、纸张等工具，但他仍然坚持创作了大量诗歌和随笔，表达了对自由的极度向往和对政府的激烈批判。《狱中诗抄》（*Poems from Prison*，1969）是索因卡被拘期间在草纸上创作的诗集，书写了他在狱中的遭遇与感受，表达了对自由与光明的渴望。[②]1972 年，他在此基础上增添若干首新诗，以《地穴之梭》（*A Shuttle in the Crypt*，1972）为名重新结集出版。即使在被监禁期间，他的戏剧《狮子与宝石》《裘罗教士的考验》《强种》等在国外也从未中断上演。

---

① 参见沃莱·索因卡：《诠释者》，沈静、石羽山译，北京：北京燕山出版社，2015 年。
② 郁龙余、孟昭毅主编：《东方文学史（第二版）》，北京：北京大学出版社，2015 年，第 610 页。

内战结束后，政府大赦政治犯。获释后的索因卡开始流亡加纳、欧洲。之后，他一直在欧美诸国流荡，只有在政局稳定时才短暂返回国内。在流亡的最初阶段，索因卡在法国创作了《欧里庇德斯的酒神的伴侣》（*The Bacchae of Euripides*，1969），这是他改编彭透斯（Pentheus）神话而成的剧本。该剧"在对尼采悲剧学说阐释的基础上，借助欧洲的旧故事来表达自己的民族戏剧构想"①，影射了当时尼日利亚发生的真实事件，表达了索因卡的爱憎情感。1969 年底，索因卡短暂返回尼日利亚。1970 年，他创作了著名的讽刺剧《疯子和专家》（*Madmen and Specialists*），并与伊巴丹大学戏剧艺术公司（Ibadan University Theatre Art Company）的同事一起，将本剧搬上了美国的舞台。这部戏剧反映了人性丧失、贪婪无度与掠夺成性的主题，上演后产生了极大反响。② 1971 年，因为对当局政权不满，索因卡再次辞去大学教职，开始了另一段自我流放的生活。直到 1975 年戈翁军事政权终结，他才再次回国执教，继续戏剧创作与学术研究。

索因卡的第二部长篇小说《反常之季》（*Season of Anomy*，1973）描绘了一个"具有原始共产主义性质的农业社会"③，表达了索因卡的左翼政治倾向。自传体小说《那人死了：狱中笔记》（*The Man Died: Prison Notes of Wole Soyinka*，1972），对他的牢狱生活及在狱中的新认识做了回顾，"是用一种精密观察和勇敢记忆的权威性记录下来的，还因为它包含一颗美好心灵在不可言喻的监禁中仍然以绝对的明晰风格写下的辉煌省思"④。这部小说曾于 1984 年被尼日利亚法院禁止发行。1973 年，《欧里庇德斯的酒神的伴侣》在伦敦国家剧院（National Theatre）首演；剧本《茂盛的紫檀》（*Camwood on the Leaves*）和《裘罗教士变形记》（*Jero's Metamorphosis*）也首次付梓。《裘罗教士变形记》是《裘罗教士的考验》的姊妹篇，与前篇一样，这部闹剧也赞扬了江湖骗子的机智与狡黠。⑤ 1973 年至 1974 年，他创作了《死亡与国王的侍从》，并在剑桥大学的丘吉尔学院举行了

① 高文惠：《索因卡对〈酒神的伴侣〉的创造性改写》，《外国文学研究》，2017 年第 3 期，第 153 页。
② 沃莱·索因卡：《狮子与宝石》，邵殿生等译，北京：北京燕山出版社，2015 年，第 350—424 页。
③ 宋志明：《索因卡〈反常的季节〉中的社会政治想象》，《外国文学研究》，2020 年第 4 期，第 138 页。
④ 纳丁·戈迪默：《老虎索因卡》，载布罗茨基等：《见证与愉悦 当代外国作家文选》，黄灿然译，天津：百花文艺出版社，1999 年，第 116 页。
⑤ 郁龙余、孟昭毅主编：《东方文学史（第二版）》，北京：北京大学出版社，2015 年，第 609 页。

首读式。《死亡与国王的侍从》是索因卡的另一部重磅剧作。本剧根据1946年发生的一起真实事件改编，剧情围绕奥约王国的活人献祭仪式展开。剧中人物欧朗弟（Olunde）虽然在英国接受了现代教育，但最终仍旧毅然代父自杀完成献祭仪式。[①] 由于本剧主题复杂，存在多种解读的可能性，引发了非洲内外的广泛争议。虽然欧朗弟的自我牺牲精神和忠于传统的意志值得赞扬，但这种行为已经不为现代文明所容。这一戏剧表明，索因卡开始从非洲传统中寻找民族解放之道，因而才在文学表达上变得如此激进。

1975年至1984年，索因卡在政治上也显得更加激进。他批评民选总统谢胡·沙加里（Shehu Shagari）政府腐败，批评穆罕默德·布哈里（Muhammadu Buhari）军政府独裁，赞颂非洲各国为反对种族主义而做的斗争。为庆祝莫桑比克向罗得西亚的白人政权宣战，他创作了长诗《奥贡阿比比曼》（*Ogun Abibiman*，1976）。1981年，他的另一部自传《阿凯，我的童年时光》（*Aké: The Years of Childhood*，1981）再现了索因卡的早年生活，展示了他成熟的叙事技巧，[②] 获得1983年阿尼斯菲尔德－沃尔夫图书奖（Anisfield-Wolf Book Award）。1983年，他的戏剧《未来学者的安魂曲》（*Requiem for a Futurologist*）在伦敦出版。1984年，《巨人之剧》（*A Play of Giants*）成功上演。1986年，索因卡获得诺贝尔文学奖，成为非洲首位获此大奖的黑人作家。他的获奖演说《过去必须回应当下》（"This Past Must Address Its Present"），对南非的种族隔离政治进行了直言不讳的批评。同年，他还获得了阿吉普文学奖（Agip Prize for Literature）。1988年，他创作了诗集《曼德拉的世界及其他》（*Mandela's Earth and Other Poems*），对曼德拉的坚定意志与斗争精神做了高度赞扬，对种族隔离制度的罪恶进行了揭露与批判。[③]

1991年，英国广播公司播出了索因卡的广播剧《风信子灾殃》（*A Scourge of Hyacinths*）；1992年，他的戏剧《来自齐娅》（*From Zia, with Love*）在意大利锡耶纳首演。这两部政治滑稽剧均以80年代发生在尼日利亚的真实事件为基础，对军事独裁统治的野蛮与不公进行了批评与嘲讽。索因卡对独裁、暴政的批

---

① 渥雷·索因卡：《死亡与国王的侍从》，蔡宜刚译，长沙：湖南文艺出版社，2004年。

② 沃莱·索因卡：《阿凯，我的童年时光》，徐涵译，北京：北京燕山出版社，2016年。

③ Wole Soyinka, *Mandela's Earth and Other Poems*, Kampala: Fountain Publications, 1989.

评，使其难以见容于当政者。1994 年 11 月，索因卡流亡美国，成为埃默里大学的教授，之后他主要在美国生活。1995 年，他的剧作《地方男孩受福记》（*The Beatification of Area Boy*）在利兹的西约克剧院上演并在伦敦出版，无情地揭露并批评了尼日利亚的社会乱象。[①]1997 年，他被阿巴查（Sani Abacha）军政府指控犯叛国罪，被缺席判处死刑；1998 年阿巴查暴毙，此案不了了之。1997 年，他将早期创作的部分诗歌结集为《早期诗歌》（*Early Poems*，1997）出版。1999 年，索因卡接受了伊费大学名誉教授头衔，条件是禁止本校招收军官学生。2001 年，《巴布国王》（*King Baabu*）在拉各斯首演，这也是一部有关非洲独裁统治的政治讽刺剧。2002 年，他出版了诗集《撒马尔罕与我了解的其他市场》（*Samarkand and Other Markets I Have Known*，2002)，倾诉了对自己的国家被暴君控制的愤怒，号召人民为建设美好的尼日利亚而不懈战斗。[②] 2011 年的讽刺剧《岩顶屠夫》（*Alapata Apata*）以尼日利亚的经验为背景，透视了全球社会、经济、道德、文化和政治的不公。2021 年 9 月，索因卡出版了《幸福之地纪事》（*Chronicles from the Land of the Happiest People on Earth*），以侦探小说的形式对尼日利亚的权力和腐败进行了辛辣讽刺，本·奥克瑞（Ben Okri，1959—　）评价其为索因卡最伟大的小说。

三、转益多师，坚定非洲回归

索因卡博学多艺，著述颇丰，创作涉及多种文类。除上述作品外，索因卡还创作过多部短篇小说与回忆录。短篇小说主要有 1958 年的《两城记》（*A Tale of Two Cities*）、1960 年的《埃格贝的死敌》（*Egbe's Sworn Enemy*）与《艾蒂安夫人的成就》（*Madame Etienne's Establishment*）。回忆录有《伊巴丹：彭克勒姆年代回忆录 1945—1965》（*Ibadan: The Penkelemes Years: A Memoir 1945-1965*，

---

① Wole Soyinka, *The Beatification of Area Boy: A Lagosian Kaleidoscope*, Ibadan: Spectrum Books Limited, 1995.

② Wole Soyinka, *Samarkand and Other Markets I Have Known*, London: Methuen Publishing Ltd., 2003.

1989）①、《伊萨拉："随笔"的人生之旅》（*Isara: A Voyage Around Essay*，1990）②
与《你必须在黎明前出发》（*You Must Set Forth at Dawn*，2006）等。1968 年，
索因卡还曾将法贡瓦（D. O. Fagunwa）的第一部约鲁巴语小说《千魔森林：猎人
传奇》（*Thousand Demons: A Hunter's Saga*）翻译成英语，2010 年他又翻译了法
贡瓦的另一部小说《奥伦杜马莱的丛林》（*In the Forest of Olodumare*），让这些只
限于约鲁巴语读者的小说，在更广阔的英语世界里焕发出新的光彩。

　　索因卡的成就固然取决于他的天赋有加和后天努力，但在很大程度上也与他
转益多师、学贯非西的学习与工作经历有很大关系。这种经历自幼年时期就开始
对他产生影响。1934 年 7 月 13 日，索因卡降生于阿贝奥库塔的一个基督教家庭。
父亲塞缪尔·阿约德勒·索因卡（Samuel Ayodele Soyinka）是一名基督教牧
师，同时兼任圣彼德学校校长。母亲格雷丝·艾尼奥拉·索因卡（Grace Eniola
Soyinka）来自当地望族兰瑟姆 - 库蒂家族（Ransome-Kuti family），她笃信基
督，积极参加妇女运动，索因卡戏称其为"野蛮的基督徒"（Wild Christian）。索
因卡从小就经常跟随父母参加基督教仪式。他的出生地阿贝奥库塔是一座约鲁巴
古城，大多数人信仰本土宗教，盛行由传统祭祀仪礼演变而来的民间歌舞。索因
卡深受这种传统文化的熏陶。后来的索因卡虽然成为一名无神论者，但正像当时
的大部分非洲知识分子一样，索因卡自幼就浸淫于非—欧两种异质文化的影响之
下，这一经历深刻地影响了他的文学实践与美学思想。

　　1944 年，索因卡到阿贝奥库塔的文法学校读书。1946 年，他被当时尼日利亚
的精英中学伊巴丹政府学院（Government College）录取，曾多次因写作而获奖。
1952 年，18 岁的索因卡前往伊巴丹大学学院求学。1954 年，索因卡到英国的利兹
大学留学。他的指导老师威尔逊·奈特（Wilson Knight）是著名的莎士比亚研究专
家。在他的指导下，索因卡潜心研读西方不同流派的戏剧书籍和各种文艺思潮的作
品，使他的创作不仅具有现实意义，还具备思想深度。与此同时，他在英国工作
期间还接触到了大量的欧洲现代派戏剧，有些作品，如《沃恩约希歌剧》（*Opera
Wọnyọsi*，1977），就是在英国约翰·盖伊（John Gay，1685—1732）的《乞丐歌剧》

---

① penkelemes 一词源自约鲁巴语，意为"特别混乱"（peculiar mess），表示传统、规范和实践与腐败、
　亲属关系和赞助网络交织在一起的概念。索因卡用它描述尼日利亚的政治与社会病态。
② Essay（随笔）是索因卡对其父亲的昵称。

（*The Beggar's Opera*，1728）和德国布莱希特（Bertolt Brecht，1989—1956）的《三分钱歌剧》（*The Threepenny Opera*，1928）的启发下写成的。[①]

从英国归来后，索因卡在伊巴丹大学、伊费大学等国内高校任教。后来，他还受聘为英国剑桥大学、谢菲尔德大学和美国耶鲁大学、康奈尔大学等高校的客座教授。2012年，他受中国社会科学院邀请来华短期访问交流。索因卡天赋有加、阅历丰富、创作勤奋、视野广阔、思考深邃，在学术研究方面做出了突出的成就。他通过演说、论文等不断阐发对文学艺术，特别是戏剧艺术的看法。1976年出版的论文集《神话、文学与非洲世界》（*Myth, Literature and the African World*），通过比较欧洲与非洲的文学作品，探讨了非洲戏剧神秘主义的起源问题，较为全面地反映了索因卡对文学与戏剧的独特认识与文艺观点。另外，他还有十数篇论文发表于各个期刊。索因卡的文学创作与学术成果都特别丰硕，先后被利兹大学（1972）、哈佛大学（1993）、普林斯顿大学（2005）、阿贝奥库塔联邦农业大学（2018）等高校授予荣誉博士学位。

索因卡深入挖掘约鲁巴传统文化元素，创造出独具特色的"仪式悲剧"。1963年的《强种》表演的是一场"净化仪式"，这是他第一次尝试仪式悲剧。主人公埃芒（Eman）是村中世代承袭的负罪者（carrier）。作为外乡人的埃芒来到被巫师加古纳（Jaguna）控制的村子。在得知村民正在挑选负罪者后，出于"强种"家族的荣誉感与自己的坚定信仰，原本有机会逃走的埃芒自愿代替流浪至此的傻孩子伊法达（Ifada）做替罪羊。埃芒本以为这里的仪式跟家乡一样，负罪者虽然受尽污辱但最终会性命无虞，但事实比他想象得更加邪恶。最终，他落入加古纳等人布置的捕兽机关而身亡。世袭负罪者埃芒是拯救部族的英雄，他承担起"强种"家族的责任，以自愿"牺牲"换取集体的新生。[②]

出版于1975年的《死亡与国王的侍从》是索因卡的另一部重要仪式悲剧。约鲁巴一位国王去世，根据习俗，他的侍卫长艾雷辛（Elesin Oba）[③] 必须自杀殉主，跟随国王去往神圣通道，走向彼岸世界，从而保证后代的繁荣、稳定与

---

① 郁龙余、孟昭毅主编：《东方文学史（第二版）》，北京：北京大学出版社，2015年，第609页。

② 沃莱·索因卡：《狮子与宝石》，邵殿生等译，北京：北京燕山出版社，2015年，第225–261页。

③ 文中的译名采用蔡宜刚译本《死亡与国王的侍从》，长沙：湖南文艺出版社，2004年。

和平。因英国王子巡视辖区，殖民行政官赛门·皮尔金斯（Simon Pilkings）将艾雷辛投入监狱阻止仪式，最终造成艾雷辛及其长子欧朗弟双双自杀的悲剧。[①]索因卡在本剧中将约鲁巴传统中的活人殉葬置于殖民律法与传统习惯的冲突中，对生命与死亡的意义、个体与集体的关系进行了形而上的探讨，这部作品堪称索因卡最具古典形态的宗教仪式悲剧。不过，本剧在广受好评的同时，也因活人献祭主题有违人道主义而引起非洲内外文学、文化界的普遍争议，让索因卡几乎陷入四面楚歌的境地。

索因卡认为"过去、现在和未来并非递嬗相继""生的与死的以及即将诞生的，都同样的在当下相逢。'当下'也就是人类存在的悲剧情境"。[②] 他认为，人类悲剧就存在于当下，人类要想走出"当下"的悲剧，需要维持这三重世界之间的联系。索因卡发现，非洲哲学里存在一个较少被理解或被探索的第四空间，在那里发生着存在——理想存在和物质存在——的内部转换，它是宇宙意志最终表达的所在之地。[③] 这一空间在《死亡与国王的侍从》里具体表征为转换的"通道"（passage）。索因卡曾用一篇长文——《第四舞台：通过奥冈神话直抵约鲁巴悲剧的根源》（"The Fourth Stage: Through the Mysteries of Ogun to the Origins of Yoruba Tragedy"）系统地阐述他的悲剧理论。这篇文章被《神话、文学与非洲世界》一书收录，是理解索因卡文艺思想的重要文献。

尼采将希腊悲剧解释为日神阿波罗（Apollo）形象与酒神狄俄尼索斯（Dionysus）精神的结合物。索因卡认为，约鲁巴神话里也有与日神、酒神相对应的神祇。与日神相对应的是奥巴塔拉（Obatala），他是约鲁巴的"创造（Creation）之神……宁静艺术的本体。奥巴塔拉塑造外形，但是生命的精神由埃杜马勒（Edumare）这个至高无上的神所操控。奥巴塔拉的艺术从本质上来说，是造型的和形式的"[④]。与酒神相对应的是奥贡（Ogun），他是约鲁巴的"创造力

---

① 渥雷·索因卡：《死亡与国王的侍从》，蔡宜刚译，长沙：湖南文艺出版社，2004年。

② 南方朔：《导读：书写，以约鲁巴神话为母体》，载渥雷·索因卡：《死亡与国王的侍从》，蔡宜刚译，长沙：湖南文艺出版社，2004年，第4页。

③ 高文惠：《索因卡的"第四舞台"和"仪式悲剧"——以〈死亡与国王的马夫〉为例》，《外国文学研究》，2011年第3期，第129页。

④ Wole Soyinka, *Myth, Literature and the African World*, Cambridge: Cambridge University Press, 1976, p. 140.

（creativity）之神，道路守护神，技术之神和艺术之神，探索者，猎人，战神，神圣誓言的监护者"①。索因卡解释说，奥贡既是创造之神又是毁灭之神（战神），兼具创造与毁灭的双重功能，另外，他还是以个人的强大意志力克服自我解体的痛苦，触摸存在本质、拯救世界的英雄。索因卡认为"奥贡是第一位演员，是其他人的领袖，是第一位受难神，是第一种创造性能量，是转换通道的第一位挑战者和征服者"②。奥贡集多种对立于一身，自身经历了分裂的痛苦。"在约鲁巴传统戏剧中，悲剧就是这种分裂的、本体与自我破裂的痛苦。"③只有经历过分裂的人，才能理解两种冲突之间的熔接，才会成为这种熔接的力量。作为艺术之神，奥贡创造的第一种艺术形式就是悲剧。④索因卡将欧洲戏剧与非洲文化相融合，创造出了独具特色的非洲诗学理论。

结　　语

　　索因卡一生流散欧美，学贯非西，在不断吸收人类艺术精粹的同时，最终坚定地回归非洲本土，致力于从民族历史与传统文化中寻找走出殖民主义泥淖的艺术道路与国家出路，与尼日利亚第一代作家共同承担起历史赋予他们的神圣使命。为推动尼日利亚现代文学发展，他于 1961 年帮助创办作家和艺术家团体——姆巴里（Mbari）俱乐部。为推动非洲文学理论与话语自主，他从约鲁巴"净化仪式"与"献祭仪式"中创立仪式悲剧，从约鲁巴神祇奥巴塔拉与奥贡身上发掘非洲悲剧的源头。为推动尼日利亚文学走出"黑人性"文学的阴影，他以"老虎"作喻猛烈抨击"黑人性"作家对传统与历史的过度美化。为推动尼日利亚政治民主，他以人身自由为代价，勇敢地与军事独裁做斗争。他以文学为武器，像猛虎一样

---

① Wole Soyinka, *Myth, Literature and the African World*, Cambridge: Cambridge Universtiy Press, 1976, p. 140.

② Ibid., p. 145.

③ Ibid.

④ 参见高文慧：《索因卡的"第四舞台"和"仪式悲剧"—以〈死亡与国王的马夫〉为例》，《外国文学研究》，2011 年第 3 期，第 129 页。

勇敢而不妥协地批判社会，批判政府，批判殖民主义与种族主义，努力推动非洲社会进步，体现了一代非洲知识分子的责任与担当。正如戈迪默所言："我们非洲有很多作家把实际行动做得跟写作一样好，但索因卡是最好和最出色的例子，树立作家达到时代要求的榜样，超乎一般人所能理解的知识分子的责任。"[①] 就此而言，索因卡堪称非洲作家的典范。

（文 / 山东青年政治学院 冯德河）

---

① 纳丁·戈迪默：《老虎索因卡》，载布罗茨基等：《见证与愉悦：当代外国作家文选》，黄灿然译，天津：百花文艺出版社，1999 年，第 116 页。

本·奥克瑞

Ben Okri, 1959—

代表作一：《饥饿的路》（*The Famished Road*，1991）

代表作二：《迷魂之歌》（*Songs of Enchantment*，1993）

代表作三：《无限的财富》（*Infinite Riches*，1998）

第十四篇

魔幻与现实交织下的非洲书写

——尼日利亚作家本·奥克瑞创作研究

引　言

近几年来，非英美国家英语文学吸引了越来越多的关注和研究。其中，非洲英语文学界特别是尼日利亚英语文学界涌现出了众多优秀的作家和深刻的作品。尼日利亚英语文学的"发展经历了萌芽期、成型期、发展期和成熟期四个阶段，分别产生了包含图图奥拉、索因卡、阿契贝以及本·奥克瑞等在内的三代作家"①。作为尼日利亚第三代作家的代表，本·奥克瑞（Ben Okri，1959—）延续了尼日利亚先驱作家的写作传统。他在非洲口头文学和民间传说的耳濡目染下，以其敏锐的观察力和丰富的想象力，结合尼日利亚悠久的历史、异域的文化、民族特色和日常生活，对传统的非洲故事进行再创作，并借助英语这一语言载体，呈现出一个个亦真亦幻、亦实亦虚的非洲故事。奥克瑞不仅向读者展现了非洲悠久的历史和独特的文化，还以其标志性的"鬼魅"风格，重塑非洲形象，发出非洲之声，弘扬非洲精神，实现了非洲书写。

---

① 朱振武、韩文婷：《文学路的探索与非洲梦的构建——尼日利亚英语文学源流考论》，《外语教学》，2017 年第 4 期，第 97 页。

一、从非洲文化出发，讲好非洲故事

本·奥克瑞是一位用英语进行创作的尼日利亚小说家和诗人，被认为是非洲最重要的后现代和后殖民作家之一。他于 1959 年 3 月 15 日出生在尼日利亚的中西部城市明纳（Minna），母亲是半个伊博人（Igbo），父亲是乌尔霍布族人（Urhobo）。在奥克瑞不到两岁的时候他们举家迁往伦敦，并在那里度过了童年时光。1968 年时，他返回尼日利亚。在此期间，尼日利亚爆发了内战，这场战争对奥克瑞的生活产生了巨大影响，并多次成为他文学创作的素材。后来，奥克瑞重返英国，在埃塞克斯大学研修比较文学。此后，他先后获得了威斯敏斯特大学（1997 年）和埃塞克斯大学（2002 年）等多所大学授予的荣誉博士学位，并成为英国皇家文学学会会员。生于尼日利亚，成长于英国的生活经历在奥克瑞的写作中留下了深刻的印记。

奥克瑞在他 14 岁的时候就开始尝试写作，其创作题裁非常广泛，涉及诗歌、小说和政治散文等多个方面。他在 21 岁的时候凭借处女作《花与影》（*Flowers and Shadows*，1980）在国际文坛崭露头角。1981 年，他出版了第二部小说《内部景观》（*The Landscapes Within*）。在此之后，他经历了一段短暂的无家可归的时期。1986 年，他的首部短篇小说集《圣地事件》（*Incidents at the Shrine*）问世，并获得了 1987 年的英联邦作家奖（非洲组别）（Commonwealth Writers Prize for Africa）及阿加汗小说奖（Aga Kahn Prize for Fiction），屡获殊荣提高了他在文坛的声誉。1988 年，他出版了第二部小说集《新宵禁之星》（*Stars of the New Curfew*）。这部作品也广受欢迎和好评，进一步奠定了他作为尼日利亚新一代代表作家的基础。

真正让奥克瑞蜚声国际文坛的是他的长篇小说《饥饿的路》（*The Famished Road*，1991）。1991 年，奥克瑞凭借《饥饿的路》获得了布克奖，成为当时最年轻的布克奖获得者。在《饥饿的路》中,奥克瑞将精彩的叙事技巧与全新的写作视角相结合,小说在自发行以来的几十年里具有很高的影响力。如今,该作已比肩萨尔曼·拉什迪(Salman Rushdie,1947—)的《午夜的孩子们》(*Midnight's Children*,1981)和加布里埃尔·加西亚·马尔克斯(Gabriel Garcia Marquez,1927—2014)的《百年孤独》(*One Hundred Years of Solitude*,1967)等经典之作,而奥克瑞也成为继索因卡和阿契贝之后在西方世界影响深远的尼日利亚新一代作家。继《饥饿的路》之后,他的小说《迷魂之歌》(*Songs of Enchantment*,1993)和《无限的财富》(*Infinite Riches*,1998)延续了《饥饿的路》的主题。这三部小说构成了以"鬼孩"阿扎罗(Azaro)的生活缩影来反映战后尼日利亚以至非洲社会与政治动荡局面的"阿比库三部曲"。目前,奥克瑞已出版了多部小说、诗集和短篇小说集,其作品被翻译成了 20 多种语言,在世界范围内具有举足轻重的影响力。

奥克瑞是一位故事大师,他不仅是一个非洲故事的讲述者,还是非洲文化的传承者。他提倡非洲人要自己书写非洲故事,在创作上深受以图图奥拉、索因卡、阿契贝等为代表的传统尼日利亚写作方式的影响。同时,他又受到全球写作环境下的非写实叙事风格的影响,从而营造出一种虚实相交、亦真亦幻、诡魅非常的画面。他"把自己对尼日利亚约鲁巴文化的理解和掌握、对尼日利亚当代现实的敏锐观察和 20 世纪的英语现代主义文学技巧结合起来,试图创作出一种别开生面的非洲英语新小说"①。对于奥克瑞而言,故事是其写作的核心。在他看来,我们靠故事生活,我们也生活在故事中,而故事的真正意义就在于它是如何被讲述的。在非洲,许多国家都有着悠久的讲故事的历史。"非洲有着一千多年的口头文学历史,包括谚语、格言、寓言、诗歌和各种叙事故事等多种形式。"②奥克瑞从小就在非洲神话故事的浸润下成长,因此对古老的约鲁巴民间传说产生了浓厚的兴趣。

---

① 邱华栋:《非洲的歌——创造非洲英语小说经典的本·奥克利》,《静夜高颂:对 66 位伟大作家的心灵访问(亚洲、非洲卷)》,南京:江苏人民出版社,2010 年,第 226 页。

② 朱振武、韩文婷:《文学路的探索与非洲梦的构建——尼日利亚英语文学源流考论》,《外语教学》,2017 年第 4 期,第 97 页。

这些故事流淌在他的血液里，根植于他的精神中，构成了其独特的世界观。离开尼日利亚后，在孤独和乡愁的双重作用下，古老的故事渐渐地以新面孔和新声音交织于他的脑海，从而形成了奥克瑞的书写轨迹。

历史久远的非洲传说和神话故事影响了奥克瑞的创作风格，为其提供了灵感。"非洲神话是非洲文化艺术的土壤，它不但培育了非洲的传统宗教和文化，而且孕含着一种非洲民族精神。"[①] 他在小说创作中借鉴了许多古老的非洲神话传说。奥克瑞将非洲的民间宗教、民俗和口头神话与原始传统文化的巫术、仪式、文化遗存和符号结合。在非洲文化的影响下，加之其非凡的想象力，他笔下的故事始终笼罩在一种神奇的氛围中。其作品中出现的幽灵世界、梦境与幻象等都具有浓厚的约鲁巴文化色彩，因而呈现出带有尼日利亚本土文化印迹的魔幻色彩。

比如，小说《饥饿的路》中出现了关于路之王的传说。《饥饿的路》的题目和意象均来自索因卡的诗歌《黎明中的死亡》中"当路在饥饿地等待时，你千万别出来行走"[②]。路之王向人们索要贡品，否则就将其吞食。当人们不再提供贡品时，他就开始吞食人类。于是人们决定毒死路之王。当毒性发作时，路之王就吃掉了他所看到的一切，甚至吃了自己的腿、手、肩膀、后背、脖子和脑袋，最后只剩下了胃。最后，他成了路的一部分，因为他饱受饥饿之苦，所以路上经常发生事故。这个神话传说正是"饥饿的路"的由来。

尽管奥克瑞的作品总是被贴上"幻想""幻觉""魔幻现实主义"等标签，但实际上，他并不是在创造魔幻现实主义，而是在用自己的方式重新定义它。奥克瑞的作品改变了读者对于现实的传统认识。他善于利用神话、民间传说和寓言，将其交织成一张故事的网络，字里行间将现实的边界推向极限，从而产生一种神秘、神奇却让人觉得真实的感觉。对于现实，奥克瑞有着自己独特的见解，他认为生活中没有绝对的现实。他曾经说过："在我成长的传统中，对现实有着多维度的解读，其中包含着神话、传说、祖先、灵魂与死亡。"[③] 现实有其客观、理性的一面，但是其延伸而出的多种维度，让现实被赋予了一层神秘的色彩。

---

① 李永彩：《非洲神话：透视与思考》，《民俗研究》，1994 年第 4 期，第 85 页。

② 渥雷·索因卡：《狮子与宝石》，邵殿生等译，广西：漓江出版社，1990 年，第 417 页。

③ Anita Sethi,"Ben Okri: Novelist as Dream Weaver", *The National*, Sept. 1, 2011.

比如，在奥克瑞的作品中，经常会出现鬼魂在现实世界和幽灵世界来回穿梭的画面。这是因为，"在许多黑人看来，死亡并不是一个人生命的终结，而是生命形式的转换，并在转换中获得了超自然的力量"[①]。在非洲，死者的灵魂可以借助动植物等重返人间。与西方的宗教观不同，非洲人是泛神论者，他们有着其独特的图腾崇拜、自然崇拜、部落神崇拜和祖先崇拜。非洲人将传统的雕刻作为祖先、酋长和国王等死者的亡灵的栖身之处，以此来获得祖先的庇护。在宗教祭祀、葬礼以及庆典等活动中，非洲人需要佩戴不同的面具，因为"面具被看成是祖先灵魂的化身，可以再现死者的容貌"[②]。如此看来，在特定的文化环境影响下，奥克瑞所读的关于尼日利亚祖先和幽灵的神话故事，改变了他对世界的认知，进而使他产生了对现实的不同界定。奥克瑞将神话故事与他描绘的社会现状相结合，向世界呈现出一幅虚实交融、气势恢宏的非洲画卷，恰恰体现了他对非洲乌托邦的真诚追求。

奥克瑞为我们讲述了一个个精彩纷呈的故事，而非洲神话和传说则是故事中的故事。这些故事都具有不可小觑的力量，饱含着奥克瑞对压迫性制度的反抗和更广泛的社会意识。奥克瑞是一个讲故事的人，他以英语为载体，不知疲倦地向全世界讲述发生在非洲的生动故事。这些故事让读者能够体会到非洲文化的悠久与灿烂，也能够对非洲人民的苦难经历产生发自肺腑的深切同情。

二、以"阿比库"之名，重塑非洲形象

由于早期非洲本土文学的孱弱和英语文学形成较晚等，很长时间以来西方世界都是通过白人作家的文学作品来了解非洲的概貌。吉卜林、约瑟夫·康拉德、E. M. 福斯特、乔伊斯·卡里以及格雷厄姆·格林等都先后对非洲形象做出过不实描述。主流的英语小说对非洲的描述"大部分是情节简单的故事，有着善良的白人

---

① 艾周昌、沐涛：《世界文明文库·走进黑非洲》，上海：上海文艺出版社，2001 年，第 147 页。
② 同上，第 155 页。

和邪恶的野蛮人"[1]。英国作家约瑟夫·康拉德（Joseph Conrad，1857—1924）在《黑暗的心》(*Heart of Darkness*，1899）中曾对非洲形象进行了"非人化"描述。例如，"就在这棵树的旁边，还盘起腿坐着两把瘦棱棱的黑骨头。其中一个把下巴撑在膝盖上，视而不见地瞪着眼睛，一副令人不忍看的可怕模样；和他同在的另一个幽灵则是前额浮在膝盖上，仿佛被一种极度的困倦所压倒；四周散开的其他人，有着各种各样不成形的瘫痪姿势，恰像一张描绘大屠杀或是大瘟疫的图片上所画的那样"[2]。早期话语权的缺失造成了长期以来外界对非洲形象的误解和偏见。奥克瑞以非洲之子的责任感和使命感，立足非洲本土，呈现非洲原貌，从而颠覆了以往现代文明的西方世界眼中原始野蛮的非洲形象。

在他的系列小说《饥饿的路》《迷魂之歌》和《无限的财富》中，奥克瑞将约鲁巴民间传说与尼日利亚的现实生活相融合，构成了反映殖民前后非洲真实面貌的百科全书式故事集。奥克瑞以其独特的非洲美学，讲述了主人公阿扎罗在现实空间、虚幻空间以及双重文化杂糅的第三空间中，对非洲原始文明的回望与坚持，对非洲现实状况的揭露与抨击，以及对非洲未来发展的思考与探索，并结合多样的人物和深刻的主题完成了发展中非洲形象的书写。

小说的主人公阿扎罗是一个阿比库（Abiku）。"阿比库"是约鲁巴神话中的专有名词，尼日利亚诗人尼依·奥桑代尔（Niyi Osundare）将其解释为"注定要死亡"。"阿比库"指那些不愿投生到现实世界的幽灵。他们"讨厌生存的残酷、无法实现的渴望、被奉为圭臬的人间不公、歧路交错的爱、父母的无知、走向死亡的事实，还有生者面对宇宙间质朴的美好事物时那种惊人的麻木"[3]。阿扎罗是非洲古老文明和西方文化双重浸润下的结合体，象征了脱离殖民统治获得独立的新生的尼日利亚。幽灵通过投生，进入现实世界，然后经历死亡，重返幽灵世界，因此形成了生命的循环往复。本土文化和殖民文化杂糅的尼日利亚发生着巨大而快速的变化，经历着军阀混战、权力争夺、暴乱腐败、社会动荡，同样陷入了不断投生、不断夭折的循环中。

---

[1] Patrick H. Samway, "An Interview with Chinua Achebe", *America*, Jun. 22, 1991, p. 684.

[2] 约瑟夫·康拉德：《黑暗的心》，薛诗绮等译，广州：花城出版社，2014年，第20页。

[3] 本·奥克瑞：《饥饿的路》，王维东译，南京：译林出版社，2013年，第3页。

在"阿比库三部曲"中，被殖民前的非洲具有原始的自然风光，贫穷的当地人民饱尝饥饿之苦。然而，西方殖民者的入侵并没有让非洲人民摆脱贫穷，反而造成了对自然的破坏与无休止的社会暴乱。随着机器的出现，原始的非洲形象开始发生变化。机器破坏了非洲的原始森林，导致森林逐渐消失，取而代之的是拔地而起的现代化建筑。铁路和公路的出现，加快了尼日利亚的城市化进程。交通的发展促使大量人口从农村向城市转移，他们成了修建铁路、公路和房屋的主要劳动力，曾经务农的非洲人成了殖民者逆来顺受的雇佣工。面对西方殖民者的大刀阔斧，原始的非洲无疑是一个任人鱼肉的弱者。被殖民前，非洲人民与自然和谐共处，融为一体。被殖民后，原始森林向现代化的开发做出妥协，原本是主人的非洲人也成了殖民者剥削的对象。

此外，殖民入侵还体现在西方政治的影响方面。殖民地有着多样复杂的管理制度，虽然英国在殖民时期具有统治支配权，然而一些非洲上层人士也成为一股强大的政治力量。"独立后非洲国家的权力分配成为一个十分关键的因素。掌握实权意味着占有资源、机会和利益。"①后殖民时期的尼日利亚仍然沿用了西方联邦体制。独立并没有给人们带来幸福与安定，西方殖民的残迹仍然制造着灾祸。政党并没有团结人民，为人民切身利益着想，反而给人民的生活带来混乱。政治流氓威胁爸爸，妈妈遭到政党的驱赶和暴打，房东成了富人党的傀儡，女人们也谈论着"各轮选举、地痞流氓、暴力事件以及内地各个党派的人马在冲突中丧生之类的新闻"②。政客的搬运车、宣传手册、打手和保镖充斥在人们的生活中。各路政党来贫民区拉选票，欺骗百姓，许诺他们的孩子有饭吃，鼓吹富裕共享，发誓多修好路，实现通电和免费教育。伪善的富人党在发放变质奶粉的同时还带着打手，以施善的名义进行施暴。凡此种种，都体现出了政治斗争给非洲人民生活带来的负面影响。殖民主义时期，英国殖民者把其在殖民地的行为称为"白人的责任"，以利他主义为自己的殖民统治做辩护。后殖民时期，政党披着伪善的外衣争夺权力、谋取利益。本土的统治者在西方政治的影响下，其形象也发生了变化。

---

① 李安山：《试析非洲地方民族主义的演变》，《世界经济与政治》，2001 年第 5 期，第 45 页。
② 本·奥克瑞：《饥饿的路》，王维东译，南京：译林出版社，2013 年，第 75—76 页。

与此同时，非洲还充斥着大量的暴乱。警察与贫民间的暴乱揭示了民族内部阶级间的矛盾。富人党与贫民间的暴乱揭示了伪善的政党与民众间的冲突。打手向摄影师打击报复而制造的暴乱反映出政党以武力恐吓民众，威胁其保持沉默。除此之外，在集市、街道以及寇朵大婶的酒馆也经常出现暴乱。军阀的私生子为争夺权力而大打出手。残疾乞丐们因偷食物而遭到毒打反映出富人的残忍与无情以及看客的麻木与冷漠。造成非洲社会上暴力与混乱的原因包括贫富差距悬殊、阶级矛盾严重、政党利欲熏心、社会动荡不定等因素。奥克瑞的真实之处就在于他毫无掩饰地揭示出非洲的病灶所在，以真实的非洲形象，引起世界范围的关注。

奥克瑞用现实主义的手法为非洲形象正名，同时也揭露了殖民者在非洲土地上的罪恶行径。殖民者踏上非洲土地，吸收非洲文明的精华，最后却以怨报德。奥克瑞笔下触目惊心的画面，体现出西方殖民的残忍与无情，从而加剧了非洲人民的悲剧性。

奥克瑞在"阿比库三部曲"中，通过对非洲的传统食物、祭祀活动以及具有显著地方性的非洲风俗等的细节刻画，打造出了丰富多元的非洲形象。他不仅呈现出了真实的非洲风貌速写和贫穷的非洲生活特写，还通过展现机器对生态造成的破坏、政治给生活带来的混乱和白人对非洲人民生命的迫害，还原处于水深火热中的非洲形象。他真实刻画出了被殖民前原始的非洲形象和具有西方殖民烙印的非洲形象，改变了长期以来西方意识形态中已经成为典型范式的非洲形象，并从黑人作家的视角刻画出白人殖民者的真实形象，从而打破了英美文学长期垄断的局面，扭转了白人作家笔下非洲大地是蛮荒之地，非洲人是野蛮人的偏见。同时，奥克瑞呈现出的被殖民荼毒后满目疮痍的非洲形象，揭露了殖民者利欲熏心、残酷无情的恶劣行径，痛诉了殖民主义伪善的面目，表达了对非洲人民悲剧人生的同情。

三、关注社会问题，发出非洲之声

奥克瑞是一位将文学、文化和社会三者进行深刻结合的作家，其作品不仅为读者再现了非洲和尼日利亚浩瀚无垠的故事海洋，还揭露了深刻的社会现实，探索了民族前途和命运，并对非洲和世界范围内存在的共性问题进行了深度探讨。在奥克瑞的早期作品中，长篇小说《内部景观》就以 1970 年尼日利亚内战结束之后的社会现状作为其写作的背景，呈现出战后尼日利亚部族分裂、政治动荡的社会现实。而他的短篇小说集《圣地事件》则描写了尼日利亚现实中的社会冲突和人性挣扎。

执笔多年，奥克瑞延续了书写非洲的初心，将愤怒和柔情与他善用的"魔幻"风格融为一体，使其新作不仅体现出他一如既往的非洲情怀和本土情思，也涉足一些当下世界范围内能够引起强烈共鸣的社会问题，反映了奥克瑞作为故事书写者和社会发言人的使命感和责任心。

例如，奥克瑞的新作《每片叶子都是哈利路亚》(Every Leaf a Hallelujah, 2022) 不仅是他首次尝试涉足儿童文学领域的作品，还表达了他对环境保护问题的关注。小说中，奥克瑞继续运用其所擅长的写作方式，以"魔法师"的身份，将一股神秘的力量注入到了一个交织着奇迹、冒险和环境保护的童话故事中。芒戈西（Mangoshi）和她的父母住在森林附近的一个村庄里。当她的母亲生病时，芒戈西需要寻找一种神奇的花朵来拯救她的母亲，而这种花朵只生长在非洲森林的最深处，于是她开启了一段寻找魔法之花的探险。途中，她需要勇气、善良来战胜她所遇到的危险。在此过程中，芒戈西遇到了会说话的树，包括棕榈树、绿柄桑树和猴面包树等典型的非洲树木。这些树木告诉她，森林的根连在一起才滋养了地球的生态。后来，芒戈西得知一群人将要砍伐森林。森林一旦消失，拯救芒戈西母亲所需的魔法之花也会死亡。从一定程度上讲，小说中拯救母亲和拯救森林是紧密联系在一起的。而在现实中，对自然生态的保护也与人类的生存发展息息相关。

在《每一片叶子都是哈利路亚》中，奥克瑞从他在尼日利亚拉各斯（Lagos）的成长经历中汲取了经验。那里曾经有着大片的森林，多年来，他目睹了森林的消失。无独有偶，《饥饿的路》中也有类似的描述。硬质木材是西非重要的自然资源，被砍伐的树木为殖民者带来巨大的经济利益，所付出的代价就是森林的消失：

昔日曾经是万木葱茏的地方，现在都变成了开阔而松软的河沙滩。我听见远处传来的挖土和引擎声，还有修路者、森林清障员和工人们拼足力气干活的哼唷声。每天一个新模样。在曾经是成片森林的地方出现了一幢幢房屋。孩子们以前玩耍、躲藏的地方现在到处都是沙滩和地基。[1]

森林消失，取而代之的是现代化的建筑。"我们经过一棵被砍倒的树，红色的液体从砍剩的树墩上流出，就像一个巨人惨遭杀害，鲜血流个不停。"[2] 树木流出的红色血液象征了西方殖民者的电锯对原始非洲生态的无情伤害。在奥克瑞的笔下多次出现森林被破坏的场景，这不仅体现出他对殖民者残酷入侵的痛诉，也表达出他对环境保护刻不容缓的高声呐喊。

相较于《每一片叶子都是哈利路亚》，他的另一部小说《自由艺术家》（*The Freedom Artist*，2019）则具有更加直白的政治内涵。在这部现代寓言中，奥克瑞表达了他对正义和自由的强烈渴望和深刻审视，以优美的笔触详细阐述了被剥夺历史和真理对人类精神的影响，发出了振聋发聩的声音。小说讲述的是，在一个乔治·奥威尔式的社会里，神话被改写，问题被禁止。一位名叫阿玛兰蒂斯（Amalantis）的年轻女子因提问而被捕。她的问题是：囚犯是谁？当阿玛兰蒂斯消失后，她的爱人卡纳克（Karnak）不顾一切地寻找她。在此途中，他逐渐意识到要找到阿玛兰蒂斯，他必须首先理解她所提出的问题的含

---

① 本·奥克瑞：《饥饿的路》，王维东译，南京：译林出版社，2013年，第106页。
② 同上，第17页。

义。卡纳克的搜寻将他带入了一个充满欺骗、压迫和恐惧的可怕世界。他发现，寻找真相的不止他一个人。从柏拉图到博埃修斯、乔叟、莎士比亚、卡尔德隆·德·拉·巴尔卡，再到卡夫卡、加缪、博尔赫斯等，西方文学都曾涉及关于监狱或梦幻的运用。《自由艺术家》以多层寓言叙事的形式引用了这些故事，并切入当前政治和文化困境的核心。

在他的短篇小说集《为活着的人祈祷》（*Prayer for the Living*，2019）中，奥克瑞超越了非洲的地域局限，表达了他对后现代社会中人类生存状况的忧患意识。《为活着的人祈祷》包含了 24 个故事，故事涉及的地域范围既包括尼日利亚，又包括世界其他边缘国家和地区，人物则包括杀人犯、作家、侦探、梦中女人、镜中男人、小女孩等。这些有趣、可怕、令人震惊的故事体现了奥克瑞对善与恶、真与假、生与死、虚与实等问题的关注与思考。叙述者在战争的废墟中寻找家人，他的痛苦与死者灵魂发出的令人难忘的欢乐歌曲形成鲜明的对比。曾经美丽、文明的家园被摧毁，经历过战争之后成为一片墓地，空气中到处弥漫着死亡的味道。在漫长的时间循环中，历史在不断重演，人们总是让悲剧再次发生，却不懂从痛苦中吸取教训。战争里充满了贪婪、自私、阴暗、冷漠，侵略者被困在没有怜悯之心、没有爱的世界里。由于从小目睹过尼日利亚内战造成的动荡不安和颠沛流离，奥克瑞的字里行间总会流露出对生命的敬畏、对和平的渴求和对战争的憎恶。

这部小说集中还涉及了三篇关于尼日利亚极端组织"博科圣地"（Boko Haram）的故事。第一篇讲述了一个男孩被选中作为人肉炸弹的故事。对于男孩而言，直到爆炸那一刻，他都不知道自己将要面对的是什么。第二篇中，只有六发子弹的士兵要与敌人打一场以生命做赌注的战斗。第三篇刻画了男人锯下战俘的头颅来震慑敌人的细节，场面极度血腥残忍。三篇故事都通过场景的呈现将读者拖入不寒而栗的深渊中，战争和杀戮的残酷跃然眼前，让人仿佛陷入一片挥之不去的阴霾中，久久无法走出。

值得一提的是，近几年来奥克瑞创造出一种独特的写作方式——俳句小说（stoku）。俳句小说是用简单的句子和简短的章节来构成一个令人震惊的复杂寓言，具备如梦一般的场景、统一的主题、涉及天气和氛围的描写、让人灵光一闪的启示性等四大要素。这部小说集包含《古老的因果关系》（*Ancient Ties of*

Karma）和《顶罩》（*Canopy*）两篇俳句小说。其中精炼的语句结合明晰的叙事提升了阅读体验；结尾处故事戛然而止，而读者却沉浸其中，回味无穷。

诗歌是生活的艺术反映。作为诗人，奥克瑞还擅长通过诗歌来表达自己对生活的思考。他的第一部诗集《非洲挽歌》（*An African Elegy*，1992）是一部敦促非洲人民克服国内混乱力量的诗集。2012 年出版的《野性》（*Wild*）也以诗意的语言之美而备受赞誉。在这些凝练的诗歌中，奥克瑞捕捉到了生命的深度和宽度，重塑了人类的处境。

他最新的诗集《我脑海中的火：为黎明而作的诗》（*A Fire in My Head: Poems for the Dawn*，2021）涵盖了很多时下的热门话题，如难民危机、黑人事件和新冠肺炎病毒等。本书汇集了奥克瑞的许多备受赞誉且充满政治色彩的诗歌，成为一本独特而有力的诗集。2017 年 6 月 14 日，英国伦敦一栋名为格伦费尔的大厦（Grenfell Tower）发生火灾，导致重大伤亡。大火发生之后，奥克瑞就写出了《格伦费尔大厦，2017 年 6 月》（"Grenfell Tower，June 2017"）一诗并在《金融时报》上刊登。《圣母院正在告诉我们一些事情》（"Notre-Dame Is Telling Us Something"）则写于巴黎圣母院几近被毁之后。在《剃光头诗》（"Shaved Head Poem"）中，奥克瑞描写了我们这个时代前所未有的健康危机所带来的困惑和焦虑。《呼吸光明》（"Breathing the Light"）是奥克瑞对 2020 年一名美国黑人死于白人警察膝盖下事件的回应。奥克瑞的文字仿佛是一团火焰，不仅是胸中燃起的愤怒之火，也是点亮希望的光明之火。

结　　语

在奥克瑞的诗歌、小说、散文和其他短篇作品中，他的写作智慧凝聚了不息的生命之流和神秘的古老故事，进而形成了他兼具魔幻性与现实性的写作风格和个人特色。他从丰富的非洲民间神话和命运多舛的非洲大地汲取创作素材，体现了其写作的深度和创作的张力。在他的笔下，历经战争、暴力和饥饿的非洲大地，有着难以愈合的伤口。种族焦虑、殖民惨史、生存危机等触目惊心的往日伤痕，成为奥克瑞的写作动机。他的作品已经超越了其本身的艺术性和文学性，字里行间都是立足本土放眼世界的悲悯和渴望。正如他在《迷魂之歌》中所寄托的愿景——"美好事物应该被赋予人之性灵，爱终究会彰显人性的光辉"①——那样，作为非洲之子的奥克瑞，他要通过书写非洲故事、重塑非洲形象、发出非洲之声，来燃起炽热的星星之火，为处在水深火热中的人们照亮一条充满爱与和平的希望之路。

（文 /《上海航空》杂志 韩文婷）

---

① 本·奥克瑞：《迷魂之歌》，常文祺译，浙江：浙江文艺出版社，2011 年，第 1 页。

奇玛曼达·恩戈兹·阿迪契

Chimamanda Ngozi Adichie，1977—

代表作一：《半轮黄日》（*Half of a Yellow Sun*，2006）

代表作二：《美国佬》（*Americanah*，2013）

代表作三：《紫木槿》（*Purple Hibiscus*，2003）

第十五篇

讲述"人的故事"

——尼日利亚作家奇玛曼达·恩戈兹·阿迪契创作研究

引　言

奇玛曼达·恩戈兹·阿迪契（Chimamanda Ngozi Adichie，1977— ）是尼日利亚新生代作家中的佼佼者。她立足于后殖民时代，从尼日利亚文学的优良传统中汲取营养，采用细腻平实的现实主义笔法，透过缀满人性细节的个人叙事，探讨尼日利亚作为一个民族国家的文化重构与政治重建，以及跨文化视域下的种族、性别与阶级等主题，深受国际文坛和读者大众的认可。美国《华盛顿邮报》视她为"伟大的伊博族小说家钦努阿·阿契贝在 21 世纪的传人"，《纽约时报书评》称她像南非的诺贝尔文学奖得主纳丁·戈迪默（Nadine Gordimer，1923—2014）。[①]年少成名的阿迪契还被视为目前最接近诺贝尔文学奖的"70 后"作家之一。

---

① Chimamanda Ngozi Adichie, *Half of a Yellow Sun*, New York: Anchor Books, 2007, 扉页推荐语。

一、跨洋逐梦，年少成名

1977 年 9 月 15 日，阿迪契出生于尼日利亚南部城市埃努古（Enugu），父母都是伊博族（Igbo）高级知识分子。她的父亲曾留学美国，在加州大学伯克利分校获得博士学位，回国后成为尼日利亚首位统计学教授，做过尼日利亚大学的副校长，母亲则是这所大学的首位女教务长。阿迪契在大学城恩苏卡（Nsukka）长大，就读于尼日利亚大学附属子弟学校，从小接受比较典型的伊博族中产阶级精英教育，在受到原宗主国英国文化熏陶的同时，又力求熟谙本民族的历史与文化。她打记事起便酷爱阅读和写作，当作家是她的梦想，但彼时的尼日利亚政局不稳、冲突不断，叠加重理轻文的价值取向，严重破坏了作家生存所需的社会土壤。阿迪契中学毕业后进入尼日利亚大学攻读医药学，但她念念不忘文学梦，担任了天主教学生自办杂志《指南针》（*The Compass*）的编辑。一年半后，19 岁的阿迪契确信自己做不了一名好医生，遂征得父母同意，远赴美国费城德雷塞尔大学（Drexel University）攻读传播学专业。两年后她转入毗邻姐姐家的东康涅狄格州州立大学（Eastern Connecticut State University），学业精进之余为校刊《校园灯笼》（*Campus Lantern*）撰稿，2001 年以优异成绩毕业，获得传播学和政治学学士学位。2003 年，阿迪契取得了约翰·霍普金斯大学（Johns Hopkins University）的创意写作硕士学位；2008 年，获得耶鲁大学的非洲研究硕士学位。至此，阿迪契的求学生涯画上了圆满的句号。此时她不过 30 岁出头，却已蜚声世界文坛，儿时的作家梦想兑现成了璀璨的现实。

阿迪契虽是年少成名，但并非一帆风顺。初到美国攻读本科时，她便以笔名阿曼达·N. 阿迪契（Amanda N. Adichie）出版了诗集《决定》（*Decisions*，1997）和戏剧作品《因为热爱比亚法拉》（*For Love of Biafra*，1998）。[1] 这是她正

① Amanda N. Adichie, *Decisions*, London: Minerva Press, 1997；Amanda N. Adichie, *For Love of Biafra*, Ibadan: Spectrum Books, 1998.

式出版的头两部作品，都不算成功，仅出一版便告终结，但无论是创作主题还是艺术风格，都已展露几分鲜明的阿迪契特色。《决定》里的诗歌涉及政治、宗教和情感主题，诗人心潮澎湃，直抒胸臆，语言优美，节奏感强，颇有感染力。让人印象最深刻的是政治诗。阿迪契仿若一位眼不着砂的社会批评家，对于问题重重的尼日利亚虽失望至极，却也难掩牵挂和希冀。《因为热爱比亚法拉》讲述 20 世纪 60 年代后期尼日利亚内战期间伊博族女子阿达奥比（Adaobi）和家人的遭遇，同样探讨了政治和情感主题。不同的是，这部剧作透过历史的棱镜，审视尼日利亚自独立以来最惨烈的一桩政治大事件：内战。[1] 在阿迪契的家族记忆和伊博族的集体记忆中，比亚法拉共和国的短暂存在是无法回避的中心事件。阿迪契虽未亲历内战，但内战夺走了她的祖父和外祖父，令其父母的生活毁于一旦。她自小听着"内战前""内战后"的故事，比亚法拉的阴影伴随着她的成长。她曾援引约鲁巴族同胞、诺贝尔文学奖得主沃莱·索因卡（Wole Soyinka，1934— ）的表述，阐明自己对这场内战的认知：一是"实力悬殊的冲突都有可耻之处"；二是"要经过很长很长很长时间，可能要等几代人之后，尼日利亚内战所引发的各种强烈情感才会归于平静"。[2] 毋庸置疑，其中最难归于平静的是战败方伊博族人的切骨之仇和切肤之痛。在阿迪契看来，伊博族人如此难以释怀，一个重要的原因是尼日利亚官方的刻意回避和操控，使得阿迪契家族及整个伊博族的创伤记忆成了托尼·莫里森（Toni Morrison，1931—2019）所指的"不可言说之不被言说"[3]，至今未能成为官方历史和公共记忆的一部分，而这是实现民族和解、国家进步、社会和谐的巨大障碍。因此，书写比亚法拉成了阿迪契义不容辞的使命，于私是为了纪念亲人，于公是为了民族大义。只是创作《因为热爱比亚法拉》的阿迪契略显稚嫩，未能把控好上述的"强烈情感"，写成了一部"过于夸张煽情的情节剧"[4]。

---

[1] 尼日利亚内战（1967—1970 年）也称尼日利亚－比亚法拉战争或比亚法拉战争，其根源是英国殖民统治留下的豪萨－富拉尼族、约鲁巴族和伊博族三大主要民族之间的矛盾冲突，诱发于军事政变和伊博族大屠杀，不仅造成了两三百万人的死亡和战败方伊博族人难以愈合的历史创伤，而且由于英、俄、美等国的介入，无国界医生组织的创立和全世界对非洲饥荒问题的空前关注，产生了深远的国际影响。

[2] Chimamanda Ngozi Adichie, "African 'Authenticity' and the Biafran Experience", *Transition*, 2008, (99), p. 53.

[3] Toni Morrison, "Unspeakable Things Unspoken: The Afro-American Presence in American Literature", *The Tanner Lectures on Human Values*, delivered at the University of Michigan, October 7, 1988, https://tannerlectures.utah.edu/_resources/documents/a-to-z/m/morrison90.pdf. [2021-12-11]

[4] "The Story Behind the Book: Q&A with the Author", June 27, 2010, http://www.halfofayellowsun.com/content.php?page=tsbtb&n=5&f=2. [2021-12-15]

阿迪契没有气馁，转而尝试以长篇小说这一文类继续书写尼日利亚的历史与现状。大学四年级时，她着手创作《紫木槿》（*Purple Hibiscus*）。2003 年 10 月，这部作品在美国首版，旋即在英、美、尼三国发行多个版本，赢得国际上多个重要奖项的关注，最终进入了布克奖的长名单和橘子奖①的短名单，并摘取了 2005 年英联邦作家奖的最佳新人作品奖（非洲区和全球），一举奠定了阿迪契的作家地位。这部小说以 20 世纪 90 年代尼日利亚动荡的政治局势为背景，通过 15 岁的伊博族女主人公康比莉（Kambili）的视角和口吻，讲述她与 17 岁的哥哥扎扎（Jaja）的成长经历，与之相伴随的是一起家庭悲剧——母亲毒杀父亲——的前因后果。康比莉的父亲是一位富有的工厂主和狂热的天主教徒，与姑姑同为推动尼日利亚民主化进程的社会精英分子，在家里却是不折不扣的暴君，家规严苛、施虐成性，使其妻子忍无可忍，最终选择以暴抗暴。小说结尾处，顶替母亲入狱的哥哥即将出狱，康比莉和母亲憧憬着未来，提到会由哥哥栽下寓意自由的紫木槿。这部成长小说的表层叙事背后，隐含着阿迪契对后殖民时代尼日利亚政治与文化困境的思考。康比莉兄妹俩的家庭小环境实乃社会大环境的缩影或隐喻。父亲是殖民主义的产物、一个唯西方论者。他的专制和暴力暗指英国殖民主义和尼日利亚父权制文化的统治手段和治理逻辑。与他形成对照的是作为传统主义者的祖父、作为文化调和主义者的姑姑以及作为非洲传统女性的母亲。这个不大的家族仿佛映照着后殖民时代尼日利亚社会的多元与复杂，公私领域的专制与压迫实乃异质同构的关系。身处家族成员相互冲突的价值体系，懵懂迷惑的康比莉兄妹如何甄别和筛选？面对社会失序的乱象，尼日利亚如何摆脱殖民主义余毒和专制统治，重建民族文化与国家认同？小说把成长、家庭、宗教、政治等主题融为一体，并以象征自由的紫木槿为题，暗示阿迪契对于年轻一代能否战胜公私领域的专制与暴力持乐观态度。

《紫木槿》虽未以尼日利亚内战为创作题材，但有四处文字提及内战是造成 20 世纪八九十年代尼日利亚社会乱象的历史根源之一。在《紫木槿》出版前

① 橘子小说奖（Orange Prize for Fiction，1996—2006；2009—2012）因被不同的赞助公司冠名而数次更名，包括橘子宽带小说奖（Orange Broadband Prize for Fiction，2007—2008）和百利女性小说奖（Baileys Women's Prize for Fiction，2014—2017）。从 2018 年起名称固定为女性小说奖（Women's Prize for Fiction）。该奖设立于 1996 年，用于奖励女作家（不限国籍）前一年在英国出版的英语原创长篇小说，与布克奖同为英国最负盛名的文学奖项。

后，阿迪契以内战为素材接连创作了短篇小说《那个刮哈马丹风的早晨》("That Harmattan Morning", 2002)、《半轮黄日》("Half of a Yellow Sun", 2003）和《鬼魂》("Ghosts", 2004），并最终写成了第二部长篇小说《半轮黄日》(*Half of a Yellow Sun*, 2006）。作为长期思考和打磨的成果，《半轮黄日》取得了比《紫木槿》更为轰动的成功：甫一出版便被英国著名电视节目《理查德与朱迪读书俱乐部》选中，登上英美两国的畅销书排行榜，获得美国全国书评人协会奖、国际都柏林文学奖等5个奖项提名，进入英联邦作家最佳作品奖（非洲区）的短名单，荣获橘子小说奖、阿尼斯菲尔德－沃尔夫图书奖和国际笔会"超越边缘"奖。

《半轮黄日》的故事主要发生在伊博族聚居的尼日利亚东区，即内战中因战败而垮台的比亚法拉共和国所在地，时间跨越整个20世纪60年代，总共四部分的叙事结构均分为内战前和内战期间。贯穿始终的是乌古（Ugwu）、奥兰娜（Olanna）和理查德（Richard）三个生活在比亚法拉的普通人的经历和见闻，其中只有二分之一与内战直接相关。这一叙事结构看似弱化了内战的存在感，实则体现了阿迪契的匠心独运。其一，内战并非孤立的历史事件，起因可以追溯至1960年尼日利亚独立，甚至更早的殖民地时期。阿迪契借人物内战前的言行和经历探究内战的历史与政治根源，赋予这部小说一种难得的智识高度。其二，内战爆发前后的人物生活构成强烈的对比和反差，以震撼人心的艺术效果揭示出内战对伊博族人民造成的苦难和创伤，也充分展现出伊博族人民的英雄主义和坚忍卓绝的生存能力。最具感染力的莫过于这一叙事手法所挖掘的人性深度。阿迪契为了反映出伊博族聚居区当时的阶层全貌，选择了三个身份背景完全不同的人物作为叙述视角：乌古是13岁的乡下男孩、大学教师奥登尼博（Odenigbo）的男仆；奥兰娜是富家千金、奥登尼博的爱人；理查德是英国人，迷上了奥兰娜的孪生姐姐凯内内（Kainene）。这些人物在内战前的爱恨情仇本已引人入胜，在战争的漩涡中他们更以超乎想象的方式经历了悲欢离合。在应对纷至沓来的生活巨变的过程中，他们经历了人格和思想上的成长、变化与成熟。阿迪契交替采用上述三个人物的叙述视角，既着力书写内战的毁灭性后果，又让读者认识到，死亡不是战争中人们的唯一遭遇，他们还活着、爱着、梦着，由此烘托出情与爱作为人性根本的强大力量，从而深深打动了最广泛的读者大众。

阿迪契以比亚法拉的国旗"半轮黄日"为题，融史实与虚构于世情小说，通过普通人的多元视角构建个人历史小叙事，不仅实现了言说"不可言说之不被言说"的创作意图，也传达出一种不同于已有历史叙事的历史观和历史编撰逻辑。官方历史一般依赖全知权威视角，以大人物、大事件为中心构建一元历史大叙事，阿迪契却认为历史的主体是普通人，历史的真相往往潜藏于普通人的生活和记忆。她所构建的比亚法拉叙事不仅是对尼日利亚官方历史的反拨，作为非洲人自己的历史言说，也是对一度构成文化霸权的帝国历史叙事的反写。为此，阿迪契给乌古和理查德分别安排了一个作家的身份，同样是书写尼日利亚和比亚法拉，理查德的作品难见天日，乌古的作品得以流传。在这个意义上，文本内的乌古与文本外的阿迪契履行了同样重大的重构历史记忆的使命。必须指出的是，阿迪契虽然饱含着对比亚法拉的同情，但并未因此而对内战的另一方尼日利亚联邦进行妖魔化处理，或把比亚法拉描画成乌托邦。她明白自己必须讲述真相，揭示内战的复杂本质，而不是幼稚地自我美化，制造新的敌我对立，因为只有在正确认识过去的基础上，伊博族和整个尼日利亚民族才能懂得现在，憧憬未来。无怪乎"现代非洲文学之父"阿契贝（Chinua Achebe，1930—2013）对阿迪契赞赏有加："我们一般不会把智慧与新手联系在一起，但这位新秀作家拥有古代讲故事人的天赋……她无所畏惧，否则不会探讨令人不寒而栗的恐怖的尼日利亚内战。阿迪契初出茅庐，却已几近成熟。"①

《半轮黄日》众口交誉，阿迪契终于卸下了自小压在心头的重负。她一如既往地关注后殖民时代尼日利亚的历史与现实问题，同时又把视线更多地投向了海外（主要是美国）的尼日利亚移民及其日常生活，在跨国界和跨文化的视域中，以富含人性张力的流散小叙事，折射出她对种族、性别、阶级、文化等社会分野的观察与思考。从《绕颈之物》（*The Thing Around Your Neck*，2009）到《美国佬》（*Americanah*，2013），可以看出阿迪契创作坐标的位移。

《绕颈之物》收录了12篇短篇小说，既是阿迪契的一部过渡性作品，也可视为《美国佬》的序曲，曾入围英联邦作家最佳作品奖（非洲区）等奖项的长 / 短名单。

---

① Chimamanda Ngozi Adichie, *Half of a Yellow Sun*, New York: Anchor Books, 2007, 扉页推荐语。

其中《一号牢房》（"Cell One"）、《固执的历史学家》（"The Headstrong Historian"）、《美国大使馆》（"The American Embassy"）、《个人感受》（"A Private Experience"）等"尼日利亚故事"涉及青少年的成长、内战、民族冲突、专制统治、殖民主义等主题，与前两部长篇小说一脉相承。《绕颈之物》（"The Thing Around Your Neck"）、《上个星期一》（"On Monday of Last Week"）、《婚事》（"The Arrangers of Marriage"）、《赝品》（"Imitation"）等"美国故事"则反映尼日利亚移民在美国遭遇的跨国婚姻、经济困难、种族歧视、语言差异、文化冲突、身份认同等问题，从中可以窥见《美国佬》的轮廓。

长篇小说《美国佬》是这个新阶段的代表作，曾登陆《纽约时报》和英国广播公司（BBC）年度十佳图书排行榜，入围百利女性小说奖和国际都柏林文学奖的短名单，摘得了美国全国书评人协会奖和《芝加哥论坛报》心脏地带小说奖。这部作品讲述了一个曲折动人的跨洋异地恋故事，在爱情小说的外表之下包裹着阿迪契对尼美两国社会政治问题的深入思考，幽默风趣，耐人寻味。女主人公伊菲麦露（Ifemelu）年少赴美留学，在美国生活了 13 年，已实现了"美国梦"，却毅然选择做一名"海归"，即尼日利亚人戏称的"美国佬"。她之所以做出这番选择，主要是因为尼日利亚没有种族藩篱，是她能够扎下根来且不想再抽离的唯一的地方。其次，尼日利亚有初恋男友奥宾仔（Obinze），是唯一一个与她心有灵犀，默契到从来无须解释的人。另外，1999 年，奥巴桑乔执政，开始推行民主化改革，尼日利亚的发展走势整体向好，吸引了众多"海归"回国创业。伊菲麦露的回归之举意味着对美国种族政治的批判与摈弃。她在美国开设了名为"一个非美国黑人对美国黑人（他们从前被称为黑鬼）的种族相关及各种观察"的匿名博客，论及形形色色的种族怪现象，即便在奥巴马竞选美国总统前后，情况也未见多大改观。伊菲麦露认为解决种族问题最简单的方法是浪漫的爱情，然而亲身经历让她明白，恰恰因为种族问题及其与阶级、性别问题的交叠，她注定无法在美国找到替代奥宾仔的恋人。美国不是久留之地，尼日利亚的问题只多不少。伊菲麦露回国后重新开始撰写博客，假以时日，她会成为尼日利亚首屈一指的社会现象博客作者，并以这种身份参与尼日利亚的文化重构。她的文化重构，也必定包含着对尼日利亚传统性别文化的扬弃。小说对她作为中产阶级独立女性与柯希

（Kosi）作为传统女性的设定与对比，以及奥宾仔与柯希离婚、回归伊菲麦露怀抱的结局，承载着阿迪契对两性关系的理想化重构。

阿迪契从不讳言自己对阶级、种族、性别的兴趣，因为它们"影响着世界各地一切有生命的存在……在某种意义上决定着个人获准拥有的人性和尊严"[1]。她的每部作品都渗透着她的阶级、种族、性别意识，《美国佬》尤为突出。此后，阿迪契对性别问题日益关注，出版了基于2012年TED演讲的小书《我们都应该是女权主义者》（*We Should All Be Feminists*，2014）和书信《亲爱的安吉维拉，或一份包含15条建议的女权主义者宣言》（*Dear Ijeawele, or A Feminist Manifesto in Fifteen Suggestions*，2017，以下简称《亲爱的安吉维拉》）。这可能与她2009年步入婚姻生活、2016年女儿降生有一定关系。2020年5月，新冠肺炎疫情肆虐全球之际，阿迪契失去了父亲，她悲痛欲绝却无法回国奔丧，转而诉诸笔端，写出了《哀恸笔记》（*Notes on Grief*，2022）。另有消息称，2023年阿迪契用笔名恩瓦·格雷斯·詹姆斯（Nwa Grace James）出版了首部儿童文学作品《妈妈的睡眠头巾》（*Mama's Sleeping Scarf*）。阿迪契在私人空间精心耕耘的同时，也常常利用自己的影响力，在国际社会的一些公共空间针砭时弊，多涉及非洲和性别问题，如TED演讲《单一故事的危险性》（"The Danger of a Single Story"，2009）和《我们都应该是女权主义者》（"We Should All Be Feminists"，2012）。每年，阿迪契都会回尼日利亚开办创意写作坊。

二、前辈引路，讲述更多的"人的故事"

阿迪契的成功，除了天赋、激情、执着和运气，其跨国、跨文化的精英教育和人生阅历也是不可或缺的要素。丰富的学养和广博的见识滋养了她的现实穿透力和文学表现力，使得她的世界观和创作观，尤其是对尼日利亚乃至美国社会问题的审察，体现出同时代尼日利亚作家中难得一见的广度和深度。

---

[1] Chimamanda Ngozi Adichie, "African 'Authenticity' and the Biafran Experience", *Transition*, 2008, (99), p. 51.

尼日利亚曾是英国的殖民地，独立后留在了英联邦，官方语言是英语，在政治、经济和文化各方面深受原宗主国的影响。伊博族大多是基督徒，在尼日利亚众多民族中受西方文化影响较大，中上阶层往往有跨国留学和生活的经历。阿迪契的父亲曾留学美国，正如《紫木槿》中的姑姑，始终热爱伊博族文化，践行西方文化和伊博族文化的并存与调和。故而阿迪契在家里说伊博语，遵守伊博族的文化习俗，却从小接受英语教育，阅读英语书籍，包括英国著名儿童文学作家伊妮德·布莱顿（Enid Blyton，1897—1968）和经典作家狄更斯等人的作品，一度以为英国白人是文学的唯一面孔，因而其模仿习作里充斥着英国的白人和场景。八九岁时，阿迪契第一次读到阿契贝"非洲四部曲"中的《瓦解》（*Things Fall Apart*，1958），不久后又读了《神箭》（*Arrow of God*，1964），这才恍然大悟，原来黑人和非洲也可以成为文学再现的对象。自此，阿契贝成为对她文学创作影响最大的人，让她有勇气创作自己熟悉的非洲题材。凑巧的是，阿迪契一家在恩苏卡住在阿契贝曾经住过的房子里，这或许是冥冥之中的文学因缘。

阿迪契曾撰写《重新发现非洲的人》（"The Man Who Rediscovered Africa"，2010）等文章，也多次在访谈中谈到阿契贝对她的影响。归纳如下：第一，按照阿迪契的解读，阿契贝的文学创作构成了对帝国非洲书写传统的反写，颠覆了这一书写传统所构建的非洲"无历史、无人性、无希望"的刻板形象。对非洲人民来说，这意味着"重获尊严"，对阿迪契来说，她有了自己可以认同的历史和民族记忆。第二，阿契贝在情感上认同伊博族、尼日利亚乃至非洲，在世界观上能够超越狭隘的身份认同，因而在他的作品中对殖民主义的批判和对伊博族社会的质疑往往并行不悖，但诚实并不等于浅薄，他总能看到事物的复杂性，对任何问题都拒绝提供简单化的判断与解答。第三，在价值观上，阿契贝关注个人的权利和福祉，也时时强调集体或社群的重要性，对于性别问题的敏感度拉近了他与当代读者，尤其是女性读者的距离。第四，阿契贝用英语创作，但处处可见伊博语直译的痕迹，从而创造出一种很有民族特色的杂糅体文学语言。①

---

① Chimamanda Ngozi Adichie, "The Man Who Rediscovered Africa", January 23, 2010, http://www.salon. com/books/feature/2010/01/23/chimananda_adichie_chinua_achebe. [2022-06-03]

阿迪契不仅敏锐地把握住了阿契贝的创作特色，更将其融会贯通，运用于自己的创作实践，形成既有传承又有创新的创作风格。但现实也令她清醒地认识到开辟更多道路的必要性和紧迫性。在《非洲的"地道性"与比亚法拉经历》（"African 'Authenticity' and the Biafran Experience", 2008）一文中，阿迪契提到她初到美国留学时，室友认为她不像非洲人，因为他们对非洲人的印象来源于《瓦解》，而《瓦解》中的非洲人生活在 100 多年前的尼日利亚；出现在他们面前的阿迪契却从小受到西方文化的熏陶，属于生活方式相当现代的城市中产阶级。这次经历使阿迪契意识到"单一故事的危险性"：即便讲非洲故事的人是非洲人，单一的故事仍极有可能落入西方霸权话语的陷阱，成为非洲"他者"的又一刻板形象，而活生生的她却会因与这一刻板形象不符，而被质疑是否算得上"地道的"非洲人。为了有效地、彻底地拆解西方殖民话语和种族话语中的非洲"他者"形象，非洲作家必须创作出尽可能多的非洲故事和非洲人物，让西方读者看到《瓦解》以外非洲的丰富与复杂，看到最接近于真实的非洲。[①]这也是阿迪契致力于讲述更多新故事的出发点和动力。

因此，阿迪契虽受阿契贝启发，将自己定位为以现实主义笔法探讨尼日利亚乃至非洲大陆历史与现实问题的作家，但她关注的重点是后殖民时代，主要人物往往是尼日利亚的城市中产阶级女性，故事发生的地点也不局限于尼日利亚，而是常常延伸至大洋彼岸的英美两国。如果说阿契贝更关注公共领域，阿迪契则对家庭等私人空间给予同等甚至更多的关注，而且往往从私人空间入手，探讨历史上的殖民主义与当下的政治腐败等问题在尼日利亚民族国家建构和现代化进程中扮演的角色，以及跨国界、跨文化视域中的种族歧视、性别政治、阶级差异等问题，叙事冷静、细致，故事和文体都属上乘，堪称政治性与文学性的完美结合。

阿迪契在英联邦讲坛发表的演讲《教化与娱乐：为现实主义文学一辩》（"To Instruct and Delight: A Case For Realist Literature", 2012）可视为她的现实主义创作宣言。作为作家抑或读者，阿迪契始终钟情于现实主义文学。不同于奇幻文

[①] Chimamanda Ngozi Adichie, "African 'Authenticity' and the Biafran Experience", *Transition*, 2008, (99), pp. 42-49.

学和科幻小说，现实主义文学描摹"生活在可以辨认的真实的地方的真实的人物"。在阿迪契看来"真实"的文学世界并非等同于现实世界，而是"足够接近，足够对等，从而能够形成映照"，能够践行贺拉斯的文艺观——"文学的功能是教化和娱乐"，践行的方式是创作"人的故事"。人的故事有以下特质：第一，人的故事恰如阿契贝的《瓦解》等作品，讲述人的欲望和生活，能够把简单的历史事实或抽象的数字演绎成富有意义的真相，与读者发生情感上的联结，激发读者的行动力。第二，人的故事让作家和读者与书中人物产生共情，由此体认到共同的、平等的人性，也能认识并接受世界的差异和多样性。第三，人的故事提醒读者，人类共同的追求是人的价值，希望受到珍视、受到厚待是人之常情，是故事应该传达的人性。第四，如杜波依斯所言，所有的艺术都是宣传，但应是各方对等的宣传，故而对阿迪契而言，现实主义小说创作如同在现实和文学世界里行使公民权利，她有责任构建和传播作为伊博族人、尼日利亚人和非洲人的"感性"。第五，人的故事不仅有教化和娱乐功能，还能形塑人类大同的意识，带领全人类奔向星辰大海。[1] 通读演讲全文，我们能深切感受到阿迪契作为一个作家所抱持的崇高信念和神圣使命，无怪乎她所创造的"人的故事"打动了世界各地千千万万的读者。

三、墙外开花，墙内渐香

根据阿迪契官网的统计，截至目前，长篇小说《半轮黄日》的版本已多达 37 种语言，《美国佬》29 种，《紫木槿》28 种；短篇小说集《绕颈之物》17 种；以单篇散文成书的《我们都应该是女权主义者》32 种，《亲爱的安吉维拉》19 种。说阿迪契的读者遍及整个世界并非夸张。

上述三部长篇小说和一部短篇小说集均得到西方文坛主流奖项的认可，所获奖项或提名的情况在本文第一部分已有提及，这里不再赘述。三部长篇小说均被

---

[1] Chimamanda Ngozi Adichie, "To Instruct and Delight: A Case For Realist Literature", *Commonwealth Lecture 2012*, March 15, 2012, http://commonwealthfoundation.com/wp-content/uploads/2012/12/Commonwealth_Lecture_2012_Chimamanda_Ngozi_Adichie.pdf. [2021-11-15]

视为阿迪契的代表作，这也是不争的事实。其中《半轮黄日》近乎被尊为经典，除了在出版不久后获得 6 个奖项提名，摘得橘子奖等 3 个奖项，还在 2008 年为阿迪契赢得了美国麦克阿瑟奖，2009 年令她成为意大利诺尼诺国际文学奖史上最年轻的获奖者。2015 年，《半轮黄日》名列英国广播公司评选的 21 世纪最伟大的 12 部小说，被评为女性小说奖第二个十年内的最佳获奖作品，2020 年再获该奖自 1996 年设立以来的最佳获奖作品。《半轮黄日》如此持续地受到奖项加持，很有可能成为第二部《瓦解》。不能不说阿契贝慧眼识珠。

2003 年《紫木槿》出版前，西方学界对于阿迪契及其作品的研究只有两篇小文章，《紫木槿》出版且获奖后，很快便形成了相当有热度的阿迪契研究，且持续至今。[①] 小说作品，尤其是长篇小说是重点研究的对象。专著、期刊论文、博硕论文、书评、百科全书条目、作家简介、作品导读、媒体报道等应有尽有。研究视角渐趋多样化，关涉后殖民主义、女性主义、形式研究、比较研究等理论和研究方法。值得一提的是，其中与后殖民主义和女性主义相关的研究成果约占总数的一半。虽说阿迪契具有鲜明的后殖民意识和女权主义思想，但若长此以往，这恐怕会成为束缚其创造力的标签。而能够打破这个批评怪圈的人当属阿迪契无疑，创作出更多更丰富的作品是唯一有效的方式。

随着西方学界对阿迪契研究的深入，作家本人也迎来了更多更尊贵的荣誉。自 2015 年至今，已有 16 所世界名校向阿迪契颁发了荣誉博士学位，其中 12 所在美国，包括常青藤大学耶鲁大学和宾夕法尼亚大学，另有英国的爱丁堡大学和伦敦大学亚非学院，比利时的鲁汶大学和瑞士的弗里堡大学。[②] 2017 年 3 月，阿迪契入选美国艺术文学院，成为继索因卡之后第二位获此殊荣的尼日利亚人，4 月又当选为美国艺术与科学院外籍荣誉院士。

如上所述，在西方文坛和学界，阿迪契深受主流的认可，至今保持极高的关注度和存在感，在其移居国美国尤受欢迎。究其原因，至少应涉及以下因素：其

---

① 参阅 Daria Tunca, *The Chimamanda Ngozi Adichie Website*, hosted by the University of Liège, http://www.cerep.ulg.ac.be/adichie, 2004-2022.[2022-01-12]

② Abdulateef Ahmed, "Chimamanda to Receive 16th Honorary Ph.D. from the Catholic University of Louvain Belgium", in *Newscentral*, March 22, 2022, https://newscentral.africa/chimamanda-to-receive-16th-honorary-ph-d-from-belgium-university/. [2024-10-21]

一，阿迪契热爱文学，天资聪颖，后天勤勉，早早便具备和展现出了大作家的潜质，能在国际文坛众多主流大奖中脱颖而出，绝不仅仅是外因所致。其二，不论是出于猎奇还是任何其他的心理，国际文坛和西方读者大众对非洲始终怀有较大的兴趣，在全球化加速的今天更是如此，这无疑给阿迪契及其他非洲作家崭露头角提供了契机。其三，欧美发达的出版业、大众传媒和大量的学院读者为阿迪契走向成功推波助澜，有时发挥了关键性的作用。如《半轮黄日》出版当年受到英国著名电视节目《理查德与朱迪读书俱乐部》的大力推荐，2013 年又被英尼两国电影人改编成同名电影，令这部杰作更加声名远播，深入人心。其四，阿迪契自称"幸福的女权主义者"，发自内心地认同女权主义的一些理念和主张，在性别运动从未停息的美国，这一立场会给她带来很多拥趸。最典型的例子便是阿迪契的TED 演讲《我们都应该是女权主义者》，不到一年就有 600 多万的点击量。演讲的片段被美国著名歌手碧昂丝融入金曲《完美无瑕》（*Flawless*，2013）后，碧昂斯的很多歌迷也成了阿迪契的书迷。

但在阿迪契的出生地尼日利亚乃至非洲大陆，却是另外一种情形。根据达里亚·唐卡（Daria Tunca）的统计，阿迪契的主要作品中，小说《紫木槿》《半轮黄日》《美国佬》和《绕颈之物》均在美、英、尼日利亚三国出版，散文集《我们都应该是女权主义者》《亲爱的安吉维拉》《哀恸笔记》在美英两国出版，最不成功的诗集《决定》出了英国版，戏剧作品《因为热爱比亚法拉》出了尼日利亚版。至于获奖情况，为数不多，且与文学关系不大：2008 年被尼日利亚一家传播公司赞助的未来奖评为年度青年；2011 年被尼日利亚主流大报《今日报》（*Thisday*）提名为"持久文化新拥护者"；2014 年被尼日利亚网站 ynaija.com 评为年度人物；2020 年获《今日报》十年女性奖和"2020 年形塑尼日利亚事件的20 位女性"；2022 年入选年鉴"变革者：100 位引领变革的尼日利亚人"和"尼日利亚 100 位女性领袖"。以上事实说明，尼日利亚读者在本国至少可以读到阿迪契的代表作，但相对于英美两国读者的关注与追捧，阿迪契在尼日利亚文坛的待遇几乎可以用"冷遇"来形容。或许如阿迪契远走美国之际声称的那样，尼日利亚无文坛，有的只是在她功成名就之后的些许荣誉，虽是锦上添花，却也足以吸引她如《美国佬》中伊菲麦露那样从"海外回流"。如今，阿迪契在尼日利亚开办了创意写作坊，每年在候鸟一般的流动中刷新着认知，沉淀着情感，兑现着报效故国的夙愿。

在与尼日利亚同属发展中国家的中国，知网（截至 2021 年 10 月 4 日）上涉及阿迪契的记录可追溯至 2007 年 3 月，是《文学界（原创版）》（已停刊）刊登的短篇小说《一号牢房》的译文，同年还有《中华读书报》和《文艺报》对于阿迪契作品《半轮黄日》荣膺橘子奖的评介，《绥化学院学报》上《当代尼日利亚女性文学回顾与展望》一文也提及阿迪契。若干年内，国内学界对阿迪契的关注表现为获奖驱动的零星译介，约略为某种整体概述的一部分。其间译林出版社推出"21 世纪外国文学大奖丛书"，笔者应邀翻译《半轮黄日》，于 2010 年出版，并配合宣发撰写了译序和一篇名为《"小女子，大手笔"》的作家评介。2013 年，上海译文出版社出版《绕颈之物》中译本。2017 年至 2019 年，人民文学出版社陆续推出阿迪契其他主要作品的中译本，包括再版的《半轮黄日》，并邀请阿迪契参加了 2019 年 8 月上海书展期间的活动。自 2014 年开始，对于阿迪契及其作品较为深入的研究陆续出现，2015 年出现一个小高潮，2016 年之后数量节节攀升，多为期刊论文和硕士论文，尚无博士论文。研究文本以《半轮黄日》为主，《美国佬》次之，也有涵括全部作品的整体性研究。研究主题涉及后殖民、性别、种族、创伤、历史书写、成长、流散等，作者包括朱振武、王卓、朴玉、张勇、张燕、杜志卿、黄晖等知名学者。总的来说，阿迪契因屡获大奖而受到中国出版界和学术界的关注，对她的译介带动了对她的研究，研究正在向深、向广拓展。

结　语

跨洋逐梦，年少成名，墙外开花，墙内渐香。阿迪契的成功之路不是特例，还有不少尼日利亚和其他非洲国家的新生代作家，也是负笈海外终至成名成家。他们的前辈，如图图奥拉（Amos Tutuola，1920—1997）、阿契贝、索因卡、奥克瑞（Ben Okri，1959—）等享誉国际的作家，其作品首发几乎都是在英美两国，受到热烈追捧后才得以在国内出版，阿契贝、索因卡甚至因针砭时弊、介入政治而被迫流亡海外。视阿契贝为文学导师的阿迪契自然了解他的人生际遇。尽管如此，阿迪契仍毫无畏惧地书写尼日利亚的历史和现状，不偏不倚地揭露美国社会的种种怪象，以现实主义的笔法创作了大量有血有肉的"人的故事"，在教化和娱乐读者的同时，激发共情，催生社会变革的公共行动，让"人的尊严"在世界的每一个角落都能得到尊重和捍卫。阿迪契的文学创作和公共言论中流露出世界主义的情怀，更渗透着作为伊博族人、尼日利亚人和非洲人的"感性"。时代在变化，尼日利亚也在发生着阿迪契和前辈作家们喜闻乐见的变化，《美国佬》中提到的"海外回流"现象如今已不鲜见。谁能说这里面没有阿迪契的贡献呢？2018年的国际笔会品特奖颁给了阿迪契，理由之一便是"她对于性别、种族和全球不平等的洞察力达到了非比寻常的高度，她引导我们走过身份政治的旋转门，让我们所有人得到了解放"[①]。此言不虚。

[文 / 国防科技大学（原信息工程大学洛阳校区）石平萍]

---

① Alison Flood, "Chimamanda Ngozi Adichie Wins PEN Pinter Prize", *The Guardian*, Jun. 12, 2018, https:// www.theguardian.com/books/2018/jun/12/chimamanda-ngozi-adichie-wins-pen-pinter-prize.[2021-10-12]

海伦·奥耶耶美
Helen Olajumoke Oyeyemi，1984—

代表作一：《遗失翅膀的天使》（*The Icarus Girl*，2005）
代表作二：《不存在的情人》（*Mr. Fox*，2011）

第十六篇

具有世界意识的流散女作家
——尼日利亚作家海伦·奥耶耶美创作研究

引　言

海伦·奥拉珠默克·奥耶耶美（Helen Olajumoke Oyeyemi，1984—）是现居英国的尼日利亚籍作家。她于1984年在尼日利亚出生，4岁时跟随父母迁往英国定居。奥耶耶美在少年时代就展现出了杰出的写作才华，17岁时出版的处女作《遗失翅膀的天使》（*The Icarus Girl*，2005）自面世起便获得广泛关注。在剑桥大学攻读社会政治学专业期间，她还创作了剧本《白化的杜松子》（*Juniper's Whitening*，2005）、《受害者》（*Victimese*，2005）和第二部小说《翻转屋》（*The Opposite House*，2007，又译为《对面的房子》）。她的第三部小说《白色是女巫的颜色》（*White Is for Witching*，2009）在2010年获得毛姆奖（Somerest Maugham Award）。紧接着，下一部小说《不存在的情人》（*Mr. Fox*，2011）采用实验性手法，具有后现代主义色彩，显示出对男性主导话语权的不满和挑战，在2012年获赫斯顿/怀特奖（Hurston/Wright Legacy Award）。2014年出版的小说《博伊，斯诺，博德》（*Boy, Snow, Bird*）借用《白雪公主》的童话模式探索现代女性面临的种族与性别困境，2016年的小说《不是你的就不是你的》（*What Is Not*

Yours Is Not Yours）与 2019 年的小说《姜饼人》（*Gingerbread*）表达了在跨文化背景下移民个体面临的抉择与困境，均收获读者的好评。奥耶耶美是具有双重文化背景的作家，她在作品中淋漓尽致地描绘主人公夹在两种文化之间的痛苦，对其流散体验的书写则取材于作家自身的经历。她的作品融合了尼日利亚约鲁巴的民间传说，让读者感受到扑面而来的非洲原始神秘主义气息。同时，她丝毫不掩饰对欧美现代主义文学的借鉴，巧妙地运用了意识流等现代主义手法。她在童话与传说中重现遥远的尼日利亚历史，以第三世界女性的视角重述种族与性别的困境，她的作品既有鲜明的儿童文学色彩，又有浓厚的女性主义痕迹。

一、彷徨迷茫的流散体验

《遗失翅膀的天使》《翻转屋》与《白色是女巫的颜色》真实展现了那些处于双重甚至三重文化夹缝中的流散者的心灵世界，体现了奥耶耶美对种族差异与身份认同的深刻思考。

她的处女作《遗失翅膀的天使》使英国文坛开始关注这颗耀眼新星，也使包括她在内的移民作家进一步走向大众关注的中心。这部小说具有自传色彩。奥耶耶美，4 岁跟随父母定居英国，12 岁起每年暑假都会回到尼日利亚。"流散者正是处在旧世界与新世界之间的夹缝中游离、挣扎、抵抗、融合与认同，他们在两种或两种以上的文化中依附与剥离。"① 在英国文化与尼日利亚文化的双重浸润下，奥耶耶美把自己在英国的流散体验融进《遗失翅膀的天使》。这部作品借用约鲁巴的阿比库（abiku）神话框架，讲述了主人公混血儿洁思（Jess）与一位神秘朋友相遇、相识后发生的一系列故事。洁思跟随父母在英国生活，因肤色不同而在

---

① 朱振武：《非洲英语文学的源与流》，上海：学林出版社，2019 年，第 49 页。

学校受到白人孩子的孤立和排挤。她在 8 岁时跟随母亲回到尼日利亚，遇到了一个跟自己年龄相同的小女孩蒂丽蒂丽（Tilly Tilly）（以下简称"蒂丽"）。蒂丽其实就是一个能够穿越时空的阿比库。洁思本有一位双胞胎姐妹——芬恩（Fern），但是出生后不幸夭折。在约鲁巴的文化中，如果双胞胎中的一个婴儿夭折，这个婴儿的灵魂就会成为阿比库，带着前世的记忆不断地投胎、轮回。"由于阿比库天性固执、冷血且无情，约鲁巴人都十分惧怕他们。他们被邪恶与神秘笼罩着，被他们选中的任何一个家庭都会经历可怕的诅咒，他们就是那短暂但永恒的悲伤源头。"[1]为避免这种生死轮回的厄运，父母会请人为夭折的孩子做一尊伊贝吉（ibeji）雕塑，每日为其供奉食物，每年还会为亡灵庆祝生日。在小说里，洁思被诊断为"人格分裂症"（dissociative identity disorder）。洁思的这种分裂症并不是一种简单的心理疾病，而是她不完整的灵魂所表现的外在人格冲突。洁思的母亲在芬恩夭折后并没有按照约鲁巴族的传统为女儿制作雕像，这就给了夭折的亡灵不断转世轮回的契机，所以洁思与蒂丽的相遇并非偶然。洁思不仅生活在现实世界，也生活在阿比库的灵魂世界，以及两个世界之间的丛林世界，她的这种"分裂"恰好代表着包括奥耶耶美在内的流散者"是其所不是"的状态。蒂丽代表着洁思体内未觉醒或不愿承认的尼日利亚人的身份，洁思则代表着另一半残缺的英国人身份。"流散者的身份认同、边缘化处境、种族歧视、性别压迫、家园找寻和文化归属等问题产生的根本原因就是异质文化之间的龃龉、冲突与融合。"[2]而蒂丽与洁思的相互融合与相互包容，则意味着异质文化冲突的调停。蒂丽与洁思互相争夺身体控制权，在某种意义上体现了作者自己的挣扎与迷茫——她无法抛弃内心所坚守的欧美文化价值观，也无法与自己灵魂深处那古老的"尼日利亚人的天性"相分离。所以，《遗失翅膀的天使》既能凸显身为非裔在异邦

---

① Timothy Mobolade, "The Concept of Abiku", *African Arts*, Autumn, 1973, 7(1), p. 63.

② 朱振武、袁俊卿：《流散文学的时代表征及其世界意义——以非洲英语文学为例》，《中国社会科学》，2019 年第 7 期，第 143 页。

流散的焦虑，又能从他者的视角重构非洲形象。更重要的是，她的小说表现了个体在异质文化的杂糅中面临的生活困境与精神困境，展现了个体在不同文化冲击下的成长与蜕变。

奥耶耶美的第二部小说《翻转屋》与第三部小说《白色是女巫的颜色》也延续了她一贯的创作手法，即利用约鲁巴的民间传说和现代主义手法，讲述发生在现实中的种种故事。《翻转屋》是奥耶耶美为异邦流散者建构的心灵栖息地，是一个极具理想主义色彩的去标签化的"避难所"，是介于梦境与现实之间的幻想之地。在《翻转屋》中，奥耶耶美把一部陪伴她成长的神话进行了改写，将非洲的神明与基督教的上帝合二为一。[①] 在《遗失翅膀的天使》中，奥耶耶美利用鬼孩儿阿比库的传说，将现实主义的写实与现代主义的意识流手法交替使用，在梦幻与现实的交织中刻画主人公内心的挣扎与纠结。与《遗失翅膀的天使》相比，《翻转屋》具有明显的后现代主义色彩。在这部小说中，奥耶耶美运用魔幻现实主义的创作手法，将约鲁巴的神话传说，以及尼日利亚的历史过往、现实境遇与现代欧洲景观相互穿插、融合，展现异邦流散者在历史记忆与现实问题之间的挣扎。与前两部作品相比，《白色是女巫的颜色》则透露着一股阴郁怪诞的色彩。这部作品的创作灵感源于奥耶耶美在南非做志愿者时做的一个与吸血鬼有关的梦。小说将欧洲哥特小说的特质与加勒比海域附近的恐怖传说融合在一起，将叙事的空间定位在英国多佛的一个名叫"银屋"（Silver House）的地方。"银屋"在新闻报道中时常出现，是一个充满了仇外心理的地方，那里的移民与难民经受了诸多的针对他们的暴力行为。[②] 毫无疑问，作者笔下的"银屋"是一个极富隐喻与讽刺的意象。首先，这是尼日利亚乃至非洲的异邦流散者集体无意识中暗恐（uncanny/

---

① Brenda Cooper, "The Middle Passage of the Gods and the New Diaspora: Helen Oyeyemi's *The Opposite House*", *Research in African Literatures*, 2009, 40(4), p.112.

② Aspasia Stephanou, "Helen Oyeyemi's *White Is for Whitching* and the Discourse of Consumption", *Callaloo*, 2014, 37(5), p. 1246.

unheimlich)① 的缩影。在作品中，距离血腥罪恶的黑奴贸易已然过去接近一个世纪，但是移民与难民创伤不会随着时间湮灭。即使现在，在欧美大陆，排外主义与仇外情绪依然存在，种族歧视也没有被消除。于异邦流散者而言，仇视与暴行会让他们回想起殖民者犯下的罪行。其次，"银屋"借"白色""女巫""吸血鬼"揭露了殖民者的罪恶——他们依靠屠杀、剥削之类的暴行，奴役非洲人来获得财富与地位。从16世纪开始，英帝国不断进行海外扩张；18世纪，一扫蒙昧的启蒙运动也没能阻止殖民者用非洲黑奴的血泪筑造通往"自由、平等、博爱"的道路。黑奴成了庞大帝国的根基。"银屋"唤醒无数异邦流散者的暗恐，让他们时刻处于"是其所不是"与"非家"的焦虑中。他们既不能忘记历史，又要面对当下的生活；既不能摒弃自己的传统文化，又不能完全割舍新的文化价值观。"银屋"正是但丁笔下"林勃空间"这样的存在，让流散者永远徘徊在寻找家园与寻找身份的迷途中。

二、女性意识的深度觉醒

奥耶耶美不仅直面流散者面临的种种困境，书写流散者经历的现实问题，还关注女性的精神世界与情感体验，从全新的角度抒发对男性话语权的不满。她的《不存在的情人》就是以实验性手法控诉男性对女性的凝视与压迫。与前几部作品一样，《不存在的情人》也是在童话结构的基础上展开叙事，但作品的情节如同迷

---

① 暗恐，又名"非家幻觉"，指"有些突然起来的惊恐经验无以名状、突兀陌生，但无名并非无由，当下的惊恐可追溯到心理历程史上的某个源头；因此，不熟悉的其实是熟悉的，非家幻觉总有家的影子在徘徊、在暗中作用"。详见金莉、李铁编：《西方文论关键词（第二卷）》，北京：外语教学与研究出版社，2017年，第11页。

宫，充满了迷惑性。奥耶耶美自述，儿时并没有觉得《蓝胡子》^①这类的童话有多么与众不同，但成年后的她却用这一童话模式进行创作。小说的题目是《不存在的情人》，其原文题目为"Mr. Fox"，这让读者不禁想起英国女作家安吉拉·卡特（Angela Carter，1940—1992）的同名童话《狐先生》（*Mr. Fox*）。作者戏仿了《蓝胡子》《费切尔的怪鸟》（*Fitcher's Bird*）与《狐先生》等以"残暴丈夫杀死妻子"为基本情节的童话。但在这部作品中，福克斯先生是在自己创作的小说中"杀"死了女主人公，他笔下的女主人公不是横遭意外就是结局凄惨悲凉。这引发了他创作的人物——作品的女主人公玛丽（Mary）的不满。玛丽认为福克斯先生不能这样肆意"屠杀"自己创作的女性形象。她向福克斯先生发起挑战，要求自己一起参与创作。于是，福克斯与玛丽在自己创作的文本中开始了一场角逐。福克斯先生并非一个变态杀妻狂，但是他无情地夺走了玛丽的创作成果，试图扼杀玛丽的创作欲望。福克斯先生的妻子达芙妮（Daphne）在作品的前几章中完全是他的陪衬，是一个无所事事的家庭主妇，她的存在感非常低，形象也十分单薄。但是，随着福克斯与玛丽的角逐进入白热化阶段，达芙妮也参与进来。随着情节推进，达芙妮的机敏与睿智、才华与勇敢让福克斯和读者都非常吃惊。这部小说的叙事者是不确定的，而在前几章中，达芙妮这一人物的头上似乎总笼罩着一块不可靠叙述的乌云。照此推断，假设前几章故事的叙事者是福克斯，那达芙妮的形象就解释得通了。毕竟，在福克斯眼中，达芙妮只是一个平平无奇的富家女。福克斯对达芙妮、玛丽以及他笔下其他女性角色的裁决、控制和压迫，只不过是因为玛丽与诸多女性作家一样，"书写上帝、命运、时间和完整性，并沉迷于书写同样的

---

① "蓝胡子"又名"青须公"，最早见于法国诗人夏尔·佩罗（Charles Perrault，1628—1703）的童话故事集。蓝胡子是一位有钱的贵族，他的前六任妻子都失踪了。他说服一位农户将女儿嫁给他。小女儿为了保护姐姐，答应成为他的妻子。蓝胡子允许妻子自由出入，唯独地下的一个小房间禁止入内。有一天蓝胡子出门，妻子进入了小房间，结果看到了前几任妻子的尸体。她不小心将钥匙掉在了地上，沾上了血迹，无法清洗。此时蓝胡子恰好回来，他无比气愤，想杀死妻子，妻子乞求蓝胡子给予一些时间让她祷告。就在这时，她姐姐和兄弟破门而入，杀死了蓝胡子。"蓝胡子"一词后来用来指代花心丈夫或虐待妻子的男人。

主题或话题"①。作品中充斥着各种神话与童话的变形，同时，大胆的想象与夸张加上优美细腻的语言，使得这部作品与奥耶耶美其他作品相比显得格格不入。从这个角度看，《不存在的情人》跳出了一味渲染文化冲突与殖民历史的主题，参与到新的文化与民族身份建构中，以"文中文"的结构书写了女性所面临的处境与经历的诸多不平等待遇，聚焦的是女性失声这一社会性问题。奥耶耶美兼具流散作家与女性作家的双重身份，她小说的主人公大部分都是女性，她的不少作品也通过女性个体的成长经历展现了女性的生存困境与精神危机，以第三世界知识分子的视角向男权社会发起了进攻与挑战。

奥耶耶美的《博伊，斯诺，伯德》采用现实主义手法，以一个离家千里的美国女性——博伊（Boy）——与丈夫及其继女相处的日常为线索，同时融合了流散体验、身份认知与性别困境等主题。博伊从她暴虐成性的父亲手中逃离出来，在马萨诸塞州定居后，与当地的离异男子阿图罗·惠特曼（Arturo Whitman）结为夫妻，同时成为他女儿斯诺（Snow）的继母。后来，博伊生下女儿伯德（Bird）。因为阿图罗一家隐瞒了自己是非裔的事实，所以伯德的皮肤并不是白色。"《博伊，斯诺，伯德》的内容充斥着关于家庭的故事与关于文化的历史，而这些奇幻的故事与历史则是围绕着上世纪中叶黑人生活的日常现实展开的。"②虽然小说的情节戏仿了格林兄弟创作的《白雪公主》，也穿插了诸多女巫、精怪、动物的童话传说，但其主要情节还是围绕人物所处的现实环境展开叙述。奥耶耶美选用了不同的叙述视角来完成这部作品，每个叙述者的声音彼此独立但又互相交融，通过营造悬念与突转，作品呈现出复调的性质，给读者阅读带来了不小的挑战，也充分调动了读者参与意义建构的积极性。同时，她还采用多元对立的叙述模式，给予每一个人物以相应的隐喻，赋予他们在当下语境的全新意义，以全新的视角

① 桑德拉·吉尔伯特、苏珊·古芭：《阁楼上的疯女人 女性作家与 19 世纪文学想象（下）》，杨莉馨译，上海：上海人民出版社，2015 年，第 686 页。

② Kimberly J. Lau, "Snow White and the Trickster: Race and Genre in Helen Oyeyemi's Boy, Snow, Bird", Western Folklore, 2016, 75(3/4), p. 379.

仿写了《白雪公主》这一童话。博伊与斯诺扮演了继母与白雪公主的角色，但二者的形象并非对立，而是流动转换的。博伊年轻时正如白雪公主一样美丽；随着伯德的出生与斯诺的成长，斯诺扮演了"白雪公主"的角色；但是随着伯德的成长，伯德也显现出自己的思考与认知，成为与母亲和姐姐一样的角色。三位女性都是小说的叙事者，也是小说的主人公。与《遗失翅膀的天使》相似，《博伊，斯诺，伯德》也是一部关于女性的成长小说。但是，与《遗失翅膀的天使》相比，奥耶耶美在《博伊，斯诺，伯德》中使用的元素与探讨的问题更为复杂，她将欧美童话与非洲民间神话交替穿插，讨论了诸如黑奴制的残余、宗教迫害、种族歧视、妇女解放等各种问题。通过阅读这部作品，读者也能体会到奥耶耶美的"野心"：书写非裔女性角色的成长，呼吁世界关注女性的生存环境——特别是黑人女性、移民女性等边缘群体的地位。同时，她利用自己的巧思细构，颠覆了充满雌竞与歌颂男权味道的《白雪公主》童话，向非洲与世界展示了女性的力量，展示了自己身为女性作家的韧性，加速了自己从边缘走向中心的步伐。

三、哥特视角下的成长书写

《遗失翅膀的天使》既是一部关于身份认同与流散体验的小说，也是一部以儿童视角展开叙述的哥特式成长小说。奥耶耶美是具有西方教育背景的非洲作家，这在一定意义上决定了她创作风格的多变与混杂。从《遗失翅膀的天使》到《不是你的就不是你的》，作品的内容涉及文化、历史、社会等方方面面，叙事技巧也灵活多元，不囿于单一的叙事策略。奥耶耶美经常以欧美现代文学的创作手法，融合欧洲与非洲的各种神话传说，讲述人物在现实中的种种经历，使她的作品呈现出与传统的现实主义、浪漫主义、神秘主义与现代主义作品不同的风格特征。作品风格的混杂性也在一定程度上决定了奥耶耶美作品体裁的复杂性与混合性。《遗失翅膀的天使》与 2016 年出版的小说《不是你的就不是你的》就是这类混合性体裁的代表。奥耶耶美借用约鲁巴双生子的民间传说这一叙事模式，讲述了发生在 21 世纪英国一个普通混血家庭中的故事。亡灵密友、校园暴力、荒废小木屋与钻入噩梦的长发女人等元素，让作品渗透出一股神秘莫测、幽深恐怖的气氛。女主人公洁思敏感而又富于幻想，加上她时常处于身份迷失的焦虑与丧失家园记忆的暗恐中，带给读者惊险、刺激与悬疑等感觉。所以，《遗失翅膀的天使》也是一部充满奇特幻想的哥特式成长小说，是奥耶耶美融合自己的经历与体验写出的一部儿童作品，能让那些跟随父母来到异乡的孩子产生共鸣。蒂丽既是夭折的阿比库灵魂，又是历经深重苦难与沉痛创伤的非洲人，她出现的时机正是洁思童年中最为脆弱与彷徨的时刻，也是洁思还未成为一个彻头彻尾的英国人的时候。小说结尾处，洁思进入丛林世界后又回到现实世界，代表着她自我身份找寻旅途的结束，也代表了属于洁思的"成人仪式"的完成。这一情节具有深刻的隐喻性：作者与洁思一样，最终正视了自己的民族身份，重新拾起了印刻在集体无意识中的记忆碎片，接受自己的双重文化身份。由此可见，奥耶耶美凭借《遗失翅膀的天使》惊艳西方与非洲文坛，绝非运气使然，而是由她本人惊人的想象力及其创作的厚重意蕴所决定的。

《不是你的就不是你的》是奥耶耶美创作的一部短篇小说集。在这部作品中，她融真实与虚幻、梦境与现实、暗黑与浪漫于一体，将童话、寓言、成长小说等儿童文学体裁杂糅在一起，让《不是你的就不是你的》成为一部迥然不同的儿童文学作品。作品中的故事，不乏凶杀与悬疑等血腥情节，充斥着骇人与怪诞的黑暗色彩，但曲折跌宕的情节总是迎向充满温情的结局。在这部作品中，奥耶耶美显然是大胆模仿了巴尔扎克（Honoré de Balzac，1799—1850）在《人间喜剧》（*La comédie humaine*，1842）中首创的"人物再现法"。第一个故事中被遗弃的女婴脖子上挂着的钥匙，串联起层层疑云，直到结尾处作者才让钥匙真正派上用场：弃婴长大成人，用钥匙打开了一把藏书阁的大门，找到了母亲留给自己的信。在另一个故事中，女仆与同性恋少爷结合后怀孕了。后来，女仆与少爷的弟弟相爱，但是恶女仆却残忍地杀死了她。多年后，女仆死去的爱人化作玫瑰，刺死了恶女仆。古老陈旧的藏书阁、远离喧嚣的修道院、泛黄的陈年书信、化身玫瑰的亡灵、若隐若现的超自然力量……正如哥特小说中的"超自然因素的运用、神秘气氛的营造和离奇的情节"①。这些故事中，奥耶耶美善于用冷静平缓的口吻叙述发生在现实世界中的种种事件，又能在不经意间把读者拉到真实与想象、梦境与清醒交错重叠的新时空。在作品开头出现的钥匙既是属于人物的，也是属于读者的。奥耶耶美似乎对这种叙事游戏情有独钟，在《不存在的情人》中，叙事者也躲在暗处与读者捉迷藏，时不时故意露出一些痕迹。虽然这部作品没有将"成长"放在显眼的位置，但主角的长大成人与读者拨云见雾的过程是并进的。《不是你的就不是你的》也是如此，叙事者的声音近在咫尺，只需用钥匙打开下一扇门就能拨开那层迷雾。奥耶耶美不愧是能调动读者审美注意力的天才作家，对于审美距离的把握也极有分寸。每当读者以为拿着钥匙即将开启下一扇门之际，叙事者的声音就会突然消失。这就需要读者思索片刻，才能继续在作者建构的迷宫中前行。这部小说的深刻性可能没有其他作品厚重，但小说主题非常多元。由此可见，奥耶耶美与读者共同建构了一个深不可测的迷宫，她让读者不仅能在迷宫中看见人物的成长与蜕变，也能在阅读过程中捕捉内心的微妙变化。《不存在的情人》与《博伊，斯诺，伯德》中展现了奥耶耶美作为第三世界女性作家的强大力量，《不是你的就不是你的》也让读者看到了一个利用优美轻快的语言勾勒细腻丰富的情感世界的女性作家。

---

① 陈榕：《哥特小说》，载金莉、李铁编：《西方文论关键词（第二卷）》，北京：外语教学与研究出版社，2017年，第151页。

结　语

奥耶耶美的创作主题、手法与风格复杂多变。不仅仅是奥耶耶美，非洲流散作家的作品都是如此。不管是南非的纳丁·戈迪默（Nadine Gordimer，1923—2014），还是尼日利亚的阿契贝（Chinua Achebe，1930—2013），或是坦桑尼亚的阿卜杜勒拉扎克·古尔纳（Abdulrazak Gurnah，1948—　），虽然他们的创作手法、主题内容与行文风格迥异、各有千秋，却不约而同地在作品中书写殖民历史创伤，描绘流散者在寻找家园旅途中的焦虑与彷徨，关注少数群体的生存困境与精神世界，并表达了对和平与爱的渴望。奥耶耶美作为非洲流散女性作家，以《遗失翅膀的天使》一举成名，但她没有囿于狭隘的民族主义，而是继续凭借自己的双重文化背景，在讲述非洲故事的道路上走出自己的姿态。包括奥耶耶美在内的非洲流散作家，不论他们身在何处，心始终牵挂故乡。他们以富有创新性、包容性、多元性的作品丰富了世界文学的多样性，成为世界文学花园中散发着馥郁芬芳的仙葩。

（文 / 上海师范大学 王文娴）

乌斯曼·桑贝内

Ousmane Sembène，1923—2007

代表作一：《神的儿女》（*Les Bouts de bois de Dieu*，1960）

代表作二：《哈拉》（*Xala*，1973）

第十七篇

文学与电影的双重瑰宝

——塞内加尔作家乌斯曼·桑贝内创作研究

引　言

乌斯曼·桑贝内（Ousmane Sembène，1923—2007）被称为塞内加尔的"国民作家"，用法语和沃洛夫语（Wolof）创作，作品大多联系当时的社会事件，针砭时弊。他喜欢与普通民众接触，讲述工人、农民的故事；同时特别关注女性的生存境遇，不吝为女性英雄人物挥洒笔墨。作为一位取材于社会现实也致力于表现社会现实的作家，桑贝内的这种朴素追求也推动他在 20 世纪 60 年代初开始涉足电影制作。一系列佳作使他成为"非洲电影之父"，成了撒哈拉以南非洲电影界最具代表性的名片。

一、文学与电影交相辉映

1923 年 1 月 1 日，乌斯曼·桑贝内出生于塞内加尔南部卡萨芒斯（Casamance）地区的济金绍尔（Ziguinchor），是一位渔民的儿子。桑贝内从小既上西式小学学习法语，又接受《古兰经》学校的宗教教育。13 岁时，他的抗争意识已初见端倪，由于和学校教师发生冲突，桑贝内被迫辍学，移居首都达喀尔。

在达喀尔，桑贝内做过泥瓦匠，也干过机械师，白天工作，夜晚学习，还时常参加工会活动。也是在这段时间，他萌生出了对电影持续一生的狂热。桑贝内看的第一部电影是德国女导演莱妮·里芬斯塔尔（Leni Riefenstahl，1902—2003）执导的《奥林匹亚》（Olympia）。这部关于1936年柏林奥运会的纪录片首次让桑贝内意识到种族差异性。20世纪40年代戴高乐撤退到塞内加尔时，桑贝内在这位"新偶像"的感召下毅然入伍，代表法国（塞内加尔当时仍为法国的殖民地）相继在尼日尔、乍得、摩洛哥、阿尔及利亚、德国参加战斗，并于1946年在达喀尔退伍。次年，他参与了达喀尔—尼日尔铁路工人大罢工。这段经历不仅给他上了工会活动的第一课，而且成就了他后来的代表作《神的儿女》（Les Bouts de bois de Dieu，1960）。

1948年，桑贝内偷渡到法国马赛，成为一名码头工人。他积极参与工人运动，加入了法国共产党，担任法国黑人劳动者组织秘书长。与此同时，桑贝内与《南方笔记》（Cahiers du sud）、《非洲存在》（Présence africaine）等文学刊物成员过从甚密，在图书馆如痴如醉地阅读理查德·赖特（Richard Wright，1908—1960）、克劳德·麦凯（Claude McKay，1890—1948）、雅克·罗曼（Jacques Roumain，1907—1944）等加勒比地区和美国非裔作家的文学作品。因工伤骨折，无法继续在码头工作，桑贝内开始从事写作。他接连发表了《黑色码头工人》（Le Docker noir，1956）、《祖国，我可爱的人民》（O Pays, mon beau peuple! 1957）、《神的儿女》三部小说，很快在法国文坛声名鹊起，作品被译成多种语言。

在早期的写作中，桑贝内往往从自己丰富的人生经历与平时的所见所闻中汲取灵感，可谓50年代批判最为严厉、最富革命精神的非洲作家。《黑色码头工人》是一部半自传小说，记录了作家在法国马赛做码头工人时的遭遇，控诉法国的种族歧视和社会不公。《祖国，我可爱的人民》（国内又译《塞内加尔的儿子》）则更为激进。小说讲述了非洲青年乌马尔·法伊（Oumar Faye）在"二战"后退伍回到家乡的故事。为了抵抗殖民者的剥削，他组织农场自产自销农产品，结果被殖民当局残酷杀害。小说不仅抨击了殖民主义，还批判了欧洲人和部分非洲人的种族歧视。桑贝内借乌马尔这一人物，歌颂了非洲新生代知识分子为人民事业献身的崇高精神，也同时警醒读者，个人反抗是一种不彻底的改良方式，不可能从根本上推翻殖民制度，也不可能使非洲真正获得解放。1960年发表的《神的儿女》是桑贝内的代表作，致敬了法国作家左拉描写矿工罢工事件的长篇小说《萌芽》，反映的是1947至1948年的达喀尔—尼日尔铁路工人大罢工事件。这次罢工持续了六个月，工人们及其家属面临包括断炊在内的种种困难，却一直没有退缩，最终在塞内加尔广大工人的支持下取得全面胜利。小说揭示了法属西非人民在殖民统治下的悲惨图景，同时也表现了非洲工人阶级的觉醒和工人运动的蓬勃发展，塑造了一大批不同社会阶层栩栩如生的人物形象，包括许多女性英雄人物。

20世纪60年代，桑贝内的创作继续根植并面向非洲人民，反映后殖民情境中的人格丧失与独立后非洲的自我迷失。在成为导演之前，他已逐渐成为塞内加尔的"国民作家"。短篇小说集《上沃尔特人》（*Voltaïque*，1962）包含了一夫多妻制的男女关系、工人斗争等主题。长篇小说《热风》（*L'Harmattan*，1964）重现了1958年非洲人民就法属非洲的前途进行公民投票的历史事件。书中不仅反对殖民主义，也对非洲传统社会中迷信落后等方面提出了尖锐批评。1965年，他发表了中篇小说合集《汇款单》（*Le Mandat*）和《韦伊－西奥扎纳》（*Vehi-Ciosane, ou, Blanche-Genèse*），反映独立后塞内加尔的社会问题。前者描写主人公从法国工作的亲戚那里得到一张汇票后去邮局兑换，历经重重关卡，最终未能如愿。后者描写从欧洲战场上退伍的青壮年回到农村的生活。

也是从60年代开始，桑贝内逐渐意识到电影对于唤醒民众意识、传播非洲文化的独特优势。他作为扳道工游历了马里、尼日尔、科特迪瓦、刚果等地后，发现非洲国家虽然纷纷独立，但教育发展水平和去殖民化程度仍旧无法使普通民众接触书面文学。"如果想切实地触动国民，就必须要学会拍摄电影，因为即使是文盲或文化程度不高的人，也能看懂一部电影，而只有少数精英阶层的人才能读懂一部文学作品。"①他因此不再满足于文字书写，将更多的重心转移到电影创作上，开始用画面向世界呈现塞内加尔的伤痛。

1962年，桑贝内从苏联高尔基电影制片厂学习归来，血液中奔涌着马列主义与革命思想，将电影的矛头指向两个群体：一是他的对手，殖民主义与新殖民主

---

① Jean-Pierre Garcia, "A Journey Through African Cinema", April 7, 2011, in *festival-cannes.com*, https://www.festival-cannes.com/en/2011/a-journey-through-african-cinema/. [2024-10-22]

义的既得利益者，即法国以及塞内加尔独立后的民族资产阶级；二是他的受众，无论独立前后都是受压迫者的农民、工人等普通民众。此后，他"拍摄了第一部非洲短片、第一部非洲长片、第一部非洲民族语电影；最先把非洲电影纳入国际文化视野，在各大国际电影节攻城拔寨，为后来的非洲电影人铺路；职业生涯跨度从1963 年直至 2005 年，成为非洲职业生涯最长、产量最丰富的导演；联合创办了第一个非洲电影人工会、第一个非洲电影节、第一份非洲电影杂志"①，被广泛赞誉为"非洲电影之父"。

1963 年，桑贝内在本土拍摄完成短片《马车夫》(*Borom Sarret*)，同年在法国图尔国际短片电影节上获奖。这部短片是撒哈拉以南非洲的电影第一次走进欧洲电影节的视野，被学界视作非洲电影的开山之作。《马车夫》是一部二十分钟左右的黑白剧情短片，展示了一个退伍军人作为马车夫工作一天的生活经历，反映了塞内加尔独立后底层人民的生活。桑贝内通过大量对比——困苦的善良人与西装革履的骗子，贫穷破落的郊区农村与鳞次栉比的城市高楼，非洲文化传统的发展与殖民统治的深刻影响——揭示了塞内加尔社会的阶级差异。马车夫关于"我是谁"的内心独白与困惑，代表了非洲底层民众在长期的殖民统治背景下对"自我"定位的彷徨。

桑贝内 1966 年拍摄的《黑女孩》(*La Noire de...*) 是其"非洲电影之父"称号的奠基之作，是撒哈拉以南非洲的第一部电影长片，一举斩获法国让·维果奖、迦太基国际电影节金奖、达喀尔国际黑人艺术节大奖等多次大奖。电影讲述了塞内加尔黑人少女迪乌阿娜（Diouana）满心幻想地跟随雇主来到法国当保姆，却在法国受到压迫，被禁锢在房子里，最终在"天堂"的国度里自杀身亡。导演借此告诫独立后的民众：形式上的殖民或许已经随着国家独立而结束，但并不意味着精神上的奴役也随之消失。如果说《马车夫》更多讲述不公与不满，那么《黑女孩》代表的则是更为直接的反抗。电影中的女主角曾为了拿回面具而拒绝工作，最终又带着代表塞内加尔民族的面具在浴缸中自杀，表明自己拒绝再做奴隶并要掌握自身的生命权的态度。《黑女孩》的大获成功使桑贝内一跃成为非洲电影最响

---

① 张勇：《为非洲电影立言——"非洲电影之父"奥斯曼·森内的电影观念与实践》，《当代电影》，2015 年第 6 期，第 122 页。

亮的一张名片。1967 年与 1968 年，他先后受邀担任戛纳电影节长片评委以及迦太基国际电影节评委会主席。

随后，桑贝内首次用塞内加尔本土语言沃洛夫语拍摄了长片《汇款单》（*Le Mandat*，1968），借用一张从法国寄出却在兑现前就被花光的汇款单，讽刺了国家独立后新资产阶级的无能与腐败。从《汇款单》开始，桑贝内此后的电影或是纯粹使用沃洛夫语来讲述故事，或是使用沃洛夫语与法语双语，以此唤醒非洲人对自身文化的认同，打破对西方殖民语言的迷恋。与《马车夫》和《黑女孩》不同，《汇款单》没有将矛头指向殖民统治，而是揭示了塞内加尔独立后的官僚主义及腐败问题。

在 20 世纪七八十年代的创作旺盛期，桑贝内在电影创作上的成就完全盖过了他的文学创作。他在这一时期拍摄完成的影片启蒙、影响了后来无数电影人，同时也斩获了多个国际电影节奖项。自《汇款单》之后，桑贝内几乎每部电影都在国际 A 类电影节上有所收获。讲述"二战"时期女性领导村民反抗法国殖民当局的《雷神》（*Emitaï*，1971）获 1971 年莫斯科电影节银奖、1972 年柏林电影节论坛单元国际天主教电影视听协会奖。但由于影片在表现法国军队在塞内加尔少数民族部落征兵征粮时，镜头涉及军队屠杀当地民众的暴行，影片被禁止在非洲上映。讽刺后殖民时代本土精英阶层的《哈拉》获 1976 年卡罗维发利国际电影节评委会特别奖，同时创造了塞内加尔的国内电影票房纪录[①]。《局外人》（*Ceddo*，1977）表现 18 世纪基督教入侵后引发的宗教冲突，以古喻今，获 1977 年柏林电影节论坛单元国际联盟电影奖，但也同样因宗教问题被禁止在塞内加尔上映。半自传式电影《泰鲁易军营》（*Camp de Thiaroye*，1978）讲述"二战"期间塞内加尔士兵为法国作战，却险些被法国人杀害的故事，在 1988 年威尼斯电影节获得评委会大奖及 5 项平行奖项。在 IMDB 上评分最高的 25 部塞内加尔电影中，桑贝内的电影独占 9 部，他对塞内加尔电影的贡献足见一斑。

1976 年问世的《哈拉》被视作桑贝内最出色的电影作品。该电影改编自作家本人的长篇小说《哈拉》。故事讲述一个富有的商人娶了第三个妻子，并为她另建

[①] 《哈拉》的票房与观影人数没有官方具体数字，但根据维耶拉（Paulin Soumanou Vieyra）的说法，《哈拉》打破了 1970 年由马阿玛·强森·特拉奥雷的《女孩》（*Diègue-Bi*）创下的纪录，并将票房数字翻倍，是 1975 年仅次于李小龙电影的塞内加尔电影票房亚军。转引自 Fírinne Ní Chréacháin, *Sembene in Senegal Radical Art in Neo-colonial Society*, Birmingham: University of Birmingham, 1997, p. 194.

一个独立的家，引发了另两位妻子的嫉妒和不安。后来富商生意失败，还不幸在新婚之夜发现自己阳痿，怀疑是中了"哈拉"这种诅咒男人阳痿的巫术，只能听从巫医的建议，赤裸着身体，让乞丐们往自己身上吐唾沫来"解咒"。影片中，主人公妻子对丈夫的唯命是从与女儿对父亲的直接斥责形成了鲜明对比。而影片结尾，富商赤身裸体被乞丐们围着吐唾沫的荒谬场景，则是对独立后资产阶级暴发户的辛辣讽刺。

80 年代，桑贝内出版了两部小说。虚构政治小说《帝国最后一人》（*Le Dernier de l'Empire*，1981）的故事发生在某个不知名的非洲国家。80 岁的总统神秘失踪后，国家陷入了六天的政治危机，总理不知道他是否应该根据宪法规定接管政权。桑贝内借此揭露了非洲第二代政治家虚伪、腐败与玩弄权术的肮脏本质。《尼瓦姆》（*Niiwam, suivi de Taaw*，1987）由两则短篇故事组成。第一篇改编自真实的社会新闻。主人公是个农民，想要瞒过公交车上的所有乘客，将新生儿的尸体从达喀尔城东带到城西。第二篇则表现了贫民窟的生活，折射了农村与城市之间的人口博弈，以及金钱至上取代传统价值观的社会现象。

90 年代以后，桑贝内虽年事已高，却仍不时执导新片。他始终关注底层民众的生活，尤其重视妇女的权益。《尊贵者》（*Guelwaar*，1992）的故事从主人公的葬礼拉开序幕，表现了天主教徒与穆斯林表面上和谐相处，暗地里风起云涌的宗教冲突。《法特·奇内》（*Faat Kiné*，2000）与《割礼龙凤斗》（*Moolaadé*，2004）均关注女性的生存境遇。《法特·奇内》的主人公是一个在男性占主导的世界中取得成功的中年离婚女性，影片通过三代女性表现塞内加尔社会的三种现实。《割礼龙凤斗》讲述了女主人公庇护 4 个逃离割礼的女孩，由此在村庄掀起轩然大波的故事。

2007 年 6 月 9 日，桑贝内在达喀尔家中辞世，享年 84 岁。

二、"从群众中来，到群众中去"

桑贝内是塞内加尔最多产、最富有声望的作家和导演，也是非洲最具现实主义精神的作家之一。他的创作之所以广受民众喜爱，是因为他比任何一位知识分子都更扎根于非洲的现实，更接近人民群众。无论是小说还是电影，他的作品总是充满了积极的斗争精神与坚定的社会介入，对非洲当代问题的探讨从不墨守成规。他的作品源于人民又面向人民，真正做到了"从群众中来，到群众中去"。桑贝内从 20 世纪 60 年代开始渐渐"弃文从影"，是因为担心彼时非洲的识字率不高，书面文学作品会沦为作家的自娱自乐，而他希望用电影的视觉冲击吸引并影响更多非洲民众。

桑贝内的创作大量结合自己的所见所闻或真实发生的社会事件，那是因为他"从群众中来"。他在人民中成长，曾做过渔民、农夫、泥瓦匠、机械师、码头工、扳道工等底层民众的工作。他的成长动力来自人民，来自童年时法国政府治下的殖民剥削，来自"二战"时在军营中受到的种族歧视，来自亲眼见证的祖国铁路工人不屈不挠的战斗精神，来自在马赛做码头工时形成的第三世界民族解放意识。1944 年，桑贝内入伍参加完第二次世界大战之后返回塞内加尔。11 月 30 日，因未收到承诺的抚恤金和军队中由来已久的种族歧视，在首都达喀尔近郊泰鲁易军营的 1300 多名塞内加尔士兵哗变，镇守军营的法国军队开枪杀害了几十名非洲士兵。桑贝内 1988 年上映的电影《泰鲁易军营》就是改编自这个恐怖的事件。尽管影片获 1988 年威尼斯电影节评委会大奖，但被禁止在法国上映。1946 年，桑贝内退伍后回到达喀尔，又参加了 1947 年爆发的达喀尔—尼日尔铁路工人大罢工。小说《神的儿女》铺展的人物群像画卷正来源于作家亲历的历史事件。1956年出版的小说《黑色码头工人》取材自他 1948 年偷渡到法国后在马赛做码头工人的真实事件。1966 年拍摄的长片《黑女孩》则根据 1958 年《尼斯晨报》上的一则真实报道改编。此外，他的短篇小说集《上沃尔特人》、小说《热风》、电影《雷神》等也或多或少带有半自传的色彩。

桑贝内始终坚持"到群众中去"，为人民创作，让人民恢复应有的尊严，剑指一切压迫人民的势力。在 1963 年的短片《马车夫》中，他已经触及许多重大主题，这些主题在其后来的作品中得以更深刻地体现。如《汇款单》抨击官僚主义泛滥成灾，使百姓深受其苦；《哈拉》揭露新生资产阶级对人民的独断专行；《局外人》则呈现宗教势力滥用权势剥削人民的现实。一旦时机成熟，桑贝内就改用民族语言沃洛夫语来拍摄电影，《汇款单》之后的影片莫不如是。在桑贝内的作品中，我们常看到一种对立的结构体系。作家通过强大压迫者和弱势被压迫者的对比，深刻地揭示白人与黑人、殖民者与被殖民者、国王与臣民、宗教领袖与信徒、社会精英与普通民众、男人与女人、富人与穷人的二元对立，以此警示人民，独立前的殖民主义和独立后剥削人的现象并无本质区别。

值得注意的是，桑贝内为人民创作的理念并不局限于祖国塞内加尔，他的创作深受泛非主义思想的影响。泛非主义思想家主张实现"非洲一体性"，呼吁非洲是一个整体，非洲各族同样是一个整体；在反对西方列强的斗争中，包括海外非裔在内的非洲人民必须团结一致，首先推翻西方殖民主义和种族主义的统治。[1] 在追求非洲整体权益的泛非主义思想的指导下，非洲电影常将整个非洲视为电影的文化载体与投射对象。桑贝内在 2005 年的戛纳电影节上明确指出："我深切地感受到'发现与探索'非洲的必要性，这不仅仅局限于塞内加尔，而是包括整个非洲大陆。"[2] 正因如此，桑贝内参与创立了瓦加杜古泛非电影节（Festival panafricain du cinéma et de la télévision de Ouagadougou），今天，这个电影节依旧是撒哈拉以南非洲最有影响力的电影节。

桑贝内创作中另一个重要的议题是非洲女性意识的觉醒。他认为，没有女性就没有非洲的解放，在女性的解放到来之前，非洲的解放是不可能的。[3] 他的大多数小说和电影都表达了对女性境遇的关切，因为她们代表了非洲日常生活中最主要和最受剥削的社会阶层。桑贝内属于最早一批赋予女性人物以正面意义的非洲男性作家。他笔下的女性角色不仅参加反殖民斗争，还在独立后反抗后殖民时代的剥削与不公。

1960 年发表的《神的儿女》是以达喀尔—尼日尔铁路工人大罢工为主题的长篇小说。由于殖民者的野蛮掠夺和剥削，非洲工人举行大罢工以求改善生活待遇。从罢工一开始，受到重重压迫的非洲妇女就挑起了全家的生活重担。罢工期间，男人们没有收入，没钱养家，每天只是饿着肚子坚持不工作。女人们则卖掉自己的

---

① 舒运国：《泛非主义与非洲一体化》，《世界历史》，2014 年第 2 期，第 21 页。

② Jean-Pierre Garcia, "A Journey Through African Cinema", April 7, 2011, in *festival-cannes.com*, https://www.festival-cannes.com/en/2011/a-journey-through-african-cinema/. [2024-10-22]

③ Annett Busch, Max Annas, *Ousmane Sembene: Interviews*, Jackson: University Press of Mississippi, 2008, p. 138.

首饰衣物，或赊或借，也要保证家里人能吃上饭。她们同时还英勇地反抗军警的镇压。男人原本"从来也没有想到妻子会给他们带来什么帮助"[①]，他们因罢工无法继续给家庭带来收入时才发现，"如果说这个时代使男人们变了样，那么应该说妇女也和从前不同了"[②]。妇女们甚至徒步从提耶斯走到达喀尔（约 46 千米）去参加群众大会。尽管一路争执抱怨，生病受伤，事故不断，但她们最终成功抵达首都，为罢工取得最终胜利贡献了自己的力量。桑贝内想要打破有关"非洲女性未参与斗争"的偏见，于是以电影的方式记录非洲女性积极参与社会斗争的历史，证明了女性在非洲解放中所起的重要作用。

桑贝内在多部作品中都强烈批判一夫多妻制婚姻，认为这种婚姻制度使女性受到男性更多的支配。他曾为电视台拍摄纪录片短片《女性面对一夫多妻制的痛苦》（*Traumatisme de la femme face à la polygamie*）。短篇小说集《上沃尔特人》中的多个故事也是围绕一夫多妻制婚姻展开的。女性在传统的规训下，即便男性做了出格的事，她们也会感到愧疚，甚至为男性辩护。"这是我们女人的命运，我们必须承受。男人是我们的主人，仅次于上帝。有哪个妻子没被丈夫殴打过呢？"[③]倘若女性敢于奋起反抗，控诉一夫多妻制，"不公的判决往往落在她们身上……尤其是那些敢于反抗的女性……男性却被粉饰了"[④]。如果说女性随着时间的流逝而表现得日益淡然，似乎已经屈从于命运，桑贝内则毫不留情地揭示了受害者真正的想法："她们知道，一切都非常清晰……她们没有骗过其他人，甚至她们自己。每个人都知道对方在撒谎，但是，她们不能同意再遭受屈辱，否则这将是彻底的绝望。"[⑤]

桑贝内致力于在作品中塑造反抗命运的女性形象。无论是《雷神》中勇敢的农妇，还是《哈拉》中敢于跟自己固执的父亲抗争的女儿，抑或《局外人》中亲手杀死教长之后仍继续对抗宗教势力的女主人公，这些角色的斗争通常不仅成功

---

① 桑贝内·乌斯曼：《神的儿女》，任起莘、任婉筠译，北京：作家出版社，1964 年，第 56 页。

② 同上，第 58 页。

③ Ousmane Sembène, *Voltaïque*, Paris: Présence africaine, 1962, p. 141.

④ Ibid., p. 58.

⑤ Ibid., p. 63.

地解放了自己，还使周围人摆脱了传统的桎梏。有趣的是，在桑贝内的作品中常出现这种情况：当妇女们准备继续战斗时，男人们却开始妥协屈服，或者只满足于夸夸其谈。《神的儿女》中，妇女在罢工期间意识到了自己的新角色，以及这种角色的转变对男性和社会发展的影响："下一次再要罢工，男人们可得讨一讨我们的主意了。以前，他们觉得养活我们自己就了不起了，现在，倒是我们女人养活他们了。"①

　　桑贝内在 81 岁高龄拍摄的《割礼龙凤斗》则是一部反对非洲女性割礼的影片。女性割礼是一种陋习，于女童 4 至 8 岁间施行，目的是割除一部分性器官，以免除其性快感。割礼的首要目的是提供给男人可靠的"验贞"方法，因为男人可以通过检查女性的私部情况来判断女性是否为处女或者在婚后是否不贞。由于麻醉剂缺乏和器具污染，许多女性会在接受割礼的过程中死亡。即使幸存下来，她们后续的生活也要在痛苦中度过。影片的主人公科莱（Collé）受过割礼并深知其害，便坚决反对自己的独生女接受割礼。她还通过在门前拉起代表庇护权（moolaadé）的巫术绳，保护了其他四个试图逃离割礼的女孩。这一诉求使科莱所在的村庄产生意见分歧，引来了传统力量的报复。妇女的收音机被没收，堆在清真寺前被烧毁，以防止她们受到影响转而支持科莱。面对朋友的劝说、亲友的检举、传统权威的威胁和丈夫的殴打，科莱都拒绝放弃抗争。她的勇气最终赢得了所有人的支持，当地废除了割礼这项陋习。在《割礼龙凤斗》中，女性原本是受到男性及传统制度摆布的群体。桑贝内倡导摧毁阻碍进步的落后机制，在社会层面上，而不仅仅是两性层面上，构建起有利于女性解放的环境。就此而言，桑贝内的作品具有深刻的净化性质，使原本服从或尊崇男权、等级、血统、权利、财富甚至种族传统的非洲女性，意识到反抗压迫的必要性。这种净化具备社会转型过程的特性，赋予女性自由的意志和反抗的能力。被压迫的女性角色从单一的受害者变成了积极的社会参与者和对压迫者勇敢说"不"的反抗者。她们因此成为平凡生活中的英雄，不仅成功改变了自己的命运，还改变了所处的社会。《割礼龙凤斗》的结尾是一组非常有趣的蒙太奇：教堂上的鸵鸟蛋忽然变成了无线电天线。

---

① 桑贝内·乌斯曼：《神的儿女》，任起莘、任婉筠译，北京：作家出版社，1964 年，第 81 页。

导演以这个无声无息的跨时代大跃进作为其漫长电影生涯的句号，乍看简单轻盈，实则跨越了他多年来以文学和电影为田，劝诫和勉励处于转型中的非洲人民的耕耘时光。

三、跨越时空的"国民作家"与"电影之父"

2006 年，即去世前一年，桑贝内获得了法国文学与艺术领域的最高奖章——法国荣誉军团军官勋章（Officier dans l'ordre de la Légion d'Honneur），但这只是他众多桂冠中微不足道的一顶。1997 年，桑贝内凭借他的全部作品获非洲法语文学最高奖项——黑非洲文学大奖（le Grand Prix littéraire d'Afrique noire）。他的电影更是在柏林、威尼斯等国际 A 类电影节上频繁获奖，本人也多次受邀在戛纳、柏林、迦太基、莫斯科、威尼斯、瓦加杜古、马拉喀什、芬兰、里约等国际电影节上担任评委会主席或评委。《马车夫》是非洲第一部电影短片，《黑女孩》是第一部电影长片，《汇款单》则是第一部使用民族语言拍摄的非洲电影。桑贝内联合创办的第一个非洲电影节瓦加杜古泛非电影节，至今仍是撒哈拉以南非洲最重要的电影节。为了纪念这位"非洲电影之父"，泛非银行（Ecobank）还于 2007 年设立了奖金 200 万西非法郎的乌斯曼·桑贝内电影奖。桑贝内从不追求新奇的视听语言或叙事风格，而是在作品中如实记录自己的个人经历与非洲的当代经验，毕生致力于挖掘非洲本土叙事，因此被亲切地称为"人民艺术家"。

作为"国民作家"，桑贝内不仅是第一位被译介到中国的塞内加尔作家，也是迄今为止中译本最多的非洲法语作家。他曾于 1958 年参加在乌兹别克斯坦首都塔什干举行的第一届亚非作家会议，并在会后应中国作家协会和中国亚非团结委员会的邀请到中国参观访问。一年后，桑贝内的小说《塞内加尔的儿子》中译本问世。此后，作家出版社陆续翻译出版了桑贝内的小说《祖国，我可爱的人民》（1961）和《神的儿女》（1964）。《祖国，我可爱的人民》与《塞内加尔的儿子》原作是同一部，只是前者译自法语原作，后者转译自俄语译作。《世界文学》于

1964 年 3 月刊还专门介绍了桑贝内的 "第一部非洲作家拍摄的影片"。在《神的儿女》中译本的前言中，翻译家高骏千曾这样介绍桑贝内：

> 这位有才华的塞内加尔作家，中国读者是十分熟悉的。他在一九五八年参加了第一届亚非作家会议以后，曾经到我国来进行友好访问。他的著名小说《祖国，我可爱的人民》也早已有了两种中译本，受到读者的重视。
>
> 他在亚非作家会议上的发言中，曾经豪迈地宣告……新时代的文学，应该是 "积极的、大众的、有用的"，是 "为活人和劳动者服务的"。他还说："文学是人民大众的，一切都从人民群众中来，再回到人民群众中去。" 他自己的文学创作事业，就遵循着这个原则。①

这两段话恰如其分地总结了桑贝内的创作特点及其与中国的渊源。此后，江苏人民出版社在 1981 年推出了一本改编自桑贝内作品的连环画，名为《刀痕的来历》，印数达 56 万册，在我国的非洲法语文学出版史上尚属首例。他的半自传小说《黑色码头工人》也于 1985 年被译成中文。进入 21 世纪，南方家园出版社出版了繁体中文版的《哈拉》，改名为《哈喇魔咒》（2014）。

在电影界，桑贝内对后世的影响主要有两个方面：一是电影与文学的结合，二是对电影节的依赖。电影与文学的结合从 20 世纪 90 年代开始变得越来越紧密，出现了不少改编电影。桑贝内受法国 "新浪潮" 派的影响极大。"新浪潮" 又被称为 "作家电影"，即导演与当时的 "新小说" 流派作家合作密切，电影被视作一种加强文学的表达方式，重视剧本与细节，致力探索人的内心。桑贝内的多部电影都改编自本人的小说。如 1966 年的《黑女孩》改编自被收录在 1962 年出版的短篇小说集《上沃尔特人》中的同名短篇小说；1968 年的《汇款单》改编自 1965 年出版的同名小说；1975 年的《哈拉》改编自 1973 年出版的同名小说。他还曾将过程逆化，将电影改编成小说，如《尊贵者》电影拍摄于 1991 年，同名小说则出版于 1996 年。

---

① 桑贝内·乌斯曼：《神的儿女》，任起莘、任婉筠译，北京：作家出版社，1964 年，第 3-4 页。

桑贝内在文学和电影两大领域都大获成功，算是十分罕见的例子。塞内加尔后来的大多数导演大多选择改编他人的文学作品。吉布利尔·迪奥普·曼贝提（Djibril Diop Mambéty，1945—1998）1992 年的电影《土狼》（*Hyènes*）改编自瑞士作家迪伦马特（Friedrich Dürrenmatt，1921—1990）的戏剧《贵妇还乡》（*Der Besuch der alten Dame*，1956）。这个非洲版的复仇故事是塞内加尔电影第一次改编非本土作品，印证了文化杂糅的可能性。影片既借鉴了原著中"新小说"式的叙事结构，又融合了非洲的口头叙事传统，因而得到影评人的高度评价。约瑟夫·盖伊·拉玛卡（Joseph Gai Ramaka，1952）改编了法国作家梅里美的名作《卡门》（*Carmen*），于 2001 年拍成充满自然主义风格的音乐电影《卡门在塞内加尔》（*Karmen Geï*），亦是一种崭新的尝试。曼苏尔·索拉·瓦德（Mansour Sora Wade，1952）的第一部长片《原谅的代价》（*Le Prix du pardon*，2001）改编自本土作家穆比萨那·恩戈（Mbissane Ngom）的同名小说，获迦太基电影节金奖。

在桑贝内之后，大批非洲电影人都将欧洲电影节作为投放作品的首选场所，并将获奖视为电影成功的标志。桑贝内的《割礼龙凤斗》由法国的加拉特（Galatée）电影公司与桑贝内自己的多米瑞夫（Domireew）公司共同出品，经费直接来自法国合作与文化部以及欧洲的几家电视台。电影在技术上取得了极大成功，在威尼斯电影节上获奖，在剧本上却是创意平平。在黄金时代，桑贝内拍出了《雷神》和《泰鲁易军营》那样直批法国非人道主义的作品，展现了毋庸置疑的创作天才。但随着电影拍摄成本的大幅提高，国家电影公司提供的资助只是杯水车薪，导演不得不求助外国机构来获取投资。投资的代价是牺牲剧本创意，拍摄重复的主题，如割礼、移民、一夫多妻制婚姻等。这样拍摄出来的电影无法吸引非洲观众，电影节成为这类影片最好的消化地。非洲电影人渐渐发现，电影只有符合资方市场的审美情趣，并致力于亮相欧洲电影节，才有获得资助的机会。于是他们另辟蹊径，通过参加国际电影节扩大知名度，只要获奖便能赢得报纸版面，再"出口转内销"，借国内外媒体的关注使国家对审查与发行大开绿灯。幸运的是，非洲电影人没有忘记桑贝内的遗志：为人民创作。正如桑巴·卡基戈（Samba Gadjigo，1954— ）在 2015 年拍摄桑贝内纪录片时所言："作为非洲人，我有故事——美丽的、有力的、鼓舞人心的故事，属于我们的、熟悉的、歌颂我的人民的故事。有意义的故事，我不需要前往欧洲寻找，它们就在这里。"[1]

结　　语

作为塞内加尔的"国民作家"与"非洲电影之父"，从文学到电影，13 岁就辍学的桑贝内在两个领域都做到了极致。他用自己手中的笔和嘴边的导筒，从自身跌宕起伏的人生经历出发，从非洲饱含创伤的历史经验出发，借用鲜明而又典型的人物形象，挖掘非洲叙事，为非洲文化正名，代表非洲向世界发声，将世界带入非洲人眼中那个动荡却又充满活力、痛苦却又不乏骄傲的非洲。历史将永远铭记桑贝内的功绩。

（文 / 浙江师范大学 汪琳）

---

[1] Beetle Holloway, "Why Ousmane Sembène Is Considered the 'Father of African Cinema'", September 14, 2018, in *theculturetrip.com*, https://theculturetrip.com/africa/senegal/articles/why-ousmane-sembene-is-considered-the-father-of-african-cinema. [2024-10-22]

第三部分

中部菲洲文学名家创作研究

非洲英语文学版图上的中部非洲，是指殖民时期南部非洲英属殖民地的中部地区，包括津巴布韦、马拉维和赞比亚三个国家。早在19世纪后半期，这三个国家就被传教士、探险家和殖民官员等联系在了一起。它们不仅有共同的殖民经历，也有相似的地理环境，自古以来各方面的交流也较为频繁，其文学在创作题材、主题思想、艺术手法等方面具有较大共性。与此同时，它们与众不同的传统文化、殖民遭遇和独立后的建国经历又决定了各自文学的独特性。随着三个国家英语文学的发展，尤其是津巴布韦的英语文学崛起及其在1980年独立前后成为非洲英语文学的一大重镇，这三个国家所在区域的文学赢得了作为中部非洲文学的独立地位。

　　这一部分收录了为中部非洲文学发展做出突出贡献的津巴布韦和马拉维的6位作家。基于中国学者的视角，本部分论及的既有多丽丝·莱辛、查尔斯·蒙戈希、莱格森·卡伊拉、杰克·马潘杰等经典作家，也有独具个性的新锐作家依翁妮·维拉，更关注了难以得到主流文化认可的白人作家约翰·埃佩尔。读者可以通过他们笔下的非洲主人翁意识和融入者情愫，管窥中部非洲文学的整体成就、艺术水准、美学特征和伦理价值。

多丽丝·莱辛

Doris Lessing，1919—2013

代表作一：《金色笔记》（*The Golden Notebook*，1962）

代表作二：《我的皮肤下》（*Under My Skin*，1994）

第十八篇

非洲沃土滋养的跨界作家

——津巴布韦作家多丽丝·莱辛创作研究①

引　言

　　多丽丝·莱辛（Doris Lessing，1919—2013）是世界文学史上一位伟大而独特的作家。她的创作时间长达60多年，跨越两个世纪，创作各种作品达60部左右。她的作品题材涉猎宏大广阔，对20世纪初饱受第二次世界大战影响的英属非洲殖民地津巴布韦，以及南非、20世纪后半叶至今的英国，乃至欧洲局势进行了全景式的扫描，描绘出一幅波澜壮阔的各个阶层人民的生活图景，被誉为20世纪的百科全书。她的作品风格奇谲多变，文风洒脱，涵盖了所谓的现实主义小说、科幻小说、后现代小说以及短篇小说、散文、诗歌、评论、戏剧等多种文类。她几乎囊括了欧洲各大文学奖项，并在获得多次提名之后，于2007年以88岁高龄荣膺诺贝尔文学奖。她的《金色笔记》（*The Golden Notebook*，1962）被称为文学的"《圣经》"或时代的圣本之一。她的作品被认为改变了许多人的一生。她在《时代周刊》评出的世界最具有影响力的百位作家中排名第五。

---

① 本文大部分改写自王丽丽：《多丽丝·莱辛研究》，北京：社会科学文献出版社，2014年。

莱辛是一个各方面都颇难归类的作家。这不仅是因为她成长的文化背景复杂，作品内容包罗万象，还因为其创作不落俗套，总是出人意料。她曾经被称为非洲作家、欧洲作家、英国作家等，不一而足，但她自己从不承认这些贴标签的行为。随着莱辛创作的多变，归类者也越来越感到沮丧和无力。若把她作为跨界者，似乎又有过于宽泛偷懒之嫌。不过，可以确定的是，非洲作为她生活和工作近三十年，度过其最重要的童年和青年时期的地方，对她思想的形成和创作产生了至关重要的影响。从这个意义上来说，把她归类为非洲作家也并无不妥。

一、生平——独特经历铺就的思想底色

多丽丝·莱辛，原名多丽丝·梅·泰勒（Doris May Tayler），1919 年 10 月 22 日生于波斯（现今伊朗）克尔曼沙赫（Kermanshah）一个英国人家庭里。父亲阿尔弗雷德·库克·泰勒（Alfred Cook Taylor）是第一次世界大战的退役士兵。他在战争中失去一条腿，回来后性情大变，内向敏感，整日郁郁寡欢。母亲爱米莉·莫德·麦克维（Emily Maude McVeagh）在"一战"时当过护士。父母的"一战"经历及不同性格给了莱辛直观感受战争创伤的机会。伊朗的异域文化背景也种下了之后莱辛对东方文化以及苏菲神秘主义的兴趣种子。

1925 年莱辛一家移居南罗得西亚（Southern Rhodesia，现津巴布韦）。附近山区茂盛的林地和嬉戏的动物、缤纷的植物，以及从英国寄来的书和杂志成了她童年最好的伙伴。在非洲广袤的大地和自由自在的生活熏陶下，莱辛变得眼界开阔、胸襟宽广、热爱自由、乐观向上，这奠定了她一生创作的主基调。

莱辛 7 岁时被送进了索尔兹伯里（今津巴布韦首都哈拉雷）由天主教女修道会创办的教会学校，但 14 岁时，由于眼疾，她离开了学校在家自学，也因此有机会阅读了大量的世界各国的文学、历史、政治等书籍。莱辛阅读的书籍不仅数量巨大，而且种类繁多。莱辛家里有一个小型图书馆，她读了所有能够读到的书。她说："我的童年非常孤独，所以读了大量的书……那我读什么呢？最优秀的书——欧洲和美国文学的经典作品。我没有接受教育的好处之一，就是我不用把时间耗

费在二流书里。我慢慢地读这些经典著作。这就是我受的教育，而且是非常好的教育。"① 莱辛在《我的皮肤下》（*Under My Skin*，1994）中列出的书单达上百种。其间，她经常借住在她父母的朋友家，还做过一段"换工姑娘"（Au pair girl）。1937 年她曾经到过约翰内斯堡，和朋友们住在一起。由于这些朋友大都是来自中上层阶级从事各种职业的英国人，家里有黑人佣人，这些经历对她了解非洲整个英国人的家庭状况和心理诉求以及种族关系具有重要作用。她曾经在自传中说过："她们在露台上的话题永远都是英国的时局、非洲的状况以及种族问题。"②

1938 年她来到了索尔兹伯里做电话接线员并开始写作。次年同政府职员弗兰克·查尔斯·威兹德姆（Frank C.Wisdom）结婚，生育一子一女。1943 年离婚。1942 年到 1944 年莱辛加入了当时的时事团体。它是当时深受共产党影响的图书俱乐部运动的一个分支，在英国被称为"左派图书俱乐部"。据称它当时在全世界有 5 万名会员。这个团体包括来自欧洲的像莱辛丈夫一样的政治流亡者、来自英国的在南罗得西亚受训的空军士兵、一些真正关心种族歧视问题的当地进步文人团体以及其他一些进步青年。莱辛实际上成为这个组织的创建人之一。在左派俱乐部，他们在一起交流读书心得。莱辛在 1977 年写给罗贝塔·鲁宾斯坦（Roberta Rubenstein）的信中说："我读了那个时期所有的马克思主义的经典……斯大林的各种各样的书，恩格斯的书，还有一些马克思的书——其中有《共产党宣言》以及各个不同时期的马克思文本……"③ 他们所讨论的问题几乎涉及一切领域，包括"秘鲁局势""中国现状""现代音乐"等。此外，他们还经常举办各种讲座，题目有"斯大林格勒战役""大城市的排水系统""南非的农村状况""巴勒斯坦问题""毕加索"等。④ 在参加左派俱乐部小组活动期间，莱辛除了大量阅读，参加组织的各种活动之外，还执着于为报刊写稿，发放南非共产党的喉舌刊物《卫报》

---

① Roy Newquist, "Talking as a Person", in Earl G. Ingersoll ed., *Doris Lessing: Conversations*, New York: Ontario Review Press, 1994, p. 5.

② Doris Lessing, *Under My Skin*, London: Harper Collins Publishers, 1994, p. 19.

③ Doris Lessing, "Letter to Roberta Ruinstein", in Roberta Ruinstein, *The Novelistic Vision of Doris Lessing*, Urbana: University of Illionis Press, 1979, p. 66.

④ Doris Lessing, *Under My Skin*, London: Harper Collins Publishers, 1994, p. 271.

（*The Guardian*）等。她把自己的全部热情都奉献给了当时的组织活动。《暴力的孩子们》（*The Children of Violence Series*，1952—1969）中第三部《暴风雨掀起的涟漪》（*A Ripple from the Storm*，1958）就是关于她这一时期经历的真实记录。

也正是在这一时期的初期，莱辛认识了她的第二任丈夫，来自德国的流亡共产党人戈特弗莱德·安顿·尼古拉斯·莱辛（Gottfried Anton Lessing，1914—1979）。他不仅给了她爱情，更重要的是带领她进入了一个崭新的政治领域。她的丈夫是一个坚定的革命者和执着的马克思主义者。虽然莱辛一再声称这一段婚姻主要是出于政治目的，但不容置疑，他的革命热情和对马克思主义的深刻理解是吸引莱辛的重要原因。莱辛在采访中谈到自己成为马克思主义者时明确地说："在我第二任丈夫的影响下，我成为狂热的马克思主义者。另一个原因是我对当时南部非洲的状况感到气愤……"①

1949 年再次离婚后，莱辛带着 20 美元和儿子彼得（Peter）以及《青草在歌唱》（*The Grass Is Singing*，1950）的手稿，从好望角坐船前往英国，并在伦敦定居。刚到伦敦，作为带着孩子的单身母亲，莱辛生活拮据，并因为身份和口音问题成为被歧视者。伦敦的拥挤、肮脏与英国人的狭隘偏见同自由开阔的非洲形成了鲜明的对比，英国无处不在的等级差异又和非洲的种族歧视遥相呼应。所有这一切都激起了莱辛的创作灵感。继《青草在歌唱》成功之后，她又连续出版了短篇小说集《这是老酋长的家乡》（*This Was the Old Chief's Country*，1951），半自传体五部曲小说《暴力的孩子们》的前三部《玛莎·奎斯特》（*Martha Quest*，1952）、《合适的婚姻》（*A Proper Marriage*，1954）和《暴风雨掀起的涟漪》。与此同时，她还积极参加伦敦的进步政治活动，于 1951 年加入了英国共产党。1952 年她作为"呼吁世界和平作家代表团"成员访问了苏联。1956 年她重访南非和南罗得西亚，却被当时的联邦政府以她出生于伊朗、不是英国人为由拒绝入境。这段经历反映在她的纪实散文《回家》（*Going Home*，1957）中。由于不满斯大林的政策等原因，她于 1956 年退党。1962 年莱辛的小说《金色笔记》出版，引起巨大反响。它不仅奠定了莱辛

---

① Margarete von Schwarzkopf, "Placing Their Fingers on the Wounds of Our Times", in Earl G. Ingersoll ed., *Doris Lessing: Conversations*, New York: Ontario Review Press, 1994, p. 105.

在文学界的地位，也带给了她巨大的国际声誉和丰厚的物质条件，让她从此摆脱了生活的困窘。《暴力的孩子们》的后两部《围地》（*Landlocked*）和《四门城》（*The Four-gated City*）在 1966 年和 1969 年陆续出版。这两部同前三部在风格上的差异引起了评论界的注意。1969 年莱辛第一次到美国（美国曾几次由于她的共产党身份而拒绝其入境），正赶上学生运动及反对越战等活动。美国学生对于政治等观点的尊重和热情感染了她。她在布法罗（Buffalo）的纽约州立大学石溪分校（State University of New York at Stony Brook）以及加州大学（University of California）伯克利分校做了演讲。1974 年莱辛再一次访问美国，获得美国文学艺术科学院、文化研究所和现代语言协会荣誉成员称号。[①] 20 世纪 70 年代，莱辛又陆续出版了被称为"内空间小说"的《简述地狱之行》（*Briefing for a Descent into Hell*，1971）、《黑暗前的夏天》（*The Summer Before the Dark*，1973）和《幸存者回忆录》（*Memoirs of a Survivor*，1974）。正当人们对她具有新风格的小说充满期待的时候，莱辛另辟蹊径，在 1979 年到 1983 年，连续出版了被称为"外空间小说"的五部曲小说《南船座中的老人星档案》（*Canopus in Argos: Archives*，1979—1983）。人们还未从科幻的惊愕中喘过气来，紧接着莱辛笔锋一转，于 1983 年和 1984 年分别推出了描写当代都市情感的姐妹篇《一个好邻居的日记》（*The Diary of a Good Neighbour*）和《如果老人能够……》（*If the Old Could...*），并于 1984 年以《简·萨默斯的日记》（*Under the Pseudonym Jane Somers*）为题结集出版。至此，评论界已被莱辛快速转换的风格搞得不知所措。后来，莱辛又出版了社会主题小说《好恐怖分子》（*The Good Terrorist*，1985）和《第五个孩子》（*The Fifth Child*，1988），获得如潮好评。1993 年莱辛到中国访问。1996 年出版长篇小说《又来了，爱情》（*Love, Again*），1999 年出版带有科幻色彩的小说《玛拉和丹恩历险记》（*Mara and Dann*），2000 年出版了《第五个孩子》的续集《本，在人间》（*Ben, in the World*）。除了小说，莱辛还在 1994 年和 1997 年出版了《我的皮肤下》和《在阴影下行走》（*Walking in the Shade*）两本自传，分别回忆了她从出生到 1949 年、1949 年到 1962 年的经历。其

① Mona Knapp, *Doris Lessing*, New York: Frederick Ungar Publishing Co., 1984, p. 15.

间莱辛还出版了大量短篇小说和散文。在莱辛的随笔和散文集中,《个人微小的声音》(*A Small Personal Voice*,1974)、《我们选择居住的监牢》(*Prison We Choose to Live Inside*,1987)和《非洲笑声》(*African Laughter*,1992)等颇受关注。

进入 21 世纪,已经超过 80 岁高龄的莱辛仍然笔耕不辍。2001 年她又出版了《最甜的梦》(*The Sweetest Dream*,2001)。这部小说原本计划是她的第三本自传,后来却改成了小说。2003 年出版短篇小说集《祖母们》(*The Grandmothers: Four Short Novels*)。2004 年出版的随笔集《时间辣味》(*Time Bites:Views and Reviews*),收集了她原来从未发表过的评论文章和散文等。2005 年出版《玛拉和丹恩历险记》续集《丹恩将军和玛拉的女儿,格里奥以及雪狗的故事》(*The Story of General Dann and Mara's Daughter, Griot and the Snow Dog*)。2007 年出版长篇小说《裂缝》(*The Cleft*)。2008 年出版描写自己父母经历的半虚构小说《阿尔弗雷德和爱米莉》(*Alfred and Emily*)。至此,莱辛成为世界上罕见的年近 90 岁高龄还在创作的作家。不过,在完成这部小说之后,莱辛在接受采访时说,她自己已经精力衰竭。一语成谶,这成为她人生最后一部作品。2013 年 11 月 17 日,莱辛在她的伦敦寓所去世。

二、创作——会说话的艺术形式

从她的第一部小说《青草在歌唱》开始,莱辛就把自己在非洲和伦敦的所见所闻、所思所想以及对比反思,持续地用讲故事的方式反映出来,同时尝试实验各种文体形式,使小说的形式也成为其内容的重要部分。她的每一部作品都在一定程度上具有突破性的创造意义。她的第一部小说《青草在歌唱》描写了白人妇女和黑人家仆之间的暧昧关系,冲破了种族话题的禁忌[①],并对生活在夹缝中的白人穷人第一次从涉及种族关系的性心理角度进行了剖析。它的形式表面上看

---

① Lynne Hanley, "Writing Across the Color Bar: Apartheid and Desire", *The Massachusetts Review*, 1991, 32(4), pp. 489-499.

采用的是传统现实主义手法，但又具有强烈的象征主义意味，首尾呼应，寓意深刻；既有凶杀小说所富有的悬念，又有袒露心声的心理剖析；貌似异国风情浪漫的背后，映现着阶层严苛的残酷现实。《暴力的孩子们》讲述了主人公白人女孩玛莎·奎斯特（Martha Quest）从十几岁，从战后的1945年到20世纪60年代，最后跨越到世纪末去世的一生。这部系列小说，特别是前三部，延续了现实主义的写实传统，依据其非洲的亲身经历写成，感情真挚。小说通过玛莎的感情和政治生活经历，忠实记录了20世纪初的英国年轻人在殖民地环境下，在战争阴云的笼罩下，被时代潮流裹挟的成长过程，因而许多评论把它归为成长小说。后两部形式上有了较大的变化。视角焦点从玛莎逐渐分散转移到了其他人物，时间发展到战后冷战时期，地理环境也从非洲转到英国，进而延伸到了其他国家。这一视角的转换与这部五部曲小说试图透过玛莎个人的微观成长史，展示20世纪英国政治、经济、社会状况的宏观发展史，并且扩展到整个世界的时代史，进一步阐释了莱辛"通过形式说话"的艺术创作观。

《金色笔记》是一部里程碑式的作品，被称为"女性主义的圣经"[1]，莱辛也被誉为"英国的波伏娃"[2]。这是一部她用讲故事或编故事的方式审视自己所走过的道路的小说。她层层剥掉附着于自己身上的各种观念和话语、各种意识形态和主义，把最本真的自己裸露在读者眼前，在揭示个人在时代潮流中的思想变迁和命运沉浮的同时，让读者触摸时代的脉搏，在评说历史、评判个人中审视自己。因此，这是一部记录个人心路历程和时代思想变迁的小说，是一部审视自我和拷问时代的小说。其中，"自由女性"部分是运用传统现实主义手法写成的作品。这部作品虽然故事完整，但没有什么新奇和创新之处，读来令人感到索然

---

[1] Susan Lardner, "Angle on the Ordinary", *New Yorker*, Sept. 19, 1983. p. 144. 转引自 Galye Greene, *Doris Lessing: The Poetics of Change*, Ann Arbor: The University of Michigan Press, 1994, p. 17. 德拉布尔也曾提到《金色笔记》被人称为"青年人的《圣经》"。见 Margaret Drabble, "Doris Lessing: Cassandra in a World under Siege", in Claire Sprague & Virginia Tiger eds., *Critical Essays on Doris Lessing*, Boston: G. K. Hall, 1986, p. 183.

[2] 玛格丽特·德拉布尔（Margaret Drabble）和伊丽莎白·威尔逊（Elizabeth Wilson）都把莱辛和西蒙德·波伏娃相提并论。转引自 Galye Greene, *Doris Lessing : The Poetics of Change*, Ann Arbor: The University of Michigan Press, 1994. p. 18. 参见 Studs Terkel, "Learning to Put the Questions Differently", in Earl G. Ingersoll ed., *Doris Lessing: Conversations*, New York: Ontario Review Press, 1994, p. 30.

无味。四本笔记整体呈片段式、拼贴式、碎片式，融跳跃式回忆、内嵌式小说、梦幻、意识流等于一体，从形式上说是后现代主义的作品，读来令人难以捉摸，难以参透其中滋味。莱辛曾在 1971 年《金色笔记》再版前言中说，要通过小说"本身的形式而说话"①。"自由女性"部分就是有意在挑战现实主义技巧，莱辛借此解构了传统现实主义，认为它已经没有办法容纳当前复杂多变的现实生活，没有办法体现人内心的丰富情感。生活的碎片化需要的是新的形式和新的表达。《金色笔记》是"这个时代的圣书之一"②。它不仅内容包罗万象，而且融多种文体于一身，是作者前几十年的经验和思想的总结，是时代精神和世界格局风云变幻的折射，其形式的创新实验也达到了前所未有的高度，成为领先世界的、学界公认的杰出作品。

在随后完成《暴力的孩子们》后两部之后，莱辛又创作了三部她自己称为"内空间小说"的《简述地狱之行》《黑暗前的夏天》和《幸存者回忆录》。《黑暗前的夏天》中的凯特（Kate）被称为"20 世纪中叶的每个人"③形象，是"密集的女性主义文学版图中的灯塔"④。这三部小说中，《简述地狱之行》和《幸存者回忆录》可以被称为奇书，因为不但其形式前所未有，而且评论界一直对它们束手无策，不知该怎么评价，也不知怎样归类，而且争议不断。《简述地狱之行》完全打破了传统现实主义小说的叙述形式，采用了一种疯人呓语、护士、医生诊疗记录，人物之间的通信，病人自述，以及叙述人叙事交叉进行的方式。全文没有章节，没有明显的分界线，只是偶尔有空格，以及不同的字体及排列显示出叙述人身份的不同。主人公查尔斯·沃特金斯（Charles Watkins）又是一个疯子，因而早期的许多评论要么把这部小说主要看作查尔斯·沃特金斯的心理分析，要么

---

① Doris Lessing, "Preface to *The Golden Notebook*", in Paul Schlueter ed., *A Small Personal Voice*, New York: Vintage Books, 1975, p. 33.

② Claire Sprague, Virginia Tiger eds., *Critical Essays on Doris Lessing*, Boston: G. K. Hall, 1986, p. 11.

③ Erica Jong, "Everywoman out of Love? ", in Claire Sprague & Virginia Tiger eds., *Critical Essays on Doris Lessing*, Boston : G. K. Hall, 1986, p. 199.

④ 转引自 Barbara F. Lefcowitz, "Dream and Action in Lessing's *The Summer Before the Dark*", *Critique*, 1975, 17 (2), p. 107.

从字面上理解它是疯子的言语，完全否认这部小说的艺术成就。但如果对这部小说的时间、空间以及人物的互文详细探查的话，就会发现小说中蕴藏的多层内在寓意。从中不难看出莱辛驾驭文本的非凡能力，以及在广博的知识背后她对于人性建构的良苦用心。同样，《幸存者回忆录》被认为和《鲁滨逊漂流记》有相似之处。《鲁滨逊漂流记》是帝国的开始，而《幸存者回忆录》完成了"大英帝国"在文学中的循环，体现了帝国的结束。它是《鲁滨逊漂流记》的反面，是对它的改写和颠覆。① 它独具特色的形式，连电影导演都不知如何体现。

她的五部曲"外空间小说"《南船座中的老人星档案》的第一部《什卡斯塔》（Shikasta）被称为世界简史，是反对人类杀戮的小册子，是对地球壮美大自然的赞歌，也是宇宙家园音乐的赞美诗。② 《第三、四、五区间的联姻》（The Marriages Between Zones Three, Four and Five）和《第八号行星代表的产生》（The Making of the Representative for Planet 8）两本小说采用了寓言形式，打破了用现代主义颠覆传统小说的老路。③ 而《简·萨默斯的日记》独特的化名出版方式在出版界的尴尬和评论家的窘态中披露了出版界的潜规则。莱辛晚年的作品《又来了，爱情》运用剧本套剧本这种古老的技巧，把历史和今天结合起来，借古喻今，在阐释这古老而又现代的话题过程中，通过多项参照组的比对，展开了对于各种社会问题的探讨。莱辛认为，爱的缺失是造成现代各种社会问题的罪魁祸首。《最甜的梦》采用以点带面、以小见大的方法，通过单个家庭和个人命运透视宏大社会和政治事件，通过家庭聚会和观点交锋折射重大社会思潮和国际潮流。它所嘲讽的对象包括心理分析、非洲民族解放运动、女性主义、殖民主义等。它所涉及的话题从19世纪传统的维多利亚家庭价值观，到20世纪的"自由女性"、性解放、职业道德、政府职能、教育、社会责任等。因而，这部小说既是一部宏大的、承前启后的20世纪历史记录，又是它所聚焦的60年代到90年代30

---

① Martin Green, "The Doom of Empire: *Memoirs of a Survivor*", in Claire Sprague, Virginia Tiger eds., *Critical Essays on Doris Lessing*, Boston: G. K. Hall, 1986, pp. 35-36.

② Claire Sprague, Virginia Tiger eds., *Critical Essays on Doris Lessing*, Boston: G. K. Hall, 1986, p. 15.

③ Ibid., p. 16.

年间的英国断代史，亦是一部揭示历史大潮下，妇女作为"地球母亲"肩负传宗接代和教育下一代重任，忍辱负重、包容宽厚、前赴后继，追求社会改良、不断进取的女性主义运动发展史。《玛拉和丹恩历险记》从出版至今，评论家大都把它归类于科幻小说，对它的评价远逊于莱辛的科幻五部曲。其实，仔细研读不难发现，那些泥坑中争抢泥水的动物，贫苦潦倒、骨瘦如柴的人们，天气的异常和沙化干裂的土地，战争和瘟疫——那一幕幕恍若现在，抑或是未来，又俨然类似原始过去的场景，总是让我们感受到一种异常强烈的震撼，而且，在貌似简单的叙述背后，隐藏着莱辛别出心裁的设计和颇具匠心的安排。实际上，莱辛的"科幻"小说既是对现实的批判，也是从哲学层面对关乎人类生存的问题进行更深层次的考量。《裂缝》全书没有分章节，不同层次的历史叙述被鹰的图标分割，并置在一起，并穿插着罗马历史学家叙述者的评论和解读，自然形成了不同层次的对历史建构过程的映照：历史到底是谁在书写？哪些才是真实的历史？罗马和今天的时间距离使叙述者的阐释和解读成为读者进行隐形历史比较的又一个参照物，从而使读者在阅读中获得了一种错层的不断转换的历史视域。莱辛通过重新书写历史的故事进一步证明，人类的生存和繁衍有赖于人与自然、动物和人与人之间的互相依存。《阿尔弗雷德和爱米莉》是一部极具实验性质的小说。在形式结构上，它通过总体的回忆录形式，以及刻意把小说分成对父母生活的虚构想象和真实生活记录两个部分，打破了回忆录、自传和小说的界限。莱辛所采用的叙述手法不仅前所未有，而且含义深刻。透过各种体裁交织的形式，莱辛揭示了战争对父母和自己等几代人造成的巨大身体摧残和长久的心理创伤，对几代人生活的改变，提出了一系列有关真实与虚构、记忆与遗忘、历史现实与文学想象的关系、创作素材的选择、虚构和非虚构文学中人物性格的塑造和展示等问题，同时也提供了一系列鲜明的对照：帝国和殖民地、城市和乡村、不同阶级、等级、代际关系、朋友和敌人、个人和时代大潮的关系等。莱辛的作品留给了我们无数的思考话题。

三、批评——学界方家对莱辛的研究

英美评论界对莱辛的学术研究始于 20 世纪 60 年代。半个多世纪以来，随着莱辛国际影响的日益扩大，各种评论层出不穷。莱辛 50 年代的作品，包括《青草在歌唱》《暴力的孩子们》前三部、《回归天真》（*Retreat to Innocence*，1956）和一些短篇小说，大都是以她的亲身经历为蓝本的半自传体小说。她不仅在这些小说中运用现实主义手法抨击种族歧视、殖民政策等社会问题，还积极参加政治活动，不断发表政治言论。因此，早期的评论很快就把它们同欧洲现实主义传统联系了起来。戴安娜·约翰逊（Diane Johnson，1934— ）在《纽约时报书评》中称她为"我们时代最伟大的现实主义作家"[①]。但随着莱辛的退党和1962年《金色笔记》的出版，评论界的观点有了分歧。莱辛 1956 年发表文章《个人的微小声音》（"A Small Personal Voice"），对 19 世纪欧洲现实主义作家大加赞赏，歌颂共产党人的优秀品质，坚持作家的社会责任。因此一些评论家认为莱辛的现实主义是一种具有政治倾向的"政治现实主义"[②]，或是属于卢卡奇式的现实主义，[③] 抑或是哈罗德·布鲁姆（Harold Bloom）宣称的具有"社会现实关怀"的"后马克思主义的唯物主义者"[④]。莫娜·奈普（Mona Knapp）认为马克思主义是莱辛小说的理论基础。她认为，对于社会正义的使命感使莱辛把共产主义作为其小说主人公实现理想社会的手段，如《回归天真》体现了她对于共产主义的热情的最高峰，

[①] 转引自 Shadia S. Fahim, *Doris Lessing: Sufi Equilibrium and the Form of the Novel*, London: St. Martin's Press, 1994, p. 4.

[②] Annis Pratt, L. S. Dembo eds., *Doris Lessing: Critical Studies*, Madison: The University of Wisconsin Press, 1974, p. viii.

[③] 参见盖尔·格林对那个时候评论的分析：Gayle Greene, *Doris Lessing: The Poetics of Change*, Ann Arbor: The University of Michigan Press, 1994, p. 36.

[④] Harold Bloom ed., *Doris Lessing*, Philladelphia: Chelsea House, 2003, p. 6.

而《金色笔记》则记录了她对于共产主义信念的失落情绪。[①]奈普是第一位对于莱辛的政治倾向进行明确判断，并把她划归了政治作家行列的批评家。但也有一部分评论家指出，莱辛后来放弃了马克思主义。《金色笔记》中对于女性独特生理和心理等经验的描写引发了评论界有关莱辛女性主义思想之争。更多的人把莱辛和女权主义联系起来，探讨莱辛女性主义思想的文章层出不穷。尽管莱辛并不承认自己是女性主义作家，但这种思想仍然流传甚广。诺贝尔奖颁奖委员会在颁奖词中强调，莱辛的贡献是"女性经验的史诗写作者"，这更说明这一观点已经被广泛接受。在 1982 年现代语言协会举行的"多丽丝·莱辛和女性传统"的专题研讨会上，莱辛被划归于乔治·艾略特（George Eliot，1819—1880）、弗吉尼亚·伍尔夫（Virginia Woolf，1882—1941）以来的女性主义传统。莱辛 20 世纪60 年代发表的"内空间小说"系列把评论家的视线引向了对人的心理和潜意识的探讨。许多评论家因此把莱辛和荣格、莱因等心理分析学派联系起来，认为莱辛开始探索人的意识和心理。[②]而 70 年代的"外空间小说"系列又使评论家重新注意到了 60 年代莱辛发表的一系列有关苏菲主义的文章。萨利·约翰逊认为，莱辛早期受马克思主义的影响，而后期则主要是受到苏菲主义的影响。莱辛的作品无论采用何种形式，其预言式的结局都渗透着她对人类生存状况的深切关注。许多评论家据此认为她是一个人文主义者。另有一些评论家结合莱辛 70 年代科幻五部曲的发表，认为莱辛反人文主义，走向了神秘主义，是逃避者。[③]20 世纪 80年代以后到 21 世纪，莱辛的创作风格不断转换，从充满寓言性和象征性的"现实主义"小说到荒诞不经的"科幻小说"，从跨时代的后现代小说到无法归类的半虚构、半纪实的收山之作。评论家们已经不再坚持为莱辛归类，而称她为"拷问时代"、跨越界限、解构类别、重释历史叙事的伟大作家，对其思想的探讨迄今仍在进行之中。

---

① Mona Knapp, *Doris Lessing*, New York: Frederick Ungar Publishing Co., 1984, p. 4.

② 如 Marion Vlastos, "Doris Lessing and R. D. Laing: Psychopolitics and Prophecy", *PMLA*, 1976, 91(2), p. 253; Douglas Bolling, "Structure and Theme in *Briefing for a Descent into Hell*", *Contemporary Literature*, 1973, 14(4), pp. 550-563.

③ 转引自 Gayle Greene, *Doris Lessing: The Poetics of Change*, Ann Arbor: The University of Michigan Press, 1994, p. 23.

其实，莱辛写作的目的之一是带领读者学会质疑现存的思想观点，无论这些观点是当今正在流行的观点，还是已经成熟的观点。不过，她的方法不是直接解构，而是用讲故事等各种形式，把几种观点并置对比，让读者在它们的互相交锋中看到它们的不足或局限，并引领读者参与作品意义的构建。莱辛不仅促使我们思考应该怎么思考，怎样对确定的观念、所谓的真理进行重新检验，而且把读者的视线引向被各种世俗的条条框框所遮蔽的、被人忽视的问题，促使人们转换看世界、看自己的视角。可以说，在此意义上，她发动了一场小说界的思想革命。此外，莱辛作品的基本思想是运用辩证的方法，把人类看作宇宙的一分子，从总体上看人类在进化过程中的发展。充盈其中的是她对人类生生不息、不断向前的坚定信念，是她所具有的一种普世的人文主义情怀，是不同于以往偏向于任何极端人文主义的人间大爱。她的作品中传递的思想直接作用于我们的内心，触摸那个最柔软的地方。

2007年莱辛获得诺贝尔文学奖之后，更多莱辛作品被翻译和介绍到国内，莱辛研究在国内也获得了井喷式发展。研究范围涵盖了莱辛多部重要小说，短篇小说和自传也都有涉及，视角也非常多样化。许多学者研究观点新颖、独特，如对莱辛作品的认知意义、空间结构及莱辛具体的解构策略、莱辛的殖民意识、对莱辛辩证思想的独特解读等。

2014年，王丽丽的《多丽丝·莱辛研究》问世，这是我国第一部研究莱辛理论思想和创作的专著。王丽丽第一次对莱辛理论思想进行了梳理，对国际上有关莱辛到底是马克思主义者还是反马克思主义者，是否信仰苏菲主义等争论和热点问题做出了回答，并对莱辛的22部长篇小说进行了详细研究分析，既有情节介绍，也有评论概述、创作缘由论述，还有文本结构和主题等分析，试图从整体上把握莱辛的思想和创作。

在跨越半个多世纪的创作中，莱辛斩获了欧洲几乎所有的文学大奖，并于2007年获得诺贝尔文学奖，成为历史上年龄最长的获奖者。她还陆续获得哈佛大学、普林斯顿大学等世界著名大学的荣誉博士学位，美国现代语言协会的荣誉会员，2000年的"对国家做出突出贡献"的"荣誉爵士"勋章，等等。不过她却分别在 1977 年和 1992 年拒绝了"大英帝国勋章"和"大英帝国女爵士"称号,理由是帝国已不复存在。[①]

莱辛的巨大成就早就吸引了评论界的注意。除了每年数量不菲的评论文章和持续不断的研究专著、论文外,1971 年,著名莱辛评论家保罗·施吕特(Paul Schlueter)召集组织了美国现代语言协会第一次莱辛专题研讨会。原本计划 35 人参加,结果到会的学者超出 40 位。此后,在年度莱辛专题研讨会基础上,1976 年多丽丝·莱辛协会成立,克莱尔·斯普拉格成为协会的第一任主席。翌年,协会出版第一期《多丽丝·莱辛通讯》(*Doris Lessing Newsletter*),此后每年两期,成为莱辛研究者们交流看法的平台。正如迪·塞利格曼(Dee Seligman,1944—)在创刊号上所说,《多丽丝·莱辛通讯》的目的就是为了在莱辛的严肃读者中促进观点和信息的分享。协会会员和《多丽丝·莱辛通讯》编辑来自德国、英国、日本、南非和斯堪的纳维亚半岛国家等。2002 年春天,《多丽丝·莱辛通讯》更名为《多丽丝·莱辛研究》(*Doris Lessing Studies*)。2004 年 4 月,协会在新奥尔良举办了第一次多丽丝·莱辛国际会议;2007 年 7 月在英国利兹都市大学召开了第二次多丽丝·莱辛国际会议;2010 年 5 月在北肯塔基召开了第三次多丽丝·莱辛国际会议。目前,莱辛研究方兴未艾,她的作品以其深邃的内涵和多变的形式吸引着越来越多的学者。

结　　语

莱辛从其在非洲丛林的童年生活、讲授东方神话的工作以及跟中下阶层打交道的经历中取材,创作了几十部长篇小说、短篇小说、散文和诗歌,诚可谓著作等身。她以犀利的眼光审视着性别关系、社会不公、种族隔阂,勇敢地为自己追求职业、政治和性方面的权利,是一位直率坦诚的作家。她的作品充满时而令人

[①] Benedict Moore-Bridger, "Nobel Prize Winner Doris Lessing Refuses to Become a Dame Because of Britain's 'Non-existent Empire'", October 22, 2008. http://www.dailymail.co.uk/news/article-1079647/Nobel-Prize-winner-Doris- Lessing-refuses-dame-Britainsnon-existent-Empire.html. [2024-10-22]

目瞪口呆、时而不得其用的艺术试验。代表作《金色笔记》富于结构创新，直率甚至大胆地探索了女性的内心世界。莱辛毕其一生书写社会与传统的分裂，诺贝尔奖颁奖词称她是"女性体验的史诗作者，以其怀疑的态度、激情和远见，清楚地剖析了一个分裂的文化"。她热爱创作，当进入晚年，无力创作时，莱辛曾语重心长地告诫年轻人：别以为你可以永远拥有它，当你还有精力时，一定要善加利用它，因为它会离你而去，就像水从下水道流走一样。莱辛堪称整整一代人的精神指南。

（文 / 福建师范大学 王丽丽）

约翰·埃佩尔

John Eppel, 1947—

代表作一：《战利品》（*Spoils of War*，1989）

代表作二：《缺席了，英语教师》（*Absent: The English Teacher*，2009）

第十九篇

一心融入非洲的殖民流散作家

——津巴布韦作家约翰·埃佩尔创作研究

引　言

　　紧邻南非的津巴布韦被誉为"南部非洲的一颗明珠"。那里风景旖旎，气候宜人，资源丰富，自 19 世纪后半期开始吸引了大量白人移民，孕育了数以百计的白人英语作家，其中绝大多数都是较为典型的殖民流散作家。他们"站在文明等级的'最高端'俯视非洲原住民及非洲文明"[①]，将非洲的文明和历史极力空白化，"对黑人形象的肆意践踏"[②]，其创作因而常沦为殖民统治的"婢女"。进入 21 世纪后，"快车道"土地改革运动（Fast Track Land Reform）的爆发再次将白人思想文化库中歧视非洲的那套话语激活，许多白人作家因而又一次将白人美化成了非洲大地的孤胆英雄，认为只有他们才是阻止非洲大陆被大规模破坏和无序吞噬的唯一保障。与这些作家相比，约翰·埃佩尔（John Eppel，1947—）颇显另类。他虽为殖民者后代，但对津巴布韦不离不弃，展现了融入非洲的强烈渴求，因此更能以非洲局内人和主人翁的姿态思考津巴布韦的历史与当下。

[①] 朱振武、袁俊卿：《流散文学的时代表征及其世界意义——以非洲英语文学为例》，《中国社会科学》，2019 年第 7 期，第 148 页。

[②] 朱振武：《非洲英语文学的源与流》，上海：学林出版社，2019 年，第 242 页。

一、对津巴布韦不离不弃

津巴布韦的白人文学始于 19 世纪后半期。在数以百计的白人作家中，埃佩尔是极少数对津巴布韦不离不弃的作家。这是形塑他另类殖民流散作家身份的关键要素。

津巴布韦的绝大多数白人英语作家都只是在津巴布韦生活过长短不一的一段时间，然后因为种种原因移居到了欧美。津巴布韦文学史上的两位重要作家阿瑟·西尔立·克里普斯（Arthur Shearly Cripps，1869—1952）和多丽丝·莱辛（Doris Lessing，1919—2013）都是如此。克里普斯是津巴布韦首位重要英语小说家和诗人，被称作"罗得西亚诗歌之父"，著有二十多部作品，包括《非洲人的非洲》（*An Africa for Africans*，1927），在 19 世纪末和 20 世纪初的津巴布韦文坛占据重要地位。作为进步传教士的克里普斯以深情的笔触描绘了非洲的美丽自然和旖旎风光，并旗帜鲜明地将殖民扩张的实质定义为"土地掠夺"[①]。被称为英国"文学祖母"的莱辛对津巴布韦同样怀有深厚的情感，对殖民统治更是从不同角度做过反思和批判。这两位作家都对埃佩尔的创作产生了不小的影响。与两位富有人道主义和正义感的文学前辈相似，埃佩尔的创作也始终贯穿着对殖民统治等社会不公现象的挞伐。但多数白人作家最终都离开了津巴布韦，很难真正从局内人的立场看待津巴布韦的历史和现实。

作为富有良知的作家，克里普斯和莱辛虽然能够对殖民统治做出自觉反思和大力挞伐，但许多津巴布韦的其他白人作家却并非如此，他们一再呈现的是根植于西方思想文化深处的"罗得西亚话语"（Rhodesian Discourse）。其核心内涵是将非洲人极端他者化和野蛮化，认为他们幼稚、懒惰、懦弱而且兽性明显；与之

[①] Adrian Roscoe, *The Columbia Guide to Central African Literature in English Since 1945*, New York: Columbia University Press, 2008, p. 106.

形成鲜明对比的是欧洲人的天生能干、勇敢、高贵、有领导力等。[①] 这套话语盛行于殖民时期的津巴布韦白人英语文学中，是白人深重的文化自卫心理的映射，也是殖民意识形态深入文化观念后在文学世界的表征。随着津巴布韦于 1980 年获得独立，这套话语似乎暂时隐退到了历史舞台的背后，但进入 21 世纪后却再次复活。2000 年以来，"快车道"土地改革的启动使得白人建立在掠夺、剥削基础上的特权地位和优渥生活岌岌可危。对此，许多作家选择的不是历史地、辩证地看待问题，而是惯性地诉诸"罗得西亚话语"。这类作家大多因为各种原因离开了津巴布韦。尤其是在津巴布韦独立前后以及"快车道"土地改革运动发生后，更有不少白人作家追随移民浪潮弃津巴布韦而去。

埃佩尔是极少数对津巴布韦不离不弃的白人作家。他祖居立陶宛，1947 年在南非出生，4 岁时随父母迁居到了当时的罗得西亚（Rhodesia，津巴布韦的旧称）。他的父亲是矿工，母亲是家庭主妇。埃佩尔的童年和青少年都在津巴布韦的西南部度过，成年后他在南非接受了高等教育，并在那里有过任教经历。此后，他还在英国生活过几年，做过教师、采摘工、包装工、守夜人、家具搬运工等。除此之外，他的绝大部分人生都在津巴布韦度过。他的父母在津巴布韦独立前后离开了这个国家，他的两个儿子成年后也分别到南非和英国工作和定居，但他至今仍和女儿生活在津巴布韦的第二大城市布拉瓦约（Bulawayo）。他是一名英语教师，有 50 多年的教龄，培养出了多位医生、诗人、作家等，很受学生欢迎。埃佩尔近年仍在布拉瓦约的一所大学任教。他曾在访谈中被问及为什么选择留在津巴布韦，对此，他给出的回应是："想要看着自己在院子里栽种的树苗长成参天大树，想要见证自己任教过的学校发展壮大。"[②]

埃佩尔长期在津巴布韦生活，一方面体现了他对这方土地的眷恋；另一方面也意味着，与那些只是短期来访或临时居住的白人作家相比，他对津巴布韦的了解更易深入。他作为当事人和亲历者，更有可能对津巴布韦的历史和现实问题形

① Ranka Primorac, "Rhodesians Never Die? The Zimbabwean Crises and the Revival of Rhodesian Discourse", in Joann McGregor, Ranka Primorac eds., *Zimbabwe's New Diaspora: Displacement and the Cultural Politics of Survival*, Oxford: Berghahn Books, 2010, p. 203.

② Drew Shaw, "Narrating the Zimbabwean Nation: A Conversation with John Eppel", *Scrutiny 2*, 2012, 17 (1), pp. 110, 105.

成深刻的认识，因而能够更为真切地体悟津巴布韦的历史之殇和现实之痛。与之相比，大多数白人作家虽然声称自己是津巴布韦人，却远远地躲在了津巴布韦的困苦之外，甚至因自身利益受损而以尖酸、仇恨的笔触丑化非洲。彼得·戈德温（Peter Godwin，1967— ）的《鳄鱼食日》（*When a Crocodile Eats the Sun*，2006）就是这类作品的代表。早已移居美国的亚历山德拉·福勒（Alexandra Fuller，1969— ）则认为，那些白人农场主，因为他们对非洲土地的深情和热爱，总有一天会被欢迎回到这片土地上。诚然，这样的局外人的心愿也是美好的，也有其合理成分，却隐约流露了白人的傲慢心理。与这些作家不同的是，埃佩尔尽管面对重重困难，却还是选择了留在津巴布韦。他的作品也都在津巴布韦本土或南非出版，目标读者主要都是非洲人。这就意味着，他不必像那些作品大都在西方出版的白人作家那样，以猎奇的心理突出非洲的"他者"地位，以迎合西方读者的阅读趣味。他刻画黑人精英阶层的丑态时毫不留情，这虽然也可以解读为对黑人的丑化和歧视，但主要还是他在创作中挞伐不公和虚伪的有机组成部分，也是他传递爱国情怀的一种方式。这是埃佩尔作为富有良知和正义感的作家的重要表征，而同样体现了这一点的是他对殖民统治的自觉反思。

二、为殖民者身份深感愧疚

从心理美学的视角看，伟大的艺术家大多是"有着高尚的道德、良心的人"[1]。良心在费尔巴哈（Ludwig Andreas Feuerbach，1804—1872）看来就是"同情心"，而叔本华（Arthur Schopenhauer，1788—1860）则认为，充满了同情心的人"一定就不会侮辱人和损害人，不会引起别人的悲哀"，而且，这样的人不仅会力所能及地帮助其他人，他的一切行为也"都标志着正义性和对于人们的爱"。[2]从埃佩尔的人生经历和创作思想看，他无疑具有这样的良心和同情心。正是在这

---

[1] 童庆炳主编：《现代心理美学》，北京：中国社会科学出版社，1993年，第155页。

[2] 周辅成主编：《西方伦理学名著选辑（上卷）》，北京：商务印书馆，1987年，第500页。

样的良心或同情心的指引下，他为自己身为殖民者的一员而深感愧疚。他站在人道主义的高度自觉反思殖民统治的危害，探讨种族对立同时给白人和黑人造成的深重伤害，成功地将自己和许多坚守殖民者的价值观以及黑格尔式的白人至上主义的作家区分了开来。这是奠定他另类殖民流散作家身份的另一要因。

愧疚是指"当个体因自己的某种行为违反内心的道德准则而引起了愧悔、内疚、自责的心理反应"①。除了个人因素，作家所属群体的过错也可能让其产生愧疚心理。事实上，作家的愧疚体验与其创作之间的关系并非新鲜话题。陀思妥耶夫斯基、卡夫卡、曹雪芹、巴金等的创作都深受其愧疚心理的影响。②巴金写下感人至深的《小狗包弟》等作品，也是源自他内心深处的愧疚感。"文化大革命"期间，巴金第一次亲眼见证了抄家的情形后决心把小狗包弟送走。根据家人的建议，他把可爱、聪明的包弟送到了医院的实验室。此后，他的眼前总是出现"躺在解剖桌上给割开肚皮的包弟"，甚至连他自己"也在受解剖"。他为自己保护不了一条小狗而感到"羞耻"，为想保全自己而牺牲了挚爱的宠物而"瞧不起自己""不能原谅自己"。③此外，他还写了怀念或纪念老舍、赵丹、沈从文等人的文章，这些也都和他的愧疚感密切相关。可见，无论是常人眼里的区区小事，还是大家公认的重大事件，都有可能让作家产生愧疚心理。

埃佩尔在访谈中提及的最后悔的事情当属后者。他曾坦言自己人生和创作的数十年都在努力弥补白人的集体罪过，即他们实施了几代的殖民压迫。他尤为内疚的是，他在殖民时期曾作为受国际谴责的白人政府军队的一员，参与对抗黑人民族主义者的战争，也就是津巴布韦历史上的第二次解放战争。对此，埃佩尔坦承，他很长时间都"沉浸在悔恨和自我厌恶"④ 中。参战应该不是他的自愿行为。事实上，这场战争的后期，已是穷途末路的白人政府的困兽犹斗，为了扩充兵力，连五六十岁的老人也要应征。当时正年富力强的埃佩尔自然难逃被迫参战的命运。他在访谈中没有详述相关细节，但我们可以想象，这对于一个富有良知和正义感

---

① 童庆炳主编：《现代心理美学》，北京：中国社会科学出版社，1993年，第154页。

② 同上，第154，161页。

③ 巴金：《巴金精选集》，北京：北京燕山出版社，2015年，第359页。

④ Sean Christie, "Eppel's Acid Satire Finds New Purchase in Zim", *Mail and Guardian*, Apr. 5, 2013.

的作家而言，其内心会是怎样的抗拒和煎熬。他会不会因此也像曹雪芹一样深感"愧则有馀，悔又无益"①？或者像巴金一样从此欠下心灵的沉重债务？应该说这是可能的。此外，殖民统治的其他罪恶也是身为白人的埃佩尔难以释怀的心灵重负。他童年时就为白人的特权而不安，为自己成了殖民统治的受益者而愧疚。他的第一部作品《D. G. G. 贝瑞的大北路》（D. G. G. Berry's The Great North Road，1992）的主体部分在 1976 年就完成了，这是他猛烈抨击种族歧视和殖民统治的檄文。在这部小说中，埃佩尔对殖民者的傲慢、愚蠢、无知、虚伪等进行的嘲讽非常辛辣。它的诞生与埃佩尔当时正经历的愧疚、自我厌恶和身份危机有关，而这些都是种族隔离制度的包袱在青年时代的埃佩尔身上起作用的结果。像许多作家一样，埃佩尔从自身的愧疚体验出发，走向对集体过错的沉痛反思，"乃至对人类各种罪恶的追悔"②。也正因为如此，他将自身和种族的苦难和赎罪体验都升华成了让读者同声相应的人类共通体验。这正是"伟大艺术的奥秘，也正是它对于我们的影响的奥秘"③。这样的愧疚体验在他的代表作《缺席了，英语教师》（Absent: The English Teacher，2009）中的强烈的赎罪意识里得到了舒泄。与那些辞色俱厉地谴责抢地运动的白人作品截然不同，《缺席了，英语教师》的重要主题就是白人需要为殖民统治虔诚赎罪，这充分说明埃佩尔能够跳出狭隘的种族立场，独立思考人类正义。

三、对融入非洲强烈渴求

作为津巴布韦英语文坛"最多产的作家"④之一，埃佩尔的文学成就不容小觑。他的作品中主要有两个声音——抒情和讽刺。这两个声音都体现了埃佩尔的非洲局内人身份、主人翁意识和融入者情愫。在他的诸多作品，特别是诗歌中，

---

① 曹雪芹：《红楼梦》，北京：团结出版社，2015 年，第 1 页。
② 童庆炳主编：《现代心理美学》，北京：中国社会科学出版社，1993 年，第 160 页。
③ 荣格：《心理学与文学》，冯川、苏克译，北京：三联书店，1987 年，第 122 页。
④ Sean Christie, "Eppel's Acid Satire Finds New Purchase in Zim", *Mail and Guardian*, Apr. 5, 2013.

埃佩尔常以直抒胸臆的手法抒发他对津巴布韦土地、草木、生灵的珍爱、疼惜和深情。作为最爱国的津巴布韦作家之一，他的许多作品都描写了"故乡布拉瓦约的鸟类、野生动物、丛林、干旱、动植物、风景、气味和声音"等，具有浓厚的"本土色彩"，充分"捕捉到了津巴布韦的美"。① 此外，对假恶丑的讽刺和挞伐，以及对弱者的同情和怜悯更是他创作的重要主题。

埃佩尔的作家梦始于12岁，自20世纪70年代起开始真正意义上的创作，至今已发表十四部作品，包括小说、诗歌集、短篇故事集等，还有多个故事被收入津巴布韦本土出版的、作家集体创作的短篇故事集。无论是从作品数量还是影响力看，埃佩尔的文学成就在当下的津巴布韦英语文坛都十分突出。他的第一部小说《D. G. G. 贝瑞的大北路》获南非媒体网络文学奖（M-Net Literary Award），入选《每周邮报》和《卫报》评选的1948—1994年南非英语著作二十佳。第二部小说《孵化》（*Hatchings*，2006）也入选了南非媒体网络文学奖终选名单，还入选《泰晤士报文学副刊》评选的"非洲最重要书籍系列"。其他小说主要有《长颈鹿人》（*The Giraffe Man*，1994）、《熟番茄的诅咒》（*The Curse of the Ripe Tomato*，2001）、《圣洁无辜的人》（*The Holy Innocents*，2002）、《缺席了，英语教师》、《曾经热爱露营的男孩》（*The Boy Who Loved Camping*，2019）。诗集《战利品》（*Spoils of War*，1989）获南非英格丽·琼寇奖（Ingrid Jonker Prize）。其他诗集有《马塔贝勒兰地区协奏曲》（*Sonata for Matabeleland*，1995）、《诗选：1965—1995》（*Selected Poems: 1965-1995*，2001）和《我的祖国教会我的歌曲》（*Songs That My Country Taught Me*，2005）。短篇故事和诗歌集包括《爬行的白人》（*White Man Crawling*，2007）、《携手》（*Together*，2011）。

就艺术技巧而言，讽刺是被称作"愤怒的小丑"的埃佩尔抨击一切人性和社会假恶丑的惯用法宝。正如他在访谈中所言，他既是幽默的，又是对现实不公充满愤怒的，"把幽默和义愤结合起来"的就是他。他把讽刺的矛头指向"那些拥有太多权力的人的邪恶"②。他以手中的笔为利器，对社会的诸多假恶丑现象都做了

---

① Drew Shaw. "Narrating the Zimbabwean Nation: A Conversation with John Eppel", *Scrutiny 2*, 2012, 17 (1), p. 105.

② Ibid., pp. 106, 108.

无情的鞭挞，包括贪婪的殖民者、腐败的黑人精英、唯利是图的商人、自私褊狭的学者、自以为是的国际非政府组织成员等。他的首部小说《D. G. G.贝瑞的大北路》就是极力讽刺白人殖民者傲慢心理的杰出代表。《缺席了，英语教师》描述主人公乔治的为仆经历，批判了建立在剥削、压迫黑人基础之上的殖民特权。殖民统治结束后，埃佩尔将批判的矛头更多地指向了黑人精英。在他看来，原本穷困的黑人一旦成了与殖民者享有"相同特权的中产阶级"①，很快就表现得同他们一样自私、贪婪。这是令埃佩尔深感无奈、失落和气愤的事实，也是促使他继续批判性写作的巨大动力。他的多部小说，包括《孵化》《长颈鹿人》《熟番茄的诅咒》《圣洁无辜的人》《缺席了，英语教师》等，都或直接或隐晦地揭示了新当权的黑人的贪腐无能。

如同他的殖民批判一样，这些作品也体现出他对消灭贫穷、压迫的渴望以及对实现社会正义的追求。他的这一追求与其对穷苦大众的同情密切相关。埃佩尔作品中的叙事者往往都是发自内心地同情那些穷苦民众。短篇小说《岩石画家》（The Stone Painter）中的画家、仆人法洛（Farlow）；短篇故事《噢赛罗》（Orthellow）中有序排队从垃圾桶里找果腹之物的小学生，艰难谋生的小摊贩；还有《缺席了，英语教师》中的小女孩波莉（Polly），以及乔治的两位来自底层的狱友；等等，这些穷苦人民都是埃佩尔同情的对象。可见，与那些以去历史化的方式书写回忆录，甚至以一己之私为出发点而极力维护白人特权的作家相比，埃佩尔的创作存在显著差异。可谓"心正则笔正"②，贯穿他创作始终的是对种族、阶级压迫的讽刺和挞伐，对社会边缘人群的关注和同情，以及对社会公平、正义的渴望和追求。

---

① Drew Shaw, "Narrating the Zimbabwean Nation: A Conversation with John Eppel", *Scrutiny 2*, 2012, 17 (1), p. 102.

② 蔡钟翔、袁济喜：《中国古代文艺学》，北京：人民文学出版社，2011年，第12页。

结　语

作为津巴布韦英语文坛另类的殖民流散作家，埃佩尔始终从津巴布韦人的角度书写他热爱的祖国，还在人类良知的指引下自觉反思殖民统治，表达对殖民统治的愧疚感。与众不同的人生经历和对非洲怀有的真挚情感在他的创作中烙下了深刻印记，奠定了他在津巴布韦文坛乃至非洲文坛的独特地位。他的个人经历和创作都将其渴望融入非洲的情愫展露无遗。他对殖民统治的自觉反省和批评，对社会问题和人性弱点的批判和挞伐，彰显的都是他身为忧国忧民的津巴布韦人的情感和立场。而且，随着独立后种族和解的推进，他已经不再痛苦地感到自己"既不是非洲人，也不是欧洲人"，而是有了一种"甜蜜的感觉"，觉得自己"同时是非洲人和欧洲人"。① 这样的作家的确应该结束他"在津巴布韦文坛荒野中的漫游状态"②，得到主流文坛的接纳。像他这样的白人作家还有一些，包括罗瑞·吉莱利亚（Rory Kilalea）、布莱昂尼·瑞艾姆（Bryony Rheam）等。他们的创作反映了津巴布韦文坛与社会的新动向，是值得关注的文坛新象。

（文 / 杭州师范大学 蓝云春）

---

① Ambrose Musiyiwa, "[Interview_2] John Eppel", September 7, 2011, http://conversations withwriters.blogspot. com/ 2011/09/interview2- john-eppel.html. [2020-06-16]

② Sean Christie, "Eppel's Acid Satire Finds New Purchase in Zim", *Mail and Guardian*, Apr. 5, 2013.

查尔斯·蒙戈希

Charles Mungoshi，1947—2019

代表作一：《步履不停》（*Walking Still*，1997）

代表作二：《待雨》（*Waiting for the Rain*，1975）

第二十篇

津巴布韦社会百态的书写者

——津巴布韦作家查尔斯·蒙戈希创作研究

引　言

同其他非洲国家或地区的文学相似，津巴布韦文学在发展过程中也受到特定时期社会历史的影响，在殖民统治、解放斗争等现实因素的滋养下不断发展。谈及津巴布韦文学，查尔斯·蒙戈希（Charles Mungoshi，1947—2019）是一位绕不开的作家。作为 20 世纪津巴布韦文坛的重要代表人物，蒙戈希通过文学创作广泛而深刻地反映了独立前后津巴布韦的社会现实，细腻而真实地描绘出一个个小人物为实现美好生活而进行的艰难探寻。蒙戈希在主题与艺术手法等方面的创新对津巴布韦新生代作家的创作产生了深远影响，他也因此在国际文坛享有广泛声誉。

一、本土流散点燃创作热情

1947 年 12 月 2 日，蒙戈希在临近恩克尔多恩（Enkeldoorn，现名奇武，Chivhu）的曼尼部落托管地（Manyene Tribal Trust Land）出生。他的父亲是在英国殖民政府颁布《土地分配法》（Land Apportionment Act，1930）[①] 后最早购置属于自己的土地的黑人之一。1950年，蒙戈希的父亲依靠自己先前在开普省（Cape）打工时的积蓄，购买了一小块土地作为自己的农场，并举家迁居于此。不同于传统非洲社会村落的喧闹环境，农场仿佛与世隔绝，距离最近的邻居也相隔两千米以上。这样的生活环境使得蒙戈希不似其他非洲孩童一样活泼好动，反而让他养成了沉默寡言的性格。

牧牛是蒙戈希童年生活中的主要活动，这也使他有更多的时间独自一人游荡在灌木丛中。没有交流的对象，蒙戈希便开始寄情于想象。他时常用图画展现自己的内心世界，牛群、汽车、密林在他的绘画中频繁出现。有时，附近村庄中逃学的学生会途经此地，他们会给蒙戈希讲一些故事。这些故事既包括津巴布韦社会代代口耳相传的神话传说，也包括学校教师教授的英语经典。当蒙戈希有能力阅读后，他的口袋里始终有从附近村落学生手中得到的故事书。阅读成为他牧牛时最喜爱的、也是唯一的消遣活动。孤独的童年生活使蒙戈希不善言谈，但也正是得益于孤独，他才能够拥有大段时间阅读并因此养成了内省的习惯。多年后，成为作家的蒙戈希在一次访谈中坦承这一时期的阅读对他的人生的影响："通过阅读，你将不需要同他人闲谈。在我早期的学校生活中，我发现同他人交流是比较困难的，但我可以在独处和阅读中收获平和舒适的心境。"[②]

1959年，蒙戈希首次离家，前往65千米以外的寄宿学校接受教育。对他而言，这段时光最初并不幸福，生活环境的改变让他一时难以适应。先前的大量阅读使他在同学中脱颖而出，但这反倒让他成为学校中的"异类"。幸运的是，蒙戈希祖母家临近寄宿学校，成了他的避风港。蒙戈希的祖母是一个讲故事的高手，

[①] 为了增强对本土居民的控制，英国殖民政府于1930年通过并于南罗得西亚实施《土地分配法》。该法律在地理上将南罗得西亚分为土著购买区（Native Purchase Areas）和白人领地（Europeans Areas），本土黑人只能获得土著购买区的土地。法律实施后，当时人数不足5万的欧洲人获得了南罗得西亚一半以上的肥沃土地，而超百万的本土黑人获得的土地狭小且贫瘠。该法律最终导致黑人生存空间狭小，进一步加剧了经济与社会不平等。

[②] Flora Veit-Wild, *Teachers, Preachers, Non-Believers: A Social History of Zimbabwean Literature*, London: Hans Zell Publishers, 1992, p. 270.

并且具有坚毅顽强的品性。在同祖母相处的过程中，蒙戈希的性格变得豁达，并对绍纳（Shona）口头文学有了更为深刻的认识与理解，为他日后的文学创作打下了坚实的基础。1963 年，蒙戈希顺利进入圣奥古斯丁教会学校（St. Augustine Mission School）① 接受中学教育。对蒙戈希来说，中学时代至关重要，因为在这一时期他得以阅读大量经典文学作品，并在教师的鼓励下首次进行文学创作。蒙戈希的整体学业成绩较为平庸，唯独对英语及英语文学表现出极为浓厚的兴趣，这一点引起了英语教师丹尼尔·皮尔斯（Daniel Pearce）神父的注意。在一次课堂练习中，蒙戈希精准地概括出了《苹果酒与萝西》（*Cider with Rosie*，1959）的主旨，使得皮尔斯更加相信蒙戈希具有突出的文学理解能力。此后，在皮尔斯的帮助下，蒙戈希阅读了大量俄国文学与日本文学的英译本，这让他在文学创作中能够更好地表露内心情感。皮尔斯还将蒙戈希创作的故事寄送给当时南非的著名作家、编辑理查德·里夫（Richard Rive，1931—1989），这些作品随即得到了赏识。1966 年，蒙戈希还未离开学校时，他的一篇短篇小说就发表在《巡礼》（*Parade*）上。两年后，又有两篇短篇小说相继发表。蒙戈希中学期间创作、发表的部分短篇小说后来被收录于他的首部短篇小说集《旱季来临》（*Coming of the Dry Season*，1972）中。这些短篇小说，无一例外都展现出一颗敏感的心对人类情感生活的追问和思考，为读者呈现出殖民统治下一幅幅津巴布韦社会生活图景。

不同于其他非洲作家，尤其是用英语创作的非洲作家，蒙戈希在中学毕业后没能获得升学或出国留学的机会，但缺失高等教育并未减损蒙戈希文学作品的内涵和深度。对于擅长探索、分析内心世界的蒙戈希来说，殖民地的基础教育足以让他感受到殖民统治"在心灵上造成一种既不属于'此'也不属于'彼'的中间状态"②。在接受教育的过程中，蒙戈希一方面意识到了非洲本土中一些不合时宜、

① 圣奥古斯丁教会学校是南罗得西亚首个接收黑人学生并向他们提供中学教育的学校。校内老师虽大多数为白人，但他们尽力营造消除种族歧视氛围的教学环境，为黑人群体提供较为公平的教育。津巴布韦作家丹布佐·马瑞彻拉（Dambudzo Marechera，1952—1987）也在这所学校接受教育。

② 朱振武、袁俊卿：《流散文学的时代表征及其世界意义——以非洲英语文学为例》，《中国社会科学》，2019 年第 7 期，第 144 页。

阻碍社会发展的东西；另一方面，也渐渐看穿了黑人教育的殖民本质，开始思考黑人群体如何才能摆脱苦难。在现实困境和内心思索的碰撞下，蒙戈希越发激活了自己的创作欲望，点燃了自己的创作热情。在谈到对写作的态度时，他以《圣经》作喻，认为文学不似保罗传教一般艰苦，但仍是能实现一种温和且美好愿景的道路。在这一愿景中，蒙戈希"与那些离开学校、走向世界的文学巨人一同对抗社会现实"[1]，将写作变成了坚持一生的事业。

离开学校后，蒙戈希的第一份工作是在罗得西亚林业委员会（Rhodesia Forestry Commission）担任研究助理，而后在索尔兹伯里（Salisbury）的教科书商店任职。在展现出创作才华后，蒙戈希先后供职于罗得西亚文学局（Rhodesia Literature Bureau）和津巴布韦出版社（Zimbabwe Publishing House）。频繁的职业变动使蒙戈希得以深入津巴布韦独立前后社会生活的各个方面，也为他的文学创作提供了大量素材。身为一名关注社会现实的作家，在多年的创作生涯中，蒙戈希在确保作品可读性的同时始终重视文学的社会功用，并积极探索将文艺用于社会改造的其他途径。为了推动非洲不同国家、地区的作家、编辑和出版商的交流互动，促进非洲文学的良性发展，蒙戈希于1993年同作家大卫·马丁（David Martin）、菲利斯·约翰逊（Phyllis Johnson）开创了津巴布韦国际书展（Zimbabwean International Book Fair, ZIBF）[2]。时至今日，该书展在津巴布韦乃至整个非洲的文学、文化交流方面仍具有较大影响力。蒙戈希还十分重视民族语言文学的发展，他将恩古吉·瓦·提安哥（Ngugi wa Thiong'O）的《一粒麦种》（*A Grain of Wheat*，1967）翻译为绍纳语，以此丰富民族语言文学的底蕴。蒙戈希所做的一切推动了津巴布韦人民对本民族和国家、对非洲大陆产生更深的了解

---

[1] Flora Veit-Wild, *Teachers, Preachers, Non-Believers: A Social History of Zimbabwean Literature*, London: Hans Zell Publishers, 1992, p. 271.

[2] 进入21世纪以后，津巴布韦国际书展举办的两项重要活动分别是：（一）在教授阿里·马瑞兹（Ali Mazrui）的资助下，与非洲作家协会（African Writers' Associations）等机构合作评选出"20世纪非洲最好的100本书"；（二）评选出"20世纪津巴布韦最佳的75本书"（"Zimbabwe's 75 Best Books of the 20th Century"）。这两项活动极大地推动了人们对非洲文学、津巴布韦文学的再阅读、再认识。

与认同。2019 年，在与神经系统疾病斗争十年后，蒙戈希病逝于津巴布韦首都哈拉雷（Harare），结束了书写津巴布韦的一生。

二、整体创作蕴含双重真实

由于短篇小说有利于作者"在纷乱的生活中截取富有典型意义的片段着力塑造人物、突出重点主题"[①]，蒙戈希创作了大量短篇小说。他共出版了四部英语短篇小说集，分别为《旱季来临》、《某些伤口》（*Some Kinds of Wounds*，1980）、《残阳与尘世》（*The Setting Sun and the Rolling World*，1987）和《步履不停》（*Walking Still*，1997）。此外，他的英语长篇小说《待雨》（*Waiting for the Rain*，1975）和《黑暗中的支流》（*Branching Streams Flow in the Dark*，2013）也获得了不俗的评价。蒙戈希在创作中表现出的强烈的现实主义精神和精湛的心理描写技巧，使其作品成为一个前后相连的整体，并在反映现实、反映人心方面具有极强的真实性。

在创作过程中，蒙戈希有意识地引导读者将他的不同作品视作一个前后相连的序列进行阅读和理解。借助卢舍尔（Robert Luscher）提出的"短篇小说序列"（short story sequence）这一概念，读者能够对蒙戈希作品的整体性有更为清晰的概念。"短篇小说序列"即：

……由作者收集、组织的一系列故事。读者于其中通过不断修正对主题模式的认知从而意识到潜在的连贯性。在这样一个序列中，每个短篇故事都不是一个完全封闭的正式体验……因此，所有内容作为一个整体成为一本开放的书，邀请

---

① 朱振武、蓝云春：《津巴布韦英语文学的新拓展与新范式》，《上海师范大学学报（社会科学版）》，2019 年第 5 期，第 62 页。

读者去构建一个联想网络，以此将诸多故事联系起来，并赋予它们渐进式的主题影响。①

　　1987 年出版的短篇小说集《残阳与尘世》就具有明显的"短篇小说序列"特征，其中收录的 17 部短篇小说均为蒙戈希先前出版的《旱季来临》和《某些伤口》中的篇目。蒙戈希将挑选出的故事重新排序，使得每个故事中的主人公比先前故事中的主人公在年龄上稍长，在经验上更加丰富，故事发生的场景也由乡村渐渐向城市转变，整部短篇小说集因而被编织为一个作品网络。在这一网络中，既有对殖民时期凋敝的乡村生活的描写，这些内容在他的首部长篇小说《待雨》中得到更为全面的讨论与阐释；又有对后殖民时期民族、国家出路的探索，这一主题同他的最后一部长篇小说《黑暗中的支流》息息相关。由此不难看出，蒙戈希的文学创作始终关切时代症结，在主题上呈现出继承与发展的脉络。正因如此，"短篇小说序列"不仅串联起蒙戈希不同时期的短篇小说，更将他的长、短篇小说融汇为一个随历史现实发展变化的整体。

　　在将长、短篇小说创作融汇为一个整体的基础上，为使作品能够更为全面地涵盖不同时期的社会现实，蒙戈希格外重视人物的作用。在蒙戈希笔下，人物作为特定意义的主要载体，时常用于展现他关于津巴布韦人民真实生活的所见所感。

　　首先，某类人物的塑造在时间和空间上具有较大程度的跨域，这使得读者能够探索蒙戈希的思想发展轨迹。蒙戈希塑造了多位接受西方教育和价值观的人物形象。最初是《山》（*The Mountain*，1972）中的纳罗（Nharo）和《残阳与尘世》中的纳莫（Nhamo）。两人都亲近、认同西方教育和价值观。《待雨》中的鲁希孚更为复杂，他摇摆于出国留学和家庭责任之间，并因此而深感痛苦，但最终仍以抛弃家庭为代价选择出国留学。在《空房间》（*The Empty House*，1997）中，蒙戈希塑造了一个全盘接受西方价值观的艺术家，最后他也因此犯下了杀人罪行。蒙戈希对西

---

① Susan Lohafer, Jo Elly Clarey, eds., *Short Story Theory at a Crossroads*, Baton Rouge: Louisiana State University Press, 1990, pp. 148-149.

方教育及其影响所进行的思考，经由不同时期的角色展现出来。

其次，信念、性格类似的角色会拥有相同的名字并反复出现于不同的作品中。老妇人曼迪莎（Mandisa）最早出现在长篇小说《待雨》中。她是一位富有智慧的长者，在家庭中起着继承传统、化解矛盾的重要作用；她同时也是身负诅咒的"罪人"，体现了超自然力量在津巴布韦社会中举足轻重的地位。在短篇小说《回家》（The Homecoming，1997）中，曼迪莎再次出现。此时她的处境更为凄惨：命运对她施加的惩罚更为残酷，所有亲人都离世后她只能与唯一的孙子在凋敝的乡村中相依为命。同时，曼迪莎还是蒙戈希祖母的名字，正是她讲述的民间故事让蒙戈希在一定程度上继承了绍纳文学传统，并对他日后的文学创作产生影响。通过曼迪莎这一名字，蒙戈希密切了他长、短篇小说之间的联系，进而思考了现代化、宗教等问题。

最后，蒙戈希笔下拥有相同身份的角色时常面对同样的困境，但他们往往因不同的应对方式而走向不同的命运。例如，家庭中的"孩子"往往都有不幸的童年，且始终生活在因无法满足生理、精神上的需求而产生的痛苦中。这类角色如《墙上的斑点》（Shadows on the Wall，1972）中的"我"、《英雄》（The Hero，1972）中的朱利尔斯（Julius）和《你需要走那么远吗》（Did You Have to Go That Far，1997）中的帕姆巴（Pamba）和丹姆巴（Damba）。通过展现这些孩子在家庭、社会生活中相似的人生经历，蒙戈希探讨了儿童在残酷现实中的生存困境。

除了上述在主旨思想方面的共同点外，蒙戈希在创作艺术方面也有相通之处。这不仅使他的长、短篇小说联系更为紧密，也使他在刻画人物内心情感和思想时极具说服力。艾布拉姆斯（Meyer Howard Abrams，1912—2015）在探讨长、短篇小说的区别时认为，"篇幅长短的限制导致故事效果的差别，也使得作者对故事要素做出不同的选择、阐释和安排以取得故事的这些效果"[①]，但蒙戈希的长、

---

① M. H. 艾布拉姆斯：《文学术语词典（第 7 版）（中英对照）》，北京：北京大学出版社，2009 年，第 573 页。

短篇小说创作则表现出较为相近的艺术风貌。在艺术手法上，为了让短篇小说中的人物能够保持较高的复杂性，蒙戈希致力于描写人物的内心情感，通过独白、倒叙、闪回等手法详尽地将人物的内心活动展现在读者面前。同时，他也善用白描手法，以极为简洁的风格刻画人物在现实世界中的动作和语言，从而将读者的注意力更好地集中于人物的内心世界。丰富的心理活动和凝练的动作描写使得蒙戈希的作品具有鲜明的"心理现实主义"色彩，一定程度上促成其作品在"思想和风格的敏感度、深度和密度方面在津巴布韦，乃至非洲文学中都十分独特"[①]。简洁的外部环境让读者的注意力集中于书中人物的内心世界，大量心理描写直观地展现复杂微妙的心理变化，而人物在现实困境中做出的艰难抉择又强化了其自身的复杂性。心理描写和白描手法的频繁使用，使得蒙戈希的长、短篇小说在保持创作主旨一致、连贯的基础上，具有高度的心理真实性。

蒙戈希的长、短篇小说创作是一个具有双重真实性的统一整体。一方面，他在不同时期的文学创作始终具有强烈的现实主义精神，展现出真实的津巴布韦社会风貌；另一方面，他对人物复杂纠葛的内心情感的细腻描写使得文本具有心理真实的特征。透过蒙戈希的作品，读者能够一窥津巴布韦由被殖民走向独立的过程中真实可感的痛苦与欢乐。

三、津巴布韦之镜

1975 年，当蒙戈希还是教科书商店的发票员时，就出版了他的首部英语长篇小说《待雨》，这部作品为他带来了意料之外的成功。1977 年，《待雨》夺得国际笔会奖（International PEN Award）。1980 年，乔治·卡哈里（George Kahari）

---

① Flora Veit-Wild, *Teachers, Preachers, Non-Belivers: A Social History of Zimbabwean Literature*, London: Hans Zell Publishers, 1992, p. 268.

以"家庭解体"为中心发起了一场关于《待雨》的讨论。穆萨埃穆拉·齐穆尼亚
（Musaemura Zimunya）于 1982 年在卡哈里研究的基础上更为细致地分析了《待雨》
和《旱季来临》。自此以后，蒙戈希及其作品开始为国际学者所关注。随着创作内
容的不断丰富，蒙戈希在国际上也赢得了更为广泛的认可。1988 年，《残阳与尘
世》获得非洲地区英联邦文学奖（Commonwealth Literature Award, Africa Region）；
《纽约时报》将《步履不停》被评选为 1998 年年度优秀图书。随着时间的推移，
文学评论家们对蒙戈希作品的兴趣也在与日俱增，出现了一批对蒙戈希其人、其
作进行研究的著作，较具代表性的有《津巴布韦英语文学导读》（*An Introduction
to Zimbabwean Literature in English*，2001）和《查尔斯·蒙戈希：批判性读者》
（*Charles Mungoshi: Critical Reader*，2006），这些研究著作进一步证明蒙戈希获得
了广泛认可。

除在学界享有学术声誉之外，蒙戈希为津巴布韦文学发展做出了更为引人注
目的贡献。他的创作打破了殖民时期由罗得西亚文学局造成的文学艺术过度娱乐
化的局面。同非洲其他地区一样，津巴布韦有着底蕴深厚的口头文学传统，但并
未发展成较为成熟的书面文学。罗得西亚文学局于 1954 年成立，宣称自己的任务
是保护、促进非洲本土语言书面文学发展，但其真正目的是打压黑人的英语创作，
创造出一种无法谈论政治、宗教等敏感话题的文学空间，以更好地维护殖民统治。
在文学局的管控下，津巴布韦作家时常围绕"爱情、犯罪和家庭奸情等激动人心
但无甚深度的情节进行创作"①，最终导致本土语言文学怀旧、崇尚道德评判并与
社会现实脱节。但蒙戈希的创作始终与现实紧密相连，他的首部英语短篇小说集
《旱季来临》细致地展现了殖民统治下黑人群体的凋敝生活，并因其中收录的短篇
小说《事故》（"The Accident"）可能会"让殖民地警察名声扫地"② 而遭到封禁。

---

① Ranka Primorac, "The Novel in a House of Stone: Re-Categorising Zimbabwean Fiction", *Journal of
Southern African Studies*, 2003, 29 (1), p. 53.

② Rino Zhuwarara, *An Introduction to Zimbabwean Literature in English*, Harare: College Press, 2001, p. 29.

同样完成于独立前的英语长篇小说《待雨》也秉持现实主义精神，描绘了出国留学一事对津巴布韦家庭产生的影响。通过这一情节并不复杂的故事，蒙戈希不仅探讨了传统津巴布韦家庭的"瓦解"，更展现出 20 世纪 70 年代津巴布韦社会文化与精神层面的停滞与不安状态。而这种不健康的社会、家庭状态，正是英国殖民统治的必然结果。在津巴布韦独立后，蒙戈希作品中的批判精神也丝毫没有减损。20 世纪 90 年代，大量黑人进入先前由白人控制的城市，蒙戈希开始深度描写黑人群体的城市生活。千禧年后，蒙戈希关注艾滋病给社会带来的创伤。可以说，蒙戈希在一定程度上打破了津巴布韦文学创作娱乐化、庸俗化的局面。他的作品将生活中的种种真实展现在读者面前，成为映射津巴布韦社会的一面镜子，后续的创作也坚持现实主义，聚焦现实、反映人心。

为了表彰蒙戈希为津巴布韦文学做出的突出贡献，津巴布韦大学于 2003 年授予他荣誉博士学位。蒙戈希在写作中的真诚态度，对人内心细致入微的体察与描述，使得他的创作总能展现出津巴布韦人民最为真实的物质和情感生活。正因如此，蒙戈希能够在陈杰莱·霍夫（Chenjerai Hove）、丹布佐·马瑞彻拉（Dambudzo Marechera）、齐齐·丹格仁布格（Tsitsi Dangarembga）、依翁妮·维拉（Yvonne Vera）等众多知名度更高的作家中脱颖而出，进入 2006 年的银禧文学奖（Silver Jubilee Literary Award）候选人名单。此外，蒙戈希还获得过罗得西亚图书中心奖（Rhodesia Book Centre Award）和非洲地区诺玛出版奖（Noma Award for Publishing in African），两者在非洲都具有较大影响力。2019 年蒙戈希去世，津巴布韦作家协会（Zimbabwe Writers Association）请求政府授予他"人民英雄"称号。这一倡议虽未成功，但这一尝试本身就证明了查尔斯·蒙戈希是津巴布韦最为重要的作家之一。

结　语

查尔斯·蒙戈希是津巴布韦文学史上一位颇为独特的作家。他是一名黑人作家，但用流畅的英语写出脍炙人口的作品；他并未接受过高等教育，但清晰地认识到文化入侵给非洲社会带来的深重影响；他注重展现现实社会的光怪陆离，但并未忽视人心深处隐秘复杂的情感。在津巴布韦由被殖民走向独立的过程中，蒙戈希坚持文学创作，最终将自己的作品汇聚为与现实生活遥相呼应的文学世界。借助这一方小天地，蒙戈希不仅如实反映了社会现实、人物情感，还展现出一名作家应有的指引方向、影响现实的能力。正因如此，了解蒙戈希的生平与创作，对于深化理解非洲文学发展进程和重绘世界文学版图都颇有裨益。

（文 / 山东师范大学 李子涵）

依翁妮·维拉

Yvonne Vera, 1964—2005

代表作一：《燃烧的蝴蝶》（*Butterfly Burning*，1998）

代表作二：《石女》（*The Stone Virgins*，2002）

第二十一篇

突破多重禁忌的女性经验书写
——津巴布韦作家依翁妮·维拉创作研究

引　言

在绍纳语（Shona）中，津巴布韦（Zimbabwe）意为"石头城"。这座"石头城"位于南部非洲的高原地带，风景如画，气候宜人，资源丰富，享有"非洲花园""非洲天堂""旅游者天堂""南部非洲明珠""南部非洲面包篮子"等美誉。美丽的自然风光和灿烂的历史文明孕育了丰硕的文学成果。这个面积仅 39 万多平方千米，人口仅 1500 多万的国度，已诞生多位蜚声国际文坛的作家（主要为英语作家），包括白人和黑人作家。依翁妮·维拉（Yvonne Vera，1964—2005）是黑人作家中的杰出代表，被称为"作家中的作家"①。她自始至终密切关注女性命运，以突破多重禁忌的丰富主题和自成一体的创作风格在非洲文学史，乃至世界文学史上留下了浓墨重彩的一笔。

---

① Liz Gunner, Neil Ten Kortenaar, "Introduction: Yvonne Vera's Fictions and the Voice of the Possible", *Research in African Literatures*, 2007, 38 (2), p. 5.

一、穿梭于故土和西方的世界公民

维拉于 1964 年 6 月 19 日出生在津巴布韦的第二大城市布拉瓦约（Bulawayo）。她在短暂的一生中穿梭于津巴布韦和加拿大等地，这种经历赋予她以"第三只眼"审视纷繁复杂的社会和人性的能力，她被认为是"非洲最具有世界性的作家之一"[1]。然而，与诸多长期生活在西方的非洲作家不同，她热爱自己的祖国和故乡，在加拿大生活多年后又回到布拉瓦约，为津巴布韦的文化事业做出了不小贡献。

维拉的父母开明且重视女儿的教育，因此维拉接受了良好的教育。和非洲的许多国家相似，津巴布韦社会对女性的歧视也较为普遍，很多家庭会优先考虑儿子的教育问题，女儿的主要职责则是干家务活和农活，长大后再为父亲赚来一笔彩礼。维拉是幸运的，她在女性享有较高地位的家庭中成长起来。她的曾祖母是一名颇有威望的灵媒，是津巴布韦"首位"骑上摩托车的女性。她曾受雇于殖民政府，在津巴布韦首都哈拉雷（Harare）的大医院从使用非洲草药到西药的过渡时期发挥了重要作用。她还曾成功制止她的女婿对她的女儿，也就是维拉的外婆实施家庭暴力。受这样的家庭环境影响，维拉的母亲也成为一位能干、坚强的女性。[2]作为一名教师，她和丈夫对维拉的教育很是重视，对她读书、写作的爱好十分支持，也很乐意为她追求自由和独立提供帮助。维拉自幼热爱读书、善讲故事，童年有父母购买的多种书籍陪伴，还没有正式入学就对写作展现出浓厚兴趣。

---

[1] Paul Zeleza, "Colonial Fictions: Memory and History in Yvonne Vera's Imagination", *Research in African Literatures*, 2007, 38(2), p. 9.

[2] Ranka Primorac, " 'The Place of the Women Is the Place of the Imagination': Yvonne Vera Interviewed by Ranka Primorac", *The Journal of Commonwealth Literature*, 2004, 39 (3), p. 159.

她常给母亲写一些短文和诗句，从中可见她的文学天赋。因此，她从小就被周围的人戏称为"作家"。

维拉的小学生涯是在农村度过的，中学时才转到城市上学。乡村生活的自然美景和田园野趣在维拉的童年记忆中留下了深刻的烙印。她和小伙伴们一起采野果、看野火，在月光下读书，8 岁时还当过采棉工。这段时光在维拉看来是接受"田园诗歌般教育"的阶段。小学毕业后，她来到了布拉瓦约上中学，在路韦韦（Luveve）和穆兹莱卡兹（Mzilikazi）完成了中学学业。维拉心思敏锐，情感细腻，城市生活与乡村生活的差距给她带来了较大冲击。她对二者都有细致的观察和深刻的体悟，这为日后创作中的相关描写积累了丰富的素材。在她的小学和中学阶段，津巴布韦的黑人民族主义力量为摆脱殖民统治而展开的独立战争正在如火如荼地进行。维拉见证过不少人离家奔赴战场，有的再也没有回来，因而她的作品中时常出现美丽自然与残酷战争形成鲜明对比的情形。

中学毕业后，维拉曾前往欧洲游历，对西方的艺术、文化和都市生活有了更直观的认知和更深刻的体验，并由此萌发了到西方求学的念头。但她首先是在津巴布韦接受了高等教育。1982 年至 1984 年，维拉在布拉瓦约的山边大学（Hillside College）攻读师范专业，毕业后前往恩玖彼中学（Njube High School）教授英语文学课程。正是在那里，她遇见了未来的丈夫——来自加拿大的约翰·何塞（John Jose）。何塞于 1977 年首次以背包客的身份来到津巴布韦，旋即被这个美丽的国家吸引，之后曾多次重返，后来还在恩玖彼中学谋得了教职。维拉与何塞于 1987 年移民加拿大，并于当年完婚。不久，维拉获得了前往多伦多的约克大学（York University）上学的机会，主攻电影评论与文学研究专业。她在四年内成功获得学士和硕士学位，再经过四年的勤奋学习，于 1995 年获得博士学位，是第一位拥有博士头衔的津巴布韦黑人女性。维拉的博士学位论文研究的是监狱文学，这是她被称为"富有洞见的学术型作家"①的明证。维拉一边写

---

① Paul Zeleza, "Colonial Fictions: Memory and History in Yvonne Vera's Imagination", *Research in African Literatures*, 2007, 38(2), p. 10.

作,一边攻读学位,到博士学位论文答辩时已出版多部有影响力的文学作品。获得博士学位后,维拉成为加拿大安大略省川特大学(Trent University)的驻校作家(writer-in-residence),并担任英联邦小说研究所的所长,其间结识了不少志同道合的文艺界友人。

令人意外的是,此后不久,维拉选择回到津巴布韦继续她蒸蒸日上的文学事业。维拉与她的丈夫在多伦多生活了八年,是加拿大的合法公民。在这个过程中,她逐渐意识到自己在加拿大难以实现内心渴求的精神成长,也难以找到真正的心灵归属。这对于一个无比珍视内心自由和精神独立的作家而言,是难以克服或屈从的现实。经过一番深思熟虑,维拉决定重返津巴布韦,重回故乡。和"西方"相比,她坦言,自己对津巴布韦的偏爱要"多得多",虽然那里有那么多的"艰难"。也许正因为那些"艰难",她自觉"更有必要"①回来。正是出于对故土的眷顾、对家园的责任感,她于1995年离开了加拿大,返回津巴布韦继续写作,为祖国的文化事业做出了不小贡献。在弗朗茨·法农(Frantz Fanon,1925—1961)看来,像加拿大这样的发达国家,对于殖民时期的许多非洲黑人而言,只要去过就足以成为"半个神"②。即使在当下,这些发达国家依然是许多第三世界的人们向往的"天堂",也是不少非洲知名作家或新锐作家的心仪之地。维拉却逆向而行,回归故土,这是她特立独行的个性的体现,也是她爱国情怀的彰显。回到故乡后,她从1997年开始担任津巴布韦国家美术馆馆长,直至2003年因津巴布韦经济下滑、投入不足而卸任。任职期间,她在有限的条件下充分调动资源,努力为津巴布韦富有天赋的艺术家——包括女性和儿童——展览艺术作品、展现艺术才华提供舞台。她的多部广受好评的作品也正是在这一时期完成。维拉在布拉瓦约独居,既没有"住在父亲家",也没有"住在丈夫家"③,这违背了当地男权社会对女性的

---

① Ranka Primorac, " 'The Place of the Women Is the Place of the Imagination': Yvonne Vera Interviewed by Ranka Primorac", *The Journal of Commonwealth Literature*, 2004, 39(3), p. 160.

② 弗朗兹·法农:《黑皮肤,白面具》,万冰译,南京:译林出版社,2005年,第10页。

③ Ranka Primorac, " Yvonne Vera (1964-2005)", *The Journal of Commonwealth Literature*, 2005, 40(3), p. 151.

规约，因而维拉受到周围人的责难，但这并没有让她退却。

直至 2004 年病情恶化时，维拉才离开故乡前往加拿大。加拿大先进的医疗条件并没有延长维拉的生命。2005 年 4 月 7 日，维拉因艾滋病毒引发的脑膜炎而病逝于多伦多。她感染艾滋病病毒的时间大约是 20 世纪 80 年代后期。一颗非洲文坛熠熠生辉的新星就此陨落，但她敢于突破禁忌为被噤声的女性发声的创作，使其在非洲乃至世界文坛都占有一席之地。

二、多重压迫下的女性经验书写

当谈起自己的梦想时，维拉用作家特有的思维、语言和意象做了如下描述：

创作悄悄地爬上我的心头，让我吃惊。然后，我发现我爱上了写作的过程和创作的艺术。它逐步靠近我，从我的手指到我的身体……我想成为一名作家，想在机场、在出入境管制处和移民边境管理处被问及职业时，能回答说我是一名作家。

作家梦虽然在维拉的心中蛰伏已久，但她真正意义上的文学创作开始于加拿大求学期间。

起初，她只是给多伦多的一家杂志投了一个短篇故事，但编辑读到这个故事后被深深吸引，随即问她有没有更多的故事。于是维拉写了更多的故事，总共写了十五篇。她的短篇故事集《你为什么不刻其他动物》(*Why Don't You Carve Other Animals*，1992) 就这样诞生了。随着这部短篇故事集在多伦多出版，维拉的创作步入了快车道。她接连完成了五部长篇小说，分别是《尼涵达》(*Nehanda*，1993)、《无名》(*Without a Name*，1994)、《无言》(*Under the Tongue*，1996)、《燃烧的蝴蝶》(*Butterfly Burning*，1998) 和《石女》(*The Stone Virgins*，2002)。此外，她还主编了多部非洲女性作家的短篇故事集，如《开放空间：非洲女性作家作品选》（*Opening Space: An Anthology of Contemporary African Women's Writing*，1999）。维拉也因此被评为"津巴布韦最多产、最重要"[①]的女性作家。作为一名杰出的女性作家，贯穿她创作始终的是多重压迫下的女性经验书写。借此，维拉成为被迫噤声的津巴布韦女性、非洲女性乃至世界女性的代言人。

维拉的系列作品都聚焦于津巴布韦不同历史时期的女性身上，描述了她们遭受的男权压迫、性别歧视、殖民统治、残酷战争等多重压迫。《你为什么不刻其他动物》中的故事大多以女性为中心，时代背景跨越了第二次解放战争到津巴布韦1980年独立后的数十年。《尼涵达》的背景是19世纪末的反殖民战争，即津巴布韦历史上的第一次解放战争；《燃烧的蝴蝶》讲述的是女主人公在20世纪40年代的不幸经历；《无名》和《无言》的故事主要发生在20世纪70年代第二次解放战争期间；《石女》重点关注的是女性在津巴布韦1980年独立前后的悲苦命运。正因为如此，在津巴布韦文学评论家兰卡·普瑞莫乐克（Ranka Primorac，1968—）看来，维拉的作品"可以当作一部性别化的津巴布韦历史"[②]来解读。维拉始终聚焦女性在多种压迫下的遭遇。虽然维拉家族中的女性地位较高，包括她的祖母、母亲和她自身在内的三代女性都充分地享有追求个人自由、实现自我价值的机会和权利，但维拉深知她们只是幸运的少数。她以手中的笔为利器，尽其所能地为大量被迫噤声的不幸女同胞发声。

在津巴布韦的传统文化中，女性是二等公民，从小就应该被驯化得安静、顺从。她们被禁锢在了厨房、卧室和田野中，在有限的生存空间中被剥夺了话语权。随着殖民者的到来，传统社会的性别歧视再加上殖民统治下的种族歧视、文化冲突、战争戕害等，女性头上又多了几座大山。津巴布韦的另一位知名女作家齐齐·丹格仁布格（Tsitsi Dangarembga，1959—）就曾在其首作和成名作《惴惴

[①] Simon Gikandi ed., *Encyclopedia of African Literature*, New York: Routledge, 2003, p. 761.

[②] Ranka Primorac, " 'The Place of the Women Is the Place of the Imagination': Yvonne Vera Interviewed by Ranka Primorac", *The Journal of Commonwealth Literature*, 2004, 39 (3), p. 157.

不安》(*Nervous Conditions*，1988）中对性别歧视、文化冲突下的女性遭遇做出了生动的描写和深刻的揭示。小说《无言》的标题是女性噤声的写照，《石女》中的静默主题也指向女性声音的缺失。《燃烧的蝴蝶》中的女主人公则被殖民统治、传统男权社会围困。在维拉的几乎所有作品中，主题都涉及她对男权社会与殖民统治欺压女性、践踏其尊严、无视其贡献的强烈控诉。男权社会限制女性自由和发展，这在维拉的现实生活中同样有所体现。从加拿大回到津巴布韦后，她为了便于创作而独居，却被认为是"有伤风化的耻辱行为"①。因为在非洲的传统观念中，女性只能住在父亲或丈夫家里。维拉在《石女》中书写姐妹俩相依为命，同样也被批是有违非洲现实的捏造。战争对女性的残害则在《尼涵达》《无名》和《石女》等中都得到了细致描绘。即便到了独立后，女性的命运也没有多大改观，她们依然是无助的弱者，难以改变被边缘化的命运。在《石女》中，国家独立后的女性继续遭遇暴力和厄运。她们中的不少人作为"革命的母亲"，曾为民族独立做出过牺牲和贡献，但很多人的付出都被忽视，在男权主导的官方话语中并未得到应有的认可。她们的思想和心愿仍然是"难以被听见的声音"②。

对强加在女性身上的不公和压迫说"不"，是维拉书写女性经验的重要策略。在多座大山的重压下，维拉笔下的女性并没有屈服，而是以各自特有的方式进行抗争。《尼涵达》的女主人公尼涵达（Nehanda）是一名土著宗教领袖。在 19 世纪末的反殖民战争中，她领导津巴布韦人发动起义，对白人的入侵和统治展开了殊死抗争。虽然起义最后被镇压，但这是津巴布韦新生的代价，尼涵达象征的抗争精神更是津巴布韦重生的希望。尼涵达预言了白人终将失败，她在被施以绞刑前喊出的那句"我的骨头会立起来的"，正是津巴布韦人不屈精神的写照。津巴布韦知名作家陈杰莱·霍夫（Chenjerai Hove，1956—2015）的代表作《骨头》（*Bones*，1988）的题名正源于此。《无名》的女主人公玛兹韦伊特（Mazviita，意

---

① Ranka Primorac, " Yvonne Vera (1964-2005)", *The Journal of Commonwealth Literature*, 2005, 40 (3), p. 151.

② Irene Staunton, *Mothers of the Revolution*, Harare: Baobab Books, 1990, pp. xi, xii.

为"是你干的")加入第二次解放战争的队伍，为的是夺回土地和实现自由，却没有迎来改变自身命运的那一天。她亲手杀死儿子并不辞辛劳地将他的尸体背回了家乡，以表达对男权社会下的不公的蔑视，从中可见她的愤怒、隐忍和不屈。《无言》中的女孩芝扎（Zhizha）惨遭父亲奸污，身心备受摧残，这是非洲文学中长期回避的话题，维拉却将其诉诸笔端，这是非洲黑人女性对此不再默然接受的体现。维拉曾说："言语不会腐烂，除非在口中、在舌下含得太久。"[1] 通过将痛苦的经历言说出来，维拉及其笔下的女性拨动了生命抗争的强音，开启了反抗不公、对抗强权和挑战权威的艰难历程，这是女性追寻独立、重获新生的重要基石。《燃烧的蝴蝶》中的菲菲拉菲（Phephelaphi）为了得到梦寐以求的工作，为了实现经济自由和精神独立，亲手将腹中的胎儿杀死，这更是长期被践踏、被压迫的社会底层女性的愤怒和反抗精神的集中爆发。菲菲拉菲无助、痛苦、残忍，这既是对殖民统治下社会不公的痛斥，也是对非洲传统社会束缚女性发展的批判。

维拉是一位"为非洲女性发声，为非洲发声，为世界女性发声"[2] 的后殖民女性主义作家。她的创作动机就是为被压迫、被边缘化的女性发声。在她看来，男性作家将女性描述成"非洲民主化社会戏剧中被动的旁观者"，是"记忆出错"[3] 了。事实上，在津巴布韦的任何历史阶段，女性都做出过独特贡献，这一点不应被忽视。维拉通过讲述她们的故事，使向来被男性话语主导的津巴布韦历史有了新的面目。这是维拉以小写的历史对抗大写的历史，以女性叙事揭示形形色色的历史谎言、重现津巴布韦历史真相的重要手段。通向尊严、体面、自由和独立的道路虽然荆棘密布，但维拉笔下的女性们已经启程。无论是打破沉默还是奋力抗争，都是她们为抵达身心自由的理想境地而迈出的关键一步。

[1] Adrian Roscoe, *The Columbia Guide to Central African Literature in English Since 1945*, New York: Columbia University Press, 2008, p. 250.

[2] 张毅：《非洲英语文学》，北京：外语教学与研究出版社，2011年，第102页。

[3] Simon Gikandi ed., *Encyclopedia of African Literature*, New York: Routledge, 2003, p. 763.

三、独具一格的创作风格营构

维拉的成名之路十分顺畅。在津巴布韦历史学家特伦斯·兰杰（Terence Ranger，1929—2015）看来，维拉从津巴布韦作家到非洲作家，再到国际知名作家，是以"非常惊人的速度"[①]实现的。她既是津巴布韦同辈中"最负盛名"的作家之一，也是非洲后殖民时期"最具魅力和挑战性"[②]的作家之一。她的小说还将"非洲英语文学带入了全新的、艰难的"[③]探索领域。从她作品的影响力和创作风格中，我们可以更全面、更深入地了解她出道后一举成名并闪耀世界文坛的原因。

维拉的文学成就从她作品的译介和获奖情况中可见一斑。在 2005 年去世以前，她的作品就已经被译介到了德国、西班牙、意大利、瑞典、荷兰、芬兰、挪威等国家，有的作品节选还进入津巴布韦和欧美学校的教材。维拉作品的首部中译本是入选"20 世纪非洲百佳图书"的《燃烧的蝴蝶》，出版于 2019 年。从第二部小说《无名》开始，维拉的作品就在津巴布韦内外斩获多种文学奖项。《无名》入选了英联邦作家奖的终选名单；《无言》获英联邦作家奖和津巴布韦出版商文学奖一等奖，并于两年后再获瑞典知名文学奖——"非洲之声"奖；《燃烧的蝴蝶》获德国文学奖，并于 2002 年入选"20 世纪非洲百佳图书"；《石女》则获麦克米兰非洲作家奖。在她离世的前一年，瑞典 2004 年度"图霍尔斯基瑞典笔会奖"（Tucholsky Award of Swedish Pen）[④]也颁给了她。津巴布韦

---

① Paul Zeleza, "Colonial Fictions: Memory and History in Yvonne Vera's Imagination", *Research in African Literatures*, 2007, 38(2), p. 10.

② Ranka Primorac, " 'The Place of the Women Is the Place of the Imagination': Yvonne Vera Interviewed by Ranka Primorac", *Journal of Commonwealth Literature*, 2004, 39(3), p. 157.

③ Adrian Roscoe ed., *The Columbia Guide to Central African Literature in English Since 1945*, New York: Columbia University Press, 2008, p. 248.

④ "图霍尔斯基瑞典笔会奖"是为了纪念德国作家库尔特·图霍尔斯基（Kurt Tucholsky，1890—1935）而设立的文学奖项。图霍尔斯基在 20 世纪 30 年代初从纳粹德国逃到了瑞典。这一奖项主要颁发给遭受迫害或被迫流亡的作家、出版人等。

政府曾对此提出异议，指出她从未受到过政府迫害，但这一插曲并未影响维拉在津巴布韦本土的文学地位和声望。她不幸早逝后，津巴布韦的主流媒体高度赞许她是成就突出的作家，并为她的逝世而沉痛哀悼，津巴布韦的官方讣告也肯定她是"有原则"的作家。她的作品还得到了津巴布韦主流意识形态的认可，进入了学校教材。在她深爱的国家里，她的创作被"进一步体制化"①。这应该会让九泉之下的维拉感到欣慰。

维拉引人瞩目的文学成就还表现为她对多种禁忌话题的突破。人们常用"无畏"和"勇敢"来形容维拉的个性和创作。在与维拉合作过十五年的出版人艾琳·斯汤顿（Irene Staunton）看来，维拉敏锐、勇敢、正直、智慧，"敢于审慎地言人之未言或惧言"②。《尼涵达》将题名主人公置于故事的中心，将她在津巴布韦反殖民战争中的核心地位凸显了出来，是对官方民族主义话语忽略女性价值和贡献的逆写。《无名》中的主人公惨遭黑人游击队士兵强奸，在生下儿子后陷入走投无路的境地，于是亲手杀死了自己的孩子，并将孩子的尸体背回乡下哀悼，这显然是站在了官方民族主义叙事的对立面。还有《无言》中父亲强奸女儿的乱伦行为，《燃烧的蝴蝶》中女主人公在荒野中用荆棘刺入自己体内实施的流产，更是将女性亲历的人性和社会中"最阴暗、最污浊、最无助的一面展示给世人"③。对于维拉的最后一部小说《石女》而言，迄今为止最受关注的主题是她对由民族矛盾导致的"古库拉洪迪"（Gukurahundi）④的揭示。这部小说出版于2002年，当时的津巴布韦官方一直对古库拉洪迪三缄其口，甚至禁止艺术家以任何形式论及这一事件。在这样的情形下，维拉勇敢地选择了突破官方禁忌，在小说中以巧妙的构思和鲜见的残暴场景复现了津巴布韦历史上兄弟相残的事件。维拉是首位大胆披

---

① Ranka Primorac, " Yvonne Vera (1964-2005)", *The Journal of Commonwealth Literature*, 2005, 40(3), p. 152.

② Helon Habila, "Yvonne Vera: Courageous Zimbabwean Writer Whose Books Addressed the Taboos of Her Society", *The Guardian*, Apr. 27, 2005.

③ 张毅：《非洲英语文学》，北京：外语教学与研究出版社，2011年，第98页。

④ "Gukurahundi"（古库拉洪迪）是一个绍纳语词汇，意为"早雨在春雨来临之前吹走了糠秕"。在1979年民族独立战争的最后阶段，这个词被用来指彻底扫除白人的势力。现在主要指发生于1983年至1987年的一系列因民族矛盾导致的镇压事件。

露、详细描写古库拉洪迪的津巴布韦本土作家，充分展现了她"处理最艰难的题材、直面各种禁忌的能力"①。维拉以作家的艺术思维再现古库拉洪迪，是为了呼吁津巴布韦政府正视历史真相和民族裂痕，并积极采取措施弥合民族矛盾，为实现民族和解和国家团结夯实基础。她将可怕罪行公之于众，将那些人们羞于启齿的罪恶从隐秘处暴露在阳光下，也是为了让人们学会正视并力争消除那些暗黑面。毋庸置疑的是，无论是对于女性命运的改观，还是对于公平、正义的社会的构建，这都是至关重要的。

就创作技巧而言，维拉的诗化小说也是自成一体。维拉的语言风格以高度凝练、充满典故和隐喻著称。这一特征在《你为什么不刻其他动物》中就已初现端倪，并贯穿维拉创作的始终。维拉的所有小说都是诗意浓厚、引经据典，甚至可以"划分为诗行"②朗读。这与维拉的艺术追求密切相关。维拉对艺术美的追求是第一位的。正如她在访谈中所言："如果不是为了追求美，如果我只是为了推动一项事业，我就不会写作了。我很关心我的题材，但我想要沉迷在美丽的人物、故事和角色的雕琢中。这一切必须都是完美的。"③助力维拉追求语言美的一大关键要素是，她从非洲口头文学传统中借用了大量语言、修辞和意象。维拉创作的重要使命包括激活民族文化中丰富的口头传统，并赋予其创作以浓厚的地方色彩。众所周知，许多非洲民间文学都适合传唱，读起来往往都朗朗上口、诗意浓厚。维拉的作品中随处可见充满诗意和富有非洲色彩的表达：形容黑夜的沉重是"他感受到了黑夜降临到他的胳膊上"；描写沉默的希冀是"梦想在沉默停留的地方生根"；绞尽脑汁搜刮词汇就像是"从蚁山中取出一个词"；与殖民者的遭遇悲剧则

---

① Mandivavarira Maodzwa-Taruvinga, Robert Muponde, "Sign and Taboo: An Introduction", Robert Muponde, Mandi Taruvinga eds., *Sign and Taboo: Perspectives on the Poetic Fiction of Yvonne Vera*, Harare: Weaver, Oxford: James Currey, 2002, p. xi.

② Adrian Roscoe ed., *The Columbia Guide to Central African Literature in English Since 1945*, New York: Columbia University Press, 2008, p. 248.

③ Jane Bryce, "Zimbabwe: Survival Is in the Mouth", Robert Muponde, Mandi Taruvinga eds., *Sign and Taboo: Perspectives on the Poetic Fiction of Yvonne Vera*, Harare: Weaver, Oxford: James Currey, 2002, p. 224.

犹如"我们张开双臂欢迎一丛仙人球，可它带来的却是一片沙漠"。[1] 即便是描写十分暴力血腥的场景，她也总是能够凭借高超的创作技巧进行美学加工，并赋予其极强的艺术性和审美价值。最明显的例证就是她在《石女》中处理两位女主人公被残害的场景时所使用的艺术手法。维拉极致追求语言和艺术之美，因而她的字词都像被她"深情抚摸"过一般，具有"魔法般的象征力量"[2]。由此产生的独特艺术效果主要体现在两个方面。一是维拉的作品往往"人物塑造节俭，情节稀疏，对话稀少"[3]；二是维拉的批判锋芒深刻却又不至于太尖锐。鲁迅曾说，作家表达"猛烈的攻击"，"造语"也"还需曲折"，因为太浓烈的情感、太尖锐的锋芒是可能"将'诗美'杀掉"[4] 的。诗歌如此，诗化小说亦然。维拉深知这样的道理，因而会通过缜密的艺术构思，用巧妙的语言和意象来传递强烈的情感，做出有力的挞伐。

结　语

作为津巴布韦文学史上最有影响力、最具特色的作家之一，维拉始终密切关注女性命运。她将女性经历和心理置于宏大的历史背景下细察，以无畏的精神突破多重禁忌话题，以独具个性的诗化小说力争对审美的极致追求，其文学创作因此在很大程度上"不参与任何可辨识的文学传统"[5]，为津巴布韦文学在世界文坛发出强有力的独特声音做出了突出贡献。维拉曾表示："我希望人们记住，我是

---

① Adrian Roscoe ed., *The Columbia Guide to Central African Literature in English Since 1945*, New York: Columbia University Press, 2008, pp. 250, 249 .

② Paul Zeleza, "Colonial Fictions: Memory and History in Yvonne Vera's Imagination", *Research in African Literatures*, 2007, 38 (2), p. 13.

③ Ibid., p. 13.

④ 鲁迅：《两地书》，载鲁迅：《鲁迅全集（第 11 卷）》，北京：人民文学出版社，2005 年，第 99 页。

⑤ Kizito Z. Muchemwa, "Language, Voice and Presence in *Under the Tongue and Without a Name*", Robert Muponde, Mandi Taruving eds., *Sign and Taboo: Perspectives on the Poetic Fiction of Yvonne Vera*, Harare: Weaver, Oxford: James Curry, 2002, p. 3.

一位无惧言说的作家，是一位爱国深沉的作家。"[1] 她的确值得被这样铭记。特别值得注意的是，在评论界对维拉的诸多赞誉中，她对深陷困境的祖国所展现出的深沉的爱并未引起足够关注。从维拉的爱国情怀中可见她对构建津巴布韦国家共同体所做的积极探讨，这是非洲文学常被忽略的重要维度，也是揭橥非洲不只是"灾难大陆"，更是"希望大陆"的一个入口。

（文 / 杭州师范大学 蓝云春）

---

[1] Arlene A. Elder, *Narrative Shape-Shifting: Myth, Humor & History in the Fiction of Ben Okri, B. Kojo Laing, Yvonne Vera*, New York: James Currey, 2009, p. 95.

莱格森·卡伊拉

Legson Kayira, 1942—2012

代表作一:《幽暗的影子》(*The Looming Shadow*, 1967)

代表作二:《金戈拉》(*Jingala*, 1969)

代表作三:《公务员》(*The Civil Servant*, 1971)

代表作四:《被拘留者》(*The Detainee*, 1974)

第二十二篇

一食、二书与一斧

——马拉维作家莱格森·卡伊拉创作研究

引　言

1958 年，一位 16 岁的马拉维乡村男孩受美国总统亚伯拉罕·林肯（Abraham Lincoln，1809—1865）的人生事迹和列文斯顿中学校训的启发，决定徒步前往美国深造学习。他仅仅带着一袋玉米粉作为路上的盘缠，另外还有两本书和一把斧头，孤身一人徒步穿越 2500 多英里的非洲丛林，从马拉维出发到坦桑尼亚、乌干达、南苏丹，再到苏丹。他一路上挨过了风吹雨打，躲过了狮子、鬣狗、秃鹰和大象等飞禽走兽的攻击，艰难地克服了语言差异等重重障碍，最后抵达苏丹首都喀土穆（Khartoum）。在当地美国领事馆工作人员的帮助下，这位少年如愿以偿地实现了前往美国求学的梦想。到了美国之后，他以全额奖学金先后就读于斯卡吉特谷学院（Skagit Valley College）和华盛顿大学，后来又前往英国剑桥大学继续学习。

这个曾经为了求学而义无反顾走在路上的勇敢男孩正是"马拉维第一位小说家"[①]，也是马拉维迄今为止最杰出的小说家之一——莱格森·卡伊拉（Legson Kayira，1942—2012）。1965 年出版的《我将一试》（*I Will Try*）记录了卡伊拉的早年生活及其史诗般的求学旅途。自传一出便风靡美国，后被翻译成多种文字，广受非洲和欧美读者的喜爱。

---

① Adrian Roscoe ed., *The Columbia Guide to Central African Literature in English Since 1945*, New York: Columbia University Press, 2008, p. 125.

一、一箪食，走康庄大道

一箪食，一瓢饮，虽出生陋巷，但莱格森·卡伊拉却不改其初心。他凭借超出常人的勇气与毅力，仅仅带上一袋玉米粉作为粮食，便毅然决然走上了艰难的求学旅途，最终圆了自己的读书梦。卡伊拉出生于尼亚萨兰（Nyasaland，今马拉维）北部的一个贫穷村落。出生不久，母亲因家庭贫困潦倒无法抚养他，在百般绝望下将他狠心扔进了一条叫迪迪姆（Didimu）的河流。幸运的卡伊拉被好心的邻居救起，母亲也在邻居的劝诫和帮助下悔过自新。于是，为了纪念卡伊拉的重生，母亲便用这条河流的名字，将卡伊拉取名为迪迪姆。

卡伊拉的父母均未受过教育。和其他普通的非洲农村百姓一样，他们十分迷信，常常因盲听村庄里巫医的建议而致家庭面临大大小小的灾难。虽然他一家的日子过得颇为寒苦，但卡伊拉并未过多地抱怨生活的不公。卡伊拉的母亲生了九个孩子，但最后只活下来三个。卡伊拉是长子，有一个弟弟和一个妹妹。作为长子，他要在读书之余承担家里大部分的农活，这培养了他的责任感和吃苦耐劳的精神。在卡伊拉的印象中，"母亲要比父亲高将近一英尺"[1]，是一位善良朴实的人。她极力支持卡伊拉上学，总会在卡伊拉离家去上学时啰唆地向他叮念，教育他"要友善宽待他人，助人者天助之"[2]。父亲虽然爱喝酒，偶尔脾气暴躁，却是一个勤奋且顾家的人。父亲的手很巧，能编织出十分美丽的篮子。父亲卖了篮子便能给全家人买布做新衣裳，这成了全家人最幸福的回忆之一。据卡伊拉回忆，他小时候不懂读书的意义，常常和其他孩子一起想着法子欺骗大人，逃避上学，跑去树林里玩耍，消磨时光。村庄里的大人们虽然都不曾受过教育，却都一致认为教育十分重要。"聪明的欧洲人会造飞机"[3]，这是大人们为了强调学习的重要性

---

[1] Legson Kayira, *I Will Try*, London: Heinemann, 1966, p. 6.

[2] Ibid., p. 43.

[3] Ibid., p. 22.

而为孩子们编唱的歌谣。大人们常常想出一些有趣但严厉的惩罚措施，逼着孩子们去上学。村庄里民风淳朴，左邻右舍互帮互助，团结友爱，共同为孩子们求学创造有益条件。这一点在莱格森·卡伊拉的自传中有所记叙，读者能感受到他笔下那如沐春风般的来自非洲大家庭的快乐与温暖。正是这样充满爱的环境让卡伊拉成长为一个在逆境中仍能保持乐观的人。

卡伊拉在14岁那年受到裴迪先生（Mr. Petty）和罗素（Mr. Russell）的帮助，凭借优异成绩破格进入列文斯顿中学就读。他的自传《我将一试》的题目便源于此校的校训。卡伊拉是班上为数不多没有鞋穿，也没有衣物可换的孩子。然而，出身贫寒的他并没有遭到班中其他孩子的冷眼相待，而是受到了他们的真挚关怀和解囊相助，这让卡伊拉倍感温暖。在中学的最后一年，他这样写道："我始终记得母亲的教导，对他人友善，他人便也会对你友善。这些男孩们在诸多方面为我提供了帮助，但是我要如何回馈他们呢？我不知道。他们始终会是我的朋友。悲伤袭来，我们即将各奔东西。"[1] 卡伊拉每次身处困境时都能感受到身边人的善意。这种真诚的善意成了卡伊拉人生路上的永恒支持，也成了他永远怀着真诚和善意去对待他人的人生信条。

在中学就读的最后一年，卡伊拉与一位热爱阅读的少年结识。有一天，这位少年向卡伊拉说起了林肯的事迹。他听罢便开始深刻反省：

我深深地震撼于林肯的伟大事迹。未曾想过原来这世上有人比我还贫穷，但这个人竟有如此大的雄心壮志完成了伟大的壮举。我一直为自己深陷贫穷而感到自卑。转念一想，我不过是在用贫穷为自己的无能找理由开脱。……但我想，只要我能改正这一点，为时不晚。[2]

1957年3月6日，"黄金海岸"加纳独立的消息传到了当时还在列文斯顿中学的卡伊拉耳中，学校的男孩们为这一好消息欢呼雀跃。这在年少的卡伊拉心中悄然埋下了理想和信念的种子，使他那颗想去美国寻求知识、自由和真理的心愈

---

[1] Legson Kayira, *I Will Try*, London: Heinemann, 1966, p. 48.

[2] Ibid., p. 55.

加坚定。卡伊拉在自传中记录道："我仿佛看到了林肯所在的那片自由而又独立的土地，有一天我将会去那儿，我将会去那儿上学，等我回到家，我将要为国家进行反殖民主义斗争贡献出我的力量。"[1]

1958 年，卡伊拉中学毕业，16 岁的他离开自己深爱的母亲和弟妹，形单影只地踏上了去往美国的求学之路。他翻山越岭，长途跋涉，曾心惊胆战地穿越有野兽出没的动物王国，也曾拜访过无数个语言不通但和平友善的非洲村庄。他凭借自己的聪明才智和一颗真诚待人的心，化解了旅途中一个个生死攸关的难题。在一个又一个好心人的帮助下，他终于成功申请到了美国斯卡吉特谷学院的全额奖学金，并实现了自己继续求学的梦想。从斯卡吉特谷学院毕业后，卡伊拉又先后进入华盛顿大学、剑桥大学圣凯瑟琳学院继续深造。后来，受马拉维班达政府的高压政治影响，他无法如愿回国，最后选择在英国定居，并顺利在英国政府部门找到了一份缓刑官的工作。工作期间，他开始了小说创作。

在美国求学期间，莱格森·卡伊拉将自己的人生经历写成了自传《我将一试》。这本书的诞生在马拉维现代英语文学史上具有划时代意义。卡伊拉因此成为第一个在美国出版文学作品并一举成名的马拉维作家。《我将一试》一经出版，顿时风靡欧美，曾连续十六周登上《纽约时报》畅销书排行榜。迄今为止，这也是《纽约时报》畅销书排行榜上"唯一一本来自马拉维作家的作品"[2]。

二、两本书，启文学之路

莱格森·卡伊拉在前往美国求学的途中，"一手拿着一本《圣经》，另一手拿着《天路历程》(*The Pilgrim's Progress*，1678)"[3]。这两本书不仅是卡伊拉孤独之旅的精神友人，也是他文学之路的启蒙老师。

---

① Legson Kayira, *I Will Try*, London: Heinemann, 1966, p. 55.

② Bridgette Kasuka ed., *Malawian Writers and Their Country*, Scotts Valley: Create Space Independent Publishing Platform, 2013, p. 29.

③ Adrian Roscoe ed., *The Columbia Guide to Central Africa Literature in English Since 1945*, New York: Columbia University Press, 2008. p. 140.

评论家托马斯·杰克森（Thomas Jackson）认为，"正是《圣经》和约翰·班扬的《天路历程》为卡伊拉提供了引导和支持。这种引导融合了人性和神性、想象与智慧、个人与群体"①。这种引导和支持既体现在卡伊拉的人生践行上，也体现在他的创作中。卡伊拉的自传和小说无不体现了他对于人性的思考和对于神性、真理的追求。他在想象的田野中播撒着自己经验和智慧的种子，在对个人与群体的关照中思索着非洲人民的困境与出路。每当他在孤单路上想要半途而废的时候，他便会用《天路历程》中主人公基督徒（Christian）所说的一句话来鼓励自己："如果你跟我一起去，并且坚持到底，你就能够和我过同样的日子；因为在我要去的那个地方，什么都有，而且绰绰有余。来吧，来看看我说的是不是真话。"②

莱格森·卡伊拉共创作了一部自传和四部长篇小说。自传《我将一试》是对《天路历程》的致敬。这本书看似朴实无华，却能在欧美走俏，成为畅销书，其原因主要有三。第一，这本自传传递的是自强不息、积极向上、不畏苦难的人类精神，能够引起广大读者的强烈共鸣。第二，自传虽然是作者对自己人生经历的实录，却具有很高的文学价值和历史意义。自传对于非洲农村和大自然环境的描写，对于形形色色非洲人物的刻画，以及卡伊拉对自己心路历程的记述都十分生动形象。读者读之，仿佛跟着莱格森·卡伊拉一起进入了那场漫长的旅程，虽然前路漫漫却不让人觉得枯燥无趣，反而充满无限期待。同时，自传中记录的非洲风土人情及卡伊拉的所闻所遇对于读者了解非洲社会和历史事件也具有重要参考意义。第三，莱格森·卡伊拉的英语语言文字水平较高，文字风格在简洁朴实的同时也富有美感，字里行间透露出作者的真诚与善良。

自传让卡伊拉在美国一举成名。此后，卡伊拉开始了小说创作之路。卡伊拉的小说创作可以分为两个阶段。第一阶段的两部小说发表于20世纪60年代，主要描绘独立前马拉维农村人民的生活，记录了殖民者到来和现代化初期农村社会的变化。第二阶段的两部小说发表于70年代，聚焦第一任总统海斯廷斯·卡穆祖·班达（Hastings Kamuzu Banda，1902—1997）专制统治下的马拉维城镇社会，

① Thomas H. Jackson, "Legson Kayira and the Uses of the Grosteque", *World Literature Written in English*, 2015, 22 (2), p. 150.

② 约翰·班扬：《天路历程》，西海译，上海：上海译文出版社，1983年，第20页。原文为：If you will go along with me, and hold it, you shall fare as I myself; for there, where I go, is enough and to spare. Come away, and prove my words.

主要关注国家公职人员和普通百姓在高压政治下的生存处境。

1967 年，莱格森·卡伊拉的第一部小说《幽暗的影子》（*The Looming Shadow*）在英国伦敦问世。小说以独立前的马拉维农村社会为背景，通过书写一对农村兄弟的婚姻恩怨，揭示了非洲传统的酋长制度与殖民当局之间的冲突。在这部小说中，卡伊拉"巧妙地平衡了当代非洲农村的残酷生活与其对过去农村事物的怀旧之情，通过浪漫化、理想化和美化的方式温和地呈现了新旧之间的矛盾"[①]。两年后，卡伊拉的第二部长篇小说《金戈拉》（*Jingala*, 1969）在美国出版。小说同样聚焦马拉维农村社会的变化，通过一对父子之间难以调和的矛盾，揭示了本土传统在与西方现代性激烈碰撞中的失落过程，为新时期作家继续探讨非洲传统与西方现代性的矛盾冲突做出了有益尝试。此外，小说也关注到南非在 20 世纪五六十年代的经济发展对马拉维农村人民生活和传统习俗带来的巨大冲击。通过小说中女性角色利兹（Liz）的选择和父亲金戈拉（Jingala）的悲剧，作者也暗示了马拉维女性自主意识在传统束缚中的萌芽和崛起。

《幽暗的影子》和《金戈拉》中对农村景色的描写充分展现了卡伊拉朴实却富有情感和诗意的语言能力，为读者带来了一幅幅马拉维乡村美画。有评论家认为，这些作品"以其优美的风景、稳定的生活节奏、仪式化的社会事件和独特的文化模式重现了马拉维古老的乡村世界，从中甚至可以欣赏到他对人类弱点进行的贺拉斯式的温和的讽刺"[②]。在褒扬卡伊拉小说的同时，更有评论家指出，"马拉维早期低估了卡伊拉的文学成就，这或许是国内的读者和想要唤起家乡回忆的流亡作家之间存在着某种紧张关系而造成的"[③]。马拉维独立后不久，国内爆发了严重的内阁危机。1965 年，班达政府颁布宪法，实行一党制，镇压国内反对运动，逮捕了那些反对派领导人。在以后几年里，班达的独裁统治愈演愈烈。他任命自己为终身总统，采取暴力手段镇压一切反对声音。一时间，因政治产生的文化束缚让许多有识之士感到无法喘息。1968 年，马拉维审查委员会成立，国内英语文学也从此一度陷入停滞状态。在此背景下，卡伊拉小说中"展现的美好田园主义脱离了当地严酷的社

---

① Charles R. Larson, "The Search for the Past: East and Central African Writing", *Africa Today*, 1968, 15 (4), p. 12.

② Adrian Roscoe ed., *The Columbia Guide to Central Africa Literature in English Since 1945*, New York: Columbia University Press, 2008, p. 141.

③ Ibid.

会事实"①，激起了一部分正在国内反抗班达统治的知识分子的不满和诟病。

到了 70 年代，在马拉维国内主流作家群体抨击班达政府的潮流中，卡伊拉的创作也开始转向对马拉维国内政治的关注。第三部小说《公务员》（*The Civil Servant*，1971）从一位公务员的视角与经历出发，聚焦马拉维女性的命运和社会地位，通过描绘不同女性的悲剧，构建了马拉维独立初期的受难民族形象。最后一部长篇小说《被拘留者》（*The Detainee*，1974）虽然控诉的是班达时代的高压政治和种种荒谬政策，但卡伊拉却并未使用严肃而深沉的文字去记述那个黑暗的时代，转而采用了一种幽默诙谐的笔调。实际上，卡伊拉在写自传时就已经充分展露了他的风趣。在这部小说中，卡伊拉充分运用了反讽、比拟、夸张、戏仿和超现实主义等多种幽默手段，以主人公戏剧化的遭遇揭露并谴责了班达的独裁政权。除了对班达的谴责这一重要主题外，卡伊拉还在小说中传达了他对国际主义（internationalism）的思考和认同。卡伊拉将马拉维描绘成一个有着开放边界的国家。他通过主人公拿魄罗（Napolo）跨越边界最终走向安全和自由的行为，将国际主义描绘成一种解放和团结的力量。

从沉湎于过去的农村生活到对现代性到来的思考，从班达时代对国家公务员生活和女性苦难的关注到对班达独裁统治的反讽和抨击，身处英国的卡伊拉始终心系祖国，时刻关注并书写着遥远家园的人与事。

三、一柄斧，辟精神之旅

莱格森·卡伊拉在求学路上携带的第三样东西是一柄斧头。斧头是马拉维传统的狩猎武器，是用来砍伐树木和建造房屋的工具，也是用来保护自己免受猛兽攻击的护符。"我拿着我的斧子。这是父亲在我小时候为我亲手做的斧子。那时我还在姆帕乐村庄学校念小学，我一直都带着它。"②斧子是已过世的父亲给卡伊拉留下的遗物，是他求学路上的保护神。

---

① Adrian Roscoe ed., *The Columbia Guide to Central Africa Literature in English Since 1945*, New York: Columbia University Press, 2008, p. 141.

② Legson Kayira, *I Will Try*, London: Heinemann, 1966, p. 66.

在卡伊拉的第二部小说《金戈拉》中，作为父亲的金戈拉就以肩上斜背着一把斧头的形象出现。这个父亲形象也许是源于卡伊拉自己的父亲，也许是源于他从小见到的村庄里大部分男性的形象。在自传《我将一试》中，他笔下的每一位男性几乎都有一把斧子。"男人们肩上都有一把闪烁着光芒，磨得十分尖锐的斧子……我们的祖先也和他们一样，肩上扛着尖锐的斧子，消失在丛林之中……"①从这个意义上来说，斧子是一种特殊的文化意象，是马拉维传统文化代代传承的象征。斧子让卡伊拉不再感到胆小怯懦，让他为自己的非洲人身份感到自豪。莱格森·卡伊拉曾在自传中提到，小时候自己因为名字迪迪姆而遭到同学的嘲笑，于是给自己改了一个听上去像英文的名字莱格森（Legson）。但后来有一天，他突然意识到自己不该因为有一个非洲名字而羞耻，"我应该为自己是一名非洲人而感到自豪，为自己拥有一个非洲名字而感到自豪"②。这把随身携带的斧子时刻提醒他不忘非洲身份，不忘自己的血脉和文化之根。

斧子最终在历经磨难的卡伊拉心中化成一种无形的力量，它砍向的是罪恶的帝国主义和殖民主义，砍向的是一切束缚人民自由的枷锁。与此同时，斧子迎来的是非洲人民不畏强权的斗争精神，是勇猛与团结的心。在非洲，不同民族、地域或部落的人们会手持不同的武器来保护自己，有些部落使用的是斧子，有些则是长矛或小刀等。莱格森·卡伊拉曾路过一个坦桑尼亚的小村庄，看到人们正在欢天喜地地举行婚礼仪式。他受传统习俗的本能驱使，兴高采烈地加入了他们，随他们一起载歌载舞，庆祝这份喜悦。但背着斧子的他在人群中格外显眼，有村民提醒他这么做很危险。于是，为了迎合当地人的习俗，也为了避免引起当地村民的猜疑和恐慌，身无分文的他决定用自己的斧子和当地人换了一把小刀。尽管卡伊拉每次回想起这件事时都会感慨这一做法"十分不理智"③，并且为此感到些许后悔，但他理性地认为自己应当尊重当地人民的文化习俗。斧子虽然不能继续陪伴他的人生之路，但会继续珍藏在他的心中。从那一刻起，斧子已经不再具有固定的形状，它可以是长矛，也可以是小刀。这一交换行为就具有了一种文化意义，成为非洲文化互融与和解的象征，也成为尊重他人和友好团结的非洲精神的体现。

---

① Legson Kayira, *I Will Try*, London: Heinemann, 1966, p. 66.

② Ibid., p. 33.

③ Ibid., p. 76.

结　语

2012 年，莱格森·卡伊拉在英国去世。马拉维作家姆希斯卡（Mpalive-Hangson Msiska）评论卡伊拉时说道：

他不仅是马拉维杰出作家，从整个非洲范围来看，他也同样称得上是杰出的。他的小说抓住了非洲农村生活的本质。……他梦想着一个自由的马拉维，但很长一段时间里，他都无法回到马拉维。但我知道他深爱着马拉维，他走到哪儿，都将祖国念在心里。①

四年后，卡伊拉的妻子和孩子将他的骨灰带回了他的故乡。卡伊拉终于如愿以偿地回到了祖国的怀抱。

马拉维作家协会主席萨姆巴里卡格瓦·姆伏纳（Sambalikagwa Mvona，1958— ）深切悼念卡伊拉：

作为一名作家，他总在创作中努力寻求变化。这是那些在文坛崭露头角的作家应该向他学习的地方。所有马拉维作家和我们的国家都会将卡伊拉永远铭记在心。②

为了纪念这位杰出的马拉维作家，一个名叫"马拉维青年"的慈善组织于 2016 年在钦帕姆巴村（Chimphamba Village）建立了一所以"莱格森·卡伊拉"命名的小学，卡伊拉的骨灰便埋葬于此。斯人已逝，但卡伊拉一生践行的非洲精神将永存。

（文 / 上海外国语大学 朱伟芳）

---

① Bridgette Kasuka ed., *Malawian Writers and Their Country*, Scotts Valley: CreateSpace Independent Publishing Platform, 2013, p. 32.

② Ibid., p. 30.

杰克·马潘杰

Jack Mapanje，1944—

代表作一：《变色龙与神》（*Of Chameleons and Gods*，1981）

代表作二：《最后一支甜香蕉》（*The Last of the Sweet Bananas*，2004）

第二十三篇

非洲变色龙之声

——马拉维作家杰克·马潘杰创作研究

引　言

杰克·马潘杰（Jack Mapanje，1944— ）是马拉维的著名诗人，是马拉维作家协会的创始人之一。他的诗歌融合了传统、殖民、流散等多重文化特征，或以讥讽的口吻，或以呐喊的气势，或以沉吟的笔调，表达了诗人忧民、忧国、忧非洲的博大胸怀，也为马拉维文学和非洲文学走出非洲、走向国际做出了一定贡献。"变色龙"出自马拉维神话，是贯穿马潘杰诗歌的一个重要隐喻。它在诗中不仅体现了作者的创作动机、思想情感和独特审美，还潜藏着多重文化内涵，甚至演化出了"变色龙政治"之说。正是这些特色让马潘杰的诗作备受索因卡（Wole Soyinka，1934— ）和恩古吉（Ngugi wa Thiong'O，1938— ）等作家推崇，在国际诗坛大放异彩，屡获奖项。

一、求学：擎文化之旌讥讽

1944 年 3 月 25 日，杰克·马潘杰出生在英属尼亚萨兰（Nyasaland，今马拉维）南部一个叫卡丹戈（Kadango）的小村庄，父亲是马拉维尧族（Yao）人，母亲是莫桑比克尼昂加族（Nyanja）人。马潘杰从小就深受非洲传统文化和西方殖民文化双重影响。一方面，马拉维和诸多其他非洲国家一样，在殖民者到来之前尚未形成书面文字，也没有现代意义上的国家概念。于是，口头叙述便成了各部族记述历史传说、传承文化习俗、传播价值观念、教育子孙后代等的主要途径。马潘杰的父亲和母亲虽来自不同的族群，但都十分重视通过讲述本族口头传统故事进行家庭教育。他们营造的家庭环境，铸就了马潘杰传统意义上的非洲文化身份；他们对待传统文化的态度，更是潜移默化地对马潘杰的求学和诗歌创作产生了不可磨灭的影响。另一方面，马拉维书面语（奇契瓦语和英语）的使用，客观上得力于传教士和西方殖民者的助推。此外，殖民者为实现思想文化上的殖民，还在马拉维各地建造了大量教会学校，并同时用英语和奇契瓦语来宣传宗教教义。马潘杰从小学到中学也正是在卡丹戈圣公教会学校（Kadango Anglican School）、奇克瓦瓦天主教会学校（Chikwawa Catholic Mission School）和松巴天主教中学（Zomba Catholic School）这类殖民教育体系内接受基础教育。这一系列殖民手段对马拉维的政治、经济、文化发展及社会生活的方方面面带来了极其深远的影响。尽管马拉维后来赢得了独立，但由此种影响引发的身份认同问题仍困扰着一代代包括马潘杰在内的马拉维人民。

1964年7月6日，英属尼亚萨兰宣布独立，更名为马拉维，由被尊为"独立之父"和"国父"的海斯廷斯·卡穆祖·班达（Hastings Kamuzu Banda，1902—1997）担任国家第一任总统。同年，马拉维大学创立，该校后来成为马拉维国内最具影响力的高等学府，培养出了一批批著名文学家和政治家。从教会学校毕业后，马潘杰凭借着对文学和语言学的浓厚兴趣成功考入了马拉维大学，并开始潜心攻读英语文学专业。

大学期间，马潘杰正式开启了文学创作之旅，他在诗歌中将个人命运与国家命运紧密结合的创作观念也初步形成。这种创作观念的产生除了与马潘杰的成长经历密切相关外，还深受当时社会环境的影响。马拉维独立之初，班达政府实行集权统治，一度对国家的稳定与发展做出了积极贡献。这让一大批为前一代革命家们英勇奋战的精神所感染的青年知识分子备受鼓舞，纷纷带着激情准备投身到国家建设之中，马潘杰就是其中的典型代表。与此同时，民族主义运动在马拉维如火如荼地开展，而国家脱英独立就是马拉维民族主义运动取得的巨大胜利。受此影响，在诗坛初露头角的马潘杰等新生代作家掀起了一阵去殖民化、解构殖民历史、构建民族身份认同和探讨民族未来的创作思潮。基于此，马潘杰等青年文学爱好者于 1970 年在马拉维大学大臣学院（University of Malawi's Chancellor College）的英语系，以书写"马拉维人的书面文学①"为目标创办了马拉维作家研讨会（Writers Workshop），这个文学团体一度成为马拉维众多知名作家的孵化中心。此间，马潘杰在文学方面的天赋和才华得到了尽情施展。1971 年，班达政府修改宪法，并宣布班达为终身总统，马拉维逐渐从集权转向专制独裁。此外，班达政府为防止叛乱推行的审查制度也越发严厉。1972 年至 1975 年，已小有名气的马潘杰边进修硕士学位边在马拉维大学任教，并继续协助维持作家研讨会的正常运行。不过，国家独立后的系列变化给马潘杰等满怀热情与理想的青年作家带来了巨大的思想冲击，极大地影响了他们的创作风格。

频繁使用隐喻并从口头文化传统中获取灵感，以观照现实、讥讽殖民者和当权者，便是这一阶段马潘杰诗歌创作的主要特征。马潘杰偏爱隐喻的表现手法有以下几个重要原因。首先，马潘杰从小在家接受口头文化熏陶，而马拉维口头神话故事、谜语、格言等本身就具有极强的隐喻性，这就无形中在艺术表达方面孕育和滋养了马潘杰笔下的诗歌。从某种意义上讲，马拉维口头文化传统通过这种方式在马潘杰的诗作上得到了继承。其次，受个人兴趣驱使和民族主义运动影响，马潘杰在马拉维大学攻读学位和任职期间对马拉维口头文学颇有研究。他认为此类研究不应太过注重文学模型的分析，而应"在欣赏文本的基础上强调口头表演者的灵动性和中心地位②"。这与马潘杰的创作观一脉相承。再次，在民族主义运动的大背景下，大多数非洲作家都认为，"保持非洲文化底蕴的一个主要途径，就是向口头文类寻求灵感，或以之为榜样③"。于是，不少作家投身于挖掘口头神话故事，研究岩画和雕刻艺术之中，力图以此来对冲殖民文化，构建民族文化身份认同。马潘杰亦是如此，他借助隐喻赋予口头文化传统以时代意义，并"将传统

---

① Innocent Banda, Jack Mapanje, Zangaphe Joshu Chizeze, "Writers Workshop: Poems", *Index on Censorship*, 1985, 14(3), p. 34.

② Jack Mapanje, "Orality and the Memory of Justice", *Leeds African Studies Bulletin*, 1995, 96(60), p. 18.

③ 泰居莫拉·奥拉尼央、阿托·奎森主编：《非洲文学批评史稿》，姚峰、孙晓萌、汪琳等译，上海：华东师范大学出版社，2020 年，第 81 页。

（口头）的文学和思维模式，尤其是谜语（riddle），视为隐喻和灵感的源泉"[1]。最后，由于马拉维国内的政治环境愈发敏感，将讽刺现实暗藏在隐喻之后成了马潘杰等作家躲过审查的重要策略。

当然，于青年马潘杰而言，以此种方式进行创作的最终目的在于讽刺班达政府的独裁与腐败，警醒人民勿忘殖民者的蹂躏，嘲弄当权者对殖民者的谄媚。例如，作者以讥嘲的口吻在组诗《如果契尤塔[2]是人类》（*If Chiuta Were Man*）最后一节"于是神变成了只变色龙"（"So God Became a Chameleon"）[3]中写道：

一个宣礼员	A muezzin
操着娘化的	with gelded
腔调	tongue
偷潜入	slunk in
独尊之位	celibacy
一位政治家	A politician
按经验	empiric
把好球	muffing
个个踢飞	easy balls
恐惧着恐惧	fearing fear

马拉维关于变色龙的神话有三个不同版本。在万物起源时，一说变色龙是最先的存在，它创造了人类，但人类从变色龙那里夺走了权力；另一说天神和动物是最先的存在，变色龙是渔夫，它从陷阱里发现了人类；还有一说契尤塔是最先的存在，天门大开后才出现人类和动物，而人发明的火吓到了契尤塔和生灵万物，变色龙提醒契尤塔躲在树上，最后契尤塔顺着蜘蛛丝爬上天后不再下来，他惩罚人必须死且

---

[1] Reuben Makayiko Chirambo, "Protesting Politics of 'Death and Darkness' in Malawi", *Journal of Folklore Research*, 2001, 38(3), p. 209.

[2] 契尤塔：马拉维神话中万能的天神。

[3] Jack Mapanje, *Of Chameleons and Gods*, Oxford: Heinemann, 1991. p. 10. 本文关于《变色龙与神》的引文均出自此版本，译文均为笔者自译，以下引用随文标明页码，不再一一详注。

死后要升天。①马潘杰显然是同时参考了多个版本的说法，并通过"重构神话原型"②讽刺了班达总统。他将神人化，认为神不过是一位"操着娘化的 / 腔调 / 偷潜入 / 独尊之位"的政治家。当其带着恐惧"把好球 / 个个踢飞"时，神成了变色龙，班达变成了为谋取私利而不断用宣传伪装自己的动物。此外，马潘杰还用类似的讽刺口吻在《雏鸡之歌》（ Song of Chickens ）③和《斯密勒酒吧快活的女孩们》（ The Cheerful Girls at Smiller's Bar， 1971 ）④中斥责当权者和殖民者对马拉维及其人民的伤害。

1975 年，马潘杰完成硕士学位论文《马拉维现代创作中对传统文学形式的运用》（ The Use of Traditional Literary Forms in Modern Writing ），随后前往英国的伦敦大学继续深造。留学期间，马潘杰对语言学的兴趣与日俱增，并决定将奇契瓦语和英语表达方式的异同对比作为博士学位研究课题。此间，他时刻心系祖国，始终坚持创作，在英国和马拉维各大报刊上发表了不少诗歌。这让马潘杰名气大增，他经常以文学家与语言学家的身份往返于英、马两国，参加各种文学沙龙及学术会议。1981 年，马潘杰的第一部诗集《变色龙与神》（ Of Chameleons and Gods ）出版，让马潘杰在非洲乃至国际诗坛名声大噪，并成为当年 BBC 艺术与非洲诗歌奖（ BBC Arts and African Poetry Award ）评委。这些都为马潘杰后来的种种人生经历埋下了伏笔，因为此时马拉维的"班达时代"（ 1964—1994 ）来到了灰暗的中后期，马潘杰人生中的至暗时刻也在悄然逼近。

二、监禁：举正义之火呐喊

由于班达总统公开支持南非白人利用种族隔离制度滥杀无辜，由于马拉维和中部非洲不断有著名作家被监禁、流放和迫害，由于殖民者的军队虽已撤离但他

---

① J. M. Schoffeleers, A. A. Roscoe, *Land of Fire: Oral Literature from Malawi*, Limbe: Popular Publications, 1985, pp. 17-20. 以上三个版本的神话分别见于 "Horned Chameleon and the Original Life (Chewa)", "Chameleon and the First Man and Woman (Yao)", "The Kaphirintiwa Myth (Chewa)"。

② Steve Chimombo, "The Chameleon in Lore, Life and Literature—the Poetry of Jack Mapanje", *The Journal of Commonwealth Literature*, 1988, 23 (1), p. 108.

③ Jack Mapanje, *Of Chameleons and Gods*, Oxford: Heinemann, 1991, p. 4.

④ Ibid., p. 22.

们的阴魂仍盘旋在非洲上空，马潘杰犀利的讽刺之声终于幻化成了振聋发聩的呐喊之火，直直逼向那一群群邪恶的幽灵。这种变化在诗集《变色龙与神》的后半部分便初露端倪。

《变色龙与神》在英国和马拉维都十分畅销，引起了马拉维当地出版公司和政府审查人员的注意。1982年，出版公司编辑写信告诉身在伦敦的马潘杰："……要在马拉维刊行这部诗集的话，你必须对诗歌标题和内容大做删改，因为有匿名评论员说你的诗歌刺中了马拉维历史尚未愈合的伤疤……"[①]虽然最终《变色龙与神》未能按本地出版公司要求重编发行，但英国版一再重印，且大量销往马拉维。这让马拉维审查部门万分气恼，同时也让马潘杰百思不得其解。1983年，马潘杰完成博士学位论文《关于尧语、奇契瓦语和英语中"体"与"态"的阐释》（*On the Interpretation of Aspect and Tense in ChiYao, Chichewa and English*），并带着疑问回到马拉维。

同在1983年，由马潘杰编选的英文诗集《非洲口头诗歌》（*Oral Poetry from Africa*）和《夏日焰火：非洲新诗选》（*Summer Fires: New Poetry of Africa*）在伦敦相继出版。这些颇具非洲特色的诗歌在非洲文坛和英语世界得到一致好评。至此，马潘杰在非洲已颇有声誉。归国一年后，马潘杰成为马拉维大学大臣学院英语系主任和南部非洲发展共同体大学联盟的语言学协会（Linguistics Association SADC Universities）会长。该协会由马潘杰协助创办，南部非洲共有九所大学参与其中。此间，诗集《变色龙与神》几经重印，仍在马拉维一再售空。马潘杰一直期望用诗歌记录真实历史，不愿对诗的标题和内容做删改。于是，1985年，诗集《变色龙与神》在未经告知的情况下遭马拉维审查部门全面查禁。

这一时期，班达总统"绝不容许国内有反对派出现"[②]，经常更换、撤职、逮捕、流放身边幕僚，厉行审查制度，监视人民言行。专门设立的审查委员会更是常常主观地以一些莫须有的罪名对所谓的"政治犯"实施暴行，将他们监禁或流放。马拉维当时有许多作家和文学作品受到政府打压，但马潘杰丝毫没有退却，

---

① Jack Mapanje, "Censoring the African Poem (as given to the Second African Writers' Conference, Stockholm, 1986)", *Index on Censorship*, 1989, 18 (9), p. 7.

② 夏新华、顾荣新编著：《列国志·马拉维》，北京：社会科学文献出版社，2015年，第58页。

反而经常在公开场合表达对班达政府和审查委员会的愤怒与无奈。

在马潘杰眼里，非洲大部分国家厉行的审查制度极深地影响了非洲文学的发展形态。1986 年，马潘杰在"第二届非洲作家大会"（Second African Writers' Conference）上结合亲身经历，以"非洲诗歌监察"（"Censoring the African Poem"）为题，围绕非洲文学的未来发展做了深刻发言。他在会上说："非洲的作家、艺术家和学者必须做非洲文化的守护人，而不是让审查员和警察来代表。"①不过，马潘杰也认同审查制度具有两面性，因为审查的存在让作家们不得不充分运用隐晦新奇的表现手法，反而客观上提升了作品的艺术性。这种看似乐观的表达，实际暗含着作者深深的无奈。马潘杰多年后回忆起这段经历时表示，"只需要某个有些权力的人认定你的诗歌、你的书、你的思想具有颠覆性和反叛性，或者只是有些激进，你就会遇到麻烦"②，"几乎每个人都在某种审查或自我审查（self-censorship）的形式中备受煎熬，我们被迫寻找其他的策略以求生存，采用别样的隐喻表达我们的感情和想法"③，无论在学术研究还是诗歌创作过程中皆是如此。马潘杰创作诗歌时就"会戏仿口头赞歌，像唱诗者批判首领一样，运用讽刺和夸张性的赞美或蕴含贬义的隐喻"④，来抨击马拉维虚伪腐败的政客。

诗集《变色龙与神》中的讥讽与呐喊终究还是没能躲过班达政府的暴行。1987 年 9 月 25 日，马拉维政府以"你的变色龙刺痛了国家未愈合的伤口"（十年后告知当事人）为由，不经审判就强制把马潘杰囚禁到臭名昭著的弥库尤监狱（Mikuyu Prison）。入狱前，马潘杰经历了警方突然破门而入的搜查和与家人突如其来的别离；入狱后，他又一度被夺去探视权，与外界完全隔离开来，完全不知道后面会发生什么。由此产生的对家人的担忧和对未知的恐惧，让马潘杰的身心备受折磨。但在这种状态下，即便没有笔和纸，马潘杰仍然没有停止各

---

① Jack Mapanje, "Censoring the African Poem (as given to the Second African Writers' Conference, Stockholm, 1986)", *Index on Censorship*, 1989, 18 (9), p. 7.

② 泰居莫拉·奥拉尼央、阿托·奎森主编：《非洲文学批评史稿》，姚峰、孙晓萌、汪琳等译，上海：华东师范大学出版社，2020 年，第 188 页。

③ Jack Mapanje, "Leaving No Traces of Censure", *Index on Censorship*, 1997, 26 (5), p. 76.

④ Sangeeta Ray, Henry Schwarz eds., *The Encyclopedia of Postcolonial Studies*, Chichester: John Wiley & Sons, Ltd., 2016, p. 2.

种形式的诗歌创作，例如将脑海中的诗句和只言片语编成一个个故事记下来。于身陷绝望境地的马潘杰而言，"写作只是一种治疗方式……是为了让精神活下去且保持理智"①。随着越来越多的马拉维民众公开表达对暴政的不满，班达政府迫于舆论压力，对马潘杰等"政治犯"在狱中的待遇做了些许改善。可这段监狱经历还是对马潘杰的精神和肉体造成了严重的伤害。据其回忆，狱中的读物只有《圣经》，儿时听到的口头故事和研学时偏爱的口头文学成了自己仅有的"心理支撑"②。另外，马潘杰还在狱中体验了酷刑，目睹了死亡、腐败等种种不公，据此创作的诗歌都被收录在了日后出版的《弥库尤监狱，鹡鸰高鸣》（*The Chattering Wagtails of Mikuyu Prison*，1993）和《无索而跃》（*Skipping Without Ropes*，1998）等诗集中。

正是这段绝望的监禁经历点燃了马潘杰心中的正义之火，并使这火由星星点点慢慢烧成了燎原之势。马潘杰在作品中用充满激愤的呐喊声来为马拉维、非洲和世界各地正遭受不公的民众呼唤正义。后来他将自己的这类诗称为"监狱写作"。在这些诗中，马潘杰将班达总统及其部下比作狮子、猎豹、鬣狗、蜥蜴、毒蛇、蝎子、蟑螂、水蛭等或残暴或凶狠或恶毒或阴险的动物，借此痛斥班达政府的暴政统治。马潘杰还以马拉维等非洲国家在政治上走向独裁腐败、经济上沦为附庸、传统文化上濒临崩塌的现状为例，严厉斥责殖民者在侵略并利用了非洲后，将非洲无情遗弃的丑恶行径。另外，从人的基本权益出发，谴责非洲和世界各地政治斗争对个体公民的迫害也是马潘杰"监狱写作"的重要内容。受儿时经历和狱中读物只有《圣经》的影响，马潘杰在构思这些诗歌时除了从口头传统中获取灵感外，还借鉴了《圣经》和希腊神话中的内容。这就导致这些诗歌呈现出一定的宗教色彩和文化互鉴的特征。

"变色龙被囚在了狱中"③是马潘杰对这段监禁记忆的概括。但他不曾料想，这狱中变色龙竟会得到如此多的肯定。1988年，《变色龙与神》获鹿特丹国际诗

---

① Jack Mapanje, "Leaving No Traces of Censure", *Index on Censorship*, 1997, 26(5), p. 76.

② Jack Mapanje, "Orality and the Memory of Justice", *Leeds African Studies Bulletin*, 1995, 96(60), p. 18.

③ Landeg White, "The Chattering Wagtails: The Malawian Poet Jack Mapanje Is Interviewed in York", *Wasafiri*, 1994, 19(9), p. 54.

歌奖（Rotterdam International Poetry Award）。因马潘杰当时还在狱中，该奖就由其友索因卡代领。1990年，马潘杰还与中国诗人北岛同时获得了笔会／芭芭拉·戈德史密斯自由写作奖（PEN/Barbara Goldsmith Freedom to Write Award）。终于，在1991年5月9日，迫于马拉维国内外舆论的一致谴责，班达政府将马潘杰释放，但这并未让马潘杰真正重获自由，等待他的却是流亡异乡。

三、流亡：执时光之笔沉吟

马潘杰在出狱几个月后连续收到死亡恐吓信，于是不得不举家迁往英国，开始了流亡之旅。流亡英国之初，马潘杰根据狱中回忆，集中精力创作了《弥库尤监狱，鹁鸪高鸣》等一系列记录狱中不公待遇和怒斥班达暴政的诗歌。而后，随着国内外政治局势发生诸多重大转变，客居异乡的马潘杰越来越看清了殖民的残忍、独裁的冷酷及民主自由的虚伪，于是在诗歌中以依旧犀利但更为沉稳的笔调记录着马拉维当下的困境，审视着非洲历史，哀叹着非洲未来。

20世纪90年代，也正是在马潘杰流亡前后，非洲"政治民主化"风潮席卷马拉维。马拉维国内的天主教会大肆谴责班达总统践踏人权，马拉维民众也纷纷罢工游行，呼吁自由民主。在海外，则有不少欧洲国家和人权机构通过政治谴责、停止经济援助等方式对班达政府施加压力。1993年，班达政府被迫举行建国以来的首次大选，最终，班达落选并于一年后卸任。在马拉维持续了30年的"班达时代"宣告终结。

马潘杰流亡英国后，就一直期盼着新上台的政党能邀请他们这些流亡海外的知识分子回马拉维建设祖国，可终究没有等到。相反，他等到的是新政府对暴政历史的漠视，对欧洲殖民者的谄媚，以及高举"自由民主"旗帜对民众的欺瞒。这让马潘杰深深觉得，马拉维所在的非洲是一片被世界遗忘和被欧洲殖民者背叛的土地。带着忧虑与痛心，马潘杰一边在约克大学（York University）、利兹大学（University of Leeds）和纽卡斯尔大学（Newcastle University）等高校任职，负责教授非洲文学相关课程和开展文学研究工作，一边笔耕不辍，坚持创作，以期通过文学来让非洲人民铭记历史，吸取教训，避免重蹈覆辙。此间，马潘杰一直定居英国。为支持国内文学发展，他也偶尔回到马拉维，如1995年，他就回国参与创立了马拉维作家协会。

马潘杰流亡期间出版的诗歌和著作可分为三类。一类是创作于前期，以再现回忆和为正义而大声呐喊为主的诗歌，如诗集《弥库尤监狱，鹡鸰高鸣》和《无索而跃》等。一类是近些年出版，以表达怀念传统非洲、思念故乡家园和担心非洲未来之情为主的诗歌，如诗集《纳隆伽的野兽》（*Beasts of Nalunga*，2007）和《来自祖父的问候》（*Greetings from Grandpa*，2016）等。还有一类是对非洲文学研究有较大帮助的专著，如《非洲作家指南》（*The African Writers' Handbook*，1999）和《采集海草：非洲监狱写作》（*Gathering Seaweed: African Prison Writing*，2002）等。其中，马潘杰在2004年出版的《最后一支甜香蕉》（*The Last of the Sweet Bananas*）和在2011年出版《鳄鱼之饥在午夜》（*And Crocodiles Are Hungry at Night*）两部著作较为特别。前者是一部诗歌合集，收录了《变色龙与神》《弥库尤监狱，鹡鸰高鸣》《无索而跃》和部分新诗，可以视为马潘杰对整个"班达时代"的全方位审视。后者则是一部回忆录，可以视为马潘杰对自己一生的总结，这本回忆录后来还被改编成话剧《杰克·马潘杰的审判》（*The Trial of Jack Mapanje*，2019），在马拉维和英国各地上演。

在马潘杰的这一系列作品中，变色龙始终是一个特殊且重要的隐喻意象，有着极其丰富的政治意蕴和内涵，甚至由马潘杰之诗衍生出著名的"变色龙政治"[①]（chameleon Politics）之说。所谓"变色龙政治"，指的是一个国家的领导人通过政治宣传等手段，不断变幻"颜色"来伪装自己以满足私利。变色龙在马潘杰的作品中有着三层基本含义。首先，在现实层面，班达总统或班达政府是变色龙。在敏感的政治语境下，通过了审查制度的诗文大多将班达总统赞誉成神一般的存在，班达也自诩为"神"。而马潘杰则戏仿口头赞歌的模式，在诗歌中将神人化、动物化，认为神不过是一只为谋取私利而不断用宣传伪装自己的变色龙而已。其次，在诗歌层面，以马潘杰为代表的"政治犯"、流亡者以及抗议班达政府的斗士

---

① Robert P. Marlin, "Review of A Democracy of Chameleons: Politics and Culture in the New Malawi", *African Affairs*, 2005, 104(417), p. 701.

也都是变色龙。在访谈时，马潘杰就常将自己形容为变色龙。此外，他也在《没有了母亲》（*No Mother*）中以"我再不会／以变色龙的颜色涂抹另外的生活"①来表达流亡之旅的悲哀。最后，马拉维普通民众也"被怂恿成了变色龙"②，他们不是一味逢迎就是自欺欺人，时刻保持警惕，以免被审查员和间谍抓住把柄。但马潘杰也相信，生活在"变色龙政治"笼罩下的人们终将"停止模仿变色龙，并会采取行动击溃他们的规则"③。

马潘杰流亡期间的诗歌创作还同时承载着马拉维传统文化和西方文化，具有明显的跨文化和文化互鉴表征。承载本土文化主要表现为马潘杰对马拉维口头谜语、赞歌、神话等的继承与创新；承载西方文化则主要体现在诗人对古希腊和希伯来文化意象的引介上。这两种差异甚大的文化在马潘杰的诗歌中水乳交融，通过隐喻化呈现出了别样的现实意义，这对马潘杰诗歌走出非洲、走向世界起着重要作用。例如，马潘杰会利用口头"谜语模式"中的隐喻思维，在诗句中不道明隐喻对象，而直接用凶残、邪恶的动物、人物来指代施暴者，用相对弱小的动物、植物或人物来指代受害者；又或者在诗歌的结构编排、复杂词汇的选用、押韵等方面加入隐喻巧思，让读者产生解谜的快感。再如，马潘杰会把古希腊神话与非洲政治事件结合，在接受古希腊文学传统设定的基础上，赋予神话人物非洲政治身份。诗歌《不，克瑞翁，嚎叫毫无益处》④（*No, Creon, There is No Virtue in Howling*）便是如此。但马潘杰将本土文化和西方文化化用于隐喻中时，并没有以折损本民族的文化根基为代价来迎合西方，也没有让本土文化与西方文化形成对抗，而是在继承马拉维口头传统和西方文学传统的基础上合成二者、突破二者，最后将读者引入自己独特的"非洲英语写作"⑤（Africa writing in english）世界。

---

① Jack Mapanje, *Skipping Without Ropes*, Newcastle: Bloodaxe Books Ltd., 1998, p. 28.

② Jack Mapanje, *Of Chameleons and Gods*, Oxford: Heinemann, 1991, p. vii.

③ Robert P. Marlin, "Review of A Democracy of Chameleons: Politics and Culture in the New Malawi", *African Affairs*, 2005, 104 (417), p. 703.

④ Jack Mapanje, *The Chattering Wagtails of Mikuyu Prison*, Oxford: Heinemann, 1993, p. 12.

⑤ Alison Mcfarlane, "Changing Metaphorical Constructs in the Writing of Jack Mapanje", *Journal of Humanities*, 2002, 16 (1), p. 20.

这些创作让马潘杰在国际诗坛多次获奖，成为闻名国际的诗人、学者和正义斗士。他的诗歌曾备受索因卡和恩古吉等作家推崇，他结合自身经历围绕"非洲监狱写作"这一课题所做的深入研究也得到了学界的广泛认可。进入 21 世纪以来，马潘杰仍然保持着高度的创作热情，其诗作也依旧热度不减。2002 年，马潘杰获美国非洲文学研究协会（USA African Literature Association）颁发的"丰隆尼科尔斯奖"（Fonlon-Nichols Award）。2007 年，其诗集《纳隆伽的野兽》入围美国前进诗歌的最佳诗集奖（Forward Prize for Best Collection）。这只非洲变色龙似乎永远不会停止脚步，他还要尽情地在时光隧道中漫游，执笔为非洲发声，为非洲歌唱。

结　语

马潘杰同时经历了"异邦流散"和"本土流散"[①]，从某种意义上看，其诗歌是非洲"流散文学"的重要代表。纵观马潘杰的一生，他曾目睹国家艰难地由被殖民走向独立，继而被专制独裁和虚伪民主轮番肆虐，也曾亲身经历殖民文化征服、民族主义运动、暴政、监禁和流亡。这些政治事件和个人经历让马潘杰产生了为同胞、为国家、为非洲和为公平正义奋战到底的勇气，深刻影响了诗人的创作观念。他的诗歌创作与学术研究不仅记录了自己从被监禁到流散的种种经历，表现了对本国和非洲人民生存状态、未来发展的忧虑与关怀，还为马拉维文学和非洲文学走出非洲、走向国际做出了一定贡献。马潘杰就像非洲神话里那只身披五彩战衣的变色龙。为了心中的正义，他执着而坚定，时而讥讽，时而呐喊，时而沉吟，变换着声调唱出一曲曲诗意的颂歌、战歌和悲歌。非洲变色龙之声不仅是马潘杰自己的声音，也是马拉维之声、非洲之声。

（文 / 华中师范大学 万中山）

---

① 朱振武、袁俊卿：《流散文学的时代表征及其世界意义——以非洲英语文学为例》，《中国社会科学》，2019 年第 7 期，第 137 页。

第四部分

东部非洲文学名家创作研究

东部非洲通常包括肯尼亚、乌干达、坦桑尼亚、索马里、埃塞俄比亚、厄立特里亚、吉布提、塞舌尔、卢旺达、南苏丹和布隆迪 11 个国家。其中，以英语为官方语言的国家主要有肯尼亚、乌干达、坦桑尼亚、索马里、埃塞俄比亚和卢旺达等。整体来看，东非各国遭到殖民的时间相对较晚，除了埃塞俄比亚以外，这些国家被殖民的时间大都集中在 19 世纪最后 20 年，并于 20 世纪 60 年代取得独立。东非英语文学于 20 世纪初出现，但因有着共同的被殖民经历而表现出相似的本土流散、殖民流散和异邦流散三大文化表征。殖民与反殖民、政变与反政变、腐败与反腐败，以及本土文化与外来文化的冲突等问题是东非英语文学涉及的共同主题。2021 年，坦桑尼亚作家阿卜杜勒拉扎克·古尔纳斩获诺贝尔文学奖，让世界的目光一下子聚焦到非洲的东部。

这一部分主要涵盖肯尼亚、索马里、坦桑尼亚、乌干达四个国家的六位代表作家，他们各自代表着本国的最高成就。其中，2021 年，阿卜杜勒拉扎克·古尔纳以其对难民等流散群体的关注而备受世界瞩目；索马里作家纽拉丁·法拉赫以小说的形式书写受苦受难的"非洲之角"；乌干达诗人奥克特·普比泰克将阿乔利民间文化融入英语诗歌之中；肯尼亚的三位代表作家格雷斯·奥戈特、恩古吉·瓦·提安哥、查尔斯·曼谷亚在小说和文学批评领域引领非洲文学与世界对话。这块广袤大陆上的文学丰富多彩，值得我们深层开掘与阐释。

格雷斯·奥戈特

Grace Ogot, 1930—2015

代表作一：《应许之地》（*The Promised Land*, 1966）

代表作二：《失去雷声的土地》（*Land Without Thunder*, 1968）

第二十四篇

东非女性书写的开拓者
——肯尼亚作家格雷斯·奥戈特创作研究

引　言

　　谈到格雷斯·奥戈特（Grace Ogot，1930—2015），我们可以找到许多关键词来定义其身份：小说家、戏剧家、护士、政治家、广播员等。值得注意的是，在这些不同的身份之前，我们还需要加一个特殊的定语——"第一位"。在肯尼亚，格雷斯·奥戈特是第一位获得奖学金前往英国进修的女性（1955 年）；是马赛诺医院（Maseno Hospital）和马凯雷雷大学学院医院（Makerere University Clinic）的第一位非洲护士；是第一位女性社区发展官员（district community development officer）；是女性培训机构的第一位女校长（principal of a woman training institute）；是第一位被提名的女性市议员；是第一位国际航空公司的女性公共关系官员（public relations officer）；等等。

　　最为重要的是，奥戈特是东非女性写作的开拓者，是第一位在东非出版社出版英语作品的女性，也是第一位获得国际关注的肯尼亚女作家。1966 年，她出版处女作《应许之地》（*The Promised Land*），这部小说被认为是非洲女性写作的

"母文本"①。非洲文学研究者林德福斯（Berneth Lindfors）称格雷斯·奥戈特是"肯尼亚最著名的女作家"②。学者罗杰·克尔茨（J. Roger Kurtz）评价："恩古吉和奥戈特塑造了肯尼亚小说中的原型角色，为他们这一辈的作家制定了创作的主旋律。"③的确如此，作为肯尼亚英语文学第一代杰出作家之一，"当代非洲英语文学的母亲之一"④，奥戈特的创作影响了肯尼亚乃至东非几代作家的创作。

一、弃医从文，崭露头角：奥戈特的文学启蒙和早期创作

1930 年 5 月 15 日，奥戈特出生在肯尼亚中部尼亚萨区（Central Nyanza）阿桑博（Asembo）的一个卢奥族（Luo）家庭。她的全名是格雷斯·艾米丽·阿克因·奥戈特（Grace Emily Akinyi Ogot），其中"阿克因"是"在早晨出生"的意思，寓意着奥戈特此后旭日般朝气蓬勃的一生。她的父亲贾普奥尼·约瑟夫·尼亚杜加（Japuonj Joseph Nyanduga）上过基督教教会学校，是这个地区首批接受西方教育的人之一，曾担任过教会学校的教师。尼亚杜加深知教育的重要性，尽全力让女儿奥戈特接受了良好的教育。

9 岁之前，奥戈特在阿桑博一所地方小学读书，后转学到马塞诺初级中学（Maseno Junior School）读了两年。1942 年至 1945 年，奥戈特在恩吉亚女子学校（Ng'iya Girls' School）就读。此后三年，她在布泰雷女子学校（Butere Girls School）完成了高中学业。在殖民时期的肯尼亚，这个年纪的女孩接受基础教育后可从事的职业非常有限，她们大多数选择成为教师或护士。奥戈特的大姐露丝（Rose）就是一名护士，二姐索菲（Sophie）则是一名教师。高中毕业后，奥戈特选择追随大姐露丝成为一名护士。

---

① Florence Stratton, *Contemporary African Literature and the Politics of Gender*, London: Routledge, 1994, p. 58.

② Bernth Lindfors, "Interview with Grace Ogot", *World Literature Written in English*, 1979, 18 (1), p. 57.

③ J. Roger Kurtz, *Urban Obsessions, Urban Fears: The Postcolonial Kenya Novel*, Oxford: James Currey Publishers, 1998, p. 22.

④ Simon Gikandi ed., *Encyclopedia of African Literature*, New York: Routledge, 2003, p. 564.

1949 年，19 岁的奥戈特只身离家，远赴乌干达坎帕拉（Kampala）的门戈医学院（Mengo Medical School）攻读医学培训课程。她孜孜不倦，只争朝夕。1953 年底，奥戈特以优异的成绩完成了职业培训，获得乌干达注册护士和助产士资格。不仅如此，她还因出色的表现获得国家公派英国进修的资格，成为肯尼亚第一位前往英国进修的女性。此后一年半，奥戈特在马赛诺医院工作。1955 年5 月 16 日，奥戈特激动地坐上了从内罗毕飞往伦敦的飞机。到伦敦后，奥戈特在圣托马斯母婴医院（Saint Thomas Hospital for Mothers and Babies）潜心工作，刻苦学习，成绩名列前茅。1958 年，她回到非洲，在马塞诺教会医院（Maseno Misson Hospital）任产科护士，后转去马凯雷雷大学学院的医院工作。1964 年，她和丈夫一起到内罗毕大学学院（即今天的内罗毕大学）工作。

奥戈特的文学启蒙来自外祖母和父母的"故事"。她的外祖母是讲故事的高手，其叙述保留了非洲的口头文学传统。奥戈特从小听着她的民间故事长大，耳濡目染，对文学产生了浓厚的兴趣。此外，她的父母都是虔诚的基督教徒，尤其是父亲尼亚杜加。在女儿能读写之前，他就用卢奥语向女儿讲述《圣经》故事。识字后，敏锐的奥戈特发现了卢奥族民间故事和圣经故事的相似性。在她的作品中，不仅能发现悠久的卢奥族口头传统，还能找寻到圣经故事和基督教文化的影子，两者巧妙地结合在一起。据奥戈特回忆，在恩吉亚女子学校读书时，她就非常喜欢"讲故事"这门课，在课上讲述的精彩故事屡屡获得高分。此外，她还如饥似渴地阅读英语故事，并尝试写了一些小故事在朋友间传阅。

奥戈特真正的文学生涯开始于 20 世纪 50 年代末期。在英国留学期间，奥戈特结识了年轻的历史学者贝思威尔·艾伦·奥戈特（Bethwell Alan Ogot）。交往期间，贝思威尔·奥戈特发现她的书信充满了诗意，并建议她尝试创作短篇小说。1959 年，奥戈特与男友结婚。婚后，在丈夫和朋友们的鼓励下，奥戈特创作了几篇短篇小说。1961 年，她以短篇小说《卡兰蒂娜》（Karantina）参加东非文学局（East African Literature Bureau）举办的一个文学比赛并荣获二等奖。这次获奖给予奥戈特以极大的信心。

对奥戈特来说，1962 年在乌干达马凯雷雷大学学院召开的首届非洲英语作家大会是她文学生涯的重要事件。当时，仅有奥戈特、恩古吉（Ngugi wa

Thiong'O，1938— ）和其他几位东非作家参加了这个会议。在大会上，奥戈特朗读了她的短篇小说《一年的牺牲》（"A Year of Sacrifice"）。正如她本人所说，"这部小说只是沧海一粟"①。自此，她下定决心专心写作，身体力行地促进东非文学的繁荣。同年，《一年的牺牲》发表在杂志《黑俄耳甫斯》（*Black Orpheus*）上，这是奥戈特第一篇正式发表的作品。这篇小说后来改名为《雨来临》（"The Rain Came"），先后被收录进《现代非洲故事集》（*Modern African Stories*，1964）、《十个非洲故事》（*Ten African Short Stories*，1964）和《泛非故事集》（*Pan African Stories*，1965）等多部短篇小说集，受到国内外读者的关注。《雨来临》的故事原型来源于奥戈特10岁时外祖母讲述的卢奥族民间故事。小说讲述了前殖民时期卢奥族酋长献祭唯一的女儿奥甘达（Oganda）求雨的悲惨故事。这不仅仅是奥甘达的个人不幸，也是肯尼亚大部分传统女性的命运隐喻。

此后，奥戈特陆续在《过渡》（*Transition*）、《连接》（*Nexus*）、《东非杂志》（*The East African Journal*）等期刊上发表《第九病房》（"Ward Nine"）、《英雄》（"The Hero"）、《伊丽莎白》（"Elizabeth"）、《竹屋》（"The Bamboo Hut"）等短篇小说，这些作品后来汇编成短篇小说集《失去雷声的土地》（*Land Without Thunder*），于1968年出版。这是奥戈特出版的第一部短篇小说集，也是她最负盛名的作品之一。多篇短篇小说描绘了前殖民时期卢奥族的传统生活，涉及他们的宗教、风俗和日常劳作等内容，尤其关注传统女性的牺牲主题。例如，在《特卡约》（"Tekayo"）中，老人特卡约染上恐怖怪病，迷恋上吃各种动物的肝脏，最后竟对自己的漂亮小孙女下手，残忍掐死她并吃掉她的肝脏。奥戈特想通过女孩的牺牲凸显传统非洲社会的陋习以及父权制对女性的残害。此外，部分作品关注殖民统治下肯尼亚城市女性的生存现状。短篇小说《伊丽莎白》讲述了主人公伊丽莎白在20世纪60年代的肯尼亚遭遇性别、种族、阶级等多重压迫的悲剧故事。

奥戈特最引人瞩目的成就是她在1966年出版的长篇小说处女作《应许之地》，她因此成为第一位在东非出版英语作品的女作家。《应许之地》是奥戈特早期创作中对肯尼亚女性遭遇压迫、自我意识觉醒和艰难成长之路的初步探索。

---

① Grace Ogot, *Days of My Life*, Kisumu: Anyange Press, 2012, p. 96. 原文为 " This was like a speck of salt dropped into the sea "。

奥戈特 12 岁时离开家乡前往坦噶尼喀（Tanganyika）拜访姐姐露丝，并在那生活了一段时间。在那里，她听到一个卢奥族男子为了寻求财富移民至此，结果却染上怪病的故事，便将这个故事牢记于心并写进了自己的作品里。小说的背景为 20 世纪 30 年代，讲述了卢奥族新婚妻子尼亚波尔（Nyapol）随丈夫奥查拉（Ochala）离开家乡森米（Seme）前往应许之地——遥远的坦噶尼喀寻求财富的故事。当时的坦噶尼喀土地肥沃，他们在此勤劳工作，不久就积累了大量财富，生活富足。不幸的是，作为新移民，奥查拉遭到邻居老人的嫉妒，被他施了巫术，因此患上难以治愈的怪病，身体每况愈下。伤心的尼亚波尔想尽各种办法救治丈夫并多次提出希望回乡，均遭到奥查拉的拒绝。塔伊沃（Oladele Taiwo）指出，奥戈特"对尼亚波尔的心理发展表现出特别的兴趣"[1]。在小说中，她用生动的笔墨刻画了尼亚波尔从一位天真顺从的新婚妻子逐渐成长为坚强勇敢的独立女性的过程。在这个过程中，尼亚波尔萌发了自我意识，不再事事听命于丈夫，最终为整个家庭做出了改变命运的重要选择：举家回到故乡，进而拯救了丈夫的性命。小说通过"反出埃及记"式的神话叙事削弱了传统的男性力量，透过尼亚波尔的精神成长为更多非洲女性塑造了行动榜样，开启新的生活航标，彰显了女性的力量。

二、首屈一指，独领风骚：奥戈特独特的女性书写

独特的成长和教育经历让奥戈特从小就有了女性主义思想的萌芽，自写作之初，她就格外关注肯尼亚女性的生存境遇。奥戈特父母的前三胎都是女儿，但是他们将女孩与"男孩"同等对待，从童年起就给女儿们灌输平等的性别意识，一反当时只送男孩上学的社会习惯，为女儿们提供了最好的教育。在自传《我生命中的日子》（*Days of My Life*，2012）中，奥戈特骄傲地写道："我比大多数女性幸运，因为我有一位对女孩教育做出巨大贡献的父亲，他拥护女性与男性享有平

---

[1] Oladele Taiwo, *Female Novelists of Modern Africa*, New York: St. Martin's Press, 1985, p. 132.

等机会的权利。"[1] 在这样的家庭环境下，奥戈特的姐姐们也取得了卓越的成就。其中大姐露丝是一名出色的护士和政治家。作为政治家，露丝成为中部尼萨亚地区的第一位女议员，还曾被选为基苏木地方议会（Kisumu County Council）的副主席。奥戈特回忆，她与露丝一家人生活时，露丝对待男孩与女孩一视同仁的态度也影响了她的性别观念。奥戈特的二姐索菲亚是一名教师，同时还是一名善良慷慨的社工和颇有影响力的基督教领袖，积极为社会做力所能及的贡献。这些都潜移默化地影响着奥戈特的创作。

奥戈特的短篇小说造诣很高。20 世纪 70 年代末，她出版了两部短篇小说集《另一个女人》（The Other Woman，1976）与《泪之岛》（Islands of Tears，1980）。在《另一个女人》中，奥戈特控诉肯尼亚后殖民社会对女性的歧视与欺压，描述她们面临的多重生存困境，同时塑造了许多自我意识觉醒、独立坚强的女性角色，驳斥了过去东非男性作家笔下负面的女性形象。短篇小说集同名作品《另一个女人》聚焦当下知识女性在婚姻中的主体性。主人公杰迪达（Jedidah）是一位受过良好教育的中产阶级女性，是国际援非办事处（International Aid to Africa Office）一名行政秘书，她的丈夫杰瑞（Jerry）是位飞行工程师。表面上，两人家庭美满，生活幸福，共同育有两个小孩，可暗流涌动之下，婚姻生活危机重重。小说通过杰迪达探寻家中女仆频繁怀孕的秘密，揭示了这个看似幸福的家庭中的不堪韵事：杰瑞多次出轨女仆，且不问家中事务，忽视杰迪达的情感需求。小说结尾，杰迪达目睹了丈夫和女仆偷情，并在愤怒中伤了杰瑞。这个巧妙的结局隐喻婚姻中的女性向男性发起了挑战。奥戈特试图让妻子用行动对抗这种不平等的两性关系以重获主体性。短篇小说《中间的门》（The Middle Door）塑造了顽强反抗的知识女性阿布拉（Abura）形象，赞赏了她在危机中的敏捷与智慧。短篇小说集《泪之岛》由五篇短篇小说构成，其中同名作品《泪之岛》讲述了世界人民对肯尼亚优秀的政治家汤姆·姆博亚（Tom Mboya）之死的悲痛心情。

在长篇小说《毕业生》（The Graduate，1980）中，奥戈特通过描绘独立后肯尼亚政坛第一位女部长胡安妮娜·卡伦加鲁（Juanina Karungaru）的政治工作与

---

[1] Grace Ogot, *Days of My life*, Kisumu: Anyange Press, 2012, p. 173.

生活经历，肯定她在政治领域的出色成就，呼吁提高女性在社会生活中的地位。小说的开篇是刚上任的公共事务部部长胡安妮娜和小女儿的对话。奥戈特借女孩尼奥卡比（Nyokabi）之口道出了女性被排除在国家政治权力之外的现实以及全职女性所面临的困境。胡安妮娜并没有把尼奥卡比当小孩对待，而是认真告诉她女性在政府中担任高层职位的重要性。她告诉女儿，女性权益一直被当局的男性政治家忽视。她认为肯尼亚的女性才是她的选民，并打算带领一个女性代表团去找总统，要求进一步提高女性地位和代表权，争取将女性问题列入国家议程：提供"优质的幼儿园、医疗诊所和小商店，让（女性）可以销售她们的农产品和手工艺品"①，并向村庄提供管道水"以减轻女性长途运水的辛劳"②。她向女儿解释了稀缺的教育资源和女性的政治从属地位之间的关系，还为自己设定了额外的任务，即发起一场反对教育中的性别歧视的运动。她认真告诉女儿，"小女孩和小男孩一样聪明，一样重要。谁都不应该歧视女孩，认为她们只需要学习家政、护理、育婴和秘书学等课程，而男孩则被鼓励学习工程、医学和建筑"③。奥戈特借胡安妮娜之口表达了她本人的观点。在《我生命中的日子》中，她对肯尼亚政府对女性的教育制度同样提出了质疑，"在职业方面，女孩们被教导烹饪、食物保存、裁缝和洗衣……在手工艺方面，我们学到了制壶和编织，重点是做家务的技能。我们没有被教授科学、农业、印刷或其他技术科目"④。奥戈特试图改变政府和教育部门对男性和女性区别教育的制度。

胡安妮娜和女儿的对话只是故事的序曲。小说以《毕业生》为题，讲述了肯尼亚政府派胡安妮娜前往美国劝说优秀毕业生回国从政，担任目前由欧洲人担任的公务员职位的过程。在美国，胡安妮娜作为肯尼亚独立后非殖民化⑤的代理人，

① Grace Ogot, *The Graduate*, Nairobi: Unima Press, 1980, p. 7.

② Ibid.

③ Ibid.

④ Grace Ogot, *Days of My life*, Kisumu: Anyange Press Ltd, 2012, p. 96.

⑤ 马兹鲁伊在《非洲通史》中给"非殖民化"的定义为："我们将'非殖民化'界定为殖民统治结束、殖民结构解体和殖民地的价值观与特性被摒弃的过程。从理论上讲，非殖民化行动既可以由帝国主义国家，也可以由殖民地人民采取主动。事实上，非殖民化通常在被压迫者的斗争压力下得以完成。"参见 A. A. 马兹鲁伊主编：《非洲通史（第八卷）：一九三五年以后的非洲》，北京：中国对外翻译出版公司，2003年，第6页，注释1。

一位没有大学就学经历的女性，在愤世嫉妒的学生中间获得了意想不到的成功。雅克尤（Jakoyo Seda）就是归国学子之一，也是"毕业生"的所指。不幸的是，当他刚回到内罗毕时，却受到英国"专家"的种种阻挠，导致雅克尤感到严重的挫败感并最终崩溃。斯特拉顿（Stratton）指出，雅克尤被引入叙事是"为了被解雇，被指定为'非英雄'，以强调在这部小说中指挥行动的是女性这一事实"①。确实如此，胡安妮娜的秘书安娜贝尔（Anabell）发现了事情的真相后，冒着被解雇甚至被监禁的危险勇敢地揭发了这个阴谋。善良的她并不期望帮助雅克尤获利，对她来说，雅克尤只是"一个求职者"②，帮助他是因为她的"国家责任"③。结合真实的历史背景，包括肯尼亚在内的许多非洲国家独立后普遍面临的问题是公务员系统由欧洲人主导，因而非洲执政当局需要将公务员系统非洲化。奥戈特通过雅克尤的经历强调了胡安妮娜实施非洲化政策对国家发展的重要性，并肯定了她作为女政治家的正直、智慧和谋略。

三、横跨多界，身体力行：漫漫女性权益捍卫之路

尼日利亚学者旺达·阿比姆博拉在强调非洲思想的非殖民化时强调："如果非洲要知道自己的心灵，开辟自己的道路，这只有通过促进本地口述文学和使用本地语言的著述才能达到。一个民族如果没有自己的文学，则难以宣称有自己独立的个性。"④奥戈特的母亲也曾在《毕业生》出版时告诉她如果她能用卢奥语写作，她就能很好地为她的人民服务。作为一位有着文化自觉的作家，奥戈特与肯尼亚同胞恩古吉的观点一致，认为不能只用英语写作，而应该用本族人能阅读的本土语言写作。她相信如果一直致力于用卢奥语写作，她的作品就能够被自己民

---

① Florence Stratton, *Contemporary African Literature and the Politics of Gender*, London: Routledge, 1994, p. 78.

② Grace Ogot, *The Graduate*, Nairobi: Unima Press, 1980, p. 71.

③ Ibid., p. 68.

④ 转引自李安山：《非洲现代史（下册）》，上海：华东师范大学出版社，2021年，第80页。

族的人阅读，卢奥语也能够得到保护，而不是被英语和斯瓦希里语所吞噬。进入20世纪80年代，奥戈特转用母语卢奥语进行写作，创作了儿童故事《亲人之美》（*Ber Wat*，1981）和《阿鲁科德·阿普尔》（*Aloo Kod Apul Apul*，1981），以及两部小说《辛比尼雅玛》（*Simbi Nyaima*，1983）和《米哈》（*Miaha*，1983），这两部小说均取材于卢奥族妇孺皆知的神话故事。这些卢奥语作品在国外影响力较小，却在肯尼亚极受欢迎，其中《米哈》不断被改编成戏剧、电影上演。

《米哈》后来被奥克斯·奥康博（Okoth Okombo）翻译为英文《奇怪的新娘》（*The Strange Bride*，1989）。小说的故事来源于奥戈特的外祖母讲述的神话故事，即卢奥族的亚当和夏娃的故事，表达了非洲传统社会对女性的歧视。小说别出心裁地用神话的形式推翻了女人是世界苦难之源的传统叙事，即谴责女人是恶棍，是她们激怒了上帝，才迫使人们为生计而劳动。相反，奥戈特用尼亚维尔（Nyawir）的挑衅举止来展示一个女人改变社会的正面力量。对此，斯特拉顿评价，"它讲述了将变革引入一个自古以来被相同法律约束的社会。奥戈特颠覆了传统的角色分配，将男人与传统相提并论，而将一个女人，即故事标题中的'奇怪的新娘'尼亚维尔置于变革者的角色"[1]。

在美学层面，奥戈特在小说中采用"颠覆"以往的男性形象的叙事技巧，从而为女性创造空间。她通过塑造智慧、冷静、独立的女性形象，为肯尼亚女性在政治中去边缘化，整体提高非洲女性地位付出不懈努力。作品也反映出奥戈特的女性主义观点与西方女性主义者的不同。她继承了非洲传统文化中女性在家庭中具有重要作用的观点，她的女性主义不是女性与男性对立，而是女性在寻求自身解放的同时和男性之间建立和谐的关系。

除了创作实践之外，奥戈特还利用自己的影响力帮助建立了肯尼亚作家协会（Writers Association of Kenya），并于1975年至1980年担任该协会主席。奥戈特多次强调非洲的口头文学传统的重要性，于是还担任了肯尼亚口头文学协会（Kenya Oral Literature Association）的副主席。

---

[1] Grace Ogot, *The Strange Bride*, Nairobi: Heinemann Kenya Ltd, 1989, p. 65.

在自传《我生命中的日子》中，奥戈特专辟一章《女性权益》（"Women's Empowerment"），讲述她在争取非洲女性权益方面所做的努力。其实早在1958年至1959年，奥戈特在马塞诺教会医院工作之时就兼职在《肯尼亚之声》（*Voice of Kenya*）主持广播节目，着重探讨女性议题，如为什么女性教育如此重要，女性工作后的家庭结构变化，非洲女性的未来，孕妇的饮食问题，等等。① 这些广播节目在当地非常受欢迎，吸引了大量男女听众，极大地鼓舞了奥戈特，让她觉得自己为女性的解放做了些贡献。1961年至1962年，她被肯尼亚政府任命为中部尼亚萨区的社区发展官员和基苏木家庭手工业中心校长（Principal of Kisumu Homecraft Training Center），前者旨在将肯尼亚开展社区发展工作的方法标准化，后者旨在向女性提供家庭生活方面的知识和技能。此后，奥戈特更加积极参与社会和政治工作，尤其在争取非洲女性的权益方面。1975年，奥戈特成为联合国大会的肯尼亚代表，次年成为联合国教科文组织肯尼亚代表团的成员。1983年，她担任肯尼亚文化部的助理部长，是当时政坛上该职位的唯一女性。1988年，她再次当选助理部长，身体力行地在教育、文化、医疗等领域为肯尼亚女性争取权利。小说《毕业生》就是结合了她本人的从政经历而创作的。1996年，奥戈特从政治和公众生活中退休。

2015年3月18日，85岁高龄的奥戈特去世。她的丈夫完成其遗愿，出版了她的三部遗作：《纽拉克王子》（*Princess Nyulaak*，2018）、《皇家珠》（*The Royal Bead*，2018）和《午夜的电话》（*A Call at Midnight*，2019）。遗憾的是，这几部作品在肯尼亚并没有引起足够反响。

---

① Grace Ogot, *Days of My life*, Kisumu: Anyange Press Ltd, 2012, p. 152.

结　语

　　纵观东非乃至非洲文学史，奥戈特的女性书写起步早、范围广、立意深，为东非女性书写做出了卓越贡献。然而，令人遗憾的是，奥戈特的文学成就曾一度被评论界忽视，其作品也曾被多位评论家误读，正如弗洛伦萨（Florence Stratton）所质疑的，"一些女性主义评论家在没有提及奥戈特的《应许之地》的情况下，将范式地位赋予了恩瓦帕的文本"[1]，这是有失偏颇的。直到 20 世纪 90 年代，奥戈特才收获更多来自国内外的赞誉，学界逐渐承认她是非洲文学的领军人物。国内的非洲文学研究方兴未艾，但目前的研究确实存在性别失衡之处。深入理解奥戈特的创作及其文学史地位，对我们把握非洲文学的女性书写具有重要意义。

（文 / 北京外国语大学 苏文雅）

---

[1] Florence Stratton, *Contemporary African Literature and the Politics of Gender*, London: Routledge, 1994, p. 58.

恩古吉·瓦·提安哥

Ngugi wa Thiong'O，1938—

代表作一：《孩子，你别哭》（*Weep Not，Child*，1964）

代表作二：《十字架上的魔鬼》（*The Devil on the Cross*，1982）

代表作三：《乌鸦魔法师》（*Wizard of the Crow*，2006）

第二十五篇

肯尼亚的反殖斗士
——肯尼亚作家恩古吉·瓦·提安哥创作研究

引　言

恩古吉·瓦·提安哥（Ngugi wa Thiong'O，1938— ），肯尼亚著名小说家、剧作家和后殖民理论家，非洲代表作家之一。他经历了殖民统治，接受过殖民教育，但最终却成为著名的反殖斗士。与众多经历类似的非洲作家一样，他也为了政治而写作。他一直保持批判的锋芒，致力于揭露肯尼亚乃至非洲的殖民、新殖民现实，不断寻找脱离新殖民现实的方法。为达到批判效果，也为了更易于非洲读者接受，他灵活地将非洲的口头文学、寓言和非洲魔幻现实主义等融入作品，形成了独特的艺术风格。与此同时，他还是民族语言创作的坚定倡导者和践行者，在众多非洲作家中独树一帜。

一、生平及创作——上下求索

恩古吉于1938年出生在肯尼亚利穆鲁（Limuru）一个贫困的吉库尤族（Gikuyu）农民家庭，幼年时就目睹过非洲遭受的殖民主义、殖民文化侵略的苦难。大约从1948年起，恩古吉进入一所独立学校①接受教育，开始朦朦胧胧地意识到基督教传教士和吉库尤民族主义者之间的冲突。

1952年，肯尼亚土地和自由军组织的茅茅运动②爆发，殖民政府宣布肯尼亚进入紧急状态。恩古吉的一个胞兄因参加茅茅运动而遭到追捕，他的母亲因此被囚禁三个月，他本人也差点被迫退学。1955年，恩古吉从独立学校毕业，被肯尼亚最负盛名的联盟高中（Alliance High School）录取。1958年，他在联盟高中修完中等教育，并成为一名虔诚的基督教徒。第二年，他被乌干达马凯雷雷大学学院（Markerere University）录取，接受了系统的西方教育。在不断成长的过程中，他意识到，非洲人民经济上贫困，文化上受到压抑，政治上没有发言权。这让他偏向民族主义，也无疑是他创作早期作品的动机。

1962年，恩古吉创作了他的第一部戏剧《黑隐士》（*The Black Hermit*），由此踏上文坛。1963年，他从马凯雷雷大学学院毕业，获得学士学位。1964年，他赴英国利兹大学（University of Leeds）攻读研究生学位。同年，他创作了第一部长篇小说《孩子，你别哭》（*Weep Not, Child*）。这是东非作家用英语创作的第一部长篇小说，出版后获得了评论界的高度评价。1965年，他出版了小说《大河两岸》（*The River Between*）。

1967年，恩古吉回国，到内罗毕大学学院（University of Nairobi）任教，并和自己的两个同事把英语文学系改成了非洲语言文学系。同年，他出版了小说《一粒麦种》（*A Grain of Wheat*）。1975年，他应邀访问苏联，在雅尔塔完成了小说《碧血花瓣》（*Petals of Blood*）。这也是恩古吉用英语创作的最后一部小说。1977年，恩古吉与恩古吉·瓦·米瑞（Ngugi wa Mirii）合作，用吉库尤语言创作了戏剧《我想结婚就结婚》（吉库尤语名称：*Ngaahika Ndeenda*；英语名称：*I Will Marry When I Want*）。该剧在吉库尤农民和工人中很受欢迎，但恩古吉也因此遭到当局逮捕。被囚期间，恩古吉对语言和文化之间的关系做了深入思考，从

---

① 独立学校是由皈依基督教但后来又与西方传教士撇清关系、自成一派的吉库尤人创办的民族学校。这种学校既传播基督教文化，又讲授民族文化知识。

② 1952年至1956年的茅茅运动是肯尼亚历史上爆发的一次规模最大、影响最为深远的反帝反殖民武装斗争。这次起义沉重地打击了殖民者在肯尼亚乃至整个东非的统治，加速了肯尼亚乃至东非的民族独立进程，为肯尼亚和非洲的民族解放事业做出了不可磨灭的贡献。

此放弃英语，转向用民族语言写作，成功地写出肯尼亚第一部吉库尤语小说《十字架上的魔鬼》（吉库尤语名称：*Caitaani Mutharabaini*，1980 年出版；英文名称：*The Devil on the Cross*，1982 年出版）。1978 年，恩古吉获释。

自 1982 年起，恩古吉流亡到了国外，先是在英国（1982—1989 年），后来到了美国（1989 年—　）。流亡后，他将创作重点转向以文化抵抗为宗旨的文学政治批评，探讨西方文化帝国主义和语言帝国主义、传统非洲文化的丧失、基督教给部落社区造成的影响等问题。在此期间，他陆续出版了小说《马蒂加利》（*Matigari*，1986；同名英文版，1990）、《乌鸦魔法师》（*Murogi wa Kagogo*，2004；英文版：*Wizard of the Crow*，2006）。恩古吉现在任职于美国加州大学欧文分校（University of California，Irvine），担任比较文学的教授。

恩古吉的创作以长篇小说著名。根据恩古吉创作思想的变化和小说内容侧重点的转换，他的七部长篇小说可分为前后两个时期。前期作品包括《孩子，你别哭》《大河两岸》和《一粒麦种》，即"早期三部曲"；后期小说包括《碧血花瓣》《十字架上的魔鬼》《马蒂加利》和《乌鸦魔法师》。他的前期小说主要着眼于肯尼亚独立前的状况，描写了部族传统文化与基督教教义的冲突、教育救国的失败，以及折中调和论之不可能。他的后期小说主要着眼于肯尼亚独立后面临的后殖民主义困境，描写了上层精英尤其是统治者与大众之间的矛盾，点出统治者以民主之名行窃国之实的本质。在写作风格上，他的前期小说以朴素的现实主义手法为主，后期则转向魔幻现实主义。

《孩子，你别哭》是恩古吉的成名作，主要围绕吉库尤男孩恩约罗格（Njoroge）上学、失学的故事展开。恩约罗格的父母和哥哥们认为只有上学才有出路，就将他送到白人开办的教会学校读书。恩约罗格学习努力，成功考上了著名高级中学西利安纳。但是，由于胞兄保罗（Boro）秘密参加反抗殖民者的茅茅运动，他受到牵连，被迫退学。他觉得依靠教育改变命运的希望破灭，就想自杀，结果被母亲救下。小说还穿插描述了恩戈索（Ngotho）和霍尔兰斯（Mr. Howlands）之间的矛盾，白人走狗贾科波（Jacobo）和白人一起镇压茅茅运动的丑恶行径，恩约罗格和贾科波的女儿姆韦哈吉（Mwihaki）的爱情故事，等等。尤其值得注意的是，小说反映了茅茅运动时期吉库尤民众遭受殖民者压迫、剥削的痛苦生活，以及他们对争取民族独立的期盼。

小说《大河两岸》的故事发生在20世纪20年代。主人公瓦伊亚吉（Waiyaki）的父亲查格（Chege）是部族先知，曾预见白人的到来。查格把瓦伊亚吉送进教会学校读书，希望他学习白人的"魔法"，做到"师夷长技以制夷"。完成学业后，瓦伊亚吉发誓要为民族独立而奋斗。他相信教育的力量，为给吉库尤人创办自己的学校而四处奔走，代表着由受过教育的人组成的中间力量。除了中间力量，《大河两岸》中还存在着两种对立的社会力量：一种是信奉传统文化、由卡波尼（Kabonyi）领导的传统派，另一种是皈依基督教信仰、以约苏亚（Joshua）为首的白人派。瓦伊亚吉徘徊在这两种力量之间，一方面认为不能离开自己成长的土壤，努力维护民族传统，另一方面又认为西方的东西也值得学习。最后，他成了双方斗争的牺牲品。

《一粒麦种》主要讲述主人公莫果（Mugo）、几位泰北村村民和殖民当权者在肯尼亚独立前夕的经历，透露出复杂的身份意识。莫果是个孤儿，跟着姑妈长大，性格逆来顺受，不关心民族独立，不愿与茅茅运动有任何牵连。为了自保，他主动向白人透露茅茅运动领袖基希卡（Kihika）的行踪，但他非但没有获得白人信任，反而被关押起来。当基希卡被白人绞死时，莫果却被误认作民族英雄。独立前夕，人们都希望这位"英雄"能够在独立日大会上发言。迫于内心的压力，他在大会上坦白了自己的罪行。出人意料的是，人们非但没有愤怒，反而集体陷入了沉默。这是因为，不仅他，泰北村的很多村民都曾为了自身利益，出卖民族利益，背叛民族解放事业，没有人是真正清白的。这部小说标志着恩古吉创作的成熟。

《碧血花瓣》是恩古吉首部反映肯尼亚独立后状况的小说。小说中的故事发生在伊尔莫罗格（Ilmorog）社区。殖民时期以前，伊尔莫罗格以丰富的人力和自然资源支撑着国家发展，宛如世外桃源。到了后殖民时代，它却被国家遗忘，民不聊生。小说中有四位主要人物，分别是小学校长穆尼拉（Munira），妓女万佳（Wanja），前革命者、现在的酒吧老板阿卜杜拉（Abdulla），以及年轻的小学教师卡雷加（Karega）。他们都是为了逃避自己的过去才来到伊尔莫罗格。他们到来后，伊尔莫罗格发生了一场干旱。在万佳和卡雷加的带领下，伊尔莫罗格人来到首都内罗毕，寻求政府帮助。以大资本家楚伊（Chui）、基米里亚（Kimeria）和米齐戈（Mzigo）为代表的新殖民势力趁机进入伊尔莫罗格。伊尔莫罗格虽然很快步入现代社会，但人们更加贫穷。万佳和卡雷加两情相悦，却遭到穆尼拉的嫉妒。无奈之下，卡雷加离开了伊尔莫罗格。失望之余，万佳投入资本家楚伊的怀抱，依靠他们开办豪华妓院，大发横财。五年后，卡雷加返回，已成为一名优秀的工人阶级领袖。因号召工人罢工，他被捕入狱。绝望之余，万佳刺死了楚伊。同天晚上，穆尼拉放火烧毁了妓院。

《十字架上的魔鬼》以独立后的肯尼亚为背景，以农村姑娘瓦丽恩尕（Wariinga）参加"魔鬼盛宴"的经历为主线，揭露权贵们、既得利益者和资本家窃取革命胜利成果、疯狂掠夺国家财富的罪恶，指出肯尼亚独立后又陷入新殖民境地的困境。主人公瓦丽恩尕年少时被一个老富翁玩弄、欺骗、抛弃。在姑妈的帮助和鼓励下，她醒悟过来，完成了学业。毕业后，她到一家公司工作，因拒绝老板的包养要求而失业。她想自杀，被年轻工人穆图里（Muturi）拯救。穆图里引导她参加了"魔鬼盛宴"。在宴会上，他们目睹各种"成功人士"登台，争相讲述自己怎样卖国获利。在众"盗贼"弹冠相庆时，以大学生和工农群众为主的爱国示威队伍围攻会场，众"盗贼"四散奔逃。爱国者们也随即遭到政府的镇压。两年后，瓦丽恩尕与民族音乐继承者戛图里亚（Gatuīria）订婚。在面见他的父母时，她发现当初玩弄她的老富翁正是他的父亲。悲愤之下，她开枪打死老富翁，小说戛然而止。

《马蒂加利》的故事也发生在肯尼亚独立之后。主人公马蒂加利（Matigari）是一位前茅茅运动战士。独立战争结束后，他埋藏了自己的武器，走出森林。[①]他天真地以为国家已经独立，他可以要回曾经被白人及其黑人奴仆强占的房屋和土地，却发现他的土地和房屋仍被白人及其黑人奴仆的后代霸占着。他这才知道，他曾经为之浴血奋斗的国家又陷入新殖民的境地。他在全国各地漫游，询问哪里可以找到真理和正义，结果被捕入狱。神奇的是，在严密看管下，他竟然逃出了监狱。此后不久，民间就纷纷传言，说他是救世主，带着燃烧的剑回来，子弹伤不了他……这些传言让政府感到害怕，于是对他展开大规模的抓

---

① 在肯尼亚历史上，为躲避殖民者的抓捕，茅茅战士们藏身于茂密森林。这些森林往往和村子相连，他们可以通过村民获得补给。为切断茅茅战士的补给，殖民者于1952年发动"铁砧行动"，把一些村子烧掉，强迫村民在远离森林的地方重建"新村"。当时，整个肯尼亚的"新村"多达几百个。

捕行动。一个妓女、一个男孩和他一起逃亡。最后，马蒂加利中枪，掉进河里，没人知道他是死是活。男孩则逃到森林，挖出马蒂加利当年埋下的武器，准备开展新的革命。

《乌鸦魔法师》中的故事发生在虚构的阿布瑞里亚自由共和国（Free Republic of Abururia）。它由一个被称为"统治者"的独裁者统治。故事开始时，阿布贾利亚正在筹划一个"向天堂进军"的项目。统治者非常支持这个项目，因为它能够让他每天和上帝互道早安。为寻求资金支持，统治者亲自去美国，向世界银行游说。故事主人公卡米蒂（Kamiti）是个巫师，在国外接受过高等教育，但回国后非但找不到工作，还遭到房地产公司老板泰吉里卡（Tajirika）的羞辱。在此过程中，他结识了泰吉里卡的秘书尼亚维拉（Nyawira）。她收留了他，让他在自己家里做乌鸦魔法师，帮人解疑消灾。① 泰吉里卡后来被任命为"向天堂进军"项目的主任，借机大肆受贿，却因此患上"白色病痛"，丧失说话能力。卡米蒂收了泰吉里卡的妻子给的钱，治好了他的病，名气越来越大。与此同时，统治者也在美国患上了浮肿和"白色病痛"。卡米蒂被请去治疗统治者。经过他的治疗，统治者恢复了正常。卡米蒂的恋人尼亚维拉是地下革命组织"人民之声"运动的领导人，该组织想推翻统治者及其腐败的政府。最后，"向天堂进军"项目主任泰吉里卡成为国家新一任领导人，但阿布贾利亚的问题依然如故。

恩古吉还创作过一些非虚构作品，其中包括自传三部曲《织梦人的诞生：一位作家的觉醒》（Birth of a Dream Weaver: A Writer's Awakening，2016）《一位作家的狱中日记》（A Writer's Prison Diary，1981）、《战时诸梦》（Dreams in a Time of War，2010）、《诠释者之家》（In the House of the Interpreter，2012），评论集《归家》（Homecoming: Essays on Africa and Caribbean Literature，Culture and Politics，1972）、《政治中的作家：与文学、社会问题的再约定》（Writers in Politics: A Re-engagement with Issues of Literature and Society，1981）、《笔筒》（Barrel of a Pen，1983）、《思想的非殖民化：非洲文学中的语言政治》（Decolonising the Mind: The Politics of Language in African Literature，1986)、

① 根据肯尼亚吉库尤人的说法，非洲法术最厉害的巫师是"乌鸦巫师"。他们只需瞥一眼天空，就能让天空中的乌鸦死去。

《移动中心：为文化自由而战》(*Moving the Centre: The Struggle for Cultural Freedoms*, 1992)、《笔尖、枪口和梦想》(*Penpoints, Gunpoints, and Dreams*, 1998)。此外，恩古吉还创作过一些短篇小说和儿童书籍。

二、思想与艺术——斗争与坚守

非洲大多数作家的创作与政治有着天然姻亲关系，恩古吉的创作也是如此。他希望自己的文学具有战斗性，与当下发生关涉，唤起人民抗击新殖民者的信心和勇气。不过，随着思想及创作的日益成熟，他关注的焦点不断变化。简言之，前期，他深受殖民教育影响，成为民族主义者，关注殖民者和非洲人民之间的文化冲突、宗教冲突，天真地把教育救国当作摆脱殖民／新殖民的良方；后期，受马克思主义的影响，恩古吉抛弃了教育救国的幻想，转而把暴力革命当作拯救肯尼亚乃至非洲的猛药。

我们首先来看看恩古吉的马克思主义美学观。恩古吉是正统的马克思主义的追随者。在论文集《归家》"作者的话"中，他用"剥削""反抗""资本主义""社会主义"这样一些词对自己的马克思主义倾向做了自我指认。在论文集《政治中的作家：与文学、社会问题的再约定》中，他毫不掩饰自己是马克思主义的门徒，对马克话语的引用俯拾皆是。在论文集《移动中心：为文化自由而战》中，他直接称自己是社会主义者。[①]创作坚定、自信和富有斗争性的文学作品是他的理想，因为这样的作品能够促进人类的解放，尤其有助于改变非洲、其他第三世界国家与西方的不平衡关系。在《移动中心：为文化自由而战》中，恩古吉说，非洲人民不断进行反抗侵略的斗争。"在所有这些斗争中，文化和知识工作者一直发挥着重要作用……知识分子……可以描绘一些图画，给被剥削和被压迫者的斗争注入清晰、力量和希望，以实现他们对新明天的憧憬。"[②]

---

① Ngũgĩ wa Thiong'o, *Moving the Centre: The Struggle for Cultural Freedom*, Portsmouth, NH: Heinemann, 1993, p. 54.

② Ibid., pp. 72-73.

恩古吉认为，非洲现代作家应该扮演历史生产者和推动者的双重角色，关注真实发生的历史，关注历史中的人民有意识的行动。有社会责任感、民族责任感的作家创作的文学应该是战斗的文学，是与各种形式的资本主义做斗争的文学，作品的对象应该是能够站起来与帝国主义抗争的人。他始终认为，文学要具有斗争性，应该给处在黑暗中的人民以光明，给他们指明战斗的方向。他以第三世界知识分子应有的良知，一直在为祖国做着不懈努力。从"早期三部曲"，到后期的《碧血花瓣》《十字架上的魔鬼》《马蒂加利》和《乌鸦魔法师》，他为人民写作、为非洲解殖奋斗的决心显得愈发明晰、坚定。正如学者斯蒂芬·托比亚斯（Steven Tobias）评价《马蒂加利》时所说的那样，"在整个《马蒂加利》中，恩古吉显然在运用马克思主义的观点，批判、揭露存在于众多后殖民非洲国家的公开、潜在的社会政治结构"[1]。

显然，恩古吉的创作与茅茅运动关系密切。1952年至1956年的茅茅运动是肯尼亚历史上爆发的一次规模最大、影响最深的反帝反殖民武装斗争。这次以农民为主的、人数众多的起义极大地震撼了英国人，沉重地打击了殖民者在肯尼亚乃至整个东非的统治，加速了肯尼亚乃至东非的民族独立进程。

恩古吉是茅茅运动历史的亲历者，但在早期创作中，由于受自由主义思想的主宰，恩古吉只是以直观感受的方式，片段化地展示肯尼亚独立前的历史变动，并未有意对茅茅运动进行意识形态的渲染。研究者西蒙·吉坎迪分析说，恩古吉之所以如此处理历史现象，原因有二：

首先，在他的作品出版之前，恩古吉认为，关于那些对肯尼亚历史至关重要的事件，如土地异化、殖民恐怖和民族主义抵抗（或茅茅运动），他自己的理解是缺席、空洞或沉默的。其次，在他记忆中的事件发生时，他正好是一所特权殖民地学校和大学学院的学生，因此他从来都不属于这些事件的直接背景。[2]

---

① Steven Tobias, "The Poetics of Revolution: Ngugi wa Thiong'o's *Matigari*", *Critique*, 1997, 38 (3), p. 163.

② Tom Conley, "Translator's Introduction", Michel de Gerteau ed., *The Writing of History*, New York: Columbia University Press, 1988, pp. 7-32.

事实上，恩古吉曾一度排斥、厌恶茅茅运动。然而，人们发现，自 1977 年出版《碧血花瓣》起，恩古吉对这段历史的态度发生明显变化，开始站在左翼立场，把茅茅运动置于小说叙事的中心。他后期的《十字架上的魔鬼》《马蒂加利》和《乌鸦魔法师》等作品以或隐或显的方式，回顾茅茅运动的历史并向其致敬。茅茅运动俨然成了他后期小说的锚定点和主要话语叙述模式，而这也是他前、后期小说分野的重要标志。

研究者约瑟夫·古格勒（Josef Gugler）认为，恩古吉对茅茅运动的态度之所以发生转变，原因有二：一是他于 1977 年 2 月被捕入狱，二是受到莱斯的著作《肯尼亚的不发达》的影响。① 换言之，被捕入狱既让已成为马克思主义信徒的恩古吉看到当局对作家重述茅茅运动的历史感到害怕，也激发了他的反抗本能，促使他重新评估那段历史。他以前曾谴责吉库尤传统主义者对过去的持续关注，现在他自己则试图利用肯尼亚的抵抗历史来创造一种有用的、统一的历史叙事。

可以说，恩古吉的后期作品都是围绕茅茅运动本身或者它的反抗精神展开的。通过对茅茅运动的重述，恩古吉参与填补了肯尼亚的历史空白。他运用类似传奇的书写方式，把茅茅运动作为一个有用的过去，而非一个空虚的过去，展现给肯尼亚民众。他对茅茅运动的重述有着明确的目标，即强化作为武器的历史，使历史成为更有力的革命工具。

接下来分析一下恩古吉对民族语言创作的坚持。与恩古吉的政治文学观紧密联系的，是他的民族语言创作观。在恩古吉看来，语言如同文学，不仅是一种审美现象，也是一种特殊的政治现象。他曾经说："在过去 60 年的肯尼亚国家生活中，你不能把经济与文化、政治分开，三者交织在一起。文化主张是政治和经济斗争不可分割的部分。"②

恩古吉坚守非洲语言的原因主要有两点：他将语言与文化斗争、政治斗争紧密联系的立场；他面向工农大众的写作目的。恩古吉说："我相信我写的吉库尤语是一种肯尼亚语言，是非洲语言，是肯尼亚和非洲人民反帝国主义斗争的一部

---

① Josef Gugler, "How Ngũgĩ wa Thiong'o Shifted from Class Analysis to a Neo-Colonialist Perspective", *Journal of Modern African Studies*, 1994, 32 (2), p. 338.

② Ngũgĩ wa Thiong'o, *Homcoming*: *Essays on African and Caribbean Literature, Culture and Politics*, New York: Lawrence Hill, 1973, p. 26.

分。"① 他认为，作为记忆的生产者和存储者，非洲和欧洲语言之间的关系是主权意识斗争的核心。"非洲90%的知识存储在欧洲语言中，这是殖民主义的延续。"② 恩古吉还认为，语言问题也是阶级问题。语言被当成统治工具之一，下层人民无法通过语言参与社会各个领域的主流活动，等于在自己的国家被边缘化。下层人民是社会变革的推动者，"当你让他们的语言变得贫乏或者不让它成为知识生产的语言时，你就让那个社会群体有意义地代表他们自己的能力变得贫乏"③。也就是说，因为语言，大多数人的众多权利被悄悄剥夺，失去了变革社会的能力。

1977年，在被囚禁期间，恩古吉创作了第一部吉库尤语小说《十字架上的魔鬼》，作为自己对肯尼亚工农大众的告白。这部小说出版后很快就被抢购一空，成为街谈巷议的热门话题。恩古吉不无得意地说："这部小说非常受欢迎，甚至在文盲中也能找到听众。"④ 肯尼亚甚至出现了"职业读书人"，他们专门在公共场所收取费用，给那些目不识丁但渴望知道小说内容的人朗读。"对恩古吉来说，非洲农民和工人对这部小说的重新评价是一个重要的社会、文化和政治事件。"⑤ 恩古吉从此成为民族语言创作的践行者和倡导者。

再看看恩古吉是怎样把口头文学书面化的。非洲各民族大多没有自己的文字，历史、政治、风俗、文艺等都是通过口头传诵才得以世代留存。"非洲口头传统最重要的形式之一就是口头文学，主要包括神话、史诗、抒情诗、戏剧、寓言和传说、讲故事等形式。"⑥ 很多非洲作家都重视口头传统。他们基本都用欧洲语言创作，融入本土口头语言表达方式，使非洲书面文学呈现出与传统口头文学资源融合的局面。

---

① Ngũgĩ wa Thiong'o, *Decolonising the Mind: The Politics of Language in African Literature*, Oxford: James Currey, 1986, p. 28.

② Ngũgĩ wa Thiong'o, *Something Torn and New: An African Renaissance*, New York: Basic Civitas Books, 2009, p. 115.

③ Sue J. Kim, "Estranging Rage: Ngugi's *Devil on the Cross* and *Wizard of the Crow*", *On Anger: Race, Cognition, Narrative*, Austin: University of Texas Press, 2013, pp. 129-151.

④ Ngũgĩ wa Thiong'o, "On Writing in Gikuyu", *Research in African Literatures*, 1985, (2), p. 154. 转引自 Joseph Mbele, "Language in African Literature: An Aside to Ngũgĩ", *Research in African Literatures*, 1992, 23 (1), p. 146.

⑤ Ângela Lamas Rodrigues, "Ngũgĩ wa Thiong'o's Politics of Language: Commitment and Complicity", *Acta Scientiarum: Language and Culture*, 2011, 33 (1), p. 17.

⑥ 曾梅：《非洲口头传统及其民间故事》，《山东省民俗学会会议论文集》，2014年，第201页。

恩古吉说："口头传统是我们前殖民文学最重要的方面之一。"[①]他曾回忆起自己从小就接受的口头故事传统："我清楚地记得那些夜晚，我们围坐在炉边，大人和孩子轮流坐在石头上讲故事……故事主要以男主人公为主角，用吉库尤语讲述。"[②]受传统文化深入骨髓的影响，恩古吉一步入文坛就不由自主地把民族口头传统艺术与自己的创作结合了起来，但在早期，他对口头传统的应用只是一种无意识的选择。到了后期，他开始意识到，民族口头传统才是非洲文化重构的立足点。

恩古吉借鉴的口头传统主要是吉库尤族的民间口头表演艺术"吉卡安迪"（gicaandi）。事实上，长期以来，吉卡安迪不仅被视为一种诗歌艺术，还被视为一种政治文化活动。[③]它对社会百态包括现有政治的演绎和议论，本身就具有意识形态性。恩古吉认为，吉卡安迪艺术包含吉库尤谚语、民间故事传说、神话和歌曲，是一个可利用的交流载体，可以帮助激发人们的思想，促进社会变革。换言之，吉卡安迪的这一社会功用与他的后期小说反新殖民的主题高度合拍。

在吉库尤语版《十字架上的魔鬼》序言中，恩古吉坦言自己想通过借用吉卡安迪口头艺术，实现反新殖民主义文化叙事的目的。在《十字架上的魔鬼》和《马蒂加利》中，恩古吉对吉卡安迪艺术的熟练运用得到了淋漓尽致的体现。他仿效吉卡安迪叙事，利用以讲故事为主的方式、框架式的叙述结构、重复等口头艺术中常见的手法，重述历史，实现身份与文化认同。与此同时，他还把吉库尤族特有的神话传说、谚语、歌曲融入其中，营造了一种基于本土知识的信息世界。

恩古吉也采用了魔幻现实主义的创作手法。说到魔幻现实主义，人们通常将其视为拉丁美洲的独有成就。其实，魔幻现实主义并非拉丁美洲独有，非洲也有。20 世纪 60 年代，在经历过殖民主义后，非洲又很快陷入新殖民主义泥沼。面对这样的现实，怀着强烈政治情怀的非洲作家最初采用的是能够直接反映社会问题的现实主义叙事惯例。[④]与此同时，非洲作家如西尔·切尼－科克（Syl Cheney-

---

① Ngũgĩ wa Thiong'o, *Moving the Center: The Struggle for Culture Freedoms*, Portsmouth, NH: Heinemann, 1993, p. 106.

② Ngũgĩ wa Thiong'o, *Dreams in a Time of War: A Childhood Memoir*, New York: Pantheon Books, 2010, p. 28.

③ Evan Mwangi, "Gender, Unreliable Oral Narration, and the Untranslated Preface in Ngũgĩ wa Thiong'o's *Devil on the Cross*", *Research in African Literatures*, 2007, 38 (4), p. 29.

④ 阿契贝、加纳的阿依·奎·阿尔马（Ayi Kwei Armah，1939—）、南非的阿历克斯·拉·古玛（Alex la Guma，1925—1985）等作家都曾用现实主义手法描述非洲令人愤怒的后殖民现实，同时也竭力寻找解决办法。

Coker)、伯纳德·科乔·莱恩（Bernard Kojo Laing）等人觉得，在对后殖民世界的描绘上，现实主义已显示出局限性。和他们一样，恩古吉在创作后期也深深感到，在表达对新殖民现实的批判和革命愿景时，现实主义疲乏无力。他曾经说，要想充分表现现实，小说家就必须超越现实主义。他呼吁使用魔幻现实主义来描绘非洲目前的状况，并认为必须采用这种模式。

除了历史语境，对魔幻现实主义的借用和非洲传统文化也有很大关系。例如，在非洲史诗传统中，灵魂和其他超自然力量就经常参与英雄的行动。非洲魔幻现实主义文本不需要追溯到拉丁美洲，非洲作家根本不需要外界影响就能以所谓的魔幻现实主义的方式写作。就恩古吉的创作而言，从《碧血花瓣》开始，似乎就有了脱离现实主义轨道的迹象。在《十字架上的魔鬼》和《马蒂加利》中，他借鉴肯尼亚口述文学传统，融入神话传说和异于常人的、颇具象征意义的主人公，以及讲故事的叙述结构，使这两部作品的风格超出了现实主义范畴。到了《乌鸦魔法师》这部作品，他似乎已完全不受现实主义限制，现实与虚构交错，历史、传说人物与基督教意象结合，时空颠倒，使小说呈现出了魔幻现实主义的风格。

2008 年，约瑟夫·麦克拉伦（Joseph McLaren）首次指出，《乌鸦魔法师》具有讽刺魔幻现实主义风格。他说："讽刺魔幻现实主义是指使用这种文学风格的主要目的是嘲弄、嘲笑和幽默，而不是简单地用所谓的规范现实的界限来描绘人物和事件。"[1] 他认为，

> 恩古吉的小说《乌鸦魔法师》展示了他对讽刺魔幻现实主义的运用。它里面的人物刻画突破了传统现实主义的限制。恩古吉通过对现实主义模式的操纵，嘲弄非洲和其他地方的国家领导人。在呈现非洲的政治问题方面，这种模式也相当有效。[2]

---

[1] Joseph McLaren, "From the National to the Global: Satirical Magic Realism in Ngugi's 'Wizard of the Crow' ", *The Global South*, 2008, 2 (2), p. 151.

[2] Ibid., p. 150.

恩古吉故意把《乌鸦魔法师》放在想象中的阿布贾里亚共和国，将阿布贾里亚及其统治者作为所有非洲国家及其政治领导人的隐喻，以便他使用所需的美学成为可能。在《乌鸦魔法师》中，他以吉库尤民间传说和口述讽刺传统为基础，把讽刺手法和魔幻现实主义结合了起来。讽刺魔幻现实主义有助于他从更深的意义上捕捉社会现实，对后殖民时代非洲专制统治者进行尖锐的讽刺性批判。

三、真正的斗士 —— 敢于向西方说"不"的思考者和行动者

自 1964 年跨入文坛起，恩古吉的创作就广受欢迎。1965 年，他获得东非文学奖（East Africa Novel Prize）；1973 年，他获得亚非文学荷花奖（Lotus Prize for Literature）；2001 年，他获得意大利诺尼诺文学奖（Nonino International Prize for Literature）；2016 年，他获得韩国朴景利文学奖（Park Kyong-ni Prize）。近年来，他还是诺贝尔文学奖的热门人选。

弗雷德里克·詹姆逊（Fredric Jameson）曾说，处于跨国资本主义时代的第三世界文学始终和第一世界的文化发生着各种关系（被侵略或搏斗），这就决定了第三世界的文化知识分子同时也是政治斗士。[1] 用他的话来评述恩古吉及其作品，可谓恰如其分。其实，在《处于跨国资本主义时代中的第三世界文学》一文中，詹姆逊就曾直接将恩古吉纳入他所说的文化知识分子之列。他认为，在非洲收下了"独立"这个有毒的礼物之后，乌斯曼·桑贝内和恩古吉等激进作家就发现自己进入了鲁迅的困境：他们渴望改革和社会更新，但尚未找到能促使改革实现的社会力量。[2] 恩古吉确实曾经历了这样的困境和表达危机，他的"早期三部曲"的主人公均是这一危机的化身。这种危机一直延续到其流亡生涯的开始。他的左翼美学观，他对民族语言的坚持，他把非洲口头传统书面化的实践，以及对非洲魔幻现实主手法的运用，皆是应对此种危机而做的努力。

---

① 弗雷德里克·詹姆逊：《处于跨国资本主义时代中的第三世界文学》，张京媛译，《当代电影》，1989 年第 6 期，第 45 页。

② 同上，第 54 页。

朱振武和袁俊卿曾根据对文化归属和身份认同认知的不同，将流散在外的非洲人分为三种类型：其一，完全认可西方文化，抛弃传统；其二，坚守本土文化，拒斥西方价值观；其三，在西方文化和本土文化双重挤压下，茫然无措。恩古吉大体上当属上文所言第二种知识分子。虽然远离故土，身处西方话语权力中心，但他并没有迷惘，反倒对非洲在资本全球化中的角色认识得更加清晰。恩古吉认为，第三世界的知识分子不能短视地在后殖民理论问题上内讧，而对垄断资本继续在世界上制造的巨大政治和经济不平等视而不见，带有解放性质话语的文学必须回归。这种解放性质话语显然不能以西方帝国话语的面目出现，而应该以自己的传统为阵地，重新激活民族语言和传统文化，并将其作为在文化领域应对殖民霸权的策略。对远离故土的恩古吉来说，要做到与同胞神交，将自己的革命思想传递回去，这也正是最实在、最可行、最有效的方式。

正因为如此，在后期创作中，恩古吉有意识地一边高举民族语言的大旗，一边将非洲口头叙事传统、非洲超现实的文化习俗融入文本，戳穿非洲梦魇般的新殖民现实，以期警醒同胞并与之产生政治共振。在暴露新殖民社会苦痛的同时，他还力图把文学行为转变为政治行动，与现实发生真正的关联。他目光敏锐，看清了现代性、边缘化处境、家园找寻、文化归属、种族、性别等词汇所包裹的问题的实质，把它们全都归整于阶级范畴。他认为，所有的后殖民问题，归根结底是阶级问题。种族压迫、国别压迫、性别压迫的本质就是阶级压迫。这也正是战斗性、革命性的文学不能从我们的视野里消亡的原因所在。

就恩古吉坚持用民族语言写作而言，国际学者多持支持和赞赏态度。语言决定着我们的思维方式和价值取向，任何民族的文化都需要自己的语言打底。世界文化的多样性和繁荣，绝对离不开世界各民族语言、文学的发展。从现实政治和对非洲文化保存的角度来考虑，恩古吉对民族语言的坚守的确是正确选择。如果再联想到他为了用民族语言写作所付出的牺牲，那么他就更值得我们敬佩了。①

近年来，恩古吉的左翼思想和对语言的主张略有松动。他对非非洲国家的处

---

① 由于用母语写作，恩古吉作品的销路和他在国际上的声誉都受到了影响。

理在很大程度上仅限于对欧洲中心主义的批评。他开始在不同的场合宣称自己是"一个不悔改的普世主义者"。与此同时，他还表现出对探索全球文化的兴趣。这令人感到疑惑，因为"即使在恩古吉自己的作品中，寻找共同的全球文化也是一个有点令人惊讶的概念"①。此外，他在吉库尤语的问题上不再固执己见，转而呼吁将斯瓦希里语作为东非乃至世界通用的语言。② 这些可能是恩古吉对全球化语境的一种妥协。

结　　语

最近几年，恩古吉是诺贝尔文学奖的热门人选。很多人对他获奖寄予厚望，但也有论者认为情况并不乐观。埃多娜·卢卡卡吉（Edona Llukacaj）分析说，诺贝尔文学奖颁给谁，是由代表着西方价值观的机构决定的。纵观获奖作家，他们有个共同特征，即对理想主义的坚持，即"对自由知性主义的纯粹承诺，以及无条件但时尚的表达"③。但是，恩古吉的理想主义"是在质疑西方基石的重要性与宏大性"④，是马克思、恩格斯所描绘的理想主义，并不符合西方口味。⑤ 不过，能否获奖并不重要，很多伟大的作家都没有获奖，但他们并未被世人遗忘。世界上仍然有这样一些知识分子，一些"疯狂、糟糕和危险的自由思想家"⑥，他们敢于做不同于西方价值观的思考，敢于扰动现状，并为改善现状做出贡献。

（文 / 南阳理工学院 尹红茹）

---

① Handel Kashope Wright , "Would We Know African Cultural Studies If We Saw It?", *Review of Education, Pedagogy and Cultural Studies*, 1995, 17 (2), p. 161.

② Ngũgĩ wa Thiong'o, *Moving the Centre: The Strupple for Cultural Freedoms*, Portsmouth, NH: Heinemann, 1993, p. 59.

③ Edona Llukacaj, "Shh, Respect Freedom of Speech: The Reasons Why Ngũgĩ wa Thiong'o and Ismail Kadare Have Not Been Awarded the Nobel Prize", *Journal of History, Culture & Art Research*, 2015, 4 (3), p. 55.

④ Ibid., p. 59.

⑤ Ibid., p. 60.

⑥ Ibid., p. 61.

查尔斯·曼谷亚

Charles Mangua，1939—2021

代表作一：《妓女之子》（*Son of Woman*，1971）

代表作二：《嘴里的尾巴》（*A Tail in the Mouth*，1972）

第二十六篇

肯尼亚通俗文学的奠基人

——肯尼亚作家查尔斯·曼谷亚创作研究

引　言

　　查尔斯·曼谷亚（Charles Mangua，1939—2021）是肯尼亚通俗文学的杰出代表。他著有四部作品：《妓女之子》（*Son of Woman*，1971）、《嘴里的尾巴》（*A Tail in the Mouth*，1972）、《妓女之子在蒙巴萨》（*Son of Woman in Mombasa*，1986）和《卡尼那和我》（*Kanina and I*，1994）。2000年，曼谷亚将《卡尼那和我》更名为《肯雅塔的沙蚤》（*Kenyatta's Jiggers*，2000）。学者西蒙·吉坎迪（Simon Gikandi）认为，"曼谷亚的作品语言生动，带有惊悚小说的特色，主要关注城市流行的话题，比如妓女和乱交，酗酒和夜生活，被当作西方娱乐的替代品，吸引了众多东非读者"[①]。1972年，曼谷亚凭借《嘴里的尾巴》斩获乔莫·肯雅塔文学奖（Jomo Kenyatta Prize for Literature）[②]。

[①] Simon Gikandi ed., *Encyclopedia of African Literture*, London: Routledge, 2003, p. 437.

[②] 乔莫·肯雅塔文学奖（Jomo Kenyatta Prize for Literature）由肯尼亚出版协会（Kenya Publisher's Association）评选，被誉为肯尼亚"国内最有威望的文学奖项"。

一、查尔斯·曼谷亚的生平和创作历程

1939 年，曼谷亚出生于肯尼亚尼耶里镇（Nyeri），属于基库尤族。他原本是马凯雷雷大学（Makerere University）的一位经济学家，毕业之后入职壳牌石油公司。当时，他的恋人被一名爱尔兰人调戏，曼谷亚便将其打伤。由于还在试用期内，公司因此事将他辞退。后来他将这段经历写入了小说。离开石油公司后，曼谷亚开始从事与国际事务相关的政府公务员工作。公务员经历使他能够敏锐而深刻地洞察国家政治对人民生活的影响以及背后的深层次原因。坎坷的职业经历使他对国家和社会有了更深层次的理解，这些在他的作品中都有所体现。

在阿比让（Abijan），曼谷亚找到了人生的另一半。他的妻子是一名银行职工，两人育有七个孩子。目前，他的孩子们从事记者、银行职员等工作，生活在法国、美国、澳大利亚等地，但没有一人子承父业成为一名作家，这让曼谷亚倍感遗憾。1996 年，曼谷亚离开阿比让。《妓女之子》虽然风靡全国，但稿费不甚高。曼谷亚投资了 100 英亩的花卉种植项目，但由于经验不足和资金匮乏几乎破产。花卉种植项目的失败加上当时动荡的局势使他的生活发生了巨大变化。

早在 1971 年，查尔斯·曼谷亚就开始创作小说。然而，他的第一部作品就被伦敦出版社拒绝，理由是他塑造的主人公——哈佛大学的研究生，宛如上帝一般完美，过于理想主义，与现实生活格格不入。这次碰壁促使他改变写作风格，进而塑造真实而又别出心裁的人物角色。他重整旗鼓，在七个月内写就了《妓女之子》，并于同年出版。当时的曼谷亚还是海岸规划管理局的一名公务员，《妓女之子》的出版让他一夜成名。后来，曼谷亚旅居非洲西海岸的科特迪瓦（Côte d'Ivoire），在阿比让完成了《嘴里的尾巴》和《妓女之子在蒙巴萨》两部作品。1994 年，曼谷亚出版《卡妮娜和我》，由于销量不高；2000 年，曼谷亚和其出版社将这部作品更名为《肯雅塔的沙蚤》。

从创作主题看，曼谷亚的小说关注殖民统治下肯尼亚的悲惨境遇，观照城市底层人物的命运。就艺术特点而言，曼谷亚创作个性鲜明，作品用词粗犷、情感真切、风格不羁、具有自传性质。他认为青年时期的记忆也属于历史的一部分，因此小说内容多为主人公的童年经历。此外，他笔下的人物形象多带有悲剧性质，无论是《妓女之子》和《妓女之子在蒙巴萨》中的基恩尤（Kiunyu），还是《嘴里的尾巴》中的山姆（Sam），主人公总是命运多舛。虽然在每部小说的结尾，主人在公经历了种种不公之后又重新燃起对个人命运和国家未来的希望，但从整体来看，曼谷亚的小说充斥着无奈和绝望的氛围。

二、《妓女之子》：肯尼亚通俗文学的奠基之作

查尔斯·曼谷亚认为第一代非洲作家太过严肃，他们的作品大多描写殖民社会中的怨声载道和独立后民众对于政府希望的破灭。压抑的严肃文学和过于学术化的语言加深了曼谷亚对于通俗文学的渴求。他希望文学不是为了说教或者其他所谓高雅的目的，不能一味沉浸在痛苦之中，而是能够给自己和读者带来愉悦。在曼谷亚创作的年代，肯尼亚经济发展水平不高，教育水平也不高，使得严肃文学在肯尼亚的受众面极窄，仅限于教育水平较高的知识分子，普通民众则被排除在外。由此，他指出，现在的问题在于文学的语言太严肃，那种文学的受众群体仅限于受过高等教育的人。曼谷亚的第一部作品《妓女之子》就此应运而生。

1971 年出版的《妓女之子》标志着肯尼亚通俗文学的开端。这部作品首印达一万多册，六个月内便被一抢而空，打破了东非的售书纪录。此后，《妓女之子》重印六次，风靡于 20 世纪 70 年代至 90 年代，成为肯尼亚家喻户晓的畅销书籍。这部作品语言通俗易懂，展示了肯尼亚的本土特色和城市中的底层生活，这是《妓女之子》最大的亮点。有学者认为，《妓女之子》凭借其独特的魅力使"东非的文学氛围放松下来，并且为本土通俗文学的出现奠定了基础"[①]。小说以幽默的笔调描写生活在内罗毕的普通民众艰辛的城市生活。它讲述了内罗毕贫民窟一

---

① Bernth Lindfors, *Popular Literature in Africa*, Trenton: Africa World Press, 1991, p. 50.

位妓女之子的故事。穿梭于酒吧和妓院的主人公基恩尤（Kiunyu）有一颗幽默的心，却也是这个社会悲剧的缩影。曼谷亚通过描写基恩尤三十年的成长历程，揭露肯尼亚社会虽然正在经历急剧的变化，却仍然存在黑暗的一面。

曼谷亚直面现实，书写当下，正面逼视生活和社会的丑恶，以小人物的命运为主要书写对象，通过对妓女和一些底层人物的描写，将底层人物的痛苦和冷峻的事实展现给读者，道出了这一特殊生存群体的苦难现状。《妓女之子》通过呈现主人公基恩尤荒诞的生活现状，以幽默的笔调描绘出底层民众艰难的生存困境和对未来的美好希冀，表现出作者深切的底层关怀。"这部小说之所以受欢迎，是因为它用美国通俗小说的特征来表现后殖民时代的失败和幻灭。"①曼谷亚的写作源于现实，反映现实，揭露现实，暗含着他对现实的深入思考，是一种现实主义写作。

"肯尼亚英语文学具有更浓重的批判色彩，无论是顺着哪条道路前进，作品的最终落脚点都是探讨现实中的各种复杂矛盾，批判社会的不公平现象。"②查尔斯·曼谷亚以小人物辛酸的生活和命运为切入点，描绘了底层民众面临的生存困境。基恩尤十一岁便失去双亲，之后便一直过着寄人篱下的生活，再也无法感受家庭的温暖。他的第一个监护人米莉娅姆（Miriam）变卖了基恩尤母亲所有的遗产，霸占了他的房屋，但基恩尤不曾拿到分毫，依旧过着食不果腹、衣不蔽体的生活，相反，米莉娅姆的亲生女儿托妮娅（Tonia）却时常穿着新衣服到处炫耀。每当米莉娅姆的生活不顺心时，她便用恶毒的言语中伤基恩尤和他已故的母亲。作者虽然并未对基恩尤失去家庭后的心理感受过多着墨，但他承受的痛苦已让人感同身受。

除了物质困境，精神困境也是底层民众面临的一个关键问题。《妓女之子》创作于肯尼亚独立初期，后殖民问题也是曼谷亚的一个重要关注点。毕业于马凯雷雷大学的基恩尤在应聘农业管理局的职位时，被白人琼斯（Jones）以农业经验

---

① Simon Gikandi & Evan Mwangi eds., *The Columbia Guide to East African Literature in English Since 1945*, New York: Columbia University Press, 1893, p. 123.

② 朱振武、陆纯艺：《"非洲之心"的崛起——肯尼亚英语文学的斗争之路》，《外国语文》，2019年第6期，第40页。

不足为由拒绝，但真正的原因是琼斯认为这样的美差应当留给白人。尽管肯尼亚已经取得独立，人们坚信现在是新的肯尼亚，并且肯尼亚属于非洲人，但是琼斯仍然拿着双倍的工资，做着喝茶看报的悠闲工作。白人深知虽然非洲人现在可以发出更响亮的声音，但是这并不能起到任何实质性的作用。面对这种不公，职位更高的恩约罗格（Njoroge）想要惩戒下属，可是面对白人的优越身份也只能无可奈何。半个世纪的殖民统治使众多非洲民众变得麻木，而奴颜婢膝在肯尼亚独立之后仍未消除。长此以往，肯尼亚只会陷入更深层次的殖民控制。曼谷亚通过刻画这些人物形象，表达了对国家和民族精神深深的忧虑之情。

曼谷亚不仅真实地再现了底层民众的苦难状态，也对造成这种现状的原因进行了探寻。《妓女之子》通过描写底层人物基恩尤苦难的生活经历，将矛头直指肯尼亚的腐败政治。底层民众的困境是"命运之手"造成的，而政治腐败则是背后的主要推手。独立之初的肯尼亚政府在各个方面都不甚稳定，在国家安定、发展经济、削减贫困等方面仍然面临着巨大挑战。政府徘徊于为大众谋福利还是为个人谋私利之间，造成了严重的内部分裂。政治上的无力和无能无可避免地衍生出腐败问题。警察以基恩尤的驾照过期为由向其索贿，单纯的基恩尤拒不服从却遭到毒打。警察以攻击公职人员为由使基恩尤陷入了六个月的牢狱之灾。非但如此，警察打算私自拍卖基恩尤和其他含冤入狱者的车辆，理由是他们认为这堆垃圾严重影响了警察局的形象。"书写肯尼亚政府，尤其是国家机制对于个人的影响"[1]是曼谷亚作品的一大特色。他将批判的锋芒直指政治腐败以及由此带来的社会的混乱和不公，揭示出底层民众在几座大山的碾压下无奈与绝望，展示出强有力的政治批判性。

曼谷亚凭借《妓女之子》一炮而红，同时也饱受诟病。有评论家认为这部小说虽风格独特、幽默诙谐，但其内容多以灯红酒绿的夜生活和颇为大胆的性描写为主，只能看作是"西式娱乐活动的替代品"[2]，难登大雅之堂。另有评论家批评曼谷亚在作品中运用俚语和自己特有的写作习惯辱骂白人。还有人认为，曼谷亚

---

[1] Kathleen Greenfield, "Self and Nation in Kenya: Charles Mangua's 'Son of Woman' ", *The Journal of Modern African Studies*, 1995, 33 (4), p. 695.

[2] Simon Gikandi eds., *Encyclopedia of African Literture*, London: Routledge, 2003, p. 437.

的作品虽属通俗文学之列，但他的作品总能掀起一股读书热潮，为东非文学的发展做出了巨大贡献。

三、曼谷亚对通俗文学的深远影响

20世纪70年代，《妓女之子》以幽默讽刺的笔调道出了独立后知识分子的失落，其独特的魅力催生了一批通俗文学作家，通俗文学如雨后春笋般涌入肯尼亚文坛。《妓女之子》出版后，肯尼亚出现了大批模仿之作，如大卫·麦鲁（David Maillu，1939— ）的《亲爱的酒瓶》（*My Dear Bottle*，1973）和《四点半之后》（*After 4：30*，1974），梅佳·姆旺吉（Meja Mwangi，1948—）的城市三部曲：《快杀死我》（*Kill Me Quick*，1973）、《顺流而下》（*Going Down River Road*，1976）和《蟑螂之舞》（*The Cockroach Dance*，1979）等。这些作品和《妓女之子》一样，表面上都与社会问题毫不相干，实则从侧面深刻揭露了社会的阴暗面。这些作品通常使用第一人称叙事，叙述者大多是酒鬼、流浪汉或失意者。

当时肯尼亚通俗文学不被接受，严肃文学与通俗文学的分歧也愈演愈烈，作家一旦被扣上通俗文学的帽子，便纷纷被出版社拒之门外。然而，这种偏见挡不住时代的洪流和市场的需求。"矛书系列"（Spear Book）的出版促使"比严肃文学更接近东非人民现实生活"[①]的通俗文学成为肯尼亚文坛最具活力的领域。加之肯雅塔时代遗留的腐败之根在莫伊时代肆意蔓延，而运用通俗易懂的语言，以描写酒鬼、妓女等社会底层边缘人物或贫民窟生活为主的通俗文学，此时则成为作家和读者宣泄不满的有效途径。

1972年，查尔斯·曼谷亚出版了第二部作品《嘴里的尾巴》。这部作品在两个月内便卖出了15000册，并于同年以其清新的风格获得了乔莫·肯雅塔文学奖。与第一部作品相比，这部作品风格沉稳许多，语言中规中矩，不似第一部作品那般豪放不羁。曼谷亚以写实的风格真实地记录历史，用自己独特的方式将肯尼亚

---

① Francis Imbuga, *East African Literature in the 1980s*, Amsterdam: Rodopi, 1993, p. 127.

的社会矛盾诉诸笔端。小说讲述了残暴的殖民统治和独立后腐败的国家政府带给普通民众的痛苦和绝望。主人公山姆一心想成为牧师，但被教父欺骗在教堂当了四年清洁工；为了生计给"乡卫队"①凯里尤基当了两个月的厨师，却没有拿到工资；为了国家独立当了七年的"森林战士"②，却没有得到相应的嘉奖；本该住着自己的房屋，耕种自己的土地，然而被腐败的权力夺走了一切；本打算在内罗毕开始新生活，却因为种种不公遭遇，一步步堕落成窃贼。在这部作品中，曼谷亚巧妙地运用意识流手法，使小说叙事时间交织，时间顺序颠倒，给读者带来独特的审美体验。此外，曼谷亚善用第一人称叙事视角创作，其强烈的代入感让读者感受到时代环境对个人命运的裹挟。

　　《嘴里的尾巴》出版之后，查尔斯·曼谷亚离开文坛十五年之久。1986年《妓女之子在蒙巴萨》出版之时，通俗文学已经是肯尼亚文学界最具活力的领域。作为《妓女之子》的续作，该作品沿袭了前者的诙谐基调，用幽默的口吻来揭露严肃的社会问题。曼谷亚从社会的最底层出发，以简单易懂而又极具讽刺意味的语言使读者审视当前的社会现实。作品表面上"对社会问题抱以无关紧要的态度"③，实则是对国家"朱门酒肉臭，路有冻死骨"的腐败现状最有力的讽刺。主人公基恩尤是妓女之子，他和妓女出身的妻子托妮娅为了忘记在内罗毕悲惨的牢狱之苦和艰难的过往，来到肯尼亚的第二大城市蒙巴萨找寻生活希望。然而事与愿违，无处不在的腐败气息弥漫在蒙巴萨每一个角落，侵蚀着每一个人的心灵。社会的浊浪以极强的破坏力导致基恩尤与托妮娅昔日温馨的小家分崩离析，混乱的社会秩序使警察变成以权谋私、勒索民众钱财的骗子，巨大的贫富差距衍生出妓女和黑市交易等各种社会问题。与此同时，半个多世纪的殖民统治遗留下来的种种问题也暴露无遗。国家的混乱和现实的残酷让基恩尤彻底绝望，让他认识到反抗权威、从政救国、从根源上解决社会问题才是底层人民生存的唯一途径。整

---

① 英国殖民当局在保留地内以自愿或非自愿的方式征募肯尼亚本土部落民众成立的用以镇压茅茅运动的地方组织。

② 茅茅组织在森林中建立根据地，以游击战的形式反击殖民政府，惩处保留地内的亲政府分子，袭击白人农场，其成员被称为森林战士。

③ Simon Gikandi & Evan Mwangi eds., *The Columbia Guide to East African Literature in English Since 1945*, Columbia University Press: New York, 1993, p. 146.

部小说直面人的生存现状，以喜剧的形式批判社会现实，表达出肯尼亚人民对于社会安定和美好生活的向往，也展现出作者的现实关怀。

茅茅运动是肯尼亚文学无法回避的话题，"每一时期的肯尼亚作家都想从自己的角度重新书写茅茅运动"[①]。曼谷亚在1994年出版的第四部小说《卡尼那和我》，以茅茅运动和殖民统治为背景，讲述了约瑟夫（Joseph）和卡尼那（Kanina）兄弟二人在茅茅运动和殖民统治期间遭受的苦难。主人公的父母被怀疑是茅茅党并被白人射杀，只剩兄弟俩相依为命。牧师的女儿瓦姆布拉（Wambura）被人强行施行割礼，违背了基督徒的信仰，约瑟夫和卡尼那作为疑犯被关进监狱。兄弟俩的房子被烧，在监狱里受尽虐待。万幸的是，马泰（Mathai）叔叔将两人救了出来。一天，马泰叔叔暗中帮助茅茅党偷取政府资料被两个白人发觉，卡尼那开着卡车撞死了这两个白人，自己掉下山崖。后来，马泰叔叔为了约瑟夫的学费不得不卖掉所有的土地，这让约瑟夫十分懊恼，因为土地对于基库尤人来说意义重大。约瑟夫被选为童子军去英国参加童子军运动，回来却发现马泰叔叔被茅茅党杀害，约瑟夫彻底成了流浪汉。他希望去往内罗毕工作，却因为没有通行证而处处碰壁。约瑟夫最终成为一名反恐警察，负责追踪茅茅党人，而他所服务的政府却谎话连篇，反恐行动失败却对外宣称消灭了所有的茅茅党。后来，他在森林中遇见了卡尼那。卡尼那掉下山崖后没有死，反而成为一名自由战士并杀死了许多白人。国家独立后，兄弟俩见到了肯雅塔总统，他们意识到国家并不像总统说的那样好，仍然存在许多问题。小说通过描写两位主人公的生活经历，批判了殖民统治的残暴，也暴露了茅茅运动给民众带来的负面影响。

结　语

朱振武认为，"在被殖民统治的时期，非洲作家面临的主要任务是反对殖民统治、赶走侵略者、争取民族独立；在后殖民时期，非洲作家面临着消解西方中

[①] Berth Lindfors, "East African Popular Literature in English", *The Journal of Popular Literature*, 1979, 13 (1), p. 110.

心主义、反思历史、重构民族形象的重任"①。作为肯尼亚通俗文学的奠基人，曼谷亚基于对社会现实的深刻认知，以戏谑的手法对腐败风气进行了辛辣的讽刺，以幽默作为武器鞭打肯尼亚所处的"一切客观事实和社会秩序都混乱不堪"的荒唐时代。曼谷亚的作品以深沉的人文关怀描写被殖民时期、独立初期和后殖民时期肯尼亚民众面临的生存困境和苦难，有着鲜明的道德同情和社会批判特征。他的小说不仅关注殖民统治下肯尼亚民众的悲惨境遇，也书写反殖民斗争茅茅运动的负面影响，同时也观照城市底层人物的命运。可以说，曼谷亚在通俗文学方面为东非文学做出了重要贡献。

（文 / 上海师范大学 谢玉琴）

---

① 朱振武、袁俊卿：《流散文学的时代表征及其世界意义——以非洲英语文学为例》，《中国社会科学》，2019 年第 7 期，第 157 页。

纽拉丁·法拉赫

Nuruddin Farah，1945—

代表作一：《地图》（*Maps*，1986）

代表作二：《礼物》（*Gifts*，1993）

第二十七篇

在世界游牧的索马里发声者
——索马里作家纽拉丁·法拉赫创作研究

引　言

提起位于辽阔非洲最东端的"非洲之角"（Horn of Africa）的国家索马里，很多人的第一反应或许是战争、海盗、暴乱、贫穷，但这个拥有非洲最长海岸线、自古被誉为"乳香和没药之邦"的国家曾一度繁荣兴盛，文学胚种的生长之壤也并不荒凉。20世纪的索马里养育了一位杰出的文学家——纽拉丁·法拉赫（Nuruddin Farah，1945—　）。

法拉赫是索马里第一位用英语发表作品的作家，也是到目前为止成就最高的索马里作家。他的作品通常以20世纪下半叶的索马里为背景，展现独立后索马里社会的现实情况和当代索马里人的生活处境，为世界了解这个东非小国打开了一扇窗。他无惧现实的残酷而心怀悲悯，选择用一种极其写实的态度描摹自己的祖国和人民，并把它作为一项庄严的使命。从个体折射群体，再上升到国家，他的创作中处处透露出对索马里人民生存境遇的深切关怀。他用写作向世界发出了索马里人的声音。

一、多元文化下的成长环境

法拉赫于 1945 年出生于索马里的拜多阿（Baidoa），在全家五个男孩、五个女孩中排行第四。法拉赫两岁时，全家搬到了位于索马里西部欧加登（Ogaden）地区的卡拉佛镇（Kallafo）。一年后，欧加登被英国移交给埃塞俄比亚控制。当时，法拉赫的父亲虽然是英国殖民政府的翻译，却并没有跟随英国撤离，而是在卡拉佛开了一家杂货铺，同时也帮当地建立了一所公立学校。除了接受传统的《古兰经》教育外，法拉赫也在这所公立学校就读，使用的是英国留下的为东非殖民地学校制定的教材，此外他还曾在当地的基督教会学校学习。通过这些教育经历，法拉赫掌握了多门语言，除了母语外，还有阿拉伯语、英语以及埃塞俄比亚人使用的阿姆哈拉语，甚至向哥哥学习了意大利语。

尽管索马里是一个文学发展相对薄弱的国家，但它有较长的口头文学历史。在 1972 年官方确立了索马里语的书写体系之前，索马里文学多以口头形式为主。法拉赫的祖上和母亲都是当地声名远播的口头诗人，他们口口相传着不少索马里的民间故事、诗歌和传说。听着母亲为孩子们与社区创作的摇篮曲和赞美诗长大，加上父亲是翻译，这样一种家庭环境使得法拉赫从小就接受了较为丰厚的文学熏陶。除了本民族的文化，法拉赫还从兄长那里接触到不少阿拉伯诗歌和英语诗歌，甚至还有一些经典的外国作家和作品，包括阿加莎·克里斯蒂（Agatha Christie，1890—1976）、欧内斯特·海明威（Ernest Miller Hemingway，1899—1961）、伯特兰·罗素（Bertrand Russell，1872—1970），以及《天方夜谭》、阿拉伯文译本的《罪与罚》和《悲惨世界》等。这些都为少年法拉赫展现了一个丰富多姿、不同于自己所知的世界。

阅读上的小有收获，以及家人对于他成为口头诗人的期望，很快在少年法拉赫的脑海中变成了一种提笔写字的雄心。他开始用英语或阿拉伯语代人写信赚取零花钱，而那些人所讲述的悲欢离合也在日后成为法拉赫书写索马里人故事的灵感源泉之一，让他从年轻时便了解到这个国家所背负的深重苦难。

1960 年，索马里建立共和国，但独立的部分仅仅是英属和意属地区，整个国家的局势并未稳定下来。1963 年，法拉赫即将中学毕业时，埃塞俄比亚在欧加登地区发动了边界战争，他来不及获取文凭便随着家人搬迁到了索马里首都摩加迪沙（Mogadishu）避难。此时法拉赫的父亲业已年迈，法拉赫只得和兄弟们一起肩负起养家糊口的重担，成为教育部的一名文书打字员。他一边工作一边上师范学院，同时着手尝试真正的创作。1965 年，处女作短篇小说《何故匆匆离世？》（"Why Dead So Soon?"）用英语写就，刊登于当时的报纸《索马里新闻》（*Somali News*）上。这个故事受到了好评，也给了法拉赫莫大的鼓励，可随后的发表并不顺利。比如，他曾将第二篇小说拿给正在索马里访问的加拿大作家玛格丽特·劳伦斯（Margaret Laurence，1926—1987）看，后者建议他对小说结尾进行删减以利于发表，他却没有听从这个提议。此后的一些陆续投稿亦不得青眼，屡屡遭到编辑拒绝。所幸的是，法拉赫并没有就此停笔。

二、从此为政治而写作

1966 年，法拉赫放弃了美国威斯康星大学（University of Wisconsin）提供的奖学金，选择到印度的旁遮普大学（University of The Punjab）修习哲学与文学，并于 1969 年获得学士学位。也是这一年，西亚德·巴雷 ① 在索马里掀起革命执

---

① 西亚德·巴雷（Mohamed Siad Baree，1919—1995），索马里军人、政治家，1969 年 10 月通过政变上台，出任索马里总统，后长期实行独裁统治。1991 年，巴雷政府被反对派推翻，索马里自此陷入长期的无政府状态。

掌政权。法拉赫恰逢此时回国，在中学任教，同时成为索马里国立大学（Somali National University）的讲师，兼给巴雷的女婿做私人英语教师，并计划创作他的第三部小说。

1970 年，法拉赫出版了小说《来自弯曲的肋骨》（*From a Crooked Rib*），书名取自《圣经》中上帝抽取亚当肋骨创造夏娃的典故，目的是批评索马里备受诟病却司空见惯的童婚和割礼现象。小说一炮而红，法拉赫成为第一个出版英文小说的索马里公民而在国际上声名鹊起，他本人旋即被列为"第二代"非洲作家中的领军人物。此时，法拉赫尚对新政府和国内时局满怀期望，天真地认为自己的写作不会与政治挂钩，想要置身于纷争之外。然而好景难久，巴雷当政日益残暴，当局也对他的创作和思想施加限制，比如他的广播剧作《真空中的匕首》（*A Dagger in Vacuum*，1969）在本地遭到禁播，而理由竟是不够革命。

尽管如此，法拉赫仍旧没有转变观念。1972 年，索马里颁布了正字法，确立了索马里语的文字书写系统。法拉赫备受鼓舞，积极尝试用索马里语创作。次年，他在摩加迪沙（Mogadishu）的一家报纸上用索马里语连载小说。这部小说如果顺利完结出版，本应该成为第一部以官方索马里语撰写的小说，却因其中主人公身上的反抗性被审查人员叫停，他们甚至没收了其余未发表的章节。他已出版的作品《来自弯曲的肋骨》也被粗暴地认为是"一个愚蠢的年轻女人只顾自己的自由而无视枷锁中的国家命运"①。法拉赫甚至因为这种批评而被当局传讯问话。这些经历令法拉赫备感痛苦。试问哪个作家不想要用本民族的语言自由地发出声音呢？他无奈放弃了母语，转而专门用英语继续创作，并明白了无论自己愿意与否，都终将成为一个充满政治色彩的作家。他要主动去见证、去记录、去抒发、去呐喊。只是他的作品从此再未获准在国内出版或销售。

---

① Patricia Alden and Louis Tremaine, *Nuruddin Farah*, New York: Twayne Publishers, 1999, p. 33.

三、颠沛流离的创作生涯

1974 年，法拉赫到英国攻读戏剧编导专业研究生，先后在伦敦大学（University of London）和埃塞克斯大学（University of Essex）求学，还跟随皇家剧团观摩，但并未拿到学位就离开了。旅欧期间，他一直在构思一篇名为《酸甜牛奶》的小说，并打算回国将其写完。然而，因为顾虑自己的创作会给自己和家人带来麻烦，他很快又改变了主意。这种担心并非杞人之忧，在优先出版了另一部英文小说《裸针》（*A Naked Needle*，1976）后，他因这部作品尖锐地触及 1969 年索马里政变后的污浊时局而被巴雷的专制政府视为叛国。从欧洲回国途径罗马中转的机场里，法拉赫接到兄长的电话，警示他忘了索马里，再也不要回来。自此法拉赫开始流亡海外，前后客居意大利、美国和西德，以翻译和教学为生。其间，《酸甜牛奶》（*Sweet and Sour Milk*，1979）终于问世，这部揭露独裁者迫害异见知识分子的小说于1980年获得了国际英语联合会文学奖（English-speaking Union Literary Award）。

法拉赫的目标十分明确，巴雷的专制政府让他看清了专制的可怖，而他要在创作中揭露这一切，进而反思"独裁政权何以在非洲广泛存在"[1] 的原因。以此为契机，他完成了另外两部小说《沙丁鱼》（*Sardines*，1981）和《芝麻关门》（*Close Sesame*，1983），与《酸甜牛奶》共同组成了他日后三部曲创作生涯中的第一个序列，即"非洲专制主题变奏"（Variations on the Theme of an African Dictatorship）。

---

[1] Feroza Jussawalla and R. W. Dasenbrock eds., *Interviews with Writers of the Post-Colonial World*, Jackson & London: University Press of Mississippi, 1992, p. 56.

1981 年，法拉赫回到非洲，在尼日利亚的乔斯大学（University of Jos）任教，继而决定不再长久离开脚下这片生他养他的大地。作为一名非洲作家，人道主义精神促使他要同非洲的人民大众同呼吸共命运。守望非洲就是守望那不能立足的祖国："在非洲，我能遇到和索马里人一样的麻烦，同样的食物短缺，同样的停电……非洲的经历帮助我更加了解他们。"①十几年来，他辗转尼日利亚、冈比亚、苏丹、乌干达和埃塞俄比亚等地，笔尖由抨击非洲的专制独裁转向了关于个体、集体和民族国家身份的反思，并于 1998 年完成了他的第二个三部曲"日中之血"（Blood in the Sun）的创作：《地图》（Maps，1986）、《礼物》（Gifts，1992）和《秘密》（Secrets，1998）。这三部小说通常被认为是他的一个创作高峰，其中《地图》引起了美国文学界的广泛关注，成为美国大学后殖民文学课程的标准阅读书目，而《礼物》则获得了 1993 年的津巴布韦最佳长篇小说奖（Best Novel Award, Zimbabwe）和 1998 年的法国圣·马洛文学奖（St. Malo Literary Festival Award）。法拉赫一时盛名在外。

1991 年，巴雷政府倒台，法拉赫想要整装回国，但由于国内爆发内战，局势更加混乱，他未能成行。1996 年，在阔别家乡二十二年之后，他终于得以短暂踏上故国土地，回到了索马里。只可惜那时早已是人物两非，和平也依旧不曾眷顾那里。1999 年，法拉赫举家搬迁至南非的开普敦。漂泊于非洲的数十年里，法拉赫仍然不时到西方国家讲学。1998 年的时候，法拉赫获得了人生中最重要的一个奖项——纽斯塔特国际文学奖（Neustadt International Prize for Literature）②，此后法拉赫几乎每隔几年就会出现在诺贝尔文学奖的提名人选之中。

进入新世纪，法拉赫更是佳作频出，接连写出了以索马里回归者、长居者和外来者③ 为视角的"不完美的过去"（Past Imperfect）三部曲——《连接》（Links，

---

① Patricia Alden, Louis Tremaine, *Nuruddin Farah*, New York: Twayne Publishers, 1999, p. 36.

② 这是由美国俄克拉荷马大学（The University of Oklahoma）及其期刊《今日世界文学》（*World Literature Today*）颁发的一个享有很高声望的文学奖，被认为是诺贝尔文学奖的风向标。

③ 林晓妍：《法拉赫"回归索马里"三部曲的艺术特色》，上海师范大学硕士学位论文，2019 年，第 ii 页。

2003）、《绳结》（*Knots*，2007）和《叉骨》（*Crossbones*，2011）。除了写小说，法拉赫还是一位剧作家，截至目前他共创作了五部剧作：《真空中的匕首》、《供品》（*The Offering*，1975）、《涂抹黄油》（*A Spread of Butter*，1978）、《尤瑟夫和他的兄弟们》（*Yussuf and His Brothers*，1982）和《快乐鞑靼人》（*Tartar Delight*，1984）。此外，法拉赫另有一部非虚构著作：《昨日，明天：索马里流散者的声音》（*Yesterday, Tomorrow: Voices from the Somali Diaspora*，2000）。这部着眼于那些有着跟他一样经历的索马里裔流散者的纪实作品，于2003年获得尤利西斯国际报告文学奖（Lettre Ulysses Award）。

索马里是一个以游牧民族为主体的国家，可以说，每一个索马里人身上，似乎都带着某种没法安定下来的流动性基因，这不仅仅来自他们祖祖辈辈与生俱来的逐水草而居的习性，更因饱受侵略和战乱蹂躏等外来压迫后的无奈。纵观法拉赫的生平，多元文化和多语言的生活阅历使得读法拉赫如同一个牧人在世界的角落里游荡。无论是成长和求学，还是生存与创作，伴随他的都是一种不断变换、行色匆匆的流亡步态，这也对他的文学生涯产生了极为重要的影响。

四、从内部反思非洲的经验传统

深入阅读法拉赫的小说，我们可以发现，比起一些非洲作家注重表现殖民主义和反殖民主义对非洲社会产生的影响，在这片大陆上流亡的他更倾向于从非洲国家的内部出发去反思非洲自己的经验传统：对传统习俗的自省，对后殖民时代独裁政府的抨击，对连绵不休的内战的批判，对非洲妇女地位和处境的关切，以及对民族国家主体性的担忧。肯尼亚知名左翼作家恩古吉·瓦·提安哥（Ngugi wa Thiong'O，1938— ）就曾概括出法拉赫小说主要涉及的三个方面："国家、宗族和个体的身份问题，女性在非洲社会的地位问题，以及人权和自由同专制的斗争。"① 而这一切皆是因法拉赫始终与非洲大地血脉相连而所感、所知、所思到的。作为一个书写本土的非洲作家，法拉赫用毕生精力将自己身处的时代、立足的社会以及亲视的历史融入笔下。

尽管年轻时的法拉赫声称意不在政治，但事实上从他创作伊始，政治性就没能脱离他的作品。《来自弯曲的肋骨》和《裸针》这两部初期撰写的小说，就已经展现出他鲜明的政治立场。《来自弯曲的肋骨》中的艾布拉（Ebla）有着超脱时代的觉醒和勇气，敢于同父权和命运抗争；《裸针》更包含对 1969 年索马里政变后各路局势的深入分析。两部小说中的弱者牺牲于强权，表现出法拉赫对索马里的社会和政治压迫的高度关注，以及对当时世界政局和索马里社会结构的谴责。② "非洲专制主题变奏"三部曲同样锋芒毕露，除了鞭挞贻害非洲诸国的独裁体制，法拉赫还在小说中呼吁反对社会和政治压迫，捍卫个人及商业自由，揭发由裙带关系、部落忠诚和物质主义等导致的人性堕落和非洲价值观腐败的异象。③ 从单独叙事的长篇小说到构建具有整体性的三部曲系列，法拉赫描写那些对外人来说显而易见但本土人民却司空见惯的非洲社会问题，并且发出行动号召，彰显了他敏锐的政治意识和不断增强的社会介入性。

将"国家、宗族和个体的身份问题"体现得最明显的是第二个三部曲"日中之血"系列。该系列初稿约成形于法拉赫在非洲大陆上四处流散的时期，是他写作历程中的成熟阶段。法拉赫思想深受"泛索马里主义"④ 的影响，并将其实践到

① Ngũgĩ wa Thiong'o, "Nuruddin Farah: A Statement of Nomination to the 1998 Neustadt Jury", *World Literature Today*, 1998, 72 (4), p. 716.

② Judith Cochrane, "The Theme of Sacrifice in the Novels of Nuruddin Farah", *World Literature Written in English*, 1979, 18 (1), p. 69.

③ Juliet I. Okonkwo, "Literature and Politics in Somalia: The Case of Nuruddin Farah", *Africa Today*, 1985, 32 (3), p. 57.

④ 泛索马里主义：核心是寻求建立统一的大索马里国家，其内涵和外延可见王涛、赵跃晨：《泛索马里主义的历史渊源与流变——兼论泛索马里主义与恐怖主义的关系》，《世界民族》，2018 年第 4 期，第 40–52 页。

了自己的小说中去。《地图》以成长小说的模式去讨论边界与领土纷争，因为殖民主义带给非洲的伤痛之一是导致了各个国家和地区的领土四分五裂，如索马里主权虽然独立，国土却没有真正统一。小说中一方面处处可见"肢解""破碎""残缺"等意象来隐喻金瓯之不固，另一方面又通过主人公在失去血缘联系后出现的身份迷失揭示个体与集体、民族与国家身份的断裂。《礼物》同样以小见大，通过展现人物间大量施与、接受和回赠行为，映射了法拉赫对非洲贫困国家是否应该接受国际援助的辩证思考。法拉赫有意援引大量事实与报道进行互文，并借人物之口发布评论来输出观点。他尖锐指出贫者受馈并非表面上一授一受那么简单。索马里和某些非洲国家对他国的经济依赖已经到了危险的程度，而弱小民族的国家身份却可能因此沦为大国博弈的棋子。《秘密》以索马里20世纪90年代内战前夕为背景，通过一点点披露两个家庭间一系列骇人听闻的秘密往事，来揭示暗藏在人物伦理混乱表面之下的索马里社会的整体失序，为后面书写关于真正内战爆发的第三个三部曲"不完美的过去"系列吹响了前哨。在《连接》中，陷入无政府状态的索马里混乱恐怖，如一幅九层地狱图卷；《绳结》讲述了人们如何在这样一个被残忍撕裂的悲剧国度为了和平而不懈奋斗；而《叉骨》对一直困扰阿拉伯国家的圣战以及常年猖獗在索马里海域的海盗进行了淋漓尽致的展现，引人入胜地审视了陷入狂热暴力和政治冲突的一个个索马里人个体。

因善于在小说中展现非洲妇女的艰难处境，法拉赫思想中的女性主义历来得到赞赏："作为一个男性穆斯林作家，法拉赫在非洲文学中注入了对女性显著的同情与关怀，这在男权社会颇为引人注目。"[①]在非洲，女性难以进入真正的权力堡垒。法拉赫显然注意到了这点，这恐怕与他自身的家庭环境有关——母亲是承载了民间文化的口头诗人，带给他最早的启蒙；他的姐妹们也接受了和家中男孩一

---

① G. H. Moore, "Nomads and Feminists: The Novels of Nuruddin Farah", *The International Fiction Review*, 1984, 11(1), p. 3.

样的教育，这在索马里并不多见；他后来的第二任妻子则是尼日利亚籍后殖民女性主义学者、社会学教授阿米娜·玛玛（Amina Mama，1958— ）；他在西方也领略了太多先进的思潮。他的第一部长篇小说《来自弯曲的肋骨》之所以一鸣惊人，正是因为它聚焦了非洲女性普遍遭遇的割礼陋习和难以逃离的绑定婚姻，以致有评论家认为它不仅是索马里，更是非洲文学中书写女性反抗的开山之作。①正是这样，非洲妇女在宗族主义男权社会下的身份困境才能成为法拉赫持续观照和书写的对象，形形色色的索马里女性才成为法拉赫作品的重心之一。作为男权帮凶的女性家长、受尽压迫而无法翻身的苦难妇女、渴望独立自强的单身母亲、无视礼法放浪形骸的荡妇、敢于向男权发起挑战的蛇蝎魔女、投身社会活动以拯救家园的新时代女性……皆跃然于其作。法拉赫努力在非洲文学中建构女性的主体性，并将女性的解放叙事带进了公共领域。②

结　　语

法拉赫虽流亡半生，却保持着一种乐观的心态——"离家在外的乐趣之一，就是可以成为自己命运的主人。你不受过去的约束和限制……成了宇宙的中心。远离家乡，你就是一个族群——族群的思想和记忆。"③行迹虽然遍布欧、美、非，他却几乎始终将索马里作为自己文学想象的发生空间，以各种方式书写着母国。世人皆知的索马里是连年战乱、至今局势尚未稳定的非洲小国，但在法拉赫的眼里，那是他深爱的祖国。在作品中，除却那些最为迫切的非洲热点问题，我们还

---

① K. H. Petersen, "The Personal and the Political: The Case of Nuruddin Farah", *Ariel*, 1981, 12 (3), pp. 98-99.

② Annie Gagiano, "Farah's Sardines: Women in a Context of Despotism", *Africa Today*, 2011, 57(3), p. 3.

③ 努鲁丁·法拉赫：《赞美流亡》，载泰居莫拉·奥拉尼央、阿托·奎森主编：《非洲文学批评史稿》，姚峰、孙晓萌、汪琳等译，上海：华东师范大学出版社，2020 年，第 232 页。

能时常看到一幅幅索马里城乡风俗画卷，领略独具非洲特色的魔幻现实主义寓言以及半个多世纪风云变幻的索马里社会历史。

近年来，年逾七旬的法拉赫依旧老当益壮，不辍案头躬耕，继续为索马里英语文学的繁荣迸发激情。他最新的作品是《昭然若揭》（*Hiding in Plain Sight*，2014）和《黎明以北》（*North of Dawn*，2018），或许正是他第四个三部曲的前两部。未知他是否还有下一部作品，又会带给我们怎样一番气象？但可以肯定的是，法拉赫定会像他所承诺的那样："无论何时，无论何人询问我为什么要写这些书，我都会回答我写作是为了我们的后代，（让他们明白）一个国家的真实历史。"① 这也解释了为什么他是到目前为止唯一一位享有世界声誉的索马里作家，因为他以一己之力撑起了一国之文学。他愿同索马里的人民站在一起，做索马里永远的发声者。

（文 / 江苏大学 刘雨轩）

---

① Nuruddin Farah, "Why I Write", *Third World Quarterly*, 1988, 10 (4), p. 1599.

阿卜杜勒拉扎克·古尔纳

Abdulrazak Gurnah, 1948—

代表作一：《离别的记忆》（*Memory of Departure*，1987）

代表作二：《天堂》（*Paradise*，1994）

代表作三：《海边》（*By the Sea*，2001）

代表作四：《遗弃》（*Desertion*，2005）

第二十八篇

栖身文学的流散者
——坦桑尼亚作家阿卜杜勒拉扎克·古尔纳创作研究

引　言

　　2021年10月7日，阿卜杜勒拉扎克·古尔纳（Abdulrazak Gurnah，1948—　）因其作品以"毫不妥协并充满同理心地深入探索着殖民主义的影响，关切着那些夹杂在文化和地缘裂隙间难民的命运"[①]而获得诺贝尔文学奖，引发全世界关注和讨论。身为一位相对"冷门"的坦桑尼亚裔英籍作家，古尔纳缘何打败恩古吉·瓦·提安哥（Ngugi wa Thiong'O，1938—　）、玛格丽特·阿特伍德（Margaret Atwood，1939—　）等一众热门作家，斩获诺奖？他创作的一系列英语作品究竟魅力何在，又能否真正代表非洲文学，彰显民族性和世界性？这诸多疑问，或许只有入乎其内，尝试理解领悟古尔纳的精神境界和艺术追求，才能出乎其外，寻得问题的答案。

[①] Swedish Academy, "Prize motivation", NobelPrize.org. July 3, 2022, https://www.nobelprize.org/prizes/literature/2021/gurnah/facts/.

一、诗性的萌动：小荷初露尖尖角

1948 年 12 月 20 日，古尔纳出生于非洲东海岸的桑给巴尔（Zanzibar），在这里度过了自己的童年时代。桑给巴尔由两个大岛及多个小岛组成，地理位置优越，曾是印度洋贸易的中转站，也是明代郑和下西洋的途经之地。桑给巴尔经历了曲折的历史流变：16 世纪被葡萄牙殖民统治，17 世纪权力交由阿曼苏丹帝国，在获得短暂的独立（1856—1890 年）后，又被英国控制并沦为殖民地，如今则隶属于坦桑尼亚（Tanzania）。剧烈动荡的历史时局，造成了桑给巴尔文化多元、种族复杂的社会环境，使得生长于此的古尔纳拥有一定的语言天赋和文化优势。他的母语是斯瓦希里语①（Kiswahili），但由于当时的斯瓦希里文学并不发达，作品大多呈现道德训诫意味或闹剧色彩，数量不多、难成气候，对古尔纳影响较小。

古尔纳家族中伊斯兰文化氛围浓厚，父亲和叔叔都是从也门移民的商人。相对而言，古尔纳受阿拉伯文学的影响更深。年幼的古尔纳接触并阅读了大量的阿拉伯和波斯诗歌，获得了最初的文学启蒙。《古兰经》《一千零一夜》等富有异域情调和宗教蕴涵的传奇故事，借由人们的口口相传和艺术加工变得更为瑰丽多姿，激发出古尔纳惊人的艺术想象力和感受力，对其成长产生了深刻影响。在兴趣驱使下，古尔纳零散创作过一些故事短剧，为学校的滑稽戏表演服务。对当时的古尔纳而言，写作主要是为了娱乐消遣、打发时间，而成为以写作谋生的专职作家则显得异常遥远，是他未曾设想过的人生道路。文学伴随着古尔纳的成长，早已与他的生命相融，不可分离。

---

① 斯瓦希里语（Kiswahili），属于尼日尔—刚果语系班图语支，是坦桑尼亚的国语和官方语言之一，也是使用人数最多的非洲语言之一。

1963 年，英国结束了在桑给巴尔的殖民统治，但平静的状态并未持续多久，时任桑给巴尔总统就开始大肆屠杀国内的阿拉伯裔和南亚裔，一时间血流成河，人心惶惶，恐怖阴霾再次笼罩在桑给巴尔的土地上。而拥有阿拉伯血统的古尔纳，其生活节奏被全部打乱，生命受到严重威胁。1966 年中学毕业之后，古尔纳本应参加 A 级水平考试①，继续深造学业，但出于"国民扫盲"的需要，他被政府送往乡下的一所学校担任助教，面临巨大的生存考验。1967 年底，苦于挣扎的古尔纳最终以难民身份踏上了英国国土，开启了前程未卜的求学旅程。古尔纳原先只是计划暂时性的政治避难，谁料此后他竟在英国待了大半辈子，与英国之间的羁绊愈发深厚，人生轨迹被完全改变。

起初，古尔纳的生活极其艰苦，他缺乏稳定的经济来源，与原先的家庭几乎失去了联系，甚至一连好几个月都支付不起房租。为了生存，古尔纳半工半读，做过暑假工，也和表哥一起当过医院护工。他曾想研习物理、数学和化学，以便未来从事工程师相关的高薪工作，但三年的医院工作，使古尔纳打消了原先的念头，转而将热情投入文学中。22 岁时他开始上夜校学习英语，两年后顺利通过了 A 级水平考试。正是这段时期，古尔纳接触到大量英语文学经典作品。他曾回忆道："在英国，阅读的机会似乎是无限的，英语对我来说犹如一栋宽敞的房子，它用它无所顾忌的热情容纳着写作和知识。"②移民英国后，古尔纳对英语的鉴赏与运用技巧愈发纯熟，人文素养得到迅速提升，为将来的文学创作打下良好基础。

古尔纳背井离乡，亲历残酷的战争，见证悲凉的历史，被命运裹挟着前进。他深感个人力量的渺小与历史的不可撼动：一方面，他是被迫出走，由于身份问题迟迟不能归国，只能忍受与家人分离的异乡之苦；另一方面，身为一位黑皮肤的坦桑尼亚人，古尔纳难以真正融入英国的社会和阶级，而初期在英国的拮据生活，又使少年敏感倔强的内心饱受折磨。孤独、游离、漂泊，种种复杂情绪郁结于胸、无处诉说，彼时的古尔纳迫切需要寻得一个倾泻情绪的出口。古尔纳显然是幸运的，他

---

① A 级水平考试：A-level（General Certificate of Education Advanced Level），英国全民课程体系中的高中课程，学制两年。

② Abdulrazak Gurnah, "Writing and Place", *Wasafiri*, 2004, 19 (42), p. 59.

努力挣脱命运的漩涡，找到了于他而言最佳的 纾解方式——写作。在流亡海外的艰难岁月里，他栖身文学的想象，穿越理性的废墟，实现与自我的和解。

21 岁左右，他开始以日记形式记录自己生活中的所思所悟，抒发真实情感，释放被压抑的欲望。1976 年，他前往英国学习，获得伦敦大学（University of London）的教育学士学位，并得以在肯特郡多佛市的阿斯特中学授课，生活渐趋稳定。四年后他回到非洲，在尼日利亚巴耶罗大学（Bayero University，Kano）卡诺分校任教，后又赴英国肯特大学（University of Kent）求学，不断提升自我，追求卓越。1984 年，在阔别家乡十六年后，古尔纳重返故土，看望病危的父亲。而彼时的坦桑尼亚，早已物是人非。

从童年时代至移民初期，古尔纳的文学创作大多是随心所动，率性而为，出于一种非功利的、纯粹的精神享受。对当时远在异乡的古尔纳而言，写作意味着灵魂救赎和崭新的生活方式，是他不可割舍的生命记忆。诗性的萌动使他拥抱文学，展现出惊人的写作才能，他从零星随笔逐渐转向自觉的文学创作，追求高质量的作品产出，走上职业化和专业化的写作道路。

二、生命的拷问：海岛移民三重奏

移民英国是古尔纳的重要人生转折点，对他而言既是严峻挑战，又是一次弥足珍贵的人生机遇。漫长的贫困生活和移民经历，无形中影响着古尔纳的人生观、价值观，这些在其后续的写作中均有深刻体现。古尔纳往往以自身经历为参照，以严肃态度对待写作，在作品中深刻反映非洲移民流散[①]（diaspora）现象。

[①] 流散（Diaspora）是本文的重要概念。部分非洲作家由于所处国家或地区战争频仍、政权更迭，往往被迫离开非洲，发生地理空间意义上的位移，古尔纳的文学实践便能充分体现这一点。基于朱振武教授的三大流散理论划分（异邦流散、本土流散和殖民流散），本文将出生于桑给巴尔后又流亡旅居英国的古尔纳定性为异邦流散者，充分探讨其深刻的流散书写。概念详见朱振武、袁俊卿：《流散文学的时代表征及其世界意义——以非洲英语文学为例》，《中国社会科学》，2019 年第 7 期，第 135–158 页。

　　1982 年，古尔纳以论文《西非小说批评标准》（*Criteria in the Criticism of West African Fiction*）顺利获得博士学位。他密切关注西非小说，也有意书写自己的非洲故事，经过长时间的酝酿，最终在 1987 年出版第一部作品《离别的记忆》（*Memory of Departure*）。他将故事背景设置在桑给巴尔的海边城市肯吉（Kenge），以 15 岁主人公哈桑·奥马尔（Hassan Omar）的第一人称视角展开叙述，借由其往昔回忆，叙写多次的离别与复归。为摆脱恶劣的成长环境，哈桑离开肯吉，前往舅舅艾哈迈德（Ahmed）所在的肯尼亚内罗毕（Nairobi），并爱上表妹萨尔玛（Salma），后被舅舅赶走，重回破碎的原生家庭。空间意义上的离别还隐含着更深层次的情感离别。性情暴虐的父亲、懦弱隐忍的母亲，使哈桑从小生活在阴影之下，未曾享受过家庭的温暖，而他与表妹之间的朦胧爱情又被舅舅扼杀，哈桑面临着离别的苦痛。美好情感体验的缺失致使哈桑对外面的世界充满好奇，试图逃离家庭的桎梏。小说结尾哈桑的回忆再次涌现，过去与现在重叠，哈桑站在船上远眺陆地，希望在漂泊中寻找到灵魂的栖息地，真正获得文化和心灵上的归属感。

　　紧接着，古尔纳又出版了第二部长篇小说《朝圣者之路》（*Pilgrims Way*，1988）。较之《离别的记忆》，这部作品延续此前的移民话题，但注入了更多宗教色彩。小说讲述了主人公达乌德（Daud）在经历桑给巴尔革命后，从非洲移民到英国的艰难处境和朝圣之旅。达乌德为逃避政治动乱，毅然奔赴英国坎特伯雷，担任一所医院的勤务兵，期待拥抱崭新的人生。可是，事情并非像他料想的那般美好。边缘化的生活、不被认可的移民身份使他陷入忧郁和迷茫，直至遇见护士凯瑟琳（Catherine），达乌德才卸下心防，向她——同时也是向读者——袒露心声，诉说自己的不幸过往。"作家们在旅居国的求生经历、求学经历等各种体验成为他们创作的素材来源，成为他们审视和反观自己祖国的参照，但他们主要还是写自己祖国的人和事。"[①]古尔纳这位异邦流散者从自身的立场出发，在作品中细

---

① 朱振武：《非洲英语文学，养在深闺人未识》，《文汇读书周报》，2018 年 10 月 8 日，第 1 版。

腻描摹殖民主义对东非人民造成的心灵隐痛，探讨流散群体的身份建构问题。小说以达乌德访问教堂为结尾，呈现出在遭受种族、文化、宗教等连续冲击后他对英国之旅的重新思考，最终真正实现"朝圣"的宗教目的。

在创作《朝圣者之路》两年后，古尔纳出版了长篇小说——《多蒂》(Dottie，1990)，这是他首次也是唯一一次将女性设置为故事主人公。《离别的记忆》和《朝圣者之路》两书中的主角均为非洲本土族裔，而此书中的女主人公多蒂(Dottie)则是从小生长于英国的移民后代。相较前者，多蒂的成长环境和接受的文化教育似乎更具稳定性。可即便如此，在20世纪50年代的英国，多蒂仍因其黑色的皮肤而蒙受严重的种族歧视。难以弥合的种族文化差异，使多蒂迫切渴望了解自己的家族历史。但英国对非洲长期的殖民统治，以及多蒂父亲在其成长过程中的缺席，使她对"父辈"的记忆模糊，处于文化无根的状态；而母亲的沉默、几乎从未主动提及祖辈的举动，则是对过往的否定，更加剧了多蒂的身份焦虑。实际上，多蒂像是无根的浮萍，缺乏必需的生命养料。借助书籍阅读和自我教育，她重新确立了几近磨灭的非洲人身份，实现了对非洲传统的精神复归。

《离别的记忆》《朝圣之路》《多蒂》可谓古尔纳的"移民三重奏"，是他创作初期的代表作。三部作品创作时间接近，创作主题一脉相承，均是对当代移民移居英国经历的揭露和刻画，闪烁着作家思想的火花。正如弗吉尼亚·伍尔夫(Virginia Woolf，1882—1941)所言："作家灵魂深处的每一个秘密，生活中的每一次经历，头脑中的每一个闪念，都会在他的作品中被夸张地显现。"[①]桑给巴尔革命深深影响着古尔纳，使他开启"流散书写"的生涯，关注难民远走他国后的生存境遇，反思殖民主义对非洲人民的荼毒，拷问生命的意义所在。除小说创作之外，古尔纳还被聘为英国肯特大学英语系教授，担任《旅行者》(Wasafiri)杂志的特约编辑和顾问，自觉向外界介绍沃莱·索因卡(Wole Soyinka，1934—)、恩古吉·瓦·提安哥等一众非洲作家作品，探讨殖民主义和后殖民主义的相关议题。

---

① 弗吉尼亚·伍尔夫：《奥兰多》，任一鸣译，上海：上海译文出版社，2014年，第163页。

三、岁月的积淀：快意书写真性情

90 年代是古尔纳的创作上升期。这一时期，他的创作更加多元，作品数量和质量较前一阶段明显提升，相继出版《非洲文学论文集：再回眸》（*Essays on African Writing: A Re-evaluation*，1993）以及续集《非洲文学论文集卷二：现代文学》（*Essays on African Writing 2: Contemporary Literature*，1995），并于《非洲文学研究》（*Research in African Literatures*）等杂志发表多篇论文，学术成果颇丰。除了教学科研之外，古尔纳在小说创作领域也笔耕不辍，勇于探索创新。地域流散、文化认同始终是古尔纳作品中密切关注的主题。随着年龄的增长和阅历的丰富，古尔纳的思考渐深，开始由移民的个体书写转向更深层次的民族、国家书写。1994 年发表的《天堂》（*Paradise*），可谓是其创作的分水岭，标志着古尔纳小说进入了一个新阶段。

《天堂》是古尔纳的第四部长篇小说，先后入围 1994 年布克（International Booker Prize）奖短名单和惠特布莱德奖（Whitbread Book Awards），也是他最为人熟知的代表作。故事发生在一战期间的东非殖民地，当时德国殖民者因修建铁路，需要征用大量当地劳动力，百姓生活苦不堪言。12 岁的优素福（Yusuf）为偿还父亲欠阿拉伯富商阿齐兹（Aziz）叔叔的债务，乘火车长途跋涉来到阿齐兹家中，后跟随商队前往相对野蛮的内陆经商。作品补充介绍了许多伊斯兰教文化元素，以及殖民历史，展现了真实的东非贸易图景，暗含丰富的宗教隐喻。阿齐兹叔叔那幢豪华、美丽的宅邸，就是仿照《古兰经》中的"天堂"（Jannah）建造的，也恰好照应小说题目。起初，尤素福认为阿齐兹叔叔的家就像天堂，远离战争与喧嚣，是片难得的净土，也是他们的避风港。殊不知，他早已被自己的父亲卖给阿齐兹，沦为地位低下的奴隶。"天堂"本质上就是束缚他自由的因牢，即便是再华丽的外表也遮掩不住剥削本性。"在被殖民统治的时期，非洲作家面临的主要任务是反对殖民统治、赶走侵略者、争取民族独立；在后殖民时期，非洲作家面临着消解西方中心主义、反思历史、重构民族形象的重任。"①古尔纳并没有对殖民前的非洲进行感伤和浪漫化的处理，而是以尤素福的视角冷静呈现当时的历史，试图唤起非洲裔民众对看似文明、高人一等的殖民者的反抗意识，呼唤民族独立和解放。同时，古尔纳回顾过去，反思历史，基于更高的立场和角度批判社会现实，既看见外部殖民者对非洲大陆和人民的残害，又察觉出非洲各部落内部存在的分裂斗争，通过解构殖民时代西方话语的权威性，以期获得在世界范围内平等对话的权利和机会。

1996 年，古尔纳推出新作《绝妙的静默》（*Admiring Silence*）。这部长篇小说以巧妙的形式展开叙事，前后跨越二十年。故事男主人公是土生土长的桑给巴尔人。由于祖国的政治纷争，他被迫在 20 世纪 60 年代移民英国，颠沛流离。这与古尔纳本人的经历如出一辙。此外，作家有意不为男主人公设定具体的名字，而是仅以桑给巴尔人指代，使人物姓名成为一种语言符号，赋予原本虚构的故事更普遍的现实意味。因为殖民统治和社会动荡，多少无辜的人民受到牵连，被迫从家乡出走，与骨肉分离。故事男主也是移民浪潮中的一员，他在英国的学校学习、任教，却始终难以融入。英国白人女性艾玛（Emma）的出现，使他在遥远的异乡第一次感受到家人般的温暖和善意，成为他孤独生活中的最大慰藉。多年后这名桑给巴尔男子获得机会重返家乡，可眼前的景色却让他近乡情怯，深感"我所熟悉的事物和我多年来生活过的地方在我的脑海中发生了改变，就像从我的过去中被驱逐出来一样"②。他的家人不知晓他与艾玛同居并孕有一女的事实，计划让他娶一个未成年女孩为妻，而他却无任何回应与辩解，只是默默离开了桑给巴尔。当他回到英国时，却惊讶地发现艾玛已经交往新的男友，决定与过去的生活告别。古尔纳运用对照手法，将空间对置，暗含反讽。主人公面对家人时保持

---

① 朱振武、袁俊卿：《流散文学的时代表征及其世界意义——以非洲英语文学为例》，《中国社会科学》，2019 年第 7 期，第 157 页。

② Abdulrazak Gurnah, *Admiring Silence*, New York: The New Press, 1996, p. 187.

无谓的静默，最后无处容身，不被英国和坦桑尼亚接纳，而迎接他的或许只会是更难挨的沉默。但古尔纳还是在结尾处寄予了一定的希望，使作品不至沦为虚无。如此相似的人生经历，是否使古尔纳联想到自身，从而在作品中投入更多的个人情感呢？非洲的难民们面临着源自本国与流散国的双重压力，或无奈背叛，或惨遭抛弃，只能在夹缝中苦求生计。

这一阶段，古尔纳主要聚焦移民们流散到英国（异域）之后的生活新变化，通过写作寻找历史与现实的平衡点。移民们在意识到难以回国后，努力尝试进入当地社会以获得身份认同，但往往会面临多重阻碍，进退两难。较之创作初期，适应旅居生活的古尔纳思考、沉淀，大胆抒发真切感受，对作品内容的处理更加从容，创作内涵得以深化。

四、激情的喷涌：吾侪岂是蓬蒿人

跨入 21 世纪，古尔纳从写作初期的艰难探索，到中期的渐入佳境，最终走向成熟，佳作频出。这一阶段，古尔纳出版了五部长篇小说和若干文集，创作灵感迸发、激情喷涌，展现了非洲文学的强劲势头。

出生在桑给巴尔岛的古尔纳极其青睐海岛元素，在作品中多次提及"海洋"（sea）概念。在长篇小说《海边》（*By the Sea*，2001）中，他再次将主人公出生地设置在桑吉巴尔的海边小镇，同样采取"出逃本国—移民英国"的故事模式。《海边》将男主人公萨利赫·奥马尔（Saleh Omar）与拉提夫（Latif）一家的内部矛盾纳入英国对桑给巴尔殖民化统治的外部框架，以双线结构串联起双重矛盾，增加作品的叙事难度和思想深度，是古尔纳对此前同类创作题材的突破。"进入全球化时代以来，由于伴随'流散现象'而来的新的移民潮的日益加剧，一大批离开故土流落异国他乡的作家或文化人便自觉地借助于文学这个媒介来表达自己流离失所的情感和经历。"① 古尔纳便践行着这一点，在作品中抒发对流散群体的命运关怀。他在书写原生家庭和非洲社会的故事时，既是深入其中的亲历者，又能够凭借移民经历，与原先环境保持一定的距离，远观各类文化现象，从而更客观冷静地反映非洲大陆的移民变迁和流散症候，发出后殖民主义时代的理性呼声。

随着古尔纳作品数量的增多和影响力的扩大，他逐渐获得国际社会认可，文学价值得以体现。古尔纳担任过凯恩非洲文学奖（Caine Prize for African Writing）和布克奖评委，对文学作品有着独到见解。2004 年，古尔纳在《旅行者》（*Wasafiri*）杂志上发表了一篇题为《写作与位置》（"Writing and Place"）的文章，感性地讲述其走向文学创作的心路历程，分享有关小说写作、自我身份确证等问题的思考，流露出较为成熟完备的创作观和文艺观。

2005 年，古尔纳推出长篇小说《遗弃》（*Desertion*），作品入选 2006 年度英联邦文学奖短名单（欧亚大陆地区最佳图书）。该书以拉希德（Rashid）的第三人称视角叙事，讲述肯尼亚女性瑞哈娜（Rehana）与航海贸易者阿扎德（Azad）、英国白人马丁·皮尔斯（Martin Pearce）之间两段失败的婚姻，以及瑞哈娜的外孙女贾米拉（Jamila）与拉希德的哥哥阿明（Amin）二人的禁忌爱情。与前期创作不同，古尔纳此时的作品更具实验性，叙述变得越来越非线性，时间跨度极大，涉及瑞哈娜及其外孙女两代人，以及肯尼亚、桑给巴尔、英国三大地理空间。由于殖民统治和宗教种族等因素，故事中人与人之间的关系极不稳定，往往面临着被迫分离、多重遗弃的痛苦局面。而作为殖民地的东非，同样难逃被殖民者无情遗弃的命运，独自舔舐着殖民统治造成的巨大创伤。一年后，古尔纳被选为英国皇家文学会会员，陆续发表短篇小说《我母亲生活在一个非洲农场》（"My Mother Lived on a Farm in Africa"，2006），编辑出版《剑桥萨尔曼·拉什迪研究指南》（*The Cambridge Companion to Salman Rushdie*，2007），其间不断有丰富学术成果产出。

---

① 王宁：《流散文学与文化身份认同》，《社会科学》，2006 年 11 期，第 172 页。

2011 年，古尔纳第八部长篇小说《最后的礼物》（*The Last Gift*）问世。63 岁的主角阿巴斯（Abbas）因突发瘫痪即将失语，于是他想将自己当年在桑给巴尔的童年经历和离开的原因用录音机录下来，作为"最后的礼物"送给家人。"诉诸听觉的讲故事行为本是人类最早从事的文学活动，从'听'的角度重读文学作品乃至某些艺术作品，有助于扭转视觉霸权造成的感知失衡。"① 这部作品中，古尔纳以"静默"叙事，关注那些不易察觉的声音，恢复细腻感知，深入人物内心世界。阿巴斯处在长期的自我逃避中，不愿回顾那段隐秘的历史，直至即将降临的死亡唤醒了他。阿巴斯是桑给巴尔裔的英国移民，他的儿子贾马尔（Jamal）和女儿汉娜（Hnna）作为移民二代，与父亲同属流散共同体，也因种族和文化差异而与英国当地社会存有隔阂。"殖民和奴役可能将消极的态度根植在被害者身上。"② 贾马尔因黑皮肤在白人世界里显得格格不入，自怨自艾。而汉娜同样囿于对身份的不自信，将自己的名字改为安娜（Anna），渴望拥有"英国人"的身份，过上像其他英国人一样的体面生活。这种迎合当地文化、放弃自我的行为，无法起到任何实际作用，反而加剧人物身份认知的障碍。

围绕移民"自我身份"主题展开的，还有古尔纳的长篇小说《砾石之心》（*Gravel Heart*，2017）。作品标题取自莎士比亚《一报还一报》（*Measure for Measure*）剧中的一句台词："不适合生存或死亡，哦，砾石之心！"③ 萨利姆（Salim）与父母、舅舅阿米尔（Amir）一起生活，而他的舅舅就是一个有着砾石心的自私自利的人。由于萨利姆的父母和舅舅将他与身边所有的秘密隔开，萨利姆不知道家庭里的任何事情，对一切充满好奇。萨利姆 7 岁时，他的父亲突然出走，抛妻弃子，与家庭断绝联系。萨利姆感觉自己好像不属于这个家，游离在家庭之外，精神漂泊。结合古尔纳的个人经历，或许这正是他想要通过文字向大众诉说的

---

① 傅修延：《论聆察》，《文艺理论研究》，2016 年第 1 期，第 33 页。

② 单波、肖珺主编：《文化冲突与跨文化传播》，北京：社会科学文献出版社，2015 年，第 105 页。

③ 此处为作者自译。莎士比亚原文为 "Unfit to live or die. O, gravel heart"。见 William Shakespeare, *Measure for Measure*, New York: Washington Square Press, 2005, p. 155.

内容——移民四处流散，仿佛是周围环境之外的异质成分，无法寻得归属感。这些灵与肉双重毁灭的个体，迫切渴求疗愈深重的殖民创伤，亟待实现精神突围。

《今生来世》（*Afterlives*，2020）是古尔纳创作的第十部长篇小说。作家别出心裁地设置了两位主人公：远走他乡的伊利亚斯（Ilyas）和新兵哈姆扎（Hamza）。11 岁的伊利亚斯为摆脱贫困的原生家庭，无意间上错了军人的车厢，被送往德国人的农场。他在那里度过了相对平静温馨的日子，逐渐被德国殖民者同化，将自己的非洲名字"伊利亚斯"（Ilyas）改为欧化的"埃利亚斯·埃森"（Elias Essen），甚至还要替德军上战场，残害自己的民族同胞。伊利亚斯深受殖民主义的毒害，无力反抗也无意识反抗。《多蒂》中的女主角多蒂为"寻根"而改回非洲名字，伊利亚斯则恰恰相反，他的最终目的是成为一个真正的西方贵族，更好地拥抱西方文明。另一位主角哈姆扎，因被自己的长官看中而被士兵排挤，沦为战争的牺牲品。他也是伊利亚斯悲惨命运的见证者。借由他的视角，作者道出伊利亚斯被德国社会边缘化的尴尬处境，试图借此说明民族身份和文化认同对个人成长的重要性。对二人性格和命运的精心设置，足见作家古尔纳的创作匠心。他在作品中糅合战争、创伤、殖民、流散等诸多元素，讲述人物的"逃离"与"坚守"，以老练的文字和抒情的笔调向读者娓娓道来。一切尽在不言中，全交由读者品味。

结　　语

值得注意的是，古尔纳全部以英语进行创作，作品中偶尔夹杂一些阿拉伯语、斯瓦希里语和德语词汇。他的母语是斯瓦希里语，但是他从小在桑给巴尔接受的是英语教育。不同于恩古吉对英语写作的否定态度，古尔纳在意识到英语隐含的殖民性的同时，仍然主张采用更包容的态度，借助英语的传播力扩大作品的影响范围，以英语书写殖民主义的残酷，从而达到反殖民、反霸权的目的。他还使用英语撰写了大量文学评论，如《恩古吉笔下配着枪的基督式人物》（"Ngugi's Christ with a Gun"，1989）、《无可宣泄的欲望：威科姆和世界主义》（"The Urge to Nowhere: Wicomb and Cosmopolitanism"，2011）等，向外传播推介非洲文学。十部长篇小说，以及若干短篇小说、文学评论和学术专著，古尔纳在各个领域的不同身份间来回穿梭，保持着思考和写作的习惯，最终于 2021 年 10 月 7 日获得诺贝尔文学奖，将非洲文学再次推向世界舞台。

（文 / 上海师范大学 程雅乐）

奥克特·普比泰克

Jane Okot p'Bitek, 1931—1982

代表作一：《拉维诺之歌》（*Song of Lawino*，1966）

代表作二：《奥科尔之歌》（*Song of Ocol*，1970）

代表作三：《白牙》（*White Teeth*，1989）

第二十九篇

非洲文化复兴之声

——乌干达作家奥克特·普比泰克创作研究

引　言

奥克特·普比泰克（Okot p'Bitek，1931—1982）是乌干达重要诗人、小说家和学者，用英语和阿乔利语（Acholi）双语创作。普比泰克虽以精湛的诗歌作品闻名于世，但早在 1953 年他就用阿乔利语创作并出版了小说《白牙》[①]（*White Teeth*，1989），这部作品被认为是乌干达最早的小说之一。普比泰克也因此成为乌干达现代文学肇始时期举足轻重的作家。在创作出这部小说之后，普比泰克开始沉浸于诗歌创作中。他的民族情怀也在这一时期被无限放大，谱写出了以《拉维诺之歌》（*Song of Lawino*，1966）为代表的一系列悦耳的诗篇，并以双语形式出版，强有力地讽刺了非洲社会存在的"白人崇拜"现象。无论是创作小说还是创作诗歌，普比泰克均善于将口头传统语言融入其中，并带着强烈的思辨意识审视和探讨非洲传统文化与西方现代文明的碰撞。一方面，他深刻批判了白人政权和所谓的"白人文明"对非洲人民和非洲文化的迫害；另一方面，他也能正视非洲传统文化中的弊端，肯定西方文化对非洲大陆的积极影响。可以说，普比泰克是站在辩证客观的视角，揭示殖民主义和种族主义交织下的乌干达的种种社会矛盾，力争为非洲本土文化发声。

[①] 首版为 1953 年的阿乔利语版，书名为 *Lak Tar*，后经普比泰克本人翻译成英语，在其逝世后于 1989 年由其第二任妻子卡罗琳·奥玛·普比泰克（Caroline Auma Okot p'Bitek）和友人整理出版。

一、领域多涉猎：学业与职业的不凡

1931 年，普比泰克出生于乌干达的古卢（Gulu）市，父亲是教师，母亲既是一名传统歌手，也是一名舞者。父母是普比泰克文学之路上的启明星。妈妈的歌曲，父亲篝火表演中的故事，共同激发了普比泰克对非洲文学艺术的浓厚兴趣。普比泰克在这样一个充满传统阿乔利文化氛围的家庭中长大，从小就在学校以歌手、鼓手、舞者和运动员的身份而闻名。从古卢高中（Gulu High School）毕业后，普比泰克进入布多国王学院（King's College Budo）学习，在那里根据传统歌曲，用英语创作了一部歌剧。该剧"被称为'阿甘（Achan）'，是对莫扎特创作的回应……故事情节非常简单，讲的是一位极度贫穷的青年离开家乡到城里寻找新娘的经历"[①]。普比泰克在这部歌剧中讨论了乌干达重要的社会问题，即婚嫁时收取高昂彩礼的陋习。他在小说《白牙》中就深刻揭示了乌干达阿乔利社区中存在的腐朽的婚嫁习俗，因此这部歌剧可被视作是《白牙》的雏形。可以说，学生时代对于传统歌曲和歌剧的探索成为普比泰克日后进行文学创作的重要养料。

1956 年，普比泰克作为乌干达国家足球队的球员首次出国。时年 9 月，普比泰克在英格兰的赛场上赤脚踢球，以 2 比 0 击败了英格兰足球队。尔后普比泰克放弃足球运动员的职业，留在英国的布里斯托大学（University of Bristol）攻读教育专业，紧接着在威尔士大学阿伯里斯特威斯分校（University of Wales, Aberystwyth）学习法律。在那之后，他进入牛津大学（University of Oxford）并获得了社会人类学学士学位。在牛津大学读书期间，普比泰克意识到了西方文化对非洲文化的冲击和非洲文化亟待复兴的重要性。1960 年，普比泰克在牛津大学人类学研究所上第一堂课时，任课老师一直把非洲人和其他非西方民族称为部族，

---

① Bernth Lindfors, "An Interview with Okot p'Bitek", *World Literature Written in English*, 1977, 16 (2), p. 281.

是野蛮人和原始人①，奈何普比泰克怎样反对和抗议都无济于事。这一事件直接影响了普比泰克接下来的创作倾向和文化观念。驳斥白人对非洲的曲解，批判非洲人对于白人文化的"沉迷"，成为他日后文学创作的核心要义。

普比泰克于 1964—1966 年任教于马凯雷雷大学学院（Makerere University），后担任乌干达国家剧院和国家文化中心主任。由于在乌干达政府中不受欢迎，普比泰克开始到国外担任教职，1969 年参加了爱荷华大学（University of Iowa）国际写作项目，1971 年起在内罗毕大学（University of Nairobi）非洲研究所担任高级研究员和讲师，1978 年访问了得克萨斯大学奥斯汀分校（University of Texas, Austin）和伊费大学（University of Ife），并在这期间出版了民间故事集《野兔和犀鸟》（*Hare and Hornbill*，1978）。在伊迪·阿明（Idi Amin，约 1925—2003）执政期间②，普比泰克一直流亡在外，1982 年才重新回到乌干达，在马凯雷雷大学教授创意写作。好景不长，当年 7 月，普比泰克因中风在首都坎帕拉去世，年仅 51 岁。而就在去世前夕，这位伟大的乌干达作家参加了在伦敦举行的首届"激进黑人和第三世界图书国际书展"（International Book Fair of Radical Black and Third World Books，也称"黑色书展"，The Black Book Fair），并吟诵了诗歌《拉维诺之歌》和《奥科尔之歌》（*Song of Ocol*，1970）的选段。此举将普比泰克的"文化复兴之音"推向了西方世界，却也成为他最后一次公开露面。

普比泰克离世之后，他的时代并没有落幕。直至今日，这位东非诗人的影响力一直延续。2016 年 3 月 18 日，一众文学和文化学者齐聚马凯雷雷大学主礼堂，庆祝普比泰克的《拉维诺之歌》出版 50 周年。与会庆祝的有肯尼亚学者西蒙·吉坎迪（Simon E. Gikandi，1956— ）、南苏丹作家塔班·洛·利雍（Taban Lo Liyong，1939— ）和乌干达女作家协会（Femrite）重要成员苏珊·纳卢格瓦·基古里（Susan Nalugwa Kiguli，1969— ）等人。普比泰克及其笔下的拉维诺仿佛始终活在人间，影响着一代代的学者和知识分子。

---

① 参见 Okot p'Bitek, *Decolonizing African Religion: A Short History of African Religions in Western Scholarship*, New York: Diasporic Africa Press, 2011, p. 1.

② 1971 年初，阿明通过政变成为乌干达总统。1979 年 4 月，阿明政权被推翻，阿明开始了逃亡生活。

普比泰克的文学道路不仅受到父母、家庭和成长经历的影响，还与其深入民间的志趣密不可分。新华社记者高秋福曾在1982年2月拜访过普比泰克，与这位东非文学巨匠展开了深入交流。交谈之中，普比泰克谈道：

第一个把我带上文学之路的应该说是我的母亲。我至今还清楚地记得孩提时代那些美好的夜晚。一天劳作之后，她总是坐在我们祖传的圆顶草屋中，给我讲故事。有的故事，不知讲了多少遍，但我总爱听。这些故事，她每讲一次，总有些"修正"或补充，因而一版比一版更生动。长大之后，我就想，把这些故事记下来，让更多人知道该有多好！这就是我最初的创作冲动。[①]

这位东非流散作家从母亲的故事出发，在文学创作之路上发出了推动非洲文化复兴的强音，为后殖民时代下非洲文学的发展提供了重要支撑力量。普比泰克的文学造诣不仅影响了东非许多作家的创作，也对自己儿女的人生选择起着重要作用。普比泰克一共生育了七个孩子，其中有三个女儿和一个儿子继承了父亲的文学才华和教育理念。特别是朱莉安·奥克特·比泰克（Juliane Okot Bitek，1966— ），自幼便受到父亲的鼓励和影响，在11岁时就发表了自己的诗作，目前是加拿大籍非裔女诗人和学者。

从人生经历来看，普比泰克曾尝试和挑战过多重角色，无论是作为运动员、歌者、舞者、教师、人类学家、批评家还是作家，他都在其中投入了自己的热情，尽其所能且收效明显。从英国学成归来后，普比泰克利用自己在外的见闻和所学，结合社会人类学、文学和宗教学等知识，对非洲文化发展的走向和最终出路进行深入挖掘和探讨，为非洲本土文化发声。在这一过程中，普比泰克认识到语言文字的力量至关重要，他对本土阿乔利语和英语的选择和取舍成为其创作思想和文化理念的重要表现。

---

① 高秋福：《汲诗情于民间——悼念乌干达人民诗人奥考特·庇代克》，《世界文学》，1984年第3期，第243页。

二、语言两生花：阿乔利语与英语的同步

在非洲文坛，"即使是那些选择像小说等欧洲体裁的作家，绝大多数也曾试图通过结合方言、谚语和传统故事等元素来捕捉典型的非洲声音。这一文学现象在东非尤为明显，很多作家在创作时使用本土语言和英语的频率相当"[①]。普比泰克就是其中最为典型的代表之一。

作为乌干达文学的发声者，普比泰克在文学创作中致力于用英语还原并表达出阿乔利传统的语言风格。无论是构思小说，还是谱写诗歌，普比泰克都在创作中使用了大量的口语和本土俚语。例如，《白牙》既是普比泰克出版的第一部作品，也是"最后一部作品"。这部小说有着明确的双语创作顺序，即先以阿乔利语形式出版，然后由普比泰克本人在原作基础上将其译成英语。虽然多数读者看到的是英语版本的《白牙》，但其中依旧保留了阿乔利语的传统叙事方式，可以说，这是一部具有阿乔利传统语言风格，故事情节中融入了本土文化传统的英文小说。

《白牙》讲述了主人公奥凯卡·拉德旺（Okeca Ladwong）为赚得足够的彩礼迎娶心爱的女子而选择远走他乡的故事，深刻揭示了乌干达阿乔利社区中存在的腐朽的婚嫁习俗，使更多的读者了解到乌干达传统的婚嫁习俗等传统民俗背后的社会问题。故事的名字叫作《白牙》，那么白牙究竟意味着什么？这一问题也困扰着普比泰克。其实在《白牙》的英文版问世前，《作为统治者的艺术家：关于艺术、文化和价值观的论文集》（*Artist, the Ruler: Essays on Art, Culture and Values*，1986）收录了这部作品的第一个英文完整版[②]，随后的 1989 年版本与之相比，语

① Okot p'Bitek, "*Song of Lawino and Song of Ocol*", *Encyclopedia.com*. October 14, 2024. https://www.encyclopedia.com/arts/culture-magazines/song-lawino-and-song-ocol.[2024-10-22]

② 1986 年的版本是《白牙使地球上的人开怀大笑》（*White Teeth Make People Laugh on Earth*，1986），首次发表于《作为统治者的艺术家：关于艺术、文化和价值观的论文集》（*Artist, the Ruler: Essays on Art, Culture and Values*, 1986）。详见 Ogo A. Ofuani, "Old Wine in New Skins? An Exploratory Review of Okot p'Bitek's '*White Teeth: A Novel*'", *Research in African Literatures*, 1996, 27(2), p. 186.

言上有了很多改动，譬如引言中所提及的"我用牙齿笑，但我的心在流血"被删去，代表着人物的"赞美名"（praise name）也用阿乔利语"mwoc"代替，等等。普比泰克曾多次就阿乔利语的英译问题提出自己的看法，认为英语无法完全还原阿乔利语文本的语言风格，甚至会曲解源文本的内涵意义。普比泰克秉持着这样的理念，在自己的众多英文作品中都保留了阿乔利语的词汇、句式与叙述风格，并没有将其直接译成正统的英文，而是让这些本土语言最大限度地融入英语文本，在用英语叙事的同时保留了原阿乔利语文本的语言特征。在《白牙》的最终版里，前前后后共计出现了 102 个阿乔利单词，其中只有 4 个被放在文后的附录里进行了英文解释（分别是"kwon""mwoc""nyong""otuk ruk"），其他词汇没有注解，原因是它们在文中的具体语境之下是能够被非阿乔利语读者理解的，这些词汇多是阿乔利的地名、动植物名和食物名等。

《白牙》的故事篇幅不长，情节较为简练，但对乌干达意义重大。"虽然第一次写成于 20 世纪 50 年代，但这部小说预见了乌干达迅速现代化的社会即将面临的厄运。因为无法忍受彩礼负担，乌干达政府最近试图取缔它。"① 这也大大提升了《白牙》这部小说的社会价值，丰富了其时代意义。《白牙》的问世与普比泰克的社会学经历密切相关。在英国深造期间，他耳濡目染地感受到欧洲人对于非洲的刻板印象，以及非洲在全世界的边缘化处境。不仅是落后和荒谬的婚嫁习俗，在《拉维诺之歌》等其他作品中，他同样讽刺和批判了阿乔利部分传统习俗的负面影响，并联系西方殖民者的文化入侵对非洲社会的影响进行探讨。可以说，用语言文字展现乌干达存在的社会问题成了普比泰克最有力的手段。

在普比泰克短暂的一生中，若论其文学成就，诗歌作品应首屈一指；若是在他出版的几部诗集中分出伯仲，当属那曲《拉维诺之歌》。"非洲英语文学的特点之一就是主人公受到外来文化与本土文化的双重熏陶而处于一种中间状态"②，这类人物被视为社会的"边缘人"。普比泰克笔下的拉维诺（Lawino）正是这样一位女性。拉维诺是阿乔利当地一个没受过教育的传统女子，她热爱本土文化，却

---

① Kefa M. Otiso, *Culture and Customs of Uganda*, New York: Greenwood Press, 2006, pp. 39-40.
② 朱振武、袁俊卿：《流散文学的时代表征及其世界意义——以非洲英语文学为例》，《中国社会科学》，2019 年第 7 期，第 145 页。

遭到丈夫的鄙夷和抛弃；丈夫奥科尔（Ocol）本是和拉维诺一样的人，但从欧洲学成归来后却沦为了一个"洋奴式"的人物。拉维诺背后的非洲本土传统和奥科尔所代表的西方文化之间产生了巨大冲突，使得"拉维诺式"的人物具有了本土流散的症候。普比泰克借助夫妇二人的形象以及双方的矛盾争端，批判了盲目追求西化的非洲人，揭示了后殖民时代非洲社会所存在的文化问题。

《拉维诺之歌》长达五千行，最初用阿乔利语创作，后来由普比泰克自译成英语，而英语版的影响远远超越了阿乔利语版。虽然是英语版本帮助普比泰克赢得了声誉，但是在《拉维诺之歌》的英文版中，依旧可见阿乔利语词句和俚语。普比泰克在诗中对东非社会现实进行了描绘和批判。没受过教育的拉维诺并不是一个合适的讲述者，需要增加奥科尔这个额外的对话维度，于是就有了"丈夫的回信"，即《奥科尔之歌》。《奥科尔之歌》也有阿乔利语和英语两个版本，英语版本早于阿乔利版本问世。在这对"双歌"之中，阿乔利本土的语言风格并没有被英语所湮没，众多阿乔利本土语言在文中以斜体呈现。

普比泰克的"双歌"虽然以英文蔽体，但无论是语言风格还是情节内容，都具有浓郁的阿乔利语特色。《拉维诺之歌》虽然是一部长诗，却不符合任何西方的长诗模式。它既不是史诗，也不是叙事诗，而是沉浸在乌干达歌谣之中的普比泰克，在面对阿乔利文化和西方文化的冲突时所做出的思考与抉择，其风格基调是随性且自由的。普比泰克有时故意在英译本中增加了原文中没有的奇怪之处。例如在《拉维诺之歌》第八章中，当提到"福音"（gospel）、"圣灵"（Holy Spirit/Holy Ghost）和"上帝"（God）这些名词时，普比泰克没有使用《圣经》术语，而是以一种字面意义来翻译这些词，目的是贴近阿乔利语读者的经验。普比泰克将以上三个词译为"good word"[1]"Clean Ghost"[2]和"the Hunchback"[3]。对于欧洲读者来说，第一次阅读到夹带这些词汇的英文版本时所产生的陌生感非常强烈，而大多数阿乔利语读者会熟悉这些术语的基督教意义。在英文版的《拉维诺之歌》中，普比泰克不仅复兴了乌干达的口头文学，并且在保留阿乔利原版语言风格的

---

[1] Okot p'Bitek, *Song of Lawino*, Nairobi: East African Educational Publishers Ltd., 1966, p. 111.

[2] Ibid., p. 112.

[3] Ibid., p. 116.

同时，最大限度地用英语表达了一曲"非洲哀歌"，在两种语言中获得了最佳平衡，为读者奉献了一首用英文创作的充满乌干达阿乔利风格的诗歌。

普比泰克在创作中对本土语的使用和对英语的处理，不仅展现了他尝试在追求语言平衡的过程中传递故事内容的目的，也表达了他对阿乔利文化的捍卫之心。这是关于文化碰撞下非洲文化实现独立和复兴的一次大胆且成功的尝试。

三、文化巧辩证：非洲与西方的碰撞

除了创作小说和诗集，普比泰克还曾创作戏剧、寓言故事以及文论，涉猎多个文学领域。他曾著有《西方学术中的非洲宗教》（*African Religions in Western Scholarship*，1971）、《非洲文化革命》（*African Cultural Revolution*，1973）和《作为统治者的艺术家：关于艺术、文化和价值观的论文集》，并且在《过渡》①（*Transition*）杂志上发表多篇论文和短篇故事，从多种文学体裁和文化的视角出发，讲述了非洲本土传统文化和西方文化碰撞后的种种火花，充分彰显了其文学创作中的人类性和社会性。

无论是在牛津读书时第一次意识到非洲文化复兴的重要性，还是在文学创作中对文化冲突背后种种问题的揭示，普比泰克始终站在辩证的立场上捍卫本民族文化，为发展阿乔利传统文化不断努力。最为直接的表现便是普比泰克在 20 世纪60 年代拒绝传承父母的基督教信仰，用母语阿乔利语而非英语写下了他最著名的作品——《拉维诺之歌》。他用文字无情地批判了沉迷于基督教等欧洲思想的非洲人，表达了对阿乔利文化的信仰。

在进行文化研究时，普比泰克关注非洲的宗教文化层面。在探讨西方文化对非洲宗教的影响时，他同样站在辩证的立场上。一方面，他没有如奥科尔一般肯定西方宗教文化对非洲的积极效用；另一方面，他也没有一味地持消极和否定态度，认为非洲要发展自己的宗教就应该完全摒弃西方影响。他反而指出：

---

① 1961 年创刊于乌干达，该杂志一直紧跟非洲侨民的移动和发展步伐，始终是知识分子辩论的主要论坛，目前属于哈佛大学哈钦斯非洲和非裔美国人研究中心。

西方文明和非洲文明存在根本性冲突，这种冲突在于西方文化根植于犹太教、希腊－罗马文化、基督教信仰，以及工业文明之上……而非洲社会的重建必须基于非洲的思想体系，对非洲传统宗教的研究是理解非洲思想的一个重要途径。[1]

守护和发展非洲传统宗教需要考虑多方面因素，一味地肯定或者否定西方文化，并不利于本土宗教文化的发展。普比泰克敏锐地捕捉到这一点，为民族宗教文化事业的发展提出了宝贵意见。整体来看，普比泰克的贡献和成就已经不单局限在文学层面了，而是扩展到音乐舞蹈学、宗教学等领域，对乌干达当代文学文化事业的发展起到至关重要的作用。

在捍卫本土文化的同时，普比泰克对待外来宗教有着矛盾复杂的态度，既有消极的情绪，也有客观的认识。一方面，他批判外来宗教对非洲的冲击，曾质问传教士：

为什么这些逃跑的人要来非洲教犹太历史？为什么他们不留在欧洲的家中，为那片大陆中最黑暗的地方带去光明？如果所有欧洲人都认为（目前并不是很多人）他们的祖先是一个名叫亚当的有罪的犹太人，他们为什么要把这种祖先强加给非洲人呢？[2]

这是普比泰克对外来宗教最直接的谴责。另一方面，透过非洲社会现实，普比泰克揭示了信奉传统非洲宗教的非洲人与皈依基督教的非洲人之间的裂痕。两者之间的罅隙不亚于欧洲的天主教徒与新教徒之间的隔阂。换言之，普比泰克亦展现了受过西方教育的少数精英与普罗大众之间的差距。《拉维诺之歌》和《奥科尔之歌》中夫妇二人的争论便是最好的例证。丈夫奥科尔是一名天主教徒，但他的妻子却坚持阿乔利的信仰，这种差异导致他们之间关系紧张。普比泰克借助这对夫妇之间的冲突反映了整个社会更大的裂痕。整体而言，普比泰克在看待外来

[1] 转引自周海金：《关于非洲传统宗教的若干问题研究》，《世界宗教文化》，2017 年第 3 期，第 48 页。

[2] Okot p'Bitek, *Artist, the Ruler: Essays on Art, Culture and Values*, Nairobi: East African Educational Publishers Ltd., 1986, p. 60.

文化对非洲文化的影响以及两种文化的关系时，能够从民族发展的角度出发，站在辩证的立场上看待问题。

普比泰克透过小说《白牙》和"双歌集"向读者传递了其创作中的语言意识和对比意识，同时借助对文化冲突下非洲宗教文化的分析探讨，展现了他的思辨意识。这些意识或立场有着一个重要的目的，即构建和传递非洲文化意识。普比泰克讲述的故事多发生在东非，尤其是乌干达的阿乔利社区，但他以小见大，借助一个民族内部存在的问题折射整个非洲社会的问题，向非洲和世界传递了本土文化复兴之音，展现了其重要的多元文化共生理念和文化复兴意识。

结　语

普比泰克的一生虽然短暂，但他开拓了乌干达文学的新纪元。由于自身强烈的民族忧患意识，无论是创作小说、诗歌、论文，还是编写寓言故事等，普比泰克都有着一个统一的思想前提，即非洲国家应该建立在非洲文化而不是欧洲文化的基础上。普比泰克既是作家，也是一名社会人类学家，他在文学作品和论著中对非洲的宗教文化、部族信仰等问题进行了有力诠释；他以阿乔利语言文化为代表，强调了非洲文明的地缘性和相对独立性，并对西方文明的入侵、西方对非洲本土文明的误解，以及非洲本土的"盲目西化"倾向进行强烈批判。普比泰克的创作和研究为世人留下了丰富的文化遗产，推动了非洲文化复兴和文化发展的进程。

（文／复旦大学 李阳）

第五部分

北部菲洲文学名家创作研究

北部非洲通常是指撒哈拉沙漠以北、地中海南部沿岸的国家，包括埃及、利比亚、突尼斯、阿尔及利亚、摩洛哥、苏丹6个国家。从文化来看，北部非洲以阿拉伯文化与伊斯兰教文化为主，因此人们往往将西亚地区和北非地区合称为阿拉伯世界。从地理位置来看，北部非洲较早就被欧洲殖民，深受法国、英国等殖民宗主国的影响。这些文化上的渗透，在文学作品中则具体体现为多样性、流散性的基本特征。北部非洲文学名家辈出，在埃及诞生了1988年诺贝尔文学奖的得主纳吉布·马哈福兹，在阿尔及利亚诞生了1957年诺贝尔文学奖获得者阿尔贝·加缪。马哈福兹将西方文学经典的营养注入埃及文化的肌理深处，加缪则从阿尔及利亚这一边缘视角出发，汇聚出带有存在主义哲学因素的小说和戏剧作品。

这部分聚焦加缪、马哈福兹这两位世界文坛上的名家，分别从北部非洲的法语文学与阿拉伯语文学切入，带领读者深入北部非洲文学的腠理，从殖民流散和本土流散两个视角，探究北部非洲文学在整体成就、主题意蕴、美学范式、哲学思辨等方面的独特魅力。

阿尔贝·加缪

Albert Camus，1913—1960

代表作一：《鼠疫》（*La Peste*，1947）

代表作二：《局外人》（*L'Étranger*，1942）

第三十篇

从阿尔及利亚贫民区到诺贝尔文学奖领奖台

——阿尔及利亚作家阿尔贝·加缪创作研究

引　言

　　1957 年，阿尔贝·加缪（Albert Camus，1913—1960）因其作品"以严肃的眼光揭示了当今人类良知面临的问题"[①]而获得诺贝尔文学奖。无疑，加缪作品的核心关乎人道主义，关乎人之尊严。尽管悲惨的童年令他饱尝磨难，过早地洞察人境之孤独荒诞，他依旧凭借顽强的抵抗避免个体堕入颓废的深渊。在欧洲信仰崩塌的时代，加缪与将他人视作地狱的让-保罗·萨特（Jean-Paul Sartre，1905—1980）分道扬镳，因为他始终坚信人类具有互助的天性与本能。进而，加缪从塑造反抗的个体转为对人类集体行动的推崇，这是他人道主义思想的散发与捍卫人类共同尊严决心的呈现。

一、生于北非，文脉饱含故土情怀

　　1913 年 11 月 7 日，阿尔贝·加缪降生在阿尔及利亚（Algérie）的蒙多维（Mondovi），"是最早一批法国移民的后代"[②]。他的祖辈在非洲并没有立下产业。

---

① Émile Henriot, "Prix Nobel de littérature", *Le Monde*, Octobre 18, 1957.

② 奥利维耶·托德：《加缪传》，黄晞耘、何立、龚觅译，北京：商务印书馆，2010 年，第 6 页。

父亲是一个领工资的普通雇员，在当地干一些送货和押运的差事，在当时属于"下层白人"[①]。不幸的是，加缪的父亲在第一次世界大战中阵亡，这让原本拮据的家庭雪上加霜。之后他跟随母亲移居阿尔及尔（Alger）贫民区的外祖母家，生活极为艰难。加缪由做女佣的母亲抚养长大，从小就在贫民区尝尽了生活艰辛，深知贫穷导致的苦难。这个在阿尔及利亚贫民区长大、成为诺贝尔文学奖获得者的孩子，终其一生"关注的是世界上的苦难和对真理的探求"[②]。

早慧的加缪在年仅 10 岁时就受到了阿尔及尔小学老师路易·热尔曼（Louis Germain）的关注。路易欣赏加缪的善良与才华，极力劝说加缪的家人让他继续上学，甚至免费给他上课，还把他登记在奖 / 助学金的候选人名单上。加缪非常感激路易·热尔曼的知遇之恩，并在他的诺贝尔奖答谢辞中提到了这位老师。路易是第一次世界大战的老兵，深知这场战争给人类带来的深重灾难。加缪的父亲就是在这次战争中丧生，这使得加缪从小就认识到战争的恐怖，在创作中不时透露出反战情绪与人道主义精神。

1924 年，加缪顺利通过助学金考试并被阿尔及尔的布格中学（Lycée Bugeaud）录取。进入中学后，加缪开始踢足球，并成为一名出色的门将。然而，没过多久，加缪患上严重的肺结核，不得不暂停学业，到穆斯塔法医院（Hôpital Mustapha）治疗。患病经历让他感受到生命对于人类的不公，他的第一篇散文《贫民区的医院》（"L'Hôpital du quartier pauvre"）记录了他此次被病痛折磨的经历。1930 年加缪进入哲学班学习，其间结识了对他影响至深的哲学教授让·格雷尼耶（Jean Grenier）。格雷尼耶发现了加缪身上的创作天赋，鼓励并引领他将写作发展为毕生事业。1933 年，他进入阿尔及尔大学攻读哲学和古典文学。大学期间，出于对贫穷与疾病导致人生不幸的感同身受，加缪致力于关注工人与穷人的悲惨生活，致力于将他们真实的困境与现实的磋磨如实地倾注在笔端。

1934 年 6 月，加缪与阿尔及利亚女明星西蒙娜·海（Simone Hié）结婚。西蒙娜嗜毒如命，满口谎言，他们的婚姻很快就破裂了。1935 年，在哲学教授

---

① 奥利维耶·托德：《加缪传》，黄晞耘、何立、龚觅译，北京：商务印书馆，2010 年，第 6—7 页。

② 黄晞耘：《重读加缪》，北京：商务印书馆，2011 年，第 2 页。

格雷尼耶的建议下，加缪加入了阿尔及利亚共产党（Parti communiste algérien，PCA）。该党在当时是反殖民主义的，专注于保护被压迫者，这与加缪的人道主义信念不谋而合。同年，他开始写作《反与正》（*L'Envers et l'Endroit*），两年后（1937年）由埃德蒙·夏洛（Edmond Charlot）书店出版。该书店吸引了一大批来自阿尔及尔的年轻作家。同一时期，加缪在阿尔及利亚共产党的支持下创办了"劳动剧院"（Theatrê du travail），开启了戏剧尝试。1936年，该党的领导层改变路线，加缪对该党在阿尔及利亚的政策有不同看法，于1937年11月脱党。

1940年，27岁的加缪第一次来到巴黎，并于两年后正式移居法国。加缪47岁去世，其人生的大半时间是在非洲度过。他在阿尔及尔经历了降生、成长、教育、婚姻、写作等人生大事。非洲和阿尔及尔对于加缪意义重大。即便在文学史上，我们倾向于把加缪归为法国作家，但是在情感上，加缪始终将阿尔及利亚认定为他真正的祖国与情感的寄托。也正是非洲的生活给予加缪丰富的创作灵感。在他创作的14篇叙事作品里，有11篇将故事背景架设在阿尔及利亚，例如《反与正》《局外人》（*L'Étranger*）和《鼠疫》（*La Peste*）等。

每当提及阿尔及尔，加缪总是用优美的文字来描绘它。在《阿尔及尔之夏》（"L'Été"）中，他以一个地道阿尔及尔人的身份向游客介绍自己的家乡，文字中无不透露出他对于这座城市的认同感与自豪感：

> 太阳、微风、水仙的白艳和天空的碧蓝，一切都使人想起夏天——躺在海滩上的金黄色青年，沙上的镇日盘桓，以及黄昏倏然而至的柔情。在那些海滩上每天都有一次鲜花般姑娘的丰收。[1]

在加缪看来，阿尔及尔有自然风光、人文情怀和美食文化，是能满足所有游客需求的旅游胜地，也是适合年轻人生活与享受的地方。在加缪的笔下，阿尔及尔的自然活力与疏离冷峻的欧洲形成了鲜明的对比，"人们在欧洲城市所寻找的正是

---

[1] 阿尔贝·加缪：《阿丽阿德娜的石头》，载阿尔贝·加缪：《荒谬的人》，张汉良译，广州：花城出版社，1991年，第216页。

那种孤独"①。加缪认为欧洲的城市"封闭于自身"②，而阿尔及尔是面向大海、面向天空开放的地方，"在这里，人至少是满足的，他的欲望有保障，他可以衡量他的财富"③。欧洲是加缪成就创作事业的地方，而非洲是加缪心灵的寄托，是他战胜困境、抵御纷争的力量源泉。正如加缪在《重返迪巴札》中所说："我又离开了迪巴札，回到了欧洲与它的纷争中去。但是那天的记忆仍然振奋着我，并且帮助我以同样的态度去欢迎悦人与凌人的东西。"④

加缪对阿尔及利亚深厚的情感也曾令他陷入是非之地。文学爱好者们乐于谈论加缪与萨特的那场世纪之争。这场纷争不只是二人在哲学观念、政治思想等方面的分歧，归根结底，是这两位作家、哲学家对于阿尔及利亚的情感与态度的不同。当萨特为阿尔及利亚独立战争振臂高呼时，加缪却无法一起摇旗呐喊，因为他日夜牵挂着身在暴力解放圈中的母亲与其他家人。他也无法坦然接受祖辈生活了四代的土地被划归为独立的外国。加缪对于阿尔及利亚独立的态度无法像萨特一样归于历史理性，他也无法像非洲作家一样高呼"反对殖民统治、赶走侵略者、争取民族独立"⑤，于是他遭到了法国左翼知识分子与阿尔及利亚独立阵营的强烈批判。加缪对阿尔及利亚的特殊感情因素是他阿尔及尔情结中痛的来源。

二、关注个体，省思人境孤独荒诞

加缪被誉为"荒诞哲学"的代表人物，在作品中深刻地揭示出人在异己世界中的孤独。"虽然加缪从未有意识地将孤独作为表现主题，但是孤独却仍像挥之不去的阴影始终存在于他的叙事之中。"⑥加缪对于个体孤独的关注可以追溯到他的

---

① 阿尔贝·加缪：《峨朗小驻》，载阿尔贝·加缪：《荒谬的人》，张汉良译，广州：花城出版社，1991年，第193页。

② 阿尔贝·加缪：《阿尔及尔的夏天》，载阿尔贝·加缪：《反与正·婚礼集·夏天集》，郭宏安译，南京：译林出版社，2011年，第72页。

③ 同上。

④ 同上，第234页。

⑤ 朱振武、袁俊卿：《流散文学的时代表征及其世界意义——以非洲英语文学为例》，《中国社会科学》，2019年第7期，第157页。

⑥ 黄晞耘：《加缪叙事的另一种阅读》，《外国文学评论》，2002年第2期，第120页。

童年时期。在他幼小的视域中，最先观察到的是母亲的孤独。加缪未满一岁时就痛失父亲，母亲在年轻时不幸成为寡妇。在加缪看来，母亲的人生是悲惨的。她目不识丁又天生残疾，耳朵处于半失聪状态，语言表达也有障碍，与世界的沟通与连接单薄且脆弱。为了哺育两个年幼的儿子，她靠替人帮佣为生，每天跪在地上擦脏兮兮的地板，还有洗不完的油腻碗碟和堆积如山的脏衣服。生活于她而言，是望不到头的漫长岁月，是无休无止的磨难与默不吭声的逆来顺受。加缪从小目睹着母亲的沉默与孤独。在令其成名的处女作《反与正》中，他就曾深刻描写过母亲的孤独：

> 有时，如同她还记得的这类傍晚，她精疲力竭地下了班（她为人家做家务活），家里却空无一人。老太婆出门买东西去了，孩子还没放学。于是她瘫坐在椅子上，两眼无神，盯着地面一条缝隙往前看。在她四周，夜色渐渐变浓，这难堪的寂静显得凄苦。①

放学回到家的加缪看到母亲骨瘦如柴的背影，久久怔住，仿佛空气凝结，连自己的存在都感受不到。他不知道母亲曾经历过多少次这般无人察觉的沉默与孤独。此刻，他感觉自己是个毫无存在感的异乡人。他归家的步伐无法打断母亲的孤独，因为耳聋的母亲根本听不到他的脚步声。他只能久久地待在原地，凝视着母亲的背影，凝视着母亲的孤独。此情此景中，加缪伤痛万分。他怜惜母亲，更令他心痛的是，对于母亲的孤独，他无计可施，无法拯救。

年轻的加缪从母亲的孤独中逐渐省察到所有人类个体的孤独以及所有人身处的荒诞之境。加缪1942年出版的《局外人》和《西西弗神话》（Le Mythe de Sisyphe）正是他发出的揭示人境孤独荒诞的最强音。

《局外人》是一部中篇小说。在这部小说里，加缪通过构建主人公莫尔索（Meursault）与其环境的怪诞来揭示人类生存境遇的荒诞。全书分为两个部分，第一部分主要记叙莫尔索为母亲奔丧的过程，第二部分记录莫尔索在海滩上浑浑

---

① 阿尔贝·加缪：《反与正》，载阿尔贝·加缪：《加缪全集（散文卷Ⅰ）》，丁世中等译，上海：上海译文出版社，2010年，第21页。

噩噩地杀死阿拉伯人以及接受审判的过程。莫尔索是一个在阿尔及利亚定居的法国人，他通过电报得知自己母亲的死讯。在为母亲奔丧的过程中，莫尔索做出了种种十分荒谬、不近人情的行为。面对母亲的死亡，他似乎没有流露出任何的悲伤，甚至连母亲确切的离世时间都搞不清，"今天，妈妈死了。也许是在昨天，我搞不清"①。莫尔索对母亲之死表现出漠不关心的态度，不时陷入对身边生活细节的过度体验中：

　　我乘上两点钟的公共汽车，天气很热。像往常一样，我是在塞莱斯特的饭店里用的餐。他们都为我难过，塞莱斯特对我说"人只有一个妈呀"，我出发时，他们一直送我到大门口。我有点儿烦，因为我还要上艾玛尼埃尔家去借黑色领带与丧事臂章。几个月前他刚死了伯父。②

　　莫尔索对母亲的离世、周围的环境始终表现出某种情感上的疏离。他几乎无法与周围的世界建立起人之常情式的连接。在为母亲奔丧的路途中，莫尔索的感受与叙述毫无悲伤抒情的意味，仅仅是他内心自发意识的流露，"白色写作构成了一个自我疏远的过程"③。莫尔索的感受在常人看来是那么惊世骇俗，离经叛道，冷酷无情。

　　小说的第二部分转而从莫尔索的荒诞扩延至莫尔索所处环境的荒诞。莫尔索在结束母亲的葬礼之后来到海滩与友人度假，却又在海滩上莫名其妙地杀死了一个阿拉伯人。审判过程中，司法机构的调查完全脱离致命事件本身，自始至终在调查与验证莫尔索与母亲的关系问题。检察官坚持盘问莫尔索为何要把母亲送进养老院，为何没有流过半点哀伤的泪水，为何在草草地给母亲守灵下葬后又急不可耐地去海滩游泳，看费尔南德的喜剧片，与女友寻求肉欲刺激。检察官以其固有的逻辑，通过历数莫尔索的冷漠行为，将其断定为可怕的杀人预谋犯，进而将

---

① 阿尔贝·加缪：《局外人》，载阿尔贝·加缪：《加缪全集（小说卷）》，柳鸣九等译，上海：上海译文出版社，2010 年，第 3 页。

② 同上。

③ Edoardo Cagnan, "Meursault entre voix et texte : la monotonie de la ponctuation dans L'Étranger d'Albert Camus", *Études françaises*, 2020, 56 (2), p. 67.

其定罪。司法机构针对莫尔索杀人进行与案件毫无关系的调查与定罪，是加缪笔下人物所处环境的荒谬。

在《局外人》中，我们看到的是以莫尔索为代表的人类个体凸显出的孤独与荒诞。莫尔索的行为看似怪诞异常，难以理解，但事实上他才是洞悉生活本真的人。他看破了世间的荒诞，深知自己从生至死都是这个世界的"局外人"。于是，在被处决的前夜，他第一次向这个冷漠的世界敞开心扉，"我体验到这个世界如此像我，如此友爱融洽，觉得自己过去曾经是幸福的，现在仍然是幸福的"①。在死亡来临之际，莫尔索终于获得了自认为善始善终的生命体验，因为他从不曾担心自己被归为异类而过虚伪的生活。他说着自己想说的真话，做着自己想做的事，保持着自我，即便被世界视为荒诞，也不曾屈服于这个荒诞的世界。这是莫尔索作为人类个体向荒诞世界的孤勇宣战。

与莫尔索一样，《西西弗神话》中的西西弗也是抵抗荒诞命运的个体英雄。他被诸神判罚，倾其一生从平原向山顶运送注定坠落的石头，一生都在经受着这无用又无望的劳动的惩罚。西西弗始终坚持"对诸神的蔑视，对死亡的憎恨，对生命的热爱，使他吃尽苦头，苦得无法形容"②。他的伟大就在于，在认识到这无穷尽的惩罚之后，他仍旧离开山顶回归原位继续推石头。"他试图逃离人类荒谬的处境"③，他比所推的石头更坚强。在加缪看来，西西弗的命运何尝不是工人一辈子的苦难。他们每天做着同样的活计，命运因此显露出荒诞的本质，而人类命运的悲壮就在于虽然认识到了生命的荒诞，却仍旧叛逆反抗，绝不屈服。

加缪从母亲的孤独里体会到自己无法拯救母亲命运的无力感，他对于个体孤独的省察逐渐扩展到关注所有人类个体的孤独中。莫尔索、西西弗都是看透荒诞世界的人物，他们在这个荒诞的世界中依旧保持自我、保持抵抗，不随波逐流的品性令他们看起来显得冷漠、荒诞，但这也正是他们的伟大之处。他们是加缪笔下顽强抵抗荒诞的个体英雄。

---

① 阿尔贝·加缪：《局外人》，载阿尔贝·加缪：《加缪全集（小说卷）》，柳鸣九等译，上海：上海译文出版社，2010 年，第 73 页。
② 阿尔贝·加缪：《西西弗神话》，沈志明译，上海：上海译文出版社，2013 年，第 128 页。
③ Louis R. Rossi, "Albert Camus: The Plague of Absurdity", *The Kenyon Review*, 1958, 20 (3), p. 399.

三、顽强抵抗，捍卫人类共同尊严

面对世界的荒诞，萨特提出"存在先于本质"的哲学理念。他试图规劝人们在荒诞的环境中不放弃对自我命运的锤炼与进步而获得人生的意义。与萨特独善其身式抵御荒诞不同的是，"加缪在我们面临的混乱中保持冷静"①，他的作品表现出了更为宏大的人道主义。他在揭示出世界荒诞的同时并不渲染绝望和颓丧，反而呼吁全人类要在荒诞中奋起反抗，在绝望中坚持真理和正义。由此，他从塑造抵抗荒诞的个体英雄逐渐转向对抵抗集体的构建。发表于 1947 年的《鼠疫》和1951 年的《反抗者》（*L'Homme révolté*）就是呼吁全人类合力顽强抵抗荒诞、捍卫人类共同尊严的典范之作。

1940 年，初到巴黎的加缪见证了希特勒军队的铁蹄踏进巴黎市区的过程。很快，由纳粹扶植起来的法国傀儡政权维希政府开始运转。巴黎被德国法西斯占领以后，加缪开始酝酿《鼠疫》的创作，试图刻画法西斯主义像鼠疫那样吞噬着千万人生命的"恐怖时代"。《鼠疫》的故事发生在阿尔及利亚一个叫奥兰（Oran）的城市。突如其来的瘟疫让这里的所有人都不知所措，世界陷入无序与恐慌之中。

加缪在《鼠疫》里塑造了医生里厄（Dr. Bernard Rieux）、记者朗贝尔（Raymond Rambert）、鼠疫的志愿者塔鲁（Jean Tarrou）等人物形象。里厄医生是一个充满人道主义的良医。有位老病人生活贫困，"里厄一直为他义务治病"②。里厄医生最先被"诊所外楼梯平台上的一只死老鼠绊了一跤"③，逐渐察觉到鼠疫的发生原因，并首次使用瘟疫这个词来描述这种疾病。他敦促当局采取行动，阻止疫情蔓延。里厄之所以致力于抗击瘟疫，仅仅是因为他是一名医生，他的工作

---

① Germaine Brée, "Albert Camus and the Plague", *Yale French Studies*, 1951, 8 (1), p. 93.

② 阿尔贝·加缪：《鼠疫》，刘方译，上海：上海译文出版社，2013 年，第 14 页。

③ Albert Camus, *La Peste*, Paris: Éditions Gallimard, 1947, p. 15.

是减轻人类的痛苦。他厌恶肆意剥夺人的生命权利，反对随意践踏人类尊严。

与里厄医生关怀所有城市居民的健康不同，更多的人依旧处于麻木或者冷漠的个人主义状态之中。鼠疫逼迫城门紧闭，城市静止，"但人人都继续把自己操心的私事放在首位。还没有一个人真正承认发生了疫情"①。例如，因为一场采访工作而意外地被困在奥兰城内的记者朗贝尔，"依旧是那副无忧无虑、事不关己高高挂起的模样"②。在疫情的恐惧蔓延的时候，他认为自己本身就不属于这个城市，用尽各种方法企图逃离这座瘟疫之城。当终于安排好一个周密的逃生计划时，他又突然改变了主意。他决意留在城里，加入抗击瘟疫的队伍。他认为，瘟疫是关乎每个人的事情，包括他本人。他觉得此刻自己属于奥兰城，如果只在乎个人的幸福，他会为这样的自己感到羞愧。

终于，奥兰城的所有人都联合起来，加入抗击瘟疫的行动中。坚定地为医疗事业付出全部的里厄医生、从自私逃离变为努力抗击疫情的记者朗贝尔、发起抗击鼠疫志愿行动的塔鲁、为抗击疫情而奋力工作的市政府职员格朗（Joseph Grand）、努力研制鼠疫血清的卡斯特尔医生（Dr. Castel）……城市里的所有人都在为抗击人类灾难贡献着个人的力量。从此，加缪感受到并且突出了集体行动的价值，开始从塑造顽强抵抗荒诞的个体英雄转而构建共同抗争人类灾难的人类集体。

加缪后期的写作意欲突出的是在抗争中人类从孤立的个体走向团结的力量，由此呼吁人类集体抵抗以捍卫共同的尊严。经历了两次世界大战的欧洲陷入极度精神空虚，文艺复兴以来确立的人文主义传统被彻底摧毁，资本主义鼓吹的自由、平等、博爱的价值观被彻底颠覆，人们迎来了一个荒诞的时代——金钱至上、人类疏离、自私冷漠——人与自我、人与他人、人与社会的关系走向可怕的荒诞与异化之中。在空虚与荒诞之中，加缪向全人类提出了"反抗"这一振聋发聩的呼声。

在人类世界绝对的荒诞与异化面前，加缪号召全人类联合起来共同反抗。在《反抗者》中，加缪首先提出，"在意识形态的时代，必须清理杀人的问题。如果杀人者有其道理，则我们的时代与我们自己必将遭受其后果"③。这是加缪对于互

---

① 阿尔贝·加缪：《鼠疫》，刘方译，上海：上海译文出版社，2013年，第65页。

② 同上，第56页。

③ 阿尔贝·加缪：《反抗者》，吕永真译，上海：上海译文出版社，2013年，第4页。

相残杀、损失惨重的人类灾难——世界大战——的反思。就像里厄医生坚定地铲除毒害人类的瘟疫病毒一样，加缪坚决反对一切肆意剥夺人之生命权利的行为，厌恶随意践踏人类尊严的行径。20世纪的血雨腥风与刺骨喧嚣令加缪深刻地反省到法西斯主义的暴戾恣睢。他用人道主义的精神呼吁全人类共同抵抗招致人类灾难的极端主义。

于集体中的个人而言，加缪提出"荒诞推理最近的结论就是放弃自杀"①。无论人生坠入何等悲苦的境地，加缪都呼吁所有人绝不放弃抵抗，抵抗的方式就是坚决接续个体的生命。"荒诞的骨子里就是矛盾，因为它想维持生命而排除一切价值判断，然而活着本身就是一种价值判断。"②于加缪而言，活着就是最顽强的抵抗，绝不放弃生命是抵抗荒诞的根本选择。

于集体中的自我与他人而言，"反抗并不仅仅产生于被压迫者身上，当人们看到他人成为压迫的受害者时，也会进行反抗"③。与萨特关注自我锤炼，将他人视为地狱的观念不同，加缪察觉到了人类互助的天性。当人们看到他人遭受不公时，也会产生反抗的情绪。正是由于捍卫的价值不局限于个人，个人才在反抗中因为关怀到他人而超越自己。这是加缪对人性光辉的坚信。加缪相信人类拥有共同的命运，可以为了光明的未来而携手作战，这与他在《鼠疫》中宣扬的在反抗中人类从孤立的个体走向团结的力量交相辉映。从对抗荒诞的个体英雄，到反抗荒诞的集体主义，是加缪荒诞哲学凸显出的人性光辉，以及坚信人类必将战胜荒诞、迎来未来曙光的信念力量。

结　　语

于欧洲大环境而言，加缪处在荒诞异化的时代；于个人命运而言，加缪从童年期就饱尝人生的艰辛。早慧的他看透了人生的荒诞本质，但他并未放任自己

---

① 阿尔贝·加缪：《反抗者》，吕永真译，上海：上海译文出版社，2013年，第6页。

② 同上，第8页。

③ Albert Camus, *L'Homme révolté*, Paris: Éditions Gallimard, 1951, p. 29.

堕入消极的深渊。在无尽的苦难里，他奋勇抵抗，抵抗轻易地放弃生命的懦弱行为，抵抗轻易屈服于荒诞的自我软弱。"加缪给人留下的是温暖且热情的印象"①，他相信人性的美好，相信人类天生的互助本能，坚信人类必将迎来美好的共同命运，因此，他才呼吁所有人奋起联合抵抗。从崇尚个体抵抗荒诞到坚信集体行动价值，加缪完成了从自我力量到集体意识的思想转变，彰显出宏阔的人道主义与坚定的乐观主义，就像他在手记中所说的那样，"我只想表达我对生命的热爱。别人写作，是基于迟发性的诱惑，至于我，从我笔下流露出来的将会是我的幸福快乐"②。

（文 / 山东理工大学 高佳华）

---

① Carlos Lévy, "Albert Camus entre scepticisme et humanisme", *Bulletin de l'Association Guillaume Budé*, 2002, 3 (1), p. 352.

② 阿尔贝·加缪：《加缪手记》，黄馨慧译，杭州：浙江大学出版社，2019 年，第 12 页。

纳吉布·马哈福兹

Naguib Mahfouz，1911—2006

代表作一：《宫间街》（1956）

代表作二：《甘露街》（1957）

第三十一篇

阿拉伯现代小说之父
——埃及作家纳吉布·马哈福兹创作研究

引　言

马哈福兹（Naguib Mahfouz，1911—2006），全名纳吉布·马哈福兹·阿卜杜·阿齐兹·易卜拉欣·艾哈迈德帕夏，埃及著名作家、文学家、电影剧作家和思想家，阿拉伯世界唯一的诺贝尔文学奖获得者。他一生创作 50 余部中长篇小说和短篇小说集，最重要的作品有"开罗三部曲"《宫间街》（1956）、《思宫街》（1957）和《甘露街》（1957），《平民史诗》（1977）以及《我们街区的孩子们》（1968）。他也是阿拉伯世界作品被改编成影视作品最多的文学家，在阿拉伯世界家喻户晓。他的作品被翻译成英语、法语、德语、俄语和汉语等各种语言，在世界文学中占有重要的一席之地。

一、马哈福兹生平与主要作品

1911 年 12 月 11 日，马哈福兹生于开罗的杰马利耶区一个中产阶级家庭。父亲阿卜杜·阿齐兹·易卜拉欣（Abd al-Aziz Ibrahim）是公务员，除了《古兰经》之外，只读过穆伟里希的《伊萨·本·希萨姆谈话录》，因为该作家是他的朋友。母亲法特梅·穆斯塔法·卡西舍（Fatimah Mustafa Qashishah）是爱资哈尔宗教学者穆斯塔法·卡西舍长老的女儿。马哈福兹是家里最小的儿子，比年龄最小的姐姐还小 10 岁，在家中备受宠爱。两个姐姐早早就出嫁，两位兄长也在大学毕业后自立门户。因此，马哈福兹的成长环境跟其他埃及家庭的小孩儿不太一样。他的周围尽是一些成年人，这让他缺少同龄的小伙伴，渴望小朋友之间的友情，性格显得有些内向。

马哈福兹在传统文化的氛围中成长起来。他从小就听到各种优美的神话、传说和故事，既有古埃及《亡灵书》的传说，也有《古兰经》故事和伊斯兰教故事，还有民间广泛流传的寓言故事《卡里来与笛木乃》和《一千零一夜》，当然还有那些朗朗上口的古代诗歌。这些优美的故事，有的是在家里听到的，更多的是在开罗老城区听到的底蕴深厚的民间口头文学，即街头的说书艺术。马哈福兹经常站在咖啡馆门口听说书艺人边弹乌德琴①，边绘声绘色地讲述各种民间故事。"后来他几乎每天都要去咖啡馆休息、会友，常年处在这样浓厚的民间口头文学熏陶中。因而我们能发现，即使在他小说创作自觉取法西方艺术的时候，也同时带有民间说书的痕迹。民间说书在马哈福兹作品中的价值并不在于它表现了某种深刻的理念或道德，而在于它的自由性、开放性与开罗民间传统浓郁的生活气息直接相连。"②这对他早期审美情趣的形成产生了重要影响。这些优秀的文学遗产，早早就在马哈福兹幼小的心灵上打下深刻的烙印，为他的语言素养打下了坚实的基础。加上母亲喜爱法老文化，常常带他去参观金字塔和埃及博物馆，这让他对古埃及文化产生了极大的亲近感，也为后来他初登文坛便创作以古埃及文化为背景的历史小说埋下了伏笔。中学时代，他对文学的兴趣渐浓，从看侦探小说开始迷上了读书，尤其是文学书籍。他崇敬当时埃及的著名文学家塔哈·侯赛因、文化巨匠阿卡德和思想家萨拉麦·穆萨。在这些前辈的影响下，他立志要成为一个社会改革家，通过文化唤醒民众的意识。

---

① 北非、西亚和中亚等地使用的一种乐器，类似于中国的琵琶，被认为是"中东乐器之王"。

② 张洪仪、谢杨主编：《大爱无边：埃及作家纳吉布·马哈福兹研究》，银川：宁夏人民出版社，2008 年，第 8 页。

马哈福兹 7 岁那年，即 1919 年，埃及爆发了革命，爱国主义情绪在整个埃及蔓延，马哈福兹的父亲也会经常在家里谈论革命的事情，这对马哈福兹产生了极大的影响，并在他的代表作"开罗三部曲"的第一部《宫间街》和其他的小说中有所体现。

宗教文化也是马哈福兹自幼汲取的源泉之一。他的外祖父就是一位爱资哈尔宗教长老，具有丰富的伊斯兰教宗教知识。他的母亲从娘家带来的宗教知识无形之中影响了马哈福兹。马哈福兹的父亲也是一位虔诚的穆斯林。在这样的父母组成的家庭中，弥漫着浓浓的宗教气息，使马哈福兹在青少年时期便容纳了古埃及法老文化和伊斯兰文化两种不同的文明系统。我们在他后来的创作中可以看到这两种文化影响的明显痕迹。

父母的熏陶还体现在音乐方面。他自幼传承了父母对音乐的喜好，曾经在接受访谈的时候承认自己对音乐的痴爱。他说："在我的内心和生活中，除了文学，再没有其他艺术能像音乐一样渗透到我的灵魂和生命。"① 他小时候爱听歌，脑子里装满了埃及的歌曲。无论是传统的东方曲目，还是诗歌所谱成的曲子，甚至歌女们的小曲小调，他都非常熟悉，并且经常模仿着哼唱。据他的朋友们说，马哈福兹唱得很好听。他对音乐的喜好不仅停留在听、唱的层面，还读过不少音乐方面的书籍。大学期间，马哈福兹甚至花了一年的时间在阿拉伯音乐学院系统学习了竖琴弹奏以及谱曲的基础知识和技能。他对音乐的酷爱还体现在他婚后的生活中。女儿出生后，他毫不犹豫地以埃及著名女歌唱家、阿拉伯世界的歌后乌姆·库勒苏姆（Umm Kulthum，1904—1975）的名字为自己的女儿命名。

1930 年，马哈福兹进入开罗大学学习哲学，获得了哲学学士学位。毕业后，他继续深造，攻读硕士研究生，对哲学研究表现出了浓厚兴趣。在当时的著名学者阿卜杜·拉兹格的指导下，他选择了与文学比较接近的美学作为论文选题，集中研究伊斯兰哲学中的美学主题，完成了毕业论文《伊斯兰美学》。

---

① 加利·舒克里：《马哈福兹 70 岁生日谈话》，载 1981 年 12 月 22 日、12 月 29 日、1982 年 1 月 5 日《繁星》周刊。转引自张洪仪、谢杨主编：《大爱无边：埃及作家纳吉布·马哈福兹研究》，银川：宁夏人民出版社，2008 年，第 8 页。

马哈福兹的从业经历应该说是很丰富的。大学毕业之后他在开罗大学的校务处当书记员。1938 年进入埃及宗教基金部工作，长期担任政府公务员，后担任过办公室主任。这段时间里，因为工作关系，他深受伊斯兰文化的影响。

马哈福兹早期的文学尝试主要是短篇小说创作。1938 年，他的短篇小说结集出版，题为《疯狂的低语》，马哈福兹在埃及文坛崭露头角。短篇小说创作为他积累了写作经验，锻炼了他的写作技巧。在此基础上，他在中长篇小说方面小试牛刀，在 1939—1944 年完成了"历史三部曲"《命运的嘲弄》（1939）、《拉杜比丝》（1943）和《底比斯之战》（1944）。马哈福兹创作"历史三部曲"的初衷是为了表现古埃及的文化，但他以春秋笔法创作的这三部作品却以浪漫主义的风格暗含了他对封建统治者和殖民主义者的批判。

因忙于照顾自己的母亲、寡居的姐姐及其儿女，也因为不是专职作家，马哈福兹都是利用业余时间进行创作，常常非常忙碌。直到 1954 年，他才同朋友的妻妹阿忒娅拉·易卜拉欣（Atiyeh Allah Ibrahim）女士结婚建立家庭，那时他已经 43 岁了。按当下流行的说法，妻子是他的粉丝，对马哈福兹很崇拜，无微不至地照顾自己的作家丈夫，为马哈福兹创造了一个舒适安静的环境，使他能够心无旁骛地进行创作。婚后，马哈福兹从来不请朋友来家里做客，他不让夫人公开露面，也不想让自己的家庭生活成为别人茶余饭后的谈资，因此外界很长时间都不知道他结婚的消息，这一点颇受朋友们的微词。直到他结婚 10 年之后，因为女儿乌姆·库勒苏姆和一位女同学在学校里吵架，诗人萨拉哈·杰欣（Salah Jaheen）从女学生的父亲那里知道了马哈福兹的婚姻状况，这才在圈子里传播开来。

第二次世界大战期间，埃及也成为战场之一，人民生活受到极大影响。百姓的艰难生活启发马哈福兹关注现实。1945 年，《新开罗》的出版代表着马哈福兹在中长篇小说创作方面从浪漫主义转向现实主义。《梅达格胡同》（1947）、《始与末》（1949）[①]等现实主义作品不断推出，接着，《宫间街》《思宫街》和《甘露街》组成的"开罗三部曲"陆续面世，马哈福兹的现实主义创作达到了巅峰。这些小说重点

---

① 另一个中文译本改为《尼罗河畔的悲剧》。

关注开罗这座古老的城市在新的时代发生的新问题，深入洞察城市中产阶级的生活及其困境，尤其是这一阶层为出人头地而做出的种种努力，以及他们脱离了道德支撑的行为所导致的悲惨结局，深刻地反映了潜藏于芸芸众生内心深处的人性。

马哈福兹于 1955 年调入埃及文化部工作，先在艺术局和电影公司任职，后担任文化部顾问。在文化部工作期间，由于多数时间主管电影工作，他认识了很多电影界人士，这为他的文艺创作打开了另一扇大门。一位导演读过马哈福兹的作品，看到了他的潜力，因此找到马哈福兹，希望他能写电影剧本。起初马哈福兹婉拒，表示没有兴趣，而且自己也不知道怎么写电影剧本。后来导演说，写剧本能改善经济状况。导演的话打动了他。长期担任公务员的马哈福兹，家里几口人的生活基本上就依靠他微薄的薪水，生活上还是很拮据的。经过慎重考虑，马哈福兹答应了导演的请求，并且在那位导演的指导下渐渐找到了写作剧本的窍门，从此一发不可收拾。据统计，他本人创作的电影脚本或剧本共有 24 部。但他坚持不改编自己的小说，而是由别人去改编，没成想改编自他的小说的影视作品数目更多，达到了 35 部。在阿拉伯世界里，文学作品被改编成影视作品最多的非马哈福兹莫属。

从进入文化部工作到 1971 年退休这段时间，马哈福兹在小说创作领域继续耕耘和探索，在思想内容方面基于现实基础探索人们的精神世界，在艺术形式上则形成了马哈福兹"新现实主义"创作理念并将其付诸小说创作实践。这实际上是他对欧洲现代主义各种写作手法的吸收与借鉴，以此来隐晦地表达自己对埃及社会的观察与思考。其中最有代表性的就是饱受争议，甚至差点儿让作家献出生命的后期代表作《我们街区的孩子们》。

1971 年退休后，马哈福兹被《金字塔》报聘任为专职作家。他在金字塔集团大楼里的办公室与当时著名的作家伊赫桑·阿卜杜·库杜斯、陶菲格·哈基姆的办公室毗邻。他继续默默耕耘，笔耕不辍，创作出一本又一本的小说。

辛勤的笔耕和傲人的文学成就终于受到了瑞典文学院的关注。1988 年，诺贝尔文学奖评奖委员会决定将当年度的奖项授予纳吉布·马哈福兹。消息传到开罗后，埃及举国欢腾，人们走上街头游行，欢庆这一文化盛事。

　　"乐极生悲"，马哈福兹获得诺贝尔文学奖之后没几年，就遭遇了人生中最不幸的一件事情：1994年的一天，马哈福兹刚从外面回到家门前，便遭遇到一次意外的刺杀，差点儿命丧尼罗河畔，时年83岁。起因就在于他的作品《我们街区的孩子们》。有人认为他在这一部作品中亵渎了伊斯兰教和诸位先知，视之为"叛教"和"伪信"，"其罪当诛"。在当时的环境下，马哈福兹遭遇了这样一场无妄之灾，令人唏嘘不已。在马哈福兹获得诺贝尔文学奖之后，有一些作家和文化界人士提出给这部作品解禁，并在埃及正式出版，但由于种种原因，解禁久久未能实现。在他遇刺之后，这一话题又重新浮出水面，但是马哈福兹本人坚持必须得到爱资哈尔长老的许可，自己才会答应出版。一直拖到2006年——马哈福兹去世的那一年，有一个爱资哈尔的长老写了一篇批判性的前言附在小说文本之前，《我们街区的孩子们》才正式在马哈福兹的祖国埃及重见天日，出版了单行本。

二、马哈福兹的思想与艺术特征

　　马哈福兹在其作品中表现出来的思想是多维度的，最重要的便是他的批判现实主义精神。《新开罗》《梅格达胡同》《始与末》等一系列现实主义小说，艺术地表现了当时的埃及社会乃至阿拉伯社会的动荡、腐败和堕落。马哈福兹本人认为这正是作家的职责所在。他在接受埃及评论家拉贾·纳卡什（Raja' an-Naqash，1934—　）访谈时说：

　　世界上的一切"文学"，都来源于愤怒与批判；真正的文学，就是对于生活与社会永远的批判。狄更斯的小说是对上个世纪英国社会的猛烈批判，甚至可以说是谴责。我阅读陀思妥耶夫斯基作品的时候，看到的是俄国社会的黑暗景象。美国文学大多也都是对美国社会的直率而激烈的批判。从古埃及至今，文学的基本职能，就一直是成为批判社会的锐眼，表达对消极面的愤怒，追求更美好的未来。

真正的文学家通常都有一个幻想中的理想之邦，他描述它，沉醉其中，并试图通过批判现实社会而在文学中抵达那个理想之邦。①

　　马哈福兹在他的现实主义小说中践行着批判社会现实的理念，揭露埃及社会的阶层分化与贫富悬殊、买官鬻爵、裙带关系、政治混乱、道德沦丧、人性堕落、营私舞弊、新旧矛盾和思想分歧等各种社会问题和阴暗面。这些现象在他的《新开罗》中基本上都有所体现。《新开罗》叙述了一个出身开罗中产阶级家庭的大学生马赫朱卜·阿卜杜·达伊姆为了生存，甘愿娶高官的情妇为妻，与高官共享老婆，成为一个"乌龟"，最终身败名裂的故事。

　　中长篇小说《雨中情》（1973）以战争为背景，反衬埃及社会的腐败与堕落。该书虽出版于1973年，但其写作是在1967年阿拉伯国家在第三次中东战争中失败后。当时人们还处于最初的惊愕与沉痛之中，而马哈福兹以作家的良知反思战争失利的原因，发现老百姓的堕落也是造成阿拉伯国家战败的重要原因。小说的题名寓含着深刻的思考，"雨"指涉的是战争的枪林弹雨，"情"则既有以受伤战士伊卜拉欣为代表的埃及青年所追求的纯洁、真挚的美好爱情，也有另一类人在前方战士浴血奋战的情况下仍然沉湎酒色、追逐欢场、淫荡堕落的"情事"。故事的主人公侯斯尼·希贾兹作为一名摄影师，利用自身的便利条件，在战火纷飞的年代为自己精心构筑了一个"安乐窝"，以卑鄙、恶劣的手段，通过向女学生放映色情电影，糟蹋了许多纯洁无瑕的年轻姑娘。

　　马哈福兹描写的悲剧性形象首先是那些想方设法往上爬的人，尤其是出身中产阶级的年轻人。他们的心中既怀有对未来前途的忧虑，同时也充满了野心，经常试着要爬向社会的更高层。在《始与末》中，主人公侯斯奈尼渴望脱离自己所生活的阶层向上层社会迈进，但没有多少物质条件帮他实现愿望。于是，全家人都努力帮助他实现目标。一个兄弟为了帮助养家而过早地放弃学业，另一个兄弟为了挣钱则走上了贩毒道路。而收入微薄、当裁缝的姐姐只能以出卖肉体换来的

---

① 纳吉布·马哈福兹：《自传的回声》，薛庆国译，北京：光明日报出版社，2001年，第112页。

钱来支持弟弟的军官梦。在军校学习时，侯斯奈尼为了达成与上流社会的联姻，不惜甩掉青梅竹马的情人。当他在上层社会的道路上越来越接近目标时，却突然发现自己的姐姐已变成一个妓女，大哥因贩毒将被逮捕。一切真相大白，他的梦想破灭，只好饮恨自杀。

其次是马哈福兹倡导公平正义与科学精神。无论是世俗主义评论家的解读，还是带有其他倾向的学者的解析，都不否认马哈福兹在《我们街区的孩子们》中运用了象征主义的手法，至于所象征的内容是什么，则有着截然不同的看法。世俗主义的学者认为该小说用象征主义手法，以一个街区的创建者及其五代子孙的故事寓示了整个人类社会的历史演进过程，反映了在人类追求幸福和理想的过程中光明与黑暗、善与恶的斗争，说明知识与愚昧的斗争必然导致宗教时代向科学时代的过渡，因为科学是现时代的宗教。世俗主义学者强调的是马哈福兹对于科学作用的思考，尤其是作品中的第五代子孙的代表人物阿拉法特被认为是科学的象征。阿拉法特为拯救人民而潜心研究"魔法"[①]，为消除长久以来积存在人们心中的迷惑，揭开老祖宗之谜，他潜入大房子，失手掐死了仆人，吓死了老祖宗。但是阿拉法特后来得到认同，人们认为他的魔法给大家带来美好的生活。人们在他死后纪念他，甚至把他的名字排在其他几代子孙杰巴勒、里法阿和高西姆之前，把他当作一个空前绝后的人物。

马哈福兹后来说明自己是同时重视宗教和科学的，认为科学和宗教应该成为伊斯兰社会两个不可或缺的支柱。在这部小说中，他试图借助宗教的途径进入人们的精神世界，以便在建立价值观念的过程中"将我们生活中最大的支柱替换成另一支柱"。埃及评论家加利·舒克里指出："纳吉布·马哈福兹试图用以替代旧支柱的新支柱便是科学。正因为如此，当《我们街区的孩子们》于1959年9月21日至12月25日间每天在《金字塔》报上连载时，引起埃及反动派的极大恐慌。"[②]

在普通读者看来，《我们街区的孩子们》是从人类发展的角度思考通向理想境界的道路。从世俗主义的角度考察，该小说仅仅是描写了几代人为实现理想而斗

---

① 这里的魔法实际上象征着科学。
② Ghali Shukri, *Al-muntami: Dirasah fi Adab Najeeb Mahafuz*, Dar Akhbar al-yom,1988, p. 239.

争的故事。老祖宗杰巴拉维在沙漠边开垦了一片地，建立了街区。一段时间之后，老祖宗退隐，在大房子里深居简出，隔断与外部世界的联系，成为后代子孙们心中永恒的谜。第一代子孙为获得老祖宗的代理权斗得不亦乐乎，结果一正一邪的两个儿子都被逐出家门，流落到沙漠中，过着艰苦的生活。老祖宗在退隐之后，对街区实行了代理管理的制度，管理街区的头人被赋予了维护街区秩序的权力。随着时间的推移，街区头人慢慢地腐化堕落，他用暴力对付老百姓，使街区失去了公平与正义。第二代子孙杰巴勒看到广大民众在恶棍头人的强征暴敛下生活在水深火热之中，忍无可忍地率领众人与恶头人抗争，用武力夺回了被剥夺的继承权，恢复了街区和平公正的秩序。第三代的代表人物里法阿对幸福的观念有着自己独到的理解，心平气和地过着一种与世无争的生活，视财产、力量与威望如粪土，却乐于为平民百姓治疗疾病，以为人们驱邪逐魔为乐，过着一种去贪欲、消仇恨的充满友爱精神的生活。第四代的代表人物高西姆在老祖宗的启示下率领受压迫的人民上山习武，与残暴的头人做坚决的斗争，终于夺回控制权，恢复了街区的太平景象，使杰巴拉维的子孙重获平等的权利。马哈福兹似乎在暗示我们，一旦社会失去公平和正义，尤其是统治者不能维持社会公平、正义的秩序的时候，那么发生革命、重新建构社会秩序便成为一种必然。

在后来接受采访的时候，马哈福兹承认是对社会现象的观察和对正义的思考促成了这部小说的创作：

《我们街区的孩子们》的基本宗旨，是描写对正义的伟大梦想及永久探求。小说想对一个核心问题作出答复：实现正义的武器，到底是武力？还是爱？或者是科学？促使我创作这部小说的，是革命胜利后，具体而言是一九五八年前后传出的各种消息，这些消息表明：革命后出现了有着很大权势的新的阶级，以至于封建王朝时期的社会现象又再现了。这让我非常失望，有关正义的思想在我头脑中不断出现，这便是产生小说的首要原因。[①]

---

① 该段内容参考薛庆国译文，个别地方有改动，见纳吉布·马哈福兹：《自传的回声》，薛庆国译，北京：光明日报出版社，2001年，第150–151页。

复次，马哈福兹主张扬善抑恶。他是一个善恶观念很强的作家，在很多作品中都体现了扬善抑恶的思想。最为集中地表达人世间善恶斗争的作品便是《千夜之夜》(1979，或译为《续天方夜谭》)。有位中国学者指出：

马哈福兹在《续天方夜谭》中讨论了人性善恶、幸福在人间等元命题，但其精挑细选的 13 个故事更集中地表现了他对平衡之道的理解和看法。人在日常生活中行为之度、善恶之间的平衡与控制、舍与得的权衡和把握都是作家着意要表现的内容和观点。任何失去平衡与超越界限的行为背后都暴露出人性的贪念和私心，而这正是人心躁动的主要原因。[①]

国王山鲁亚尔在故事中就是善恶斗争的典型代表。他曾经和宰相丁丹一起讨论过关于善与恶的问题。国王说道："一旦百姓安睡，善与恶也就消失了，所有的人都渴望幸福，但幸福却象冬天的月亮，总被乌云遮掩着。如果新任执政官苏莱曼·奇尼干得顺手，则会象天空落下的雨水，将清洗散落在空气中的尘土……"[②]在君臣关于善恶的讨论中，还是有着赋予百姓幸福的共同心愿，但在如何治理国家，如何给予百姓幸福生活的方法与手段上，二人则有着不同的看法。国王认为要用残忍的手段，以强力来维护社会的平衡与和谐，但是宰相则认为应该使用智慧和力量来治理国家，造福百姓。国王虽然从山鲁佐德的故事里得到启示——弃恶从善，但是在他心中依然有戾气存在，他依然向宰相丁丹表示统治国家要靠严厉的手段。在这种思想指导下，他选择的地区执政官几乎都是暴虐而贪腐的官员。面对贪腐与暴虐，民众的反抗和斗争便构成了推动情节发展和主题思想展示的驱动要素。

《千夜之夜》借用《一千零一夜》的主要人物，编写了十三个各自独立又互有联系的故事，分别是"批发商萨那尼的故事""贾姆沙·白勒迪的故事""脚

---

① 唐蕾：《论纳吉布·马哈福兹的平衡之道——以〈续天方夜谭〉为例》，《常州大学学报（社会科学版）》，2013 年第 6 期，第 68 页。

② 纳吉布·马哈福兹：《续天方夜谭》，谢秩荣译，北京：中国文联出版社，1991 年，第 160 页。

夫阿卜杜拉的故事""努尔丁和敦娅佐德的故事""理发匠阿吉尔的故事""爱尼丝·婕莉丝的故事""古特·古鲁卜的故事""长黑痣的阿拉丁的故事""真假国王的故事""隐身帽的故事""鞋匠马洛夫的故事""航海家辛巴德的故事"和"恸哭者的故事"。这些故事"有的优美动人、富于想象；有的离奇曲折、引人入胜；有的借古讽今、针砭时弊，充分反映了作者的善恶观念和热爱人民的思想"①。批发商萨纳尼和他的儿子法迪勒、药剂师伊卜拉欣和他的儿子法迪勒、布商吉利勒、驼背谢姆鲁勒、脚夫拉吉布、海员冒险家辛巴德、理发匠阿吉尔和他的儿子阿拉丁、水夫易卜拉兴、鞋匠马洛夫、医生阿卜杜·高迪尔·穆黑尼、百万富翁凯尔姆·艾西勒、古董拍卖商苏哈鲁勒都在故事的开头粉墨登场，充分体现了马哈福兹这一作品与《天方夜谭》的互文性，也让读者产生亲切感，往往会联想起原作《天方夜谭》里的人物和情节。②

在《千夜之夜》这部作品中，善和恶之间有着交战、冲突和斗争，但是善和恶也会相互转化。萨那尼本来是一个好人，代表着善，所以精灵选择他去刺杀执政官。但是他因为受到魔鬼的诱惑，犯下了强奸罪和杀人罪。后来，他又刺杀了执政官。这虽然又是一次犯罪行为，但是因为执政官是一个贪污腐败的官员，所以杀死他等于是为民除害，体现的又是善而不是恶。在这里"恶行"具有了善的价值。我们以为精灵诱使萨那尼去杀死执政官，真的是为了执行善意的行动，是要让萨那尼为民除害，可事实并非如此。精灵是带着自己的自私目的的，因为杀死了执政官，禁锢精灵的魔法就破除了，精灵由此获得了自由。为了避免被重新禁锢，精灵放弃对萨那尼的拯救，让萨那尼自己去付出杀人的代价。在这里，精灵起初所表现出来的善又成为一种自私的恶。

在艺术手法方面，马哈福兹一方面继承埃及、阿拉伯民族古典文学传统的各种表现手法，另一方面积极借鉴西方的各种文艺思潮和创作手法。早期的"历史三部曲"取材于古埃及历史，以浪漫主义的手法演绎历史事件，借用春秋笔法讽刺、抨

---

① 纳吉布·马哈福兹：《续天方夜谭》，谢秩荣译，北京：中国文联出版社，1991 年，第 4 页。
② 同上，第 8 页。

击殖民主义者，后来又借鉴欧洲的自然主义、现实主义，形成了马哈福兹自己的批判现实主义风格。随着西方现代主义各种文艺思潮涌入阿拉伯世界，马哈福兹作为一个文坛的先行者，以积极的姿态拥抱新的创作手法，学习、借鉴、应用了包括表现主义、结构主义、意识流、荒诞派，乃至拉美的魔幻现实主义在内的各种表现手法。

三、作家研究、接受综述与文学地位、影响

阿拉伯世界对马哈福兹的研究从很早的时候就开始了，但是阿拉伯世界出现的最早的一本有关马哈福兹的专著不是阿拉伯学者撰写的，而是翻译自朱梅神父的《马哈福兹的三部曲》，1959年由纳扎米·卢卡翻译成阿拉伯语出版。阿拉伯评论界第一位完成马哈福兹研究专著的是加利·舒克里，他的研究专著《归属：马哈福兹文学研究》于1964年出版，开启了阿拉伯学者研究马哈福兹的先河。

如果说加利·舒克里关注的是马哈福兹作品的思想内容，那么，纳比勒·拉稀布于1967年出版的《马哈福兹的艺术形式问题》则是第一个专门就马哈福兹小说的艺术技巧展开研究。1974年，迈哈穆德·拉比伊博士的专著《小说的阅读：马哈福兹的模式》进一步对马哈福兹小说的艺术形式进行了探讨。同年，拉佳·伊德博士还出版了另外一本研究马哈福兹的专著《马哈福兹文学的研究》。

之后的马哈福兹研究进入了专题探讨阶段。1976年科威特学者苏莱曼·谢忒出版了《马哈福兹文学中的象征与象征主义》，主题较为集中。1978年穆罕默德·哈桑·阿卜杜拉的专著《马哈福兹文学中的灵性与伊斯兰主义》则从宗教的层面对马哈福兹的创作进行了探索。1980年首次出现了马哈福兹的传记研究，即杰马勒·黑塔尼的《马哈福兹在回忆》。还有评论家将马哈福兹的短篇小说创作艺术与当时最负盛名的阿拉伯大文豪塔哈·侯赛因进行比较研究，出版了《塔哈·侯赛因和马哈福兹两代人之间的短篇小说艺术》（优素福·努法勒，1988），从而大大提升了马哈福兹在埃及文坛和阿拉伯文坛的地位，引起了评论界和读者对马哈福兹更多的关注。评论家易卜拉欣·法特希先后出版了两部关于马哈福兹

的研究专著，分别是 1978 年出版的《马哈福兹的小说世界》和 2013 年出版的《马哈福兹的短篇小说与史诗话语》。其他研究专著还有《马哈福兹：见解与表现》（阿卜杜·穆哈辛·塔哈·白德尔博士，1978）、《马哈福兹通过小说建构的世界》（拉希德·阿纳尼，1988）、《论马哈福兹之爱》（拉佳·纳卡什，1995）、《纳吉布·马哈福兹与阿拉伯小说的发展》（法特梅·穆萨，1999）、《纳吉布·马哈福兹的小说建构：文化遗产呈现的研究》（穆罕默德·艾哈迈德·古达特，2000）等。除了专著以外，还有很多学术文章，也有很多研究生以马哈福兹及其作品作为研究对象，撰写硕士或博士学位论文。

马哈福兹是中国学界对阿拉伯文学译介与研究中涉及最多的作家之一。马哈福兹一生创作了 56 部作品，其中 37 部为中长篇小说，其余为短篇小说集。翻译成中文的马哈福兹作品有 20 多种，接近其全部文学作品的一半。最早翻译成中文的短篇小说是 1980 年范绍民翻译的《一张致人死地的钞票》[①]，第一部翻译成中文的中篇小说是 1981 年朱威烈（笔名元鼎）翻译的《卡尔纳克咖啡馆》。

国内对马哈福兹作品的翻译集中于 20 个世纪八九十年代。在这段时间里，马哈福兹被翻译出版的长篇小说有 12 部，中篇小说至少 7 部，包括他的"开罗三部曲"和颇有争议的后期代表作《我们街区的孩子们》。被翻译的短篇小说有 51 篇，包括短篇小说集、外国文学小说集中的选篇和文学期刊上的短篇译文。在阿拉伯现当代文学翻译中，马哈福兹和纪伯伦的作品数量最多。尽管纪伯伦的作品已经有 5 部中文全集出版，但在译文总字数上，马哈福兹的作品要远远超出纪伯伦作品。因此，马哈福兹是"作品译成中文最多的阿拉伯作家"[②]这一说法是完全站得住脚的。1988 年马哈福兹获得诺贝尔文学奖，这对其作品的中文翻译来说是一个重要节点，获奖事件"在短时间内更刺激着翻译活动，并在 1991 年前后达到了翻译井喷的顶点"[③]。《宫间街》三部曲中译本在 1991 年获得第一届中国优秀外国文

---

① 刊载于《阿拉伯世界》1980 年第 2 期。

② 丁淑红：《马哈福兹：作品译成中文最多的阿拉伯作家》，载阎晶明主编：《大师与经典（经典及思潮卷）》，合肥：安徽文艺出版社，2014 年，第 417 页。

③ 王鸿博：《中国的马哈福兹经典建构：回顾与反思》，《北方工业大学学报》，2014 年第 2 期，第 68 页。

学图书奖二等奖，这对当时的马哈福兹翻译甚至阿拉伯文学翻译都是一个巨大的鼓舞。从马哈福兹作品在中国翻译的情况可以看出他在中国的影响。当然西方世界对马哈福兹的翻译也不少，据不完全统计，被翻译成英文的马哈福兹作品有 36 部，比中文译本还多。

　　国内马哈福兹研究方面已经出现了多部研究专著，还发表了 200 多篇学术论文。从研究马哈福兹的历史来考察，大概在 20 世纪 50 年代，马哈福兹就已经进入中国读者和学者的视野。根据葛铁鹰先生在《天方书话：纵谈阿拉伯文学在中国》一书中的考证，《读书月报》1956 年第 9 期曾刊出一篇苏联学者波瑞索夫在《新时代》发表的文章《阿拉伯国家的作品与作家》。该文译者吴馨亭在译文中将一个阿拉伯作家的名字译为"纳吉·玛赫夫斯"，之后的文本中提到纳吉·玛赫夫斯的作品是"描写一个埃及家庭中三代人的生活的小说"，很显然这是指马哈福兹的"开罗三部曲"，由此我们也可以判断此"纳吉·玛赫夫斯"便是我们现在通行翻译的"纳吉布·马哈福兹"，因吴馨亭是从俄文转译，故与我们当下从阿拉伯文直接翻译的"纳吉布·马哈福兹"有些微出入。两年后，即 1958 年，林兴华在《文艺报》上发表了一篇译文，是伊拉克学者所写的文章《反帝的文学，战斗的文学！——阿拉伯现代文学概况》。译文中提到"小资产阶级的文学家""乃芝布·买哈福子"显然也是马哈福兹。[1] 林兴华有阿拉伯语的语言基础，所以他从阿拉伯语直接翻译的这个名字跟我们现在用的"纳吉布·马哈福兹"比较接近。在马哈福兹之前，国内的外国文学评论界对于埃及文学和阿拉伯文学最为认可的作家是塔哈·侯赛因，而马哈福兹在 20 世纪五六十年代是作为一个阿拉伯文坛"新人"被介绍进来。塔哈·侯赛因对马哈福兹的高度评价为其赢得了中国学界的关注。1958 年 10 月，苏联学者舒斯捷尔的文章《谈阿拉伯文学》被落英翻译成中文发表，其中援引了塔哈·侯赛因对"纳吉布·马赫夫兹"的评价，称其作品是"最好的埃及小说之一"[2]。

---

① 葛铁鹰：《天方书话——纵谈阿拉伯文学在中国》，北京：首都师范大学出版社，2007 年，第 200–203 页。

② 同上。

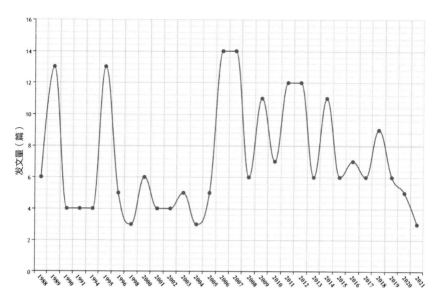

（马哈福兹研究论文发表趋势图，数据来源于知网 2021 年 8 月）

从有关马哈福兹研究论文发表的趋势来看，有几个小高峰。第一个小高峰是 1989 年，这显然是因为马哈福兹于 1988 年获得了诺贝尔文学奖，引起了国内的关注；第二个小高峰是 1995 年，很可能跟 1994 年马哈福兹遇刺有关；第三个小高峰是 2006—2007 年，这与马哈福兹逝世于 2006 年有关；第四个小高峰是 2011—2012 年，恰逢马哈福兹 100 周年诞辰。

马哈福兹对埃及和阿拉伯文学的影响十分巨大。他精湛的小说艺术得到了整个阿拉伯世界的承认。阿拉伯作家协会在世纪之交评选了 20 世纪最佳小说排行榜，共 105 部小说登榜，马哈福兹的"开罗三部曲"毫无争议地排在了榜首。马哈福兹对世界文学的影响也十分巨大。世界各种主要语言的译本很多。马哈福兹总共 50 余部小说作品，就有 36 部翻译成了英文。

1998 年度的诺贝尔文学奖被授予马哈福兹，或多或少有政治的因素。就连阿拉伯的作家和评论家中也有不少人公开表达了这样的观点——西方之所以授予马哈福兹诺贝尔文学奖，是因为他的作品中含有对埃及乃至整个阿拉伯社会的激烈批判。但这肯定不是唯一的原因，让评委会折服的还有马哈福兹小说艺术的成就。我们从诺贝尔文学奖的颁奖词中可以看到西方世界是如何评价马哈福兹的。颁奖词指出，纳吉布·马哈福兹作为阿拉伯的一代散文宗师，其地位无可争议，因为他在所属的文化领域的耕耘，而且中长篇小说和短篇小说的艺术技巧均已达到国际优秀标准。这是他融会贯通阿拉伯古典文学传统、欧洲文学的灵感（马哈福兹阅读和学习西方文学的范围很广，影响马哈福兹的西方作家可以列出长长的一个名单，最著名的有托尔斯泰、契诃夫、陀思妥耶夫斯基、莫泊桑、安德烈·纪德、莎士比亚、普鲁斯特等）和个人艺术才能的结果。颁奖词认为马哈福兹及其丰富的著作促使人们思考生活中的重要课题，尤其是"时代的爱情和本质、社会和准则、知识和信仰等主题在多种情景中反复出现，引人深思，激发良知，鼓励人们勇敢对待"①。而在语言和小说艺术的运用方面，诺贝尔文学奖颁奖词也给予了高度评价，认为马哈福兹开创了全人类都能欣赏的阿拉伯语言叙述艺术，其作品中的诗情画意甚至已经越过了语言障碍而被世界各国的读者所理解。世界文坛不仅认可马哈福兹为"阿拉伯现代小说之父"，而且将他与世界文坛上的文学巨擘相提并论，有的称他是"阿拉伯的巴尔扎克"，有的称他是"阿拉伯的陀思妥耶夫斯基"或"阿拉伯的托尔斯泰"，足见他在世界文坛上的地位和影响。

结　语

伟大的作品总会在历史上留下痕迹，就像开罗郊区的三座大金字塔，作为埃及建筑作品的丰碑和埃及文化的象征，历经风霜，阅尽人间万千事，至今仍屹立在埃及的大地上。有人认为马哈福兹作为一个伟大的文化人物，也将同金字塔一样长留在埃及的文学史和文化史上，因此将其称为"第四座金字塔"。

（文 / 北京大学 林丰民）

---

① 斯·艾伦：《诺贝尔文学奖颁奖词》，郁葱译，《世界文学》，1989 年第 2 期，第 200 页。

参考文献

一、著作类

英文著作

1.Achebe, Chinua. *A Man of the People.* London: Heinemann, 1966.

2.Achebe, Chinua. *Anthills of the Savannah.* London: Heinemann, 1987.

3.Achebe, Chinua. *Arrow of God.* London: Heinemann, 1964.

4.Achebe, Chinua. *Chike and the River.* Cambridge: Cambridge University Press, 1966.

5.Achebe, Chinua. *Girls at War and Other Stories.* London: Heinemann, 1972.

6.Achebe, Chinua. *Home and Exile.* London: Oxford University Press, 2000.

7.Achebe, Chinua. *No longer at Ease.* London: Heinemann, 1960.

8.Achebe, Chinua. *The Trouble with Nigeria.* London: Heinemann, 1983.

9.Achebe, Chinua. *Things Fall Apart.* London: Heinemann, 1958.

10.Achebe, Chinua. *Morning Yet on Creation Day.* London: Heinemann, 1975.

11.Achebe, Chinua. *Morning Yet on Creation Day.* New York: Anchor Press, 1975.

12.Adichie, Chimamanda Ngozi. *Half of a Yellow Sun.* New York: Anchor Books, 2007.

13.Agbo, Joshua. *Bessie Head and the Trauma of Exile: Identity and Alienation in Southern African Fiction.* New York: Routledge, 2021.

14.Aidoo, Ama Ata. *African Writers on African Writing.* London: Heinamann, 1973.

15.Aidoo, Ama Ata. *Changes.* New York: The Feminist Press, 1993.

16.Aidoo, Ama Ata. *Diplomatic Pounds & Other Stories.* Banbury: Ayebia Clarke, 2012.

17. Alden, Patricia, Louis Tremaine. *Nuruddin Farah*. New York: Twayne Publishers, 1999.

18. Armah, Ayi Kwei. *The Beautyful Ones Are Not Yet Born*. London: Heinemann, 1968.

19. Attwell, David, Derek Attridge eds. *The Cambridge Literature of South African History*. London: Cambridge University Press, 2012.

20. Bazin, Nancy Topping, Marilyn Dallman Seymour eds. *Conversations with Nadine Gordimer*. Jackson: University Press of Mississippi, 1990.

21. Bloom, Harold ed. *Doris Lessing*. Philladelphia: Chelsea House, 2003.

22. Bosman, Herman Charles. *My Life and Opinions*. Cape Town: Human & Rousseau, 2003.

23. Brahimi, Denise. *Nadine Gordimer: Weaving Together Fiction, Women and Politics*. Translated from the French by Vanessa Everson and Cara Shapiro, Claremont: UCT Press, 2012.

24. Busch, Annett, Max Annas. *Ousmane Sembene: Interviews*. Jackson: University Press of Mississippi, 2008.

25. Coetzee, J. M. *Boyhood: Scenes from Provincial Life*. London: Secker & Warburg, 1997.

26. Coetzee, J. M., David Attwell eds. *Doubling the Point: Essays and Interviews*. Cambridge, MA: Harvard University Press, 1992.

27. Coetzee, J. M. *Life & Times of Michael K*. New York: The Viking Press, 1983.

28. Cornwell, Gareth, Dirk Klopper, Craig MacKenzie eds. *The Columbia Guide to South African Literature in English Since 1945*. New York: Columbia University Press, 2010.

29. Daymond, M. J., Dorothy Driver, Sheila Meintjes eds. *Women Writing Africa*: *The Southern Region*. New York: The Feminist Press at CUNY, 2003.

30. Duerden, Dennis, Cosmo Pieterse eds. *African Writers Talking*. New York: Africana Publishing Corporation, 1972.

31. Elder, Arlene A. *Narrative Shape-shifting: Myth, Humor & History in the Fiction of Ben Okri, B. Kojo Laing, Yvonne Vera*. New York: James Currey, 2009.

32. Fahim, Shadia S. *Doris Lessing: Sufi Equilibrium and the Form of the Novel*. London: St. Martin's Press, 1994.

33. Fugard, Athol. *Collected Plays 1*. London: Faber and Faber, 1998.

34. Fugard, Athol, John Kani, Winston Ntshona. *Statements*. New York: Theatre Communications Group, 1986.

35. Fugard, Athol. *Notebook: 1960—1977*. New York: Alfred A. Knopf, 1984.

36. Fugard, Athol. *Port Elizabeth Plays*. Oxford: Oxford University Press, 2000.

37.Fugard, Athol. *Township Plays*. Oxford: Oxford University Press, 2000.

38.Galgut, Damon. *The Beautiful Screaming of Pigs*. London: Atlantic Books, 2015.

39.Galgut, Damon. *The Good Doctor*. New York: Grove Press, 2003.

40.Gerteau, Michel ed. *The Writing of History*. New York: Columbia University Press, 1988.

41.Gikandi, Simon ed. *Encyclopedia of African Literture*. London: Routledge, 2003.

42.Gikandi, Simon, Evan Mwangi eds. *The Columbia Guide to East African Literature in English Since 1945*. New York: Columbia University Press, 1993.

43.Gordimer, Nadine. *Get a Life*. New York: Farrar. Straus and Giroux, 2005.

44.Gordimer, Nadine. *July's People*. New York: The Viking Press, 1981.

45.Gordimer, Nadine. *No Time Like the Present*. New York: Farrar, Straus and Giroux, 2012.

46.Gordimer, Nadine. *None to Accompany Me*. New York: Farrar, Straus and Giroux, 1994.

47.Gordimer, Nadine. *The Black Interpreters—Notes on African Writing*. Johannesburg: Ravan Press Ltd., 1973.

48.Gordimer, Nadine, Stephen Clingman eds. *The Essential Gesture: Writing, Politics and Places*. New York: Knopf, 1988.

49.Gordimer, Nadine. *The House Gun*. New York: Farrar, Straus and Giroux, 1998.

50.Gordimer, Nadine. *The Lying Days*. New York: Simon and Schuster, 1953.

51.Gordimer, Nadine. *The Pickup*. New York: Farrar, Straus and Giroux, 2001.

52.Gordimer, Nadine. *Writing and Being: The Charles Eliot Norton Lectures, 1994*. Cambridge: Harvard University Press, 1995.

53.Greene, Gayle. *Doris Lessing: The Poetics of Change*. Ann Arbor: The University of Michigan Press, 1994.

54.Gurnah, Abdulrazak. *Admiring Silence*. New York: The New Press, 1996.

55.Head, Bessie. *When Rain Clouds Gather*. New York: Simon and Schuster, 1969.

56.Head, Bessie. *The Collector of Treasures and Other Botswana Village Tales*. London: Heinemann Educational Books, 1977.

57.Head, Bessie, Craig MacKenzie eds. *Bessie Head: A Woman Alone, Autobiographical Writings*.

Oxford: Heinemann, 1990.

58. Head, Bessie. *Maru*. London: Heinemann, 1995.

59. Head, Dominic. *Nadine Gordimer*. Cambridge: Cambridge University Press, 1994.

60. Heywood, Christopher. *A History of South African Literature*. Cambridge: Cambridge University Press, 2004.

61. Imbuga, Francis. *East African Literature in the 1980s*. Amsterdam: Rodopi, 1993.

62. Ingersoll, Earl G. ed. *Doris Lessing: Conversations*. New York: Ontario Review Press, 1994.

63. James, Adeola ed. *In Their Own Voices: African Women Writers Talk*. London: James Currey & Portsmouth: Heinemann, 1990.

64. Jussawalla, Feroza, R. W. Dasenbrock eds. *Interviews with Writers of the Post-Colonial World*. Jackson & London: University Press of Mississippi, 1992.

65. Kannemeyer, J. C. *J.M. Coetzee: A Life in Writing*. Translated by Michiel Heyns. London: Scribe Publications, 2013.

66. Kayira, Legson. *I Will Try*. London: Heinemann, 1966.

67. Kasuka, Bridgette ed. *Malawian Writers and Their Country*. Scotts Valley: Create Space Independent Publishing Platform, 2013.

68. King, Bruce ed. *The Later Fiction of Nadine Gordimer*. London and Basingstoke: Macmillan, 1993.

69. Kim, Sue J. *On Anger: Race, Cognition, Narrative*, Austin: University of Texas Press, 2013.

70. Knapp, Mona. *Doris Lessing*. New York: Frederick Ungar Publishing Co., 1984.

71. Kom, Ambroise. *Mongo Beti parle*. Bayreuth: Bayreuth African Studies 54, 2001.

72. Kom, Ambroise. *Remember Mongo Beti*. Bayreuth: Bayreuth African Series 67, 2003.

73. Kurtz, J. Roger. *Urban Obsessions, Urban Fears: The Postcolonial Kenya Novel*. Oxford: James Currey Publishers, 1998.

74. Lessing, Doris. *Under My Skin*. London: Harper Collins Publishers, 1994.

75. Lindfors, Bernth. *Early West African Writers*. Asmara: African World Press, 2010.

76. Lindfors, Bernth. *Popular Literature in Africa*. Trenton: Africa World Press, 1991.

77. Lindfors, Bernth, Reinhard Sander eds. *Twentieth Century Caribbean and Black African Writers, Third Series*. Detroit: Bruccoli Clark Layman Book, 1996.

78. Lohafer, Susan, Jo Ellyn Clarey eds. *Short Story Theory at a Crossroads*. Baton Rouge: Louisiana State University Press, 1990.

79. Maja-Pearce, Adewale ed. *Wole Soyinka: An Appraisal*. Oxford: Heinemann Educational, 1994.

80. Mapanje, Jack. *Of Chameleons and Gods*. Oxford: Heinemann, 1991.

81. Mapanje, Jack. *The Last of the Sweet Bananas*. Northumberland: Bloodaxe Books Ltd, 2004.

82. McGregor, Joann, Ranka Primorac. *Zimbabwe's New Diaspora: Displacement and the Cultural Politics of Survival*. Oxford: Berghahn Books, 2010.

83. MacKenzie, Craig, Tim Sandham eds. *A Bosman Companion*. Cape Town: Human and Rousseau, 2011.

84. Muponde, Robert, Mandi Taruvinga eds. *Sign and Taboo: Perspectives on the Poetic Fiction of Yvonne Vera*. Harare: Weaver; Oxford: James Currey, 2002.

85. Ogot, Grace. *Days of My Life*. Kisumu: Anyange Press, 2012.

86. Ogot, Grace. *Land Without Thunder*. Nairobi: East African Publishing House, 1968.

87. Ogot, Grace. *The Graduate*. Nairobi: Uzima Press, 1980.

88. Ogot, Grace. *The Island of Tears*. Nairobi: Uzima Press, 1980.

89. Ogot, Grace. *The Other Woman*. Nairobi: East African Publishing House, 1976.

90. Ogot, Grace. *The Promised Land*. Nairobi: East African Publishing House, 1966.

91. Ogot, Grace. *The Strange Bride*. Nairobi: Heinemann, 1989.

92. Orkin, Martin. *Drama and the South African State*. Manchester: Manchester University Press, 1991.

93. Otiso, Kefa M. *Culture and Customs of Uganda*. New York: Greenwood Press, 2006.

94. p'Bitek, Okot. *Artist, the Ruler: Essays on Art, Culture and Values*. Nairobi: East African Educational Publishers Ltd., 1986.

95. p'Bitek, Okot. *Decolonizing African Religion: A Short History of African Religions in Western Scholarship*. New York: Diasporic Africa Press, 2011.

96. p'Bitek, Okot. *Song of Lawino*. Nairobi: East African Educational Publishers Ltd., 1966.

97. Pratt, Annis, L. S. Dembo eds. *Doris Lessing: Critical Studies*. Madison: The University of Wisconsin Press, 1974.

98. Rutherford, Jennifer, Anthony Uhlmann eds. *J.M. Coetzee's the Childhood of Jesus: The Ethics of*

Ideas and Things. New York: Bloomsbury Academic, 2017.

99.Ray, Sangeeta, Henry Schwarz eds. *The Encyclopedia of Postcolonial Studies*. Chichester: John Wiley & Sons, Ltd., 2016.

100.Roscoe, Adrian ed. *The Columbia Guide to Central African Literature in English Since 1945*. New York: Columbia University Press, 2008.

101.Rosenberg, Valerie. *Sunflower to the Sun*. Cape Town: Human & Rousseau, 1976.

102.Rothwell, Phillip. *A Postmodern Nationalist: Truth, Orality, and Gender in the Work of Mia Couto*. Lewisburg: Bucknell University Press, 2004.

103.Ruinstein, Roberta. *The Novelistic Vision of Doris Lessing*. Urbana: University of Illionis Press, 1979.

104.Sage, Lorna ed. *The Cambridge Guide to Women's Writing in English*. New York: Cambridge University Press, 1999.

105.Sardar, Z. , R. Y. Kassab eds. *Critical Muslim 12: Dangerous Freethinkers*. London: C Hurst & Co., 2014.

106.Schoffeleers, J. M. , A. A. Roscoe. *Land of Fire: Oral Literature from Malawi*. Limbe: Popular Publications, 1985.

107.Schlueter, Paul ed. *A Small Personal Voice*. New York: Vintage Books, 1975.

108.Shakespeare, William. *Measure for Measure*. New York: Washington Square Press, 2005.

109.Soyinka, Wole. *Death and the King's Horseman*. New York: Hill and Wang, 1975.

110.Soyinka, Wole. *Idanre and Other Poems*. London: Methuen, 1967.

111.Soyinka, Wole. *Mandela's Earth and Other Poems*. Kampala: Fountain Publications, 1989.

112.Soyinka, Wole. *Myth, Literature and the African World*. Cambridge: Cambridge University Press, 1976.

113.Soyinka, Wole. *Samarkand and Other Markets I Have Known*. London: Methuen Publishing Ltd., 2003.

114.Soyinka, Wole. *The Beatification of Area Boy: A Lagosian Kaleidoscope*. Ibadan: Spectrum Books Limited, 1995.

115.Sprague, Claire, Virginia Tiger eds. *Critical Essays on Doris Lessing*. Boston : G. K. Hall, 1986.

116.Staunton, Irene. *Mothers of the Revolution*. Harare: Baobab Books 1990.

117. Stratton, Florence. *Contemporary African Literature and the Politics of Gender*. London: Routledge, 1994.

118. Taiwo, Oladele. *Female Novelists of Modern Africa*. New York: ST. Martin's Press, 1985.

119. Thiong'o, Ngũgĩ wa. *Decolonising the Mind: The Politics of Language in African Literature*. Oxford: James Currey, 1986.

120. Thiong'o, Ngũgĩ wa. *Dreams in a Time of War: A Childhood Memoir*. New York: Pantheon Books, 2010.

121. Thiong'o, Ngũgĩ wa. *Homcoming, Essays on African and Caribbean Literature, Culture and Politics*. New York: Lawrence Hill, 1973.

122. Thiong'o, Ngũgĩ wa. *Moving the Centre: The Struggle for Cultural Freedom*. Portsmouth, NH: Heinemann, 1993.

123. Thiong'o, Ngũgĩ wa. *Something Torn and New: An African Renaissance*. New York: Basic Civitas Books, 2009.

124. Veit-Wild, Flora. *Teachers, Preachers, Non-Believers: A Social History of Zimbabwean Literature*. London: Hans Zell Publishers, 1992.

125. Visser, Nick, Tim Couzens eds. *H. I. E. Dhlomo: Collected Works*. Johannesburg: Ravan Press, 1985.

126. Walder, Dennis. *Athol Fugard*. Devon: Northcote House, 2002.

127. Walder, Dennis. *Athol Fugard*. London: Macmillan, 1984.

128. Zhuwarara, Rino. *An Introduction to Zimbabwean Literature in English*. Harare: College Press, 2001.

法文著作

1. Achour, Christiane Chaulet. *Dictionnaire des Écrivains Francophones Classiques*. Paris: Honoré Champion, 2010.

2. Beti, Mongo. *Branle-bas en Noir et Blanc*. Paris: Julliard, 2000.

3. Beti, Mongo. *Trop de Soleil Tue L'amour*. Paris: Julliard, 1999.

4. Beti, Mongo. *Mission Terminée*. Paris: Robert Laffont, 1956.

5. Beti, Mongo. *Perpétue et L'habitude du Malheur*. Paris: Buchet/Chastel, 1974.

6.Bissek, Philippe. *Mongo Beti à Yaoundé, 1991-2001*. Rouen: Editions des Peuples Noirs, 2005.

7.Boniface, Mongo-Mboussa. *Désir d'Afrique: essai*. Paris: Gallimard, 2001.

8.Boto, Eza. *Ville Cruelle*. Paris: Editions africaines, 1954.

9.Camus, Albert. *La Peste*. Paris: Éditions Gallimard, 1947.

10.Camus, Albert. *L'Homme Révolté*. Paris: Éditions Gallimard, 1961.

11.Sembène, Ousmane. *Voltaïque*. Paris: Présence africaine, 1962.

葡文著作

1.Anguis, Fernanda & Anguis, Matteo. *Mia Cuto: O Desanoitecer da Palavra*. Mindelo/Praia: Embaixada de Portugal/Centro Cultural Português, 1998.

2.Brugioni, Elena. *Mia Couto Representação, História(s) e Pós-colonialidade*. Vila Nova de Famalição: Edições Húmus, 2013.

3.Couto, Mia. *Jesusalém*. Lisboa: Coleçaõ Essencial-Livros RTP, 2016.

4.Couto Mia. *O Caçador de Elefantes Invisíveis*. Lisboa: Editorial Caminho, 2021.

5.Couto Mia. *Todas as Palavras que Hão de Vir*. Lisboa: Imprensa Nacional e Camões & Instituto da Cooperação e da Língua, 2021.

6.Cunha, Celso & Cintra, Lindley. *Nova Gramática do Português Contemporâneo (7 ed.)*. Rio de Janeiro: Lexikon, 2017.

7.Houaiss, Antônio ed. *Dicionário Houaiss da Língua Portuguesa (Vol. III)*. Lisboa: Instituto António Houaiss de Lexicografia Portugal, 2003.

8.Laban, Michel. *Moçambique – Encontro com Escritores (Vol. III)*. Porto: Fundação Eng. António de Almeida, 1998.

中文著作

1. 阿尔贝·加缪：《反抗者》，吕永真译，上海：上海译文出版社，2013 年。

2. 阿尔贝·加缪：《荒谬的人》，张汉良译，广州：花城出版社，1991 年。

3. 阿尔贝·加缪：《加缪全集（散文卷I）》，丁世中等译，上海：上海译文出版社，2010 年。

4. 阿尔贝·加缪：《加缪全集（小说卷）》，柳鸣九等译，上海：上海译文出版社，2010 年。

5. 阿尔贝·加缪：《加缪手记》，黄馨慧译，杭州：浙江大学出版社，2019年。

6. 阿尔贝·加缪：《反与正·婚礼集·夏天集》，郭宏安译，南京：译林出版社，2011年。

7. 阿尔贝·加缪：《鼠疫》，刘方译，上海：上海译文出版社，2013年。

8. 阿尔贝·加缪：《西西弗神话》，沈志明译，上海：上海译文出版社，2013年。

9. 阿马·阿塔·艾杜等：《幽灵的困境：非洲当代戏剧选》，宗玉、李佳颖、蔡燕译，上海：上海译文出版社，2017年。

10. M. H. 艾布拉姆斯：《文学术语词典（第7版）（中英对照）》，北京：北京大学出版社，2009年。

11. 艾周昌、沐涛：《走进黑非洲》，上海：上海文艺出版社，2001年。

12. 奥利维耶·托德：《加缪传》，黄晞耘、何立、龚觅译，北京：商务印书馆，2010年。

13. 巴金：《巴金精选集》，北京：北京燕山出版社，2015年。

14. 鲍秀文、汪琳主编：《20世纪非洲名家名著导论》，杭州：浙江人民出版社，2016年。

15. 贝西·黑德：《权力问题》，李艳译，杭州：浙江工商大学出版社，2019年。

16. 本·奥克瑞：《饥饿的路》，王维东译，南京：译林出版社，2013年。

17. 本·奥克瑞：《迷魂之歌》，常文祺译，杭州：浙江文艺出版社，2011年。

18. 比尔·阿希克洛夫特、格瑞斯·格里菲斯、海伦·蒂芬：《逆写帝国：后殖民文学的理论与实践》，任一鸣译，北京：北京大学出版社，2014年。

19. 布罗茨基等：《见证与愉悦：当代外国作家文选》，黄灿然译，天津：百花文艺出版社，1999年。

20. 蔡钟翔、袁济喜：《中国古代文艺学》，北京：人民文学出版社，2011年。

21. 曹雪芹：《红楼梦》，北京：团结出版社，2015年。

22. 陈恒、洪庆明主编：《穿越世界变局的历史研究》，上海：上海人民出版社，2017年。

23. 达蒙·加格特：《在一个陌生的房间》，李安译，北京：中信出版集团，2016年。

24. 大卫·阿特维尔：《用人生写作的J.M.库切：与时间面对面》，董亮译，哈尔滨：黑龙江教育出版社，2017年。

25. 弗吉尼亚·伍尔夫：《奥兰多》，任一鸣译，上海：上海译文出版社，2014 年。

26. 弗拉基米尔·纳博科夫：《独抒己见》，唐建清译，上海：上海译文出版社，2018 年。

27. 弗朗兹·法农：《黑皮肤，白面具》，万冰译，南京：译林出版社，2005 年。

28. 葛铁鹰：《天方书话——纵谈阿拉伯文学在中国》，北京：首都师范大学出版社，2007 年。

29. 黄晞耘：《重读加缪》，北京：商务印书馆，2011 年。

30. 加利·舒克里：《归属：纳吉布·马哈福兹文学研究》，北京：今日消息报社，1988 年。

31. 金莉、李铁编：《西方文论关键词（第二卷）》，北京：外语教学与研究出版社，2017 年。

32. 李安山：《非洲民族主义研究》，北京：中国国际广播出版社，2004 年。

33. 李安山：《非洲现代史》，上海：华东师范大学出版社，2021 年。

34. 李永彩：《南非文学史》，上海：上海外语教育出版社，2009 年。

35. 刘硕良主编：《诺贝尔文学奖授奖词和获奖演说（下）》，桂林：漓江出版社，2013 年。

36. 刘硕良：《诺贝尔文学奖作家传略（上下册）》，桂林：漓江出版社，2018 年。

37. 刘勰：《文心雕龙·时序》，黄叔琳注、纪昀评、李详补注、刘咸炘阐说、戚良德辑校，上海：上海古籍出版社，2015 年。

38. 鲁迅：《鲁迅全集（第 11 卷）》，北京：人民文学出版社，2005 年。

39. 米亚·科托：《梦游之地》，闵雪飞译，北京：中信出版社，2018 年。

40. 穆罕默德·叶海亚、穆阿太兹·舒克里：《穿过纳吉布·马哈福兹的街区通往 1988 年度诺贝尔奖的道路》，开罗：乌玛出版社，1989 年。

41. 纳吉布·马哈福兹：《续天方夜谭》，谢轶荣译，北京：中国文联出版社，1991 年。

42. 纳吉布·马哈福兹：《自传的回声》，薛庆国译，北京：光明日报出版社，2001 年。

43. 奇玛曼达·恩戈兹·阿迪契：《半轮黄日》，石平萍译，南京：译林出版社，2010 年。

44. 奇玛曼达·恩戈兹·阿迪契：《半轮黄日》，石平萍译，北京：人民文学出版社，2017 年。

45. 钦努阿·阿契贝：《非洲的污名》，张春美译，海口：南海出版公司，2014 年。

46. 钦努阿·阿契贝：《荒原蚁丘》，马群英译，海口：南海出版公司，2015 年。

47. 钦努阿·阿契贝：《人民公仆》，马群英译，海口：南海出版公司，2015 年。

48. 钦努阿·阿契贝：《神箭》，陈笑黎、洪苯晖译，重庆：重庆出版社，2011 年。

49. 钦努阿·阿契贝：《瓦解》，高宗禹译，重庆：重庆出版社，2009 年。

50. 钦努阿·阿契贝：《一只祭祀用的蛋》，常文祺译，海口：南海出版公司，2014 年。

51. 钦努阿·阿契贝：《再也不得安宁》，马群英译，海口：南海出版公司，2014 年。

52. 邱华栋：《静夜高颂：对 66 位伟大作家的心灵访问（亚洲、非洲卷）》，南京：江苏人民出版社，2010 年。

53. 任一鸣、瞿世镜：《英语后殖民文学研究》，上海：上海译文出版社，2003 年。

54. 荣格：《心理学与文学》，冯川、苏克译，北京：三联书店，1987 年。

55. 萨特：《萨特文集第 7 卷》，施康强等译，北京：人民文学出版社，2005 年。

56. 桑贝内·乌斯曼：《神的儿女》，任起莘、任婉筠译，北京：作家出版社，1964 年。

57. 桑德拉·吉尔伯特、苏珊·古芭：《阁楼上的疯女人：女性作家与 19 世纪文学想象（下）》，杨莉馨译，上海：上海人民出版社，2015 年。

58. 单波、肖珺主编：《文化冲突与跨文化传播》，北京：社会科学文献出版社，2015 年。

59. 泰居莫拉·奥拉尼央、阿托·奎森主编：《非洲文学批评史稿》，姚峰、孙晓萌、汪琳等译，上海：华东师范大学出版社，2020 年。

60. 童庆炳主编：《现代心理美学》，北京：中国社会科学出版社，1993 年。

61. 王丽丽：《多丽丝·莱辛研究》，北京：社会科学文学出版社，2014 年。

62. 威尔·杜兰：《东方的遗产》，北京：东方出版社，2003 年。

63. 沃莱·索因卡：《阿凯，我的童年时光》，徐涵译，北京：北京燕山出版社，2016 年。

64. 沃莱·索因卡：《诠释者》，沈静、石羽山译，北京：北京燕山出版社，2015 年。

65. 沃莱·索因卡：《狮子与宝石》，邵殿生等译，北京：北京燕山出版社，2015 年。

66. 渥雷·索因卡：《狮子和宝石》，邵殿生等译，桂林：漓江出版社，1990 年。

67. 渥雷·索因卡：《死亡与国王的侍从》，蔡宜刚译，长沙：湖南文艺出版社，2004 年。

68. 阎晶明主编：《大师与经典（经典及思潮卷）》，合肥：安徽文艺出版社，2014 年。

69. 夏新华、顾荣新编著：《列国志·马拉维》，北京：社会科学文献出版社，2015 年。

70. 译林编辑部编：《走向深渊——阿拉伯文学专辑》，南京：江苏人民出版社，1981 年。

71. 郁龙余、孟昭毅主编：《东方文学史》，北京：北京大学出版社，2015 年。

72. 约翰·班扬：《天路历程》，西海译，上海：上海译文出版社，2020 年。

73. 约瑟夫·康拉德：《黑暗的心》，薛诗绮等译，广州：花城出版社，2014 年。

74. 詹明信：《晚期资本主义的文化逻辑》，张旭东编，陈清桥等译，北京：生活·读书·新知三联书店，2013 年。

75. 张洪仪主编：《大爱无边：埃及作家纳吉布·马哈福兹研究》，银川：宁夏人民出版社，2008 年。

76. 张毅：《非洲英语文学》，北京：外语教学与研究出版社，2011 年。

77. 郑家馨：《南非通史》，上海：上海社会科学院出版社，2018 年。

78. 周辅成编：《西方伦理学名著选辑（上卷）》，北京：商务印书馆，1987 年。

79. 朱振武主编：《非洲英语文学研究》，上海：华东理工大学出版社，2019 年。

80. 朱振武主编：《非洲国别英语文学研究》，上海：华东理工大学出版社，2019 年。

81. 朱振武：《非洲英语文学的源与流》，上海：学林出版社，2019 年。

二、期刊类

英文期刊

1. Abodunrin, Femi. "Ayi Kwei Armah and the Origins of the African Diaspora". *Journal of Humanities*, 2000, 14(1), pp. 63-98.

2. Abrahams, Lionel. "Mr Bosman: A Protégé's Memoir of H. C. Bosman". *English in Africa*, 2001, 28(2), pp. 11-47.

3. Achebe, Chinua. "English and the African Writer". *Transition*, 1965, 18, pp. 27-30.

4. Adichie, Chimamanda Ngozi. "African 'Authenticity' and the Biafran Experience". *Transition*, 2008, (99), pp. 42-53.

5. Banda, Innocent, Mapanje, Jack, Zangaphe Joshu Chizeze. "Writers Workshop: Poems". *Index on Censorship*, 1985, 14(3), pp. 34-36.

6. Barnett, U. A. "Review on J. M. Coetzee's *Dusklands*". *Books Abroad*, 1976, 50(2), pp. 459-460.

7. Birch, Kenneth Stanley. "The Birch Family: An Introduction to the White Antecedents of the Late Bessie Amelia Head". *English in Africa*, 1995, 22(1), pp. 1-18.

8. Blink, Andre. " No Way Out: *Sizwe Bansi is Dead* and the Dilemma of Political Drama in South Africa ". *Twentieth Century Literature*, 1993, 39(4), pp. 438-454.

9. Bolling, Douglas. "Structure and Theme in Briefing for a Descent into Hell". *Contemporary Literature*, 1973, 14(4), pp. 550-564.

10. Butcher, Neil. "Herbert Dhlomo in Perspective". *South African Theatre Journal*, 1992, 6(2), pp. 49-63.

11. Chetin, Sara. "Interview with Ama Ata Aidoo". *Wasafiri*, 1987, 3(6-7), pp. 23-27.

12. Chimombo, Steve. "The Chameleon in Lore, Life and Literature—the Poetry of Jack Mapanje". *The Journal of Commonwealth Literature*, 1988, 23(1), pp. 102-115.

13. Chirambo, Reuben Makayiko. "Protesting Politics of 'Death and Darkness' in Malawi". *Journal of Folklore Research*, 2001, 38(3), pp. 205-227.

14. Clingman, Stephen. "Surviving Murder: Oscillation and Triangulation in Nadine Gordimer's *The House Gun*". *Modern Fiction Studies*, 2000, 46(1), pp. 139-158.

15. Cochrane, Judith. "The Theme of Sacrifice in the Novels of Nuruddin Farah". *World Literature Written in English*, 1979, 18(1), pp. 69-77.

16. Coetzee, J. M. "Book Review: *Nadine Gordimer* by Michael Wade". *Research in African Literatures*, 1980, 11(2), pp. 253-256.

17. Cooke, John. "African Landscapes: The World of Nadine Gordimer". *World Literature Today*, 1978, 52(4), pp. 533-538.

18.Cooke, John. "Book Review: *Nadine Gordimer* by Robert F. Haugh". *Research in African Literatures*, 1977, 8(1), pp. 147-149.

19.Cooper, Brenda. "The Middle Passage of the Gods and the New Diaspora: Helen Oyeyemi's *The Opposite House* ". *Research in African Literatures* , 2009, 40(4), Winter, pp. 108-121.

20.Dhlomo, H. I. E. "Bantu Culture and Expression". *English in Africa*, 1977, 4(2), pp. 67-68.

21.Dhlomo, H. I. E. "Drama and the South African". *English in Africa*, 1977, 4(2), pp. 3-8.

22.Elder, Arlene. "Bessie Head: New Considerations, Continuing Questions". *Callaloo*, 1993, 16(1), pp. 277-284.

23.Farah, Nuruddin. "Why I Write". *Third World Quarterly*, 1988, 10(4), pp. 1591-1599.

24.Frías, María. "An Interview with Ama Ata Aidoo: 'I Learnt my First Feminist Lessons in Africa' ". *Revista Alicantina de Estudios Ingleses*, 2003, 16, pp. 317-335.

25.Fugard, Athol. "Some Problems of a Playwright from South Africa". *Twentieth Century Literature*, 1993, 39(4), pp. 381-393.

26.Fugard, Sheila. "The Apprenticeship Years". *Twentieth Century Literature*, 1993, 39(4), pp. 394-407.

27.Gagiano, Annie. "Farah's *Sardines:* Women in a Context of Despotism". *Africa Today*, 2011, 57(3), pp. 3-20.

28.George, Rosemary Marangoly, Helen Scott . "A New Tail To Old Tale: An Interview with Ama Ata Aidoo". *Novel: A Forum on Fiction*, 1993, 26(3), pp. 297-308.

29.Gibbs, James. " 'Whiskers, Alberto' and the 'Township Lambs'—Towards an Interpretation of Jack Mapanje's Poem 'We Wondered About the Mellow Peaches' ". *The Journal of Commonwealth Literature*, 1987, 22(1), pp. 31-46.

30.Gordimer, Nadine and Stephen Clingman. "The Future is Another Country: A Conversation with Nadine Gordimer and Stephen Clingman". *Transition*, 1992, 56, pp. 132-150.

31.Greenfield, Kathleen. "Self and Nation in Kenya: Charles Mangua's 'Son of Woman' ". *The Journal of Modern African Studies*, 1995, 33(4), pp. 685-698.

32.Greenstein, Susan M. "Miranda's Story: Nadine Gordimer and the Literature of Empire". *NOVEL: A Forum on Fiction*, 1985, 18(3), pp. 227-242.

33.Gunner, Liz, Neil Ten Kortenaar. "Introduction: Yvonne Vera's Fictions and the Voice of the Possible". *Research in African Literatures*, 2007, (2), pp. 1-8.

34.Gurnah, Abdulrazak. "Writing and Place". *Wasafiri*, 2004, 19(2), pp. 58-60.

35.Hanley, Lynne. "Writing across the Color Bar: Apartheid and Desire". *The Massachusetts Review*, 1991, 32(4), pp. 495-506.

36.Harper-Shipman, T. D. "Creolizing Development in Postcolonial Africa". *Philosophy and Global Affairs*, 2021, 1(2), pp. 351-359.

37.Hill-Lubin, Mildred A. "The Storyteller and the Audience in the Works of Ama Ata Aidoo". *Neohelicon*, 1989, 16(2), pp. 221-245.

38.Jackson, Thomas H. "Legson Kayira and the Uses of the Grosteque". *World Literature Written in English*, 2015, 22(2), pp. 143-151.

39.Jefferess, David M. "Saying Change in Malawi: Resistance and the Voices of Jack Mapanje and Lucius Ban". *International English Literature*, 2000, 31(3), pp. 105-123.

40.Josef, Gugler. "How Ngũgĩ wa Thiong'o Shifted from Class Analysis to a Neo-Colonialist Perspective". *Journal of Modern African Studies*, 1994, 32(2), pp. 329-339.

41.Jones, Nisha. "Abdulrazak Gurnah in Conversation". *Wasafiri*, 2005, 20(46), pp. 37-42.

42.Lamas, Rodrigues Ângela. "Ngũgĩ wa Thiong'o's Politics of Language: Commitment and Complicity". *Acta Scientiarum: Language and Culture*, 2011, 33(1), pp. 13-21.

43.Larson, Charles R. "The Search for the Past: East and Central African Writing". *Africa Today*, 1968, 15(4), pp.12-15.

44.Lau, Kimberly J. "Snow White and the Trickster: Race and Genre in Helen Oyeyemi's *Boy, Snow, Bird* ". *Western Folklore*, 2016, 75(3/4), Summer/ Fall, pp. 371-396.

45.Lindfors, Bernth. "Interview with Grace Ogot". *World Literature Written in English*, 1979, 18(1), pp. 56-68.

46.Lindfors, Bernth. "An Interview with Okot p'bitek". *World Literature Written in English*, 1977, 16(2), pp. 281-299.

47.Lindfors, Berth. "East African Popular Literature in English". *The Journal of Popular Literature*, 1979, 13(1), pp. 5-15.

48.Llukacaj, Edona. "Shh, Respect Freedom of Speech: The Reasons Why Ngũgĩ wa Thiong'o and Ismail Kadare Have Not Been Awarded the Nobel Prize". *Journal of History, Culture & Art Research*, 2015, 4(3), pp. 53-62.

49. Maja-Pearce, Adewale, Ama Ata Aidoo. "We Were Feminists in Africa First". *Index on Censorship*, 1990, 19(9), pp. 17-18.

50. Mapanje, Jack. "Censoring the African Poem (as given to the Second African Writers' Conference, Stockholm, 1986)". *Index on Censorship*, 1989, 18(9), pp. 7-11.

51. Mapanje, Jack. "Orality and the Memory of Justice". *Leeds African Studies Bulletin*, 1995, 96(60), pp. 10-22.

52. Mapanje, Jack. "Leaving No Traces of Censure". *Index on Censorship*, 1997, 26(5), pp. 71-78.

53. Marlin, Robert P. "Review of *A Democracy of Chameleons: Politics and Culture in the New Malawi*". *African Affairs*, 2005, 104(417), pp. 701-713.

54. Mason, Paul. "Masculinity Against the Grain in Damon Galgut's *The Beautiful Screaming of Pigs*, André Carl van Merwe's *Moffie* and Koos Prinsloo's *Jonkmanskas*". *Scrutiny 2*, 21(3), 2016, pp. 73-93.

55. Mbele, Joseph. "Language in African Literature: An Aside to Ngũgĩ". *Research in African Literatures*, 1992, 23(1), pp. 145-151.

56. Mcfarlane, Alison. "Changing Metaphorical Constructs in The Writing of Jack Mapanje". *Journal of Humanities*, 2002, 16(1), pp. 1-24.

57. McLaren, Joseph. "From the National to the Global: Satirical Magic Realism in Ngugi's 'Wizard of the Crow'". *The Global South*, 2008, 2(2), pp. 150-158.

58. Medalie, David. "The Mocking Fugitive: Humour and Anarchy in the Short Stories of Herman Charles Bosman". *New Contrast*, 1994, 22(3), pp. 78-91.

59. Miller, Andie. "Ambiguous Territory: Damon Galgut Interviewed by Andie Miller". *The Journal of Commonwealth Literature*, 2006, 41(2), pp. 139-145.

60. Mobolade, Timothy. "The Concept of Abiku". *African Arts*, 1973, 7(1), Autumn, pp. 62-64.

61. Moore, G. H. "Nomads and Feminists: The Novels of Nuruddin Farah". *The International Fiction Review*, 1984, 11(1), pp. 3-12.

62. Mwangi, Evan. "Gender, Unreliable Oral Narration, and the Untranslated Preface in Ngigi wa Thiong'o's *Devil on the Cross*". *Research in African Literatures*, 2007, 38(4), pp. 47-48.

63. Needham, Anuradha Dingwaney, Ama Ata Aidoo "An Interview with Ama Ata Aidoo". *The Massachusetts Review*, 1995, 36(1), pp. 123-133.

64. Ofuani, Ogo A. "Old Wine in New Skins? An Exploratory Review of Okot p'Bitek's *White Teeth: A Novel*". *Research in African Literatures*, 1996, 27(2), pp. 185-193.

65. Okonkwo, Juliet I. "Literature and Politics in Somalia: The Case of Nuruddin Farah". *Africa Today*, 1985, 32(3), pp. 57-65.

66. Primorac, Ranka. "The Novel in a House of Stone: Re-Categorising Zimbabwean Fiction". *Journal of Southern African Studies*, 2003, 29(1), pp. 49-62.

67. Petersen, Kirsten Holst. "The Personal and The Political: The Case of Nuruddin Farah". *ARIEL: A Review of International English Literature*, 1981, 12(3), pp. 93-101.

68. Primorac, Ranka. " 'The Place of the Women Is the Place of the Imagination': Yvonne Vera Interviewed by Ranka Primorac". *The Journal of Commonwealth Literature*, 2004, (3), pp. 157-171.

69. Rotundo, E. Anthony. "American Fatherhood: A Historical Perspective". *American Behaviorial Scientist*, 1985, 29(1), pp. 7-25.

70. Shaw, Drew. "Narrating the Zimbabwean Nation: A Conversation with John Eppel". *Scrutiny 2*, 2012, (1), pp. 100-111.

71. Snyman, Salome. "*Willemsdorp* by Herman Charles Bosman: the Small-town Locale as Fictional Vehicle for Commentary on Social and Moral Issues in the South African Historical Context". *Tydskrif Vir Letterkunde*, 2012, 49(2), pp. 60-71.

72. Stephanou, Aspasia, Helen Oyeyemi. " *White is for Whitching* and the Discourse of Consumption". *Callaloo*, 2014, 37(5), Fall, pp. 1245-1259.

73. Thiong'o, Ngugi wa. "Ama Ata Aidoo A Personal Celebration". *New African*, 2012, (516), pp. 68-69.

74. Thiong'o, Ngũgĩ wa. "Nuruddin Farah: A Statement of Nomination to the 1998 Neustadt Jury". *World Literature Today*, 1998, 72(4), p. 716.

75. Tobias, Steven. " The Poetics of Revolution: Ngugi wa Thiong'o's Matigari". *Critique*, 1997, 38(3), pp.163-176.

76. Vail, Leroy, Landeg White ."Of Chameleons and Paramount Chiefs: The Case of the Malawian Poet Jack Mapanje". *African Political Economy*, 1990, 17(48), pp. 26-49.

77. Visser, N. W. "South Africa: The Renaissance That Failed". *The Journal of Commonwealth Literature*, 1976, 11(1), pp. 42-57.

78. Visser, N.W. "Towards an Edition of the Literary Works of H. I. E. Dhlomo". *Research in African*

Literature, 1976, 7(2), pp. 233-235.

79. Vlastos, Marion. "Doris Lessing and R. D. Laing: Psychopolitics and Prophecy". *PMLA*, 1976, 91(2), pp. 245-258.

80. Walder, Dennis. "Crossing Boundaries: The Genesis of the Township Plays". *Twentieth Century Literature*, 1993, 39(4), pp. 409-422.

81. Wali, Obiajunwa. "The Dead End of African Literature?". *Transition*, 1963, (10), pp. 13-15.

82. Weales, Gerald. "Fugard Master the Code". *Twentieth Century Literature*, 1993, 39(4), pp. 503-516.

83. White, Landeg. "The Chattering Wagtails: The Malawian Poet Jack Mapanje Is Interviewed in York". *Wasafiri*, 1994, 19(9), pp. 54-57.

84. Wright, Handel Kashope. "Would We Know African Cultural Studies if We Saw It?". *Review of Education, Pedagogy and Cultural Studies*, 1995, 17(2), pp. 157-165.

85. Zeleza, Paul. "Colonial Fictions: Memory and History in Yvonne Vera's Imagination". *Research in African Literatures*, 2007, (2), pp. 9-21.

法文期刊

1. Beti, Mongo. "L'exil après l'exil ? L'exil est un songe... ". *Peuples noirs, peuples africains*, 1991, (80), pp. 110-125.

2. Biakolo, O. "Entretien avec Mongo Beti". *Peuples noirs, peuples africains*, 1979, (10), pp. 105-118.

3. Biyidi, Alexandre. "Afrique noire, littérature rose". *Présence Africaine*, 1955, 1-2(avril–juillet), pp. 133-145.

葡文期刊

1. Xavier, Lola Geraldes. "Crónicas de Mia Couto: o *entregénero*. Em torno do hibridismo genológico". *Forma Breve*, 2010, (8), pp. 139-151.

中文期刊

1. 董亮：《有"情"之士的无"情"之作：库切的卡鲁情怀与文学生产》，《英美文学研究论丛》，2020 年第 2 期，第 118-130 页。

2. 弗雷德里克·詹姆逊：《处于跨国资本主义时代中的第三世界文学》，张京媛译，《当代电影》，1989 年第 6 期，第 47-59 页。

3. 傅修延：《论聆察》，《文艺理论研究》，2016 年第 1 期，第 26-34 页。

4. 高秋福：《汲诗情于民间——悼念乌干达人民诗人奥考特·庇代克》，《世界文学》，1984 年第 3 期，第 242-246 页。

5. 高文惠：《索因卡的"第四舞台"和"仪式悲剧"——以〈死亡与国王的马夫〉为例》，《外国文学研究》，2011 年第 3 期，第 127-134 页。

6. 高文惠：《索因卡对〈酒神的伴侣〉的创造性改写》，《外国文学研究》，2017 年第 3 期，第 153-160 页。

7. 蒋晖：《现代非洲知识分子"回心与抵抗"的心灵史——对钦努阿·阿契贝小说〈神箭〉的分析》，《清华大学学报（哲学社会科学版）》，2015 年第 6 期，第 60-72 页。

8. 李安山：《试析非洲地方民族主义的演变》，《世界经济与政治》2001 年第 5 期，第 44-49 页。

9. 李永彩：《非洲神话：透视与思考》，《民俗研究》，1994 年第 4 期，第 80-87 页。

10. 刘建军：《西方专家文学写作的逻辑起点与价值取向》，《现代传记研究》，2017 年第 1 期，第 70-78，274-275 页。

11. 纳丁·戈迪默、苏珊·桑塔格：《关于作家职责的对谈》，姚君伟译，《译林》2006 年第 3 期，第 200-203 页。

12. 聂咏华：《〈美好的尚未诞生〉中的现实投射》，《安徽文学（下半月）》，2018 年第 9 期，第 49-52 页。

13. 宁立标：《论南非对同性恋者权利的宪法保护》，《西亚非洲》，2009 年第 4 期，第 59-62 页。

14. 齐林东、Jean Gonondo：《蒙戈·贝蒂："小非洲"走出的大作家》，《世界文化》，2019 年第 2 期，第 18-20 页。

15. 石平萍：《"小女子，大手笔"——尼日利亚作家奇玛曼达·恩戈齐·阿迪奇埃》，《世界文化》，2010 年第 6 期，第 10-12 页。

16. 舒运国：《泛非主义与非洲一体化》，《世界历史》，2014 年第 2 期，第 20—37，157-158 页。

17. 斯·艾伦：《诺贝尔文学奖颁奖词》，郁葱译，《世界文学》1989 年第 2 期，第 200 页。

18. 松远：《戈迪默去世》，《世界文学》，2014 年第 5 期，第 316-317 页。

19. 唐蕾：《论纳吉布·马哈福兹的平衡之道——以〈续天方夜谭〉为例》，《常州大学学报（社会科学版）》，2013 年第 6 期，第 65-68 页。

20. 王鸿博：《中国的马哈福兹经典建构：回顾与反思》，《北方工业大学学报》，2014 年第 2 期，第 67-73 页。

21. 王宁：《流散文学与文化身份认同》，《社会科学》，2006 年 11 期，第 170-176 页。

22. 王涛、赵跃晨：《泛索马里主义的历史渊源与流变——兼论泛索马里主义与恐怖主义的关系》，《世界民族》，2018 年第 4 期，第 40-52 页。

23. 姚峰、孙晓萌：《文学与政治之辨：非洲文学批评的转身》，《上海师范大学学报（哲学社会科学版）》，2019 年第 5 期，第 47-57 页。

24. 张峰：《游走在中心和边缘之间——阿卜杜勒拉扎克·格尔纳的流散写作概观》，《外国文学动态》，2012 年第 3 期，第 13-15 页。

25. 张毅：《阿尔马赫与他的人生三部曲》，《兰州教育学院学报》，2010 年第 6 期，第 23-24 页。

26. 张勇：《为非洲电影立言："非洲电影之父"奥斯曼·森贝的电影观念与实践》，《当代电影》，2015 年第 6 期，第 122-128 页。

27. 张永霞：《朱迪斯·巴特勒性别身份理论的话语研究》，《吉林省教育学院学报》，2020 年第 9 期，第 172-176 页。

28. 钟明、孙妮：《独立后的幻灭——二元对立视角下的〈美好的人尚未诞生〉》，《内蒙古农业大学学报（社会科学版）》，2016 年第 1 期，第 147-150 页。

29. 钟明、孙妮：《国内外阿依·克韦·阿尔马赫研究述评》，《重庆交通大学学报（社会科学版）》，2016 年第 2 期，第 93-96 页。

30. 周海金：《关于非洲传统宗教的若干问题研究》，《世界宗教文化》，2017 年第 3 期，第 43-50 页。

31. 朱振武，韩文婷：《文学路的探索与非洲梦的构建——尼日利亚英语文学源流考论》，《外语教学》，2017年第4期，第97-102页。

32. 朱振武、蓝云春：《津巴布韦英语文学的新拓展与新范式》，《上海师范大学学报（哲学社会科学版）》，2019年第5期，第58-67页。

33. 朱振武、陆纯艺：《"非洲之心"的崛起——肯尼亚英语文学的斗争之路》，《外国语文》，2019年第6期，第36-41页。

34. 朱振武、薛丹岩：《本土化的抗争与求索——加纳英语文学的缘起与流变》，《燕山大学学报（哲学社会科学版）》，2020年第3期，第62-68页。

35. 朱振武、袁俊卿：《流散文学的时代表征及其世界意义——以非洲英语文学为例》，《中国社会科学》，2019年第7期，第135-158，207页。

三、报纸类

英文报纸

1. Breto, Isabel Alonso. "Some Reflections about Barbarism in Africa: An Interview with Jack Mapanje". *Universitat de Barcelona*, Jan. 1, 2004.

2. Brownell, Ginanne. "South Africa's Growing Pains". *Newsweek International*, Oct. 6, 2003.

3. Christie, Sean. "Eppel's Acid Satire Finds New Purchase in Zim". *Mail and Guardian*, Apr. 5, 2013.

4. Habila, Helon. "Yvonne Vera: Courageous Zimbabwean Writer Whose Books Addressed the Taboos of Her Society". *The Guardian*, Apr. 27, 2005.

5. Samway, Patrick H. "An Interview with Chinua Achebe". *America*, Jun. 22, 1991.

6. Sethi, Anita. "Ben Okri: Novelist as Dream Weaver". *The National*, Sept.1, 2011.

中文报纸

1. 陆建德：《殖民·难民·移民：关于古尔纳的关键词》，《中国社会科学报》，2021年11月11日，第6版。

2. 石平萍：《尼日利亚新生代作家奇玛曼达·恩戈兹·阿迪契：重要的是讲述更多的非洲故事》，《文艺报》，2018年4月11日，第5版。

3. 习近平：《在联合国教科文组织总部的演讲》，《人民日报》，2014 年 3 月 28 日，第 3 版。

4. 颜治强：《加纳文坛怪杰艾伊·奎·阿尔马：非洲精神的书写者》，《文艺报》，2011 年 12 月 12 日，第 5 版。

5. 朱振武：《非洲英语文学，养在深闺人未识》，《文汇读书周报》，2018 年 10 月 8 日，第 1 版。

6. 朱振武：《钦努阿·阿契贝：非洲的发声者》，《文艺报》，2018 年 8 月 8 日。

四、网址（电子文献）类

英文网址

1. "A Brief Sketch of the Life of Bessie Head". Bessie Head Home, July 21, 2006, http://www. thuto. org/bhead/html/biography/brief_biography.html.

2. Adichie, Chimamanda Ngozi. *Official Author Website*. www.chimamanda.com, 2021.

3. Adichie, Chimamanda Ngozi. "To Instruct and Delight: A Case For Realist Literature". *Commonwealth Lecture 2012*, March 15, 2012, http://commonwealthfoundation.com/wp-content/ uploads/2012/12/Commonwealth_Lecture_2012_Chimamanda_Ngozi_Adichie.pdf.

4. Adichie, Chimamanda Ngozi. "The Man Who Rediscovered Africa". January 23, 2010, http:// www.salon.com/books/feature/2010/01/23/chinamanda_adichie_chinua_achebe.

5. Ahmed, Abdulateef. "Chimamanda to Receive 16th Honorary Ph.D. from the Catholic University of Louvain Belgium", in *Newscentral*, March 22, 2022, https://newscentral.africa/chimamanda-to-receive-16th-honorary-ph-d-from-belgium-university/. [2024-10-21]

6. "Bessie Amelia Head". South African History Online, February 17, 2011, https://www.sahistory. org.za/people/bessie-amelia-head.

7. Flood, Alison. "Chimamanda Ngozi Adichie Wins PEN Pinter Prize". June 12, 2018, https://www. theguardian.com/books/2018/jun/12/chimamanda-ngozi-adichie- wins-pen-pinter-prize.

8. Garcia, Jean-Pierre. "A Journey Through African Cinema", April 7, 2011, in *festival-cannes.com*, https://www.festival-cannes.com/en/2011/a-journey-through-african-cinema/. [2024-10-22]

9. Head, Bessie. "Why Do I Write?" *English in Africa*, 2001, 28(1), pp. 57–59.

10. Holloway, Beetle. "Why Ousmane Sembène Is Considered the 'Father of African Cinema'", September 14, 2018, in *theculturetrip.com*, https://theculturetrip.com/africa/senegal/articles/why-ousmane-sembene-is-considered-the-father-of-african-cinema. [2024-10-22]

11. Moore-Bridger, Benedict. "Nobel Prize Winner Doris Lessing Refuses to Become a Dame Because of Britain's 'Non-existent Empire'", October 22, 2008. http://www.dailymail.co.uk/news/article-1079647/Nobel-Prize-winner-Doris- Lessing-refuses-dame-Britainsnon-existent-Empire.html. [2024-10-22]

12. Morrison, Toni. "Unspeakable Things Unspoken: The Afro-American Presence in American Literature". *The Tanner Lectures on Human Values*, delivered at the University of Michigan, October 7, 1988, https://tannerlectures.utah.edu/_resources/ documents/a-to-z/m/morrison90.pdf.

13. Musiyiwa, Ambrose. "[Interview_2] John Eppel". September 7, 2011, http://conversationswith writers.blogspot.com/ 2011/09/interview2- john-eppel.html. (Assessed on June 16, 2021).

14. p'Bitek, Okot, "*Song of Lawino and Song of Ocol*", *Encyclopedia.com*. October 14, 2024. https://www.encyclopedia.com/arts/culture-magazines/song-lawino-and-song-ocol.[2024-10-22]

15. Swedish Academy. "Prize Motivation". Nobel Prize.org. https://www.nobelprize.org/prizes/literature/2021/gurnah/facts/, 2021/2022-6-10.

16. Swedish Academy. "The Nobel Prize in Literature 1991". NobelPrize.org. https://www.nobelprize.org/prizes/literature/1991/summary/

17. "The Story behind the Book: Q&A with the Author". Jun 27, 2010, Retrieved from http://www.halfofayellowsun.com/content.php?page=tsbtb&n=5&f=2.

18. Tunca, Daria. *The Chimamanda Ngozi Adichie Website*. Hosted by the University of Liège. http://www.cerep.ulg.ac.be/adichie, 2004-2022.

19. Zizi Kodwa. "ANC Statement on the Passing of Nadine Gordimer". July 14, 2014, https://www.politicsweb.co.za/politics/nadine-gordimer-sas-lost-an-unmatched-literary-gia.

葡文网址

1. Conçalves, Ricardo Ramos. Ricardo Ramos Conçalves, "Mia Couto: 'Vivo num lugar onde a ideia de fim de mundo já aconteceu muitas vezes'", November 25, 2021, in *Novo Semanário*, https://

onovo.pt/noticias/mia-couto-vivo-num-lugar-onde-a-ideia-de-fim-de-mundo-ja-aconteceu-muitas-vezes/. [2024-10-22]

五、学位论文类

英文学位论文

1. Carlsson, Stephanie Lilian. *Herman Charles Bosman*: *The Biographer's Enigma*. Ph. D Diss., University of Pretoria, 2014.

2. Lloyd, Clive. *H. C. Bosman: South African History in Black and White*. Ph. D Diss., University of Sussex, 1997.

中文学位论文

1. 李敏：《聚斯金德小说中的身份研究》，兰州大学硕士学位论文，2020 年。

2. 林晓妍：《法拉赫"回归索马里"三部曲的艺术特色》，上海师范大学硕士学位论文，2019 年。

六、会议论文集类

中文会议论文集

1. 曾梅：《非洲口头传统及其民间故事》，《山东省民俗学会会议论文集》，2014 年。

附　录

本书作家生平简表

第一部分　南部非洲文学名家创作研究

（一）贝西·黑德生平简表

1937　7月6日，出生在南非彼得马里茨堡的纳皮尔堡精神病院。不久后，被送给希思科特家收养。

1950　被政府从养父母家里带走，送到了德班的寄宿学校。

1951　12月，被告知生母是白人，希思科特夫妇只是养父母。

1956　离开寄宿学校，在德班一所有色人种学校当老师。

1958　8月，被聘为《金城邮报》唯一的女记者。

1960　加入阿扎尼亚泛非主义者大会，同年该组织被认定为非法组织，随后被捕入狱。出狱后自杀未遂，被送入精神病院。

1961　与哈罗德·黑德结婚并冠上夫姓，成为贝西·黑德。

1962　5月15日，生下独生子霍华德·雷克斯·黑德。同年完成《枢机》（*The Cardinal*），这是她唯一一部以南非为背景的作品。

1963　年底携儿子离开丈夫，从此夫妻双方一直分居。

1964　申请了单程出境许可证。3月，和儿子前往贝专纳，居住在塞罗韦。

1968　第一部作品《雨云聚集之时》（*When Rain Clouds Gather*）出版。

1971　第二部小说《玛汝》（*Maru*）出版。同年精神崩溃，再度被送入精神病院。

1973　第三部小说《权力问题》（*A Question of Power*）出版。

1976 4 月，在博茨瓦纳第一届作家研讨会上进行公开演讲。12 月，首次接受海外媒体采访。

1977 短篇小说集《珍宝收藏者和其他博茨瓦纳乡村故事》（ *The Collector of Treasures and Other Botswana Village Tales* ）出版。

1979 取得博茨瓦纳国籍，正式成为该国公民。

1981 出版非虚构作品《塞罗韦：雨风之村》（ *Serowe: Village of the Rain Wind* ）。

1984 长篇历史小说《着魔的十字路口：非洲传奇》（ *A Bewitched Crossroad: An African Saga* ）出版。

1986 2 月，与丈夫正式离婚。4 月 17 日，因肝炎在塞罗韦去世。去世第二天，遗物中的数千份文件被转移到当地博物馆。

（二）米亚·科托生平简表

1955 7 月 5 日出生在莫桑比克索法拉省的首府贝拉。

1969 在报纸《贝拉新闻》上首次发表诗作。

1972 搬到莫桑比克彼时的首都洛伦索·马克斯，就读于爱德华多·蒙德拉纳大学医学院。期间加入了莫桑比克解放阵线，积极与殖民政权做斗争。

1974 中断学业，转而从事新闻工作，为《论坛报》撰稿。

1976 就任莫桑比克通讯社社长。在近十年的新闻工作中，先后担任了两份重要刊物的主编，分别为《时间》（1979—1981）与《消息报》（1981—1985）。

1983 出版诗集《露水之根》（ *Raiz de Orvalho* ），在葡萄牙语文坛初次亮相。

1985 到蒙德拉纳大学继续深造，选择了生物学专业并于毕业后留校任教。

1987 出版短篇小说集《入夜的声音》（ *Vozes Anoitecidas* ）。

1988 出版评论文集《漫笔评说》（ *Cronicando* ）。

1989 凭借《漫笔评说》（ *Cronicando* ）获得莫桑比克阿里奥萨·佩纳年度新闻大奖（ Prémio Anual de Jornalismo Areosa Pena ）。

1990 出版短篇小说集《每个人都是一个种族》（ Cada Homem é uma Raça ）。凭借《入夜的声音》荣获莫桑比克作家协会（ Associação de Escritores Moçambicanos，AEMO ）虚 构 作 品 大 奖（ Grande Prémio da Ficção

Narrativa）。

1992　担任伊尼亚卡岛自然保护区生态系统保护工程的负责人。第一部长篇小说
　　　《梦游之地》（*Terra Sonâmbula*）问世。

1994　出版短篇小说集《美梦成真的故事》（*Estórias Abensonhadas*）。

1996　第二部长篇小说《缅栀子树下的露台》（*A Varanda do Frangipani*）问世。

1997　出版短篇小说集《大地新生伊始的故事》（*Contos do Nascer da Terra*）。

1999　出版长篇小说《二十与锌》（*Vinte e Zinco*）。

2000　出版长篇小说《火烈鸟最后的飞翔》（*O Último Voo do Flamingo*）；与若
　　　昂·纳西·佩雷拉（João Nasi Pereira）合作的短篇小说《那片渴望我的
　　　海》（*Mar Me Quer*）付梓。

2001　与达努塔·沃伊切霍夫斯卡（Danuta Wojciechowska，1960— ）合作儿童
　　　文学绘本《猫咪与黑暗》（*O Gato e o Escuro*）。

2004　出版短篇小说集《玻璃珠串线》（*O Fio das Missangas*）。

2006　出版长篇小说《人鱼残足》（*O Outro Pé da Sereia*）。

2007　出版诗集《年龄，城市，神明》（*Idades cidades divindades*）。获拉丁语联
　　　盟长篇小说奖。

2008　出版长篇小说《一条名为时间的河，一片叫作家乡的土》（*Um Rio
　　　Chamado Tempo, Uma Casa Chamada Terra*）、长篇小说《上帝的毒药，撒
　　　旦的解药》（*Venenos de Deus, Remédios do Diabo*）、儿童文学绘本《小小
　　　词语的吻》（*O Beijo da Palavrinha*）。

2009　出版杂文集《假如奥巴马是非洲人》（*E se Obama Fosse Africano?*）

2012　出版长篇小说《母狮的忏悔》（*A Confissão da Leoa*）。

2013　出版儿童故事绘本《小小皮鞋里的男孩》（*O Menino no Sapatinho*）。荣获
　　　葡萄牙语文坛最高奖项卡蒙斯文学奖。

2014　出版诗集《空缺与火焰》（*Vagas e Lumes*）。荣获纽斯塔特国际文学奖。

2015　出版"帝国之沙"三部曲之一《灰烬的女人》（*Mulheres de Cinza*）。

2016　出版"帝国之沙"三部曲之二《剑与矛》（*A Espada e a Azagaia*）。

2017　出版"帝国之沙"三部曲之三《饮下地平线的人》（*O Bebedor de*

Horizontes)。

2018　出版儿童文学绘本《水与鹰》(*A Água e a Águia*)。

2020　出版长篇小说《绘制缺席》(*O Mapeador de Ausências*)。凭借"帝国之沙"
　　　三部曲荣膺瑞士扬·米哈尔斯基文学奖。

2021　出版短篇小说集《隐形大象的狩猎者》(*O Caçador de Elefantes Invisíveis*)。
　　　凭借《绘制缺席》荣获马努埃尔·德·博阿凡图拉文学奖。

（三）赫伯特·德罗莫生平简表

1903　2 月 26 日，出生于南非纳塔尔省伊登达勒市斯亚姆的一个祖鲁贵族家庭。
　　　父母都是接受西方文化的基督教徒。

1912　全家搬至约翰内斯堡。在道尔方丹区的美国教会学校学习。

1922　在纳塔尔的阿曼兹姆图提培训机构（日后的亚当姆斯学院）主修师范教育。

1924　完成学业，赴纳塔尔的乌姆祖姆贝学校供职，担任校长。10 月，在黑人知
　　　识分子创办的报纸《纳塔尔太阳报》上发表第一篇文章，题为《困难和进
　　　步》("Hardship and Progress")。

1928　回到约翰内斯堡，在道尔方丹美国教会学校任教。

1929　在白人作家斯蒂芬·布莱克（Stephen Black）主办的讽刺文学杂志《皮鞭》
　　　上发表一系列短篇小说。

1931　与艾辛·库内内结婚。

1932　6 月，与兄长 R. R. R. 德罗莫在索菲亚镇的"班图人社交中心"共同创办
　　　"班图话剧与歌剧协会"。

1933　4 月，在"班图话剧与歌剧协会"上演奥利弗·高尔斯密的戏剧《委曲求
　　　全》(又译《屈身求爱》)，在剧中饰演马洛。

1935　辞去校长一职，任《班图世界》的新闻记者。《为救人而杀人的姑娘》
　　　(*The Girl Who Kill to Saved*) 在班图人社交中心上演，并由爱达勒出版社
　　　(The Lovedale Press) 出版。"班图话剧与歌剧协会"上演了奥斯卡·王尔
　　　德的戏剧《温夫人的扇子》。8 月，在《非洲观察者》杂志上发表短篇小说
　　　《有色人的经历》("Experiment in Colour")。

1936　开始发表一系列名为"黑牛"（The Black Bulls）的文章，呼吁黑人对抗欧

洲人的文明与秩序。

1937　戏剧《开芝瓦约》（*Cetchwayo*）上演。辞去《班图世界》记者一职，在杰米斯顿的卡耐基非欧洲人图书馆担任管理员。开始在《读者指南》等杂志发表专栏文章。开始创作戏剧《莫舒舒》（*Moshoeshoe*）。

1938　自 6 月至次年 7 月，与祖鲁诗人 B. W. 维拉卡兹（B. W. Vilakazi）就非洲文学文化在传统与现代的选择问题展开论战，两人的系列文章发表在《班图研究》（*Bantu Studies*）、《南非大观》（*The South African Outlook*）上。

1939　3 月，《莫舒舒》在班图人社交中心首演。10 月，音乐剧《鲁比和弗兰克》（*Ruby and Frank*）上演。

1940　与艾辛·库内内离婚。离开图书馆，搬至德班。在德班期间，在南非广播公司任广播员。业余时间创作诗歌《论门罗·里奇》（"On Munro Ridge"）、《开除（献给因独立思想而被白人自由主义者解雇的非洲知识分子）》（"Fired [Lines on an African Intellectual being sacked by white liberals for his Independent Ideas]"），戏剧《男人与女人》（*Men and Women*）、《专家》（*The Expert*）等作品，但这些作品在生前均未发表。

1941　10 月，长诗《千山之谷》（*The Valley of Thousand Hills*）由爱达勒出版社出版，系生前第二部公开出版的作品。戏剧《通行证》（*The Pass*）、《被捕者与获释者》（*Arrested and Discharged*）等大致可以推断是 40 年代的剧作。

1942　发表诗歌《甜蜜的芒果树》（"Sweet Mango Tree"）。

1943　在兄长 R. R. R. 德罗莫的引荐下，担任《纳塔尔太阳》的副编辑。

1944　发表诗歌《非洲之鼓》（"Drum of Africa"）。加入非洲人国民大会青年联盟。

1945　在德班的青年联盟委员会任职，担任纳塔尔省青年联盟的临时主席。发表诗歌《哈洛特》（"The Harlot"）、《不为我》（"Not For Me"）。

1946　发表诗歌《导火索（献给约翰·朗加利巴勒勒·杜布）》["Fuze（For John Langalibalele Dube）"]。

1949　1 月，德班非洲人与印度人爆发冲突，德罗莫谴责印度人的暴行。非洲人国民大会掀起了长达半年的反种族隔离运动，德罗莫对此表示质疑。同年，诗歌《因为我是黑人》（"Because I'm Black"）发表。

1951 在非洲人国民大会的大选中支持艾尔伯特·鲁图利（Albert Luthuli），帮助
      鲁图利获得纳塔尔地区的选票。

1953 在《纳塔尔太阳报》发表长文，呼吁非洲人与印度人消除矛盾。

1954 5月，戏剧《丁刚》（Dingane）在温特沃斯大学礼堂上演。8月16日和17日，
      《丁刚》在德班市大礼堂上演。由于资金问题，《丁刚》没能继续巡演。

1956 10月7日，因心脏病逝世，享年53岁。

（四）赫尔曼·查尔斯·博斯曼生平简表

1905 2月5日，出生于南非西开普敦附近库尔斯河镇的一个布尔人家庭。

1918 进入杰普男子高中学习，并开始文学创作。

1923 进入约翰内斯堡的金山大学就读。

1926 在格罗特—马里科地区任教，其间创作了"乌姆·沙克·洛伦斯系列"和
      "会客厅系列"。6月学校放假期间，开枪打死他的继兄并被判处死刑，四年
      后被保释。

1930 出版自传体小说《冷石罐》（Cold Stone Jug）并开办印刷公司。前往欧洲
      巡游九年之久，其间创作《马弗京之路》（The Mageking Road）。

1939 在第二次世界大战开始时，回到南非并担任记者。在此期间，将《鲁拜亚
      特》翻译成阿非利卡语。

1951 10月，博斯曼去世。

1957 出版散文与诗歌集《一桶甜酒》（A Cask of Jerepigo）。

1963 短篇故事集《归于尘土》（Unto Dusk）出版。

1974 散文与诗歌集《世界在等待》（The Earth Is Waiting）出版。

（五）纳丁·戈迪默生平简表

1923 11月20日，出生在约翰内斯堡附近的小镇斯普林斯。11岁前在斯普林斯
      的"慈悲女修道院"上学，后在家接受私人教育到16岁。

1934 被诊断患有轻微心脏病，其母让其辍学。

1937 短篇小说《寻找黄金》（"The Quest for Seen Gold"）发表在约翰内斯堡

《星期日快报》的儿童版面上。

1939 《明天再来》（"Come Again Tomorrow"）发表于约翰内斯堡周刊《论坛》。

1945 入读金山大学一年。

1947 戏剧《第一环》（*The First Circle*）发表，这也是其唯一的戏剧作品。

1949 3月6日，与杰拉尔德·加夫隆博士结婚。出版首部作品集《面对面：短篇小说集》（*Face to Face: Short Stories*）。

1950 6月6日，女儿奥里安（Oriane）出生。

1952 《毒蛇的温柔之声》（*The Soft Voice of the Serpent and Other Stories*）出版。与杰拉尔德·加夫隆博士离婚。

1953 第一部小说《谎言岁月》（*The Lying Days*）出版。

1954 与莱因霍尔德·卡西尔结婚。

1955 3月28日，儿子雨果（Hugo）出生。

1956 短篇小说集《六英尺土地》（*Six Feet of the Country*）出版。

1958 第二部小说《陌生人的世界》（*A World of Strangers*）出版并遭禁。禁令于1970年解除。

1963 第三部小说《恋爱时节》（*Occasion for Loving*）出版。

1966 第四部小说《最后的资产阶级世界》（*The Late Bourgeois World*）出版并遭禁。禁令于1976年解除。

1970 第五部小说《贵客》（*A Guest of Honour*）出版。到密歇根大学访学。

1973 《黑人阐释者：非洲书写笔记》（*The Black Interpreters: Notes on African Writing*）出版。

1974 第六部小说《自然资源保护者》（*The Conservationist*）出版，获当年布克奖。

1979 第七部小说《伯格的女儿》（*Burger's Daughter*）出版，7月11日遭禁，8月解禁。

1980 《士兵的拥抱》（*A Soldier's Embrace*）、《城市和乡村的恋人们》（*Town and Country Lovers*）、《伯格的女儿怎么了：南非审查制的运作》（*What Happened to Burger's Daughter or How South African Censorship Works*）出版。

1981　第八部小说《七月的人民》（*July's People*）出版。

1987　第9部长篇小说《自然变异》（*A Sport of Nature*）出版。

1988　文集《基本姿态：写作、政治和空间》（*The Essential Gesture: Writing, Politics and Places*）出版。

1990　第10部长篇小说《我儿子的故事》（*My Son's Story*）出版。正式宣布加入非国大。

1991　短篇小说集《跳跃故事集》（*Jump and Other Stories*）和《良心的罪行》（*Crimes of Conscience*）出版。10月获诺贝尔文学奖。

1994　第11部小说《无人伴我》（*None to Accompany Me*）出版。

1998　第12部小说《家枪》（*The House Gun*）出版。

1999　文集《在希望与历史之间》（*Living in Hope and History*）出版。

2001　第13部小说《偶遇者》（*The Pickup*）出版。

2003　短篇小说集《劫掠故事集》（*Loot and Other Stories*）出版。

2005　第14部小说《新生》（*Get a Life*）出版。

2007　短篇小说集《贝多芬是1/16黑人》（*Beethoven Was One-Sixteenth Black*）出版。

2011　《生活时光：1952至2007年故事集》（*Life Times: Stories 1952—2007*）出版。

2012　第15部小说《何时似今朝》（*No Time Like the Present*）出版。

2014　7月13日，戈迪默去世。

（六）阿索尔·富加德生平简表

1932　6月11日，出生于南非开普敦省米德尔堡。

1935　富加德一家搬到东开普省的伊丽莎白港。

1938—1945　考入伊丽莎白港的马瑞斯特兄弟学院。由于父亲患病，生活特别困难，这一段经历成为其名作《哈罗德少爷……与男仆》（*Master Harold ... and the Boys*）的素材。

1946—1950　获伊丽莎白港技术学院的理事会助学金资助，学习摩托车机械，课余时间参加学校的戏剧演出。

1950—1952　攻读开普敦大学艺术学士，主修哲学，辅修社会科学、人类学、法语，开始文学创作。

1953　6月，搭便车游览非洲，这成为他日后《船长的老虎》（*Captain's Tiger*）一剧的素材。

1954　环球航行之后回到伊丽莎白港，成为《晚间邮报》的自由撰稿人。

1955—1957　来到开普敦担任地方报纸记者。1956年与希拉·迈玲（Sheila Meiring）结婚。创办圆圈剧团，并上演了他创作的《卡拉斯与魔鬼》（*Klaas and the Devil*）和《监狱》（*The Cell*）。

1958　在约翰内斯堡的弗德斯堡地方专员法院担任职员。8月30日，《糟糕的星期五》（*No-Good Friday*）在约翰内斯堡班图人社交中心首演。任南非国家戏剧组织的舞台监督。

1959　6月8日，《侬果果》（*Nongogo*）在约翰内斯堡班图人社交中心首演。

1960　赴英国伦敦学习戏剧，加入新非洲剧团，出演戏剧《卡卡马斯的希腊人》（*A Kakamas Greek*）。在伦敦期间开始记录戏剧笔记，此后被玛丽·本森（Mary Benson）结集出版为《笔记1960—1977》（*Notebooks 1960—1977*）。年底回国，归国途中创作出长篇小说《黑帮匪徒》（*Tsotsi*）。回国后开始创作戏剧《血结》（*The Blood Knot*）。

1961　5月27日，女儿莉萨·玛丽亚·富加德出生。9月3日，与黑人演员扎克斯·莫凯（Zakes Mokae）在约翰内斯堡班图人社交中心上演《血结》，大获成功，但也遭到了白人政府的管控。

1962　给英国剧作家写公开信，致使他遭到白人政府抵制。

1963　在新布莱顿创办巨蛇剧团，上演索福克勒斯、贝克特、布莱希特、索因卡等人的剧目。

1965　和巨蛇剧团的演员们第一次开始即兴表演实验。10月26日，《你好，再见》（*Hello and Goodbye*）在约翰内斯堡的图书馆剧院上演。由于南非白人政府禁止跨种族戏剧活动，部分巨蛇剧团的演员被逮捕。

1966　巨蛇剧团的即兴戏剧《外套》（*The Coat*）在伊丽莎白港上演。

1967　护照被当局吊销。哈罗德·品特等剧作家联名抗议南非政府对文学艺术的隔离管控，声援富加德。

1968　3月13日，《人们在那里生活》（*People Are Living There*）在格拉斯高的关闭剧院首演。

1969　6月14日，《人们在那里生活》在开普敦上演。7月10日，《博斯曼与莱娜》（*Boesman and Lena*）在格拉汉姆斯敦的罗德斯大学剧院首演。

1971　3月24日，《俄瑞斯忒斯》（*Orestes*）上演。护照被归还。赴伦敦皇家剧院执导《博斯曼与莱娜》。

1972　3月28日，《依据非道德法案实施的逮捕陈述》（*A Statement under an Arrest on the Immorality Act*）在开普敦空间剧院上演。10月8日，与约翰·卡尼、温斯顿·恩特肖纳合作的戏剧《希兹威·班西死了》（*Sizawe Bansi is Dead*）在开普敦首演。

1973　7月2日，《孤岛》（*The Island*）由卡尼和恩特肖纳合作完成，在空间剧院上演。《博斯曼与莱娜》由罗斯·德文尼什（Ross Devenish）改编为电影版。自12月12日起，"南非戏剧季"在皇家剧院举行，富加德的《希兹威·班西死了》与《孤岛》广受好评。

1974　《希兹威·班西死了》《孤岛》在美国纽约上演。《糟糕的星期五》《侬果果》在谢菲尔德的十字剧场上演。

1975　参加爱丁堡戏剧节，并于8月27日在教堂山剧院首演戏剧《迪美托斯》（*Dimetos*）。

1976　修订版《迪美托斯》在诺丁汉和伦敦上演。《博斯曼与莱娜》在法国巴黎上演。

1977　3月5日，《斯坦坎普斯卡拉的客人》（*The Guest at Steenkampskraal*，以下简称《客人》）电影版在BBC上映。9月13日，参与彼得·布鲁克的电影《和名人见面》（*Meetings with Remarkable Men*）。《客人》电影剧本出版。

1978　11月30日，《芦荟的教训》（*A Lesson from Aloes*）在市场剧院上演。

1980　在耶鲁大学开始为期半年的访学。在玛丽·本森的帮助下编订《笔记》（*Notebooks*）。为耶鲁大学导演剧目《芦荟的教训》。戏剧《鼓手》（*The Drummer*）在肯塔基州路易斯维尔的演员戏剧节上演。由罗斯·德文尼什导演的电影《八月的万寿菊》（*Marigolds in August*）上映。小说《黑帮匪徒》出版。

1981 在理查德·阿滕伯勒（Richard Attenborough）的电影《甘地传》（*Gandhi*）中扮演史沫资将军。获纳塔尔大学的荣誉博士学位。12 月 23 日，《迪美托斯》在开普敦的人民空间剧院上演。《希兹威·班西死了》由 CBS 改编为电影。

1982 3 月 12 日，《哈罗德少爷……与男仆》（*Master Harold...and the Boys*）在纽黑文的耶鲁保留剧目剧场首演。

1983 《手记：1960—1977》出版。获罗德斯大学荣誉博士学位。《哈罗德少爷……与男仆》获晚间标准戏剧奖。

1984 5 月 1 日，《通往麦加之路》（*Road to Mecca*）于耶鲁大学保留剧目剧场首演。获得包括耶鲁大学在内授予的多个荣誉博士学位。荣获英联邦戏剧奖。

1985 《通往麦加之路》获 AA 生活与生命奖。《血结》25 周年纪念版在耶鲁大学保留剧目剧场上演。

1987 3 月 24 日，《猪场》（*A Place with the Pigs*）于耶鲁大学保留剧目剧场首演。

1989 6 月 27 日，《我的孩子们！我的非洲！》（*My Children! My Africa!*）在市场剧院首演。

1990 获金山大学荣誉博士。

1992 7 月 16 日，《游乐场》（*Playland*）在市场剧院首演，并在美国巡演。

1993 曼哈顿戏剧俱乐部上演《游乐场》。

1994 7 月 9 日，戏剧《我的一生》（*My Life*）在格拉汉姆斯敦的国家艺术节首演。自传《兄长：我的回忆录》（*Cousins: My Memoir*）出版。

1995 8 月 15 日，戏剧《山谷之歌》（*Valley Song*）在市场剧院首演。

1997 8 月 5 日，戏剧《船长的老虎》（*The Captain's Tiger*）在比勒陀利亚天地剧场首演。

2000 搬到圣迭戈的近郊，此后往返于美国和南非。

2001 5 月 4 日，戏剧《悲伤与欢乐》（*Sorrows and Rejoicings*）在普林斯顿麦克卡特剧场首演，随后在纽约和开普敦上演。

2005 《黑帮暴徒》同名电影获 2005 年奥斯卡最佳外语片。

2010 3 月，富加德剧院在开普敦第六区开业。开业季上演的第一场戏剧为富加德的新作《火车司机》（*Train Driver*）。

2011　获托尼奖终身成就奖。

2014　获日本皇室世界文化奖。戏剧《蜂鸟之影》（*Shadow of the Hammingbird*）在富加德剧院首演。

2015　5 月，戏剧《孤岛》《我的孩子们！我的非洲！》《火车司机》在中国首演（上海上汽文化广场）。次年，这三部戏剧在北京蓬蒿剧场上演。富加德与希拉·富加德离婚。

2018　戏剧《蜿蜒河畔彩绘石》（*The Painted Rock at the Revolver Creek*）在富加德剧院首演。

2020　因新冠疫情富加德剧院停业，剧院所有权重归原先的博物馆。

（七）约翰·马克斯韦尔·库切生平简表

1940　2 月 9 日在开普敦市出生。

1973　完成《幽暗之地》（*Dusklands*），但被数家出版社退稿，最终由约翰内斯堡的瑞安出版社于 1974 年出版。

1974—1976　创作《内陆深处》（*In the Heart of the Country*），并于 1977 年出版。翻译荷兰作家马塞卢斯·艾芒兹（Marcellus Emants，1848—1923）的小说《死后的忏悔》（*A Posthumous Confession*），于 1975 年出版。

1980　《等待野蛮人》（*Waiting for the Barbarians*）出版。开始撰写有关南非文学作品的系列论文，最终收录于 1989 年出版的《白色写作：论南非文学》。

1982　开始创作《福》（*Foe*），于 1985 年完稿。

1983　《迈克尔·K 的生活和时代》（*Life & Times of Michael K*）出版，获得布克奖。翻译并出版阿非利卡作家威尔玛·斯托肯斯特罗姆（Wilma Stockenström）的《通往猢狲木的远征》（*The Expedition to the Baobab Tree*）。

1984　被开普敦大学评聘为终身教授，发表就职演说《自传的真相》（"Truth in Biography"）。

1986　《福》出版，与安德烈·布林克合编的南非诗歌选集《分离之地》（*A Land Apart*）出版。

1990 《铁器时代》（*Age of Iron*）出版。

1991 开始创作《彼得堡的大师》（*The Master of Petersburg*）。完成了一系列有关审查制度的论文。获得哈佛大学客座教授席位。在澳大利亚进行长期访学交流。

1992 《双重视角》（*Doubling the Point*）出版。

1994 《彼得堡的大师》出版。开始创作《耻》（*Disgrace*）。

1995—1998 创作《耻》，1998 年完稿。开始写伊丽莎白·科斯特洛的系列故事（收录了他在普林斯顿大学"泰纳讲座"的《动物的生命》，该演讲于1999 年发表）。重新开始写《童年》。1996 年，《冒犯：审查制度论文集》出版。在《纽约书评》等定期发表评论，其中一些文章被收录到 2001 年出版的《异乡人的国度》。《男孩》于 1997 年出版。

1999 《耻》出版。

2002 《青春》出版。

2003 荣获诺贝尔文学奖。《伊丽莎白·科斯特洛：八堂课》（*Elizabath Costello:Eight Lessons*）出版。

2004 撰写《慢人》（*Slow Man*）。译著《划船人的风景：荷兰诗歌选集》（*Landscape with Rowers: Poetry from The Netherland*）出版。被斯坦福大学聘为客座教授。开始撰写《夏日》。

2005 《慢人》出版。被授予南非国家级荣誉——马蓬古布韦勋章。① 开始创作《凶年纪事》（*Diary of a Bad Year*）。

2007 《凶年纪事》出版。2000 年至 2005 年发表的评论结集出版，题为《内心活动》。

2009 《夏日》（*Summertime*）出版。小说式回忆录合订本于 2011 年出版。

2012 开始创作《耶稣的童年》（*The Childhood of Jesus*）。

2013 《此时此地：2008—2011 书信集》（与保罗·奥斯特合著）和《耶稣的童年》出版。

2017 《耶稣的学生时代》（*The Schooldays of Jesus*）出版。

---

① 马蓬古布韦勋章（Order of Mapungubwe）创立于 2002 年 12 月 6 日，由总统亲自颁发，用于表彰提升南非国家声誉的国际性成就，是南非的最高荣誉。

2019 《耶稣之死》（*The Death of Jesus*）出版。

（八）达蒙·加格特生平简表

1963 出生于南非比勒陀利亚。

1982 出版处女作小说《无罪的季节》（*A Sinless Season*）。

1988 出版短篇小说集《众生的小圈子》（*A Small Circle of Beings*）。

1995 出版小说《采石场》（*The Quarry*）。

1992 出版小说《悦耳的猪叫声》（*The Beautiful Screaming of Pigs*）。

1994 《悦耳的猪叫声》获得南非 CNA 文学奖。

2003 出版《好医生》（*The Good Doctor*），入围布克奖、都柏林文学奖。获得英联邦文学奖。

2009 出版《冒名者》（*The Imposter*），入围英联邦文学奖。

2010 出版《在一个陌生的房间》（*In a Strange Room*），入围布克奖。

2014 出版小说《北极之夏》（*Arctic Summer*），获得巴里·朗格小说奖。

2021 出版小说《承诺》（*The Promise*），获得布克奖。

第二部分　西部非洲文学名家创作研究

（一）阿依·奎·阿尔马生平简表

1939　10 月 28 日，出生于加纳西部港城塞康第 – 塔科拉迪。

1953—1958　在威尔士亲王学院（现在的阿奇莫塔学校）读书。

1959　在美国的格罗顿学校读大学预科。

1960—1963　在哈佛大学读书，获社会学学士学位。

1963　在阿尔及利亚的《非洲革命》杂志从事翻译工作。

1964　在《哈佛呼声》上发表首个短篇小说。

1967　在巴黎的《非洲青年》杂志社担任编辑。

1968—1970　在哥伦比亚大学留学，获得硕士学位。

1968　出版长篇小说《美好的尚未诞生》（*The Beautyful Ones Are Not Yet Born*）。

1970 年代　在坦桑尼亚、塞内加尔、莱索托等国高校任教。

1970　出版长篇小说《碎片》（*Fragments*）。

1972　出版长篇小说《我们为什么如此有福？》（*Why Are We So Blest？*）。

1973　出版长篇小说《两千季》（*Two Thousand Seasons*）。

1979　出版长篇小说《医者》（*The Healers*）。

1980 年代　移居塞内加尔，创立生命之屋出版社。

1995　出版长篇小说《奥西里斯的复活》（*Osiris Rising*）。

2002　出版长篇小说《克米特：在生命之屋》（*KMT: In the House of Life*），出版儿童读物《儿童的象形文字》（*Hieroglyphics for Babies*）。

2006　出版自传《作家的雄辩》（*The Eloquence of the Scribes*）。

2010　出版散文集《牢记被肢解的大陆》（*Remembering the Dismembered Continent*）。

2013　出版长篇小说《决断者》（*The Resolutionaries*）。

（二）阿玛·阿塔·艾杜生平简表

1942　4 月 23 日，出生于加纳中部省的一个芳蒂族乡村。

1958　在加纳第一大报纸《每日写真报》发表短篇故事《一个孩子为我们而生》

（"To Us a Child Is Born"）。

1961 进入加纳大学英文系攻读学士学位。

1962 凭借短篇小说《这里没有甜蜜》（"No Sweetness Here"）受邀参加在尼日利亚伊巴丹大学举行的非洲作家研讨会。

1964 第一部戏剧《幽灵的困境》（*The Dilemma of a Ghost*）在莱贡学生剧院首演。

1965 《幽灵的困境》由朗文出版社出版。

1966 获得奖学金赴美国访学，其间在斯坦福大学修习创意写作，并参加了哈佛国际研讨会。

1968 在坦桑尼亚的达累斯萨拉姆大学和肯尼亚的内罗毕大学任教。

1970 返回加纳，在海岸角大学任教。第二部戏剧《阿诺瓦》（*Anowa*）和第一部短篇小说集《这里没有甜蜜》（*No Sweetness Here*）正式出版。

1977 首部长篇小说《我们煞风景的姐妹》（*Our Sister Killjoy*）出版。

1982 担任加纳教育部部长职务。

1983 辞去教育部部长职务，移居津巴布韦。

1985 出版首部诗集《某时某人说》（*Someone Talking to Sometime*）。

1987 出版儿童文学作品《老鹰与小鸡及其他故事》（*The Eagle and the Chickens and Other Stories*）、《鸟和其他诗歌》（*Birds and Other Poems*）。

1991 出版第二部长篇小说《改变：一个爱情故事》（*Changes: A Love Story*）。

1992 出版第二部诗集《一月里的愤怒信》（*An Angry Letter in January and Other Poems*）。

1997 出版短篇小说集《女孩儿能行》（*The Girl Who Can*）。

2000 在加纳创立了资助女性作家写作的姆巴森基金会。

2012 出版短篇小说集《外交重磅及其他》（*Diplomatic Pounds and Other Stories*）。

（三）蒙戈·贝蒂生平简表

1932 6月30日，出生于喀麦隆首都雅温德以南的一个村庄。

1945 在雅温德勒克莱尔中学就读。

1951 赴法国求学，先后在艾克斯普罗旺斯与巴黎索邦大学学习文学。

1953 以笔名艾萨·博托（Eza Boto）在杂志《非洲存在》上发表短篇小说《无爱无恨》（"Sans haine et sans amour"）。

1954 以笔名艾萨·博托出版第一部小说《残酷的城市》（Ville cruelle）。

1956 以笔名蒙戈·贝蒂出版小说《可怜的蓬巴基督》（Le Pauvre Christ de Bomba）。

1957 出版小说《任务完成》（Mission Terminée），获圣伯夫奖。

1958 出版小说《圣迹治愈的国王》（Le Roi Miraculé）。

1959 返回法国，在鲁昂高乃依中学教授文学。

1972 出版政论文集《控制喀麦隆：去殖民化剖析》（Main Basse sur le Cameroun. Autopsie d'une Décolonisation）。

1974 出版小说《纪念鲁本》（Remember Ruben）与《佩尔佩图与不幸的习惯》（Perpétue et l'Habitude du Malheur）。

1978 与妻子共同创办双月刊杂志《黑色人民，非洲人民》（Peuples Noirs, Peuples Africains）。

1979 出版小说《一个小丑近乎可笑的倒台》（La Ruine Presque Cocasse d'Un Polichinelle）。

1983 出版小说《纪尧姆·伊斯梅尔·泽瓦塔玛的两个母亲》（Les Deux mères de Guillaume Ismaël Dzewatama）。

1984 出版小说《纪尧姆·伊斯梅尔·泽瓦塔玛的复仇》（La Revanche de Guillaume Ismaël Dzewatama）。

1986 出版政论文集《致喀麦隆人的公开信，或鲁本的第二次死亡》（Lettre Ouverte aux Camerounais, ou, La Deuxième Mort de Ruben Um Nyobé）。

1989 和妻子合著《黑人性词典》（Dictionnaire de la Négritude）。

1991 短暂访问喀麦隆。

1993 出版政论文集《法国反对非洲：回到喀麦隆》（La France contre l'Afrique : retour au Cameroun）。

1994 正式回喀麦隆定居，开办"黑人书店"。

1994 出版小说《疯子的故事》（*L'Histoire du Fou*）。

1999 出版小说《烈日灼爱》（*Trop de Soleil Tue l'amour*）。

2000 出版小说《黑白准备》（*Branle-Bas en Noir et Blanc*）。

2001 病逝于喀麦隆的杜阿拉。

（四）钦努阿·阿契贝生平简表

1930 11 月 16 日，出生于尼日利亚奥吉迪。

1948—1953 就读于伊巴丹大学学院，开始从事文学创作。

1954 入职尼日利亚广播公司。

1956 被选派到英国广播公司（BBC）学习。

1958 第一部长篇小说《瓦解》（*Things Fall Apart*）出版。

1960 第二部长篇小说《再也不得安宁》（*No Longer at Ease*）出版。获洛克菲勒基金会资助，前往东非旅行。

1961 任尼日利亚广播公司对外广播部总监，同年与克里斯汀结婚。

1962 出席马凯雷雷大学举办的"非洲英语作家大会"。出任"非洲作家丛书"的主编。短篇小说集《祭祀用的蛋和其他故事》（*The Sacrificial Egg and Other Stories*）出版。

1963 获联合国教科文组织资助前往美国和巴西调研，并会见当地作家。

1964 第三部长篇小说《神箭》（*Arrow of God*）出版，同年 9 月参加了利兹大学举办的"英联邦作家会议"并发表著名文章《作为教师的小说家》。

1966 第四部长篇小说《人民公仆》（*A Man of the People*）出版。儿童文学作品《契克过河》（*Chike and the River*）出版。

1967—1970 尼日利亚内战，曾作为比亚法拉的外交使节被派往欧美国家。

1971 诗集《当心啊，我的兄弟》（*Beware Soul Brother and Other Stories*）出版。创办并主编文学杂志《奥基凯》。

1972 短篇小说集《战争时期的姑娘及其他故事》（*Girls at War and Other Stories*）出版。儿童文学作品《豹子是怎样得到爪子的》（*How the*

Leopard Got His Claw）出版。离开尼日利亚，在美国马萨诸塞大学任教。

1975　论文集《创世日前的黎明》（*Morning Yet on Creation Day:Essays*）出版。

1976　 回到尼日利亚大学任教，直至 1981 年退休。

1983　论文集《尼日利亚的不幸》（*The Trouble With Nigeria*）出版。

1985　与英尼斯合编短篇小说集《非洲短篇小说选集》（*African Short Stories*）出版。

1987　第五部长篇小说《荒原蚁丘》（*Anthills of the Savannah*）出版。

1990　发生车祸致残。

1992　 与英尼斯合编的短篇小说集《海涅曼非洲当代短篇小说选集》（*The Heineman Book of Contemporary African Short Stories*）出版。

2000　散文集《家园与流放》（*Home and Exile*）出版。

2007　获得布克奖。

2009　散文集《受英国保护的孩童的求学记》（*The Education of British-Protected Child*）出版。

2012　最后一部作品《曾经有一个国家》（*There Was a Country*）出版。

2013　在美国波士顿逝世，之后被安葬在家乡奥吉迪。

（五）沃莱·索因卡生平简表

1934　7 月 13 日，出生于尼日利亚阿贝奥库塔的一个约鲁巴家庭。

1952　在伊巴丹的大学学院读书。

1954　为尼日利亚广播公司创作广播剧《科菲的生日会》（*Keffi's Birthday Treat*）。赴英国的利兹大学留学。

1957　从利兹大学毕业并继续攻读硕士学位。第一部戏剧《新发明》（*The Invention*）在伦敦皇家宫廷剧院上演。

1958　创作戏剧《沼泽地居民》（*The Swamp Dwellers*）。

1959　创作戏剧《狮子与宝石》（*The Lion and the Jewel*）。

1960　戏剧《森林之舞》（*A Dance of the Forests*）在尼日利亚独立日（10 月 1 日）上演。创作戏剧《裘罗教士的考验》（*The Trials of Brother Jero*）；电视剧《父亲的负担》（*My Father's Burden*）在西尼日利亚电视台播出。

1961　参与创办尼日利亚作家和艺术家团体姆巴里俱乐部。

1963　创作戏剧《强种》(*The Strong Breed*)。

1965　创作戏剧《孔其的收获》(*Kongi's Harvest*)。创作戏剧《路》(*The Road*)。出版第一部长篇小说《诠释者》(*The Interpreters*,或译为《痴心与浊水》)。被指控通过无线电台播放篡改的西尼日利亚总理演讲录音而被捕。

1967　出版诗集《伊旦莱及其他诗歌》(*Idanre and Other Poems*)。与伊博首领奥朱古秘密会面,遭尼日利亚政府逮捕。

1968　将法贡瓦(D. O. Fagunwa)的第一部约鲁巴语小说《千魔森林:猎人传奇》(*Thousand Demons: A Hunte's Saga*)翻译为英语。

1969　出版诗集《狱中诗抄》(*Poems from Prison*)。创作戏剧《酒神的女祭司》(*The Bacchae of Euripides*)。

1970　创作讽刺剧《疯子和专家》(*Madmen and Specialists*)。

1972　出版诗集《地穴之梭》(*A Shuttle in the Crypt*)。出版自传《那人死了:狱中笔记》(*The Man Died: Prison Notes of Wole Soyinka*)。

1973　出版长篇小说《反常之季》(*Season of Anomy*)。

1973　戏剧《欧里庇德斯的酒神伴侣》在伦敦国家剧院首演。出版剧本《茂盛的紫檀》(*Camwood on the Leaves*)和《裘罗教士变形记》(*Jero's Metamorphosis*)。

1973—1975　创作《死亡与国王的侍从》(*Death and the King's Horseman*)并在剑桥大学丘吉尔学院举行首读式。

1976　创作长诗《奥贡·阿比比曼》("Ogun Abibiman")。出版文集《神话、文学与非洲世界》(*Myth, Literature and the African World*)。

1981　出版《阿凯,我的童年时光》(*Aké: The Years of Childhood*)。

1986　获诺贝尔文学奖,成为第一位获此大奖的非洲黑人作家。

1989　出版传记《伊萨拉:"随笔"的人生之旅》(*Isara: A Voyage Around Essay*)。

1991　广播剧《风信子灾殃》(*A Scourge of Hyacinths*)在英国广播公司播出。

1992　戏剧《来自齐娅》(*From Zia, with Love*)在意大利锡耶纳首演。

1994　流亡美国,成为艾默里大学的教授。

1995　剧作《地方男孩受福记》（*The Beatification of Area Boy*）在利兹的西约克剧院上演，剧本在伦敦出版。

1997　被萨尼·阿巴查政府以叛国罪缺席判处死刑。

1999　返回尼日利亚，接受伊费大学名誉教授头衔，条件是禁止本校招收军官学生。

2001　戏剧《巴布国王》（*King Baabu*）在拉各斯首演。

2002　创作诗集《撒马尔罕与我了解的其他市场》（*Samarkand and Other Markets I Have Known*）。

2010　将法贡瓦的约鲁巴语小说《奥伦杜马莱的丛林》（*In the Forest of Olodumare*）翻译为英语。

2011　讽刺剧《阿拉帕塔—阿帕塔》（*Alapata Apata*）上演。

2012　受中国社会科学院邀请来华交流访问。

2021　出版小说《幸福之地纪事》（*Chronicles from the Land of the Happiest People on Earth*）。

（六）本·奥克瑞生平简表

1959　3月15日，出生在尼日利亚的中西部城市明纳。

1961　不到两岁的时候举家迁往伦敦，并在伦敦南部的佩卡姆上小学。

1968　随家人迁回尼日利亚。

1973　14岁时，开始撰写诗歌和关于社会和政治问题的文章，之后他根据这些文章撰写的短篇小说相继发表在报刊上。

1978　在尼日利亚政府资助下，前往埃塞克斯大学学习比较文学。

1980　出版第一部小说《花与影》（*Flowers and Shadows*），在文坛初露锋芒。

1981　出版小说《内部景观》（*The Landscapes Within*）。1996年出版了修订版，书名为《危险的爱情》。

1983　担任英国广播公司国际部的撰稿人（1983—1985）。担任《西非》杂志的诗歌编辑（1983—1986）。

1986　出版了短篇小说集《圣地事件》（*Incidents at the Shrine*）。

1987　凭借短篇小说集《神社事件》（*Incidents at the Shrine*）获得英联邦作家奖

非洲地区最佳书籍奖、阿加汗小说奖。

1988　出版短篇小说集《新宵禁之星》（*Stars of the New Curfew*）。

1988　《新宵禁之星》（*Stars of the New Curfew*）入围卫报小说奖。

1991　小说《饥饿之路》（*The Famished Road*）出版并获得布克奖，成为该奖项有史以来最年轻（32岁）的获奖者。

1992　出版首部诗集《非洲挽歌》（*An African Elegy*）。

1993　出版小说《魅力之歌》（*Songs of Enchantment*）。

1995　出版小说《神灵为之惊异》（*Astonishing the Gods*）。获得世界经济论坛水晶奖。

1996　出版小说《危险的爱情》（*Dangerous Love*）。出版散文集《天堂之鸟》（*Birds of Heaven*）。

1997　获得威斯敏斯特大学的文学荣誉博士学位。出版散文集《一种自由的方式》（*A Way of Being Free*）。

1998　出版小说《无限的财富》（*Infinite Riches*）。

1999　出版诗集《精神斗争》（*Mental Fight*）。

2001　获得大英帝国勋章。

2002　获得埃塞克斯大学的文学荣誉博士学位。出版小说《阿卡迪亚》（*Arcadia*）。

2004　获得埃克塞特大学大学的文学荣誉博士学位。

2007　出版小说《星书》（*Starbook*）。

2009　出版短篇小说集《自由的故事》（*Tales of Freedom*）。

2010　获得东方和非洲研究学院的荣誉博士学位。

2011　出版散文集《新梦想的时代》（*A Time for New Dreams*）。

2012　出版诗集《野性》（*Wild*）。

2014　被评为牛津曼斯菲尔德学院荣誉研究员。出版小说《魔法时代》（*The Age of Magic*）。

2017　出版小说《神灯》（*The Magic Lamp*）。

2018　出版诗集《像狮子一样崛起：为多数人而作的诗》（*Rise Like Lions: Poetry*

for the Many）。

2019 小说《神灵为之惊异》（*Astonishing the Gods*）入选英国广播公司"塑造我们世界的 100 部小说"。出版小说《自由艺术家》（*The Freedom Artist*）、短篇小说集《为活着的人祈祷》（*Prayer for the Living*）。

2020 获得纳尔逊·曼德拉大学的文学荣誉博士。

2021 出版诗集《我脑海中的火：为黎明而作的诗》（*A Fire in My Head: Poems for the Dawn*）。

2022 出版小说《每片叶子都是哈利路亚》（*Every Leaf a Hallelujah*）。

（七）奇玛曼达·恩戈兹·阿迪契生平简表

1977 9 月 15 日，出生于尼日利亚埃努古市。

1995 就读于尼日利亚大学医药学专业，担任天主教学生自办杂志《指南针》的编辑。

1996 赴美国留学，进入费城的德雷塞尔大学学习传播学。

1997 出版诗集《决定》（*Decisions*）。

1998 出版戏剧《因为热爱比亚法拉》（*For Love of Biafra*）。同年转学至东康涅狄格州州立大学，为校刊《校园灯笼》撰稿。

2001 以最优异成绩毕业于东康涅狄格州州立大学，获得传播学与政治学学士学位。

2003 出版长篇小说《紫木槿》（*Purple Hibiscus*）。获得约翰·霍普金斯大学的创意写作硕士学位。

2005—2006 成为普林斯顿大学的霍德研究基金得主。

2006 出版长篇小说《半轮黄日》（*Half of a Yellow Sun*）。

2008 获得耶鲁大学非洲研究硕士学位。荣获麦克阿瑟"天才奖"。

2009 出版短篇小说集《绕颈之物》（*The Things Around Your Neck*）。发表 TED 演讲《单一故事的危险性》（"The Danger of a Single Story"）。与伊瓦拉·埃塞格（Ivara Esege）结婚。

2011—2012 成为哈佛大学拉德克利夫高级研究院的研究员。

2012 发表 TED 演讲"我们都应该是女权主义者"（"We Should All Be Feminists"）。

演讲片段被融入美国歌手碧昂斯（Beyoncé Giselle Knowles）的歌曲《完美无瑕》（*Flawless*，2013）。

2013　出版长篇小说《美国佬》（*Americanah*）。

2014　出版 TED 演讲修订版《我们都应该是女权主义者》（*We Should All Be Feminists*）。

2015　入选《时代》周刊"世界最有影响力的 100 位人物"。

2017　出版书信《亲爱的安吉维拉，或一份包含 15 条建议的女权主义者宣言》（*Dear Ijeawele, or A Feminist Manifesto in Fifteen Suggestions*）。当选美国艺术文学院院士、美国艺术与科学院外籍荣誉院士，入选《财富》杂志"世界最伟大的 50 位领袖"。

2022　出版《哀恸笔记》（*Notes on Grief*）。

2023　用笔名恩瓦·格雷斯·詹姆斯出版首部儿童文学作品《妈妈的睡眠头巾》（*Mama's Sleeping Scarf*）。

（八）海伦·奥耶耶美生平简表

1984　12 月 10 日，在尼日利亚出生。

2005　第一部小说《遗失翅膀的天使》（*The Icarus Girl*）出版。

2007　第二部小说《翻转屋》（*The Opposite House*）出版。

2009　第三部小说《白色是女巫的颜色》（*White Is for Witching*）出版，入围雪莉·杰克逊奖。

2010　《白色是女巫的颜色》获毛姆文学奖。

2011　小说《不存在的情人》（*Mr. Fox*）出版。

2012　小说《不存在的情人》获休斯顿/怀特奖。

2013　入围格兰塔最佳英国青年小说家名单。

2014　《博伊，斯诺，伯德》（*Boy, Snow, Bird*）出版，入围洛杉矶时报图书奖。

2016　小说《不是你的就不是你的》（*What Is Not Yours Is Not Yours*）出版，获笔会开卷图书奖。

2019　小说《姜饼人》（*Gingerbread*）出版。

（九）乌斯曼·桑贝内生平简表

1923 1月1日，出生于塞内加尔南部卡萨芒斯地区的济金绍尔。

1931 入读济金绍尔的一家初级中学。

1936 从学校辍学，移居达喀尔。

1942 参军并作为法国军队的非洲籍士兵参加第二次世界大战。

1946 在达喀尔退役。

1947 参与1947—1948年达喀尔—尼日尔铁路工人大罢工。

1948 偷渡到法国马赛，成为码头工人。

1950 加入法国共产党，组织游行示威，抗议法国向越南运送武器。

1951 受伤骨折，无法继续做码头工人，开始文学创作。

1956 出版小说《黑色码头工人》（*Le Docker noir*）。

1957 出版小说《祖国，我可爱的人民》（*O Pays, mon beau peuple!*）。

1958 参加第一届亚非作家会议，会后应中国作家协会和中国亚非团结委员会的邀请，到中国访问。

1960 出版小说《神的儿女》（*Les Bouts de bois de Dieu*）。塞内加尔独立后，放弃法国公民身份，返回塞内加尔。

1961 赴苏联高尔基电影制片厂学习。

1962 出版短篇小说集《上沃尔特人》（*Voltaïque*）。拍摄完成非洲第一部电影短片《马车夫》（*Borom Sarret*）并在法国图尔国际短片节上获奖。拍摄完成纪录片短片《桑海帝国》（*L'Empire songhay*）。

1964 出版小说《热风》（*L'Harmattan*）。拍摄完成短片《尼亚耶》（*Niaye*）。

1965 出版中篇小说合集《汇票》（*Le Mandat*）和《韦伊－西奥扎纳》（*Vehi-Ciosane, ou, Blanche-Genèse*）。

1966 拍摄完成非洲第一部电影长片《黑女孩》（*La Noire de...*），同年获法国让·维果奖、迦太基国际电影节金奖、达喀尔国际黑人艺术节大奖等奖项。

1967 受邀担任戛纳国际电影节、莫斯科国际电影节评委会成员。

1968 拍摄完成非洲第一部民族语电影长片《汇款单》（*Le Mandat*），获威尼斯电影节国际影评人奖。受邀担任迦太基国际电影节评委会主席。

1969　拍摄完成短片《阿尔布拉》（*Albourah*）、纪录片短片《女性面对一夫多妻制的痛苦》（*Traumatisme de la femme face à la polygamie*）与《失业的危险》（*Les Dérives du chômage*）。与他人联合创办非洲电影周，后改名为瓦加杜古泛非电影节，以及泛非电影人联盟。

1970　拍摄完成短片《新生》（*Taaw*），获埃塞俄比亚阿斯玛拉电影节金狮奖。

1971　拍摄完成电影《雷神》（*Emitaï*），获 1971 年莫斯科电影节银奖、1972 年柏林电影节论坛单元国际天主教电影视听协会奖。

1973　出版小说《哈拉》（*Xala*）。

1975　受邀担任莫斯科国际电影节评委。

1976　拍摄完成电影《哈拉》，同年获卡罗维发利国际电影节评委会特别奖。

1977　拍摄完成电影《局外人》（*Ceddo*），同年获洛杉矶电影节特别奖。受邀担任柏林国际电影节评委会主席。

1981　出版小说《帝国最后一人》（*Le Dernier de l'Empire*）。受邀担任瓦加杜古泛非电影节评委会主席。

1987　出版中篇小说合集《尼瓦姆》（*Niiwam, suivi de Taaw*）。

1988　拍摄完成电影《泰鲁易军营》（*Camp de Thiaroye*），同年获威尼斯电影节评委会大奖及 5 项平行奖项。

1991　拍摄完成电影《尊贵者》（*Guelwaar*），同年获威尼斯国际电影节意大利参议院金奖。

1996　出版小说《尊贵者》。

1997　凭借全部作品获黑非洲文学大奖。

2000　拍摄完成电影《法特·奇内》（*Faat Kiné*）。

2004　拍摄完成电影《割礼龙凤斗》（*Moolaadé*），获戛纳电影节"一种关注"单元奖、天主教人道精神奖、芝加哥电影节特别奖。

2005　获戛纳电影节导演双周单元金马车奖。

2006　获法国荣誉军团军官勋章。

2007　6 月 9 日，在达喀尔辞世。

第三部分 中部非洲文学名家创作研究

（一）多丽丝·莱辛生平简表

1919 10月22日，出生在波斯（现伊朗）。

1925 全家移居到英国殖民地南罗得西亚（现津巴布韦）。

1928 在天主教女子教会学校上学。

1932 由于眼疾辍学。

1934 离家去做保姆。

1937 搬到索尔兹伯里（今津巴布韦首都哈拉雷）当了一年电话员。

1938 同弗兰克·查尔斯·威兹德姆结婚，生育一儿一女，四年后离婚。

1942 加入左派图书俱乐部。

1943 同戈特弗莱德·安顿·尼古拉斯·莱辛结婚，生育一子皮特，1949年离婚。

1949 带着小儿子皮特来到伦敦，一直居住至今。

1950 出版第一部小说《青草在歌唱》（*The Grass Is Singing*），开始写作生涯。

1951 在伦敦加入英国共产党，开始创作《暴力的孩子们》（*Children of Violence*）系列小说（1952—1969）。

1954 获得毛姆作家协会奖。

1956 被南罗得西亚和南非当局宣布为"禁止入境的人"。

1957 出版纪实散文《回家》（*Going Home*）。

1962 出版小说《金色笔记》（*The Golden Notebook*）。

1971 出版小说《简述地狱之行》（*Briefing for a Descent into Hell*），获当年布克奖提名。

1974 出版小说《幸存者回忆录》（*The Memoirs of a Survivor*）。

1976 《金色笔记》获得法国梅迪奇最佳外国小说奖。

1977 拒绝"大英帝国勋章"。

1979 开始创作科幻五部曲《南船座中的老人星档案》（*Canopus in Argos: Archives*）（1979—1983）。

1981 《天狼星实验》（*The Sirian Experiments*）出版并获得当年布克奖提名。

1982　获得奥地利欧洲文学国家奖和德国联邦共和莎士比亚奖。《天狼星实验》获得澳大利亚科幻小说成就奖（也称蒂特马斯奖）。

1983　出版小说《一个好邻居的日记》（*The Diary of a Good Neighbour*）。

1984　出版小说《如果老人能够……》（*If the Old Could...*）。

1985　出版小说《好恐怖分子》（*The Good Terrorist*），并获得英国 W. H. 史密斯奖、意大利蒙德罗奖，以及当年布克奖提名。获聘东英吉利亚大学文学杰出人士。

1987　获得意大利帕默罗奖和国际蒙德罗奖。

1988　小说《第五个孩子》（*The Fifth Child*）出版，并获得意大利格林扎纳·卡佛文学奖和洛杉矶时报图书奖提名。

1989　获得普林斯顿大学荣誉博士学位。

1992　拒绝"大英帝国女爵士"称号。

1995　自传《我的皮肤下》（*Under My Skin*）出版，获得优秀自传类詹姆斯·泰特·布莱克奖和洛杉矶时报图书奖。获得哈佛大学荣誉博士学位。被禁止入境 40 年后作为知名作家重返南非。

1996　出版小说《又来了，爱情》（*Love, Again*）。获得英国作家协会奖和诺贝尔文学奖提名。

1997　与菲利普·格拉斯合作，将小说《第三、四、五区域间的联姻》（*The Marriages Between Zones Three, Four and Five*），改编成歌剧，并于当年 5 月在德国海德堡上演。10 月，第二部自传《在阴影下行走》（*Walking in the Shade*）出版，获得全国书评协会奖提名。

1999　出版小说《玛拉和丹恩历险记》（*Mara and Dann*）。

2000　获得"对国家作出突出贡献"的"荣誉爵士"勋章。《第五个孩子》续篇《本，在人间》（*Ben, in the World*）出版。《玛拉和丹恩历险记》获得国际 IMPAC 都柏林文学奖提名。

2001　获得西班牙阿斯图里亚斯王子奖和大卫·科恩英国文学奖。

2002　出版小说《最甜的梦》（*The Sweetest Dream*）。

2003　短篇小说集《祖母们》（*The Grandmothers:Four Short Novels*）出版。

2005　出版小说《丹恩将军和玛拉的女儿，格里奥以及雪狗的故事》（*The Story of General Dann and Mara's Daughter, Griot and the Snow Dog*），获得首届布克奖提名。

2007　出版小说《裂缝》（*The Cleft*）。获得诺贝尔文学奖和布克奖提名。

2008　《阿尔弗雷德和爱米莉》（*Alfred and Emily*）出版。

2013　去世。

（二）约翰·埃佩尔生平简表

1947　9月19日出生在南非的莱登堡。

1951　4岁时随父母搬迁到了罗得西亚（Rhodesia, 津巴布韦旧称）南部一个叫科林恩·伯恩的矿业小镇。

1971　34岁结婚。妻子莎莉·埃佩尔是一名诗人和人权活动家。现已离异。

1989　诗集《战利品》（*Spoils of War*）出版，获南非英格丽·琼寇奖。

1992　首部小说《D. G. G. 贝里的大北路》（*D. G. G. Berry's The Great North Road*）出版，获南非媒体网络文学奖，并入选《每周邮报》和《卫报》评选的"1948—1994南非英语著作二十佳"。

2006　小说《孵化》（*Hatchings*）入选南非媒体网络文学奖终选名单，被《泰晤士报文学副刊》评为"非洲最重要书籍系列"。

2009　小说《缺席了，英语教师》（*Absent: The English Teacher*）出版。

2011　与黑人作家朱利叶斯·钦戈诺合著的诗歌和短篇故事集《携手》（*Together*）面世。

（三）查尔斯·蒙戈希生平简表

1947　12月2日，出生于南罗得西亚的曼尼部落托管地。

1963　在圣奥古斯丁教会学校接受中学教育。

1966　首次在《巡礼》杂志上发表作品。

1970　出版绍纳语长篇小说《心碎》（*Makunun'unu Maodzamoyo*）。

1972　出版首部英语短篇小说集《旱季来临》（*Coming of the Dry Season*）。

1975　担任津巴布韦文学局编辑。出版首部英语长篇小说《待雨》（*Waiting for*

the Rain，1975）和绍纳语长篇小说《时间如此流逝》（*Ndiko Kupindana Kwamazuva*，1975）。

1980　出版英语短篇小说集《某些伤口》（*Some Kinds of Wounds*）。

1983　出版绍纳语长篇小说《沉默不是言说吗？》（*Kunyarara Hakusi Kutaura*）。

1987　出版英语短篇小说集《残阳与尘世》（*The Setting Sun and the Rolling World*），收录的短篇小说来自于《旱季来临》和《某些伤口》。

1988　《残阳与尘世》获得非洲地区英联邦文学奖（Commonwealth Literature Award, Africa Region）。

1989　出版英语儿童故事集《绍纳童年故事》（*Stories from a Shona Childhood*）。

1991　出版英语儿童故事集《很久前的一天：更多绍纳童年故事》（*One Day Long Ago: More Stories from a Shona Childhood*）。

1993　与大卫·马丁、菲利斯·约翰逊开创了津巴布韦国际书展。

1997　出版英语短篇小说集《步履不停》（*Walking Still*）。《待雨》获国际笔会奖。

1998　出版英语诗集《送奶工不只送牛奶》（*The Milkman Don't Only Deliver Milk*）。

2003　获得津巴布韦大学荣誉博士学位。

2005　获银禧文学奖。

2013　出版英语长篇小说《黑暗中的支流》。

2019　病逝于津巴布韦首都哈拉雷。

（四）依翁妮·维拉生平简表

1964　6月19日，出生在南罗得西亚（津巴布韦旧称）西南部的布拉瓦约。

1982　就读于布拉瓦约的山边大学的师范专业。1984年毕业后前往恩玖彼中学教授英语文学课程。

1987　与加拿大人约翰·何塞结婚，并移民加拿大。开始在多伦多约克大学的求学生涯，主攻电影评论与文学研究，四年后获得硕士学位。开始文学创作。

1992　短篇故事集《你为什么不刻其他动物》（*Why Don't You Carve Other*

Animals）在加拿大出版。

1993 首部小说《尼涵达》（*Nehanda*）在津巴布韦出版，开启了与津巴布韦知名出版人艾琳·斯汤顿长达十几年的合作。

1994 小说《无名》（*Without a Name*）出版，入选英联邦作家奖终选名单。

1995 获约克大学的博士学位，成为津巴布韦获得博士学位的第一位黑人女性。回到津巴布韦。

1997 小说《无言》（*Under the Tongue*）出版，获英联邦作家奖和津巴布韦出版商文学奖一等奖，并于两年后再获瑞典知名文学奖项——"非洲之声"。开始担任津巴布韦国家美学馆馆长，直至2013年。

1998 小说《燃烧的蝴蝶》（*Butterfly Burning*）出版，获德国文学奖，并于2002年入选"20世纪非洲百部优秀作品"。

2002 小说《石女》（*The Stone Virgins*）出版，获麦克米兰非洲作家奖。

2004 获瑞典的"图霍尔斯基瑞典笔会奖"。

2005 4月7日病逝于多伦多。

（五）莱格森·卡伊拉生平简表

1942 出生于马拉维北部一个名叫姆帕乐的小村庄。

1946 就读于苏格兰传教士办的教会小学。

1958 从列文斯顿中学毕业，踏上了前往美国的求学之路。到美国后，就读于斯卡吉特谷学院。

1963 在华盛顿大学攻读政治科学专业。

1964 在美国《西雅图时报》发表了一篇名为《致敬马拉维》的文章，庆祝马拉维独立。

1965 在纽约出版个人传记《我将一试》（*I Will Try*），连续16周荣登纽约时报畅销书排行榜。后来，前往英国伦敦，在剑桥大学深造。

1967 在伦敦出版《幽暗的影子》（*The Looming Shadow*）。

1969 在纽约出版《金戈拉》（*Jingala*）。

1971 在伦敦出版《公务员》（*The Civil Servant*）。

1974 在牛津出版《被拘留者》（*The Detainee*）。

2012 在伦敦去世。

（六）杰克·马潘杰生平简表

1944 3月25日，出生于英属尼亚萨兰保护国（今马拉维）南部一个叫卡丹戈的小村庄。

1970 就读马拉维大学，参与创立马拉维作家研讨会。

1975 前往英国伦敦大学留学，获得语言学博士学位。

1981 出版诗集《变色龙与神》（*Of Chameleons and Gods*），成为BBC艺术奖和非洲诗歌奖评委。

1983 从英国回到马拉维，选编的诗集《非洲口头诗歌》（*Oral Poetry from Africa*）和《夏日焰火：非洲新诗选》（*Summer Fires: New Poetry of Africa*）出版。

1984 受聘成为马拉维大学大臣学院英语系主任，担任南部非洲发展共同体大学联盟的语言学协会会长。

1985 《变色龙与神》遭马拉维审查局查禁。

1986 受邀参加非洲第二届非洲作家大会，在会上以"非洲诗歌监察"（"Censoring the African Poem"）为题发言。

1987 9月25日，未经审判即被强制监禁在弥库尤监狱。

1988 《变色龙与神》获鹿特丹国际诗歌奖，由索因卡代领。

1990 获得笔会/芭芭拉·戈德史密斯自由写作奖。

1991 5月9日获释，因收到恐吓信而流亡英国。

1993 出版诗集《弥库尤监狱，鹡鸰高鸣》（*The Chattering Wagtails of Mikuyu Prison*）。

1995 返回马拉维，参与创立马拉维作家协会。

1998 出版诗集《无索而跃》（*Skipping Without Ropes*）。

1999 编著《非洲作家指南》（*The African Writers' Handbook*）出版。

2002 编著《采集海草：非洲监狱写作》（*Gathering Seaweed: African Prison*

Writing）出版。获美国非洲文学研究协会颁发的"丰隆尼科尔斯奖"。

2004 出版诗歌合集《最后一支甜香蕉》（*The Last of the Sweet Bananas*）。

2007 出版诗集《纳隆伽的野兽》（*Beasts of Nalunga*），该诗集入围美国前进诗歌奖的最佳诗集奖。

2011 回忆录《鳄鱼之饥在午夜》（*And Crocodiles Are Hungry at Night*）出版。

2016 出版诗集《来自祖父的问候》（*Greetings from Grandpa*）。

第四部分　东部非洲文学名家创作研究

（一）格雷斯·奥戈特生平简表

1930　5月15日，出生在肯尼亚中部尼亚萨区阿桑博一个卢奥族家庭。

1942—1945　在恩吉亚女子学校完成了初中学业。

1946—1948　在布泰雷女子学校完成了高中学业。

1949　前往乌干达坎帕拉的门戈医学院攻读医学培训课程。

1955　作为肯尼亚第一位前往英国进修的女性前往伦敦。

1958　回到非洲，在马塞诺教会医院担任产科护士

1961—1962　被肯尼亚政府任命为中部尼亚萨区的社区发展官员和基苏木家庭手工业中心校长。

1962　参加首届非洲英语作家大会，会上朗读短篇小说《一年的牺牲》（"A Year of Sacrifice"），后发表在《黑俄耳甫斯》杂志上，这是奥戈特第一篇正式发表的作品。

1964　在内罗毕大学学院（即今天的内罗毕大学）工作。

1966　小说《应许之地》（*The Promised Land*）在东非出版社出版。

1968　短篇小说集《失去雷声的土地》（*Land Without Thunder*）出版。

1975　成为联合国大会的肯尼亚代表。

1976　成为联合国教科文组织肯尼亚代表团的成员。

1976　短篇小说集《另一个女人》（*The Other Woman*）出版。

1980　小说《毕业生》（*The Graduate*）和短篇小说集《泪之岛》（*Islands of Tears*）出版。

2012　自传《我生命中的日子》（*Days of My life*）出版。

2015　3月18日，奥戈特去世。

2018　遗作小说《纽拉克王子》（*Princess Nyulaak*）和《皇家珠》（*The Royal Bead*）出版。

2019　小说《午夜的电话》（*A Call at Midnight*）出版。

（二）恩古吉·瓦·提安哥生平简表

1938　1月5日，出生于肯尼亚利穆鲁。

1947—1948　在利穆鲁卡曼杜拉参加苏格兰教会传教会。

1948—1955　就读于吉库尤独立学校。

1955—1959　就读于吉库尤联盟高中。

1959—1964　就读于乌干达马凯雷雷大学学院。

1960　在《笔尖》（*Penpoint*）上发表《无花果树》（*The Fig Tree*）。

1961—1964　任《每日国家报》和《星期日国家报》专栏作家。

1962　戏剧《黑色隐士》（*The Black Hermit*）在坎帕拉乌干达国家剧院上演。参加在马凯雷雷大学举办的"非洲英语作家会议"。

1964　进入利兹大学学习。出版小说《孩子，你别哭》（*Weep Not, Child*）。

1965　出版小说《大河两岸》（*The River Between*）。

1966　出席美国国际笔会。

1967　出席在黎巴嫩贝鲁特举行的亚非作家会议。小说《一粒麦种》（*A Grain of Wheat*）出版。

1972　出版论文集《归家》（*Homecoming: Essays on Africa and Caribbean Literature, Culture and Politics*）。

1973　担任内罗毕大学高级讲师兼文学系主任。在哈萨克斯坦阿拉木图举行的亚非作家会议上获得荷花奖。

1975　出版自传《秘密生活》（*Secret Lives*）。

1976　戏剧《德丹·基马蒂的审判》（*The Trial of Dedan Kimathi*）在内罗毕的肯尼亚国家剧院上演。小说《碧血花瓣》（*Petals of Blood*）出版。

1977　戏剧《德丹·基马蒂的审判》（*The Trial of Dedan Kimathi*）和《我想结婚就结婚》（*Ngaahika Ndeenda*）在尼日利亚拉各斯的"FESTAC'77"剧院上演；随后被关押在卡米蒂最高监狱。

1978　作为政治犯被国际特赦组织接收，从拘留所获释。

1980　出版吉库尤语小说《我想结婚就结婚》（*Ngaahika Ndeenda*）和《十字架上的魔鬼》（*Caitaani Mutharabaini*）。

1981　出版论文集《政治中的作家：与文学、社会问题的再约定》（*Writers in Politics: A Re-engagement with Issues of Literature and Society*）。

1982　戏剧《迈图·恩朱吉拉》（*Maitu Njugira*）被拒绝在肯尼亚国家剧院演出。出版英文版戏剧《我想结婚就结婚》（*I Will Marry When I Want*）和小说《十字架上的魔鬼》（*The Devil on the Cross*）。被迫流亡英国。

1983　出版论文集《笔筒》（*Barrel of a Pen*）。

1985—1986　出版吉库尤语小说《马蒂加利》（*Matigari*）。出版论文集《思想的非殖民化：非洲文学中的语言政治》（*Decolonising the Mind: The Politics of Language in African Literature*）。

1987　任肯尼亚不同政见团体组织"团结"的主席。

1990—1992　担任耶鲁大学客座教授。

1993　担任纽约大学比较文学和表演学教授。出版论文集《移动中心：为文化自由而战》（*Moving the Centre: The Struggle for Cultural Freedoms*）。

1994　编辑和出版吉库尤语杂志《穆蒂里》（*Mutiiri*）。

1997　出版论文集《政治中的作家》（*Writers in Politics*）修订本。

2004　任"国际写作和翻译中心"主任。任美国加利福尼亚大学欧文分校比较文学专业教授。

2007　出版小说《乌鸦魔法师》（*Wizard of the Crow*）。

2009　辞去"国际写作和翻译中心"主任一职。任"非洲语言和文学发展中心"主任。

2016　获得韩国第六届朴景利文学奖。出版自传《织梦人的诞生：一位作家的觉醒》（*Birth of a Dream Weaver: A Writer's Awakening*）。

2018　出版自传《与魔鬼摔跤：监狱回忆录》（*Wrestling with the Devil: A Prison Memoir*）。

2021　诗体小说《十全九美》（*The Perfect Nine*）获 2021 年布克奖提名。

（三）查尔斯·曼谷亚生平简表

1939　出生于肯尼亚尼耶里镇。

1971　《妓女之子》（*Son of Woman*）出版，标志着肯尼亚通俗文学诞生。

1972　出版《嘴里的尾巴》(*A Tail in the Mouth*)，凭借这部作品斩获乔莫·肯雅塔文学奖。

1986　出版《妓女之子在蒙巴萨》(*Son of Woman in Mombasa*)。

1994　出版《卡尼那和我》(*Kanina and I*)。

2000　为促进销量，将《卡尼那和我》更名为《肯雅塔的沙蚤》(*Kenyatta's Jiggers*)出版。

2021　查尔斯·曼谷亚去世。

（四）纽拉丁·法拉赫生平简表

1945　11 月 24 日，出生于被意大利占领的索马里中南部城市拜多阿。

1947　随家庭搬到欧加登地区（先由英国占领，后移交埃塞俄比亚控制）的卡拉佛镇。

1963　因欧加登爆发战争，为避难随家迁至索马里首都摩加迪沙。

1965　在《索马里新闻》上发表短篇小说《何故匆匆离世？》("Why Dead So Soon?")。

1966　在印度旁遮普大学修习哲学与文学。

1969　获得学士学位并回国。与印度人齐德拉·穆力结婚。创作广播剧《真空中的匕首》(*A Dagger in Vacuum*)，但被禁播。

1970　出版第一部长篇小说《来自弯曲的肋骨》(*From a Crooked Rib*)。在索马里国立大学和中学任教。

1972　与妻子离婚。完成《裸针》(*A Naked Needle*)创作。

1973　撰写索马里语小说并在《索马里新闻》上连载，后被审查人员中止。

1974　获联合国教科文组织资助，到英国攻读戏剧编导专业研究生，在伦敦大学学习期间，接触皇家剧院。

1975　在埃塞克斯大学学习，创作剧本《供品》(*The Offering*)作为毕业论文。

1976　第二部长篇小说《裸针》出版，触怒索马里当局。流亡意大利三年，在罗马和米兰以翻译和教学为生。

1978　为英国广播公司非洲分站创作广播剧《涂抹黄油》(*A Spread of Butter*)。

1979　出版第三部长篇小说《酸甜牛奶》(*Sweet and Sour Milk*)。迁往美国洛杉矶，以做电影编剧为生。

1980　《酸甜牛奶》获国际英语联合会奖。

1981　在西德拜罗伊特大学（University of Bayreuth）担任客座教授。出版第四部长篇小说《沙丁鱼》（*Sardines*）。10月，回到非洲，在尼日利亚的乔斯落脚。

1982　在乔斯大学任访问学者。创作剧本《尤瑟夫和他的兄弟们》（*Yussuf and His Brothers*）。

1983　第五部长篇小说《芝麻关门》（*Close Sesame*）出版。开始创作《地图》（*Maps*）。

1984　为德国科隆电台创作广播剧本《快乐鞑靼人》（*Tartar Delight*）。搬到冈比亚，完成《地图》创作。

1986　第六部长篇小说《地图》出版。搬到苏丹的喀土穆，在喀土穆大学任教。完成小说《礼物》（*Gifts*）初稿。

1989　搬到乌干达的坎帕拉居住。

1990　任马凯雷雷大学教授。获德国学术交流服务赞助至柏林，在那里完成小说《秘密》（*Secrets*）的初稿。《礼物》初版以瑞典语①译本在北欧首发出版。结识尼日利亚社会学教授阿米娜·玛玛。

1991　完成小说《秘密》（*Secrets*）二、三稿。因批评乌干达总统而被驱逐，搬到埃塞俄比亚。获得瑞典斯德哥尔摩颁发的杜乔尔斯基奖。在牛津大学发表了关于索马里难民困境的讲座。

1992　第七部长篇小说《礼物》英语版在津巴布韦出版。搬到尼日利亚的卡杜纳。同阿米娜·玛玛结婚。

1993　《礼物》获得津巴布韦最佳小说奖。

1994　担任诺伊施塔特国际文学奖评审团成员。意大利文版本《芝麻关门》获得卡佛文学奖。

1996　流亡22年后的第一次回国。

---

① 一说芬兰语。

1998　2月，被提名纽斯塔特国际文学奖。5月，出版第八部长篇小说《秘密》，《礼物》法语版获得圣·马洛文学奖。10月，获得纽斯塔特国际文学奖。

1999　搬到南非的开普敦（Cape Town）。

2000　出版《昨日，明天：索马里流散者的声音》（*Yesterday, Tomorrow: Voices from the Somali Diaspora*）。

2001　获得意大利蒙代洛最佳外国作家奖。

2003　《昨日，明天》获得尤利西斯报告文学奖。出版第九部长篇小说《连接》（*Links*）。

2005　意大利语版《连接》获得意大利那不勒斯文学奖。

2007　出版第十部长篇小说《绳结》（*Knots*）。任明尼苏达大学温顿文科主席至2012年。

2010　在美国巴德学院担任文学教授至今。

2011　出版第十一部长篇小说《叉骨》（*Crossbones*）。

2014　出版第十二部长篇小说《昭然若揭》（*Hiding in Plain Sight*）。获得南非终身成就奖。

2017　被旁遮普大学授予荣誉博士学位。

2018　出版第十三部长篇小说《黎明以北》（*North of Dawn*）。

2019　在韩国首尔被授予第三届李浩哲和平文学奖。

2020　当选美国艺术与科学院院士。

（五）阿卜杜勒拉扎克·古尔纳生平简表

1948　12月20日出生于非洲桑给巴尔岛，阿拉伯裔。

1966　中学毕业。坦桑尼亚在全国范围内开展国民建设运动，古尔纳被派往乡下一所学校担任助教。

1967　以难民身份前往英国求学，投奔在伦敦大学求学的表弟。后就读于英国坎特伯雷的基督教堂学院，由伦敦大学授予其教育学士学位，并在肯特郡多佛市的阿斯特中学授课。

1980—1982　回到非洲，在尼日利亚巴耶罗大学卡诺分校任教，后前往英格兰肯特大学深造。

1982　以《西非小说批评标准》（*Criteria in the Criticism of West African Fiction*）论文获得博士学位。

1984　重返坦桑尼亚，看望病危的父亲。

1985　被聘为英国肯特大学英语系教授，主要研究非洲、加勒比地区、印度殖民主义与后殖民写作，直至 2017 年以英语和后殖民文学荣誉教授身份退休。

1987　第一部长篇小说《离别的记忆》（*Memory of Departure*）问世。担任《旅行者》（*Wasafiri*）杂志特约编辑和顾问委员会成员。

1988　出版第二部长篇小说《朝圣者之路》（*Pilgrims Way*）。

1990　出版第三部长篇小说《多蒂》（*Dottie*）。

1993　出版《非洲文学论文集：再回眸》（*Essays on African Writing: A Re-evaluation*）。

1994　出版第四部长篇小说《天堂》（*Paradise*），入围 1994 年度布克奖短名单和惠特布莱德奖。

1995　《非洲文学论文集卷二：现代文学》（*Essays on African Writing 2: Contemporary literature*）出版。

1996　出版第五部长篇小说《绝妙的静默》（*Admiring Silence*）。

2001　出版第六部长篇小说《海边》（*By the Sea*），入围 2001 年度布克奖长名单。

2002　担任凯恩非洲文学奖评委。

2004　出版《阿卜杜勒拉扎克·古尔纳故事集》（*The Collected Stories of Abdulrazak Gurnah*）。

2005　出版第七部长篇小说《遗弃》（*Desertion*），入选 2006 年度英联邦文学奖短名单（欧亚大陆地区最佳图书）。

2006　入选英国皇家文学学会；出版短篇小说集《我母亲生活在一个非洲农场》（*My Mother Lived on a Farm in Africa*）。

2007　主编《剑桥萨尔曼·拉什迪研究指南》（*The Cambridge Companion to Salman Rushdie*）。

2011　出版第八部长篇小说《最后的礼物》（*The Last Gift*）。

2016　担任布克奖评委。

2017　出版第九部长篇小说《砾石之心》（*Gravel Heart*）。

2019　任英国皇家文学学会文学事务奖评审主席。

2020　出版第十部长篇小说《今世来生》（*Afterlives*）。

2021　10 月 7 日，获得诺贝尔文学奖。

（六）奥克特·普比泰克生平简表

1931　6 月 7 日，出生于乌干达北部的古卢。

1953　出版阿乔利语小说《白牙》（*Lak Tar Miyo Kinyero Wi Lobo*）。

1960　进入英国牛津大学学习。

1964—1966　回到乌干达，任教于乌干达马凯雷雷大学社会学系。

1966　诗歌《拉维诺之歌》（*Song of Lawino*）的英文版出版。

1966—1968　担任乌干达国家剧院和国家文化中心主任。

1967　前往牛津大学提交博士学位论文，但是被驳回。

1968　移居肯尼亚。

1969　出版阿乔利语史诗作品《拉维诺的辩护》（*Wer pa Lawino*）

1969—1970　参加爱荷华大学国际写作项目。

1970　5 月，向牛津大学第二次提交博士学位论文。11 月 30 日，牛津大学拒绝
　　　了普比泰克的学位申请。

1970　诗歌《奥科尔之歌》（*Song of Ocol*）的英文版出版。

1971　出版《卢奥部族主要的宗教信仰》（*The Religion of the Central Luo*）和
　　　《西方学术中的非洲宗教》（*African Religions in Western Scholarship*）。

1971　诗集《双歌集：囚犯之歌和妓女之歌》（*Two Songs: Song of a Prisoner&*
　　　Song of a Malaya）出版。

1971—1978　在肯尼亚内罗毕大学学院担任高级研究员和讲师。

1974　阿乔利民间故事集《我爱的号角》（*The Horn of My Love*）出版。

1978　编译并出版了阿乔利语民间故事集《野兔和犀鸟》（*Hare and Hornbill*）。

1978—1982　在尼日利亚的伊费大学任教。

1982　7 月 20 日，在乌干达首都坎帕拉去世。

1986 《作为统治者的艺术家：关于艺术、文化和价值观的论文集》（*Artist, the Ruler: Essays on Art, Culture and Values*）出版。

1989 小说《白牙》（*White Teeth*）英文版由第二任妻子卡罗琳·奥玛·普比泰克（Caroline Auma Okot p'Bitek）和友人出版。

2001 英译本《拉维诺的辩护》（*The Defence of Lawino*）出版。

第五部分　北部非洲文学名家创作研究

（一）阿尔贝·加缪生平简表

1913　出生在非洲阿尔及利亚的蒙多维。

1919　进入阿尔及尔的公立小学读书，受到教师路易·热尔曼的关注。

1924　被阿尔及尔的布格中学录取。

1933　进入阿尔及尔大学哲学系学习。

1934　与西蒙娜·海结婚，一年后离婚。

1935　加入了法国共产党阿尔及尔支部。

1936　进入劳动剧院，改编并参演马尔罗的《蔑视的时代》（*Letemps dumépris*）等，开始戏剧尝试。

1937　出版随笔集《反与正》（*L'Envers et l'Endroit*）。

1940　3月，到达法国首都巴黎，在《巴黎晚报》（*Paris Soir*）从事编辑工作。5月，完成《局外人》（*L'Étranger*）的创作，同时继续撰写《西西弗神话》（*Le Mythe de Sisyphe*）。与第二任妻子弗朗西娜·弗尔成婚。

1941　从巴黎回到阿尔及利亚，在奥兰城的一所私立学校教书。

1942　出版《局外人》《西西弗神话》。

1943　返回巴黎，结识萨特。

1944　任《战斗报》主编。

1945　为向法国人全面介绍阿尔及利亚的局势和化解民族仇恨，返回阿尔及利亚实地调查情况。

1946　赴美旅行。《局外人》英译本在美国发行。

1947　出版《鼠疫》（*La Peste*），大获成功。

1951　出版《反抗者》（*L'Homme Révolté*）。

1954　出版《夏天》（*L'Eté*）。

1956　出版《堕落》（*La Chute*），获得巨大成功。

1957　获诺贝尔文学奖。

1960　在前往巴黎的途中不幸遇车祸身亡，随身携带的公文包里装有未完成的长篇小说《第一人》（*Le premier homme*）的手稿。

（二）纳吉布·马哈福兹生平简表

1911　12 月 11 日，出生于埃及开罗杰马利耶区的一个中产阶级家庭。

1930　进入开罗大学学习哲学。

1938　进入埃及宗教基金部工作，长期担任政府公务员。出版短篇小说集《疯狂的低语》。

1939—1944　创作完成并出版历史三部曲：《命运的嘲弄》（1939）、《拉杜比丝》（1943）和《底比斯之战》（1944）。

1945　出版小说《新开罗》。

1946　出版小说《汗·哈里里市场》。

1947　出版小说《梅达格胡同》。

1949　出版小说《始与末》。

1954　与阿忒娅拉·易卜拉欣结婚。

1955　调入埃及文化部，先后在艺术局和电影公司任职，后担任文化部顾问。

1956—1957　创作完成开罗三部曲：《宫间街》（1956）、《思宫街》（1957）和《甘露街》（1957）。

1961　出版小说《小偷与狗》。

1962　出版小说《鹌鹑与秋天》。

1964　出版小说《道路》。

1965　出版小说《乞丐》。

1966　出版小说《尼罗河上的絮语》。

1967　出版小说《米拉玛尔公寓》。

1968　出版小说《我们街区的孩子》。

1969　出版短篇小说集《黑猫酒馆》。

1971　退休后，被《金字塔》报聘为专职作家，在金字塔集团大楼里的办公室与当时著名的作家伊赫桑·阿卜杜·库杜斯、陶菲格·哈基姆的办公室毗邻。出版短篇小说集《没头没尾的故事》和《蜜月》。

1972　出版小说《镜子》。

1973　出版短篇小说集《罪》和小说《雨中情》。

1979　出版小说《千夜之夜》、短篇小说集《金字塔高原上的爱情》和《魔鬼在布道》。

1987 出版小说《晨昏谭》。

1988 获得尼罗河勋章。获得诺贝尔文学奖，成为阿拉伯世界第一位获此奖项的
      作家。

1994 遭遇意外刺杀，差点命丧尼罗河畔。

2006 8月30日，马哈福兹去世，享年94岁。